FOI

GW01326620

Edgar Allan Poe

Ne pariez jamais votre tête au diable

et autres contes
non traduits par Baudelaire

Traduction nouvelle,
préface et notes
d'Alain Jaubert

Gallimard

PRÉFACE

Mythes *

A survoler les rayons de la bibliothèque, l'effroi vous saisit. Douze mille, quinze mille commentaires peut-être, essais, notes, biographies, biographies romancées, pamphlets, articles, chapitres d'histoire littéraire, thèses pour facultés de lettres, et même thèses de médecine Au fil des titres, vous pouvez lire : La Poésie du cauchemar, L'Etrange Vie et les étranges amours d'Edgar Poe, Edgar Poe et les femmes, L'Homme halluciné, L'Alcoolisme et l'opiomanie d'Edgar Allan Poe, Les Quatre Mortes, Un génie toxicomane, La Mère spectrale, Etude médico-psychologique sur Edgar Poe, Alcooliques et névrosés, La Nécrophilie chez Allan Poe, Mariage blanc, Le Génie morbide d'Edgar Poe, Le Complexe maternel en littérature, Le Rêveur funèbre, Un homme de lettres fou, L'Obsession d'Edgar Poe...

Etonnant catalogue. Depuis le milieu du XIXe siècle, la critique littéraire n'a cessé de transformer Poe en une sorte de pantin sentimental et maladif, marqué par un destin fatal. Drogué, épileptique, alcoolique, diabétique,

---

* Dans la préface, les contes traduits dans ce volume sont signalés par un astérisque.

impuissant, névrosé, schizophrène, voyeur, pervers, masochiste, nécrophile... Seuls quelques biographes sérieux, quelques critiques rigoureux ont tenté de contre-balancer les rêveries médico-littéraires. L'origine de cette légende noire est maintenant bien connue : l'exécuteur testamentaire de Poe, Rufus Griswold, commence, dès le surlendemain de la mort de l'écrivain (« Cette nouvelle surprendra beaucoup de gens mais en chagrinera peu »), le tissage de ses mensonges et de ses falsifications. D'autres, parmi ceux dont Edgar Poe, cinglant critique, s'était attiré la haine, lui emboîtent le pas et, très vite, plusieurs thèmes des contes — alcool, maladie, ambition, haine, cynisme — sont accolés au portrait de l'homme. Des amis, comme George Graham, *essaient bien de rétablir aussitôt la vérité humaine du personnage. C'est la légende qui dominera.*

Faut-il mettre les dernières volontés de Poe nommant comme exécuteur littéraire l'un de ses ennemis sur le compte d'une supposée « névrose d'échec » dont certains se plaisent à retrouver les traces ici ou là dans sa biographie ? Je préfère y voir la dernière farce d'Egdar Poe. Après tout, cette mission impossible a détruit Gris-wold à tout jamais en tant qu'homme et en tant qu'écri-vain. Et toute cette histoire ressemble fort à un de ces contes à retournement vengeur dans la lignée de La Barrique d'Amontillado, *de* Mystification * *ou de* C'est toi l'homme *. Poe a bel et bien tué Griswold, il a du même coup jeté autour de son propre personnage le brouillard d'une mythologie diabolique.*

De l'interprétation

Griswold, bien sûr, n'est pas seul en cause. Parmi les commentaires dus à la cohorte des littérateurs hargneux à la mort de Poe, se trouve cette étude phrénologique :

« *Pourtant, dans l'ensemble, la tête était vraiment détesta-ble. Quand on la regardait de face, le développement hardi et expressif du front retenait l'attention et l'observateur ne remarquait pas l'atrophie de la calotte crânienne. Un examen de profil plaçait ses imperfections en pleine lumière. Devant et derrière, il y avait une énorme masse de cerveau, mais il était réduit ou inexistant sur le dessus et entre les deux masses. En termes plus concis, l'aire basilaire possédait un pouvoir immense, à la fois intellectuel et animal. L'aire coronale était imparfaite. Elle renfermait peu de sens moral et encore moins de vénération.* » *Ce texte date de 1850* [1].

Passons à une autre « *science* » *et à un autre texte. Celui-là date de 1933 :* « *L'animal fantastique Tekeli-li du récit de Pym rappelle par sa tête de chat la mère et son organe génital, par sa blancheur le lait de celle-ci, par ses dents et ses griffes écarlates les désirs cannibales de l'enfant à qui poussent les dents et le talion de ce désir coupable que pourrait exercer la mère avec les dents de sa bouche ou même de son vagin, punition alors des désirs non plus cannibales mais incestueux ; la queue de rat si longue et prédominante est sans doute rejeton du pénis dont l'enfant croyait la mère pourvue, et les oreilles de chien de ce chat étrange sont peut-être empruntées au chien maternel de Pym, Tigre* [2]. »

Ce texte, qui n'est pas moins « *étrange* » *que le premier, chacun l'aura reconnu : il est signé Marie Bonaparte. L'index des termes psychanalytiques, à la fin du troisième volume de son étude célèbre, énumère :* acte sexuel, alcoolisme, analité, anus, castration, clitoris, cloaque maternel, défécation, érection, flagellation, gonorrhée,

1. Traduit dans « Edgar Allan Poe », *Cahiers de l'Herne*, 1974, ainsi que le texte de Griswold.
2. *Edgar Poe, sa vie, son œuvre. Étude analytique*, par Marie Bona-parte, avant-propos de Sigmund Freud, Paris, 1933, réédition PUF, 1958.

inceste, *etc. Marie Bonaparte se trompe sur de nombreux*
événements de la vie de Poe qu'elle connaît fort mal. La
plupart du temps, elle choisit les seules versions ou les
seules interprétations qui vont dans son sens : c'est le cas
pour les rapports d'Edgar avec sa femme Virginia, ou
pour son alcoolisme, son opiomanie ou sa « nécrophi-
lie [3] *».*

   Elle ignore le versant parodique de Poe et applique donc
mécaniquement à l'auteur des analyses médicales qui
devraient plutôt viser Dickens, Disraeli, Lady Morgan,
voire tel genre littéraire répandu à l'époque. Tout épisode
des contes devient sous sa plume source de diagnostic :
Ne pariez jamais votre tête au diable * : *phobie des*
ponts ; Perte de souffle * : *complexe de castration ;* Le
Rendez-vous * : *inceste avec la mère ;* Lionnerie : *substi-*
tut du pénis, etc. Ainsi, pas une ligne ne semble échapper
au décryptage psychanalytique, c'est-à-dire, par contre-
coup, à la folie généralisée de Poe : on remarque de fait
que l'écrivain rassemble sur sa personne tous les concepts
clés de la psychanalyse [4].

   L'ouvrage de Marie Bonaparte, littérairement médio-
cre, a eu cependant une grande influence en contribuant
à vulgariser les outrances d'un discours psychanalytique
à la fois terre à terre et prétentieux. Toutes sortes de
concepts énoncés là à propos de Poe sont passés directe-
ment dans la langue courante comme dans la critique
littéraire ordinaire : mère castratrice, père violeur, vagin
denté, substitut du pénis, etc. En faisant de Poe un

   3. Parmi les études qui ont contribué à rétablir les vérités biographiques : Arthur H. Quinn, *Edgar Allan Poe : A critical biography*, New
York, 1941 ; Edward Wagenknecht, *Edgar Allan Poe : The Man behind*
the legend, New York, 1963.
   4. Les thèses de Marie Bonaparte ont été critiquées dès la publication de l'ouvrage, en particulier par Mario Praz (« Poe and psycho-
analysis », texte de 1933 réédité dans *Sewanee Review*, 68, été 1960).
Voir aussi Roger Forclaz, « Edgar Poe et la psychanalyse », *Revue des*
langues vivantes, vol. XXXVI, nᵒˢ 3 et 4, 1970.

« *nécrophile sublimé* », *Marie Bonaparte n'innovait d'ailleurs pas sur le courant psychopathologique du XIXe siècle. Elle se contentait d'interpréter de façon mécaniste les actes de quelques-uns des personnages inventés par l'auteur (qui ne se conduisent d'ailleurs pas différemment de dizaines de personnages des romans noirs de l'époque).*

Et surtout, en prenant le texte de Poe comme s'il était une sorte d'écriture automatique, expression directe de l'inconscient d'un malade, alors que tous les témoignages montrent au contraire l'intelligence, la lucidité, le sens de l'effet, la vigilance, en un mot le style *de l'écrivain, Marie Bonaparte passe à côté de l'essentiel. Poe est l'un des premiers auteurs modernes à explorer ce qu'on désigne aujourd'hui sous le nom d'inconscient. Il l'exprime avec ses propres moyens, le plus souvent cryptés ou parodiques. Mais, c'est indiscutable, il y a dans le cycle de Dupin* (La Lettre volée, Double assassinat dans la rue Morgue, Le Mystère de Marie Roget) *et dans plusieurs autres nouvelles* (Le Scarabée d'or, L'Homme des foules, Le Démon de la perversité, L'Enterrement prématuré*, L'Homme qui était usé*) *les éléments d'une théorie de l'inconscient, d'une théorie de la catharsis ou même d'une théorie des signes qui marquera toute la littérature après lui. Freud — qui, c'est certain, a lu Poe — ne lui accorde que quatre phrases médicales et dédaigneuses en préface au livre de la princesse Bonaparte. Le livre, se contente-t-il de dire, a* « *projeté la lumière de la psychanalyse sur la vie et l'œuvre d'un grand écrivain à tendances pathologiques* ». *Nulle part ailleurs, Freud, qui pourtant fait référence à Sherlock Holmes, ce sous-Dupin, ne cite l'écrivain américain* Elémentaire, mon cher Watson : *et si c'était Dupin qui avait inventé la psychanalyse ?*

L'homme aux grelots

*William D. Howells raconte qu'étant allé voir Emerson
à Concord, dix ans après la mort de Poe, il amena la
conversation sur les essais critiques de Poe. « " Les
critiques de qui ? " demanda Emerson. " De Poe ", répétai-je. " Oh ! " s'écria-t-il après un bon moment comme
s'il sortait d'une réflexion sur le sens de mes paroles,
" vous voulez dire l'homme aux grelots⁵. " »* Comment
dans cet homme aux grelots ne pas voir soudain surgir la
silhouette d'un personnage de Poe, Fortunato, emmuré
vivant par Montrésor dans son déguisement carnavalesque à clochettes ? Et en effet, au moment où Emerson a ce
mot cruel, l'Amérique est en train de rejeter Poe, de le
murer dans les oubliettes de la légende noire cimentée par
Griswold.

Aujourd'hui encore, on reste étonné des réactions
brutales qu'a pu susciter Poe chez tant d'écrivains.
Baudelaire en son temps est très isolé. Et la « borne » que
Mallarmé tente d'opposer « aux noirs vols du Blas-
phème⁶ » n'a rien arrêté. Dans le monde anglo-saxon,
Poe déclenche une curieuse vague de dégoût. Walt Whitman trouve que Poe manque « des plus simples affections
du cœur », il lui reproche son « écho démoniaque persis-
tant » et la « négation du concret immédiat, pérenne et
démocratique... » ; il finira cependant par lui rendre
justice et lui reconnaîtra « du génie ». Pour Henry James,
Poe est « l'exemple le plus complet et le plus exquis de
provincialisme jamais conçu pour l'édification des
hommes ». Mais « le plus grand des charlatans et le plus
grand des génies », comme il l'écrit aussi, a suffisamment

---

5. William Dean Howells, *Literary Friends and Acquaintances*, New
York, 1900.
6. Stéphane Mallarmé, « Le Tombeau d'Edgar Poe » (1877).

imprégné James pour qu'il en tire quelques « effets »
quand il ne le plagie pas complètement. Stevenson, qui
pourtant lui doit beaucoup, estime les contes « mal
écrits » et refuse « ce fatras d'horreurs insensées » sans
en comprendre la portée critique sous-jacente : « Qui a pu
écrire Le Roi Peste avait cessé d'être un être humain[7]. »
Dans un article dont le titre dit tout, « La vulgarité en
littérature », Aldous Huxley reproche à Poe son « mauvais goût » et son « clinquant[8] ». D. H. Lawrence, à la
fois fasciné et effrayé par Poe, diagnostique chez lui du
« vampirisme » et évoque à son propos « l'inévitable
fausseté, et la duplicité de l'art[9] ».

D'autres, plus obscurs, viendront ensuite qui feront de
Poe un des pires représentants du courant « gothique »,
ou bien un des responsables de l'« obscurantisme »
américain[10], ou enfin un adepte de « l'art pour l'art », un
écrivain « coupé des masses et des préoccupations
sociales ». Aujourd'hui encore, des auteurs stigmatisent
« l'appareil usé de l'horreur la plus conventionnelle[11] ».

Le Club de l'In-Folio

*L'histoire des lectures de Poe depuis un siècle et demi
reste à écrire : elle sera sans doute surprenante. Le*

7. Les textes de Whitman, James, Stevenson ont été traduits dans
Cahiers de L'Herne, op. cit.
8. Aldous Huxley, « Vulgarity in literature », *Saturday Review of
literature*, VII, 27 septembre 1930. Repris dans *En marge*, Éditions
Universelles, 1945.
9. D. H. Lawrence, *Études sur la littérature classique américaine*,
Seuil, 1948.
10. Yvor Winters, « Une crise dans l'histoire de l'obscurantisme
américain », dans *Aspects de la littérature américaine*, Chêne, 1947.
11. Jacques-Fernand Cahen, *La Littérature américaine*, PUF, 1950.

*premier à mettre en doute la lecture traditionnelle fut, en
1931, James Southall Wilson*[12] *: partant d'une analyse de*
Silence, *une sorte de poème en prose, il montre que ce
texte est plein d'absurdités, d'images ridicules ou sans
signification, de répétitions et qu'il faut le lire à la lumière
de son premier titre « Siopé, une fable, à la manière des
autobiographistes psychologiques ». Il semble que les
mots fassent allusion au sous-titre d'un roman de Disraeli,* Contarini Fleming, a psychological autobiogra-
phy. Silence *serait une parodie de Disraeli et de son ami
Bulwer-Lytton, l'auteur des* Derniers Jours de Pompéi,
*et, par extension, des proses mystico-poétiques de l'école
transcendantaliste américaine représentée par Emerson
et Henry Thoreau.*

De même Lionnerie *est sous-titré « Une histoire à la
Blackwood », allusion à la célèbre revue écossaise qui
publiait des contes gothiques extravagants.* Metzengerstein, *est « une histoire à l'imitation des Allemands ». Poe
désigne ouvertement certains textes burlesques comme
des parodies ou des pastiches :* Perte de souffle * *est « un
conte qui n'est ni dans le* Blackwood *ni en dehors ».*
Comment écrire un article à la Blackwood * *met en
scène le directeur fondateur de la revue, M. Blackwood
lui-même. Le versant comique échappe souvent aux
commentateurs qui, par exemple, glosent savamment sur
le nom de Brandreth sans s'apercevoir qu'il s'agit d'une
marque de pilules laxatives fort connue à l'époque. De
même le mot « Mandrake » chez Joyce donnera lieu à une
analyse étymologique poussée sous la plume d'un savant
professeur qui ignorera le fameux personnage de bande
dessinée. Et en réalité sur soixante-douze textes de fiction
publiés par Poe, un tiers à peu près est franchement*

---

12. J. S. Wilson, « The devil was in it », *American Mercury*, XXIV,
octobre 1931.

burlesque (par exemple Perte de souffle **, ou* Une situation difficile **), un tiers relève d'un type de fiction « sérieux » (sur le modèle de* La Lettre volée, *par exemple* Mystification **, ou* Le Sphinx **), et un tiers appartient à un genre hybride où se mêlent la fiction sérieuse et des éléments de farce (par exemple* Von Kempelen**,* Le Rendez-vous **,* Les Lunettes **).*

En mai 1833, Poe propose un recueil de onze contes que les « onze membres d'un club littéraire étaient censés lire à table... ». Il s'inspire sans doute du Delphian Club de Baltimore où quelques beaux esprits — neuf seulement « parce qu'il n'y avait que neuf muses » — se rencontrent régulièrement, se lisent leurs histoires et les publient ensuite. En octobre de cette même année 1833, le Baltimore Saturday Visiter *annonce la publication d'un volume de contes d'Edgar Poe. Un an plus tard, le manuscrit se trouve chez Carey et Lea, éditeurs réputés de Philadelphie. Le volume ne paraîtra jamais, du moins sous la forme prévue. La seule trace qui en subsiste est une sorte de préface,* Le Club de l'In-Folio **, qui n'a été publiée pour la première fois qu'en 1902 par James A. Harrison dans* The Complete Works of Edgar Allan Poe *(l'œuvre complète, plus connue sous la désignation de « Virginia edition »). Le manuscrit original se présente sous une forme réduite : deux feuillets marqués 9-10 très soigneusement calligraphiés par Poe, suivis de deux autres marqués 61 et 62, qui donnent une partie de la nouvelle* Silence. *Une lacune manifeste donc entre les deux parties d'un manuscrit démembré. On ne sait pas exactement dans quel ordre Poe voulait publier les onze nouvelles annoncées. Plus tard, le projet s'amplifie puisque, dans une lettre à l'éditeur Harrison Hall, le 2 septembre 1836, l'écrivain propose désormais un Club de dix-sept membres. Plusieurs spécialistes de Poe ont essayé de donner une table des matières satisfaisante du recueil* *projeté*[13] : Manuscrit trouvé dans une bouteille, Lion-nerie, Bon-Bon*, Perte de souffle*, Ombre, Silence, Le Roi Peste, Metzengerstein, Le Duc de l'Omelette*, Quatre bêtes en une, Un événement à Jérusalem, Mystification*, Le Visionnaire *(plus tard* Le Rendez-vous*), Bérénice, Morella. *Il a été aussi proposé de rattacher à cette liste* De l'escroquerie considérée comme une des sciences exactes*, Ne pariez jamais votre tête au diable* *et* Pourquoi le petit Français porte la main en écharpe*.

Le narrateur du Club de l'In-Folio* *raconte son intronisation dans un club littéraire. Il décrit les mem-bres rassemblés ce jour-là autour de la table. Et sa galerie de personnages pédants, grotesques et creux, parfois vaguement inquiétants, n'est pas une bouffonnerie gra-tuite. Chacun d'eux est la caricature d'un auteur, la parodie d'un genre littéraire. En toute logique, chaque conte du recueil devrait correspondre au personnage qui en fait la lecture lors de la soirée. On peut imaginer que* Convolvulus Gondola *lit* Le Rendez-vous*, *histoire véni-tienne ; le personnage aux lunettes vertes ressemble au diable de* Bon-Bon* ; Blackwood *raconte* Perte de souf-fle*, *etc. A la fin du récit, M. Crac repousse la bouteille et sort un manuscrit : sans doute celui du* Manuscrit trouvé dans une bouteille.

Les auteurs évoqués ou nommés sont tous des auteurs à la mode : Lady Morgan, Maturin, Walter Scott, Dis-raeli, Horace Smith, Jane Porter. Poe pastiche leur style, exacerbe jusqu'au grotesque leurs manies, leurs outrances, leurs maladresses. Lui qui, ailleurs, manie

---

13. Sur le Club de l'In-Folio, voir l'étude de Claude Richard dans « Edgar Allan Poe, Configuration critique », *La Revue des Lettres modernes,* 1969, et la bibliographie importante qui figure dans ce recueil ainsi que dans le *Cahier de L'Herne.* Voir aussi Thomas O. Mabbott, « On Poe's tales of the Folio club », *Sewanee Review,* **XXXVI,** avril 1928.

assez bien le français, va jusqu'à parsemer Le Duc de
l'Omelette * *de fautes de français, se moquant ainsi du
snobisme prétentieux du dandy Nathaniel Parker Willis.*
Le Roi Peste *transforme un roman clinquant de Disraeli
en une danse macabre grotesque.*

Avec Bérénice, Poe *va au-delà de tout ce que les
fabricants d'histoires d'horreur « gothiques » ont pu
imaginer dans le genre nécrophilique. Le narrateur, dans
une crise de démence, va arracher les dents de sa cousine,
sa fiancée, qui vient d'être enterrée vivante ! Apparition
fantomatique, puis épilepsie cataleptique de l'héroïne,
obsession fétichiste, nécrophilie puis amnésie du narrateur, l'horreur macabre touche ici à un pur comique de
l'excès. Il fallait s'y attendre, Marie Bonaparte et tant
d'autres après elle ont abondamment commenté le viol de
sépulture, l'arrachage des dents, la folie amnésique, etc.
Cette parodie était pourtant le fruit d'un pari. L'auteur
l'avoue dans une lettre du 30 avril 1835 : « Votre opinion
est très juste. Le sujet est de loin trop horrible (...).
L'histoire de tous les magazines montre pleinement que
ceux qui ont atteint la célébrité doivent cela à des articles
similaires en nature à Bérénice. (...) Je dis similaires en
nature. Vous me demandez en quoi consiste cette
nature ? Dans le ridicule rehaussé en grotesque : l'effrayant coloré en horrible : le piquant exagéré en burlesque : le singulier développé en étrange et en mystique.
Vous pouvez dire que tout cela est du mauvais goût. (...)
Mais que les articles dont je parle soient ou non de
mauvais goût, cela n'a que peu d'intérêt[14]. »*

*Le burlesque n'est pas, comme certains l'ont trop vite
dit, un péché de jeunesse. Jusqu'à ses derniers mois, Poe
écrira des contes parodiques. Entre* L'Homme des foules
(1840) et Double assassinat dans la rue Morgue *(1841),*

14. Lettre à Thomas W. White, *The Letters of Edgar Allan Poe*, I, p. 57-
58, New York, 1966.

il publie Pourquoi le petit Français *... *La même année
1844, entre* La Caisse oblongue * *et* La Lettre volée, *il
publie* La Vie littéraire de M. Machin Truc *. *L'année de
sa mort se succèdent* Mellonta tauta *, Hop-frog, Von
Kempelen *..., Ixage d'un paragrab * *et* Le Cottage
Landor. *On ne peut donc pas séparer les différents types
de nouvelles. La fiction burlesque est pour lui une sorte de
discours critique parallèle à son travail régulier de journaliste. Le jeune homme avait déclaré solennellement :
« Le monde sera ma scène. » Présentant sa première série
des contes du* Club de l'In-Folio *, *il se moque de tous. Il
n'a que vingt-quatre ans, il vient de faire tomber les
masques de la littérature anglo-américaine.*

Grotesque et arabesque

En 1840, sept ans après le projet du Club de l'In-
Folio *, *Poe publie les deux volumes des* Tales of the
Grotesque and Arabesque *(Contes du Grotesque et de
l'Arabesque*[15]*). Y figurent les contes de l'ancien projet et
quelques autres écrits depuis lors comme* Hans Pfaall,
Ligeia, Le Diable dans le beffroi, L'Homme qui était
usé *, La Chute de la maison Usher *ou* William Wilson.
« *Les épithètes " grotesque" et " arabesque" se trouveront indiquer avec une précision suffisante la teneur
dominante des contes publiés ici »*, *annonce Edgar Poe
dans sa préface. Mais les gloses autour de ces deux termes
se sont tant multipliées qu'il est impossible de rendre
compte ici de toutes les interprétations*[16].

15. Lea and Blanchard, Philadelphie, 1840.
16. Citons parmi les principales études : Edward H. Davidson,
« The short story as Grotesque », in *Poe, a critical study*, Cambridge,
1957 ; G. R. Thompson, « Grotesque and Arabesque », in *Poe's fiction,
Romantic irony in the gothic tales*, Madison, 1973 ; Lewis A. Lawson,
« Poe's conception of the Grotesque », *Mississipi Quarterly*, XIX,

Grotesque dérive de l'italien grottesca *et semble avoir désigné d'abord les peintures et sculptures ornementales qui décoraient les intérieurs antiques (et redécouvertes au fond d'excavations d'où leur nom). A la Renaissance et à l'âge classique, la grotesque devient une sorte de décoration exubérante : hybrides animaux ou végétaux, monstres, figures comiques ou fantastiques, entrelacs de feuillages, de lianes, de fleurs, de reptiles. Mais à la fin du* XVIIIe *siècle, le mot grotesque, très utilisé, possède, outre cet ancien sens décoratif, une multitude d'autres sens : fou, bizarre, capricieux (les « capricci », paysages ou décors imaginaires tentent tous les peintres de l'époque), comique, ridicule, burlesque. Le mot, par un mécanisme d'expansion semblable à celui que connaît le mot « baroque » dans un champ plus large encore, a fini par désigner tous les caractères indéfinissables de ces formes étranges et hybrides.*

Au XVIIIe *siècle, en art décoratif, la grotesque devient « arabesque ». Les deux mots sont donc liés par l'histoire de l'art. Mais les écrivains s'emparent, eux aussi, des termes. Dans son essai* Des arabesques *(1789), Goethe défend le style grotesque contre les rigueurs du classicisme. Friedrich Schlegel fait du grotesque et de l'arabesque des composantes de l'ironie : chez Shakespeare ou Cervantès, l'arabesque est cette « confusion artistiquement organisée, cette charmante symétrie de contradictions, cette étrange et constante alternance entre l'ironie et l'enthousiasme présente même dans les plus petites parties de l'ensemble* [17] *». Coleridge, dans son essai sur les constituants de l'humour chez Rabelais, Swift et Sterne*

automne 1966 et du même auteur « Poe and the Grotesque : a bibliography, 1695-1965 », *Poe Newsletter*, n° 1, avril 1968 ; Donald H. Ross, « The Grotesque : a speculation », *Poe Studies*, vol. IV, n° 1, juin 1971.

17. Friedrich Schlegel, *Gespräch über die Poesie* (1800).

(1818), Victor Hugo dans sa préface de Cromwell *(1827),*
Walter Scott dans son étude sur Hoffmann (1827) utili-
sent le mot grotesque et en donnent des définitions très
proches dans lesquelles domine l'idée d'hybridation des
contraires.

Poe, curieux de tout, recevait les revues littéraires
européennes et en rendait compte. Il avait donc lu ces
textes ou des résumés de leurs thèses. En utilisant les deux
mots, il est conscient de jouer avec des concepts qui
renouvellent entièrement la théorie des genres littéraires
en vigueur depuis l'Antiquité. S'ajoute au mot arabesque
la trace exotique de son origine. Un grand livre marque le
XVIIIᵉ siècle européen : Les Mille et Une Nuits, *sans*
doute la plus folle machine à engendrer les récits qui ait
jamais été conçue. Dans la poésie de Poe comme dans ses
nouvelles, les références à des personnages, à des lieux ou
à des coutumes du monde arabe, sont innombrables. Et le
mot « arabesque » qui évoque des formes ou des dessins
symétriques, contournés, entrelacés, labyrinthiques, par-
fois vivement colorés, peut aussi signifier tout simple-
ment « à la manière des Arabes [18] ». Dans une lettre, à
l'époque du Club de l'In-Folio *, Poe définit d'une autre*
façon son projet de recueil : « Onze contes de l'arabes-
que [19] ». L'entreprise de Poe est claire : il s'agit pour lui de
composer Les Mille et Une Nuits *du XIXᵉ siècle. Dupin,*
Legrand, Von Jung, Von Kempelen et tant d'autres malins
personnages sont des transpositions modernes du rusé
Sinbad. Avec le grotesque et l'arabesque, Poe opère la
fusion de la culture carnavalesque et de la spéculation
intellectuelle. Enigme, ironie, paradoxe, outrance, imagi-
nation pure... Le mariage des extrêmes doit créer un choc
psychologique. Et si la littérature est elle-même un

18. Voir en particulier L. Moffitt Cecil, « Poe's " Arabesque " »,
Comparative Literature, XVIII, hiver 1966.
19. Cité par A. H. Quinn, *op. cit.*

*monstre hybride, il n'y a aucune raison pour qu'elle ne
mette pas en scène justement des monstres.*

Le mystifique

*Au cours de l'été 1835, à peine trois semaines après la
publication d'*Aventure sans pareille *d'un certain Hans
Pfaall dans le* Southern Literary Messenger, *le* Sun *de
New York commençait à publier une série d'articles
intitulés* Discoveries in the Moon *(« découvertes sur la
lune »), signés du rédacteur en chef en personne, Richard
Adams Locke. Locke y rapportait des découvertes sensa-
tionnelles qu'aurait faites Sir John Herschell lui-même
au Cap de Bonne-Espérance, grâce à un nouveau télescope grossissant 42 000 fois : des plantes, des cristaux
géants, des animaux ressemblant à des bisons, et même
des hommes semblables à des chauves-souris. Le
« canard », énorme, secoua la ville de New York, mais
dans un premier temps rendit Poe furieux.*

*D'abord, la série d'articles de Locke faisait passer sa
propre histoire au second plan. Ensuite, il était évident
que c'était le* Hans Pfaall *qui avait inspiré ce « scoop »
encore plus énorme. Enfin, Poe avait déjà eu le projet
d'écrire une nouvelle basée sur des découvertes faites par
télescope, il en avait parlé autour de lui et il avait
l'impression d'avoir été dépossédé de son idée. Il finit par
admirer le coup et, neuf ans plus tard, c'est à Locke lui-
même, qui devait l'acheter aussitôt, qu'il apportait son*
Canard au ballon. *Une édition spéciale du* Sun *fut
composée (13 avril 1844) qui déclencha le même type
d'émotion.*

Cinq ans après Le Canard au ballon, *Poe tente un
nouveau coup journalistique avec* Von Kempelen et sa
découverte *. Dans ce conte, toute sa science manipula-
toire s'expose avec bonheur. Description sur le ton froid et*

mesuré du magazine scientifique d'une « découverte »
sensationnelle qui n'est autre que la réalisation du vieux
rêve des alchimistes. Cette fois, il s'agit pour Poe d'une
expérience sociologique : « Si vous avez regardé l'article
sur Von Kempelen », écrit-il à Evert A. Duyckinck, « vous
avez dû en saisir pleinement la portée. Je le considère
comme une sorte d' " exercice ", ou d'expérience, dans le
style plausible ou vraisemblable. Bien entendu, il n'y a
pas un mot de vérité du début à la fin. J'ai pensé qu'un tel
style, appliqué à la folie de l'or, ne manquerait pas de faire
de l'effet. Ma sincère opinion est que neuf personnes sur
dix (même parmi les mieux informées) croiront à cette
supercherie (pourvu que l'idée ne soit pas divulguée avant
la publication) et qu'agissant ainsi comme un contre-
coup brutal, quoique bien sûr temporaire, à la fièvre de
l'or, cela provoquera efficacement un événement [20]. »

La manipulation active de l'opinion publique — une de
ces naïvetés appartenant à l'enfance du journalisme —
est ici contrebalancée par un véritable projet moral,
philosophique : il s'agit d'opposer Brême à la Californie,
l'est à l'ouest, l'alchimiste (le philosophe, l'écrivain) de
l'Ancien Monde au chercheur d'or (l'homme d'affaires,
l'aventurier) du Nouveau. Et de montrer la fragilité
intrinsèque d'une société basée sur le fétiche d'un simple
métal jaune. Pour monter son « expérience », Poe rassemble un en collage burlesque toutes sortes de matériaux
hétérogènes. Mais l'édifice est si cohérent qu'au premier
parcours, le lecteur ne peut rien déceler. L'auteur de cet
article « objectif » fait référence à des savants éminents.
Il décrit sans passion les résultats d'une enquête policière,
avec sa chute prosaïque : la reconnaissance finale de
l'inventeur et la hausse des cours du plomb dans les
bourses européennes. Mais le nom de l'inventeur, Von
Kempelen, rattache l'histoire à une autre célèbre mystifi-

20. Lettre du 8 mars 1849, *Letters, op. cit.*, II, 433.

cation déjà analysée par Poe, le joueur d'échecs de Maelzel : un certain Von Kempelen avait mis au point la machine de Maelzel. Des bribes d'articles antérieurs détournés ou de Marginalia *sont collées dans le texte. Des noms d'auteurs contemporains détournés deviennent des noms de firmes ou des noms de rues. Une expérience de chimie de Sir Humphry Davy est citée : elle portait sur le protoxyde d'azote, mais le protoxyde d'azote n'est autre que le gaz hilarant.*

*En outre plusieurs allusions autobiographiques sont disséminées dans le texte : les relations épistolières de Poe avec un jeune admirateur d'*Eureka, *George Eveleth sont évoquées. En glosant sur les mots allemands « Viele » et « Leiden », Poe reprend mot à mot une de ses anciennes notes sur* Werther *où il reproche au traducteur d'avoir rendu, dans le titre de Goethe, « Leiden » par « chagrins » et non par « souffrances ». En attribuant cette erreur au* Home Journal, *Poe renvoie en même temps à un épisode douloureux de son propre passé : en 1846, ce magazine avait lancé un appel public pour aider l'écrivain dont la femme Virginia était mourante. Enfin, en situant la rencontre du narrateur avec Von Kempelen à l'Earl's Hotel de Providence, Poe évoque un épisode beaucoup plus récent. L'année précédente, il avait séjourné à cet hôtel où il avait fait une lecture publique de son* Principe poétique *(20 décembre 1848). Il courtisait alors une riche veuve de la ville, Sarah Helen Whitman. La conférence fut un succès. Le lendemain, le contrat de mariage était établi. Trois jours après, les fiançailles étaient rompues. Le sens de cette rencontre du narrateur avec Von Kempelen est donc clair : à l'Earl's Hotel de Providence, Poe a frôlé la richesse.*

Dans un conte plus ancien, Mystification * — dont le premier titre était* Von Jung, the Mystific —, *Poe expose le scénario d'une mystification qui repose sur un livre au langage chiffré. La figure histrionique de Ritzner Von*

*Jung, homme-caméléon capable de dissimuler ses senti-
ments presque jusqu'au fantastique et d'échafauder des
farces ou des vengeances à long terme, est un des masques
de l'écrivain. La blague d'étudiants qui semble l'ordinaire
de l'université de Göttingen a son redoutable envers, le
duel. L'histoire que raconte le narrateur, c'est donc
l'écriture de la mystification contre l'écriture de la loi :
Duelli lex scripta, la loi écrite du duel. Von Jung, le
« mystifique », ne remet pas en cause la loi, il n'en a pas
le pouvoir. Mais il la subvertit de l'intérieur, et vainc son
pouvoir de mort par l'écrit. Von Jung, comme d'autres
membres de sa famille, s'est fait remarquer par sa
« grotesquerie dans l'imagination », mais, écrit Poe
quelques pages plus loin, il est « toujours à l'affût du
grotesque ». Autrement dit, Von Jung, comme Poe, utilise
le registre grotesque, mais c'est pour mieux combattre le
grotesque.*

Mystifique... du grec mystes*, initié, le mot est proche de
mystification, ou de mystifier, qui eux-mêmes sont appa-
rus peu avant Poe, vers la fin des Lumières* [21]*. Ils naissent
dans cette agitation intellectuelle prérévolutionnaire où
les discours des encyclopédistes se substituent peu à peu à
ceux de la religion révélée, mais où règne aussi Mesmer
avec sa mystique des fluides, ses rituels initiatiques. Le
baquet magnétique et les initiations maçonniques sont
les nouveaux mystères de l'époque. Fortunato demande à
Montrésor qui le mystifie jusqu'à la mort :* « Vous n'êtes
pas de la loge ? (...) vous n'êtes pas maçon ? » « Si ! Si ! »
*dit l'autre et il montre la truelle qui sera l'instrument de sa
vengeance* (La Barrique d'Amontillado)*. En société, on
joue à berner les gens trop crédules. Horace Walpole, un
des grands modèles de Poe, avec Byron, fait envoyer à*

---

21. O. Bloch et W. Von Wartburg (*Dictionnaire étymologique de la
langue française*, PUF, 1932) donnent pour mystifier, 1760, mystification, 1768, mystificateur, 1770.

Jean-Jacques Rousseau une fausse lettre de Frédéric II de Prusse. Farceur impénitent, il est par contre extrêmement vigilant face aux tours des autres : il analyse un poème de Chatterton présenté par celui-ci comme un manuscrit médiéval, et dévoile la supercherie, poussant, dit-on, le poète au suicide. Comme plus tard Poe, lui-même souvent léger dans ses emprunts, entreprendra une croisade assez vaine contre les « plagiats » de Longfellow et harcèlera bon nombre de ses contemporains[22].

Le mystificateur *est aussi un* démystificateur : *Dupin, Legrand, les narrateurs de* C'est toi l'homme *, de* L'Homme qui était usé *, du* Rendez-vous *, de* La Caisse oblongue *, sont fils de Zadig. Grâce à leur méthode analytique, ils finissent toujours par trouver le chiffre, la clé, le sens de l'histoire. Il n'y a pas de surnaturel, nous répète Poe. Les signes sont à déchiffrer, à ordonner autrement. La vérité n'est certes qu'une parmi de nombreuses combinatoires, mais c'est la seule pertinente. Tout est affaire de distance comme le montre avec brio la chute du* Sphinx *. Poe a saisi qu'il se cristallisait quelque chose de fondamental autour d'une mutation linguistique, elle-même expression d'une profonde transformation philosophique. Du mot* mystère — *médiéval, cérémoniel, religieux — naît une autre famille de mots touchant à la manipulation ou à la levée des secrets. Le détective, le mystificateur, l'explorateur sont des figures de l'écrivain moderne.*

22. Sur le rapport de Poe et du plagiat, voir la remarquable étude de Claude Richard, *Edgar Allan Poe, journaliste et critique*, Klincksieck, 1978.

L'art du retournement

Chez Poe, la contradiction, le retournement sont les moteurs de la fiction. L'un des modes de retournement est celui de la narration elle-même. Dans bon nombre d'histoires, le personnage se dégage de situations intenables ou de situations qui, a priori *ne pourraient s'expliquer qu'en recourant à l'irrationnel. Dans* Le Puits et le pendule, *le narrateur est menacé d'une mort horrible programmée par l'Inquisition espagnole, il est sauvé* in extremis *grâce à l'entrée des troupes françaises dans la ville. Parfois le personnage n'est prisonnier que d'une impossibilité logique (*La Semaine des trois dimanches**,* Le Sphinx **), d'un interdit majeur comme celui de l'inceste (*Les Lunettes **), d'une idée fixe, d'une hallucination ou d'un égarement provisoire de ses sens (*Matin sur le Wissahiccon**,* L'Enterrement prématuré**,* La Caisse oblongue **). Et le raisonnement logique ou le dévoilement de la machinerie résolvent le mystère, le paradoxe ou la situation intenable.*

Il y a une autre forme de retournement, celle-là beaucoup plus radicale puisque génératrice du récit lui-même. Dans Les Lunettes **, Poe s'inspire d'un récit anonyme paru dans la* New Monthly Belle Assemblée *de Londres en 1836, et intitulée* The Mysterious Portrait. *Mais l'intrigue est surtout basée sur l'histoire de Ninon de Lenclos (1616-1705). Femme de lettres libertine, elle eut un salon réputé. Très âgée, elle était encore fort belle. Elle avait eu avec le marquis de Gersaint un fils qu'elle fit élever loin d'elle et dans l'ignorance de sa véritable origine. Introduit plus tard dans le salon de sa mère, alors âgée de plus de soixante ans, le jeune homme tomba amoureux d'elle et se suicida avant qu'elle eût trouvé l'occasion de lui révéler sa parenté. Poe a pu lire cette* *histoire dans* Tallemant des Réaux[23]. *Il peut aussi avoir été inspiré par l'intrigue assez tortueuse de la* Lucrèce Borgia *de Victor Hugo (1833) :* Lucrèce tombe amoureuse d'un jeune homme qui n'est autre que le fils qu'elle a eu avec son propre frère Jean Borgia ! Quelle que soit sa source exacte, on voit que Poe retourne une situation dramatique en un vaudeville burlesque et un suicide en mariage heureux.*

De même dans L'Enterrement prématuré *, contrairement à tout ce que la première partie du récit, purement documentaire, pourrait laisser supposer, le narrateur ne raconte pas un véritable enterrement mais une hallucination ou un cauchemar qui se produit sous l'empire de la catalepsie. Et dans un des épisodes du début, en opposition à l'attente du lecteur déjà habitué aux autres nouvelles de Poe, la batterie galvanique ne réveille pas un homme en catalepsie mais le tue ! L'histoire de* La Caisse oblongue *a vraisemblablement été inspirée à Poe par un fait divers survenu à New York en septembre 1841[24]. Un écrivain, John Colt, avait assassiné un imprimeur, Samuel Adams, dans sa propre chambre (située au coin de Chambers street et de Broadway, les deux rues justement citées dans la nouvelle). Il l'avait salé, enveloppé dans une bâche et expédié dans une longue caisse à bord d'un navire en partance pour la Nouvelle-Orléans. Dans le conte, le parcours du navire est exactement inversé et la caisse ne contient pas un homme mais une femme. (On remarque que, dans le fait divers d'origine, l'assassin est un écrivain, la victime un imprimeur, détails qui avaient dû frapper particulièrement Poe.) Le crime odieux devient*

23. Les *Historiettes* de Tallemant des Réaux (1619-1692) parurent justement pour la première fois en 1834-1835. Voir aussi Burton R. Pollin, « " The Spectacles " of Poe — Sources and significance », *American Literature*, vol. 37, mai 1965, 185.

24. Voir C. V. Carley, « A source for Poe's " Oblong box " », *American Literature*, vol. 29, n° 3, novembre 1957.

donc folle histoire d'amour. A la fin du Mille Deuxième
Conte de Schéhérazade *, Poe transgresse la leçon définitive des Mille et Une Nuits, ce modèle absolu de
l'engrenage des récits, en tuant Schéhérazade.

  Pour écrire Le Rendez-vous *, Poe détourne la chronique des amours tumultueuses entre Byron et la comtesse
Guiccioli. Byron rencontra Teresa Guiccioli à Venise en
1818 et demeura son amant jusqu'en 1823, date à laquelle
il quitta l'Italie pour la Grèce où il devait mourir l'année
suivante. Le comte Guiccioli avait quarante-quatre ans
de plus que Teresa. On disait qu'il avait empoisonné sa
première femme. Beaucoup de petits faits de la vie de
Byron étaient connus depuis que son confident, le poète
Thomas Moore, avait publié Letters and Journal of Lord
Byron (1830). Poe rapproche plusieurs moments éloignés
de la vie du poète britannique. La scène des larmes sur le
livre est inspirée par un épisode ancien : avant le mariage
de Mary Chaworth et avant de lui faire ses adieux, Byron
alors âgé de quinze ans avait écrit au crayon un poème
d'amour sur un volume des lettres de Mme de Maintenon
qui appartenait à la jeune fille. Autre épisode : fin 1819,
au moment de quitter Venise pour fuir Teresa, Byron
décide que, si une heure sonnait avant que ses bagages
fussent dans sa gondole, il resterait. L'heure sonna. Il
resta et écrivit aussitôt à Teresa : « L'amour a vaincu... »
C'est presque la phrase que prononce la marquise Aphrodite : « Tu as vaincu — une heure après le lever du soleil
— nous nous retrouverons... »

   I stood in Venice, on the bridge of sighs,
   A palace and a prison on each hand.

   (A Venise, je me tenais sur le pont des soupirs
   Un palais dans une main et une prison dans l'au-
                                               tre[25].)

25. Childe Harold's Pilgrimage, chant IV.

*L'histoire de Poe semble engendrée par ces deux vers de Byron : elle démarre entre le Palais des Doges et la prison de Venise, concentre en quelques pages la vie du poète, attribue au personnage byronien un poème d'Edgar Poe lui-même et culmine dans un double suicide final romantique à souhait, sur le modèle de celui d'*Hernani (1830) *ou du réel suicide à deux de Kleist et Henriette Vogel (1811).*

Mais, dès le début du conte, divers indices perturbent une telle lecture : l'invocation grandiloquente à un mort, les ténèbres excessives, le narrateur sidéré et figé face à la scène. La marquise Aphrodite, elle aussi figée, est comparée à la Niobé, draperie blanche sur les dalles de marbre noir. Et cette histoire vénitienne est pleine de palais, de corniches, de festons, de statues, de socles, de tableaux et aussi de citations et d'images où figure le mot marbre. Prolifération marmoréenne qui n'est là que pour amener l'image finale : le personnage définitivement figé dans la raideur de la mort. Toutes ces statues font-elles bon ménage ? Les allusions au rire sont placées au centre de l'histoire comme un signal, exactement comme le gaz hilarant dans Von Kempelen et sa découverte *. Le chancelier Thomas More est cité par jeu allusif à l'ami de Byron, le poète Thomas Moore. Et ce « gros plan » final sur le gobelet noirci et craquelé est une image cinématographique avant la lettre (on pense au verre de lait lumineux de* Soupçons *d'Alfred Hitchcock ou au verre de poison de* Citizen Kane *d'Orson Welles) qui agit comme signe de la parodie. Par son procédé habituel de condensation-retournement, Poe transforme donc ironiquement l'histoire de Byron. Mais il ne procède pas par opposition brutale. Ainsi il est évident que les deux protagonistes de l'histoire, comme les deux modèles, ont été amants (l'enfant de la marquise est même peut-être celui du personnage). Et la belle liaison adultère, fort sensuelle et bien bourgeoise, devient, écrite, un mélodrame romanti-*

que noir marqué par une énigmatique promesse et un destin fatal. Mais le texte est semé d'allusions ou de jeux qui tournent en dérision les personnages et l'histoire.

Il y a un fondement philosophique à une telle attitude. L'esprit de contradiction, le « démon de la perversité », l'ironie sont les marques d'une pensée logique qui ne se satisfait pas des voies uniques et linéaires du hasard. Pour Edgar Poe, lecteur de Laplace, l'univers est « ouvert » et infini. A chaque instant, tout peut basculer dans l'enchaînement d'une autre causalité, dans les voies multipliées d'autres combinatoires, d'autres récits.

La petite forme

Dans ses écrits tellement nombreux et tellement divers, Poe recherche un mode d'expression caractérisé par la condensation et l'accélération. Formes rapides, sténographiques, qui courent à la vitesse de la pensée et vont aussitôt à l'essentiel. Telles sont les Marginalia : « Dans le choix de mes livres, dit-il, j'ai toujours recherché les grandes marges. Ce n'est pas tant pour l'amour des grandes marges en elles-mêmes (qui pourtant me plaisent assez), que pour la facilité que j'y trouve de crayonner les pensées qui me viennent, suggérées par le texte; mes approbations ou mes critiques ou quelque bref commentaire[26]. » La contrainte spatiale force ces crayonnages à la brièveté. Ouverture brusque sur une nouvelle perspective, rebondissement d'une idée commune vers une autre moins commune, paradoxes de la perception, de la conscience, de la logique ou du langage, micro-commen-

26. *Democratic Review*, XV, novembre 1844. A l'exception de la première phrase que nous rétablissons, nous suivons la traduction de Paul Valéry (*Commerce* XIV, hiver 1927, repris chez Fata Morgana, 1980).

taire critique, étymologie, expression, concept, rime, ces miettes littéraires sont souvent plus riches que bien des essais de ses contemporains.

De la même façon, une grande part de la parodie dans ses contes grotesques vient de ce qu'ils résument ou caricaturent en quelques brèves pages les énormes volumes des grands romans gothiques ou romantiques : Bon-Bon*, *vingt-deux pages dans l'édition Harrison,* parodie les six gros volumes du Melmoth *de Maturin (1820).* Un événement à Jérusalem, *six pages, parodie les cinq volumes de* Zillah, a tale of the holy city *d'Horace Smith (1828). Le* Manuscrit trouvé dans une bouteille, *seize pages, condense les trois volumes de* Sir Edward Seaward's Narrative *de Jane Porter (1831) et l'imposant* Symzonia *(1802) du capitaine Adam Seaborn (alias John Cleve Symmes).*

La « morale » générale de ces histoires (puisqu'il en faut une !), c'est donc aussi un discours critique sur la forme. Poe reproche à Disraeli, à Bulwer et surtout aux gothiques — Maturin, Ann Radcliffe, Lewis — de trop diluer, de fabriquer de pesantes machineries et de n'en distribuer les effets qu'avec parcimonie, de faire appel à l'irrationnel. Il démontre qu'on peut aller à l'essentiel, faire en sorte que le texte soit un « effet », que ses « intensités » s'enchaînent sans répit. Poe, souvent payé à la page, s'est parfois laissé aller à tirer à la ligne. Mais dans les éditions successives de ses contes, il allège, élimine les parties trop descriptives ou les épisodes superflus et condense encore.

Poe a bien tenté d'écrire des romans. Mais Le Journal de Julius Rodman *a été abandonné au bout de quatre-vingts pages.* Les Aventures d'Arthur Gordon Pym, *quoique dense, n'est pas très long. C'est dans l'histoire courte qu'il a donné le meilleur de lui-même. Ce pouvoir de condensation dont Freud nous dit qu'il est celui du rêve, permet à Poe de jouer sur ses différents registres —*

parodique, philosophique, référentiel, critique... — tout en maintenant une structure narrative ferme. La « petite forme » est pour lui à la fois essai pédagogique-critique et récit fictionnel et proliférant.

Ce que Poe invente dans ses textes courts et denses, c'est une nouvelle forme littéraire qui se distingue des « contes » classiques, par exemple ceux de Boccace, de Marguerite de Navarre, de La Fontaine ou de Voltaire : brutalement cristallisée autour d'une image, d'un mot, d'une situation extrême, d'un retournement, d'une métamorphose, d'une épiphanie, mettant en scène à la première personne des êtres humains actuels, la nouvelle moderne naît avec lui.

Ponctuations, interjections

Le débit oratoire de l'halluciné, le discours-labyrinthe du mystificateur, la logique proliférante du déchiffreur d'énigmes sont à l'étroit dans la syntaxe anglaise classique. Très tôt, Poe est préoccupé par la ponctuation. Son obsession de la musicalité dans ses poèmes se retrouve dans bien des textes en prose. La longueur et le rythme des phrases sont toujours liés au déroulement du récit. Dans un court texte des Marginalia, *Poe annonce : « Si je ne suis pas devancé, j'essaierai un jour prochain de faire un article de revue sur " la philosophie du signe de ponctuation ". » L'essai, qui promettait d'être passionnant, n'a jamais vu le jour mais, dans la suite de la note, Poe fait l'apologie du tiret, le « dash », qui abonde dans ses contes.*

Comme beaucoup d'écrivains de sa génération, c'est au Tristram Shandy *de Sterne qu'il a emprunté ce « dash » proliférant, narquois, chicaneur qui donne à plusieurs de ses pages cette surprenante rapidité d'écriture. Dans le discours de Ventassez à la fin de* Perte de souffle *, le tiret* est là un peu comme les trois points céliniens, pour créer un rythme syncopé. Dans L'Homme qui était usé *, les tirets se mettent à surgir doucement puis à fourmiller dès que le narrateur approche du mystère. Les bagarres (celles de Perte de souffle *, de Bon-Bon *), les « intensités » comme le dit M. Blackwood (celles de L'Enterrement prématuré * ou de La Caisse oblongue *), les révélations (celle des Lunettes * ou de C'est toi l'homme *) sont ciselées dans le déroulement du texte par l'égrènement des tirets. Le tiret qui tantôt ralentit et fait bafouiller la phrase et tantôt l'accélère au contraire follement, fait entrer en ces moments précis la langue dans cette zone étrange, nébuleuse de ses origines, ce balbutiement fondamental qu'on devine sous toute littérature.

Autre intéressant artifice, l'interjection. Onomatopées, rires, toux, cris d'horreur, de surprise, d'admiration, interpellations, bruits divers abondent dans les contes. Ils ne sont jamais laissés au hasard par Poe. Dans Bon-Bon *, le diable, en riant, décline les voyelles : « Ha ! ha ! ha ! — hé ! hé ! hé ! — hi ! hi ! hi ! — ho ! ho ! ho ! — hu ! hu ! hu ! » On retrouve ce genre de déclinaison du rire à deux, trois ou quatre termes dans La Lettre volée ou dans Le Duc de l'Omelette *. De même, dans La Lettre volée, lorsque Dupin dialogue avec le préfet, et que l'idée du triplement de la récompense naît dans la conversation, il tire sur sa pipe « puff ! puff ! » à trois reprises et la troisième fois il en tire trois bouffées successives. La science de l'effet littéraire touche ici à une sorte de « psychopathologie de la vie quotidienne ». Les gestes et les attitudes des personnages sont langage au même titre que leurs paroles. Dans Le Scarabée d'or, Poe donne le texte d'un message chiffré permettant de retrouver un trésor et explique brillamment sa technique de déchiffrement. Il n'est pas impossible que d'autres cryptogrammes figurent dans certains de ses textes mais, cette fois, dissimulés.

Styles et narrateurs

Les plus réticents des écrivains anglo-saxons ont souvent fait référence au style « lourd » ou « pédant » de Poe, ou bien à ses « répétitions », ses « négligences » de vocabulaire, sa « puérilité ». Ce qui est étrange surtout, c'est que les critiques modernes n'aient pas repéré chez lui des tournures auxquelles les lecteurs du xxe siècle sont désormais fort bien habitués et dont il fut l'initiateur. Tout l'artifice littéraire des nouvelles de Poe repose en effet sur l'invention de narrateurs spécifiques.

Ligeia n'est pas un conte fantastique mais bien un conte rationnel qui montre de l'intérieur un type précis de folie. Tout ce que le narrateur décrit comme fantastique n'est que le produit des manipulations de son esprit malade et opiomane : les bruits, les mouvements, et même la maladie de Lady Rowena (qu'il empoisonne lui-même, bien sûr). Le narrateur est fou, le conte est une satire du romantisme délirant[27]. Même artifice avec Le Chat noir, ou avec Bérénice. Dans Le Cœur révélateur, la syntaxe hachée traduit l'angoisse croissante, les remords et la folie du meurtrier. Ces narrateurs vivent leur vie propre, émettent des opinions distinctes de celles de l'auteur, commettent des actes dont la logique leur appartient en propre. Ce qu'ils cachent au lecteur fait partie du mystère spécifique de l'histoire. Dans tous ces récits de folie et de mort, le vocabulaire, la syntaxe, les répétitions, les superlatifs sont ceux des narrateurs[28]. Dans les histoires de

27. Sur les interprétations très contradictoires de *Ligeia*, voir la bibliographie in « E.A.P. Configuration critique », *op. cit.*
28. James W. Gargano, « The questions of Poe's narrators », *College English*, XXV, décembre 1963.

raisonnement, la syntaxe latine un peu précieuse appartient aux esprits logiques des personnages.

Une bonne part de la réussite des personnages de Poe vient justement de leur style particulier. Il arrive que dans une même nouvelle jouent plusieurs types de dialogues ou de narrations. Qu'on lise — en anglais si possible — L'Homme qui était usé * avec sa lenteur calculée du début, son accélération à mesure qu'on s'approche de la fin, sa cascade de jeux de mots-coups de théâtre, ses allusions comiques, ses citations qui s'étagent de façon à créer la tension inquiète, puis le lent surgissement du mystère avec, en permanence, la basse continue du burlesque.*

*Poe n'est peut-être vraiment « lui-même » que dans quelques rares textes plus proches du journalisme (*Matin sur le Wissahiccon * par exemple, ou encore* De l'escroquerie *...). Et encore... Partout ailleurs, il se déguise :* journaliste scientifique *(*Von Kempelen et sa découverte *),* femme savante *(*Mellonta tauta *,* Comment écrire un article à la Blackwood *,* Le Mille Deuxième Conte de Schéhérazade *),* chroniqueur de village *(*Ixage d'un paragrab *,* C'est toi l'homme *,* L'Homme d'affaires *),* plouc à prétentions littéraires *(*Pourquoi le petit Français porte la main en écharpe *,* La Vie littéraire de M. Machin Truc *),* niais dupé *(*Les Lunettes *),* malade en voie de guérison *(*L'Enterrement prématuré *,* Le Sphinx *),* raisonneur méticuleux mais abusé *(*Mystification *,* Le Rendez-vous *,* Le Caisse oblongue *).*

Et les critiques n'ont guère souligné jusqu'à présent la part fictionnelle de la poésie de Poe, ni remarqué que la plupart de ses poèmes font eux aussi entendre des voix spécifiques, d'hommes ou de femmes, des voix la plupart du temps aliénées et dont l'aliénation est en même temps génératrice des formes poétiques (allitérations, hallucina-

tions, répétitions obsessionnelles, cris, musique[29]). Fils d'un couple d'acteurs, lecteur passionné de Shakespeare, Poe, qui — fait nouveau pour l'époque — exige de son lecteur une sorte de distanciation critique, a compris que le style, c'était l'homme, que les masques de la comédie sociale étaient des masques de mots.

Le texte dans le texte

Un caractère des contes de Poe frappe immédiatement, même avant toute lecture plus approfondie, c'est la quantité d'écrits hétérogènes intégrés au texte lui-même. Epigraphes, citations délimitées et attribuées, citations allusives ou fausses, phrases ou locutions en diverses langues étrangères, messages chiffrés, emprunts non signalés à d'autres textes et, bien entendu, fréquentes récupérations de fragments anciens de l'auteur lui-même. Poe a pratiqué le collage comme peu d'écrivains avaient osé le faire avant lui. Il cite très souvent la Bible dans la fameuse « Authorized version » anglicane. Il cite les Grecs : Homère, Platon, Aristote, Eschyle, Sophocle, Hérodote, d'autres moins connus. Il cite les Latins : Virgile, Horace, Cicéron, Tacite, Ovide, Sénèque. Quintilien, une quinzaine d'autres. Il cite les Anglais : Shakespeare, Milton, Pope, Butler, Sterne, Byron, Coleridge, Shelley, des dizaines d'autres. Il cite les Français : Voltaire, Lesage, Crébillon, La Fontaine, Rousseau, Corneille, Molière, Pascal, La Bruyère. Il cite les Allemands : Goethe, Schiller, Hoffmann, Tieck, Novalis,

---

29. La musicalité des contes, elle aussi souvent fondée sur assonances, allitérations et rythmes travaillés, mériterait une étude particulière.

Leibniz, Kant. Quelques Espagnols (Cervantès, Las Torres) et quelques Italiens (Dante, L'Arioste, Michel-Ange...) complètent son florilège.

Les adeptes d'une écriture « pure » et « personnelle » ont été rebutés par ses accumulations parfois clownesques. Certains ont pris cela pour l'étalage un peu fanfaron d'un étudiant boulimique. Il y a certainement chez Poe une sorte de snobisme de l'érudit autodidacte. Mais il est aisé de voir qu'allusions ou prélèvements ne sont pas le fruit du hasard ou d'automatismes culturels. Ils sont au contraire choisis très soigneusement. L'épigraphe, par exemple, dans plusieurs contes, donne une autre dimension au texte quand elle n'en est pas directement une clé. La citation de Corneille au début de L'Homme qui était usé* * annonce une des composantes du mystère qui entoure le Général A.B.C. Smith, mais elle suggère aussi que le sens de l'histoire pourrait être tout autre : « la moitié de ma vie a mis l'autre au tombeau » renvoie en effet à la mythologie du double, à* William Wilson *par exemple. Parfois l'épigraphe est un programme : Poe utilise une phrase de Milton au début d'*Une situation difficile * * pour jouer sur le double sens — joie et mort — du mot « ravie ».*

Dans plusieurs contes, les citations se succèdent régulièrement et font courir sous la trame du récit le fil d'une autre histoire. C'est le cas dans Les Lunettes * * avec la chanson sur Ninon de Lenclos, le* ventum textilem*, Milton et les opéras de Rossini et de Bellini. Dans* L'Enterrement prématuré * *, la Bible et les faits divers sont adroitement mêlés jusqu'à la fausse mort et la résurrection finale (qui n'a vraiment lieu que lorsque le narrateur jette ses livres !). La citation de Crébillon dans* La Lettre volée *est bien en vue, comme la fameuse lettre ; elle est utilisée comme instrument de la vengeance de Dupin et elle clôt la nouvelle. Plus de trois mille pages de gloses ont déjà été écrites sur cette « histoire extraordi-*

naire [30] » *et pourtant, à chaque génération, on croit redécouvrir une des clés du texte : Dupin et le ministre D... sont frères. C'est pourtant ce que veut dire la citation de Crébillon avec sa référence explicite aux Atrides. Dans* C'est toi l'homme *, le narrateur entame soudain une savante digression sur le* Cui bono *de Cicéron. Or le mot de Cicéron est tiré de sa première et fameuse plaidoirie,* Pro Roscio Amerino, *où l'orateur défendit un homme accusé de parricide. Et cette histoire lointaine, fantomatique entre en résonance avec celle de la nouvelle placée, dès la première phrase, sous l'invocation d'Œdipe et où il est question de deux vieux messieurs amis « comme des frères » et d'un neveu soupçonné d'assassinat.*

Poe est un des premiers auteurs modernes à comprendre que toute littérature est d'abord discours sur la littérature, que toute situation, toute « intensité » est d'abord littéraire, que chaque mot, chaque image renvoie à l'infini des bibliothèques. Il parodie d'ailleurs ce vertige référentiel en ajoutant de faux livres aux vrais : le Mad Trist *de « Launcelot Canning » dans* La Chute de la maison Usher, *le* Duelli lex scripta *dans* Mystification *, le* Dismoidonc Estceounonainsi *dans* Le Mille Deuxième Conte de Schéhérazade *... Parfois la citation, souterraine, n'affleure dans le texte que par un mot ou deux. Ainsi Shakespeare est partout présent dans les contes de Poe. Un mot, une allusion renvoient à une situation caractéristique qui elle-même transforme ou dévie le sens du texte. Nous sommes tous à la fois William Shakespeare et fils de William : « William Wilson », une*

---

30. Pour nous en tenir à la langue française citons Jacques Lacan, « Le séminaire sur la " Lettre volée " », in *Écrits*, Seuil, 1966 ; Jacques Derrida, « Le facteur de la vérité », *Poétique*, 21, 1975 ; Jean-Claude Milner, « Retour à la lettre volée », in *Détections fictives*, Seuil, 1985 ; Claude Richard, « Edgar A. Poe : Dupin et la littera prima », in *Lettres américaines*, Alinéa, 1987 ; voir aussi une brève critique de Lacan dans Pierre Boutang, *Ontologie du secret*, PUF, 1973.

histoire de doubles. La littérature ne naît pas de rien. Chaque texte s'entrelace avec d'autres textes. La citation est là comme une sorte de contrepoint musical dans la polyphonie. L'impureté apparente de l'écriture de Poe ouvre en fait sur une entreprise littéraire dans laquelle nous sommes encore aujourd'hui plongés.

Le roman de la langue

Ne pariez jamais votre tête au diable* *débute sur le ton tragi-comique et moralisateur qu'utilise Dickens dans* Olivier Twist. *Le héros se nomme Toby Dammit, peut-être l'écho d'un des personnages de ce roman, Toby Crackit. Poe reprend un thème des transcendantalistes[31] selon lequel toute histoire, tout travail, doivent avoir une morale. Il fait semblant de répondre à une critique : ses propres histoires n'auraient pas de morale. Il offre donc un conte irréfutable puisque sa morale est inscrite dans le titre même. La vraie morale de l'histoire, on s'en doute, est à chercher ailleurs. Et dans les exemples qu'il donne — Homère, le Petit Poucet, les* nursery rhymes *ou quelques lourds pavés poétiques de son époque — Poe glisse subtilement de la morale à la parabole et de la parabole au sens secret. Raymond Roussel (qui a lu Poe) explique comment il fait naître tout son roman* Impressions d'Afrique *de l'infime distance entre deux mots comme* billard *et* pillard. *L'histoire de Toby Dammit est fabriquée de la même façon.*

Parodie de Dickens : « Toby Crackit » *donne* « Toby Dammit ». Dammit, *c'est un juron* « Damn it ! » : « qu'il soit damné, qu'il aille au diable, que le diable l'emporte ! » *et Toby Dammit peut s'entendre aussi* « to be damned », *être damné. L'histoire de Toby Dammit sera donc celle*

31. Sur le transcendantalisme, voir p. 55-56.

d'un homme qui jure. Et comme le diable est invoqué, le
diable sera l'autre personnage principal. Mais Toby, c'est
un nom classique de chien et toutes les aventures de Toby,
même les aventures posthumes semblent illustrer les
innombrables dictons, formules ou expressions prover-
biales où figure le mot chien[32]. « Personne n'aurait
jamais songé à le prendre au mot », dit le narrateur de
Toby. Justement Poe prend « Toby » au mot : c'est un
triste sujet (en anglais un « triste chien »), il a une vie de
chien, il est fouetté comme un chien, et il crèvera comme
un chien. A six mois il ronge un paquet de cartes ; à sept
mois il embrasse les bébés femelles ; à un an il porte des
moustaches : tous ces faits en apparence absurdes s'il
s'agit d'un être humain, s'expliquent si l'on admet que
Toby est un animal. Au début de l'histoire le narrateur se
compare à La Fontaine qui fait parler des animaux, et
plus loin à saint Patrick qui parle au crapaud. Toby se
promène dans la campagne avec le narrateur, il est
extrêmement agité, il se tortille, il saute par-dessus et par-
dessous tout ce qui se présente sur son chemin. Plusieurs
autres expressions canines sont évoquées ou paraphra-
sées dans le texte ; « to be dogged by ill fortune » (être
poursuivi par le malheur) ; « he has not a word to throw
at a dog » (il ne daigne pas vous jeter un mot) ; « give a
dog a bad name and hang him » (donnez à un chien un
mauvais nom et pendez-le, l'équivalent de notre « qui veut
noyer son chien l'accuse de la rage ») ; « the tail wagging
the dog », littéralement « la queue agite le chien », ou
c'est « le monde à l'envers » (et « tail » « queue, c'est aussi
« tale », « histoire »).

Plus étonnant encore, la triste fin de Toby est elle-même
inscrite dans une autre locution de la langue anglaise « to
help a lame dog over a stile », aider quelqu'un dans

    32. Eliot Glassheim, « A dogged interpretation of " Never bet the
Devil your head " », Poe Newsletter, vol. II, n° 3, octobre 1969.

l'embarras, littéralement « aider un chien boiteux à franchir une barrière ». Comme il y a le mot « stile », barrière, *Poe le concrétise immédiatement dans son histoire par « turnstile », tourniquet. Le tourniquet sera donc l'instrument de la mort de Toby. Mais « turn stile » peut aussi s'entendre comme tournure de style. Et style rime avec Carlyle, l'auteur du* Sartor resartus *(Le Tail-leur retaillé, 1833), écrivain anglais aux accents prophé-tiques et furibonds, adepte lui-même d'un décryptage de la transcendance dans l'Histoire et, de ce fait, proche des transcendantalistes. Toby mort, son ami tente de le vendre comme « dog's meat », viande de chien. L'expres-sion est ambiguë puisqu'elle peut vouloir dire aussi bien « viande pour les chiens » que « viande de chien ». Et personne n'en veut, en vertu du dicton « Dog does'nt eat dog », le chien ne mange pas de chien. Dernier clin d'œil : dans le blason de Toby, le narrateur inscrit la « barre à senestre », signe de bâtardise.*

Y a-t-il donc une « morale » dans cette histoire ? Le narrateur est un moraliste pédant et conformiste, Toby, lui, est un transcendantaliste idéaliste qui perd la tête en essayant de s'élever au-dessus du sol commun et de franchir la barrière du concret. Le diable, seul gagnant de l'aventure, est hypocrite et sournois ; il manque d'élé-gance et s'enfuit furtivement sans demander son reste. Si morale il y a, elle n'est pas dans le comportement des personnages. Ce que raconte Poe, c'est l'aventure rêvée du langage. Dans Perte de souffle **, Poe poursuit jusqu'au bout une cascade de catastrophes absurdes déclenchées par l'expression « perdre le souffle ». Dans* Les Lunettes **, il part de l'expression anglaise équivalant à notre « coup de foudre », « love at first sight », littéralement « l'amour au premier regard » : mais que se passe-t-il donc si l'amoureux a mauvaise vue ? Dans* La Semaine des trois dimanches **, quelqu'un est pris au mot d'un pari sur une locution définissant une situation impossible.*

Dans L'Homme d'affaires * *chaque épisode est l'illustra-*
tion d'un ou de plusieurs proverbes. Dans Pourquoi le
petit Français *..., un catalogue de coq-à-l'âne est mis*
littéralement en scène et en dialogues. Dans L'Homme
qui était usé *, le narrateur va jusqu'au bout de l'horreur*
qu'implique l'imaginaire d'une expression banale. Dans
C'est toi l'homme *, c'est justement parce que le person-*
nage principal s'appelle Goodfellow (« bon garçon ») que
le narrateur n'a pas tout à fait confiance en lui. Dans
Mellonta tauta *, en l'an 2848 les mots ont tellement*
dérivé qu'ils ont désormais des sens incongrus. La Lettre
volée *traduit* The Purloined Letter; *« purloined », qui*
dérive de « loin », signifie aussi soustraite, détournée,
éloignée. Comme le faisait remarquer Raymond Queneau,
« on peut se demander si de même que Le Corbeau *a été*
écrit sur nevermore, *l'intrigue même de cette nouvelle n'a*
pas été inspirée par une réflexion sur le mot purloined [33] ».

  Les mots ou les expressions autour desquels ont
cristallisé les contes sont souvent traduits par des person-
nages appartenant à cette frange indistincte et pré-
littéraire du folklore — devinettes, jeux de mots, blagues,
anecdotes légendaires, allusions obscènes, chansons
militaires ou estudiantines — et Poe met en scène des
personnages nés du langage dans des situations logiques
comme s'il tentait une expérience scientifique. L'homme
usé ou en morceaux, l'escroc des petits et des grands
chemins, le mystificateur forcené, la femme artificielle,
l'inventeur fou, le myope qui traduit tout à l'envers, les
rivaux amoureux, le marchand de vent, et le diable bien
sûr, autant de silhouettes burlesques nées dans la nuit du
langage, de l'accouplement contre nature de mots, de
proverbes, d'expressions. Poe est toujours à la fois le

---

33. Raymond Queneau, « Poe et " l'analyse " », in *Bords*, Hermann,
1963.

crypteur maniaque — le capitaine Kidd du Scarabée
d'or, *ou l'obscure divinité de* Gordon Pym *—, et le
décrypteur hyper-logique —* Legrand *ou* Dupin. *Ce qu'il
nous montre en mettant en scène ces personnages énig-
matiques et improbables, c'est ce fond spectral de la
langue commune où s'agitent tant d'étranges fantômes.
La langue en elle-même est fiction. Le crime est déjà tapi
au sein du langage.*

Le vol de la lettre

Au début de Double assassinat dans la rue Morgue,
*dans un passage devenu fort célèbre, Dupin retrace tout le
déroulement des pensées de son interlocuteur pendant
leur déambulation muette autour du Palais-Royal : le
fruitier qui les a bousculés, les pavés de bois, le mot*
stéréotomie, *la théorie atomique d'Epicure, les dernières
découvertes de la cosmologie, la nébuleuse d'Orion, le
savetier Chantilly devenu acteur en changeant de nom.
Dupin évoque donc Orion qui s'écrivait primitivement
Urion et cite le vers d'Ovide* « Perdidit antiquum littera
prima sonum » *(la première lettre a perdu son ancien
son). Il évoque aussi ensemble, comme Poe le fera plus
tard dans* Eureka, *les théories d'Epicure et celles de
Laplace. Pour Epicure les atomes sont comme les lettres
des mots et leur déviation engendre les formes. Pour
Dupin le monde est le produit de la combinatoire des
lettres-signes*[34].
A la fin des Souvenirs de M. Auguste Bedloe *(titre
original :* A tale of the Ragged Mountains*), on apprend
qu'une erreur du typographe a fait perdre, dans une
notice nécrologique, la dernière lettre du nom du défunt
Bedloe. Bedloe a vécu en pensée dans la montagne ce que*

34. Voir aussi Claude Richard, *Lettres américaines, op. cit.*

*Templeton rédigeait chez lui, l'histoire de son plus cher
ami, l'officier Oldeb. Bedloe est le double d'Oldeb dont le
nom n'est autre que Bedloe inversé et ayant perdu sa
première (dernière) lettre. Dans* Les Lunettes *, *le héros,
qui reçoit par héritage le nom plébéien de* Simpson
*(littéralement fils de niais, de bêta), se nommait à
l'origine Froissart, comme l'auteur des* Chroniques. *Et,
coïncidence, les femmes des générations précédentes se
sont appelées Moissart, Voissart et Croissart. La dérive de
la* littera prima *puis l'ajout de la lettre R ont créé la
véritable noblesse, celle de l'écriture.*

*Un personnage têtu venu de l'Orient, comme un roi
mage, bouleverse la vie paisible d'une petite ville de
l'Ouest (*Ixage d'un paragrab *). *Bientôt, dans la mythologie américaine, de non moins mystérieux justiciers solitaires et têtus, à coups de pistolet, viendront perturber ou
rétablir un ordre social déjà fragile parce que fondé sur le
massacre des Indiens, l'esclavage et la spoliation des
terres. Ce justicier-là est rédacteur en chef, n'apporte avec
lui qu'une presse et des caractères d'imprimerie et ne
s'attaque qu'à un rival en écriture, un rival sans nom,
évidemment, puisqu'il s'appelle, comme tout le monde,
John Smith. Quelques lignes d'un éditorial suffisent à
perturber complètement la vie de la cité. La lettre O,
l'Oméga, lettre centrale du nom de Poe (lui-même moitié
du mot « poésie »), se met à proliférer comme le D dans*
La Lettre volée *(Dupin, D... hôtel, D... chiffre, D... signe,
etc.), comme le L dans* Ligeia *(de god, dieu, à gold, or ; de
lead, plomb à dead, mort* [35]*). Puis on la vole et elle est
remplacée par un X, à son tour proliférant, exaspérant,
excédant, qui se met à polluer le langage de toute la
communauté, attirant irrésistiblement la lettre qui lui
succède, le terrible Y du mot lynchage, une lettre qui*

---

35. Claude Richard, « " L' " ou l'indicibilité de Dieu : une lecture de
Ligeia », *Delta*, n° 12, mai 1981.

ressemble à la fourche de l'arbre où l'on passe la corde.

Ixage d'un paragrab * *pourrait s'intituler aussi bien* La Lettre volée. *Là aussi on retrouve des jumeaux rivaux (les deux rédacteurs en chef). Là aussi une lettre disparaît. Et sa disparition met en péril l'ordre politique. Cette fois cependant, il ne s'agit pas d'une épître, mais de la lettre « littérale », si l'on ose dire, et même tellement littérale que Poe s'est attaqué à la lettre de plomb, celle qui garnit les casses d'imprimerie, c'est-à-dire à la matrice absolue de toute lettre, de toute « littéralité », de toute littérature. Et le plomb n'est-il pas la matière première de la transmutation alchimique ? Comme dans* Le Scarabée d'or, *le message chiffré mène à l'or caché : conquérir les lecteurs de Nopolis, c'est, bien sûr, prendre la clientèle de John Smith qui jusqu'alors « s'y était paisiblement enrichi ». Mais sur un autre plan, maîtriser la lettre, c'est contrôler l'ordre atomique et moléculaire du monde, être maître du sens et des mots, transformer le plomb en or littéraire. Entre le mot (« word ») et le monde (« world »), il n'y a jamais que la distance d'une seule lettre.*

Fondations

Le narrateur de C'est toi l'homme * *raconte d'abord l'histoire du point de vue du simple villageois. Mais il annonce aussi : « Je vais jouer l'Œdipe de l'énigme de Rattlebourg. » Il décrit des indices, les met en concordance, raconte un crime. Un homme soupçonné d'assassinat risque d'être lynché par la foule. Tous les faux indices accumulés par l'assassin forment un discours serré, accablant, irréfutable. Le narrateur, on le découvre à la fin, s'est servi en secret de ces mêmes indices pour retourner le discours. Grâce à une lettre — encore — il fabrique lui-même une vengeance terrible, et sauve l'inno-*

cent de la mort. Le happy end n'est guère rassurant
puisque, pour que cet innocent soit sauvé, il faut qu'à la
suite d'une manipulation assez peu ragoûtante, le cadavre revienne réellement sur la table de l'assassin, table de
communion autour de laquelle tous les villageois en liesse
sont en train de partager le vin. Le scribe, celui qui se
désigne comme Œdipe, a dû faire lui-même sa descente
aux enfers, chercher le cadavre, le préparer, retourner la
chaîne des signes dans une autre logique pour dévoiler le
crime horrible à ses concitoyens et, en même temps, leur
montrer leur aveuglement, leur bêtise, leur enfantillage (le
mort est préparé de façon à surgir comme un diable de sa
boîte).

Dans Mystification*, le mystificateur provoque la
violence suprême par le geste le plus suicidaire qu'il
puisse imaginer dans ce milieu de duellistes acharnés,
mais triomphe de son adversaire, donc de la mort, grâce à
un livre, annulant d'un seul coup toute violence par la
pirouette d'un échange de politesse. Dans L'Homme qui
était usé*, le narrateur est le seul à ignorer quelque chose
de fondamental à propos du Général John A.B.C. Smith.
Chaque fois que la chose va lui être révélée, un incident
arrête la chaîne des explications. Tout tourne autour du
mot « homme », comme l'énigme posée par le sphinx à
Œdipe. Chaque étape est littéraire : Shakespeare (Henri IV
d'abord, puis Othello), Virgile, le livre de Job, Byron,
Defoe... On remarque qu'Henry IV, Othello, l'Énéide,
Job, Manfred ou Robinson Crusoe sont des histoires soit
de fondation, soit de désagrégation d'un corps social. Et
c'est en effet sur un Père Fondateur que le narrateur
enquête, un de ces héros vaillants et conquérants qui ont
fait l'Amérique et qui sont les modèles imposés à toute la
génération romantique[36]. Mais la gloire du Général ne

---

36. Bertrand Rougé, « La pratique des corps limites chez Poe »,
Poétique, n° 60, novembre 1984.

s'est bâtie que sur le massacre des Indiens et, lorsque le narrateur accède auprès du grand homme, il découvre un paquet « d'aspect excessivement bizarre », un « nondescript », c'est-à-dire quelque chose d'indescriptible, qui transcende toute littérature. Le Général a été scalpé, mutilé, réduit par les Indiens et il lui faut tout un lot de savantes prothèses pour récupérer la belle prestance qu'il affiche en société. Le Père Fondateur n'est qu'un mannequin.

Mellonta tauta* *est un récit d'anticipation situé en 2848, à la manière de Sébastien Mercier, de Rétif ou de Casanova. Les allusions ou les citations disséminées racontent l'histoire des illusions politico-philosophiques : Aristote ou la répétition des opinions, Kant ou l'évidence en soi, Fourier ou l'harmonie universelle, Bentham ou l'union dans l'utilité. Mais les « choses futures » du titre viennent d'*Antigone, *histoire d'un pacte social rompu, et la « vieille taupe » shakespearienne est là aussi pour nous rappeler, comme elle le rappelle à Hamlet, qu'au cœur de tout pouvoir il y a le secret d'un crime. Tant de siècles de philosophie politique pour aboutir à une escroquerie monumentale, l'achat de Manhattan aux Indiens pour vingt-quatre dollars, tant de « raisons » et de concepts séculaires pour couvrir la terre de grands magasins, tant de conquêtes et de massacres pour la pierre angulaire d'un monument qui ne sera même pas érigé, tant de dithyrambes sur le suffrage universel pour finir dans la plus sordide des fraudes électorales, tant de dissertations sur la démocratie pour amener la dictature sanguinaire du tyran Populo[37]. Le passage sur la fraude électorale dans* Mellonta tauta* *prend d'ailleurs une curieuse résonance quand on sait*

---

37. Sur les idées politiques de Poe, voir Ernest Marchand, « Poe as social critic », *American Literature*, VI, mars 1934.

qu'à peine quelques mois après avoir écrit cette nouvelle,
Poe, selon une version incertaine mais plausible et en tout
cas communément admise, était entraîné à boire par des
rabatteurs électoraux à Baltimore — un usage courant à
l'époque — et en mourait quatre jours plus tard à
l'hôpital.

La pureté politique n'a été acquise qu'au prix de crimes
que rien ne peut effacer. Les crimes s'emboîtent les uns
dans les autres. Les fondations sont des mystifications, la
société, un édifice fragile. A une Amérique qui commence
à vibrer aux histoires de chasseurs de fourrures et de
colporteurs, Poe renvoie toute la grotesquerie *(comme il*
le dit) des illusions communautaires. Après Sophocle,
après Shakespeare, il sait que toute tribu, toute société a
son meurtre fondateur, que toute histoire en mots tourne
autour d'un crime de sang. Pureté. Tribu. Mots. Mallarmé, Tombeau d'Edgar Poe : « *donner un sens plus*
pur aux mots de la tribu ». *L'écrivain est celui qui dévoile*
le crime, parfois le détourne, le diffère.

Facilis descensus...

Perte de souffle * *raconte les aventures cocasses —*
dans la lignée de Candide — *d'un homme qui a perdu le*
souffle et qui, déclaré mort, est enfermé dans un caveau.
Le Duc de l'Omelette, *lui, se réveille aux enfers, tout*
empaqueté dans son linceul. Dans C'est toi l'homme *, le*
narrateur est allé rechercher un cadavre au fond d'un
trou. Le thème de la descente aux enfers revient fréquem-
ment chez Poe, et sous toutes les formes. Virgile est
plusieurs fois évoqué, même lorsque la descente n'est que
métaphorique : « Sa chute ne sera pas moins précipitée
que ridicule », dit Dupin du ministre D..., son jumeau
rival. « On parle fort lestement du facilis descensus

Averni [38] ; *mais en matière d'escalades, on peut dire ce que la Catalani disait du chant :* " *Il est plus facile de monter que de descendre.* " »

Une descente dans le Maelstrom, *le* Manuscrit trouvé dans une bouteille, Le Puits et le pendule, Le Roi Peste, Arthur Gordon Pym *et aussi le récit qu'on devine derrière l'esquisse du* Phare *, *répondent au même modèle virgilien. Pour Poe, toute* « aventure », *c'est-à-dire toute* « écriture », *est descente, et en particulier descente aux enfers. Facile, la descente dans l'Averne. Facile de plonger son personnage dans des situations impossibles. Mais comment le sortir de l'* « enfer » *sans recourir au surnaturel ?* L'Enterrement prématuré * *débute comme un article documentaire. Le narrateur énumère quelques cas extraordinaires réels ou inventés, puis entre brusquement dans son vrai sujet. Il veut nous plonger au cœur de la noirceur absolue :* « détresse », « oppression », « suffocantes », « étreinte rigide », « Nuit absolue », « silence », « englouti », « invisible », « Ver Conquérant », « horreur effroyable », « intolérable », « atroce », « peur ». *Substantifs, verbes, adjectifs s'accumulent, se télescopent à la façon des romans gothiques et Poe montre à l'évidence dans ce court passage que la littérature ne peut rendre l'horreur ou la peur par la seule accumulation des mots pour les dire.* « Et ainsi », *précise subtilement le narrateur,* « tous les récits sur ce sujet ont-ils un intérêt profond : un intérêt néanmoins, qui, par la peur sacrée du sujet lui-même, dépend très proprement et très particulièrement de la conviction que nous avons de la vérité des faits rapportés. » *Le mot* « horreur » *n'est évidemment pas la vérité de l'horreur.*

Changement de registre : le narrateur décrit un cas

---

38. Les éditions modernes de Virgile optent pour *Averno*, mais dans le passé le texte oscillait entre le datif *Averno* (« descente à l'Averne ») et le génitif *Averni* (« descente de l'Averne »). Voir la remarque de J. Lacan, *op. cit.*

*médical, le sien propre. Puis une expérience vécue,
concrète, où il retrouve dans le moindre détail tout ce que
son imagination morbide lui avait fait pressentir : l'enfer-
mement dans la caisse de bois, la nuit et le silence
absolus, l'odeur de la terre humide, l'impossibilité de crier
ou de bouger... La dureté du bois et l'odeur de la terre sont
les vrais moteurs de la peur. Poe va jusqu'au bout des
mécanismes absurdes des récits d'horreur inauthentiques
qu'on rencontre dans les revues de l'époque et il les
replace dans une situation logique. La mort est l'excès
suprême, l'inracontable par définition. Comment
contourner cet agaçant paradoxe ? Toute l'articulation du
récit est donc une savante machinerie logique. Les signes
de la mort ne sont pas la mort.*

*En une non moins savante mise en abîme, la fin du
récit est double. Il semble d'abord s'achever par une
heureuse catharsis. A raconter son histoire, le narrateur
guérit. Il se débarrasse de ses livres médicaux et des* Nuits
de Young. « *Plus de galimatias sur les cimetières — plus
d'histoires d'horreur —* comme celle-ci. » *Le récit de
l'horreur abolit l'horreur. Le récit de la maladie abolit la
maladie et abolit le récit lui-même (nous sommes cinquante ans avant les découvertes de Breuer et de Freud).
Mais dans les dernières lignes, rebondissement contradic-
toire, retour au réel. Car la mort, après tout, est quand
même l'ultime réalité :* « Hélas ! on ne peut regarder la
sinistre légion des terreurs sépulcrales comme entièrement imaginaire (...) — elles doivent sommeiller, sinon
elles nous dévoreront — il faut les condamner au sommeil, sinon nous périssons. » *C'est un écho, mais moins
triomphant, de la formule de Shakespeare :* « Tu te
nourriras de la mort qui se nourrit des hommes. Et morte
la mort rien ne meurt plus[39]. » *Autre définition de la
littérature.*

---

39. Sonnet 146 (édition de 1609).

Frontières

Le thème orphique de la descente aux enfers n'est qu'un des aspects de cette quête permanente de la limite[40] qui caractérise le héros poesque. Dès les débuts de la littérature américaine le thème de la « frontière », l'Ouest sans cesse reculé et inaccessible, imprime sa marque violente sur l'imaginaire des écrivains. Poe tourne résolument le dos à Fenimore Cooper et aux écrivains de l'aventure pionnière. D'ailleurs lorsque ses héros se déplacent, c'est rarement d'est en ouest mais bien plutôt selon un axe nord-sud (thème qui se renforcera plus tard avec Melville ou des écrivains « sudistes » comme Twain ou Faulkner). La vraie frontière chez Poe est géodésique de l'imaginaire. M. Manque de souffle subit toutes les mutilations d'un corps soumis à l'expérimentation médicale, pendu puis jeté au rebut des cimetières. Psyché Zénobie, bon petit reporter snob, vit « en direct » sa décapitation. Le narrateur du Sphinx * décrit avec une minutie toute scientifique une hallucination terrifiante. Ceux du* Cœur *révélateur ou de* Bérénice *ne racontent rien d'autre que leur folie meurtrière ou nécrophile. Napoléon Bonaparte Froissart se fait le chroniqueur de sa propre exploration des limites : sa mauvaise vue l'a entraîné dans une aventure qui, si elle ne dépasse pas le cadre des salons mondains d'une ville américaine, touche cependant à l'interdit universel majeur, celui de l'inceste. Le labyrinthe, la torture, la mutilation, la drogue, l'ivresse, la folie (omniprésente chez Poe qui, en ce domaine, inaugure le XIXe siècle), le cauchemar, le rêve, l'hallucination, la catalepsie, la catastrophe absolue (telles celles énumérées au début de*

40. Voir Tzvetan Todorov, préface aux *Nouvelles histoires extraordinaires*, Folio, 1974.

L'Enterrement prématuré *), sont des états limites qui
n'existent, avant toute expérience concrète, que parce
qu'ils sont pensables, imaginables, racontables. Il y a
même chez Poe une sorte de mysticisme de la limite : le
thème de la « noche oscura » revient souvent (Gordon
Pym lorsqu'il se trouve au fond de la cale, Le Puits et le
pendule, L'Enterrement prématuré *).

Aux expériences limites, aux états limites correspondent des corps limites. Celui du Général A.B.C. Smith,
réduit à l'état de « nondescript », de non-humain, est
placé lui aussi sous l'invocation virgilienne. Le horresco
referens d'Énée rappelle la mort de Laocoon étouffé par
les anneaux du serpent marin. Le non-descriptible est ce
qui tente d'échapper aux anneaux du récit, à la littérature
et, paradoxalement — comme la mort, la folie, la drogue,
le cauchemar —, ce qui, refoulé, revient massivement
investir la littérature. L'écriture elle-même est expérience
des limites, corps limite, transgression absolue.

De l'humain à la bête et retour

Tout le cheminement de Dupin dans son enquête sur le
double crime de la rue Morgue consiste à glisser de l'idée
d'un crime humain à celle d'un crime inhumain. « D'une
grotesquerie dans l'horrible absolument étrangère à l'humanité », dit Dupin de l'impensable boucherie. Il a donc
été commis par une bête : on apprend à la fin qu'il s'agit
d'un orang-outang. Mais le lecteur n'est pas satisfait de la
démonstration hyper-logique du détective ni de l'expression « absolument étrangère à l'humanité ». Trop
d'indices inutiles ou troublants ont été semés par l'auteur. Dupin habite un étage aussi élevé que celui des
victimes, c'est un rôdeur nocturne, il a un double registre
de voix et il découvre trop vite la solution. Un être
humain, Dupin lui-même, aurait aussi bien pu commet-

tre le crime. Comme le ministre D... de La Lettre volée *est le double malfaisant du bon Dupin, l'orang-outang de la* Rue Morgue *est une sorte de double animal du détective. C'est après avoir déguisé le roi et sa suite en orang-outang qu'*Hop Frog *les enflamme et les sacrifie de façon atroce comme s'il leur avait fallu revêtir les masques du non-humain pour expier leur manque d'humanité.*

Les héros hallucinés de Poe sont souvent hantés par une figure de bête : le cheval fou de Metzengerstein, *le chat borgne et spectral du* Chat noir, *le monstrueux papillon-présage du* Sphinx*, *le Ver Conquérant de* L'Enterrement prématuré* *ou les rats grignoteurs (*Le Puits et le pendule, Une situation difficile**). Toby Dammit vit sur la frontière incertaine entre l'homme et le chien, à la merci des fluctuations de la langue commune. Antiochus Epiphanes arrive en fanfare à l'hippodrome, passant devant les figurations bestiales des temples, traversant une ville fourmillante de bêtes féroces : il est lui-même un animal composite à tête d'homme (*Quatre bêtes en une*). Robert Jones est lion par le nez (*Lionne-rie*). Peter Proffit fait fortune d'abord par les chiens, ensuite par les chats (*L'Homme d'affaires**). Le chien d'Arthur Gordon Pym, Tigre, lui sauve plusieurs fois la vie. Le cheval de* C'est toi l'homme* *porte les stigmates du crime, les précieux indices qui, retournés, permettront de confondre le véritable assassin et d'innocenter l'accusé. Dans la folie de l'homme surgissent les caractères totémiques de la bête. Les signes se mêlent, les distances s'effacent, la métamorphose s'opère. Le narrateur de* Matin sur le Wissahiccon*, *plongé dans sa rêverie aquatique, par une sorte de devenir animal, pour repren-dre l'expression deleuzienne, se met à percevoir les sensa-tions et les « idées » de l'élan. Il entre dans l'espace et le temps révolus de l'élan et de l'Indien, une sorte d'âge d'or où les deux règnes, animal et humain, semblaient encore en harmonie.*

Le scarabée d'or, choisi par Legrand pour son étrange manipulation (« par un petit brin de mystification froide », dit-il), passe par l'orbite du crâne déposé sur l'arbre par le capitaine Kidd. Le dessin sur la carapace du scarabée, l'os crânien sur l'arbre, les squelettes autour du coffre enfoui, la marque blanche sur le drapeau noir du pirate, tout s'emboîte, entre en résonance, répète les signes naturels de l'insecte qui sont ceux de la mort elle-même. La même figure se retrouve sur le corset du papillon dans Le Sphinx*. *La torpeur mentale dans laquelle se trouve plongé le narrateur, en raison de l'hécatombe due au choléra, de lectures troubles et d'une tendance à la superstition, lui fait entrevoir soudain la monstruosité absolue sous une forme animale. A l'époque où Poe écrit* Le Scarabée d'or, *Melville chasse la baleine. Borges racontera plus tard sa fascination pour la robe labyrinthique des tigres. Hemingway à la chasse ou à la corrida. Nabokov et les papillons...*

L'épopée de la bêtise

« La vérité est que cette vie, et généralement tout le XIXe siècle, me donnent des nausées », dit le prince égyptien dont la momie est ressuscitée dans Petite discussion avec une momie. *Le prince se nomme « Allamistakeo », ce qui peut s'entendre « all a mistake », tout est une erreur, tout est un malentendu. Il y a chez Poe, face à la bêtise de son temps, une fascination rageuse qui, par bien des aspects, annonce celle de Flaubert. Ses critiques autant que ses textes de fiction dressent le catalogue des malentendus de son époque. Peu de ses contemporains échappent à son vitriol : journalistes, rédacteurs en chef, poètes pompiers, poétesses, romanciers de la prairie, romanciers gothiques, politiciens, métaphysiciens, trans-*

*cendantalistes, inventeurs maniaques, magnétiseurs, spi-
rites, swedenborgiens...*

*Ricanant des aventures des colons, des chercheurs d'or
ou des coureurs de prairie, héros positifs de l'épopée
américaine, tout vibrants de cette idéologie patriotique et
unanimiste qui domine encore aujourd'hui aux Etats-
Unis, Poe leur oppose les aventures picaresques d'escrocs,
de littérateurs fourbes, de parvenus, de bas-bleus
coquettes et prétentieuses dont le seul périple consiste à
s'enfoncer plus avant encore dans la bêtise. Le club de
l'In-Folio n'est qu'une pure « Ligue d'*Imbécillité ».
Psyché Zénobie, Sir Patrick O'Grandison (Pourquoi le
petit Français*...) ou Machin Truc sont d'incorrigibles
ignares. Toby Dammit, Rhumagogo (La Semaine des
trois dimanches*) ou Risque-tout L'Entêté (Ixage d'un
paragrab*), des personnages butés ; Blackwood, Ventassez, Hermann (Mystification*), le Général A.B.C. Smith,
Pierre Profit, des bavards sentencieux et solennels.*

*La plupart de ces personnages sont d'une superficialité
vertigineuse. Tout se passe comme si Poe pressentait
longtemps à l'avance ce grouillement de héros à la fois
archétypiques et insignifiants qui ont envahi la culture
américaine puis le folklore mondial, d'abord avec la
littérature populaire et la caricature, ensuite avec la
bande dessinée, le cinéma burlesque et le dessin animé.
Les personnages de Pourquoi le petit Français*..., d'Une
situation difficile* ou d'Ixage d'un paragrab*, réduits
à l'essence du gag, annoncent Mack Sennett ou Tex Avery.
Le burlesque touche ici à une forme de tragique : cette
société d' « hommes creux » soumis à la répétition des
mêmes vaines pirouettes n'a en effet que peu à voir avec
les utopies transcendantalistes de l'époque.*

*Le transcendantalisme, très spécifiquement américain
(mais il eut des émules en Grande-Bretagne), avait des
sources aussi bien poétiques (Coleridge, Carlyle) que
philosophiques (Fichte, Schelling, Herder). Ce courant de*

pensée était une forme de monisme affirmant l'imma-
nence de Dieu dans le monde et la fusion de l'âme
individuelle avec l'âme de l'univers. Très influencé par les
courants utopistes européens, et en particulier par Charles Fourier, le mouvement transcendantaliste fut aussi à
l'origine d'expériences communautaires (Brook Farm),
eut un club (1836) et une revue (The Dial, 1842-1844).
Emerson (1803-1882), pasteur unitarien ayant renoncé
au sacerdoce, est lié au romantisme anglais et influencé
par Kant. Il s'installe à Concord (Massachusetts) qui
devient le centre du mouvement et publie plusieurs livres
où s'exprime une philosophie antirationaliste, antidéter-
ministe et d'essence plutôt panthéiste et progressiste.
Henry Thoreau (1817-1862) construit sa cabane au bord
du lac Walden, y vit en ermite, refuse de payer ses impôts,
fait l'apologie de la résistance civile (1849), invente une
économie affranchie de la loi du profit (Walden, 1854).
Le courant transcendantaliste aura une influence notable
sur Hawthorne, Melville ou Whitman et resurgira à
plusieurs reprises au XXe siècle (mouvement hippie).

Autodidacte beaucoup plus inspiré par Voltaire et par
les écrivains des Lumières que par la pensée allemande
post-kantienne à la mode en son temps, Poe réagit
violemment au panthéisme mystique des transcendantalistes. Il voit en eux des obscurantistes, une clique de
« pitoyables imbéciles ». L'échelle est définie dans Ne
pariez jamais votre tête au diable * : mystique avec
Coleridge, « panthéistique » avec Kant, « spiralistique »
avec Carlyle, « hypercanularistique » avec Emerson... Les
autres ennemis de Poe sont les politiciens ou écrivains
whigs[41], ou encore les utilitariens disciples de Jeremy
Bentham et John Stuart Mill. Contre ces derniers, il

41. Le parti « whig » se forma en 1834 en réaction contre la
politique démocrate de Jackson. Les whigs mirent au pouvoir Harrison, Tyler, Taylor puis Fillmore. La tendance disparut après 1856.

retrouve *les élans sarcastiques de Voltaire contre Leibniz. L'utilitarisme n'est devenu qu'une forme de mercantilisme. L'optimisme béat des utilitariens est le comble de la bêtise. Les pantins burlesques de Poe sont autant de cibles philosophiques.*

Femmes

Dans les contes fantastiques, les femmes sont des personnages plutôt inquiétants. Tantôt caricatures d'héroïnes romantiques, malades, diaphanes, évanescentes et angéliques (Éléonora, Bérénice, Madeline Usher, la femme du Portrait ovale, *Morella), tantôt monstresses diaboliques et vampiriques (Ligeia). Dans les contes les plus ouvertement burlesques figurent quelques pittoresques caricatures féminines. Les membres de la famille des bas-bleus se nomment Pirouette, Zéphyr, Latout, Navet... La veuve que courtisent le petit Français et l'Irlandais Sir Patrick, se nomme Mme Mélasse. Suky Snobbs se transforme en Psyché Zénobie et apprend de M. Blackwood l'art de se mettre dans une situation difficile pour en tirer de la littérature.*

La réputation de pruderie victorienne que certains ont faite à Poe n'est guère justifiée. Tout le jeu des deux protagonistes de Pourquoi le petit Français*... *ne consiste-t-il pas à essayer de caresser ou prendre la main de la veuve et de faire surenchère de séduction auprès d'elle? Mais les caresses, on le découvre à la fin, se font d'homme à homme. Il y a dans les contes d'Edgar Poe, d'autres allusions triviales. Dans* La Semaine des trois dimanches*, *le narrateur veut épouser sa cousine Kate.* « Elle me disait très gentiment que je pourrais l'avoir (dot et tout le reste) dès que j'aurais pu arracher à mon grand-oncle Rhumagogo l'accord nécessaire. » *Le mot qu'emploie Poe pour dire dot,* « plum », *prune (pour plum-*

pudding le gâteau, le magot), avait déjà à cette époque le sens sexuel précis qu'il a aujourd'hui (la prune, on dit aussi la cerise ou la figue...). Et dans le dialogue avec l'oncle, le jeu entre « to come » et « to go », peut aussi être lu avec une forte connotation argotique sexuelle. « To come off » : jouir...

    Dans Perte de souffle *, *le narrateur est à peine marié que fusent les apostrophes : « " Misérable! — mégère! — teigne! " dis-je à ma femme le matin qui suivit nos noces, " sorcière! — vieille taupe! — poseuse! — bourbier! — quintessence impétueuse de tout ce qui est abominable! — tu — tu — ". » Au moment où il va lui lancer de nouvelles insultes, il perd le souffle. On a beaucoup glosé sur cette perte qui serait l'équivalent inconscient de la perte de puissance sexuelle. Mais Poe en est si conscient qu'il emploie pour le mot « lancer » l'anglais « ejaculate ». De même, la mort du personnage du* Rendez-vous, *mort qui est une sorte de fusion-communion à distance avec la marquise Aphrodite, est annoncée par « se dressant » (« erecting ») et « il lança » (« he ejaculated »). Les mêmes mots encore sont repris au cours de la nuit de noces des* Lunettes * *où le narrateur dit lui aussi « erect » et « I ejaculated », dans une situation où a lieu une explication décisive entre un homme et une femme. Il suffit de voir comment sont écrits la plupart des contes de Poe, avec leurs collages, leurs citations qui se répondent, leurs décomptes précis de tirets, d'interjections, et surtout d'examiner comment ont été successivement corrigées certaines de ses histoires pour comprendre que rien n'était laissé au hasard. Poe pèse soigneusement chacun de ses mots et plutôt que son « extrême refoulement sexuel », comme le voit dans cet exemple Marie Bonaparte, il faut y lire au contraire le signe d'une absolue lucidité et d'un sens raffiné de l'effet littéraire : de même que les situations chez Poe découlent parfois directement des mots ou des expressions de la langue ordinaire,*

certains mots sont placés aux endroits stratégiques pour
créer un climat précis ou raconter une tout autre histoire
qui court parallèlement à l'histoire principale. « Erect »
et « ejaculated » jouent sur les doubles sens et disent
donc exactement ce que Poe veut exprimer.

Dans Les Lunettes* aussi, au cours de la même nuit
de noces, l'amoureux éperdu voit soudain de près la
sublime beauté qu'il vient d'épouser se transformer en un
épouvantail horrible qui perd ses rembourrages et ses
cheveux. La quête amoureuse commencée dans la plus
haute spiritualité s'achève dans une fort vulgaire danse
hystérique où chutent littéralement les apparences, perruque ou dessous féminins (les « tournures » si prisées à
l'époque). Vulgarité fondamentale de l'idéalisme. La
femme réduite à ses tournures, Poe qui connaît bien le
français, insiste particulièrement sur le mot.

La jolie Psyché Zénobie décapitée par « la faux du
temps », l'aiguille de l'horloge, sent sa tête se déglinguer
comme celle d'une poupée, ses yeux tombent dans la
gouttière d'abord où, malgré leur bonne éducation, ils se
mettent à cligner de la plus dégoûtante façon. La tête suit
qui, elle, se met à priser du tabac, ce que les jeunes
femmes distinguées n'auraient pas fait en société. Dans
Perte de souffle* lorsque le narrateur fouille dans les
affaires de sa femme, il trouve un râtelier, deux paires de
hanches, un œil et une liasse de billets doux envoyés par
un rival. Schéhérazade raconte à son roi toutes sortes
d'histoires incroyables qui le laissent indifférent ou
vaguement incrédule, mais lorsqu'elle commence à parler
des coussins que les dames se mettent « au-dessous du
creux des reins » pour mieux ressembler à des droma-
daires, c'en est trop. Elle a rompu le contrat des Mille et
Une Nuits. Elle est mise à mort. Sous le pacte amoureux
comme sous le pacte social, les stéréotypes, l'artifice,
l'aveuglement et la tromperie généralisés. Baudelaire,
malgré ses erreurs sur la vie réelle de Poe, remarque avec

*une grande justesse que, dans ses nouvelles, « il n'y a
jamais d'amour ».*

Du diable

*Chez un auteur qui annonce d'entrée de jeu le refus du
surnaturel, l'intrusion fréquente du diable est surprenante. La contradiction n'est qu'apparente. Le diable est
le personnage principal des romans gothiques que* Poe
tourne en dérision, Vathek, Melmoth *ou* Le Moine. *Les
démons abondent dans* Les Mille et Une Nuits, *livre
fétiche de l'écrivain. Dans les contes burlesques de Poe,
l'apparition du diable, figure folklorique universelle, a
d'abord une fonction littéraire critique. Il y a du religieux
dans le langage et la première tâche de l'écrivain est de
prendre le discours le plus courant à la lettre : « Ne pariez
jamais votre tête au diable » parce que l'énonciation
même du blasphème est déjà pacte avec le langage. Le
diable, c'est le « pied de la lettre », la causalité absolue. Et
toute causalité est diabolique en soi : von Kempelen, qui
découvre le secret des alchimistes, boite et a les yeux
luisants. De même l'apprenti typographe voleur de lettres
dans* Ixage *d'un* paragrab* *se nomme en anglais
« devil », c'est-à-dire « diable ». Von Jung qui retourne,
en se jouant, l'enchaînement d'une implacable et mortelle
logique est lui aussi d'une nature diabolique.*
*Le diable dans les contes de Poe n'a ni la beauté
ténébreuse de l'Eblis de* Vathek, *ni la méchanceté frénéti-
que du tentateur du* Moine. *Il n'a plus aucune parenté
avec les sombres personnages lucifériens de Milton, de
Goethe ou de Byron, ni avec les plaisants génies de Lesage
ou de Cazotte. Le diable de Poe est un opérateur logique,
une sorte d'automate déclencheur de fiction. Il devance
de quelques années le fameux démon de Maxwell capable
de réaliser des choses impossibles à l'encontre du*

deuxième principe de la thermodynamique. D'ailleurs Maxwell, proche d'Edgar Poe par la précocité et les dons de mémoire, proche de Dupin ou de Legrand par ses capacités inventives et logiques, est un personnage digne de Poe.

Choses futures

Mellonta tauta*, *choses futures. Ce récit d'un voyage en ballon en l'an 2848 est lié à* Eureka *d'une façon subtile. Ce n'est pas seulement une traduction sur le mode burlesque des idées qu'expose Edgar Allan Poe dans ce qu'il considérait avec quelque emphase comme son grand œuvre (« Je n'ai plus le désir de vivre puisque j'ai écrit* Eureka », *lettre à Maria Clemm, 7 juillet 1849). Le conte a en effet été écrit en février 1848, le mois même où Poe donnait lecture d'*Eureka *devant la* Society Library *de New York (l'essai lui-même ne sera publié qu'en juin). Dans son texte « sérieux », l'écrivain cite à l'appui de ses thèses des extraits d'une lettre « écrite en l'an deux mille huit cent quarante-huit ». Cette citation qui choqua Rufus Griswold (« malheureuse tentative de gouaillerie humoristique ») montre une fois de plus que, loin de séparer le « sérieux » et le « burlesque », Poe les imbrique étroitement. Son auto-citation d'une nouvelle comique non encore publiée lui permet de mettre en perspective les idées hardies qu'il avance. La parodie vise l'a priorisme et l'a postériorisme. Les deux voies sont en contradiction avec les évidences intuitives. Pandita jette par-dessus bord en même temps toutes les philosophies pratiques et les métaphysiques qui en découlent.*

Rationaliste sceptique, passionné de science, Poe devine qu'après Newton, avec Laplace, Cuvier, Ampère, se forgent les armatures d'une science nouvelle fondée sur les évidences phénoménales, sur une physique du réel. Il

n'y a pas d'essence secrète ou transcendante des phénomènes, il n'y a que des signes, objets concrets à observer, à
classer, à élucider. Dupin est la figure la plus antitrans-
cendantale qu'on puisse imaginer. Il annonce l'entrée de
la science dans l'ère probabiliste : « L'expérience a
prouvé, et une véritable philosophie prouvera toujours
qu'une vaste partie de la vérité, la plus considérable peut-
être, jaillit des éléments en apparence étrangers à la
question. C'est par l'esprit, si ce n'est précisément par la
lettre de ce principe, que la science moderne est parvenue
à calculer sur l'imprévu... » (Le Mystère de Marie
Roget). Au moment où Poe écrit ces contes du cycle de
Dupin, fort peu de philosophes (pour ne rien dire des
savants) ont tiré la leçon de la révolution newtonienne ou
des travaux de Laplace et de Gauss.

   La philosophie scientifique que Poe développe ensuite
dans Eureka tempère cet enthousiasme pour Newton : les
facultés intuitives — celles de Kepler et de Champollion
par exemple — sont mises en balance avec la déduction
newtonienne. Si l'essai a été longtemps mal compris (et
même pris pour l'œuvre d'un fou), on ne peut plus le lire
aujourd'hui sans être stupéfait de la richesse de ses
intuitions. Comme l'a fort bien perçu Paul Valéry, l'organisation géométrique du cosmos, sa symétrie, la géomé-
trisation du temps, la coalescence des lois en un principe
unitaire, sont « l'expression d'une volonté de relativité
généralisée » et annoncent la représentation du monde
selon Einstein [42].

---

42. « Au sujet d'*Eureka* » in *Œuvres complètes*, Pléiade, I, p. 858. Voir
aussi James Lawler, *Edgar Poe et les poètes français*, Julliard,
1989. *Eureka*, jamais cité bien sûr dans les travaux scientifiques du
XIXᵉ siècle et du début du XXᵉ, l'est de plus en plus dans les travaux
cosmologiques depuis le milieu du siècle.

Portrait de l'auteur en Schéhérazade

Il faut supposer que tous les narrateurs de Poe sont en fait en train d'écrire leur histoire. Beaucoup tiennent leur journal. D'autres revivent par l'écriture leur folie, leur cauchemar ou leur crime. Plusieurs personnages sont de façon explicite des écrivains ou des journalistes. Presque tous enfin écrivent des lettres, envoient des messages, en déchiffrent. Tous sont des lecteurs. L'écriture et la lecture des signes sont liées. Mais cette double activité est complexe, fait appel à des stratégies logiques particulières. Le cycle de Dupin dit clairement que plusieurs niveaux de lecture coexistent celui des personnages secondaires représentant le sens commun, celui du narrateur, celui du détective-décrypteur, celui de l'écrivain lui-même, qui, s'il n'intervient pas directement dans le récit, y dissimule cependant bien des signes de sa présence. Parfois d'autres niveaux encore. Ces strates de lecture-écriture sont un peu comme le pendant des emboîtages des Mille et Une Nuits, *mécanisme de production du récit et mécanisme retardateur de la menace de mort. Ce qui menace le narrateur dans les contes de Poe c'est la prolifération des interprétations, les voies détournées du surnaturel, de l'irrationnel, du démoniaque, l'affolement du lecteur face à l'horreur ou à la folie des situations. Il ne faut pas que la narration s'arrête un instant de crypter-décrypter sous peine de mort. Toute enquête, toute science, toute narration en fin de compte, sont lecture des signes suivie d'une recombinaison, d'un redéploiement patient de l'intrigue selon une nouvelle logique. La lecture de l'âme s'inscrit dans une lecture bien plus vaste qui est celle des signes de l'univers entier. C'est dire combien la notion d'inconscient freudien paraît restrictive, face à la science des signes qui se dessine chez Poe.*

La séparation entre littérature romanesque et philoso-

*phie est scolaire, arbitraire. Toute grande fiction est souvent plus riche de concepts nouveaux que bien des philosophies à la mode. Ce qui frappe immédiatement chez Poe, c'est la puissante aspiration théorique de sa fiction. En germe dans son œuvre, on trouve une critique du sens commun (*La Semaine des trois dimanches *, Le Sphinx *, C'est toi l'homme *)*, une théorie globale de l'inconscient (*Le Démon de la perversité, l'Homme des foules, le cycle de Dupin)*, une théorie de la catharsis (*L'Enterrement prématuré **)*, une théorie de l'analogie (le cycle de Dupin, *Le Sphinx *)*, une théorie de la marge, du subliminal (*Le Mystère de Marie Roget)*, une théorie de la combinatoire et de l'aléa (*Marie Roget, encore)*. « Philosophe non réfuté »*, dit Baudelaire. « Dieu intellectuel de ce siècle »*, dit Mallarmé*[43].

L'écrivain américain qu'on a fait passer pour le modèle même de l'auteur romantique, idéaliste, hanté, ténébreux, maudit, balbutiant, est au contraire le plus antiromantique qu'on puisse imaginer. Sceptique, cynique, matérialiste, lucide, précis, c'est un héritier de Diderot et de Voltaire. Et aussi, pourquoi pas, de Sade : il y a chez Poe un pessimisme froid en même temps qu'une révolte profonde contre la Providence. Le Puits et le pendule, récit d'une résistance obstinée contre un insupportable deus ex machina, *appartient au même univers sceptique que la* Justine *de Sade ou* Les Désastres de la guerre *de Goya.*

La fiction-critique de Poe a survécu au violent mouvement de rejet romantique et positiviste qui a suivi son émergence dans la première moitié du XIXᵉ siècle. La filiation la plus apparente — Baudelaire-Mallarmé-Valéry — en cache bien d'autres. Melville, Maupassant, Gogol, Kipling, James, Hemingway, Faulkner lui doivent beau-

---

43. Après Baudelaire et Mallarmé, Paul Valéry reçoit un choc profond à la lecture de Poe et le place sur le même plan que Léonard.

coup. Mais aussi Joyce, Pirandello, Nabokov, Borges. Au seuil de l'époque moderne, Poe fonde la littérature comme utopie : la beauté est mode de connaissance. Il n'y a plus de séparation entre raison et intuition ni entre écriture et science. « L'univers, dit Poe cent ans avant Borges, est une intrigue de Dieu. »

De la traduction

Histoires extraordinaires *(1856),* Nouvelles histoires extraordinaires *(1857),* Histoires grotesques et sérieuses *(1865), les trois titres artificiels donnés aux recueils de Charles Baudelaire par ses éditeurs sont restés à jamais intouchables dans l'édition française. Baudelaire commença à traduire Poe en 1847 et s'arrêta en 1864. Il consacra donc dix-sept ans de sa vie à un travail qui dut souvent être fort ingrat étant donné la médiocre connaissance qu'il avait de l'anglais au début, la pauvreté des dictionnaires de l'époque et la difficulté de s'informer sur le contexte ou les allusions de certains contes. Baudelaire alla boire du whisky avec des grooms ou des jockeys dans les tavernes de la rue de Rivoli, arpenta les cabarets à la recherche de marins anglais, interrogea tous ses amis anglophones. Il publia dans les revues les contes de Poe à mesure qu'il les traduisait, les corrigea ensuite plusieurs fois. Le résultat, on le sait, est une œuvre sans doute quelque peu hybride mais unique. Ni un texte « meilleur » que celui de Poe, comme on l'a prétendu, ni une trahison. Certes, contresens, mauvaises lectures ou menues modifications de l'original ne manquent pas : ces scories ont été répertoriées[44], elles ne remettent pas en cause le travail gigantesque*

---

44. Voir les éditions de Léon Lemonnier assez soigneusement annotées, éditions Garnier (1946, 1947, 1950).

de Baudelaire ni l'intégrité de l'écriture de Poe.
   Mais une sorte de respect fétichiste du texte baudelai-
rien a interdit jusqu'à présent qu'une édition définitive et
littérale de Poe soit offerte aux lecteurs français. En outre,
vingt-quatre contes n'ont pas été traduits par Baude-
laire. Certains peut-être parce qu'ils l'avaient déjà été par
les tout premiers traducteurs rivaux de Baudelaire (par
exemple La Caisse oblongue* *ou* Le Mille Deuxième
Conte*...), *d'autres sans doute parce qu'ils pouvaient*
passer pour « intraduisibles » (Ixage d'un paragrab*,
Pourquoi le petit Français*..., La Vie littéraire*...), *un*
autre, enfin, parce qu'oublié dans une revue, il n'avait
pas été recueilli dans les deux volumes posthumes édités
*par Griswold (*Matin sur le Wissahiccon*).
   Les contes non traduits par Baudelaire ont connu
quelques éditions spécifiques de 1862 à 1950. Comparées
à celles de Baudelaire, la plupart de ces traductions sont
assez indigentes [45]. *Le travail d'analyse et d'enquête mené*
depuis une cinquantaine d'années sur l'œuvre de Poe par
des auteurs comme Killis Campbell, Allen Tate, Richard
Wilbur, James Southall Wilson, Thomas O. Mabbott,
Burton R. Pollin, Richard P. Benton ou Claude
Richard [46], *aide aujourd'hui à restituer au texte de Poe ses*

---

45. Citons : *Contes inédits,* par William L. Hughes, Paris, 1862 ;
Contes grotesques, par Emile Hennequin, Paris, 1882 ; *Derniers contes,*
par F. Rabbe, Paris, 1888 ; *Histoires étranges et merveilleuses* par
M. D. Calvocoressi, Mercure de France, 1914 ; *Le Sphinx et autres contes
bizarres* par Marie Bonaparte, Maurice Sachs, Matila, C. Ghyka,
Gallimard, 1934. Sont de bien meilleure qualité les *Histoires grotesques
et sérieuses* suivies de *Derniers contes,* par Léon Lemonnier, Garnier,
1950 ; et les contes traduits par Francis Ledoux pour *Œuvres en prose,*
Club français du livre, 1960.
   46. Outre les ouvrages déjà cités dans les notes précédentes, Burton
O. Pollin, *Discoveries on Poe,* Notre-Dame, Indiana, 1970 ; Richard
Wilbur, « Le cas mystérieux de Poe », *New York Review of books,*
13 juillet 1967, traduit dans « Configuration critique » ; Jean Ricar-
dou, « L'or du scarabée » in *Pour une théorie du nouveau roman,* Seuil,
1971 ; Denis Marion, *La Méthode intellectuelle d'Edgar Poe,* Minuit,

dimensions biographiques, historiques ou littéraires. La connaissance des méthodes d'écriture de l'écrivain engage le traducteur à déceler sous le texte le fourmillement d'autres textes appartenant à la tradition littéraire — la Bible, Virgile, Shakespeare, Milton, Byron... — ou à la production plus contingente de l'époque — publicité, politique, critique littéraire, roman noir...

Dans sa superbe analyse des Mystères de Paris *(Marginalia), Poe se livre à quelques réflexions sur l'art de la traduction :* « *Nous devrions rendre l'original de telle sorte que* la version traduite produise chez les gens auxquels elle s'adresse une impression exactement semblable à celle qui est produite chez les gens auxquels il (l'original) s'adresse. (...) *La phraséologie d'une nation est teintée de* drôlerie *pour les citoyens d'une nation parlant une autre langue. Or, pour rendre l'esprit véritable de l'auteur, cette coloration doit être compensée à la traduction. Nous devrions nous glorifier un peu moins de notre littéralité en traduction et davantage de notre paraphrase. N'est-il pas évident que c'est cette habileté qui permet de faire* une traduction donnant au lecteur étranger une idée plus juste de l'original que ne la donnerait l'original lui-même [47] ? » *La remarque de Poe est tout à fait applicable à son propre cas. Ses histoires germent dans cet espace imaginaire où s'élabore le discours lui-même, et le plus souvent dans les expressions étranges, polyvalentes, contradictoires, de la langue*

1952. Et, parmi les rares éditions annotées des contes de Poe, signalons les versions de David Galloway (*The Other Poe, Comedies and satires*, Penguin, 1983) qui tient compte des travaux les plus récents, et de Harold Beaver (*The Science Fiction of Edgar Allan Poe*, Penguin, 1976, et *The Narrative of Arthur Gordon Pym of Nantucket*, Penguin, 1975) qui donne une analyse assez fouillée de nombreux détails du texte de Poe.

47. *Graham's Magazine*, XXIX, novembre 1846. Nous citons la traduction de Claude Richard et Jean-Marie Maguin, *Préfaces et Marginalia*, Alinéa, 1983.

*parlée. C'est le domaine par excellence de l'intraduisible.
La traduction doit évoluer entre deux gouffres sans fond :
la littéralité — le plus souvent ridicule — et la paraphrase
— qui risque de détruire le mécanisme narratif. Aventures
à travers la langue, les contes de Poe offrent aux traducteurs des cheminements aussi périlleux que ceux* d'Arthur
Gordon Pym *ou du* Manuscrit trouvé dans une bouteille *et des énigmes dignes du* Scarabée d'or *ou de* La
Lettre volée.

L'huile nocturne

« *Tel qu'en Lui-même enfin* » *une courte éternité ne l'a
pas encore changé... On a donc tout écrit sur Poe, depuis
une biographie de sa chatte Caterina* « *inspiratrice* » *de
plusieurs contes, jusqu'à une enquête policière pour
déterminer si l'écrivain avait ou non vendu un esclave.
On a aussi suggéré que sa démonstration brillante
du* Mystère de Marie Roget *prouvait qu'il était lui-
même l'assassin de Mary Rogers! La vague déferlante
de récits et de rumeurs, de médisances et de faux
témoignages, de légendes et d'exégèses, d'analyses et de
psychanalyses qui depuis un siècle et demi a recouvert le
texte de Poe jusqu'à l'occulter, jusqu'à en empêcher toute
lecture qui serait de plaisir et d'intelligence, a aussi fait
oublier le principal : Poe fut un formidable travailleur.
Qu'on songe aux quatorze volumes de l'édition Harrison :
cinquante-huit poèmes, soixante-dix nouvelles, un
roman, un roman inachevé, quatre essais, plus de neuf
cents articles de critique ou de* Marginalia, *une correspondance abondante et foisonnante d'idées. Le tout
concentré — comme Dante, comme Shakespeare, comme
Mozart — en une très courte carrière, à peine vingt-deux
ans (Tamerlane, 1827 — Annabel Lee, 1849), menée en
dépit de conditions matérielles souvent très difficiles. A*

cette somme de travail énorme répondent comme en écho
les dix-sept années que Baudelaire, coincé entre une
maîtresse insupportable et des créanciers agressifs,
consacre à l'écrivain américain qui a bouleversé sa vie.

Il y a à la fin de La Vie littéraire de M. Machin Truc *,
après des pages de satire burlesque, un passage soudain
grave, à l'écho étrange, où le narrateur, dans une sorte
d'hallucination, est Poe lui-même : « Regardez-moi ! —
comme j'ai travaillé — comme j'ai peiné — comme j'ai
écrit ! Oh ! dieux, n'ai-je pas écrit ? Je n'ai pas connu le
mot " repos ". Le jour, j'étais collé à mon bureau, et la
nuit, pâle étudiant, je brûlais l'huile nocturne. Vous
auriez dû me voir — vous auriez vraiment dû. Je penchais
à droite. Je penchais à gauche. Je me penchais en avant.
Je me penchais en arrière. Je me tenais tout droit. Je me
tenais tête baissée (comme on dit en kickapou), approchant ma tête tout près de la page d'albâtre. Et, malgré
tout, j'écrivais. Dans la faim et dans la soif — j'écrivais.
Dans la bonne réputation et dans la mauvaise — j'écrivais. A la lumière du soleil ou à celle de la lune —
j'écrivais. »

Par-delà masques et caricatures, il faut aussi imaginer
Edgar Allan Poe en écrivain heureux.

Alain Jaubert

Ont été rassemblés dans ce recueil tous les textes de fiction d'Edgar Allan Poe non traduits par Charles Baudelaire à l'exception du *Journal de Julius Rodman*, texte inachevé de 1840, que nous avons écarté en raison de sa longueur. Nous faisons précéder ces contes du projet de préface aux *Contes du club de l'In-Folio* de 1833 et de la préface au recueil *Contes du Grotesque et de l'Arabesque* (Philadelphie, 1840). L'ordre chronologique de publication a paru le moins arbitraire. Le texte est conforme aux ultimes versions de Poe telles qu'elles ont été reprises dans l'édition James Harrison (*The Complete Works of Edgar Allan Poe*, New York, 1902). C'est cette édition que nous avons suivie, mais il a été tenu compte d'éventuelles révisions ultérieures des manuscrits. Les notes d'Edgar Poe — appelées par des astérisques — figurent en bas de page. Les notes du traducteur — appelées par des chiffres arabes — renvoient à la fin du volume.

PRÉFACE AUX
CONTES DU GROTESQUE
ET DE L'ARABESQUE

Les épithètes « grotesque » et « arabesque » se trouveront indiquer avec une précision suffisante la teneur dominante des contes publiés ici. Mais du fait que, sur une période de deux ou trois ans, j'ai écrit vingt-cinq nouvelles dont le caractère général peut être défini de façon si brève, on ne saurait honnêtement en déduire — et en tout cas, on ne peut véritablement déduire — que j'ai pour cette sorte d'écrit le moindre goût excessif voire singulier ni le moindre penchant[1]. Il se peut que j'aie écrit en vue d'une republication sous forme de volume, et que j'aie donc souhaité préserver, jusqu'à un certain point, une certaine unité de conception. C'est, en effet, le cas ; et il peut même arriver que, dans ce genre-là, je ne compose plus jamais rien. Je parle ici de ces choses parce que je suis enclin à croire que c'est cette prédominance de l' « arabesque » dans mes contes sérieux qui a conduit un ou deux critiques à me taxer, en toute bienveillance, de ce qu'ils se plurent à nommer « germanisme » et mélancolie. L'attaque est de mauvais goût, et les fondements de l'accusation n'ont pas suffisamment été examinés. Admettons pour l'instant que les « morceaux de fantaisie » donnés ici soient germaniques, ou je ne sais quoi d'autre. Eh bien, le germanisme est « la veine poétique » à l'heure actuelle. Demain, je pourrai être tout sauf allemand, comme hier j'étais tout autre chose. Ces divers morceaux forment pourtant un livre. Mes amis seraient tout aussi avisés en reprochant à un astronome trop d'astronomie, ou à un moraliste de traiter trop largement de morale. Mais il est vrai qu'à une seule exception près, il n'est pas une de ces histoires où le connaisseur ne puisse reconnaître les traits distinctifs de cette espèce de pseudo-horreur que l'on nous apprend à nommer germanique pour nulle autre raison que quelques-uns des noms secondaires de la littérature allemande ont fini par être confondus avec son délire. Si dans maintes de mes productions la terreur a été le thème, je maintiens que cette terreur n'est pas de l'Allemagne, mais de l'âme — que j'ai déduit cette terreur de ses seules sources légitimes, et que je l'ai poussée vers ses seules légitimes conséquences.

Il y a là un ou deux articles (conçus et réalisés dans le plus pur esprit d'extravagance) pour lesquels je ne m'attends pas à trop sérieuse attention et dont je ne dirai rien de plus. Mais, pour le reste, je ne saurais en toute conscience réclamer l'indulgence sous prétexte d'un travail hâtif. Je pense qu'il me vaut mieux dire, par conséquent, que, si j'ai péché, j'ai péché de façon délibérée. Ces brèves compositions sont, en majeure partie, le résultat d'un propos mûri et d'une très soigneuse élaboration.

LE CLUB DE L'IN-FOLIO[1]

> *Il y a un complot machiavélique*
> *Quoique toutes les narines ne le sentent pas.*
>
> Butler[2].

Le Club de l'In-folio n'est, je suis désolé de le dire, qu'une pure et simple Ligue d'*Imbécillité*. Je pense également que ses membres sont vraiment aussi laids que stupides. Je suis de même persuadé de leur intention bien établie d'abolir la Littérature, de subvertir la Presse et de renverser le Gouvernement des Noms et des Pronoms. Telles sont mes opinions personnelles que je prends aujourd'hui la liberté de rendre publiques.

Pourtant, lorsqu'il y a environ une semaine, je devins pour la première fois membre de cette diabolique association, personne n'aurait pu nourrir pour elle de plus profonds sentiments d'admiration et de respect. Pourquoi mes sentiments à cet égard ont changé, c'est ce qui apparaîtra fort clairement par la suite. Par la même occasion, je me justifierai et défendrai la dignité des lettres.

Je constate, en me référant aux procès-verbaux, que le Club de l'In-folio a été fondé en tant que tel le — du mois de — de l'année —. J'aime commencer par le commencement et j'ai un faible pour les dates. Une clause dans la Constitution alors adoptée interdisait aux membres d'être autre chose qu'érudits et spirituels ; et les buts avoués de la Confédération étaient « l'instruction de la société et la distraction de ses membres ». Dans cette dernière intention, une réunion se tient chaque mois au domicile d'un des membres de l'Association, et on attend alors de chaque participant qu'il soit en mesure d'y venir avec une « Courte histoire en Prose » de sa composition. Chaque article ainsi produit est lu par son auteur à la compagnie assemblée autour de verres de vin lors d'un très tardif dîner. Il s'ensuit évidemment bien des rivalités — plus particulièrement lorsque l'auteur de la « Meilleure chose » est nommé Président temporaire du Club ; une fonction pourvue de beaucoup d'honneurs et de peu de charges et qui dure jusqu'à ce que son bénéficiaire en soit dépossédé par un *morceau*[3] supérieur. Le père de l'Histoire tenue au contraire pour la moins méritoire, est condamné à fournir le dîner et le vin lors de la session suivante de la Société. Cela s'est révélé une excellente méthode pour renouveler de temps en temps la corporation en remplaçant par un nouveau membre le malchanceux qui, perdant deux ou trois banquets de suite, déclinera naturellement à la fois le « suprême honneur » et la qualité de membre. L'effectif du Club est limité à onze. A cela il y a beaucoup de bonnes raisons qu'il n'est pas nécessaire de mentionner mais qui, bien sûr, viendront à l'esprit de toute personne de réflexion. L'une d'entre elles, toutefois, est que le premier avril, dit-on, de l'an trois cent cinquante avant le Déluge, il y avait juste onze taches sur le soleil. On aura pu voir qu'en donnant ces rapides aperçus de la Société, j'ai contenu mon indignation au point de parler avec une franchise et une libéralité inhabituelles. L'*exposé* que j'ai l'intention de faire se suffira du simple détail des délibérations du Club pour la soirée de mardi dernier, lorsque je fis mon *début* comme membre de cette corporation, alors que je venais tout juste d'être choisi pour remplacer l'Honorable Auguste Griffouillis[4], démissionnaire.

A cinq heures de l'après-midi, je me rendis sur convocation au domicile de M. Rouge-et-Noir[5] qui admire Lady Morgan[6] et dont l'Histoire avait été condamnée lors de la précédente réunion mensuelle. Je trouvai la compagnie déjà assemblée dans la salle à manger et je dois confesser que l'éclat du feu, la confortable apparence de la pièce et les splendides apprêts de la table, autant qu'une juste confiance en mes propres talents, contribuèrent à m'inspirer, sur le moment, maintes agréables méditations. Je fus accueilli par de grandes démonstrations de cordialité et je dînai en me félicitant hautement d'entrer dans une si docte société.

Les membres, dans l'ensemble, étaient des hommes fort remarquables. Il y avait en premier lieu M. Crac[7], le Président, qui est un homme très mince au nez aquilin, et qui était jadis au service de la *Revue du Maine*[8].

Puis il y avait M. Convolvulus Gondola[9], un jeune gentilhomme qui a pas mal voyagé.

Puis il y avait le Sire De Rerum Natura[10], qui portait une très curieuse paire de lunettes vertes.

Puis il y avait un homme très petit en jaquette noire[11] et aux yeux très noirs.

Puis il y avait M. Salomon Aladérive[12] qui avait tout l'air d'un poisson.

Puis il y avait M. Horribile Dictu[13], aux cils blancs, qui était diplômé de Göttingen.

Puis il y avait M. Blackwood Blackwood[14] qui a écrit certains articles pour des revues étrangères.

Puis il y avait l'hôte, M. Rouge-et-Noir, qui admirait Lady Morgan.

Puis il y avait un gros monsieur qui admirait Walter Scott [15].

Puis il y avait Chronologos Chronologie qui admirait Horace Smith et dont le très grand nez avait été en Asie Mineure [16].

Dès que la nappe fut enlevée, M. Crac me dit : « Je crois qu'il n'est guère nécessaire que je vous donne des explications, Monsieur, en ce qui concerne les règlements de notre Club. Je pense que vous savez que notre projet est d'instruire la Société et de nous divertir. Ce soir, cependant, nous nous proposons de ne nous intéresser qu'à cette seconde partie du projet, et nous vous demanderons d'y apporter à votre tour votre contribution. En attendant, je vais engager les opérations. » Alors M. Crac, ayant repoussé la bouteille, exhiba un manuscrit et se mit à lire ce qui suit [17].

LE DUC DE L'OMELETTE

Et l'on pénétra sur l'heure dans un plus froid climat.

Cowper[1].

Keats est tombé par une critique. Qui donc est mort de « *L'Andromaque* *[2] » ? Ames ignobles ! De l'Omelette périt d'un ortolan. *L'histoire en est brève*[3]. Assiste-moi, Esprit d'Apicius[4] !

Une cage dorée porta le petit voyageur ailé, ena-mouré, tendre, indolent, de sa demeure du lointain Pérou à la *Chaussée d'Antin*. Six pairs de l'Empire convoyèrent l'heureux oiseau de sa royale propriétaire, La Bellissima, au Duc de l'Omelette.

Cette nuit-là le Duc devait souper seul. Dans l'inti-mité de son bureau, il était étendu avec langueur sur cette ottomane pour laquelle il avait sacrifié son loyalisme en faisant de la surenchère sur son roi : la notoire ottomane de Cadet.

Il enfouit son visage dans l'oreiller. L'horloge sonne ! Incapable de contenir son émotion, sa Grâce avale une

---

* Montfleury. L'auteur du *Parnasse réformé* le fait parler dans l'Hadès. — « *L'homme donc qui voudrait savoir ce dont je suis mort, qu'il ne demande pas s'il fut de fièvre ou de podagre ou d'autre chose, mais qu'il entende que ce fut de " L'Andromaque ".* »

olive. A ce moment la porte s'ouvre doucement au son d'une suave musique et voici que le plus délicat des oiseaux se trouve devant le plus amoureux des hommes ! Mais quelle inexprimable consternation obscurcit donc le visage du Duc ? — « *Horreur ! — chien !* — *Baptiste ! — l'oiseau ! ah, bon Dieu ! cet oiseau modeste que tu as déshabillé de ses plumes, et que tu as servi sans papier !* » Il serait superflu d'en dire plus : — le Duc expira dans un paroxysme de dégoût.

« Ha ! Ha ! Ha ! » dit sa Grâce, le troisième jour après son décès.

« Hé ! Hé ! Hé ! » répondit faiblement le Diable en se redressant avec un air de *hauteur*.

« Enfin, vous n'êtes sûrement pas sérieux », répliqua de l'Omelette. « J'ai péché — *c'est vrai* —, mais, mon bon Monsieur, réfléchissez ! — vous n'avez pas vraiment l'intention de mettre à exécution d'aussi — d'aussi barbares menaces ? »

« Je n'ai pas *quoi ?* dit Sa Majesté. Allons, Monsieur, déshabillez-vous ! »

« Me déshabiller, vraiment ! — très charmant, ma foi ! — non, Monsieur, je ne me déshabillerai *pas*. Qui êtes-vous, je vous prie, pour que moi, Duc de l'Omelette, Prince de Foie-Gras, tout juste majeur, auteur de la " Mazurkiade " et membre de l'Académie, je doive me dévêtir sur votre ordre du plus gracieux pantalon jamais exécuté par Bourdon, de la plus délicate *robe-de-chambre* jamais assemblée par Rombert — sans parler d'ôter les papillotes de ma chevelure — et pour ne rien dire de la difficulté que j'aurais à retirer mes gants ? »

« Qui je suis ? — ah, c'est vrai ! Je suis Baal-Zebub, Prince de la Mouche [5]. Je t'ai pris tout à l'heure dans un cercueil de bois de rose incrusté d'ivoire. Tu étais curieusement parfumé et étiqueté comme pour un envoi. Belial t'avait expédié — mon inspecteur des

Cimetières. Ce pantalon que tu dis avoir été exécuté par Bourdon, c'est un excellent caleçon de toile, et ta *robe-de-chambre*, c'est un suaire de dimension imposante. »

« Monsieur ! répliqua le Duc, je ne me laisserai pas insulter impunément ! — Monsieur ! Je saisirai la première opportunité pour venger cette insulte ! — Monsieur ! vous entendrez parler de moi ! En attendant, *au revoir !* » — et le Duc, après s'être incliné, prenait congé de la satanique présence lorsqu'il fut arrêté et ramené par un gentilhomme de service. Sur quoi, sa Grâce se frotta les yeux, bâilla, haussa les épaules, réfléchit. S'étant assuré de son identité, il se donna du lieu une vue à vol d'oiseau.

L'appartement était superbe. De l'Omelette le déclara même *bien comme il faut*. Ce n'était ni sa longueur ni sa largeur, — mais sa hauteur — ah, c'était impressionnant ! — Il n'y avait pas de plafond — aucun plafond assurément — mais une masse dense, tournoyante, de nuages couleur de feu. Le cerveau de sa Grâce vacilla lorsqu'il regarda en l'air. D'en haut pendait une chaîne d'un métal inconnu rouge sang, dont l'extrémité supérieure se perdait, comme la ville de Boston[6], *parmi les nues*. A son extrémité inférieure oscillait un grand fanal. Le Duc pensa qu'il s'agissait d'un rubis ; mais il s'en déversait une lumière si intense, si calme, si terrible, que la Perse n'en a jamais vénéré de semblable, que le Guèbre n'en a jamais imaginé de semblable — que jamais le Musulman n'en a rêvé de semblable lorsque, gorgé d'opium, il a chancelé vers un lit de pavots, le dos contre les fleurs et le visage tourné vers le dieu Apollon. Le Duc émit un léger juron, nettement approbateur.

Les coins de la pièce s'arrondissaient en niches. Trois d'entre elles étaient occupées par des statues de proportions gigantesques. Leur beauté était grecque, leur difformité égyptienne, leur *tout ensemble* français. Dans la quatrième niche, la statue était voilée[7] ; elle n'était *pas* colossale. Elle montrait une cheville mince, un pied chaussé d'une sandale. De l'Omelette mit la main sur son cœur, ferma les yeux, les rouvrit et — d'un seul coup — découvrit sa Majesté satanique.

Mais les peintures ! — Cypris ! Astarté ! Astaroth ! — mille fois la même ! Et Raphaël les a vues ! Oui, Raphaël est passé là ; car n'a-t-il pas peint le —[8] ? Et ne fut-il pas en conséquence damné ? Les peintures ! Les peintures ! O luxe ! O amour ! Qui donc contemplant ces beautés interdites pourrait avoir des yeux pour les délicats motifs des cadres d'or qui parsèment, comme des étoiles, les murs d'hyacinthe et de porphyre ?

Mais le cœur du Duc défaille. Il n'est cependant pas, comme vous le supposez, étourdi par la magnificence, ni enivré par l'arôme extatique de ces innombrables encensoirs. *C'est vrai que de toutes ces choses il a pensé beaucoup — mais !* Le Duc de l'Omelette est frappé d'horreur ; car, dans le sinistre panorama que lui offre une seule fenêtre sans rideau, voilà que luit le plus épouvantable de tous les feux !

Le pauvre Duc ! Il ne pouvait s'empêcher d'imaginer que les glorieuses, les voluptueuses, les incessantes mélodies qui se répandaient dans cette salle, telles qu'elles passaient, filtrées et transmutées par l'alchimie des vitrages enchantés, étaient les plaintes et les hurlements des désespérés et des damnés ! Et là, aussi ! Là ! Sur cette ottomane ! Qui ce pouvait-il être ? Lui, le *petit-maître* — non la Divinité — qui se tenait assis comme sculpté dans le marbre, *et qui souriait*, avec son pâle visage, *si amèrement ?*

Mais il faut agir — c'est-à-dire qu'un Français ne se laisse jamais aller complètement. D'ailleurs Sa Grâce déteste les scènes. De l'Omelette s'est ressaisi. Il y avait des fleurets sur une table — des épées aussi. Le Duc avait étudié avec B— ; *il avait tué ses six hommes.* Eh bien, alors, *il peut s'échapper.* Il mesure deux épées et, avec une grâce inimitable, en offre le choix à Sa Majesté. *Horreur !* Sa Majesté ne tire pas !

Mais il joue ! Quelle heureuse idée ! Car Sa Grâce a toujours eu une excellente mémoire. Il a feuilleté le « *Diable* » de l'abbé Gaultier[9]. Il y est dit « *que le Diable n'ose pas refuser un jeu d'écarté* ».

Mais les chances — les chances ! En vérité — désespérées ; mais guère plus désespérées que le Duc lui-même. D'ailleurs, n'est-il pas dans le secret, n'a-t-il pas parcouru le Père Le Brun[10] ? N'était-il pas membre du Club Vingt-un ? « *Si je perds*, dit-il, *je serai deux fois perdu — je serai doublement damné — voilà tout !* (Ici Sa Grâce haussa les épaules.) *Si je gagne, je reviendrai à mes ortolans — que les cartes soient préparées !* »

Sa Grâce fut tout soin, toute attention — Sa Majesté toute confiance. Un spectateur aurait songé à François et à Charles[11]. Sa Grâce pensait à son jeu. Sa Majesté ne pensait pas ; elle battait les cartes. Le Duc coupa.

Les cartes sont données. L'atout est retourné — c'est — c'est — le roi ! Non — c'était la reine. Sa Majesté maudit ses habits masculins. De l'Omelette porta la main à son cœur.

Ils jouent. Le Duc compte. Le coup est joué. Sa Majesté compte gros, sourit, et prend du vin. Le Duc fait glisser une carte.

« *C'est à vous à faire* », dit Sa Majesté en coupant. Sa Grâce s'inclina, donna, et se leva de table *en présentant le Roi.*

Sa Majesté eut l'air chagrin.

Si Alexandre n'avait été Alexandre, il aurait voulu être Diogène ; et le Duc assura son adversaire en prenant congé « *que s'il n'eût pas été de l'Omelette il n'aurait point d'objection d'être le Diable* ».

PERTE DE SOUFFLE[1]

Un conte qui n'est ni dans le *Blackwood*[2]
ni en dehors.

O ne soufflez pas, etc.[3]
Mélodies de Moore.

La malchance la plus notoire doit, à la fin, céder
devant le courage infatigable de la philosophie —
comme la cité la plus obstinée, devant la vigilance sans
trêve d'un ennemi. Salmanasar, comme il est dit dans
les Saintes Ecritures, demeura trois ans devant Samarie ; pourtant, elle tomba. Sardanapale — voyez Dio-
dore — résista sept ans dans Ninive ; mais sans
résultat. Troie succomba à la fin du deuxième lustre ;
et Azoth, ainsi que l'affirme Aristée sur son honneur de
gentilhomme, finit par ouvrir ses portes à Psammétique, après les avoir défendues pendant un cinquième
de siècle[4].

* * *

« Misérable ! — mégère ! — teigne ! » dis-je à ma
femme le matin qui suivit nos noces, « sorcière ! —
vieille taupe ! — poseuse ! — bourbier ! — quintessence
impétueuse de tout ce qui est abominable — tu —
tu — », ici me dressant sur la pointe des pieds, la

saisissant à la gorge et plaçant ma bouche tout près de son oreille, je m'apprêtais à lancer une épithète d'opprobre nouvelle et plus tranchante qui n'aurait pas manqué, une fois proférée, de la convaincre de son insignifiance lorsque, à mon horreur et à mon étonnement extrêmes, je découvris que *j'avais perdu le souffle.*

Les expressions « je suis hors d'haleine », « j'ai perdu le souffle », etc., reviennent assez souvent dans la conversation courante ; mais il ne m'était jamais apparu que le terrible accident dont je parle puisse se produire *bona fide* et réellement ! Imaginez — du moins si vous avez une tournure d'esprit imaginative — imaginez, dis-je, mon étonnement, ma consternation, mon désespoir !

Il y a un bon génie, cependant, qui jamais, à aucun moment, ne m'a complètement abandonné. Même dans mes humeurs les plus débridées je conserve encore un sens de la convenance, *et le chemin des passions me conduit* — comme Lord Édouard, dans la *Julie*[5], dit qu'il l'a conduit — *à la philosophie véritable.*

Bien que tout d'abord je ne pusse déterminer avec précision jusqu'à quel point cet événement m'avait affecté, je décidai, en tout cas, de cacher la chose à ma femme jusqu'à ce qu'une expérience plus poussée m'ait montré l'étendue de la calamité inouïe qui m'atteignait. Changeant donc en un instant de visage, et passant d'un aspect bouffi et tordu à une expression de bienveillance malicieuse et aguichante, je donnai à ma dame une petite tape sur une joue, et un baiser sur l'autre et, sans prononcer une syllabe (par les Furies, je n'en étais pas capable !), je la laissai tout étonnée de ma bouffonnerie, tandis que je quittai la chambre sur un *pas de zéphyr.*

Voyez-moi donc, blotti en toute sécurité dans mon boudoir personnel, effrayant exemple des funestes conséquences de l'irascibilité — vivant, avec les attri-

buts des morts ; mort, avec les penchants des vivants ;
anomalie sur la face de la terre — restant très calme,
bien que privé de souffle.

Oui ! sans souffle. Je suis sérieux lorsque j'affirme
que mon souffle avait entièrement disparu. Je n'aurais
pu lui faire bouger une plume, ma vie dût-elle en
dépendre, ni même ternir la délicatesse d'un miroir.
Sort cruel ! — pourtant il y eut un adoucissement au
paroxysme de douleur qui m'avait d'abord accablé. Je
m'aperçus, à l'épreuve, que les possibilités d'élocution,
que devant mon incapacité à poursuivre la conversation avec ma femme j'avais alors cru totalement
détruites, n'étaient en fait que partiellement entravées,
et je découvris que, si j'avais lors de cette intéressante
crise baissé la voix jusqu'à un ton singulièrement
profond et guttural, j'aurais pu encore continuer à lui
communiquer mes sentiments ; ce ton de voix (le
guttural) dépendant, à ce que je constatai, non pas du
passage du souffle, mais d'une certaine action spasmodique des muscles de la gorge.

Me jetant sur une chaise, je restai quelque temps
plongé dans la méditation. Mes réflexions, soyez-en
sûr, n'étaient pas d'une nature consolante. Mille pensées vagues et lacrymatoires s'emparèrent de mon
âme, et même l'idée de suicide traversa mon esprit ;
mais c'est un trait de la perversité humaine que de
rejeter l'évident et le proche au profit du lointain et de
l'ambigu. Ainsi, je frissonnai à l'idée de me tuer
comme si c'était la pire des atrocités, tandis que le chat
tigré ronronnait vigoureusement sur le tapis et que le
chien de chasse lui-même respirait assidûment sous la
table ; chacun se faisant grand mérite de la force de ses
poumons, et tout cela, manifestement, pour se moquer
de ma propre incapacité pulmonaire.

Accablé par une foule d'espoirs et de craintes vagues,
j'entendis enfin le pas de ma femme descendant l'esca-

lier. Assuré désormais de son absence, je retournai, le cœur palpitant, à la scène de mon désastre.

Fermant soigneusement la porte à clé de l'intérieur, j'entrepris une fouille vigoureuse. Il était possible, pensai-je, que, caché dans quelque obscur recoin, ou tapi dans quelque armoire ou quelque tiroir, se trouvât l'objet perdu de mes recherches. Il pouvait avoir une forme vaporeuse — il pouvait même avoir une forme tangible. La plupart des philosophes, sur bien des points de la philosophie, sont encore très non-philosophiques. William Godwin[6], cependant, dit dans son *Mandeville* que « les choses invisibles sont seules réalités », et ceci, tout le monde en conviendra, s'applique à ce cas. J'aimerais que le lecteur judicieux fasse une pause avant de taxer de telles affirmations d'absurdité excessive. Anaxagore, on s'en souviendra, soutenait que la neige était noire, et j'ai découvert, depuis, que c'était le cas[7].

Je poursuivis longuement et sérieusement cette investigation ; mais la dérisoire récompense de mon zèle et de ma persévérance ne consista qu'en un râtelier de fausses dents, deux paires de hanches, un œil, et une liasse de *billets-doux*[8] adressés par M. Ventassez à ma femme. Je pourrais aussi bien observer, ici, que cette confirmation du penchant de ma femme pour M. V — ne provoqua en moi que peu d'émoi. Que Mme Manque-de-souffle[9] admirât quelque chose d'aussi différent de moi était un mal naturel et nécessaire. Je suis, c'est bien connu, d'un aspect robuste et corpulent, et, en même temps, d'une taille quelque peu menue. Qu'y a-t-il d'étonnant, alors, que la minceur d'échalas de mon ami, et sa haute taille qui est devenue proverbiale, aient trouvé leur juste valeur aux yeux de Mme Manque-de-souffle ? Mais revenons à notre sujet.

Mes efforts, comme je l'ai déjà dit, s'avérèrent vains.

Placard après placard — tiroir après tiroir — coin après coin — furent scrutés sans résultat. Une fois, cependant, je me crus certain de ma *victoire*, lorsque, fouillant une trousse de toilette, je cassai par accident une bouteille d'Huile des Archanges de Grandjean[10], que je prends ici la peine de recommander pour son parfum agréable.

Le cœur lourd, je retournai à mon *boudoir* — afin d'y réfléchir à quelque méthode pour échapper à la perspicacité de ma femme jusqu'au moment où j'aurais pris des dispositions pour quitter le pays, car j'y étais déjà résolu. Sous un climat étranger, où je serais inconnu, je pourrais, avec quelque chance de succès, essayer de dissimuler ma triste infortune — une infortune propre plus encore que la misère, à m'aliéner les affections de la multitude et à attirer sur un malheureux la réprobation bien méritée des gens vertueux et heureux. Je n'hésitai pas longtemps. Ayant des facilités naturelles, j'appris par cœur la tragédie entière de *Metamora*[11]. J'avais eu la bonne fortune de me rappeler que lorsqu'on déclamait ce drame, ou du moins les parties qui en sont dévolues au héros, les tons de voix qui me manquaient étaient tout à fait surperflus, et que le ton guttural bas devait y dominer avec monotonie d'un bout à l'autre.

Je m'exerçai pendant quelque temps sur les rives d'un marais bien fréquenté ; — cela n'avait cependant pas de rapport avec un procédé semblable employé par Démosthène, mais relevait d'une idée objectivement et directement mienne. Ainsi armé en tout point, je résolus de faire croire à ma femme que j'avais été soudain pris de passion pour le théâtre. J'y réussis à merveille ; et à chacune de ses questions, à chacune de ses suggestions je me trouvai libre de répondre de mon ton le plus grenouillesque et le plus sépulcral par quelques passages de la tragédie — dont n'importe quel passage, comme j'eus bientôt grand plaisir à l'observer, pouvait s'appliquer avec un égal bonheur à n'importe quel sujet particulier. Il ne faudrait pas croire, cependant, qu'en débitant ces passages, j'oubliais le moins du monde de jeter des regards obliques, de montrer les dents, de gigoter les genoux, de traîner les pieds, ni de produire aucune de ces grâces innommables qui sont précisément considérées aujourd'hui comme les traits essentiels d'un acteur populaire. Bien sûr, on parla de me boucler dans une camisole de force ; mais, bon Dieu !, on ne soupçonna jamais que j'avais perdu le souffle.

Ayant fini par mettre mes affaires en ordre, je pris place de très bonne heure un matin dans la diligence à destination de —, laissant entendre à mes relations qu'une affaire de la dernière importance exigeait ma présence immédiate dans cette ville.

La diligence était bourrée à craquer ; mais dans le petit jour incertain, je ne pouvais distinguer les traits de mes compagnons. Sans vraiment opposer de résistance, je me laissai placer entre deux messieurs de dimensions colossales ; tandis qu'un troisième, d'une taille encore supérieure, me demandant pardon de la liberté qu'il allait prendre, se jeta de tout son long sur mon corps, et, s'endormant en un instant, étouffa tous mes appels au secours gutturaux sous un ronflement qui eût fait honte aux gémissements du taureau de Phalaris [12]. Heureusement, l'état de mes facultés respiratoires faisait de l'asphyxie un accident tout à fait improbable.

Cependant, comme le jour croissait à mesure que nous approchions des faubourgs de la ville, mon tourmenteur, se levant et ajustant son col de chemise, me remercia de façon très amicale pour ma civilité. Voyant que je restai sans mouvement (tous mes membres étaient disloqués et ma tête tordue d'un côté), il commença à avoir des inquiétudes ; et, réveillant le reste des passagers, il leur fit connaître, d'une façon très catégorique, son opinion que, pendant la nuit, on leur avait refilé un homme mort au lieu d'un compagnon de voyage vivant et responsable ; ici, il me donna un coup de poing dans l'œil droit, histoire de démontrer la vérité de sa suggestion.

Là-dessus, tous, l'un après l'autre (ils étaient neuf en tout), crurent de leur devoir de me tirer l'oreille. En outre, un jeune médecin ayant appliqué un miroir de poche devant ma bouche et m'ayant trouvé sans souffle, l'affirmation de mon persécuteur fut déclarée fondée ; et tout le groupe exprima sa détermination à ne pas aller plus loin avec un tel cadavre.

Je fus donc alors jeté dehors à l'enseigne du « Corbeau [13] » (taverne devant laquelle il se trouva que la diligence passait) sans autre dégât que la fracture de mes deux bras sous la roue arrière gauche du véhicule. Je dois en outre rendre cette justice au postillon qu'il n'oublia pas de jeter à ma suite la plus grande de mes malles qui, me tombant par malheur sur la tête, me fractura le crâne d'une manière à la fois intéressante et extraordinaire.

L'aubergiste du « Corbeau », qui est un homme hospitalier, jugeant que ma malle contenait de quoi l'indemniser des quelques petites peines qu'il pourrait prendre à mon sujet, envoya aussitôt chercher un chirurgien de sa connaissance, et me remit entre ses mains avec une facture et un reçu de dix dollars.

L'acquéreur m'emporta à son domicile et commença aussitôt ses opérations. Cependant, après m'avoir coupé les oreilles, il découvrit des signes de vie. Il sonna alors et envoya chercher un apothicaire du voisinage pour le consulter sur cet imprévu. Pour le cas où ses soupçons concernant mon existence s'avéreraient en fin de compte corrects, il me fit, en attendant, une incision dans le ventre et préleva plusieurs de mes viscères afin de les disséquer en privé [14].

L'apothicaire fut d'avis que j'étais vraiment mort. Cette idée, j'essayai de la réfuter, en ruant et en me cabrant de toutes mes forces, en faisant les plus furieuses contorsions — car les opérations du chirurgien m'avaient, dans une certaine mesure, rendu la possession de mes facultés. Tout cela, cependant, fut attribué aux effets d'une nouvelle batterie galvanique avec laquelle l'apothicaire, qui est vraiment un homme informé, effectuait diverses curieuses expériences auxquelles, du fait de la part personnelle que je prenais à leur accomplissement, je ne pus m'empêcher de m'intéresser vivement. Ce fut néanmoins pour moi une source de mortification que, malgré plusieurs tentatives de conversation, mes facultés de parole fussent si entièrement suspendues que je ne parvins même pas à ouvrir la bouche ; et encore moins donc, à répondre à certaines théories ingénieuses mais fantaisistes qu'en d'autres circonstances ma connaissance minutieuse de la pathologie hippocratique m'eût permis de réfuter facilement.

Incapables de parvenir à une conclusion, les praticiens me renvoyèrent à un examen ultérieur. On me monta dans un grenier ; et la femme du chirurgien m'ayant affublé de culottes et de bas, le chirurgien lui-même me lia les mains, et m'immobilisa la mâchoire avec un mouchoir — puis il verrouilla la porte de l'extérieur pour se hâter d'aller déjeuner, me laissant seul au silence de ma méditation.

Je découvris alors à ma grande joie que j'aurais pu parler si ma bouche n'avait été immobilisée avec le mouchoir de poche. Rassuré par cette réflexion, je me répétais mentalement certains passages de l'*Omniprésence de la Divinité* [15], comme c'est mon habitude avant de m'abandonner au sommeil, lorsque deux chats, d'humeur vorace et hargneuse, pénétrant par un trou du mur, bondirent dans une envolée *à la Catalani*[16], et, s'abattant l'un en face de l'autre sur mon visage, se livrèrent à une malséante dispute à propos de la misérable question de mon nez.

Mais, de même que la perte de ses oreilles se révéla le moyen d'élever au trône de Cyrus, le Mage, ou Mige-Gush de Perse, et de même que l'ablation de son nez donna à Zopyre la possession de Babylone[17], la perte de quelques onces de mon visage se révéla être le salut de mon corps. Stimulé par la douleur et brûlant d'indignation, je fis d'un seul effort sauter liens et bandage. Traversant majestueusement la pièce, je jetai un regard de mépris aux belligérants et, ouvrant tout grand le châssis, à leur extrême horreur, à leur extrême déception, je me jetai fort prestement par la fenêtre.

Le détrousseur de diligences, W—, avec qui j'avais une singulière ressemblance, était à ce moment mené de la prison de la ville vers l'échafaud érigé pour son exécution dans les faubourgs. Sa faiblesse extrême et sa santé depuis longtemps déficiente, lui avaient valu le privilège de rester sans liens ; et, vêtu de son costume de potence — un costume très semblable au mien —, il gisait de tout son long au fond de la charrette du bourreau (elle se trouva passer sous les fenêtres du chirurgien au moment de mon saut) sans autre garde que le conducteur, qui était endormi, et deux recrues du 6e d'infanterie, qui étaient saouls.

La malchance fit que je tombai debout à l'intérieur du véhicule. W—, qui était un garçon futé, saisit sa chance. Bondissant immédiatement, il sauta dehors par l'arrière, et, tournant dans une ruelle, fut hors de vue en un clin d'œil. Les soldats, réveillés par le remue-ménage, ne purent saisir exactement le fond de cette transaction. Toutefois, voyant sous leurs yeux debout dans la charrette un homme qui était le sosie exact du criminel, ils furent d'avis que le gredin (c'est-à-dire W—) était sur le point de s'évader (ainsi s'exprimèrent-ils), et s'étant mutuellement fait part de cette opinion, chacun d'eux but une goutte, puis à coups de crosse de leurs mousquets, ils m'étendirent raide.

Il ne fallut pas longtemps pour arriver à destination. Bien sûr, il n'y avait rien à dire pour ma défense. La pendaison était mon inévitable destinée. Je m'y résignai avec un sentiment partagé entre la stupeur et l'amertume. N'étant que peu cynique, j'éprouvais tous les sentiments d'un chien [18]. Le bourreau, cependant, ajusta le nœud autour de mon cou. La trappe s'ouvrit.

Je m'abstiens de dépeindre mes sensations sur le gibet ; encore que là, indubitablement, je pourrais en parler fort à propos, et c'est un sujet sur lequel on n'a encore rien dit de bon. En fait, pour écrire sur un tel thème, il est nécessaire d'avoir été pendu [19]. Tout auteur devrait se borner aux matières de son expérience. Ainsi Marc Antoine composa-t-il un traité sur la manière de s'enivrer [20].

Je dois cependant juste mentionner que je ne mourus pas. Mon corps *fut* suspendu, mais je n'avais pas de souffle qui puisse l'être, et, sans le nœud sous mon oreille gauche (qui donnait la sensation d'un col militaire), je dois dire que je n'aurais éprouvé que fort peu de gêne. Quant à la secousse transmise à mon cou lors de l'ouverture de la trappe, elle s'avéra tout simplement un remède à la torsion que m'avait infligée le gros monsieur de la diligence.

Pour de bonnes raisons, toutefois, je fis de mon mieux et en donnai à l'assemblée pour son dérangement. Mes convulsions furent déclarées extraordinaires. Il aurait été difficile de dépasser mes spasmes. La populace me bissa. Plusieurs messieurs s'évanouirent ; et une multitude de dames furent ramenées chez elles en pleine crise d'hystérie. Pinxit lui-même profita de l'occasion pour retoucher, à partir d'un croquis pris sur le vif, son admirable tableau « Marsyas écorché vif[21] ».

Lorsque j'eus procuré assez d'amusement, on jugea bon d'ôter mon corps du gibet ; et cela d'autant plus que le véritable coupable avait été entre-temps repris et reconnu, fait que j'eus la malchance d'ignorer.

On professa, bien sûr, beaucoup de sympathie à mon égard, et, comme personne ne réclamait mon corps, on donna l'ordre de m'enterrer dans un caveau public.

C'est là qu'après un intervalle convenable, je fus déposé. Le fossoyeur s'en fut et je restai seul. Un vers du *Malcontent* de Marston —

La mort est bon compagnon et tient table ouverte — [22]

me frappa à ce moment comme un mensonge manifeste.

Je fis cependant sauter le couvercle de mon cercueil et pris pied à l'extérieur. L'endroit était affreusement morne et humide, et je me sentis gagné par l'*ennui*[23]. En guise de distraction, je me dirigeai à tâtons parmi les nombreux cercueils rangés en bon ordre alentour. Je les descendis, un par un, et, forçant leurs couvercles, m'absorbai en spéculations sur les morts qu'ils contenaient.

« Ceci », monologuai-je en tombant sur une carcasse bouffie, boursouflée, ronde — « ceci a sans doute été, dans tous les sens du mot, un malheureux — un infortuné. Son terrible sort fut non de marcher mais de se dandiner — de traverser la vie non comme un être humain, mais comme un éléphant — non comme un homme, mais comme un rhinocéros.

« Ses tentatives pour avancer n'ont fait qu'avorter, et ses manœuvres circumgiratoires n'ont été qu'un échec manifeste. En faisant un pas en avant, son malheur a été d'en faire deux vers la droite et trois vers la gauche. Ses études se sont bornées à la poésie de Crabbe[24]. Il n'a pu avoir aucune idée de la merveille qu'est une *pirouette*. Pour lui un *pas de papillon* ne fut qu'un concept abstrait. Il n'est jamais monté au sommet d'une colline. Il n'a jamais contemplé du haut d'un clocher les splendeurs d'une métropole. La chaleur fut son ennemie mortelle. Pendant la canicule, ses journées ont été des journées de chien. A ce moment, il a rêvé de flammes et de suffocation, de montagnes empilées sur des montagnes, du Pélion entassé sur l'Ossa[25]. Il avait le souffle court ; pour tout dire, il avait le souffle court. Il trouvait extravagant qu'on jouât d'instruments à vent. Il fut l'inventeur d'éventails automatiques, de manches à air et de ventilateurs. Il patronna Du Pont[26], le fabricant de soufflets, et il mourut misérablement en essayant de fumer un cigare. Son cas est de ceux pour lesquels je ressens un vif intérêt — un sort avec lequel je sympathise sincèrement.

« Mais ici, dis-je — ici » — et je tirai rageusement de son réceptacle une forme émaciée, grande et étrange dont l'aspect remarquable me frappa d'un sentiment de désagréable familiarité — « voici un misérable qui n'a droit ici-bas à aucune commisération. » Ce disant, afin d'obtenir une vue plus distincte de mon sujet, je saisis son nez entre le pouce et l'index, et, le forçant à prendre une position assise sur le sol, je le maintins ainsi à bout de bras, tout en continuant mon monologue.

« Il n'a droit ici-bas, répétai-je, à aucune commisération. Qui vraiment songerait à s'apitoyer sur une ombre ? D'ailleurs, n'a-t-il pas eu sa pleine part des bonheurs des mortels ? Il a été le créateur des hauts monuments — des tours à fondre le plomb de chasse — des paratonnerres — des peupliers de Lombardie. Son traité sur *Les Enfers et les Ombres* l'a immortalisé. Il a édité avec une habileté distinguée la dernière édition du livre de South, *Des os*[27]. Il alla très tôt à l'université, et y étudia la pneumatique. Puis il rentra chez lui, parla continuellement, et joua du cor d'harmonie. Il patronna les cornemuses. Le Capitaine Barclay[28], qui marchait contre le temps, a refusé de marcher contre lui. Ventoux et Tousouffle[29] furent ses écrivains favoris ; son artiste favori, Phiz[30]. Il mourut glorieusement en inhalant du gaz — *levique flatu corrumpitur*, comme la *fama pudicitiae* de saint Jérôme * [31]. C'était indubitablement un... »

« Comment *pouvez*-vous ? — Comment — *pouvez*-vous ? » — m'interrompit l'objet de mes attaques, haletant, et arrachant, d'un effort désespéré, le bandage qui entourait ses mâchoires — « Comment *pouvez*-vous, M. Manque-de-souffle, être assez infernalement cruel pour me pincer de cette façon le nez ? N'avez-vous pas vu comme ils m'ont ficelé la bouche ? Et vous *devez* savoir, si jamais vous savez quelque chose, de quel excédent de souffle je dispose ! Si, cependant, vous ne le savez pas, asseyez-vous et vous allez voir. Dans ma situation c'est vraiment un grand soulagement que d'être capable d'ouvrir la bouche — d'être capable de discourir — d'être capable de communiquer avec quelqu'un comme vous qui ne se croit pas obligé d'interrompre à chaque phrase le discours d'un monsieur. Les interruptions sont ennuyeuses et devraient indiscutablement être bannies — ne pensez-vous pas ? — pas de réponse je vous en prie — il suffit qu'une seule personne parle à la fois. J'en aurai bientôt fini, et vous pourrez alors commencer. — Comment

---

* « *Tenera res in feminis fama pudicitiae, et quasi flos pulcherrimus, cito ad levem marcescit auram, levique flatu corrumpitur, maxime*, etc. » S. Hieron, Epist. LXXXV, « Ad Salvinam ».

diable, monsieur, avez-vous échoué dans ce lieu? — pas un mot, je vous en supplie — suis ici moi-même depuis quelque temps — terrible accident! — entendu parler, je suppose? — affreuse calamité! — passais sous vos fenêtres — il y a peu, au moment où vous avez été saisi par le théâtre — horrible événement! — entendu parler de " reprendre son souffle ", hein? — taisez-vous, vous dis-je! — J'ai repris celui de quel-qu'un d'autre! — en avais toujours eu trop pour ma part — rencontré Blabla au coin de la rue — ne m'a pas laissé placer un mot — pas pu placer une syllabe — ai donc eu une attaque d'épilepsie — Blabla s'est sauvé — maudits soient les sots — on m'a cru mort, et placé en ce lieu — ils en font de belles, tous autant qu'ils sont! — entendu tout ce que vous avez dit à mon propos — chaque mot un mensonge — horrible! — extraordi-naire! — scandaleux! — effroyable! — incompré-hensible! et caetera — et caetera — et caetera — et caetera — »

Il est impossible de concevoir mon étonnement devant un discours aussi inattendu; ni la joie avec laquelle je me convainquis peu à peu que le souffle si heureusement capté par le monsieur (en qui je recon-nus bientôt mon voisin Ventassez) était, en fait, l'exacte expiration que j'avais égarée lors de la conver-sation avec ma femme. Le moment, le lieu et les circonstances rendaient la chose indubitable. Cepen-dant, je ne relâchai pas tout de suite ma prise sur l'appendice nasal de M. V—; je la maintins tant que l'inventeur des peupliers de Lombardie continua de m'honorer de ses explications.

De ce point de vue, j'étais mû par l'habituelle prudence qui a toujours été mon trait prédominant. Je songeai que je pouvais encore rencontrer maintes difficultés sur la voie de mon salut et que seul un effort extrême de ma part pourrait les surmonter. Bien des gens, pensai-je, ont tendance à estimer les biens en leur possession — même lorsqu'ils sont sans valeur pour leur actuel propriétaire — même lorsqu'ils sont embarrassants ou gênants — en fonction directe des avantages que d'autres pourraient tirer de leur possession, ou eux-mêmes de leur abandon. Cela ne pourrait-il être le cas de M. Ventassez ? En me montrant impatient d'obtenir le souffle dont il est actuellement si désireux de se débarrasser, n'allais-je pas m'exposer moi-même aux exactions de sa cupidité ? Il y a des canailles en ce monde, me rappelai-je en soupirant, qui ne se feraient pas scrupule de profiter d'occasions déloyales même avec un proche voisin, et (cette remarque vient d'Epictète) c'est précisément au moment où les hommes sont le plus impatients de rejeter le fardeau de leurs propres malheurs qu'ils se sentent le moins désireux de le soulager chez les autres.

C'est à partir de ce genre de considérations, et tout en maintenant ma prise sur le nez de M. V—, que je crus bon de modeler ma réponse.

« Monstre ! » commençai-je sur le ton de la plus profonde indignation, « monstre, et idiot à double souffle ! Comment oses-tu, *toi* qu'il a plu au Ciel pour tes iniquités d'affliger d'une double respiration — comment oses-tu, dis-je, t'adresser à moi sur le ton familier d'une vieille connaissance ? — " Je mens ", en vérité !, et " je tiens ma langue ", bien sûr ! — jolie conversation vraiment pour un monsieur à un seul souffle ! — et tout cela lorsque j'ai en mon pouvoir de te délivrer du malheur dont tu souffres si justement — de réduire l'excédent de ta malheureuse respiration. »

Comme Brutus, je m'arrêtai pour ménager une réponse dont M. Ventassez me submergea immédiatement. Les protestations succédèrent aux protestations et les excuses aux excuses. Il n'y avait pas de conditions qu'il ne fût disposé à accepter, et il n'en fut point dont j'eusse manqué de tirer le meilleur avantage.

Les préliminaires ayant été arrangés en détail, mon compagnon me rendit la respiration ; pour laquelle (après l'avoir dûment examinée) je lui donnai alors un reçu.

Je me rends compte que beaucoup de gens me tiendront pour blâmable de parler d'une façon si superficielle d'une transaction aussi impalpable. On pensera que j'aurais dû entrer plus minutieusement dans les détails d'un événement grâce auquel — et ceci est très vrai — bien des lumières nouvelles pourraient être projetées sur une branche hautement intéressante de la philosophie physique.

A tout cela, je suis au regret de ne pouvoir répondre. Une allusion est la seule réponse qu'il me soit permis de faire. Il y avait des *circonstances* — mais je crois plus prudent à la réflexion d'en dire le moins possible à propos d'une affaire si délicate — si *délicate*, je le répète, et qui impliquait à l'époque les intérêts d'une tierce personne dont je n'ai pas la moindre envie, encore actuellement, d'encourir le sulfureux ressentiment.

Il ne nous fallut pas longtemps après ce nécessaire arrangement pour nous échapper des cachots du sépulcre. La force unie de nos voix ressuscitées fut bientôt assez apparente. Ciseaux, le journaliste whig, republia un traité sur « la nature et l'origine des bruits souterrains ». Réponse — réplique — réfutation et justification s'ensuivirent dans les colonnes d'une Gazette Démocrate. Ce ne fut pas avant qu'on ouvrît le caveau pour trancher le débat, que l'apparition de M. Ventassez et de moi-même prouva aux deux parties qu'elles avaient été décidément dans l'erreur.

Je ne puis conclure ces détails de quelques instants très singuliers d'une vie à tout moment fertile en événements, sans rappeler encore une fois à l'attention du lecteur les mérites de cette philosophie aveugle qui est un bouclier sûr et facile contre ces traits du malheur que l'on ne peut ni voir, ni sentir, ni comprendre pleinement. C'est dans l'esprit de cette sagesse que, parmi les anciens Hébreux, on croyait que les portes du Paradis s'ouvriraient inévitablement au pécheur ou au saint, qui, avec de bons poumons et une pleine confiance, crierait le mot « *Amen !* ». C'est dans l'esprit de cette sagesse que, lorsqu'une grande peste ravageait Athènes et qu'on avait en vain tenté tous les moyens pour l'éliminer, Épiménide, comme le rapporte Laërce au second livre sur ce philosophe, conseilla l'érection d'un autel et d'un temple « au dieu approprié[32]. »

LYTTLETON BARRY[33]

BON-BON

Que Pierre Bon-Bon fût un *restaurateur* d'une qualité peu commune, nul de ceux qui, durant le règne de —, fréquentèrent le petit *café* du *cul-de-sac* Le Febvre à Rouen, ne se sentira, j'imagine, libre de le contester. Que Pierre Bon-Bon fût, à un degré égal, expert en la philosophie de cette époque, est, je le présume, encore plus nettement indéniable. Ses *pâtés de foie*[2] étaient sans aucun doute impeccables ; mais quelle plume rendra justice à ses essais *sur la Nature*[3] — à ses pensées *sur l'Ame* — à ses observations *sur l'Esprit* ? Si ses *omelettes* — si ses *fricandeaux* étaient inestimables, quel *littérateur* de ce temps n'eût donné deux fois plus

pour une « *Idée de Bon-Bon* » que pour toute la camelote de toutes les « *Idées* » de tout le reste des *savants* ?
Bon-Bon avait fouillé des bibliothèques que personne
d'autre n'avait fouillées — avait lu plus qu'aucun autre
n'aurait eu l'idée de lire — avait compris plus qu'aucun autre n'aurait conçu la possibilité de comprendre ;
et quoique, pendant qu'il prospérait, il ne manquât pas
d'auteurs à Rouen pour affirmer « que ses *dicta* ne
montraient ni la pureté de l'Académie ni la profondeur
du Lycée » — quoique, notez-le, ses doctrines en
général ne fussent pas du tout comprises, il n'en
découle pas pour autant qu'elles étaient difficiles à
comprendre. C'était, je crois, à cause de leur évidence
intrinsèque que beaucoup de gens étaient amenés à les
trouver abstruses. C'est à Bon-Bon — mais n'ébruitez
pas cela — c'est à Bon-Bon que Kant lui-même doit
principalement sa métaphysique. Le premier n'était
vraiment ni un platonicien ni à strictement parler un
aristotélicien — et il ne gaspillait pas non plus, comme
le moderne Leibniz, ces heures précieuses qui auraient
pu être employées à l'invention d'une *fricassée* ou,
facili gradu[4], à l'analyse d'une sensation, en tentatives
frivoles pour réconcilier les huiles et les eaux obstinées
de la discussion éthique. Pas du tout. Bon-Bon était
ionien — Bon-Bon était également italique. Il raisonnait *a priori* — il raisonnait *a posteriori*. Ses idées
étaient innées — ou le contraire. Il croyait en Georges
de Trébizonde — il croyait en Bessarion[5]. Bon-Bon
était positivement un — bon-boniste.

J'ai parlé du philosophe en sa qualité de *restaurateur*.
Je ne voudrais cependant pas qu'aucun de mes amis
s'imaginât qu'en remplissant ses devoirs héréditaires
dans ce sens, notre héros était privé de la juste
appréciation de leur dignité et de leur importance.
Loin de là. Il était impossible de dire de quelle branche
de sa profession il tirait la plus grande fierté. Selon son

opinion, les facultés intellectuelles étaient en rapport intime avec les capacités de l'estomac. Je ne suis pas sûr, en fait, qu'il ait été en grand désaccord avec les Chinois qui disent que l'âme réside dans l'abdomen. Les Grecs, en tout cas, avaient raison, pensait-il, qui employaient le même mot pour l'esprit et pour le diaphragme*. Par là je ne prétends pas porter la moindre accusation de gloutonnerie, ni aucune autre accusation vraiment sérieuse à l'encontre du métaphysicien. Si Pierre Bon-Bon avait ses défauts — et quel grand homme n'en a un millier ? — si Pierre Bon-Bon, dis-je, avait ses défauts, c'étaient des défauts de très petite importance — des fautes qui vraiment, chez d'autres tempéraments, ont souvent été considérées plutôt comme des vertus. Quant à l'un de ces faibles, je ne l'aurais même pas mentionné dans cette histoire sans le remarquable relief — l'extrême *alto relievo*[6] — avec lequel il faisait saillie à la surface de son caractère général. Il ne pouvait jamais laisser passer l'occasion de faire une affaire.

Ce n'est pas qu'il fût avare — non. Il n'était nullement nécessaire à la satisfaction du philosophe que l'affaire fût à son propre avantage. Pourvu qu'un commerce ait pu avoir lieu — un commerce de n'importe quelle sorte, à n'importe quelles conditions ou dans n'importe quelles circonstances — on voyait un sourire de triomphe éclairer son visage pendant bien des jours, et un clin d'œil malin témoignait de sa perspicacité.

A n'importe quelle époque, il n'aurait pas été bien étonnant qu'un humour aussi particulier que celui que je viens de mentionner attirât l'attention et le commentaire. A l'époque de notre histoire, si cette particularité n'avait *pas* attiré l'observation, il y aurait vrai-

* φρένες.

ment eu de quoi s'étonner. On rapporta bientôt qu'en toutes occasions de cette nature, le sourire de Bon-Bon différait grandement du franc sourire avec lequel il riait de ses propres plaisanteries ou accueillait une connaissance. On lança des bruits de nature mystérieuse ; on raconta des histoires de marchés passés à la hâte et regrettés à loisir ; et on donna des exemples de pouvoirs inexplicables, de vagues désirs, et de penchants anormaux implantés en lui par l'auteur de tout mal dans un secret dessein connu de lui seul.

Le philosophe avait d'autres faiblesses — mais elles sont à peine dignes du sérieux de notre examen. Par exemple, il y a peu d'hommes d'une profondeur extra-ordinaire chez qui ne se découvre quelque penchant pour la bouteille. Que ce penchant soit une cause stimulante, ou plutôt une preuve solide de cette profondeur, il n'est pas facile de le dire. Bon-Bon, pour autant que je puisse le savoir, ne pensait pas que le sujet se prêtât à une investigation minutieuse ; — ni moi non plus. Il ne faut pourtant pas supposer qu'en se livrant à une tendance si véritablement classique, le *restaurateur* perdît de vue cette discrimination intuitive qui caractérisait d'habitude à la fois ses *essais* et ses *omelettes*. Dans ses retraites, le vin de Bourgogne avait son heure consacrée, et il y avait des moments appropriés pour le côtes-du-rhône. Pour lui le sauternes était au médoc ce que Catulle était à Homère. Il jouait avec un syllogisme en sirotant un saint-péray, mais débrouillait un argument au clos-vougeot, et retournait une théorie dans un flot de chambertin. Il eût été bon qu'un sentiment aussi vif des convenances l'aidât dans sa tendance aux futilités à laquelle j'ai déjà fait allusion — mais ce n'était aucunement le cas. Et même, pour dire la vérité, *ce* trait de caractère chez le philosophique Bon-Bon commença à prendre à la longue une sorte d'intensité, de mysticisme étranges, et il parut se teinter profondément de la *diablerie* de ses études germaniques favorites.

Pénétrer dans le petit *café* du *cul-de-sac* Le Febvre c'était, à l'époque de notre histoire, pénétrer dans le *sanctuaire* d'un homme de génie. Bon-Bon était un homme de génie. Il n'y avait pas un *sous-cuisinier* à Rouen, qui n'eût pu vous dire que Bon-Bon était un homme de génie. Sa chatte même le savait, et se gardait bien d'agiter la queue en présence de l'homme de génie. Son grand chien de chasse était au courant de la chose, et à l'approche de son maître trahissait son sentiment d'infériorité par une attitude sage, un abaissement des oreilles, et un relâchement de la mâchoire inférieure qui n'étaient pas tout à fait indignes d'un chien. Il est cependant vrai qu'une bonne part de cet habituel respect aurait pu être attribuée à l'apparence personnelle du métaphysicien. Des dehors distingués font leur effet, je suis obligé de le dire, même sur une bête ; et je suis prêt à reconnaître que beaucoup de choses dans l'aspect du *restaurateur* étaient calculées pour faire impression sur l'imagination du quadrupède. Il y a une particulière majesté dans l'allure des grands petits — si on veut me permettre une expression aussi équivoque — que la simple masse physique serait à elle seule incapable de jamais créer. Si cependant Bon-Bon avait à peine trois pieds de haut, et si sa tête était minusculement petite, il était pourtant impossible de contempler la rondeur de son ventre sans un sentiment de magnificence fort proche du sublime. Les chiens comme les hommes avaient dû voir dans son volume un modèle de ses connaissances — et dans son immensité une demeure commode pour son âme immortelle.

Je pourrais ici — si cela me plaisait — m'étendre sur la question de l'habillement, et autres simples détails extérieurs du métaphysicien. Je pourrais dire que notre héros portait les cheveux courts, coiffés lisses sur le front, et surmontés d'un bonnet conique de flanelle blanche à glands — que son pourpoint vert jardin n'était pas à la mode de ceux que portait la classe ordinaire des *restaurateurs* à cette époque-là — que les manches étaient légèrement plus amples que ne l'autorisait le costume à la mode — que les manchettes étaient retournées, non pas selon l'usage de cette époque barbare, avec du tissu de même qualité et de même couleur que le vêtement, mais garnies d'une façon bien plus fantaisiste de velours de Gênes bariolé — que ses pantoufles étaient d'un pourpre éclatant, curieusement filigranées, et auraient pu être fabriquées au Japon, n'étaient leurs pointes exquises et les teintes brillantes des bordures et des broderies — que ses culottes étaient de cette matière jaune semblable au satin et nommée *aimable* — que son manteau bleu ciel, d'une forme ressemblant à une robe de chambre, et partout richement semé de motifs cramoisis, flottait cavalièrement sur ses épaules comme un brouillard du matin — et que son *tout ensemble*[7] suscita ce mot remarquable de Benevenuta, l'Improvisatrice de Florence : « Qu'il était difficile de dire si Pierre Bon-Bon était en fait un oiseau de paradis ou s'il n'était plutôt un vrai paradis de perfection. » Je pourrais, dis-je, m'étendre sur tous ces points si cela me plaisait, — mais je m'en abstiens ; ces détails purement personnels peuvent être laissés aux romanciers historiques, — ils sont au-dessous de la dignité morale des faits bruts.

J'ai dit qu' « entrer dans le *café* du *cul-de-sac* Le Febvre était entrer dans le *sanctuaire* d'un homme de génie » — mais aussi seul l'homme de génie pouvait apprécier convenablement les mérites du *sanctuaire*. Une enseigne consistant en un vaste folio se balançait devant la porte. D'un côté du volume était peinte une bouteille ; de l'autre un *pâté*. Au dos était visible en grandes lettres *Œuvres de Bon-Bon*. Ainsi était délicatement symbolisée la double occupation du propriétaire.

Lorsqu'on franchissait le seuil, tout l'intérieur du bâtiment se présentait à la vue. Une longue salle au plafond bas, de construction ancienne, était en vérité toute l'installation offerte par le *café*. Dans un coin du logement se trouvait le lit du métaphysicien. Un arrangement de rideaux, joint à un baldaquin *à la Grecque*, lui donnait un air à la fois classique et confortable. Dans le coin opposé apparaissaient, en communion familiale directe, les accessoires de la cuisine et de la *bibliothèque*. Un plat de polémique était paisiblement posé sur le buffet. Ici se trouvait une fournée de l'éthique la plus récente — là une marmite de mélanges in-douze. Les volumes de morale allemande étaient comme les doigts de la main avec le gril — On pouvait découvrir une fourchette à rôtir à côté d'Eusèbe — Platon reposait tout à son aise sur la poêle à frire — et les manuscrits contemporains étaient enfilés sur la broche.

A d'autres égards, on pouvait dire que le *Café de Bon-Bon* ne différait que peu des *restaurants* habituels de l'époque. Une vaste cheminée s'ouvrait face à la porte. A droite de la cheminée, une armoire ouverte montrait un formidable étalage de bouteilles étiquetées.

Ce fut là, un soir, vers les minuit, pendant le rigoureux hiver de —, que Pierre Bon-Bon, après avoir écouté pendant quelque temps les commentaires de ses voisins sur son singulier penchant — que Pierre Bon-Bon, dis-je, les ayant tous chassés de chez lui, verrouilla la porte sur eux avec un juron, et, tout à son humeur assez peu pacifique, se transporta vers les conforts d'un fauteuil au siège de cuir et d'un feu de fagots ardent.

C'était une de ces nuits terribles qu'on ne voit qu'une

ou deux fois par siècle. Il neigeait furieusement, et la maison était ébranlée jusqu'en son centre par les rafales de vent qui, en s'engouffrant dans les lézardes du mur, et se déversant impétueusement par la cheminée, secouaient affreusement les rideaux de lit du philosophe et désorganisaient l'économie de ses moules à pâtés et de ses papiers. L'énorme in-folio de l'enseigne qui se balançait à l'extérieur, exposé à la fureur de la tempête, craquait sinistrement, et provoquait des sons gémissants dans ses supports de chêne solide.

Ce n'était pas d'une humeur placide, dis-je, que le métaphysicien tira son fauteuil à sa place habituelle près du foyer. Maints incidents de nature troublante s'étaient produits durant le jour, perturbant la sérénité de ses méditations. En essayant *des œufs à la Princesse*, il avait par mégarde commis une *omelette à la Reine*; la découverte d'un principe d'éthique avait échoué à cause d'un ragoût renversé; et enfin, pour achever le tout, il avait raté un de ces admirables marchandages qu'à tout moment il prenait un particulier plaisir à mener à bon terme. Mais à l'irritation de son esprit provoquée par ces inexplicables vicissitudes, ne manquait pas de se mêler, dans une certaine mesure, cette inquiétude nerveuse que la fureur d'une nuit de tempête est si propice à créer. Sifflant pour que s'approche plus près de lui le grand chien noir dont nous avons déjà parlé et, s'installant mal à l'aise dans son fauteuil, il ne put s'empêcher de jeter un coup d'œil méfiant et inquiet vers ces lointains recoins de la salle dont même la lumière rougeoyante du feu ne pouvait que partiellement vaincre les ombres inexorables. Ayant effectué un examen dont le but exact ne lui était peut-être pas intelligible, il attira près de son siège une petite table couverte de livres et de papiers, et s'absorba bientôt dans la tâche de retoucher un volumineux manuscrit qui devait être donné à la publication le lendemain.

Il était occupé ainsi depuis plusieurs minutes lorsque soudain une voix plaintive murmura dans la pièce : « Je ne suis pas pressé, Monsieur Bon-Bon. »

« Diable ! » s'écria notre héros, qui se dressa brusquement, renversant la table à côté de lui, et il regarda avec surprise tout autour de lui.

« C'est bien vrai », répondit calmement la voix.

« Bien vrai ! — qu'est-ce qui est bien vrai ? — Comment êtes-vous entré ici ? » vociféra le métaphysicien, tandis que son regard tombait sur quelque chose qui était étendu de tout son long sur le lit.

« Je disais », dit l'intrus, sans faire attention aux questions, — « je disais que je ne suis pas du tout pressé par le temps — que l'affaire pour laquelle j'ai pris la liberté de vous rendre visite n'est pas d'une importance pressante — que je peux très bien attendre que vous ayez fini votre exposé. »

« Mon exposé ! — Ça alors ! — Comment savez-*vous* ? — Comment avez-*vous* pu savoir que j'étais en train d'écrire un exposé — bon Dieu ! »

« Chut ! » répondit la forme, d'un ton bas et aigre ; et, se levant prestement du lit, elle fit un pas vers notre héros, tandis qu'une lampe de fer qui pendait du plafond se balançait convulsivement à son approche.

L'étonnement du philosophe ne l'empêcha pas d'examiner attentivement le vêtement et l'allure de l'étranger. Les lignes de sa silhouette, excessivement mince, mais d'une taille bien supérieure à la moyenne, se distinguaient dans les moindres détails du fait d'un costume — fané — de drap noir qui s'ajustait étroitement à la peau, mais qui, pour le reste, était coupé tout à fait dans le style du siècle précédent. Ce vêtement avait de toute évidence été destiné à une personne beaucoup plus petite que son présent propriétaire. Ses chevilles et ses poignets étaient découverts sur plusieurs pouces. Sur ses souliers, cependant, une paire de boucles très brillantes démentait l'extrême pauvreté suggérée par les autres parties de son costume. Sa tête était nue et entièrement chauve, à l'exception de la partie postérieure d'où pendait une *queue* d'une longueur considérable. Une paire de lunettes vertes, avec des verres sur le côté, protégeait ses yeux de l'action de la lumière, et en même temps empêchait notre héros de se rendre compte de leur couleur comme de leur forme. Sur toute sa personne il n'y avait pas la moindre trace de chemise ; mais une cravate blanche, d'aspect crasseux, était nouée avec une extrême précision autour de son cou, et les extrémités, pendant cérémonieusement l'une à côté de l'autre, faisaient penser (quoique, si j'ose dire, sans intention délibérée) à un ecclésiastique. A dire vrai, bien d'autres points dans son apparence comme dans son comportement auraient fort bien pu renforcer une telle idée. Au-dessus de l'oreille gauche, il portait, à la manière d'un moderne employé, un instrument ressemblant au *stylus* des Anciens. Dans une poche de poitrine de son vêtement se montrait bien en évidence un petit volume noir à fermoirs d'acier. Ce livre, que ce soit ou non par hasard, était tourné vers l'extérieur de façon qu'on puisse lire en lettres blanches sur sa couverture, les mots « *Rituel Catholique* ». Toute sa physionomie était d'un intéressant type saturnien — et même d'une pâleur cadavérique. Le front était haut, et profondément creusé par les rides de la méditation. Les coins de la bouche s'étiraient vers le bas en une expression de l'humilité la plus soumise. Il avait aussi une façon de joindre les mains, comme il s'avançait vers notre héros — un profond soupir — et, dans l'ensemble, une si totale allure de sainteté qu'elle n'aurait pu manquer de prévenir sans équivoque en sa faveur. Toute trace de colère disparut du visage du métaphysicien, lorsque, ayant achevé un examen satisfaisant de la personne de son visiteur, il lui serra cordialement la main et le conduisit vers un siège.

Ce serait pourtant une erreur radicale que d'attribuer cette transformation subite des sentiments du philosophe à l'un de ces faits dont on pourrait naturellement supposer qu'il ait eu une influence. En vérité, Pierre Bon-Bon, d'après ce que j'ai pu comprendre de son caractère, était de tous les hommes le moins facilement influencé par toute forme de comportement extérieur. Il était impossible qu'un observateur aussi aigu des hommes et des choses eût manqué de découvrir, sur le moment, la véritable qualité du personnage qui s'était ainsi introduit dans son hospitalité. Pour n'en pas dire plus, la conformation des pieds de son visiteur était suffisamment remarquable — il maintenait sans pesanteur au-dessus de sa tête un chapeau extraordinairement haut — il y avait un renflement remuant vers le fond de son pantalon — et la vibration des basques de son habit était un fait manifeste. Jugez donc avec quel sentiment de satisfaction notre héros se trouva donc ainsi jeté d'un seul coup dans la compagnie d'une personne pour qui il avait de tout temps professé un respect sans aucune réserve. Il avait néanmoins bien trop de diplomatie pour laisser échapper le moindre indice de ses soupçons quant à l'exacte situation. Il n'était pas dans son rôle de sembler du tout conscient du grand honneur qui lui était ainsi fait sans qu'il s'y attendît ; mais plutôt, en menant la conversation avec son hôte, d'éclaircir quelques idées éthiques importantes, qui pourraient bien, en trouvant place dans la publication projetée, éclairer la race humaine, et en même temps l'immortaliser lui-même — idées, j'aurais dû l'ajouter, qu'auraient pu fort bien lui apporter le grand âge de son visiteur et sa compétence dans la science de la morale.

Poussé par ces vues éclairées, notre héros pria le monsieur de s'asseoir, tandis que lui-même en profitait pour jeter quelques fagots dans le feu, et pour poser sur la table maintenant redressée quelques bouteilles de *mousseux*. Ayant rapidement achevé ces opérations, il tira son fauteuil *vis-à-vis* de son compagnon et attendit que ce dernier entamât la conversation. Mais les plans, même les plus habilement mûris, sont souvent contrariés dès le début de leur application — et le *restaurateur* se trouva bien *décontenancé* par les premiers mots du discours de son visiteur.

« Je vois que vous me reconnaissez, Bon-Bon, dit-il ; ha ! ha ! ha ! — hé ! hé ! hé ! — hi ! hi ! hi ! — ho ! ho ! ho ! — hu ! hu ! hu ! — » et le Diable, abandonnant d'un seul coup la sainteté de son maintien, ouvrit toute grande la bouche d'une oreille à l'autre, découvrant un jeu de dents pointues comme des crocs, et, rejetant la tête en arrière, se mit à rire longuement, fort, méchamment, et à gorge déployée, tandis que le chien noir assis sur son derrière se joignait vigoureusement au chœur, et que la chatte tigrée, ayant pris la tangente, se dressait et poussait des cris perçants dans le coin le plus éloigné de la pièce.

Mais pas le philosophe : il était trop homme du monde pour rire comme le chien ou pour trahir par des cris une nervosité déplacée, comme la chatte. Il faut avouer qu'il éprouvait quelque étonnement à voir les lettres blanches qui formaient les mots « *Rituel Catholique* » sur le livre placé dans la poche de son hôte changer instantanément à la fois de couleur et de sens, et, en quelques secondes, au lieu du titre original, flamboyer en caractères rouges les mots « *Registre des Condamnés* ». Comme Bon-Bon répondait à la remarque de son visiteur, cette surprenante circonstance conféra à l'attitude de Bon-Bon un air d'embarras que probablement on n'aurait pas observé autrement.

« Eh bien, Monsieur, dit le philosophe, eh bien, Monsieur, pour parler sincèrement — je crois que vous êtes — ma parole — le d— le dest— c'est-à-dire, je pense — j'imagine — j'ai quelque vague — quelque *très* vague idée — du remarquable honneur — »

« Oh ! — ah ! — oui ! — très bien ! interrompit Sa majesté ; n'en dites pas plus — je vois ce que c'est. » Et sur ce, ôtant ses lunettes vertes, il en essuya les verres soigneusement avec la manche de son manteau, puis les déposa dans sa poche.

Si Bon-Bon avait été étonné de l'incident du livre, sa stupeur était maintenant portée à son comble par le spectacle qui se présentait à sa vue. Levant les yeux avec un vif sentiment de curiosité pour vérifier la couleur de ceux de son hôte, il découvrit qu'ils n'étaient nullement noirs, comme il s'y attendait — ni gris, comme on aurait pu l'imaginer — ni même noisette ou bleus — ni non plus jaunes ou rouges — ni violets — ni verts — ni d'aucune couleur des cieux au-dessus de nous, de la terre au-dessous ou des eaux sous la terre. Bref, Pierre Bon-Bon non seulement vit que sa Majesté n'avait pas d'yeux du tout, mais même ne put déceler le moindre signe qu'ils eussent jamais existé à une époque antérieure — car l'endroit où auraient dû se trouver naturellement les yeux était, je suis bien obligé de le dire, simplement une surface plane de chair.

Il n'était pas dans la nature du métaphysicien de s'interdire d'effectuer quelque investigation sur les origines d'un phénomène aussi étrange ; et la réponse de Sa Majesté fut à la fois prompte, digne et satisfaisante.

« Des yeux ! mon cher Bon-Bon — des yeux ! avez-vous dit ? — oh ! ah ! — je vois ! Les gravures ridicules, hein, qui sont en circulation, vous ont donné une fausse idée de mon apparence personnelle ? Des yeux ! — c'est vrai. Les yeux, Pierre Bon-Bon, sont très bien à leur place appropriée — *qui*, diriez-vous, est la tête ? — bien — la tête d'un ver. Et de même, pour *vous*, ces instruments d'optique sont indispensables — mais je vais vous convaincre que ma vision est plus pénétrante que la vôtre. Voilà une chatte que je vois dans le coin — une jolie chatte — regardez-la — observez-la bien. Eh bien Bon-Bon, voyez-vous les pensées — les pensées, dis-je — les idées — les réflexions — qui sont en train d'être engendrées sous son péricrâne ? Et voilà — vous ne les voyez pas ! Elle pense que nous admirons la longueur de sa queue et la profondeur de son esprit. Elle vient de conclure que je suis le plus distingué des ecclésiastiques et que vous êtes le plus superficiel des métaphysiciens. Vous voyez donc que je ne suis pas tout à fait aveugle ; mais pour quelqu'un de ma profession, les yeux dont vous parlez seraient plutôt un embarras, et risqueraient à tout moment d'être crevés par une broche ou une fourche. Pour vous, j'admets que ces articles optiques soient indispensables. Tâchez, Bon-Bon, d'en faire bon usage ; — ma vision à moi, c'est l'âme. »

Là-dessus, l'invité se servit du vin posé sur la table et, tout en versant une rasade pour Bon-Bon, il le pria de boire sans scrupule et de faire absolument comme chez lui.

« Livre intelligent que le vôtre, Pierre », reprit Sa Majesté en donnant une tape d'un air avisé sur l'épaule de notre ami, tandis que celui-ci reposait son verre après avoir pleinement obéi à l'injonction de son visiteur. « Livre intelligent que le vôtre, sur mon honneur. C'est un travail selon mon goût. Je pense cependant que votre façon de tourner les choses pourrait être améliorée, et beaucoup de vos concepts me rappellent Aristote. Ce philosophe était une de mes relations les plus intimes. Je l'aimais autant pour son caractère terriblement mauvais que pour son heureuse aptitude à faire des gaffes. Il n'y a qu'une seule vérité solide dans tout ce qu'il a écrit, et celle-là je la lui ai soufflée par pure compassion envers sa déraison. Je suppose, Pierre Bon-Bon, que vous voyez très bien à quelle vérité morale je fais allusion ? »

« Je ne puis dire que je — »

« Vraiment ! — Eh bien, c'est moi qui ai dit à Aristote qu'en éternuant les hommes expulsaient les idées superflues par le nez. »

« Ce qui est — hic ! — indubitablement le cas », dit le métaphysicien, tout en se servant une autre rasade de mousseux, et il tendit sa tabatière vers les doigts de son visiteur.

« Il y avait Platon, aussi », continua Sa Majesté, refusant en toute simplicité la tabatière et l'hommage qu'elle impliquait — « il y avait Platon, aussi, pour qui j'ai, à une époque, éprouvé toute l'affection d'un ami. Vous avez connu Platon, Bon-Bon ? — ah, non, je vous demande mille pardons. Il me rencontra à Athènes, un jour, au Parthénon, et me dit qu'il était en quête d'une idée. Je lui demandai d'écrire que ὁ νοῦς ἔστιν αὐλός[8]. Il dit qu'il le ferait et rentra chez lui, pendant que je sautais jusqu'aux pyramides. Mais je fus pris de remords d'avoir énoncé une vérité, même pour venir en aide à un ami, et revenant en toute hâte à Athènes, j'arrivai derrière le siège du philosophe au moment où il était en train de rédiger le " αὐλός ". En donnant une chiquenaude au lambda avec mon doigt, je le fis basculer la tête en bas. Si bien que la phrase se lit maintenant " ὁ νοῦς ἔστιν αὐγός[9] " et c'est, vous saisissez, la doctrine fondamentale de sa métaphysique. »

« Avez-vous jamais été à Rome ? » demanda le *restaurateur*, tout en finissant sa seconde bouteille de mousseux, et il tira du placard une plus ample provision de chambertin.

« Une seule fois, Monsieur Bon-Bon, une seule fois. Il fut un temps », dit le Diable, comme s'il récitait quelque passage tiré d'un livre — « il fut un temps où se produisit une anarchie de cinq ans, durant laquelle la République, privée de tous ses officiers, n'eut d'autres magistrats que les tribuns du peuple, et ceux-ci n'étaient légalement investis d'aucun pouvoir exécutif — c'est à cette époque, Monsieur Bon-Bon — c'est à cette époque *seulement* que je fus à Rome, et, en conséquence, je n'ai pas la moindre connaissance de sa philosophie *. »

« Que pensez-vous de — que pensez-vous de — hic ! — d'Epicure ? »

« Qu'est-ce que je pense de *qui*? dit le Diable, étonné ; vous n'avez sûrement pas l'intention de reprocher quoi que ce soit à Epicure ! Ce que je pense d'Epicure ! Vous voulez dire moi, Monsieur ? — Je suis Epicure ! Je suis le philosophe même qui a écrit chacun des trois cents traités commémorés par Diogène Laërce. »

« C'est un mensonge ! » dit le métaphysicien, car le vin lui était un peu monté à la tête.

« Très bien ! — très bien, Monsieur ! — vraiment très bien, Monsieur », dit Sa Majesté, apparemment très flattée.

« C'est un mensonge ! » répéta le *restaurateur*, d'un ton tranchant ; « c'est — hic ! — un mensonge ! »

« Bien, bien, comme vous voudrez ! » dit le Diable, paisiblement, et Bon-Bon, ayant battu Sa Majesté dans le débat, crut de son devoir d'achever une seconde bouteille de chambertin.

« Comme je le disais, reprit le visiteur — comme je

* Ils écrivaient sur la philosophie (Cicero, Lucretius, Seneca) mais c'était la philosophie grecque. — *Condorcet*.

l'observais il y a un petit moment, il y a quelques concepts très *outrés* dans ce livre de vous, Monsieur Bon-Bon. Que voulez-vous dire, par exemple, avec toute cette fumisterie à propos de l'âme ? S'il vous plaît, Monsieur, qu'est-ce donc que l'âme ? »

« Lâ — hic ! — l'âme », répondit le métaphysicien, en se reportant à son manuscrit, « c'est sans aucun doute — »

« Non, Monsieur ! »

« Indubitablement — »

« Non, Monsieur ! »

« Indiscutablement — »

« Non, Monsieur ! »

« Evidemment — »

« Non, Monsieur ! »

« Incontestablement — »

« Non, Monsieur ! »

« Hic ! »

« Non, Monsieur ! »

« Et au-delà de toute question une — »

« Non, Monsieur, l'âme n'est rien de cela ! » (Là, le philosophe, furibond, saisit l'occasion d'en finir, sur-le-champ, avec sa troisième bouteille de chambertin.)

« Alors — hic ! — je vous prie, Monsieur — qu'est — qu'est-ce que c'est ? »

« Ce n'est pas la question, Monsieur Bon-Bon », répondit Sa Majesté, songeuse. « J'ai goûté — c'est-à-dire j'ai connu quelques très mauvaises âmes, et aussi quelques-unes assez bonnes. » A ce moment, il fit claquer ses lèvres, et, ayant inconsciemment laissé tomber sa main sur le volume qui se trouvait dans sa poche, il fut saisi d'une violente crise d'éternuements.

Il continua :

« Il y eut l'âme de Cratinus — passable ; celle d'Aristophane — savoureuse ; celle de Platon — exquise — pas *votre* Platon, mais Platon le poète

comique, votre Platon aurait révulsé Cerbère —
pouah ! Et puis, voyons ! il y avait Naevius, et Andronicus, et Plaute, et Térence. Puis il y avait Lucilius, et
Catulle, et Nason et Quintus Flaccus[10] — ce cher
Quinquin ! C'est ainsi que je l'appelais lorsqu'il chan-
tait un *seculare* pour mon divertissement, tandis que je
le faisais griller, par pure bonne humeur, sur une
fourche. Mais ils manquaient de *saveur*, tous ces
Romains. Un Grec gras vaut une douzaine d'entre eux,
et en outre il se *conserve*, ce qu'on ne saurait dire d'un
Quirite[11]. Goûtons donc votre sauternes. »

Bon-Bon, à ce moment, s'était résolu au *nil admirari*[12], et il entreprit de descendre les bouteilles en
question. Il était cependant conscient d'un bruit
étrange qui régnait dans la pièce et qui ressemblait à
un frétillement de queue. De ce bruit, quoique extrêmement peu convenable de la part de Sa Majesté, le
philosophe ne tint pas compte : — il donna simplement un coup de pied au chien et le pria de rester
tranquille. Le visiteur continua :

« J'ai trouvé qu'Horace avait un goût très semblable
à celui d'Aristote ; — vous savez que j'aime la vérité.
Térence, je n'aurais pas pu le distinguer de Ménandre.
Nason, à mon étonnement, était un Nicandre déguisé.
Virgile avait un fort écho de Théocrite. Martial me
rappela beaucoup Archiloque — et Tite-Live était
positivement Polybe et nul autre. »

« Hic ! » répondit alors Bon-Bon, et Sa Majesté
poursuivit :

« Mais, si j'*ai* un *penchant*, c'est bien pour les
philosophes. Oui, permettez-moi de vous le dire, Monsieur, ce n'est pas n'importe quel dia — je veux dire
n'importe quel monsieur qui sait *choisir* un philosophe. Les longs ne sont *pas* bons ; et les meilleurs, s'ils
ne sont pas soigneusement vidés, ont tendance à être
un peu rances, à cause du fiel. »

« Vidés ! »

« Je veux dire dépouillés de la viande. »

« Et que pensez-vous des — hic ! — médecins ? »

« Ne m'en parlez pas ! — pouah ! pouah ! » (Ici Sa Majesté eut un violent haut-le-cœur.) « Je n'en ai jamais goûté qu'un — ce vaurien d'Hippocrate ! — il sentait l'*assa foetida* [13] — pouah ! pouah ! pouah ! — j'ai attrapé un fichu rhume en le lavant dans le Styx — et en plus, il m'a refilé le choléra-morbus. »

« Le — hic ! — misérable ! s'écria Bon-Bon, le — hic ! — l'avorton de boîte à pilules ! » — et le philosophe versa une larme.

« Après tout, continua le visiteur, si un dia— si un monsieur veut *vivre*, il se doit de posséder plus d'un talent ; et pour nous un visage bien plein est une preuve de diplomatie. »

« Comment cela ? »

« Eh bien, on est parfois excessivement à court de provisions. Vous devez savoir que dans un climat aussi chaud que le nôtre, il est souvent impossible de garder un esprit vivant pendant plus de deux ou trois heures ; et après la mort, à moins d'être mis à mariner immédiatement (et un esprit mariné n'est *pas* bon), ils — sentent — vous saisissez, hein ? La putréfaction est toujours à craindre lorsque les âmes nous sont confiées de la manière habituelle. »

« Hic ! — hic ! — bon Dieu ! Comment vous y prenez-vous ? »

A ce moment la lampe de fer commença à se balancer avec une violence redoublée et le Diable sauta à moitié de son siège ; — avec un léger soupir, il reprit cependant son calme, se contentant de dire d'une voix basse à notre héros : « Je vais vous dire, Pierre Bon-Bon, il ne *faut* plus jurer comme cela. »

L'hôte avala une autre rasade, pour manifester sa compréhension et son accord, et le visiteur continua :

« Eh bien, il y a *plusieurs* façons de s'y prendre. La plupart d'entre nous sommes réduits à la famine : certains s'accommodent de la saumure ; pour ma part, j'achète des esprits *vivente corpore*[14], et dans ce cas je trouve qu'ils se conservent très bien. »

« Mais le corps ! — hic ! — le corps !! »

« Le corps, le corps — eh bien, quoi le corps ? — oh ! ah ! Je vois. Eh bien, Monsieur, le corps n'est pas *du tout* affecté par la transaction. J'ai fait en mon temps d'innombrables achats de ce genre, et les intéressés n'ont jamais éprouvé le moindre inconvénient. Il y a eu Caïn et Nemrod, et Néron, et Caligula, et Denys, et Pisistrate, et — et un millier d'autres qui n'ont jamais su ce que c'était que d'avoir une âme durant la dernière partie de leur vie ; et pourtant, Monsieur, ces hommes ont été le fleuron de la société. Et maintenant n'y a-t-il pas A—, que vous connaissez aussi bien que moi ? N'est-*il* pas en possession de toutes ses facultés mentales et physiques ? Qui écrit de plus piquantes épigrammes ? Qui raisonne avec plus d'esprit ? Qui — mais, attendez ! j'ai son pacte dans mon porte-feuille. »

En disant cela, il sortit un portefeuille de cuir rouge, et en tira un certain nombre de papiers. Sur certains d'entre eux, Bon-Bon aperçut les lettres *Machi — Maza — Robesp*[15] — ainsi que les mots *Caligula, George, Elizabeth.* Sa Majesté choisit un mince morceau de parchemin et y lut à haute voix les mots suivants :

« En considération de certains dons intellectuels qu'il n'est pas nécessaire de préciser, et en considération aussi de mille louis d'or, je soussigné, âgé d'un an et un mois, cède par la présente au porteur de ce pacte tous mes droits, titres et prétentions sur l'ombre appelée mon âme. (Signé) A....*[16] »

---

* Serait-ce Arouet ?

(Ici, Sa Majesté répéta un nom que je ne me sens pas moi-même autorisé d'indiquer plus clairement.)

« Un garçon intelligent, reprit-il ; mais, comme vous, Monsieur Bon-Bon, il se trompait à propos de l'âme. L'âme, une ombre, vraiment ! L'âme une ombre ! Ha ! ha ! ha ! — hé ! hé ! hé ! — hu ! hu ! hu ! Imaginez seulement une ombre fricassée ! »

« Imaginez *seulement* — hic ! — une ombre fricassée ! » s'écria notre héros, dont les facultés se trouvaient de plus en plus illuminées par la profondeur du discours de Sa Majesté. « Imaginez seulement une — hic ! ombre fricassée ! Eh bien, malédiction ! — hic ! — hum ! Si *moi* j'avais été un tel — hic ! — nigaud ! *Mon* âme, Monsieur — hum ! »

« *Votre* âme, Monsieur Bon-Bon ? »

« Oui, Monsieur — hic ! — *mon* âme est — »

« Quoi donc, Monsieur ? »

« *Pas* une ombre, malédiction ! »

« Vouliez-vous dire — »

« Oui, Monsieur, *mon* âme est — hic ! — hum ! — oui, Monsieur. »

« Vouliez-vous affirmer — »

« *Mon* âme est — hic ! — particulièrement qualifiée pour — hic ! — un — »

« Quoi donc, Monsieur ? »

« Un civet. »

« Ha ! »

« Un soufflé. »

« Eh ! »

« Une fricassée. »

« Vraiment ! »

« Un ragoût et un fricandeau — et voyez-vous, mon cher ami ! Je vous la céderais — hic ! — une affaire. » Ici le philosophe donna une claque dans le dos de Sa Majesté.

« Je n'aurais jamais imaginé une pareille chose », dit

ce dernier calmement, tout en se levant de son siège. Le métaphysicien écarquilla les yeux.

« J'ai ce qu'il faut actuellement », dit Sa Majesté.

« Hic ! — hein ? » dit le philosophe.

« Je n'ai pas de fonds sous la main. »

« Quoi ? »

« D'ailleurs, ce serait très peu élégant de ma part — »

« Monsieur ! »

« De tirer avantage de — »

« Hic ! »

« Votre situation présente, dégoûtante et indigne d'un gentilhomme. »

Alors le visiteur s'inclina et se retira — de quelle façon, on ne le sut jamais précisément — mais dans son effort bien calculé pour lancer une bouteille vers « le traître », le métaphysicien rompit la mince chaîne qui pendait du plafond et fut renversé par la chute de la lampe.

LE RENDEZ-VOUS

*Attends-moi là-bas ! Je ne manquerai pas
De te rejoindre en ce val profond.*

Henry King, *évêque de Chichester,
Oraison sur la mort de sa femme*[1].

Homme infortuné et mystérieux ! Perdu dans l'éclat
de ta propre imagination et tombé dans les flammes de
ta propre jeunesse ! De nouveau je t'imagine. Une fois
de plus ta forme s'est dressée devant moi ! Non — oh,
non pas tel que tu es — dans la froide vallée et l'ombre
— mais comme tu *devrais être* — prodiguant une vie de
méditation magnifique en cette cité aux troubles
visions, ta Venise à toi — cet Élysée de la mer aimé des
étoiles, et dont les larges fenêtres des palais palladiens
jettent un regard profond et amer sur les secrets de ses
eaux silencieuses. Oui ! je le répète — comme tu *devrais
être*. Il y a certainement d'autres mondes que celui-ci —
d'autres pensées que les pensées de la multitude —
d'autres spéculations que les spéculations du sophiste.
Qui donc mettra ta conduite en question ? Qui te
blâmera pour tes heures visionnaires, ou dénoncera
comme gaspillage de la vie ces occupations qui
n'étaient que le débordement de tes inépuisables éner-
gies ?

Ce fut à Venise, sous l'arche couverte que l'on surnomme le *Ponte di Sospiri*, que je rencontrai pour la troisième ou quatrième fois la personne dont je parle. C'est avec un souvenir confus que je me remémore les circonstances de cette rencontre. Pourtant je me rappelle — ah! comment pourrais-je l'oublier? — le profond minuit, le Pont des Soupirs, la beauté de la femme, et le génie du Romanesque qui hantait l'étroit canal.

C'était une nuit de ténèbres exceptionnelles. La grande horloge de la Piazza avait sonné la cinquième heure du soir italien. La place du Campanile s'étendait silencieuse et déserte, et les lumières dans le vieux Palais des Doges déclinaient rapidement. Je revenais de la Piazzetta par le Grand Canal. Mais comme ma gondole arrivait en face de l'entrée du Canal San Marco, une voix féminine venant de ses profondeurs perça soudain la nuit d'un hurlement sauvage, hystérique et prolongé. Saisi par ce cri, je me levai d'un bond tandis que le gondolier, laissant glisser son unique rame, la perdait dans les ténèbres de poix sans espoir de la retrouver, si bien que nous fûmes laissés à la merci du courant qui, à cet endroit, coule du plus grand vers le plus petit canal. Comme quelque énorme condor au plumage noir, nous dérivions lentement vers le Pont des Soupirs, quand un millier de flambeaux jaillissant aux fenêtres et le long des escaliers du Palais des Doges, changèrent d'un seul coup cette profonde ténèbre en un jour livide et surnaturel.

Un enfant, glissant des bras de sa mère, était tombé d'une des fenêtres supérieures du haut édifice dans le profond et sombre canal[2]. Les eaux calmes s'étaient placidement refermées sur leur victime; et, quoique ma gondole fût la seule en vue, maints vaillants nageurs, déjà dans le courant, cherchaient en vain à la surface le trésor qu'on ne devait découvrir, hélas! que dans l'abîme. Sur les larges dalles de marbre noir, à l'entrée du Palais, et quelques marches au-dessus de l'eau, se tenait une personne qu'aucun de ceux qui la virent alors ne peut depuis avoir oubliée. C'était la Marchesa Aphrodite — l'adoration de tout Venise — la plus gaie parmi les gaies — la plus ravissante d'entre toutes les belles — mais aussi la jeune épouse du vieil intrigant Mentoni[3], et la mère de ce bel enfant, son premier et unique enfant, qui maintenant, au profond des eaux ténébreuses, songeait avec amertume à ses douces caresses et épuisait sa petite vie en efforts pour invoquer son nom.

Elle se tenait seule. Ses petits pieds nus et argentés brillaient sur le noir miroir du sol de marbre. Sa chevelure, seulement à demi débarrassée pour la nuit de sa parure de bal, cascadait en une pluie de diamants, entourant son visage classique de boucles semblables à celles de la jeune jacinthe[4]. Une draperie d'un blanc de neige et pareille à de la gaze, semblait presque seule couvrir sa forme délicate ; mais l'air de cette nuit d'été était chaud, lourd et calme, et nul mouvement de la forme sculpturale ne remuait même les plis de ce vêtement de véritable vapeur qui tombait autour d'elle comme le lourd marbre tombe autour de la Niobé[5]. Et cependant — c'est étrange à dire ! — ses grands yeux brillants n'étaient pas dirigés vers le bas, vers cette tombe où était enseveli son plus brillant espoir — mais rivés dans une tout autre direction ! La prison de l'Ancienne République est, je crois, le plus imposant édifice de tout Venise — mais comment cette femme pouvait-elle la contempler si fixement, quand au-dessous d'elle gisait, suffocant, son unique enfant ? Cette sombre et ténébreuse niche-là, qui bâille juste en face de la fenêtre de sa chambre — que *pouvait*-il donc y avoir dans ses ombres — dans son architecture — dans ses corniches festonnées de lierre et solennelles —

que la Marchesa di Mentoni n'ait déjà scruté mille fois ? Absurde ! Qui ne se souvient qu'en un pareil moment, l'œil, tel un miroir brisé, multiplie les images de son chagrin, et voit au loin, en d'innombrables endroits, le malheur qui est tout proche ?

Plusieurs marches au-dessus de la Marchesa, et sous la voûte de l'entrée donnant sur l'eau, se dressait en grande tenue la silhouette de satyre de Mentoni lui-même. Par moments il grattait une guitare, et semblait mortellement *ennuyé*, tandis qu'il donnait de temps à autre des ordres pour le sauvetage de son enfant. Stupéfié, médusé, j'étais moi-même incapable de quitter la position verticale que j'avais prise dès que j'avais entendu le cri, et je devais présenter aux yeux du groupe agité une apparence spectrale et sinistre, alors que, le visage livide et les membres rigides, je glissais au milieu d'eux dans cette funèbre gondole.

Tous les efforts s'avérèrent vains. Beaucoup de chercheurs parmi les plus énergiques relâchaient leurs efforts, et cédaient à une sombre tristesse. Il semblait ne rester que peu d'espoir pour l'enfant (combien moins encore pour la mère !) ; mais alors, de l'intérieur de cette niche obscure dont on a déjà dit qu'elle faisait partie de la prison de l'Ancienne République et qu'elle faisait face à la croisée de la Marchesa, un personnage drapé dans une cape s'avança dans la lumière, et, s'arrêtant un moment au bord de la vertigineuse descente, plongea la tête la première dans le canal[6]. Comme, un instant après, il se tenait avec l'enfant toujours vivant et respirant dans ses bras, sur les dalles de marbre, à côté de la Marchesa, sa cape, lourde de l'eau qui l'imbibait, se détacha et, tombant en plis à ses pieds, découvrit aux spectateurs frappés d'étonnement la gracieuse personne d'un très jeune homme, dont le nom faisait alors résonner de son écho la majeure partie de l'Europe[7].

Le sauveteur ne dit pas un mot. Mais la Marchesa !
Elle va recevoir son enfant — elle va le presser sur son
cœur — elle va enlacer la petite forme et l'étouffer de
ses caresses. Hélas ! les bras d'un *autre* l'ont pris à
l'étranger — les bras d'un *autre* l'ont enlevé et emporté
loin, subrepticement, à l'intérieur du palais ! Et la
Marchesa ! sa lèvre — sa lèvre splendide tremble : les
larmes emplissent ses yeux — ces yeux qui, comme
l'acanthe de Pline, sont « doux et presque liquides ».
Oui ! des larmes emplissent ses yeux — et voyez ! la
femme tout entière frémit de toute son âme, et la
statue a commencé à vivre ! La pâleur du visage de
marbre, le gonflement du sein de marbre, la pureté
même des pieds de marbre, nous les voyons soudain
submergés par un flot d'irrépressible pourpre ; et un
léger frisson fait trembler sa forme délicate, comme
une brise légère à Naples fait trembler les riches lis
d'argent dans les herbes.

Pourquoi cette dame *devrait*-elle rougir ! A cette
question il n'est point de réponse, sinon qu'ayant
quitté, dans la hâte ardente et la terreur d'un cœur de
mère, l'intimité de son propre *boudoir*, elle a négligé de
glisser ses pieds minuscules dans leurs mules, et
tout à fait oublié de jeter sur ses épaules véni-
tiennes cette draperie qui leur est destinée. Quelle
autre raison possible aurait-il pu y avoir à une telle
rougeur ? — au regard de ses yeux farouches et implo-
rants ? — à l'inhabituel tumulte de ce sein palpitant ?
— à la pression convulsive de cette main tremblante ?
— cette main qui, comme Mentoni rentrait dans le
palais, s'était posée par hasard sur la main de l'étranger. Quelle raison aurait-il pu y avoir au ton bas — au
ton singulièrement bas de ces mots inintelligibles que
la dame prononça hâtivement en lui disant adieu ?
« Tu as vaincu — » dit-elle, à moins que les murmures
de l'eau ne m'aient trompée, « tu as vaincu — une heure

après le lever du soleil — nous nous retrouverons —
qu'il en soit ainsi ! »

· ·

Le tumulte s'était apaisé, les lumières s'étaient
éteintes dans le palais, et l'étranger, que je reconnais-
sais maintenant, se tenait debout, seul sur les dalles. Il
était secoué d'une inconcevable agitation et ses yeux
exploraient les alentours à la recherche d'une gondole.
Je ne pouvais faire moins que lui offrir de disposer de
la mienne ; et il accepta la politesse. Ayant obtenu une
rame à la porte donnant sur l'eau, nous nous diri-
geâmes ensemble vers sa résidence, tandis qu'il recouvrait rapidement son sang-froid, et parlait de nos
précédentes brèves relations en des termes d'une apparente grande cordialité.

Il est certains sujets sur lesquels je prends plaisir à
être minutieux. La personne de l'étranger — qu'on me
permette de lui donner ce qualificatif, lui qui pour tout
le monde était encore un étranger — la personne de
l'étranger est l'un de ces sujets. De taille, il pouvait être
plutôt au-dessous qu'au-dessus de la moyenne : il y
avait cependant des moments d'intense passion où sa
stature *se dilatait* réellement et démentait cette assertion. Le profil svelte, presque gracile, de sa silhouette,
annonçait cette promptitude d'action qu'il avait manifestée au Pont des Soupirs, plutôt que cette force
herculéenne qu'il était réputé avoir déployée — sans le
moindre effort — en des circonstances bien plus
dangereuses. Avec la bouche et le menton d'un dieu, —
des yeux singuliers, farouches, pleins, limpides, dont
les ombres variaient du pur noisette au jais intense et
brillant — et une profusion de cheveux noirs bouclés,
entre lesquels un front d'une largeur inhabituelle
projetait par moments son éclat, tout de lumière et

d'ivoire — ses traits étaient tels que je n'en ai jamais vu de plus classiquement réguliers, sauf, peut-être, les traits de marbre de l'Empereur Commode [8]. Et cependant son visage était de ceux que tous les hommes ont vus à quelque période de leur vie, et n'ont jamais revus par la suite. Il n'avait aucune expression particulière — il n'avait aucune expression prédominante qui se fixât dans la mémoire ; un visage vu et aussitôt oublié — mais oublié avec un vague et incessant désir de se le remémorer. Non que l'esprit de chaque brève passion ne manquât à tout moment de jeter sa propre et distincte image sur le miroir de ce visage, mais ce miroir, comme tout miroir, ne retenait nul vestige de la passion lorsque la passion s'était évanouie.

Comme je le quittais, la nuit de notre aventure, il me demanda, d'une façon que je jugeai pressante, de lui rendre visite *très* tôt le lendemain matin. Peu après le lever du soleil, je me retrouvai donc à son Palazzo, l'un de ces énormes bâtiments d'un faste morne quoique excentrique, qui s'élèvent au-dessus des eaux du Grand Canal dans le voisinage du Rialto. On me fit monter par un large escalier tournant de mosaïque jusqu'à une salle dont la splendeur incomparable flamboyait à travers la porte ouverte d'un véritable éclat qui m'aveuglait et m'étourdissait de somptuosité.

Je savais mon ami riche. La rumeur avait évoqué ses biens en des termes que je m'étais même risqué à qualifier de ridicules exagérations. Mais, tandis que je regardais autour de moi, je ne parvenais pas à croire qu'il y eût en Europe un personnage dont la richesse ait pu assurer la munificence princière qui brûlait et flamboyait à l'entour.

Quoique, comme je l'ai dit, le soleil fût levé, la pièce était encore brillamment illuminée. Je déduisis de ce fait, autant que de l'air fatigué du visage de mon ami, qu'il ne s'était pas couché de toute la nuit passée. Le dessein évident de l'architecture et des décorations de la chambre avait été d'éblouir et d'étonner. On avait porté peu d'attention aux *bienséances* de ce qu'on appelle techniquement l'*aménagement*, non plus qu'aux caractères de la nationalité. L'œil errait d'objet en objet, sans se poser sur aucun — ni sur les *grotesques* des peintres grecs ni sur les sculptures des meilleures époques italiennes, ni sur les énormes reliefs de la brutale Egypte. De riches tentures, partout dans la pièce, tremblaient à la vibration d'une musique sourde et mélancolique, dont on ne pouvait découvrir la source. Les sens étaient oppressés par des parfums mêlés et contradictoires qui s'exhalaient d'étranges encensoirs convolutés, en même temps que les multiples, flamboyantes et vacillantes langues d'un feu émeraude et violet. Les rayons du soleil juste levé se déversaient sur l'ensemble par des fenêtres formées chacune d'un seul panneau de verre cramoisi. Brillant çà et là, en un millier de reflets, depuis les rideaux qui tombaient de leurs corniches comme des cataractes d'argent fondu, les rayons de naturelle splendeur finissaient par se mêler irrégulièrement à la lumière artificielle, et étalaient en bouillonnant leurs masses tamisées sur un tapis somptueux et liquide de drap d'or du Chili [9].

« Ha ! Ha ! Ha ! — Ha ! Ha ! Ha ! » dit en riant le propriétaire qui, à mon entrée dans la pièce, m'indiqua un siège et se rejeta lui-même de tout son long sur une ottomane. « Je vois », dit-il, en s'apercevant que je ne pouvais me faire immédiatement à la *bienséance* d'un accueil si singulier — « je vois que vous êtes étonné par mon appartement — mes statues — mes tableaux — l'originalité de mes conceptions en architecture et en tapisserie — absolument saoulé, hein ? par ma magnificence ? Mais pardonnez-moi, mon cher Monsieur » (ici son ton de voix revint à la teneur même de la

cordialité) « pardonnez-moi mon rire peu charitable.
Vous m'avez semblé si *complètement* abasourdi. D'ailleurs certaines choses sont si totalement risibles qu'un
homme *doit* en rire ou mourir. Mourir en riant doit être
la plus glorieuse de toutes les morts glorieuses ! Sir
Thomas More — c'était un homme très *remarquable*
que Sir Thomas More — Sir Thomas More mourut en
riant, souvenez-vous[10]. Il y a aussi dans les *Absurdités*
de Ravisius Textor[11] une longue liste de personnages
qui ont eu la même fin magnifique. Savez-vous cependant, continua-t-il pensivement, qu'à Sparte (qui est
aujourd'hui Palaeochori) — à Sparte, dis-je, à l'ouest
de la citadelle, parmi un chaos de ruines à peine
discernables, il y a une espèce de *socle*, sur lequel on
peut lire les lettres ΛΑΣΜ. C'est indubitablement une
partie de ΓΕΛΑΣΜΑ[12]. Or, il y avait à Sparte un
millier de temples et de sanctuaires pour un millier de
divinités différentes. N'est-il pas extrêmement étrange
que l'autel du Rire ait survécu à tous les autres ! Mais
dans le cas présent », reprit-il en changeant singulièrement de voix et d'attitude, « je n'ai pas le droit de
m'égayer à vos dépens. Vous pouvez en effet avoir été
surpris. L'Europe ne peut rien montrer d'aussi beau
que ceci, mon petit cabinet royal. Mes autres appartements ne sont en aucune manière du même ordre ;
seulement des *ultras* de l'insipidité à la mode. Ceci vaut
mieux que la mode — n'est-ce pas ? Il suffirait pourtant
qu'on le voie pour que cela devienne la fureur du
moment — du moins pour ceux qui pourraient se
l'offrir au prix de tout leur patrimoine. Je me suis
cependant gardé d'une telle profanation. A une exception près, vous êtes le seul être humain, en dehors de
moi-même et de mon *valet*, qui ait été admis dans le
mystère de cette enceinte impériale depuis qu'elle a été
aménagée comme vous la voyez ! »

Je m'inclinai pour toute réponse; car la sensation accablante de la splendeur, et du parfum, et de la musique, liée à l'excentricité inattendue de son discours et de ses manières, m'empêchaient de lui exprimer en mots ma gratitude pour ce que j'aurais pu interpréter comme un compliment.

« Voici », reprit-il en se levant et en s'appuyant sur mon bras pour flâner dans l'appartement, « voici les peintures des Grecs jusqu'à Cimabue, et de Cimabue jusqu'à l'époque actuelle. Beaucoup sont choisies, comme vous le voyez, avec peu de respect envers les principes du Goût. Elles conviennent toutes cependant pour tapisser une pièce comme celle-ci. Voici aussi quelques *chefs-d'œuvre* de grands inconnus — et voici des projets inachevés d'hommes célèbres en leur temps, et dont la perspicacité des académies a abandonné le vrai nom au silence et à moi-même. Que pensez-vous », dit-il se retournant brusquement tout en parlant, « que pensez-vous de cette Madonna della Pietà ? »

« C'est celle du Guide ! » dis-je avec tout l'enthousiasme de ma nature, car j'avais observé attentivement son incomparable beauté. « C'est celle du Guide ! — comment avez-vous *pu* l'obtenir ? — elle est sans aucun doute à la peinture ce que la Vénus est à la sculpture. »

« Ha ! » dit-il pensivement, « la Vénus — la belle Vénus ? — la Vénus des Médicis ? — celle qui a une petite tête et une chevelure dorée ? Une partie du bras gauche » (ici sa voix diminua au point qu'on ne l'entendait plus qu'avec difficulté) « et tout le bras droit sont des restaurations, et dans la coquetterie de ce bras droit réside, je pense, la quintessence de toute affectation. Parlez-*moi* de Canova ! L'Apollon, aussi ! — c'est une copie — il ne peut y avoir aucun doute là-dessus — quel sot aveugle suis-je, moi qui ne peux saisir l'inspiration tant vantée de l'Apollon ! Je ne peux

m'empêcher — plaignez-moi ! — je ne peux m'empêcher de préférer l'Antinoüs [13]. N'était-ce pas Socrate
qui disait que le statuaire avait trouvé sa statue dans le
bloc de marbre ? Ainsi Michel-Ange n'était en rien
original dans son distique :

> *Non ha l'ottimo artista alcun concetto*
> *Che un marmo solo in se non circonscriva* [14].

On a remarqué, ou on aurait dû le faire, que dans les
façons du vrai gentilhomme, nous percevons toujours
une différence avec celles du vulgaire, sans être pour
autant capables de déterminer avec précision en quoi
consiste une telle différence. En admettant que la
remarque s'appliquât dans toute sa force à l'apparence
extérieure de mon ami, je la sentais, en cette matinée
fertile en événements, bien plus largement applicable
encore à son tempérament moral et à son caractère. Et
je ne saurais mieux définir cette particularité d'esprit
qui semblait le situer si essentiellement à l'écart de
tous les autres êtres humains, qu'en nommant cela une
habitude de pensée intense et continuelle, qui pénétrait
même ses actes les plus ordinaires — qui s'infiltrait
dans ses moments de badinage — et qui s'insinuait
même dans ses accès de gaieté — comme ces vipères
qui se déroulent hors des orbites des masques rica-
nants sur les corniches couronnant les temples de
Persépolis.
Je ne pus cependant m'empêcher d'observer à plusieurs reprises, derrière le ton mêlé de légèreté et de
solennité sur lequel il traitait rapidement de choses de
peu d'importance, un certain air de trépidation — un
degré d'*onction* nerveuse dans les gestes et les
paroles — une excitation inquiète du comportement,
qui me semblaient chaque fois inexplicables, et même
à plusieurs occasions me remplirent d'alarme. Souvent

aussi, s'arrêtant au milieu d'une phrase dont il avait apparemment oublié le commencement, il semblait guetter avec la plus profonde attention, comme s'il s'attendait à l'arrivée imminente d'un visiteur, ou comme s'il entendait des sons qui ne devaient avoir eu d'existence que dans sa seule imagination.

Ce fut durant l'une de ces rêveries ou de ces pauses d'apparente distraction qu'en tournant une page de la belle tragédie du poète et érudit Politien, *L'Orfeo* (la première tragédie véritablement italienne), qui était posée près de moi sur une ottomane, que je découvris un passage souligné au crayon. C'était un passage vers la fin du troisième acte — un passage d'une poignante émotion — un passage que, bien que teinté d'impureté, aucun homme ne lira sans un frisson d'émotion nouvelle — aucune femme sans un soupir[15]. Toute la page était tachée de larmes récentes, et, sur le feuillet opposé, il y avait les vers anglais suivants, tracés d'une écriture tellement différente de la calligraphie originale de mon ami, que j'eus quelque difficulté à la reconnaître pour sienne[16].

Tu étais pour moi, amour,
Tout ce pour quoi languissait mon âme —
Une île verte dans la mer, amour,
Une fontaine et un autel,
Tout enguirlandés de fruits et de fleurs féeriques,
Et toutes les fleurs étaient miennes.

Ah, rêve trop brillant pour durer !
Ah, Espérance étoilée ! qui ne t'es levée
Que pour être voilée !
Une voix du fond du Futur crie,
« Avance ! Avance ! » — mais sur le Passé
(Sombre gouffre !) mon esprit flottant gît,
Muet, immobile, frappé d'effroi !

Car hélas! hélas pour moi
La lumière de la vie est passée.
« Jamais plus — jamais plus — jamais plus »
(C'est le discours que tient la mer solennelle
Aux sables sur la plage)
Ne fleurira l'arbre foudroyé,
Ne s'élèvera l'aigle abattu!

Maintenant tous mes jours sont des transes,
Et tous mes rêves nocturnes
Sont là où brille ton œil gris,
Là où ton pas étincelle
En quelles danses éthérées,
Au bord de quelles eaux italiennes.

Hélas! en ce temps maudit
Ils t'emportèrent sur les flots,
Loin de l'Amour, vers la vieillesse titrée et le crime,
Et vers un oreiller impie —
Loin de moi, et loin de notre brumeux climat
Où pleure le saule argenté[17] *!*

Que ces vers fussent écrits en anglais, une langue
dont je n'aurais pas cru leur auteur familier — ne
m'apporta qu'un faible sujet de surprise. J'étais trop
averti de l'étendue de ses connaissances, et du plaisir
singulier qu'il prenait à les cacher à l'observateur,
pour être surpris par une semblable découverte; mais
le lieu d'où ils étaient datés, je dois le confesser, me
causa un certain étonnement. On avait d'abord écrit
Londres, et ensuite on l'avait soigneusement raturé —
pas assez cependant pour cacher le mot à un œil
scrutateur. Je dis que ceci provoqua en moi de l'étonnement; car je me souvenais bien que, lors d'une
précédente conversation avec mon ami, je lui avais en
particulier demandé s'il avait jamais rencontré à

Londres la Marchesa di Mentoni (qui pendant quelques années avant son mariage avait résidé dans cette ville), et sa réponse, si je ne me trompe, m'avait laissé entendre qu'il n'avait jamais visité la métropole de la Grande-Bretagne. Je pourrais tout aussi bien mentionner ici que j'ai plus d'une fois entendu dire (sans bien sûr accorder crédit à une rumeur impliquant tant d'improbabilités) que la personne dont je parle était non seulement de naissance mais aussi d'éducation, un *Anglais*.

. . . .

« Il y a un tableau », dit-il, sans s'apercevoir que j'avais remarqué la tragédie, « il y a encore un tableau que vous n'avez pas vu. » Et, en écartant une tenture, il découvrit un portrait en pied de la Marchesa Aphrodite.

L'art humain n'aurait pu faire mieux dans la peinture de sa beauté surhumaine. La même forme éthérée qui s'était trouvée devant moi la nuit précédente sur les marches du Palais des Doges se tenait de nouveau devant moi. Mais dans l'expression du visage, qui était tout rayonnant de sourire, se cachait encore (incompréhensible anomalie !) cette trace incertaine de mélancolie qui se trouvera toujours inséparable de la beauté parfaite. Son bras droit était replié sur son sein. De son bras gauche, elle désignait à terre un vase curieusement façonné. Un petit pied de fée, seul visible, touchait tout juste le sol — et, à peine discernable dans l'atmosphère brillante qui semblait entourer et enchâsser sa beauté, flottait une paire d'ailes des plus délicatement imaginées. Mon regard glissa du tableau vers la silhouette de mon ami, et les mots vigoureux du *Bussy d'Amboise* de Chapman[18] frémirent spontanément sur mes lèvres :

Il se dresse là
Comme une statue romaine ! Il restera debout,
Jusqu'à ce que la Mort l'ait fait marbre !

« Venez ! » dit-il enfin, en se tournant vers une table
d'argent massif richement émaillée sur laquelle il y
avait quelques gobelets fantasquement colorés, avec
deux grands vases étrusques ouvragés selon le même
extraordinaire modèle que celui qu'on voyait au premier plan du tableau, et emplis de ce que je supposai
être du johannisberg. « Venez ! dit-il brusquement,
buvons ! Il est tôt mais buvons ! Il est *vraiment* tôt »,
poursuivit-il rêveusement, tandis qu'un chérubin armé
d'un lourd marteau d'or faisait résonner la pièce de la
première heure après le lever du soleil [19] — « Il est
vraiment tôt, mais qu'importe ? Buvons ! Versons une
libation à ce soleil solennel que ces lampes et ces
encensoirs éclatants sont si avides de dompter ! » Et,
m'ayant invité à trinquer avec lui, il avala en une
rapide succession plusieurs gobelets de vin.

« Rêver », continua-t-il, reprenant le ton de sa
conversation décousue, tandis qu'il élevait vers la
riche lumière d'un encensoir l'un des magnifiques
vases — « rêver a été l'affaire de ma vie. Je me suis
donc aménagé, comme vous voyez, une demeure de
rêve. Au cœur de Venise, pouvais-je en ériger une
meilleure ? Vous voyez autour de vous, il est vrai, un
mélange de styles architecturaux. La simplicité de
l'Ionie est contrariée par les formes antédiluviennes, et
les sphinx de l'Egypte sont étalés sur des tapis d'or.
Pourtant l'effet n'est incongru que pour les seuls
timides. Les convenances de lieu et surtout d'époque
sont les bêtes noires qui terrifient l'humanité et la
privent de la contemplation du magnifique. J'ai été
moi-même autrefois un partisan de la décoration :

mais cette sublimation de la sottise a lassé mon âme. Tout ceci s'accorde mieux maintenant à mon dessein. Comme ces arabesques encensoirs, mon esprit se tord dans le feu et le délire de ce décor me prépare aux visions plus sauvages de ce pays des vrais rêves vers lequel je suis en train de partir rapidement. » Ici, il s'arrêta brusquement, pencha la tête vers sa poitrine, et parut écouter un bruit que je ne pouvais entendre. Enfin, se dressant de toute sa taille, il leva les yeux et lança les vers de l'évêque de Chichester [20] :

> *Attends-moi là-bas ! Je ne manquerai pas*
> *De te rejoindre en ce val profond.*

L'instant d'après, cédant au pouvoir du vin, il se jeta de tout son long sur une ottomane.

Un pas précipité se fit alors entendre dans l'escalier, et aussitôt lui succéda un coup violent à la porte. Je me hâtai pour devancer une seconde perturbation lorsqu'un page de la maison des Mentoni se rua dans la pièce et balbutia d'une voix tremblante d'émotion les paroles incohérentes : « Ma maîtresse ! — ma maîtresse ! — empoisonnée ! — empoisonnée ! oh belle — oh belle Aphrodite ! »

Affolé, je m'élançai vers l'ottomane, et tentai d'éveiller le dormeur à la conscience de cette effrayante nouvelle. Mais ses membres étaient rigides — ses lèvres étaient livides — ses yeux à l'instant encore brillants étaient rivés dans la *mort*. Je reculai en chancelant vers la table — ma main tomba sur un gobelet craquelé et noirci [21] — et la conscience de l'entière et terrible vérité illumina soudain mon âme.

MYSTIFICATION

Parbleu, si ce sont là vos « pasados » et vos
« montantes », je n'en veux pas du tout.

Ned Knowles [1].

Le Baron Ritzner Von Jung appartenait à une noble famille hongroise dont chaque membre (du moins aussi loin dans le passé que remontent les documents certains) s'était plus ou moins fait remarquer par quelque talent — la plupart par cette espèce de *grotesquerie* [2] dans l'imagination dont Tieck [3], un rejeton de la maison, a donné de remarquables démonstrations, bien que nullement les plus remarquables. Mes relations avec Ritzner commencèrent au magnifique château Jung où me jeta, pendant les mois d'été 18—, une succession d'aventures bizarres qui n'ont pas à être publiées. C'est là que je pris place dans son estime, et là qu'avec passablement plus de difficulté, j'eus un aperçu partiel de sa tournure d'esprit. Cette connaissance s'approfondit davantage encore par la suite, à mesure que l'intimité qui l'avait d'abord permise devenait plus étroite ; aussi, lorsque après trois ans de séparation, nous nous trouvâmes à G—n [4], je savais tout ce qu'il était nécessaire de savoir du caractère du Baron Ritzner Von Jung.

Je me souviens du bourdonnement de curiosité que son arrivée suscita dans l'enceinte du collège le soir du 25 juin. Plus nettement encore, alors que dès leur première rencontre tous l'avaient qualifié d' « homme le plus remarquable du monde », je me souviens que personne ne fit la moindre tentative pour justifier cette opinion. Qu'il fût *unique* semblait tellement indiscutable qu'on eût jugé impertinent de demander en quoi consistait cette originalité. Mais, laissant de côté ce sujet pour le moment, j'observerai simplement que, dès l'instant où il mit le pied dans l'enceinte de l'université, il commença à exercer sur les habitudes, les manières, les personnes, les bourses et les tendances de toute la communauté qui l'entourait, une influence des plus étendues et des plus despotiques, et pourtant aussi des plus indéfinissables et des plus complètement inexplicables. Ainsi, la brève période de son séjour à l'université fait date dans les annales et est définie par toutes les sortes de gens qui se rattachent à cette université ou à ses dépendances comme « cette très extraordinaire période constituant le règne du Baron Ritzner Von Jung ».

A son arrivée à G—n, il vint me retrouver dans mon appartement. Il n'avait alors pas d'âge précis ; — je veux dire qu'il était impossible de deviner son âge à partir du moindre indice physique. Il aurait pu avoir quinze comme cinquante ans, et il *avait* en fait vingt et un ans et sept mois. Ce n'était en rien un bel homme — peut-être même était-ce le contraire. Le contour de son visage était quelque peu anguleux et dur. Il avait le front haut et très beau[5] ; le nez camus ; les yeux grands, lourds, vitreux et sans expression. La bouche offrait plus à observer. Les lèvres étaient légèrement saillantes, et s'ajustaient l'une à l'autre de façon telle qu'il est impossible d'imaginer combinaison de traits humains, fût-ce la plus complexe, illustrant si totalement et si singulièrement l'idée de gravité, de solennité et de calme sans faille.

On aura compris, sans doute, d'après ce que j'ai déjà dit, que le Baron était une de ces anomalies humaines comme on en rencontre de temps à autre et qui font de la science de la *mystification* l'étude et l'occupation de leur vie. Un état d'esprit particulier le dirigeait d'instinct vers cette science, tandis que son aspect physique lui offrait d'exceptionnelles facilités pour mener ses projets à exécution. Je crois fermement qu'aucun des étudiants de G—n, pendant cette fameuse période si bizarrement qualifiée de règne du Baron Ritzner Von Jung, ne pénétra jamais réellement le mystère qui voilait sa personnalité. Je pense vraiment qu'en dehors de moi-même, personne à l'université ne le soupçonna jamais d'être capable d'une plaisanterie en mots ou en actes : on en aurait plutôt accusé le vieux bouledogue de la porte du parc, — le fantôme d'Héraclite, — ou la perruque du professeur émérite de Théologie. Et ceci même alors qu'il était manifeste que les plus fieffés, les plus impardonnables de tous les tours, bizarreries ou bouffonneries concevables, étaient provoqués, sinon directement par lui, du moins clairement par son intermédiaire ou avec sa connivence. La beauté, si je puis la nommer ainsi, de son *art mystique*[6] résidait en l'habileté consommée (due à une connaissance presque intuitive de la nature humaine, et à un sang-froid des plus extraordinaires) avec laquelle il ne manquait jamais de laisser croire que les plaisanteries qu'il s'attachait à mettre au point se produisaient en partie en dépit et en partie à cause des louables efforts qu'il déployait pour les prévenir et pour préserver le bon ordre et la dignité de l'Alma Mater. Cette mortification profonde, poignante, accablante, qui, à chaque échec de ses efforts méritoires, imprégnait tous les traits de son visage, ne laissait pas dans l'esprit de ses compagnons, même les plus sceptiques, naître le moindre doute sur sa sincérité. De plus, l'adresse avec laquelle il parvenait à faire passer le sens du grotesque du créateur au créé — de sa propre personne aux absurdités qu'il avait engendrées, n'était pas moins digne d'observation. Dans aucune situation avant celle dont je parle, je n'avais vu l'habituel mystificateur échapper à la conséquence naturelle de ses manœuvres — que le ridicule retombe sur sa propre réputation et sur sa propre personne. Continuellement entouré d'une atmosphère de fantaisie, mon ami ne semblait vivre que pour les aspects sévères de la société ; et même les gens de sa suite n'ont jamais un instant associé au souvenir du Baron Ritzner Von Jung d'autres idées que celles de sévérité et de majesté.

Durant la période où il résida à G—n, il sembla vraiment que le démon du *dolce farniente* s'était installé comme un incube sur l'université. On n'y faisait donc rien d'autre, en tout cas, que manger et boire, et s'amuser. Les chambres des étudiants étaient transformées en autant de tavernes et, parmi toutes ces tavernes, il n'en était pas de plus fameuse ni de plus fréquentée que celle du Baron. Nos beuveries y étaient nombreuses, et tapageuses, prolongées, et toujours fertiles en incidents.

Une fois, nous avions prolongé notre séance presque jusqu'à l'aube, et une quantité inhabituelle de vin avait été ingurgitée. La compagnie se composait de sept ou huit personnes, en dehors du Baron et de moi-même. La plupart d'entre eux étaient des jeunes gens riches, de haute lignée, d'un grand orgueil familial, et tous étaient imbus d'un sens exagéré de l'honneur. Ils abondaient dans les opinions les plus ultragermaniques à propos du *duello*. Quelques récentes publications parisiennes, renforcées par trois ou quatre rencontres acharnées et fatales à G—n même, avaient

donné vigueur et impulsion nouvelles à ces notions
don-quichottesques ; et ainsi, pendant la plus grande
partie de la nuit, la conversation avait-elle frénétiquement couru sur la question à l'ordre du jour. Le Baron,
qui dans la première partie de la soirée, avait été
inhabituellement silencieux et absent, sembla enfin
s'éveiller de son apathie, prit une part importante à la
conversation, et insista sur les avantages, et plus
spécialement sur les beautés du code protocolaire
établi en matière de passes d'armes, avec une ardeur,
une éloquence, une solennité et une passion dans le ton
qui soulevèrent le plus chaleureux enthousiasme chez
ses auditeurs en général, et qui m'étonnèrent tout à fait
moi-même, moi qui savais bien qu'au fond de lui-
même, il était un pourfendeur de ces choses mêmes
dont il discutait, et surtout qu'il tenait toute la *fanfaronnade*[7] du protocole du duel dans le souverain
mépris qu'elle mérite.

Regardant autour de moi pendant une pause dans
l'exposé du Baron (exposé dont mes lecteurs pourront
se faire quelque timide idée si je leur dis qu'il ressemblait à la manière sermonneuse, fervente, psalmo-
diante, monotone et pourtant musicale de Coleridge[8]),
je perçus sur le visage d'un des membres du groupe les
signes d'un intérêt bien plus grand que celui de
l'ensemble des auditeurs. Ce jeune homme, que j'ap-
pellerai Hermann, était à tout point de vue un original
— sauf, peut-être, dans ce seul détail qu'il était un très
grand sot. Il s'était cependant arrangé pour acquérir,
parmi une coterie particulière de l'université, une
réputation de profond penseur métaphysique, et, je
crois, de logicien de quelque talent. En tant que
duelliste, il avait acquis un grand renom, même à
G—n. J'ai oublié le nombre précis de victimes qui
étaient tombées par sa main ; mais elles étaient nombreuses. C'était indubitablement un homme de cou-

rage. Mais c'était de sa connaissance méticuleuse de l'étiquette du *duello*, et de la subtilité de son sens de l'honneur qu'il s'enorgueillissait le plus. C'était là un dada qu'il enfourchait jusqu'à la mort. Pour Ritzner, toujours à l'affût du grotesque, ces bizarreries avaient depuis longtemps déjà fourni matière à une mystification. Mais de cela, je ne me doutais pas ; et pourtant, dans le cas présent, je voyais clairement que, pour mon ami, quelque chose de bizarre était sur le *tapis* [9], et qu'Hermann en était l'objectif précis.

Tandis que le premier poursuivait son discours, ou plutôt son monologue, je sentais croître d'instant en instant l'excitation du second. A la fin, il prit la parole pour présenter une objection à propos d'un point sur lequel R. s'était appuyé, et pour exposer en détail ses arguments. A ceux-ci le Baron répliqua de bout en bout (en gardant toujours son ton exagérément passionné) et il conclut, d'une façon que je jugeai de très mauvais goût, par un sarcasme et un ricanement. Le dada de Hermann prit alors le mors aux dents. Ceci, je parvins à le deviner au soigneux méli-mélo d'arguties de sa repartie. De ses derniers mots, je me souviens distinctement. « Vos opinions, permettez-moi de vous le dire, Baron Von Jung, quoique dans l'ensemble correctes, sont, sur de nombreux points délicats, peu dignes de vous et de l'université dont vous êtes membre. A certains égards, elles ne méritent même pas une réfutation sérieuse. J'en dirais plus, Monsieur, n'était la crainte de vous offenser (ici l'orateur sourit avec affabilité), je dirais, Monsieur, que vos opinions ne sont pas les opinions qu'on attendrait d'un gentilhomme. »

Comme Hermann achevait cette phrase équivoque, tous les yeux se tournèrent vers le Baron. Il devint pâle, puis excessivement rouge, puis laissant tomber son mouchoir, il se baissait pour le ramasser lorsque, alors que personne d'autre à la table ne pouvait le voir, j'entrevis son visage. Il rayonnait de cette expression facétieuse qui correspondait à son caractère habituel mais que je ne l'avais jamais vu arborer que lorsque nous étions seuls et qu'il se détendait en toute liberté. Un instant après, il se tenait debout, faisant face à Hermann ; et jamais je ne vis si totale transformation d'un visage en si peu de temps. Pendant un moment, j'imaginai même que je m'étais trompé à son sujet, et qu'il était tout à fait sérieux. Il semblait suffoquer de colère et son visage était d'une pâleur cadavérique. Un court instant, il resta silencieux, s'efforçant apparemment de maîtriser son émotion. Semblant à la fin y être parvenu, il saisit une carafe qui se trouvait près de lui et, tandis qu'il la tenait fermement serrée, il déclara — « Le langage que vous avez jugé bon d'employer, Mein herr Hermann, en vous adressant à moi, est choquant par tant de points que je n'ai ni le temps ni l'humeur de les relever. Que mes opinions ne soient pas les opinions qu'on attendrait d'un gentilhomme est une remarque si ouvertement offensante qu'elle ne m'autorise qu'une seule ligne de conduite. Quelques égards sont dus, néanmoins, à cette assemblée ici présente et à vous, qui, en ce moment même, êtes mon hôte. Vous m'excuserez donc si, en vertu de cette considération, je m'écarte légèrement de l'usage ordinaire entre gentilshommes dans de semblables cas d'affront personnel. Vous me pardonnerez la contribution modérée que j'imposerai à votre imagination, et vous essaierez de prendre, un instant, le reflet de votre personne dans ce miroir-là pour le vivant Mein herr Hermann lui-même. Cela fait, il n'y aura aucun problème. Je lancerai cette carafe de vin sur votre image dans le miroir, et je répondrai ainsi entièrement à l'esprit, sinon exactement à la lettre, d'une riposte à votre insulte, et en même temps sera évitée la nécessité d'une violence physique envers votre personne réelle. »

A ces mots il précipita la carafe pleine de vin sur le miroir accroché juste en face de Hermann, atteignant avec une grande précision le reflet du personnage et faisant bien sûr voler le miroir en miettes. Toute l'assemblée se leva aussitôt, et, à l'exception de moi-même et de Ritzner, se retira. Au moment où Hermann sortait, le Baron me chuchota que je devrais le suivre et lui faire offre de mes services. J'acceptai sans savoir précisément quoi faire d'une si ridicule sorte d'affaire.

Le duelliste accepta mon aide avec son air rigide et *ultra recherché*, et, me prenant par le bras, m'entraîna jusqu'à son appartement. Je pus difficilement me retenir de lui rire au nez lorsqu'il commença à discuter avec la plus profonde gravité de ce qu'il appelait « le caractère particulièrement délicat » de l'affront qu'il avait subi. Après une longue harangue dans son style habituel, il extirpa de ses rayonnages plusieurs volumes moisis traitant du *duello*, et m'entretint longuement de leur contenu, les lisant à haute voix et les commentant avec ardeur à mesure qu'il avançait dans sa lecture. Je peux tout juste me rappeler les titres de quelques-uns des ouvrages. Il y avait l' « Ordonnance de Philippe Le Bel sur le combat singulier », « Le Théâtre de l'Honneur » de Favyn, et un traité « Sur l'autorisation des duels » par d'Audiguier. Il exhiba aussi avec beaucoup d'emphase les « Mémoires de Duels » de Brantôme [10], publié à Cologne en 1666 en caractères Elzévir — un volume précieux et unique sur papier vélin, à grande marge [11] et relié par Derôme. Mais il attira particulièrement mon attention, et ce avec un air de mystérieuse sagacité, sur un épais in-octavo, écrit dans un latin barbare par un certain Hédelin, un Français, et portant le titre bizarre de « *Duelli lex scripta, et non ; aliterque* [12] ». Il m'en lut un des chapitres les plus étranges du monde à propos des « *Injuriae per applicationem, per constructionem, et per*

---

se [13] », dont à peu près la moitié, affirma-t-il, était strictement applicable à son propre cas « particulièrement délicat », bien que, même au prix de ma vie, je n'eusse pu comprendre une seule syllabe de toute cette chose. Ayant achevé le chapitre, il ferma le livre et me demanda ce que je pensais qu'il fallait faire. Je répondis que j'avais une totale confiance en sa supérieure délicatesse de sentiments, et que je m'en remettrais à ce qu'il proposerait. Il parut flatté par cette réponse et s'assit pour rédiger un mot au Baron. Il disait ceci :

Monsieur, — Mon ami, M. P. —, vous remettra ce mot. Je crois qu'il m'incombe de vous demander, au plus tôt qu'il vous conviendra, une explication pour les événements qui se sont produits ce soir dans vos appartements. Dans l'éventualité où vous déclineriez cette demande, M. P. sera heureux de prendre avec tout ami que vous voudrez bien désigner les dispositions préliminaires à une rencontre.
Avec mes sentiments de parfaite considération,
Votre très humble serviteur,
Johan Hermann
Au Baron Ritzner Von Jung,
Le 18 août 18—

Ne sachant que faire de mieux, je me rendis chez Ritzner avec cette épître. Il s'inclina lorsque je la lui présentai ; puis, l'expression grave, il m'indiqua un siège. Ayant pris connaissance du cartel, il rédigea la réponse suivante que je portai à Hermann.

Monsieur,
Par l'intermédiaire de notre ami commun, M. P., j'ai reçu votre mot de ce soir. Tout bien réfléchi, j'admets franchement l'opportunité de l'explication que vous

suggérez. Cela étant admis, j'éprouve encore une grande difficulté (compte tenu de la nature *particulièrement délicate* de notre différend, et de l'affront personnel que pour ma part je vous ai fait) à formuler ce que j'ai à dire en matière d'excuses, de façon à répondre aux minutieuses exigences et à toutes les nuances variables de ce cas. J'ai grande confiance cependant en cette extrême sensibilité de jugement dans les matières relevant des règles protocolaires, sensibilité à propos de laquelle vous vous êtes distingué depuis si longtemps et avec tant de prééminence. C'est donc avec la parfaite certitude d'être compris qu'au lieu de vous présenter des sentiments personnels, je vous demande de vous reporter aux avis du sieur Hédelin, tels qu'ils sont formulés dans le neuvième paragraphe du chapitre « *Injuriae per applicationem, per constructionem, et per se* » de son « *Duelli lex scripta, et non ; aliterque* ». Votre finesse de jugement quant à toutes les matières qui y sont traitées suffira, j'en suis sûr, à vous convaincre *que le seul fait que je vous renvoie* à cet admirable passage devrait, en tant qu'homme d'honneur, satisfaire votre demande d'une explication.

Avec mes sentiments de profond respect,
Votre très obéissant serviteur
Von Jung

Au Sieur Johan Hermann
Le 18 août 18—

Hermann commença la lecture de cette épître avec un air maussade qui, cependant, se transforma en un sourire de la plus comique autosatisfaction lorsqu'il parvint au fatras sur *Injuriae per applicationem, per constructionem, et per se*. Sa lecture achevée, il me pria, avec le plus aimable de tous les sourires, de m'asseoir tandis qu'il se référait au traité en question. Trouvant le passage cité, il le lut avec le plus grand soin, puis ferma le livre et me demanda, en ma qualité d'ami intime, d'exprimer au Baron Von Jung le sentiment élevé qu'il avait de sa conduite chevaleresque, et, en ma qualité de témoin, de l'assurer que l'explication offerte avait le caractère le plus entier, le plus honorable et le plus nettement satisfaisant.

Quelque peu étonné par tout cela, je m'en retournai chez le Baron. Il parut recevoir le message amical de Hermann comme allant de soi, et, après quelques mots de conversation générale, il passa dans une arrière-pièce et en rapporta le sempiternel traité « *Duelli lex scripta, et non ; aliterque* ». Il me tendit le volume et me demanda d'en parcourir un passage. Je le fis donc mais avec un bien piètre résultat, car je ne parvins pas à y saisir la moindre parcelle de sens. Il prit alors lui-même le livre et me lut un passage à haute voix. A ma surprise, ce qu'il lisait s'avéra être le compte rendu le plus horriblement absurde d'un duel entre deux babouins. Il m'expliqua alors le mystère, me révélant que le volume, tel qu'il se présentait *prima facie*, était écrit à la façon des vers amphigouriques de Du Bartas [14] ; c'est-à-dire que le discours était ingénieusement combiné de façon à présenter à l'oreille tous les signes extérieurs d'intelligibilité, et même de profondeur, alors qu'en fait il n'y avait pas l'ombre d'un sens. La clé de l'ensemble consistait à sauter chaque second puis chaque troisième mot alternativement, et alors apparaissait une suite de plaisanteries grotesques à propos du combat singulier tel qu'on le pratique aux temps modernes.

Le Baron m'apprit ensuite qu'il avait introduit exprès le traité dans le circuit d'Hermann deux ou trois semaines avant l'aventure, et qu'il s'était rendu compte, d'après la teneur générale de la conversation, que celui-ci l'avait étudié avec la plus profonde attention et qu'il le tenait fermement pour un ouvrage d'un exceptionnel mérite. A partir de ces indices, il avait poursuivi son entreprise. Hermann aurait bravé mille morts plutôt que de s'avouer incapable de comprendre quoi que ce soit qui ait jamais été écrit dans l'univers sur le *duello*.

COMMENT ÉCRIRE UN ARTICLE
À LA BLACKWOOD

> *Au nom du Prophète — des figues !*
> Cri du marchand de figues turc [1].

Je présume que tout le monde a entendu parler de moi. Mon nom est la signora Psyché Zénobie. Cela, je sais que c'est un fait. A part mes ennemis, personne ne m'appelle Suky Snobbs. Je me suis laissé dire que Suky [2] n'est qu'une vulgaire corruption de Psyché, qui est du bon grec et veut dire « âme » (ça, c'est bien moi, je suis *toute* âme) et parfois « papillon [3] », ce dernier sens est sans aucun doute une allusion à l'aspect que j'ai dans ma robe neuve de satin cramoisi, avec le *mantelet* arabe bleu ciel, et les garnitures d'*agraffas* vertes, et les sept volants d'*auriculas* orange [4]. Quant à Snobbs — il suffit à n'importe qui de me regarder pour s'apercevoir aussitôt que mon nom n'est pas Snobbs. Mlle Tabitha Navet a propagé ce bruit par pure jalousie. Tabitha Navet, vraiment ! La petite misérable ! Mais que peut-on espérer d'un navet ? Me demande si elle se souvient du vieil adage à propos du « sang de navet, etc. [5] ». (Mémorandum : le lui rappeler à la première occasion.) (Autre mémo — la moucher.) Où en étais-je ? Ah ! on m'a assuré que Snobbs était une simple corruption de Zénobie, et que Zénobie était une

reine[6] — (Moi aussi. Le Dr Moneypenny[7] m'appelle
toujours la Reine de Cœur) — et que Zénobie, comme
Psyché, c'était du bon grec, et que mon père était « un
Grec[8] », et que, par conséquent, j'ai droit à notre
patronyme qui est Zénobie, et en aucune façon Snobbs.
Personne d'autre que Tabitha Navet ne m'appelle Suky
Snobbs. Je suis la Signora Psyché Zénobie.

Comme je l'ai dit plus haut, tout le monde a
entendu parler de moi. Je suis cette même Signora
Psyché Zénobie si justement célébrée comme secrétaire correspondante du « *Philadelphien, Régulier,*
Echange, Mondial, Intégral, Et, Rajeunisseur, Bibliogra-
phique, Association, Savante, Belles, Lettres, Expérimen-
tales, Universelles[9] ». C'est le Dr Moneypenny qui a
composé le titre pour nous, et il dit qu'il l'a choisi
parce qu'il sonne fort comme un tonneau de rhum vide
(un homme parfois vulgaire — mais il est profond).
Nous signons tous les initiales de la société après nos
noms, à la façon des membres de la S.R.A., la Société
Royale des Arts[10], ou de la S.C.A.N., la Société pour la
Connaissance et son Amélioration Naturelle, etc. Le Dr
Moneypenny dit que le S veut dire *sale* et que C.A.N.
veut dire canard (mais ce n'est pas vrai), et que
S.C.A.N. est donc là pour Sale Canard[11], et non pour la
Société de Lord Brougham[12] — mais le Dr Moneypenny est un homme si étrange que je ne sais jamais
quand il me dit la vérité. Toujours est-il que nous
ajoutons à nos noms les initiales P.R.E.M.I.E.R. B.A.S.
B.L.E.U. — C'est-à-dire *Philadelphien, Régulier,*
Echange, Mondial, Intégral, Et, Rajeunisseur, Bibliogra-
phique, Association, Savante, Belles, Lettres, Expérimen-
tales, Universelles, une lettre pour chaque mot, ce qui
est un progrès décisif sur Lord Brougham. Le Dr Moneypenny prétend que nos initiales révèlent notre
véritable caractère — mais, sur ma vie, je ne vois pas
ce qu'il veut dire.

Malgré les bons offices du Docteur, et les efforts acharnés de l'association pour attirer l'attention, elle n'avait pas rencontré très grand succès jusqu'à ce que j'y pénètre. La vérité est que les membres s'abandonnaient à un ton de discussion trop désinvolte. Les papiers lus chaque samedi soir étaient caractérisés moins par la profondeur que par la bouffonnerie. Tous n'étaient que du vent [13]. Il n'y avait aucune recherche des causes premières, des principes premiers. Il n'y avait nulle recherche d'aucune sorte. On ne portait aucune attention à ce point fondamental des « convenances ». Bref, il n'y avait pas de beaux textes comme celui-ci. Tout était d'un niveau bas — très bas ! Pas de profondeur, pas de culture, pas de métaphysique — rien de ce que les gens cultivés appellent spiritualité et que les gens grossiers préfèrent stigmatiser comme « cancan ». (Le Dr M. dit que je devrais écrire cancan avec un K majuscule — mais je sais mieux que lui [14].)

Quand j'entrai à l'association, je m'efforçai d'y introduire un meilleur style de pensée et d'écriture, et tout le monde sait combien j'ai réussi. Nous avons maintenant dans le P.R.E.M.I.E.R. B.A.S. B.L.E.U. d'aussi bons articles que tout ce qu'on peut trouver même dans le *Blackwood* [15]. Je parle du *Blackwood* parce qu'on m'a assuré qu'on trouvait le meilleur style sur tous les sujets dans les pages de cette revue justement célèbre. Nous le prenons désormais comme modèle pour tous les thèmes, et en conséquence notre réputation est en train de croître rapidement. Et, après tout, ce n'est pas une tâche si difficile que de composer un article portant le cachet authentique du *Blackwood*, pour peu qu'on s'y prenne correctement. Bien entendu, je ne parle pas des articles politiques. Chacun sait comment *ceux-là* sont faits depuis que le Dr Moneypenny l'a expliqué. M. Blackwood a une paire de

ciseaux de tailleur et trois apprentis qui, debout près
de lui, attendent ses ordres. L'un lui tend le *Times*,
l'autre l'*Examiner* [16] et un troisième un *Nouveau sommaire d'argot* de Gulley. M. B. se contente de découper
et d'intercaler. C'est vite fait — rien que l'*Examiner*,
l'*Argot* et le *Times* — puis le *Times*, l'*Argot* et l'*Examiner*
— et puis le *Times*, l'*Examiner* et l'*Argot*.

Mais le principal mérite de la revue réside dans ses
articles divers; et les meilleurs de ceux-ci se classent
dans la rubrique que le Dr Moneypenny appelle les
bizarreries [17] (quoi que cela veuille dire) et que tous les
autres gens appellent les *intensités*. C'est une espèce de
style que j'avais depuis longtemps appris à apprécier
bien que ce ne soit que depuis ma récente visite à
M. Blackwood (envoyée par l'association) que j'ai été
mise au courant de l'exacte méthode de composition.
Cette méthode est très simple, mais pas autant que
celle de la politique. Après être arrivée chez M. B., et
lui avoir transmis les désirs de la société, il me reçut
avec grande civilité, me fit entrer dans son bureau, et
me donna une explication claire de tout le procédé.

« Ma chère Mademoiselle », dit-il, évidemment
frappé par mon air majestueux, car je portais le satin
cramoisi avec les *agraffas* vertes et les *auriculas*
orange, « ma chère Mademoiselle, dit-il, asseyez-vous.
Voici comment se présente l'affaire. En premier lieu,
votre auteur d'intensités doit posséder de l'encre très
noire et une très grosse plume au bec très émoussé. Et,
écoutez-moi, Mademoiselle Psyché Zénobie ! » poursuivit-il après une pause, avec dans son attitude une
énergie et une solennité des plus impressionnantes,
« écoutez-moi ! — *Cette plume — ne doit — jamais être
taillée !* Là, Mademoiselle, se trouvent le secret, l'âme, de
l'intensité. Je prends sur moi de dire qu'aucun individu si grand que fût son génie, n'a jamais écrit avec
une bonne plume, — comprenez-moi, — un bon article.

Vous pouvez considérer comme acquis que lorsqu'un manuscrit peut être lu, il ne vaut jamais la peine d'être lu. C'est un principe directeur de notre foi et si vous ne pouvez pas y souscrire d'emblée, notre entretien est terminé. »

Il s'arrêta. Mais, bien entendu, comme je n'avais aucune envie de mettre fin à l'entretien, je souscrivis à une proposition aussi évidente, à une proposition dont j'avais compris depuis longtemps la vérité. Il sembla content, et continua ses conseils.

« Il peut sembler désobligeant de ma part, Mademoiselle Psyché Zénobie, de vous renvoyer à n'importe quel article ou groupe d'articles en guise de modèle ou d'exercice ; et pourtant, je suis bien obligé d'attirer votre attention sur quelques cas. Voyons. Il y a eu *"Le Mort vivant"*, une chose admirable ! — le récit des sensations d'un monsieur enterré avant que le souffle eût quitté son corps — plein de goût, de terreur, de *sentiment*, de métaphysique, et d'érudition [18]. On aurait juré que l'auteur était né et avait été élevé dans un cercueil. Puis nous avons eu les *" Confessions d'un mangeur d'opium* [19] *"* — beau, très beau ! — superbe imagination — profonde philosophie — spéculation aiguë — plein de feu et de fureur, et pimenté d'une bonne dose de carrément inintelligible. C'était un joli morceau de boniment, et les gens l'ont avalé avec délices. On prétendait que Coleridge avait écrit le texte — mais ce n'est pas le cas. Il a été composé par mon babouin favori, Genévrier, après un grand verre de genièvre et d'eau, *" chaud et sans sucre "*. » (Ceci j'aurais eu du mal à y croire si quelqu'un d'autre que M. Blackwood ne me l'avait assuré.) — « Puis il y a eu *" L'Expérimentateur involontaire* [20] *"*, à propos d'un monsieur qui se retrouva cuit dans un four et qui en ressortit sain et sauf, quoique certainement cuit à point. Et puis il y a eu *" Le Journal d'un médecin défunt*[21] " dont le mérite résidait dans de bons discours creux et un grec médiocre — deux choses qui marchent bien auprès du public. Et puis il y a eu " *L'Homme dans la cloche*[22] ", un papier que, soit dit en passant, Mademoiselle Zénobie, je ne saurais trop recommander à votre attention. C'est l'histoire d'un jeune homme qui s'endort sous le battant d'une cloche d'église, et qui est réveillé par le glas d'un enterrement. Le bruit le rend fou, et, par conséquent, sortant ses tablettes, il note ses sensations. Les sensations après tout, c'est l'essentiel. Si vous vous noyez, si vous êtes pendue, ne manquez pas de noter vos sensations — elles vous rapporteront dix guinées la page. Si vous voulez écrire avec énergie, Mademoiselle Zénobie, portez une attention minutieuse aux sensations. »

« Cela, je le ferai certainement, Monsieur Blackwood », dis-je.

« Bien ! répondit-il. Je vois que vous êtes une disciple selon mon cœur. Mais je dois vous mettre *au fait* des détails nécessaires à la composition de ce qu'on peut appeler un authentique article Blackwood de la catégorie sensation — le genre dont vous m'autoriserez à dire que je le considère comme le meilleur à tous points de vue.

« La première chose requise est de vous placer dans une mauvaise passe telle que personne n'en ait jamais connu auparavant. Le four, par exemple, — c'était un bon coup. Mais si vous n'avez pas de four ni de grosse cloche sous la main, et si vous ne pouvez pas facilement tomber d'un ballon, ni être engloutie par un tremblement de terre, ni être coincée dans une cheminée[23], il vous faudra vous contenter d'imaginer simplement quelque mésaventure similaire. Je préférerais cependant que vous puissiez vous appuyer sur le fait réel. — Rien n'aide mieux l'imagination qu'une approche expérimentale du sujet en question. " La

Vérité est étrange ", vous savez, " plus étrange que la fiction " — et d'ailleurs elle est plus efficace. »

Sur quoi, je l'assurai que j'avais une excellente paire de jarretières et que j'irais me pendre séance tenante.

« Bien ! répondit-il, allez-y ; — encore que la pendaison soit un sujet quelque peu rebattu. Peut-être pourriez-vous mieux faire. Prenez une dose de pilules Brandreth[24], et puis donnez-nous vos sensations. Cependant mes conseils s'appliquent aussi bien à n'importe quelle espèce de mésaventure et, sur le chemin du retour, vous pouvez facilement prendre un coup sur la tête, ou vous faire écraser par un omnibus, ou vous faire mordre par un chien enragé, ou vous noyer dans un ruisseau. Mais poursuivons.

« Ayant choisi votre sujet, il vous faut ensuite vous préoccuper du ton ou de la manière de votre récit. Il y a le ton didactique, le ton enthousiaste, le ton naturel — tous assez communs. Mais il y a aussi le ton laconique, ou bref, qu'on s'est mis récemment à beaucoup utiliser. Il consiste en phrases courtes. Quelque chose comme ça : Peux pas être trop bref. Peux pas être trop bourru. Toujours un point. Et jamais un paragraphe.

« Puis il y a le ton élevé, diffus et interjectif. Certains de nos meilleurs romanciers défendent ce ton. Les mots doivent être tous pris dans un tourbillon, comme une toupie ronflante, et faire un bruit très semblable, ce qui fera remarquablement bien l'affaire à défaut d'avoir un sens. C'est le meilleur de tous les styles possibles lorsque l'écrivain est bien trop pressé pour réfléchir.

« Le ton métaphysique n'est pas mal non plus. Si vous connaissez quelques grands mots, vous avez là une occasion de vous en servir. Parlez des écoles Ionienne et Éléatique — d'Archytas, de Gorgias et d'Alcméon. Dites quelque chose à propos de l'objectivité et de la subjectivité. Ne manquez pas de dénigrer un dénommé Locke. Faites la moue sur les choses en général et, quand vous laissez échapper quelque chose d'un peu *trop* absurde, nul besoin de prendre la peine de raturer, ajoutez seulement une note, et dites que vous êtes redevable de la profonde observation ci-dessus à la " *Kritik der reinen Vernunft* ", ou à la " *Metaphysische Anfangsgründe der Naturwissenschaft* [25] ". Cela fera érudit et — et — sincère.

« Il y a divers autres tons d'une égale renommée, mais j'en mentionnerai seulement deux de plus — le ton transcendantal et le ton hétérogène. Dans le premier, le mérite consiste à pénétrer la nature des choses bien plus profondément que n'importe qui. Cette seconde vue est très efficace lorsqu'elle est correctement employée. Un peu de lecture du *Cadran* [26] vous fera faire de grands progrès. Renoncez, dans ce cas, aux grands mots ; utilisez-les aussi petits que possible, et écrivez-les à l'envers. Jetez un coup d'œil sur les poèmes de Channing [27] et citez ce qu'il dit à propos d'un " petit homme gras avec une illusoire apparence de Puissance ". Mettez quelque chose au sujet de l'Unité Céleste. Ne dites pas une syllabe concernant la Dualité Infernale. Surtout, étudiez le sous-entendu. Suggérez tout — n'affirmez rien. Si vous avez envie de dire " pain et beurre ", surtout ne le dites pas directement. Vous pouvez dire tout et n'importe quoi *approchant* de " pain et beurre ". Vous pouvez faire allusion à des galettes de blé noir, ou vous pouvez aller jusqu'à évoquer la bouillie d'avoine, mais si pain et beurre sont vraiment ce que vous voulez dire, prenez garde, ma *chère* Mademoiselle Psyché, de ne jamais dire " pain et beurre " ! »

Je l'assurai que je ne le dirais plus jamais tant que je vivrais. Il m'embrassa et continua :

« Quant au ton hétérogène, c'est simplement un mélange judicieux, en égales proportions, de tous les autres tons du monde, et par conséquent il se compose de tout ce qui est profond, grand, curieux, piquant, pertinent et joli.

« Supposons maintenant que vous ayez décidé de vos péripéties et de votre ton. Il reste encore à vous occuper de la partie la plus importante — en fait, l'âme de toute l'affaire — je veux dire le *remplissage*. On ne suppose pas qu'une dame ni même un monsieur ait mené une vie de rat de bibliothèque. Et pourtant il est par-dessus tout nécessaire que votre article ait un air d'érudition, ou du moins témoigne de lectures générales étendues. Eh bien je vais vous mettre en mesure de répondre à cette nécessité. Voyez donc ! » (Il attrapa trois ou quatre volumes à l'air ordinaire, et les ouvrit au hasard.) « En jetant un coup d'œil sur presque chaque page de n'importe quel livre, vous serez capable de découvrir aussitôt une multitude de petits bouts soit d'érudition soit de *bel-esprit-isme*[28] qui sont la chose exacte qu'il faut pour épicer un article à la Blackwood. Vous pourriez aussi bien en noter quelques-uns pendant que je vous les lis. Je ferai deux divisions : en premier, *Faits piquants pour la fabrication des comparaisons;* et en second, *Expressions piquantes à placer selon l'occasion.* Ecrivez donc ! — » et j'écrivis sous sa dictée.

« *FAITS PIQUANTS POUR COMPARAISONS.* " Il n'y avait à l'origine que trois muses — Mélété, Mnémé, Aœdé — la méditation, la mémoire et le chant. " Vous pouvez tirer beaucoup de ce petit fait si vous l'utilisez bien. Vous remarquez qu'il n'est généralement pas connu et qu'il fait *recherché*. Vous devez prendre soin de présenter la chose avec un air d'improvisation absolue.

« Encore. " Le fleuve Alphée passait sous la mer et émergeait sans atteinte à la pureté de ses eaux. " Plutôt

rassis cela, bien sûr, mais proprement présenté et
accommodé, ça aura un air presque toujours aussi
frais.

« Voilà quelque chose de mieux. " L'Iris de Perse
paraît à certaines personnes posséder un parfum suave
et très puissant, alors que pour d'autres il est parfaitement inodore. " Ça, c'est bon, et très délicat ! Arrangez-
le un peu et ça fera des merveilles. Prenons quelque
chose d'autre dans le domaine botanique. Il n'y a rien
qui ne passe aussi bien, surtout avec l'aide d'un peu de
latin. Ecrivez !

« " L'*Epidendrum Flos Aeris*, de Java, porte une très
belle fleur et continue à vivre après avoir été déra-
ciné [29]. Les indigènes le suspendent au plafond à l'aide
d'une corde et profitent de son parfum pendant des
années. " C'est épatant ! Ça ira pour les comparaisons.
Maintenant, les Expressions piquantes.

« *EXPRESSIONS PIQUANTES*. " Le vénérable
roman chinois Ju-Kiao-Li [30]. " Bon ! En introduisant
ces quelques mots avec dextérité vous montrerez votre
connaissance intime de la langue et de la littérature
des Chinois. A l'aide de cela, vous pouvez peut-être
vous passer de l'arabe, du sanscrit ou du chickasaw [31].
Vous ne serez cependant pas à la hauteur sans l'espagnol, l'italien, l'allemand, le latin et le grec. Il faut que
je vous cherche un petit spécimen de chaque.
N'importe quel fragment fera l'affaire, car vous devez
compter sur votre propre ingéniosité pour le faire
cadrer avec votre article. Allons, écrivez !

« " *Aussi tendre que Zaïre* " — du français. Fait
allusion à la fréquente répétition de la phrase *la tendre
Zaïre* dans la tragédie française de ce nom [32]. Convenablement introduit, montrera non seulement votre connaissance de la langue, mais aussi votre culture générale et votre esprit. Vous pouvez dire, par exemple, que

le poulet que vous mangiez (écrivez un article racontant que vous avez été étouffée à mort par un os de poulet) n'était pas tout à fait *aussi tendre que Zaïre.* Ecrivez !

> *Ven muerte tan escondida,*
> *Que no te sienta venir,*
> *Porque el plazer del morir*
> *No me torne a dar la vida.*

« C'est de l'espagnol — de Miguel de Cervantes[33] " Viens vite, ô mort ! mais prends soin de me cacher ta venue, de peur que le plaisir que j'éprouverai à ta vue ne me ramène par malheur à la vie. " Cela, vous pouvez le glisser tout à fait *à propos* quand vous luttez dans les dernières extrémités avec l'os de poulet. Ecrivez !

> *Il pover' huomo che non sen' era accorto*
> *Andava combattendo, ed era morto.*

« C'est de l'italien, comme vous voyez, — de l'Arioste. Cela signifie qu'un grand héros, dans le feu du combat ne s'apercevant pas qu'il avait été bel et bien occis, continuait à se battre vaillamment, tout mort qu'il fût. L'application de ceci à votre propre cas est évidente — car je crois, Mademoiselle Psyché, que vous ne négligerez pas de gigoter pendant au moins une heure et demie après avoir été étouffée à mort par l'os de poulet. S'il vous plaît, écrivez !

> *Und sterb'ich doch, so sterb'ich denn*
> *Durch sie — durch sie !*

« C'est de l'allemand — de Schiller[34]. " Et si je meurs, au moins je meurs — pour toi — pour toi ! " Ici, il est clair que vous apostrophez la *cause* de votre perte, le poulet. Et vraiment, quel monsieur (ou aussi bien quelle dame) de bon sens, *ne voudrait pas* mourir, j'aimerais le savoir, pour un chapon bien engraissé de vraie race Moluque, farci de câpres et de champignons et servi dans un saladier avec des gelées d'orange *en mosaïques*[35]. Ecrivez! (Vous pouvez en trouver, préparés comme cela chez Tortoni) — Ecrivez, s'il vous plaît !

« Voici une jolie petite expression latine, et rare aussi (on ne saurait être trop *recherché* ni trop bref dans une expression latine, cela devient si commun) — *ignoratio elenchi*. Il a commis une *ignoratio elenchi* — c'est-à-dire, il a compris les mots de votre proposition mais pas les idées. L'homme était *un sot*, voyez-vous. Quelque pauvre type auquel vous vous adressiez alors que vous vous étouffiez avec votre os de poulet, et qui ne comprenait donc pas exactement ce dont vous parliez. Jetez-lui au visage l'*ignoratio elenchi* et, d'un seul coup, vous l'avez réduit à néant. S'il ose répliquer, vous pouvez lui dire en suivant Lucain (tenez, c'est ici) que les discours ne sont que des *anemonae verborum*[36], des mots anémones. L'anémone, malgré son grand éclat, n'a aucun parfum. Ou bien, s'il commence à faire le fanfaron, vous pouvez le rembarrer avec *insomnia Jovis*, les rêveries de Jupiter — une expression que Silius Italicus (tenez, regardez !) applique aux pensées pompeuses et enflées. L'effet sera assuré et l'atteindra en plein cœur. Il ne pourra rien faire d'autre que culbuter et mourir. Voulez-vous être assez aimable pour écrire ?

« En grec, il nous faut quelque chose de joli — de Démosthène par exemple[37]. " Ἀνὴρ ὁ φεύγων καὶ πάλιν μαχήσεται " (Aner o pheugon kai palin makesetai). Il y en a une traduction à peu près bonne dans l'*Hudibras* —

Car celui qui s'enfuit peut à nouveau combattre,
Ce que ne pourra jamais faire celui qui est tué.

« Dans un article Blackwood, rien n'a si belle allure que votre grec. Les lettres mêmes en ont un air de profondeur. Regardez seulement, Mademoiselle, l'air astucieux de cet Epsilon ! Ce Phi devrait sûrement être évêque ! Y eut-il jamais personnage plus élégant que cet Omicron ? Observez ce Tau ! Bref, il n'y a rien de mieux que le grec pour un authentique article à sensation. En pareil cas, vous devez de toute évidence l'employer. Lancez la phrase avec un juron énorme, et en guise d'*ultimatum* à l'adresse de ce misérable imbécile de bon à rien qui n'a même pas pu comprendre votre pur anglais à propos de l'os de poulet. Il saisira l'allusion et s'enfuira, vous pouvez en être sûre. »

Ce furent là tous les conseils que M. B. put me fournir sur le thème en question, mais je sentais qu'ils seraient tout à fait suffisants. J'étais enfin capable d'écrire un authentique article à la Blackwood et décidée à le faire aussitôt. En prenant congé de moi, M. B. me proposa d'acheter mon article lorsqu'il serait écrit ; mais comme il ne pouvait m'offrir que cinquante guinées la page[38], je trouvai préférable de le donner à notre société plutôt que le sacrifier pour une somme aussi misérable. Mais, hormis cet esprit parcimonieux, le monsieur me montra sa considération à tous autres égards, et me traita vraiment avec la plus grande civilité. Ses mots d'adieu firent une profonde impression sur mon cœur, et j'espère que je me les rappellerai toujours avec gratitude.

« Ma chère Mademoiselle Zénobie », dit-il, tandis que ses yeux s'emplissaient de larmes, « y a-t-il *quelque* chose d'autre que je pourrais faire pour contribuer au succès de votre louable entreprise ? Laissez-moi réfléchir ! Il est fort possible que vous ne soyez pas capable,

aussi vite que souhaitable, de — de — vous noyer, ou —
de vous étouffer avec un os de poulet, ou — ou de vous
pendre, — ou — d'être mordue par un — mais
attendez! Pendant que j'y pense, il y a dans la cour un
couple de très excellents bouledogues — de beaux
gaillards, je vous assure — féroces, et tout ça — vous en
aurez exactement pour votre argent — ils vous auront
dévorée, *auriculas* et tout le reste, en moins de cinq
minutes (montre en main!) — et songez donc aux
sensations! Ici! Je vous le dis — Tom! — Peter! —
Dick, espèce de coquin! — lâche-les donc » — mais
comme j'étais vraiment très pressée, et que je ne
pouvais m'attarder un instant de plus, je fus malgré
moi obligée d'accélérer mon départ, et en conséquence
je pris congé *aussitôt* — de façon un peu plus brutale, je
l'admets, que la stricte courtoisie ne l'eût autrement
autorisé.

Mon premier but, en quittant M. Blackwood, fut de
me mettre aussitôt dans quelque embarras, — conformément à son avis, et dans cette perspective, je passai
la plus grande partie de la journée à errer dans
Edimbourg, à la recherche d'aventures désespérées —
des aventures en accord avec l'intensité de mes sentiments, et appropriées au vaste caractère de l'article
que j'avais l'intention d'écrire. Au cours de cette
promenade, j'étais accompagnée par mon domestique
nègre Pompée, et par ma petite chienne Diane, que
j'avais amenée avec moi de Philadelphie. Ce ne fut
cependant pas avant la fin de l'après-midi que je
réussis pleinement dans ma difficile entreprise. Un
important événement se produisit alors, dont l'article
Blackwood qui suit, dans le ton hétérogène, représente
la substance et le résultat.

UNE SITUATION DIFFICILE

Quel hasard, bonne dame, vous a ainsi ravie ?

Comus [1].

Par une calme et paisible après-midi, je flânais dans la bonne ville d'Edina [2]. La confusion et l'animation des rues étaient terribles. Des hommes parlaient. Des femmes braillaient. Des enfants s'étranglaient. Des cochons sifflaient. Quant aux charrettes, elles roulaient avec fracas. Les taureaux mugissaient. Les vaches beuglaient. Les chevaux hennissaient. Les chats miaulaient. Les chiens dansaient. *Dansaient !* Est-ce que ça pouvait donc être possible ? *Dansaient !* Hélas, pensai-je, *mes* jours de danse sont enfuis ! Il en est toujours ainsi. Quelle foule de tristes souvenirs s'éveille, de temps à autre, dans un esprit de génie et de contemplation imaginative, et spécialement d'un génie condamné à la perpétuelle, à l'éternelle, à la continuelle, et, comme on pourrait dire, la — *continuée* — oui, la *continuée et continue*, amère, harassante, perturbante, et, si l'on me permet l'expression, la *très* perturbante influence de l'effet serein, et divin, et céleste, et exaltant, et élevé, et purifiant de ce qu'on pourrait bien justement appeler la plus enviable, la plus *vraiment* enviable — mieux ! la plus doucement belle, la plus délicieusement éthérée, et, en quelque sorte, la plus *jolie* (si je puis employer une expression aussi hardie) *chose* (pardonne-moi, aimable lecteur !) du monde — mais je me laisse entraîner par mes sentiments. Dans un *tel* état d'esprit, je le répète, quelle foule de souvenirs est soulevée par un rien ! Les chiens dansaient ! *Moi* — je ne *pouvais* pas ! Ils gambadaient — je pleurais. Ils cabriolaient — je sanglotais tout haut. Circonstances touchantes ! Qui ne sauraient manquer de rappeler au souvenir du lecteur cultivé cet exquis passage sur la justesse des choses qu'on trouve au début du troisième volume de cet admirable et vénérable roman chinois, le *Jo-Ki-Va* [3].

Dans ma promenade solitaire à travers la ville, j'avais deux compagnons humbles mais fidèles. Diane, mon caniche ! la plus douce des créatures ! Elle avait une bonne quantité de poils sur son œil unique, et un ruban bleu à la mode noué autour du cou. Diane n'avait pas plus de cinq pouces de haut, mais sa tête était un peu plus grosse que son corps, et sa queue, coupée extrêmement court, donnait à cet intéressant animal un air d'innocence blessée qui en faisait le favori de tous.

Et Pompée, mon nègre ! — gentil Pompée ! Comment t'oublierais-je jamais ? J'avais pris le bras de Pompée. Il avait trois pieds de haut (j'aime être précise) et environ soixante-dix, ou peut-être quatre-vingts ans. Il avait les jambes arquées et était corpulent. On n'aurait pu dire que sa bouche fût petite ni ses oreilles courtes. Pourtant ses dents étaient comme des perles et ses grands yeux ronds étaient délicieusement blancs. La nature ne l'avait doté d'aucun cou, et avait placé ses chevilles (comme c'est l'habitude avec cette race) au milieu de la partie supérieure des pieds. Il était vêtu avec une frappante simplicité. Pour seuls vêtements, il avait une cravate longue de neuf pouces et un manteau gris presque neuf qui avait été auparavant au service du grand, majestueux et illustre Dr Moneypenny. C'était un bon manteau. Il était bien coupé. Il était bien fait. Le vêtement était presque neuf. Pompée le soulevait des deux mains au-dessus de la boue.

Il y avait trois personnes dans notre groupe, et deux d'entre elles ont déjà fait l'objet de remarques. Il y en avait une troisième — et cette troisième personne, c'était moi-même. Je suis la Signora Psyché Zénobie. Je ne suis *pas* Suky Snobbs. Mon aspect est imposant. En la mémorable occasion dont je parle j'étais habillée d'une robe de satin cramoisi, avec un mantelet arabe bleu ciel. Et la robe avait des garnitures d'*agraffas* vertes et sept gracieux volants d'*auriculas* orange. J'étais donc la troisième du groupe. Il y avait le caniche. Il y avait Pompée. Il y avait moi-même. Nous étions *trois*. Ainsi dit-on qu'il n'y avait à l'origine que trois Furies — Melty, Nimmy et Hetty — la Méditation, la Mémoire et le Crincrin.

Appuyée sur le bras du brave Pompée, et suivie à distance respectueuse par Diane, j'avançais le long d'une des rues populeuses et fort plaisantes d'Edina, maintenant déserte. Soudain se présenta à ma vue une église — une cathédrale gothique — vaste, vénérable, et avec un grand clocher, qui se dressait dans le ciel. Quelle folie me saisit alors ? Pourquoi me précipitai-je vers mon destin ? Je fus prise d'un irrépressible désir d'escalader la flèche vertigineuse, et de contempler de là-haut l'immense étendue de la ville. La porte de la cathédrale, ouverte, y invitait. Ma destinée l'emporta. Je franchis le porche funeste. Où donc se trouvait mon ange gardien ? — s'il existe vraiment de tels anges. *Si* ! Décourageant monosyllabe ! Quel monde de mystère, et de signification, et de doute, et d'incertitude est donc contenu dans ces deux lettres ! Je franchis le

porche funeste ! Je le franchis, et, sans dommage pour
mes *auriculas* orange, je passai sous le portail et
j'émergeai dans le vestibule. Ainsi, dit-on, l'immense
fleuve Alfred passait-il, sans s'abîmer ni se mouiller,
sous la mer.

Je crus que l'escalier n'aurait jamais de fin. *Tour-*
nant ! Oui, il tournait et montait et tournait et montait
et tournait et montait, au point que je ne pus m'empêcher d'imaginer, m'appuyant toujours sur le bras
ferme du sage Pompée avec toute la confiance d'une
vieille affection — je ne *pus* m'empêcher d'imaginer
que l'extrémité supérieure de cette échelle spirale
continue avait été ôtée, accidentellement ou peut-être
même intentionnellement. Je m'arrêtai pour reprendre
mon souffle ; et à cet instant, il se produisit un incident
d'une nature trop importante, tant d'un point de vue
moral que métaphysique, pour passer inaperçu. Il me
sembla — j'étais en vérité tout à fait sûre du fait — je
ne pouvais me tromper — non ! Depuis quelques
instants j'avais observé avec soin et inquiétude les
mouvements de ma Diane — je dis bien que *je ne*
pouvais me tromper — Diane *avait flairé un rat !*
J'attirai aussitôt l'attention de Pompée sur ce sujet, et
il — il tomba d'accord avec moi. Il n'y avait donc plus
la moindre raison d'en douter. Le rat avait été flairé —
et par Diane. Ciel ! oublierai-je jamais l'intense excitation de ce moment ? Hélas ! Quel est donc cet esprit
tant vanté de l'homme ? Le rat ! — il était là — c'est-à-
dire, il était quelque part. Diane avait flairé le rat. Et
moi — moi *je ne le pouvais* pas ! Ainsi on dit que l'Isis de
Prusse a, pour certaines personnes, un parfum doux et
très puissant, alors que, pour d'autres, elle est parfaitement inodore.

Nous étions parvenus en haut de l'escalier et, entre
nous et le sommet, il ne restait plus que trois ou quatre
marches. Nous continuâmes à monter, et il ne resta

plus qu'une marche. Une marche! Une petite, toute
petite marche! D'une telle petite marche du grand
escalier de la vie humaine, quelle vaste somme de
bonheur ou de malheur humain peut souvent dépendre! Je songeai à moi, puis à Pompée, et puis à la
mystérieuse et inexplicable destinée qui nous entourait. Je songeai à Pompée! — hélas, je songeai à
l'amour! Je songeai aux nombreux faux pas qui
avaient été faits, et qui pouvaient l'être encore[4]. Je
résolus d'être plus prudente, plus réservée. J'abandonnai le bras de Pompée, et, sans son aide, grimpai la
marche restante, et atteignis la salle du clocher. Je fus
immédiatement suivie par mon caniche. Pompée seul
resta en arrière. Je m'arrêtai au sommet de l'escalier et
l'encourageai à monter. Il me tendit la main et,
malheureusement, faisant ainsi, il fut obligé de lâcher
la ferme prise qu'il avait sur le manteau. Les dieux ne
cesseront-ils donc jamais leur persécution? Voilà que
le manteau glissa, et que Pompée se prit un pied dans
un long pan traînant du manteau. Il trébucha et tomba
— cette conséquence était inévitable. Il tomba en
avant, et me heurtant de sa maudite tête en plein dans
la — dans la poitrine, me précipita avec lui la tête la
première sur le rude, le sale, le détestable sol du
clocher. Mais ma revanche fut sûre, immédiate et
complète. Le saisissant furieusement des deux mains
par le crin, je lui arrachai une large quantité de cette
matière noire, crépue, frisée, et la jetai loin de moi en
manifestant tout mon mépris! Elle tomba dans les
cordes du clocher et y resta. Pompée se releva et ne dit
rien. Mais il me regarda piteusement avec ses grands
yeux et — soupira. Oh, dieux — ce soupir! Il me perça
le cœur. Et les cheveux — le crin! Si j'avais pu
atteindre ce crin, je l'aurais baigné de mes larmes en
signe, en témoignage de regret. Mais hélas! il était
désormais bien au-delà de ma portée. Comme il se

balançait dans le cordage de la cloche, je l'imaginai
encore vivant. J'imaginai qu'il se redressait d'indignation. Ainsi *l'Epi Dent de Rond Flos Aeris* [5] de Java porte,
dit-on, une belle fleur, qui survit quand on la déracine.
Les indigènes la suspendent au plafond avec une corde
et jouissent de son parfum pendant des années.

Notre querelle était maintenant finie et nous cher-
châmes tout autour de la salle une ouverture pour
contempler la ville d'Edina. Des fenêtres, il n'y en avait
pas. La seule lumière qui filtrât dans la pièce sombre
provenait d'une ouverture carrée d'un pied de diamètre [6] environ et située à une hauteur d'environ sept
pieds du sol. Mais que n'entreprendrait pas l'énergie
du vrai génie ? Je résolus de grimper jusqu'à ce trou. Il
y avait en face du trou, tout près de lui, une grande
quantité de roues, de pignons et autres machineries à
l'air cabalistique ; et, à travers le trou, passait une tige
de fer qui sortait de la machinerie. Entre les roues et le
mur où se trouvait le trou, il y avait à peine place pour
mon corps — mais j'étais obstinée et déterminée à
persévérer. J'appelai Pompée près de moi.

« Tu vois cette ouverture, Pompée. Je veux regarder
au travers. Tu vas te tenir debout juste sous le trou —
comme cela. Maintenant, tends l'une de tes mains,
Pompée, et laisse-moi grimper dessus — voilà. Maintenant, l'autre main, Pompée, et grâce à elle je vais
monter sur tes épaules. »

Il fit tout ce que je voulais, et je découvris en
grimpant que je pouvais facilement passer la tête et le
cou dans l'ouverture. La vue était sublime. Rien ne
pouvait être plus splendide. Je m'arrêtai seulement un
moment pour donner l'ordre à Diane de se tenir
tranquille et pour assurer Pompée que je ferais attention à peser aussi légèrement que possible sur ses
épaules. Je lui promis de me montrer tendre envers ses
sentiments — *ossi tendre que beefsteack* [7]. Ayant rendu

cette justice à mon fidèle ami, je m'abandonnai avec beaucoup de délectation et d'enthousiasme au plaisir du paysage qui se déployait si obligeamment devant mes yeux.

Sur ce sujet, cependant, j'éviterai de m'étendre. Je ne décrirai pas la ville d'Édimbourg. Tout le monde est allé à Édimbourg — la classique Edina. Je me bornerai aux détails importants de ma lamentable aventure. Ayant, dans une certaine mesure, satisfait ma curiosité quant à l'étendue, la situation et l'aspect général de la ville, j'eus le loisir d'observer l'église dans laquelle je me trouvais, et l'architecture délicate du clocher. Je remarquai que l'ouverture dans laquelle j'avais passé ma tête était un trou dans le cadran d'une gigantesque horloge, et que de la rue il devait ressembler à un grand trou à clé comme on en voit sur le cadran des montres françaises. Sans doute sa véritable fonction était-elle de permettre au bras d'un employé d'ajuster, si nécessaire, les aiguilles de l'horloge depuis l'intérieur. Je remarquai aussi, avec surprise, la taille immense de ces aiguilles dont la plus grande ne pouvait avoir moins de dix pieds de longueur, et, là où elle s'évasait le plus, huit ou neuf pouces de large. Elles étaient apparemment d'acier massif, et leurs bords semblaient coupants. Ayant observé ces détails et quelques autres, je tournai de nouveau mon regard vers la magnifique vue du bas, et je m'absorbai bientôt dans sa contemplation.

J'en fus tirée après quelques minutes par la voix de Pompée qui déclarait qu'il ne pouvait plus tenir et me demandait d'être assez bonne pour descendre. C'était déraisonnable et je le lui dis dans un discours de quelque longueur. Il répondit, mais en ayant évidemment mal compris mes idées sur le sujet. Je me fâchai donc, et lui dis sans détours qu'il était un sot, qu'il avait commis un *ignoramus avachi*, que ses idées n'étaient que des *insommaires Bovines*, que ses mots étaient tout au plus un *anémie verbeux*[8]. Avec cela il eut l'air convaincu et je repris mes contemplations.

Il pouvait s'être écoulé une demi-heure depuis cette altercation et j'étais profondément absorbée par le paysage céleste au-dessous de moi, lorsque j'en fus brusquement tirée par quelque chose de très froid qui pesait d'une douce pression sur ma nuque. Inutile de dire que je ressentis un indicible effroi. Je savais que Pompée était sous mes pieds, et que Diane était assise, selon mes ordres explicites, sur ses pattes de derrière dans le coin le plus éloigné de la pièce. Qu'est-ce que cela pouvait bien être ? Hélas ! Je ne le découvris que trop vite. Tournant doucement la tête de côté, je vis, à mon extrême horreur, que l'immense aiguille des minutes de l'horloge, étincelante, semblable à un cimeterre, était, au cours de sa révolution horaire, *descendue sur mon cou*. Je savais qu'il n'y avait pas une seconde à perdre. Je reculai d'un seul coup — mais il était trop tard. Il n'y avait aucune chance que je puisse forcer ma tête à travers l'orifice de ce piège terrible dans lequel elle avait été si bien prise, et qui devenait de plus en plus étroit avec une rapidité bien trop horrible à concevoir. L'angoisse de ce moment n'est pas imaginable. Je jetai les bras en l'air et essayai, de toutes mes forces, de relever la lourde barre de fer. J'aurais pu tout aussi bien essayer de soulever la cathédrale elle-même. Plus bas, plus bas, elle descendait encore plus bas, et plus près, encore plus près. Je hurlai pour demander de l'aide à Pompée : mais il dit que j'avais froissé ses sentiments en l'appelant « un ignorant avachi ». Je hurlai vers Diane ; mais elle ne dit que « Wou — wouah — wouah », et que « je lui avais dit de ne bouger de son coin sous aucun prétexte ». Ainsi, je n'avais aucun secours à attendre de mes compagnons.

Cependant la lourde et terrifiante *Faux du Temps* (car je découvrais maintenant le sens littéral de cette expression classique) ne s'était pas arrêtée, et n'était pas prête de s'arrêter dans sa course. Plus bas, toujours plus bas, elle descendait. Elle avait déjà enfoncé son bord tranchant d'un bon pouce dans ma chair, et mes sensations se faisaient indistinctes et confuses. A un moment, je m'imaginai être à Philadelphie avec le majestueux Dr Moneypenny, à un autre dans le salon de M. Blackwood en train de recevoir ses inestimables conseils. Et puis à nouveau le doux souvenir des temps heureux d'autrefois m'envahit, et je pensai à cette époque heureuse où le monde n'était pas tout à fait un désert et Pompée pas complètement cruel.

Le tic tac de la machinerie m'amusait. *M'amusait*, dis-je, car mes sensations touchaient maintenant au bonheur parfait, et les circonstances les plus futiles me procuraient du plaisir. L'éternel tic tac, tic tac, tic tac de l'horloge était à mes oreilles la plus mélodieuse des musiques et il me rappelait même par moments les élégantes harangues prédicatoires du Dr Ollapod[9]. Et puis il y avait les grands chiffres sur le cadran — comme ils avaient l'air intelligents, intellectuels ! Ils se mirent tous à danser la mazurka, et je crois que ce fut le V qui fit la meilleure performance à mon goût. C'était évidemment une personne de haute naissance. Rien de vos poseurs, absolument rien d'indélicat dans ses mouvements. Elle faisait admirablement la pirouette — en tournoyant sur sa pointe. Je fis un effort pour lui tendre une chaise, car je voyais bien qu'elle semblait fatiguée de ses efforts — et c'est alors seulement que je pris pleinement conscience de ma lamentable situation. Vraiment lamentable ! La barre avait pénétré de deux pouces dans mon cou. Je pris conscience d'une douleur extrême. Je souhaitai mourir et,

dans l'angoisse du moment, je ne pus m'empêcher de
répéter ces vers exquis du poète Miguel de Cervantes :

> *Vanny Buren* [10], *tan escondida*
> *Query no te senty venir*
> *Porc et plaisir, del mourir*
> *Nommé, tourné, à dard, la vida.*

Mais à ce moment se présenta une nouvelle horreur,
et une horreur certes suffisante pour éprouver les nerfs
les plus solides. Sous la cruelle pression de la machine,
mes yeux sortaient absolument de leurs orbites. Tandis
que je me demandais comment j'allais éventuellement
faire sans eux, l'un tomba effectivement hors de ma
tête et, roulant sur la pente du clocher, alla se loger
dans la gouttière qui courait le long du toit du
bâtiment principal. La perte de l'œil n'était rien à côté
de cet air insolent d'indépendance et de mépris avec
lequel il me regarda une fois parti. Il gisait là dans la
gouttière juste sous mon nez, et les airs qu'il se donnait
eussent été ridicules s'ils n'avaient été dégoûtants.
Jamais auparavant on n'avait vu pareilles œillades,
pareils clignotements. Ce comportement de la part de
mon œil dans la gouttière n'était pas seulement irri-
tant à cause de son insolence manifeste et de son ingrati-
tude honteuse, il était aussi excessivement gênant à
cause de la sympathie qui existe toujours entre les deux
yeux de la même tête, quelle que soit la distance entre
eux. Je fus forcée, d'une certaine façon, de ciller et de
cligner, que je le veuille ou non, en accord exact avec la
misérable chose qui gisait juste sous mon nez. Je fus
cependant bientôt soulagée par la chute de l'autre œil.
En tombant il prit la même direction que son compagnon (c'était peut-être un plan concerté). Tous les deux
roulèrent ensemble hors de la gouttière, et en vérité je
fus fort heureuse d'être débarrassée d'eux.

La barre était maintenant enfoncée de quatre pouces et demi dans mon cou, et il ne restait qu'un petit bout de peau à couper. Mes sensations étaient celles d'un bonheur total, car je sentais que dans quelques minutes au plus, je serais délivrée de ma désagréable situation. Et dans cette attente, je ne fus pas du tout déçue. A cinq heures vingt-cinq minutes de l'après-midi précisément, l'immense aiguille des minutes avait suffisamment avancé dans sa terrible révolution pour sectionner le petit morceau qui restait de mon cou. Je ne fus pas fâchée de voir cette tête qui m'avait causé tant de gêne finir par se séparer radicalement de mon corps. Elle roula sur la pente du clocher, puis se logea, pendant quelques secondes, dans la gouttière, et enfin poursuivit son chemin, d'un plongeon, jusqu'au beau milieu de la rue.

Je dois avouer franchement que mes sensations prenaient désormais un caractère des plus singuliers — et même des plus mystérieux, des plus embarrassants et des plus incompréhensibles. Mes sens se trouvaient ici et là au même moment. Avec ma tête j'imaginais à un moment que moi, la tête, j'étais la vraie Signora Psyché Zénobie — à un autre je me sentais convaincue que moi, le corps, j'étais la véritable identité. Pour clarifier mes idées à ce sujet, je tâtonnai dans ma poche à la recherche de ma tabatière, mais, en la trouvant et en essayant d'appliquer une pincée de son contenu bienfaisant de la manière ordinaire, je me rendis aussitôt compte de ma particulière déficience, et je jetai aussitôt la boîte à ma tête. Elle en prit une pincée avec une grande satisfaction, et en retour me sourit pour me remercier. Peu après elle me tint un discours que je ne pus entendre que de façon indistincte, n'ayant plus d'oreilles. J'en compris assez, cependant, pour apprendre qu'elle était étonnée de mon désir de rester vivante dans de telles circonstances. Dans les phrases de conclusion elle cita les nobles propos de l'Arioste —

> *Il pover homme che non sera écourté*
> *Et allait au combat tant il était mort,*

me comparant ainsi au héros qui, dans la chaleur du combat, ne se rendant pas compte qu'il était mort, continua de disputer la bataille avec une vaillance infaillible. Rien ne pouvait m'empêcher maintenant de descendre de mon perchoir, ce que je fis. Ce que Pompée vit de *si* particulier dans mon aspect, je n'ai jamais vraiment pu le savoir. Le garçon ouvrit la bouche d'une oreille à l'autre, et ferma les deux yeux comme s'il essayait de casser des noix entre ses paupières. Enfin, jetant son manteau, il sauta d'un coup dans l'escalier et disparut. Je hurlai vers le coquin ces mots véhéments de Démosthène —

> *André Phlegmon, caille pâlie mais qui se taille*[11],

et alors je me tournai vers la chérie de mon cœur, vers la Diane à l'œil unique, au poil en broussaille. Hélas ! quelle vision horrible agressa mes yeux ! *Etait*-ce un rat que je vis se faufiler dans son trou ? *Sont*-ce les os rongés du petit ange qui vient d'être cruellement dévoré par le monstre ? Oh, dieux ! et que vois-je — est-ce là l'esprit séparé, l'ombre, le fantôme de ma petite chienne adorée, que j'aperçois assise avec une grâce mélancolique dans le coin ? Ecoutez ! Car elle parle, et, ciel ! c'est dans l'allemand de Schiller —

> *Austère bidoche, austère bifsteack*
> *Durci ! Durci !*

Hélas ! et ses mots ne sont-ils que trop vrais ?

> *Et si je meurs, au moins je meurs*
> *Pour toi — pour toi !*

Douce créature ! Elle *aussi* s'est sacrifiée pour moi. Sans chien, sans nègre, sans tête, que reste-t-il désormais à la malheureuse Signora Psyché Zénobie ? Hélas — *rien !* J'en ai fini.

L'HOMME QUI ÉTAIT USÉ [1]

Une histoire de la dernière campagne contre les Bugabous et les Kickapous [2]

> *Pleurez, pleurez, mes yeux, et fondez-vous en eau !*
> *La moitié de ma vie a mis l'autre au tombeau.*
>
> Corneille, *Le Cid*, III, 3.

Sur le moment, je ne puis me rappeler ni quand ni où j'ai, pour la première fois, fait la connaissance de ce personnage vraiment superbe, le Général de Brigade Honoraire John A.B.C. Smith [3]. Quelqu'un m'a présenté au monsieur, j'en suis sûr — lors de quelque réunion publique, je le sais fort bien — organisée à propos d'une chose de grande importance, sans aucun doute — à un endroit ou à un autre, j'en suis convaincu — mais j'ai inexplicablement oublié son nom. La vérité, c'est que cette présentation provoqua en moi une gêne empreinte d'une telle anxiété qu'elle annula en moi toute impression précise de temps et de lieu. Je suis de constitution nerveuse — c'est, chez moi, un défaut héréditaire et je n'y puis rien. En particulier, le moindre soupçon de mystère — sur toute question que je ne peux appréhender avec exactitude — me met immédiatement dans un déplorable état d'agitation.

D'une certaine façon, il y avait quelque chose de remarquable — oui, de *remarquable*, encore que ce ne soit qu'un faible terme pour exprimer pleinement ce que je veux dire — dans toute la personnalité de l'individu en question. Il avait, peut-être, six pieds de haut, et un maintien singulièrement imposant. Cet *air distingué*[4] qui imprégnait totalement l'homme dénotait une bonne éducation et suggérait une haute naissance. Sur ce thème — le thème de l'aspect personnel de Smith — j'ai une sorte de satisfaction mélancolique à être minutieux. Sa chevelure aurait fait honneur à un Brutus ; — rien ne pouvait être plus richement abondant, ni posséder un éclat plus brillant. Elle était d'un noir de jais, — couleur, ou plus exactement noncouleur qui était aussi celle de ses inimaginables favoris. Vous comprenez que je ne peux parler de ceux-ci sans enthousiasme ; il n'est pas exagéré de dire que c'était la plus élégante paire de favoris du monde. En tout cas, ils entouraient, et parfois ombrageaient en partie une bouche absolument sans égale. Et là, il y avait les dents les plus parfaitement régulières et les plus lumineusement blanches qu'on puisse concevoir. A travers ces dents, à chaque occasion appropriée, jaillissait une voix d'une clarté, d'une mélodie et d'une force incomparables. En matière d'yeux aussi, ma nouvelle relation était suprêmement dotée. Chacun de ces yeux valait au moins une paire d'organes oculaires ordinaires. Ils étaient noisette foncé, excessivement grands et brillants ; et on y percevait, de temps à autre, juste cette dose d'intéressant strabisme qui donne de la plénitude à l'expression.

Le buste du Général était indiscutablement le plus beau buste que j'aie jamais vu. Au prix de votre vie, vous n'auriez pu trouver un défaut à sa merveilleuse proportion. Cette rare qualité mettait largement en valeur une paire d'épaules qui aurait engendré un sentiment d'infériorité au point d'empourprer le visage de l'Apollon de marbre. J'ai une passion pour les belles épaules, et je dois dire que je n'en avais jamais

vu de parfaites auparavant. Les bras dans l'ensemble
étaient admirablement modelés. Et les membres infé-
rieurs n'étaient pas moins superbes. C'était vraiment
le *nec plus ultra* des bonnes jambes. Tout connaisseur
en ces matières admettait que ces jambes étaient
bonnes. Il n'y avait ni trop de chair, ni trop peu, — ni
trop de rudesse ni trop de gracilité. Je ne pouvais
imaginer plus gracieuse courbe que celle de l'*os femo-
ris*, et il y avait, juste à l'arrière de la *fibula*, cette douce
proéminence attendue qui contribue à la formation
d'un mollet bien proportionné. Plût à Dieu que mon
jeune et talentueux ami Chiponchipino, le sculpteur,
ait seulement vu les jambes du Général de Brigade
Honoraire John A.B.C. Smith !

Mais, bien que les hommes aussi absolument beaux
ne soient pas plus abondants que les raisons ou les
mûres [5], je ne pouvais me résoudre à croire que le
remarquable petit quelque chose auquel je viens juste
de faire allusion, — que l'étrange air de *je ne sais quoi*
qui enveloppait ma nouvelle relation, — résidât entièrement voire en quoi que ce soit, dans la suprême
excellence de ses qualités corporelles. Peut-être pou-
vait-on attribuer cela à ses *manières* ; — encore qu'ici à
nouveau je ne puisse prétendre être affirmatif. Il y
avait un air hautain, pour ne pas dire une raideur, dans
son allure — un degré de précision mesurée, et, si je
puis l'exprimer ainsi, de précision rectangulaire, affec-
tant chacun de ses mouvements, et qui, observé chez
une personne de taille plus modeste, aurait eu une
légère nuance d'affectation, de pompe ou de
contrainte, mais qui relevé chez un monsieur d'une
taille aussi indiscutable était aussitôt mis sur le
compte de la réserve, de la *hauteur* — en bref, du
sentiment louable de ce qui est dû à la dignité de la
proportion colossale.

L'aimable ami qui me présenta au Général Smith

me murmura à l'oreille quelques mots de commentaires sur l'homme. C'était un homme *remarquable* — un homme *très* remarquable — en vérité l'un des hommes les *plus* remarquables de l'époque. De plus, il était spécialement apprécié des dames — surtout à cause de sa grande réputation de courage.

« Sur *ce* point, il est sans rival — c'est vraiment un parfait risque-tout — un franc batailleur, il n'y a pas d'erreur », dit mon ami qui baissa alors excessivement la voix et m'impressionna par son ton mystérieux.

« Un franc batailleur, il n'y a pas d'erreur. Il l'a montré, dirais-je, avec quelque efficacité, lors du dernier combat furieux dans les marais contre les Indiens Bugabous et Kickapous. » A ce moment mon ami ouvrit tout grands les yeux. « Miséricorde ! — tonnerre de Dieu, et tout ça ! — des *prodiges* de vaillance ! — entendu parler de lui, bien sûr ? — Vous savez qu'il est l'homme — »

« L'homme lui-même, comment *ça* va ? comment *allez*-vous ? *très* heureux de vous voir, vraiment[6] ! » coupa alors le Général en personne, qui saisit la main de mon compagnon au moment où il s'approchait et, tandis qu'on me présentait, il s'inclina avec raideur, quoique profondément. Je pensai alors (et je le pense encore) que je n'avais jamais entendu voix plus claire ni plus puissante, ni contemplé plus belle rangée de dents : mais je *dois* dire que j'étais fâché que la conversation ait été interrompue juste au moment où, par suite des murmures et des allusions déjà mentionnés, mon intérêt envers le héros de la campagne contre Bugabous et Kickapous venait d'être fortement stimulé.

Cependant, la conversation délicieusement lumineuse du Général de Brigade Honoraire John A.B.C. Smith dissipa bientôt complètement ce dépit. Mon ami nous quittant tout de suite, nous eûmes un très long *tête-à-tête*, et je n'en fus pas seulement ravi, mais *vraiment* je m'en instruisis. Je n'ai jamais entendu causeur plus à l'aise ni homme d'une plus grande culture générale. Avec une élégante modestie, il évita néanmoins d'aborder le thème que j'avais justement le plus à cœur à ce moment-là — je veux dire les circonstances mystérieuses de la guerre contre les Bugabous — et, de mon côté, ce que je considère comme un sens naturel de la discrétion m'interdit d'aborder ce sujet ; pourtant j'étais en vérité extrêmement tenté de le faire. Je m'aperçus aussi que le vaillant soldat préférait les sujets d'intérêt philosophique, et qu'il se délectait spécialement à commenter les progrès rapides de l'invention mécanique. J'avais beau, en effet, l'entraîner où je le souhaitais, c'était un point sur lequel il revenait invariablement.

« Il n'y a rien d'équivalent à cela, disait-il ; nous sommes un peuple merveilleux, et nous vivons une époque merveilleuse. Parachutes et chemins de fer — chausse-trapes et pièges à fusil ! Nos vapeurs sont sur chaque mer, et le ballon-paquebot Nassau est prêt à effectuer des voyages réguliers (pour seulement vingt livres sterling dans l'un ou l'autre sens) entre Londres et Tombouctou. Et qui évaluera l'immense influence sur la vie sociale — sur les arts — sur le commerce — sur la littérature — qui découlera immédiatement des grands principes de l'électromagnétisme ! Et ce n'est pas tout, je vous l'assure ! Il n'y a vraiment aucun terme à la marche de l'invention. Les plus merveilleuses — les plus ingénieuses — et permettez-moi d'ajouter, Monsieur — Monsieur Thompson, je crois que c'est votre nom — permettez-moi d'ajouter, dis-je, les plus *utiles* — les plus véritablement *utiles*[7] des inventions mécaniques, jaillissent chaque jour comme des champignons, si je puis m'exprimer ainsi, ou, de façon plus imagée encore, comme — ah — des sauterelles — comme des sauterelles, — Monsieur Thompson — sur nous et ah — ah — ah — autour de nous ! »

Thompson, bien sûr, n'est pas mon nom ; mais il est inutile de préciser que je quittai le Général Smith avec un intérêt accru pour l'homme, une opinion élevée de ses capacités oratoires et un sens aigu du précieux privilège que nous avons de vivre en cette époque d'invention mécanique. Ma curiosité cependant, n'avait pas été entièrement satisfaite et je résolus d'engager immédiatement une enquête parmi mes relations à propos du Général de Brigade Honoraire lui-même, et en particulier au sujet des terribles événements *quorum pars magna fuit*[8], durant la campagne contre Bugabous et Kickapous.

La première occasion qui se présenta, et que *(horresco referens*[9]*)* je n'eus pas le moindre scrupule à saisir, ce fut en l'église du Révérend Docteur Drummummupp, où je me retrouvai installé un dimanche juste à l'heure du sermon non seulement sur le même banc, mais juste à côté d'une de mes amies, la digne et communicative Mlle Tabitha T.[10] Placé ainsi, je me félicitai, et avec force raison, de l'avantageuse progression de la situation. Si quelqu'un savait quelque chose sur le Général de Brigade Honoraire John A.B.C. Smith, cette personne, c'était pour moi évident, était Mlle Tabitha T. Nous nous télégraphiâmes quelques signaux, puis nous entamâmes, *sotto voce*, un *tête-à-tête* animé.

« Smith ! » dit-elle, pour répondre à ma très pressante question ; « Smith ! — quoi, pas le Général John A.B.C. ? Miséricorde, je croyais que vous *saviez* tout de *lui !* Quelle époque merveilleusement inventive ! Quelle horrible affaire ! — une sacrée bande de scélérats, ces Kickapous ! — s'est battu comme un héros — prodiges de vaillance — gloire immortelle. Smith ! — le Général de brigade Honoraire John A.B.C. ! — voyons, vous savez bien que c'est l'homme — »

« L'homme », coupa ici le Docteur Drummummupp à la limite de sa voix et avec un coup de poing qui faillit défoncer la chaire sur nous, « l'homme qui est né d'une femme n'a qu'un court temps à vivre ; il croît puis il est coupé comme une fleur[11] ! » Je bondis à l'extrémité du banc et je compris aux regards furieux de l'ecclésiastique que la colère qui avait failli être fatale à la chaire avait été déclenchée par les murmures de la dame et les miens. Il n'y avait rien à faire ; aussi je me soumis de bonne grâce, et j'écoutai, au grand supplice d'un digne silence, le reste de ce discours si capital.

Le soir suivant me trouva visiteur quelque peu tardif au théâtre Rantipole, où j'étais sûr de satisfaire immédiatement ma curiosité, tout simplement en pénétrant dans la loge de ces exquis modèles d'affabilité et d'omniscience, les Demoiselles Arabella et Miranda Cognoscenti. Le grand tragédien Culminant[12], jouait Iago devant une salle bondée, et j'éprouvai quelque difficulté à faire comprendre mes demandes ; d'autant plus que notre loge se trouvait contre les coulisses et surplombait complètement la scène.

« Smith ? » dit Mlle Arabella, lorsque enfin elle comprit la portée de ma question ; « Smith ? — voyons, pas le Général John A.B.C. ? »

« Smith ? » demanda Miranda, rêveusement, « mon Dieu, avez-vous jamais vu plus belle allure ? »

« Jamais, Mademoiselle, mais *dites*-moi — »

« Ou une grâce si inimitable ? »

« Jamais, ma foi ! — mais je vous en prie, précisez-moi — »

« Ou une si juste appréciation de l'effet scénique ? »

« Mademoiselle ! »

« Ou un sens plus délicat des véritables beautés de Shakespeare ? Faites-moi le plaisir de regarder cette jambe ! »

« Au diable ! » et je me tournai de nouveau vers sa sœur.

« Smith ? » dit-elle, « voyons, pas le Général John A.B.C. ? Quelle horrible affaire, n'est-ce pas ? — de grands scélérats ces Bugabous — sauvages et tout le reste — mais nous vivons une époque merveilleusement inventive ! — Smith ! — oh oui ! grand homme ! — parfait risque-tout — gloire immortelle — prodiges de vaillance ! *jamais entendu parler !* » (Ces derniers mots furent jetés dans un cri.) « Miséricorde ! — voyons, mais c'est l'homme — »

> « ... *mandragore*[13]
> *Ni tous les sirops narcotiques du monde*
> *Ne seront pour toi remède à ce doux sommeil*
> *Que tu avais hier*[14] *!* »

se mit alors à hurler Culminant juste dans mon oreille, en secouant pendant tout ce temps le poing vers mon visage d'une façon que je *ne pus* supporter et que d'ailleurs je *ne voulus* supporter. Je quittai immédiatement les demoiselles Cognoscenti, passai tout droit dans les coulisses et mis au misérable coquin une telle raclée qu'il s'en souviendra, j'en suis sûr, jusqu'au jour de sa mort.

A la *soirée* de Mme Kathleen Latout[15], la ravissante veuve, j'étais certain de ne pas affronter semblable déception. Aussi, à peine fus-je assis à la table de jeu avec ma jolie hôtesse pour un *vis-à-vis*, que je lui posai ces questions dont la réponse était devenue chose si essentielle à ma tranquillité.

« Smith ? » dit ma partenaire, « quoi, pas le Général John A.B.C. ? Quelle horrible affaire, n'est-ce pas ? — carreau avez-vous dit ? — terribles scélérats ces Kicka-pous ! — nous jouons au *whist*, s'il vous plaît, Monsieur

Cancan — heureusement, nous sommes au siècle des inventions, très certainement *le* siècle, peut-on dire — *le* siècle *par excellence* — vous parlez français ? — oh, vraiment un héros — un parfait risque-tout — *pas de cœur*, Monsieur Cancan ? Je n'y crois pas ! — gloire immortelle et tout le reste — prodiges de vaillance ! *Jamais entendu parler de lui !* — enfin, mon Dieu, mais c'est l'homme — »

« Lhomme ? — le Capitaine Lhomme ? » s'écria alors une petite intruse de l'autre bout de la pièce. « Parlez-vous du Capitaine Lhomme et du duel ? — oh, il *faut* que j'entende ça — racontez — allez-y, Madame Latout ! racontez, allez-y. » Et Mme Latout y alla — à propos d'un certain Capitaine Lhomme qui avait été soit fusillé soit pendu, ou qui aurait dû être à la fois fusillé et pendu. Oui ! Mme Latout y alla, et moi — je m'en allai. Il n'y avait aucune chance d'apprendre quoi que ce soit de plus ce soir-là au sujet du Général de Brigade Honoraire John A.B.C. Smith.

Je me consolai cependant à la pensée que le courant de malchance ne serait pas toujours contre moi, et je résolus de faire un effort audacieux pour m'informer lors du raout de ce petit ange ensorceleur, la gracieuse Mme Pirouette.

« Smith ? » dit Mme P., tandis que nous tournions tous deux dans un *pas de zéphyr*, « Smith ? — quoi, pas le Général John A.B.C. ? Terrible affaire que celle des Bugabous, n'est-ce pas ? — terribles créatures ces Indiens ! — Écartez donc les pieds ! J'ai vraiment honte de vous — homme d'un grand courage, le pauvre ! — mais quelle merveilleuse époque pour les inventions — Ô mon Dieu, je suis tout essoufflée — un vrai risque-tout — prodiges de vaillance — *jamais entendu parler !* — ne peux pas y croire — Il va falloir que je m'asseye pour vous éclairer — Smith ! voyons, mais c'est l'homme — »

« L'homme Manfred, je vous le dis ! » brailla alors Mlle Bas-Bleu, au moment où je conduisais Mme Pirouette vers un siège. « Est-ce qu'on a jamais entendu une chose pareille ? C'est Man-*Fred* — je prétends, et pas du tout, en aucune façon, Man-*Friday*[16]. » Sur ce, Mlle Bas-Bleu me fit signe de très péremptoire manière ; et je fus obligé, bon gré mal gré, d'abandonner Mme P. pour arbitrer un débat à propos du titre d'un certain drame poétique de Lord Byron. Je me dépêchai de répondre que le vrai titre était Man-*Friday* et en aucune façon Man-*Fred*, et cependant, lorsque je revins vers Mme Pirouette, elle resta introuvable, et je quittai la maison avec un très amer sentiment d'animosité envers toute la race des Bas-Bleus.

L'affaire avait maintenant pris un tour vraiment sérieux, et je résolus d'aller trouver immédiatement mon ami intime, M. Théodore Sinivate[17] ; car je savais que là au moins j'obtiendrais quelque chose comme une information précise.

« Smith ? » dit-il, avec sa façon curieuse et bien connue de faire traîner ses syllabes ; « Smith ? — Quoi, pas le Général John A—B—C. ? Quelle affaire sauvage que celle des Kickapou-ous n'est-ce pas ? Dites ! Vous ne pensez pas ? — Parfait risque-tou-out — grande pitié, ma parole ! — époque merveilleusement inventive ! — proôodiges de vaillance ! A propos, avez-vous jamais entendu parler du Capitaine Lhoômme ? »

« Au diable le Capitaine Lhomme ! » dis-je, « s'il vous plaît, continuez votre histoire. »

« Hem ! — oh bon ! — tout à fait *la même cho-o-ose*, comme nous disons en France. Smith, hein ? Le Général de Brigade John A—B—C. ? Mais » — (ici M. S. jugea opportun de mettre son doigt sur le côté de son nez) — « mais, vous n'essayez pas en ce moment d'insinuer, réellement, vraiment et consciemment, que vous ne connaissez pas tout sur cette affaire Smith

aussi bien que moi, hein? Smith? John A—B—C.?
Enfin, mon Dieu, c'est l'ho-ô-omme — »

« M. Sinivate », dis-je, d'un ton implorant, « *est*-ce
lui l'homme au masque de fer[18]? »

« Noôon! » dit-il, d'un air entendu, « ni l'homme
dans la lu-û-une[19] ».

Je considérai cette réponse comme une insulte mor-
dante et manifeste et quittai aussitôt la maison fort en
colère, avec la ferme résolution de demander à mon
ami, M. Sinivate, réparation rapide pour sa conduite et
sa grossièreté indignes d'un gentilhomme.

En attendant, je n'avais néanmoins aucune intention
de me laisser priver de l'information que je désirais. Il
ne me restait qu'un seul moyen. J'irais à la source.
J'irais sur-le-champ chez le Général lui-même, lui
demander, en termes explicites, une réponse à cet
abominable mystère. Là au moins, il n'y aurait aucune
équivoque possible. Je serais net, positif, péremptoire
— aussi cassant qu'une croûte de pâté[20] — aussi concis
que Tacite ou Montesquieu.

Il était tôt quand j'arrivai, et le Général était en train
de s'habiller; mais j'alléguai une affaire urgente et je
fus aussitôt introduit dans sa chambre à coucher par
un vieux valet nègre qui resta à son service durant ma
visite. Comme je pénétrai dans la chambre, je cherchai
évidemment des yeux son occupant, mais je ne l'aperçus pas immédiatement. Il y avait un grand paquet de
quelque chose d'aspect excessivement bizarre qui
gisait à mes pieds sur le plancher, et, comme je n'étais
pas de la meilleure humeur du monde, j'y donnai un
coup de pied pour l'écarter de mon chemin.

« Hum! hum! plutôt poli cela, dirais-je! » dit le
paquet, d'une petite voix, une des plus ténues et en
même temps des plus comiques que j'aie jamais
entendues de toute mon existence, une voix entre le
couic et le sifflement.

« Hum ! plutôt poli cela, ferais-je observer. »

Je poussai un vrai cri de terreur, et bondis aussitôt dans le coin le plus éloigné de la pièce.

« Mon Dieu ! mon cher ami », siffla encore le paquet, « que — que — que — eh bien, qu'*est*-ce qu'il y a ? Je crois bien que vous ne me reconnaissez pas du tout. »

Que *pouvais*-je répondre à tout cela — que *pouvais*-je ? Je tombai dans un fauteuil, et, les yeux écarquillés, bouche bée, j'attendis la suite du prodige.

« Etrange quand même que vous ne me reconnaissiez pas, n'est-ce pas ? » re-couina tout de suite l'indescriptible, que je vis alors en train d'accomplir, sur le plancher, quelque évolution inexplicable, très analogue à l'enfilage d'un bas. Il n'y avait cependant qu'une seule jambe apparente.

« Etrange quand même que vous ne me reconnaissiez pas, n'est-ce pas ? Pompée, apporte-moi cette jambe ! » A ce moment Pompée tendit au paquet une très excellente jambe de liège, déjà habillée, qu'il lui vissa en un clin d'œil ; et alors, le paquet se mit debout devant moi.

« Et quel assaut sanglant ce *fut* », continua la chose comme dans un soliloque ; « mais quoi, on ne peut pas combattre les Bugabous et les Kickapous, et penser s'en tirer avec une simple égratignure. Pompée, je te saurais gré de me passer maintenant ce bras. Thomas » (il se tourna vers moi) « est décidément le meilleur fabricant de jambes de liège ; mais si jamais vous vouliez un bras, mon cher ami, permettez-moi de vous recommander à Bishop. » A ce moment Pompée lui vissa un bras.

« Nous avons eu là une assez rude besogne, ça on peut le dire. Allons, espèce de chien, enfile-moi mes épaules et mon buste ! Pettitt [21] fabrique les meilleures épaules, mais pour un buste il vous faut aller chez Ducrow. »

« Un buste ! » dis-je.

« Pompée seras-tu *jamais* prêt avec cette perruque [22] ? Le scalp est après tout un procédé brutal ; mais
vous pouvez vous procurer un postiche aussi excellent
chez De L'Orme. »

« Un postiche ! »

« Et maintenant, négro, mes dents ! Pour une *bonne*
denture comme celle-là vous feriez mieux d'aller tout
de suite chez Parmly ; prix élevés, mais excellent
travail. J'ai avalé plusieurs de ces articles épatants,
vraiment, quand le grand Bugabou m'a aplati avec la
crosse de son fusil. »

« Crosse ! Aplati !! mon œil !! »

« Oh, oui, à propos, mon œil — ici, Pompée, espèce
de vaurien, fixe-le ! Ces Kickapous ne sont pas mous de
la gouge ; mais c'est un homme bien calomnié ce
Dr Williams, après tout ; vous ne pouvez pas imaginer
comme je vois bien avec les yeux de sa fabrication. »

Je commençai maintenant à percevoir très clairement que l'objet qui se trouvait devant moi n'était ni
plus ni moins que ma nouvelle relation, le Général de
Brigade Honoraire John A.B.C. Smith. Les manipulations de Pompée avaient créé, je dois le confesser, un
changement très frappant dans l'apparence de
l'homme. La voix, cependant, me troublait encore
beaucoup ; mais même cet apparent mystère fut rapidement clarifié.

« Pompée, coquin de nègre », couina le Général, « je
crois vraiment que tu me laisserais sortir sans mon
palais. »

Sur quoi le nègre, grommelant une excuse, s'appro-
cha de son maître, lui ouvrit la bouche avec l'air
entendu d'un jockey, et y ajusta, d'une manière très
habile que je ne pus tout à fait comprendre, une
machine d'aspect assez singulier. Et alors, la transformation de toute l'expression du visage du Général fut

instantanée et surprenante. Lorsqu'il parla à nouveau, sa voix avait pleinement récupéré cette chaude mélodie et cette vigueur que j'avais remarquées lors de notre première rencontre.

« Maudits vagabonds ! » dit-il, d'un ton si clair que je sursautai bel et bien au changement. « Maudits vagabonds ! Ils ne m'ont pas seulement défoncé le palais, ils ont pris la peine de me couper au moins les sept huitièmes de la langue. Mais en Amérique, heureusement, Bonfanti n'a pas son égal pour de très bons articles de cette sorte. Je peux vous recommander à lui en toute confiance » (ici le Général s'inclina). « Et je vous assure que j'ai le plus grand plaisir à le faire. »

Je le remerciai pour sa bonté, de ma façon la plus polie, et pris aussitôt congé de lui, ayant une parfaite intelligence de la vraie situation, une parfaite compréhension du mystère qui m'avait si longtemps troublé. C'était évident. C'était une chose fort claire. Le Général de Brigade Honoraire John A.B.C. Smith était l'homme — était *l'homme qui était usé, l'homme dont il ne restait rien.*

L'HOMME D'AFFAIRES

> *La méthode est l'âme des affaires.*
> Vieux dicton.

Je suis un homme d'affaires. Je suis un homme méthodique. La méthode, c'est *le* truc, après tout. Mais il n'est personne que je méprise plus cordialement que ces sots excentriques qui jacassent à propos de la méthode sans la comprendre ; qui s'attachent strictement à sa lettre mais en violent l'esprit. Ces gens-là sont toujours en train de faire les choses les plus insolites d'une manière qu'ils prétendent méthodique. Eh bien, cela, je crois que c'est un véritable paradoxe. La vraie méthode ne convient qu'au seul ordinaire et à la seule évidence, et ne saurait s'appliquer à l'*outré*[1]. Quelle idée précise pourrait-on rattacher à des expressions telles qu'un « étourdi méthodique » ou un « versatile systématique » ?

Mes idées à ce sujet ne seraient pas aussi claires qu'elles le sont sans un heureux accident qui m'advint lorsque j'étais un tout petit garçon. Une bonne vieille nourrice irlandaise (que je n'oublierai pas dans mon testament) me saisit un jour par les talons, alors que je faisais plus de bruit que nécessaire, et, me faisant

tournoyer deux ou trois fois, voua au diable le « petit
voyou criailleur », et puis me cogna la tête contre la
colonne du lit. Cela, dis-je, décida de mon sort et fit ma
fortune. Une bosse poussa aussitôt sur mon sinciput, et
se transforma en le plus bel organe d'*ordre*[2] qu'on
puisse voir par un beau jour d'été. De là cet appétit
manifeste pour le système et la régularité qui a fait de
moi l'homme d'affaires distingué que je suis.

S'il y a quelque chose sur terre que je déteste, c'est
bien le génie. Tous vos génies ne sont que de fieffés
ânes — plus le génie est grand et plus grand est l'âne —
et à cette règle, il n'y a pas la moindre exception. En
particulier, vous ne pourrez pas plus tirer un homme
d'affaires d'un génie que de l'argent d'un Juif ou les
meilleures noix muscades des nœuds d'un pin. Ces
créatures prennent toujours la tangente pour se livrer
à quelque occupation fantaisiste ou à quelque spéculation ridicule, tout à fait contraire aux « convenances »,
et qui a assez peu à voir avec quoi que ce soit qui puisse
être considéré comme une affaire. Aussi pouvez-vous
déceler immédiatement ces personnages d'après la
nature de leurs occupations. Si jamais vous voyez un
homme s'établir comme commerçant ou comme
industriel ; ou se lancer dans le commerce du coton ou
du tabac, ou dans toute autre de ces professions
excentriques ; ou se faire négociant en nouveautés,
fabricant de savon, ou quelque chose de ce genre ; ou
prétendre se faire homme de loi, ou forgeron, ou
médecin — n'importe quoi sortant de l'ordinaire —
vous pouvez le considérer aussitôt comme un génie, et
donc, d'après la règle de trois, c'est un âne.

Or je ne suis nullement un génie, mais bien un
véritable homme d'affaires. Mon journal et mon registre le montreront en une minute. Ils sont bien tenus,
même si c'est moi qui le dis ; et, quant à mes habitudes
générales d'exactitude et de ponctualité, même une

horloge ne pourrait me battre. Bien plus, mes activités
ont toujours été élaborées de façon à s'accorder avec
les habitudes ordinaires de mes semblables. Ce n'est
pas que je me sente le moins du monde redevable, sur
ce plan, à mes parents excessivement faibles d'esprit,
qui, sans doute, eussent fait de moi en fin de compte un
franc génie, si mon ange gardien n'était arrivé au bon
moment à la rescousse. Dans la biographie la vérité est
tout, et dans l'autobiographie, c'est particulièrement
le cas, — pourtant j'espère à peine être cru lorsque je
déclarerai, aussi solennellement que possible, que mon
pauvre père me plaça, alors que j'avais environ quinze
ans, au service de comptabilité de ce qu'il nommait
« un respectable commissionnaire en quincaillerie faisant d'excellentes affaires » ! Excellentes blagues, oui !
La conséquence de cette folie fut cependant qu'au bout
de deux ou trois jours, on dut me renvoyer à la maison
auprès de ma famille à tête d'épingle, dans un état de
forte fébrilité, et avec une très violente et très inquié-
tante douleur dans le sinciput, tout autour de mon
organe de l'ordre. Mon cas fut alors presque désespéré
— je frôlai la mort pendant six semaines — les
médecins m'abandonnant et tout ce qui s'ensuit. Mais,
quoique je souffrisse beaucoup, j'étais un garçon
reconnaissant en somme. Cela m'évita de devenir « un
respectable commissionnaire en quincaillerie faisant
d'excellentes affaires », et je ressentis de la gratitude
pour la protubérance qui avait été l'instrument de mon
salut aussi bien que pour la femme au bon cœur qui
avait à l'origine mis cet instrument à ma disposition.

La plupart des garçons s'enfuient de la maison à dix
ou douze ans, mais moi j'attendis d'en avoir seize. Et
même alors, je ne sais pas si je serais parti, s'il ne
m'était arrivé d'entendre ma vieille mère parler de me
placer à mon compte dans l'épicerie. L'*épicerie* !

— pensez donc ! Je décidai de partir immédiatement et d'essayer de m'établir dans quelque profession convenable, sans plus me préoccuper des caprices de ces vieux excentriques ni courir le risque qu'on finisse par faire de moi un génie. Dans cette voie, je réussis parfaitement bien dès le premier essai, et lorsque j'eus vraiment dix-huit ans, je me retrouvai faisant d'amples et profitables affaires dans la Publicité Ambulante pour Tailleurs.

Je ne pus m'acquitter des lourds devoirs de cette profession que par une fidélité rigide au système qui formait le trait dominant de mon esprit. Une scrupuleuse *méthode* caractérisait mes actes comme mes comptes. Dans mon cas, c'est la méthode et non l'argent qui fit l'homme ; ou du moins tout ce qui chez lui n'était pas fait par le tailleur[3] que je servais. A neuf heures, chaque matin, je me rendais chez ce particulier pour y prendre les habits du jour. Dix heures me trouvaient en quelque promenade ou en quelque autre lieu d'amusement public à la mode. La régularité précise avec laquelle je tournais mon élégante personne, de façon à présenter successivement à la vue chaque partie du vêtement que je portais, faisait l'admiration de tous les connaisseurs de ce métier. Midi ne se passait jamais sans que je revinsse avec un client chez mes employeurs, Messieurs Coupez et Revenez. Je dis cela avec fierté, mais les larmes aux yeux — car la firme se montra la plus vile des ingrates. Le petit compte au sujet duquel nous nous querellâmes et finalement nous nous séparâmes, aucun monsieur vraiment au courant de la nature des affaires ne saurait le juger surfait dans son moindre détail. Sur ce point cependant, je ressens beaucoup de fière satisfaction à permettre au lecteur de juger par lui-même. Ma facture était ainsi libellée :

Messieurs Coupez et Revenez, Tailleurs
         A Pierre Profit[4], *Annonceur ambulant,*

10 juillet.	M'être promené, comme d'habitude, et avoir ramené client..	$ 00,25
11 juillet.	M'être promené, comme d'habitude, et avoir ramené client..	25
12 juillet.	Un mensonge de seconde classe; drap noir endommagé vendu pour vert invisible	25
13 juillet.	Un mensonge de première classe, de qualité et de dimension extra; recommandé satinette foulée en guise de drap fin	75
20 juillet.	Acheté col plastron de papier tout neuf pour mettre en valeur la ratine grise...............	2
15 août.	Porté une redingote ouatinée (le thermomètre marquant 106[5] à l'ombre)..................	25
16 août.	M'être tenu trois heures sur une jambe, pour montrer le nouveau style de pantalons à sous-pieds, à 12 cents $\frac{1}{2}$ par pied de l'heure	$37\frac{1}{2}$
17 août.	M'être promené, comme d'habitude, et avoir ramené bon client (gros homme)..........	50
18 août.	M'être promené, comme d'habitude, et avoir ramené bon client (taille moyenne)........	25
19 août.	M'être promené, comme d'habitude, et avoir ramené bon client (petit homme et mauvais payeur)....................	6
		$ $2,95\frac{1}{2}$

Le détail surtout contesté dans cette facture était le prix très modéré de deux cents pour le plastron. Ma parole d'honneur, ce n'était pas un prix déraisonnable pour ce plastron. C'était l'un des plus propres et l'un des plus jolis petits plastrons que j'aie jamais vus ; et j'ai de bonnes raisons de croire qu'il entraîna la vente de trois ratines. L'associé principal de la maison, cependant, ne voulut m'accorder qu'un cent sur la somme, et prit sur lui de montrer de quelle manière on pouvait tirer quatre articles de la même taille d'une seule feuille de papier d'écolier. Mais il est inutile de préciser que je m'en tins au *principe* de la chose. Les affaires sont les affaires et doivent être menées comme des affaires. Il n'y avait pas le moindre *système* à m'escroquer d'un cent — une vraie fraude de 50 % — et pas la moindre *méthode*. Je quittai immédiatement le service de Messieurs Coupez et Revenez, et m'établis à mon compte dans les Agressions Oculaires[6] ; un des métiers ordinaires parmi les plus lucratifs, les plus respectables et les plus indépendants.

Ma stricte intégrité, mon économie et mes habitudes rigoureuses en affaires entrèrent alors de nouveau en jeu. Je me retrouvai à la tête d'un commerce florissant, et je devins bientôt un homme remarqué à la Bourse. La vérité est que je ne me suis jamais mêlé d'affaires voyantes, mais que j'ai continué dans la bonne vieille routine sérieuse du métier — un métier dans lequel, sans doute, j'aurais persévéré jusqu'à maintenant, sans un petit accident qui m'arriva dans l'exercice d'une des opérations ordinaires de la profession. Chaque fois qu'un riche vieil avare, ou un héritier prodigue, ou une société en faillite, se met dans l'idée d'édifier un palais, rien au monde ne saurait l'arrêter, et cela, toute personne sensée le sait. Ce fait est le fondement même du commerce des Agressions Oculaires.

Aussitôt donc qu'un projet de construction est vrai-

ment mis en route par l'un de ces particuliers, nous
autres commerçants nous nous assurons d'un joli coin
du lot prévu, ou d'un bon petit emplacement juste à
côté ou bien en face. Cela fait, nous attendons que le
palais soit à demi édifié, et alors nous payons quelque
architecte de goût pour nous bâtir, à la va-vite et tout
contre lui, une décorative bicoque de torchis, ou bien
une pagode façon Maine ou Hollande, ou une por-
cherie, ou un ingénieux petit ouvrage d'agrément
genre esquimau, Kickapou ou Hottentot. Evidemment
nous ne pouvons pas nous permettre de démolir ces
constructions à moins d'une prime de cinq cents pour
cent sur le coût d'origine de notre terrain et du plâtre.
Le *pourrions-nous ?* Je pose la question. Je la pose aux
hommes d'affaires. Il serait irrationnel de supposer
que nous le pouvons. Et pourtant il y eut une misérable
société qui me pria de faire cette chose-là — cette
chose-là ! Je ne répondis pas à leur absurde proposition, bien sûr ; mais je sentis qu'il était de mon devoir
d'aller cette nuit-là passer tout leur palais au noir de
fumée. Pour cela ces incroyables gredins me collèrent
en prison ; et ces messieurs du commerce des Agressions Oculaires ne purent guère éviter de rompre leurs
relations avec moi lorsque j'en sortis.

L'affaire des Coups et Blessures [7] dans laquelle je fus
alors contraint de m'aventurer pour gagner ma vie, était
plutôt mal adaptée à la délicate nature de ma constitution ; mais je m'y lançai de bon cœur, et y trouvai mon
compte, comme auparavant, dans ces habitudes
sévères de précision méthodique qui avaient été gravées en moi par cette délicieuse vieille nourrice — je
serais certes le plus vil des hommes si je ne me la
rappelais pas dans mon testament. En observant,
comme je l'ai dit, le système le plus strict dans toutes
mes tractations et en tenant un jeu de livres bien en
règle, je fus capable de surmonter bien des difficultés

sérieuses et, en fin de compte, de m'établir fort décemment dans la profession. La vérité est que peu d'individus, dans n'importe quelle branche, eurent meilleure petite affaire que moi. Je vais juste copier une ou deux pages de mon journal et cela m'épargnera la nécessité de chanter mes propres louanges — une pratique méprisable dont aucun homme à l'esprit élevé ne saurait se rendre coupable. Et puis le journal est une chose qui ne ment pas.

« *1er janvier*. Jour de l'an. Rencontré Crac dans la rue, titubant. Mémorandum — il fera l'affaire. Rencontré Bourru peu après, ivre mort. Mém. — il ira aussi. Inscrit les deux messieurs dans mon registre, et ouvert un compte courant pour chacun.

« *2 janvier*. Vu Crac à la Bourse, suis allé vers lui et lui ai marché sur le pied. A fermé son poing et m'a jeté à terre. Bon ! — me suis relevé. Quelques légères difficultés avec Sac [8], mon avocat. Je veux mille dollars de dommages, mais il me dit que pour un simple coup de poing, on ne peut plaider pour plus de cinq cents. Mém. — il faut se débarrasser de Sac — pas de *méthode* du tout.

« *3 janvier*. Suis allé au théâtre pour voir Bourru. L'ai vu assis dans une loge de côté, au second balcon, entre une grosse dame et une maigre. Lorgné tout le groupe à l'aide de jumelles de théâtre jusqu'à ce que je voie la grosse dame rougir et murmurer quelque chose à B. Me suis rendu alors à la loge et ai mis mon nez à portée de sa main. N'a pas voulu me le tirer — rien à faire. Me suis mouché et ai essayé de nouveau — rien à faire. Me suis alors assis, et ai fait de l'œil à la dame maigre, et alors j'ai eu la grande satisfaction de me retrouver soulevé par la peau du cou et lâché dans le parterre. Cou disloqué et jambe droite fracturée de façon admirable. Suis rentré chez moi au comble de la joie, bu une bouteille de champagne, et inscrit le jeune homme pour cinq mille dollars. Sac dit que ça ira.

« *15 février.* Arrangement dans l'affaire Crac. Montant porté au Journal — cinquante cents — comme on voit.

« *16 février.* Débouté par ce scélérat de Bourru qui m'a fait présent de cinq dollars. Dépense du procès : quatre dollars vingt-cinq cents. Bénéfice net — voir Journal — soixante-quinze cents. »

Voici donc, sur une très brève période, un gain évident de pas moins d'un dollar vingt-cinq cents — et ceci pour les simples cas de Crac et de Bourru ; et j'assure solennellement à mon lecteur que ces extraits sont pris au hasard dans mon journal.

C'est un vieux dicton, et pourtant il est plein de vérité, l'argent n'est rien comparé à la santé. Je trouvai que les exigences de la profession dépassaient un peu trop mes capacités physiques ; et découvrant à la longue que j'étais cabossé au point que je ne savais plus très bien comment tirer profit de la chose et que mes amis, quand je les rencontrais dans la rue, n'auraient plus du tout pu reconnaître en moi Pierre Profit, il m'apparut que le meilleur expédient à adopter était de changer le genre de mes affaires. Je tournai donc mon attention vers l'Eclaboussure de Boue[9], et y persévérai quelques années.

Le pire avec cette occupation, c'est que trop de gens y prennent goût et que par conséquent la compétition y est excessive. Le moindre type ignare qui découvre qu'il n'a pas assez de cervelle pour faire carrière comme annonceur ambulant, ou comme placier en agressions oculaires, ou comme homme de coups et blessures, imagine bien entendu qu'il fera tout à fait l'affaire comme éclabousseur de boue. Mais il n'y a jamais eu d'idée plus erronée que de croire qu'il ne faut pas de cervelle pour l'éclaboussure de boue. En particulier, on ne peut rien faire dans cette voie sans *méthode.* Je n'ai pratiqué moi-même que le commerce de détail, mais mes vieilles habitudes de *système* m'ont

entraîné à merveille. En tout premier lieu, je choisis-
sais avec un grand soin mon passage pour piétons, et je
ne déposai jamais de balai en aucun autre endroit de la
ville que celui-là. Je prenais soin, aussi, d'avoir à
portée une bonne petite flaque que je puisse atteindre
en un instant. Grâce à ces moyens je me fis une
réputation d'homme de confiance ; et, laissez-moi vous
dire, la confiance c'est la moitié de la bataille dans le
commerce [10]. Personne ne manquait jamais de *me*
lancer la pièce pour traverser *mon* passage avec une
paire de pantalons propres. Et, comme mes habitudes
commerciales dans ce domaine étaient suffisamment
comprises, je ne rencontrai jamais la moindre tentative de fraude. Dans ce cas, je ne l'aurais pas supporté.
Ne trompant moi-même jamais personne, je ne souf-
frais pas que quiconque cache son jeu avec moi. Les
fraudes des banques, bien sûr, je n'y pouvais rien. Leur
faillite me mit dans des embarras ruineux [11]. Celles-ci
ne sont cependant pas des individus mais des sociétés ;
et les sociétés, c'est bien connu, n'ont ni corps à botter
ni âmes à damner.

Je faisais de l'argent dans cette affaire lorsque, au
cours d'une mauvaise passe, je fus contraint de fusionner avec les Eclaboussures de chien [12] — une profession
quelque peu analogue mais pas du tout aussi respectable. Mon emplacement, pour sûr, était excellent, parce
que central, et j'avais du cirage et des brosses de
premier choix. En outre, mon petit chien était bien
gras et tout à fait dégourdi. Il était dans ce commerce
depuis longtemps, et, si je puis dire, il le comprenait.
Notre activité courante était la suivante : — Pompée,
après s'être bien roulé dans la boue, s'asseyait sur le
derrière à la porte d'une boutique jusqu'à ce qu'il vît
s'approcher un élégant avec des bottes brillantes. Il
allait alors à sa rencontre et frottait une ou deux fois
son pelage contre les wellingtons. Alors l'élégant jurait

beaucoup et cherchait des yeux un cireur. J'étais là, bien en vue, avec mon cirage et mes brosses. Ça ne me prenait qu'une minute de travail, et il me tombait une pièce de six cents. Cela marcha modérément bien pendant un temps ; en fait je n'étais pas avare mais mon chien l'était [13]. Je lui accordais le tiers des bénéfices, mais on lui conseilla d'en exiger la moitié. Cela, je ne pus le supporter — aussi nous nous querellâmes et nous nous séparâmes.

Je m'exerçai ensuite pendant quelque temps dans les Orgues de Barbarie et je peux dire que je m'en tirai plutôt bien. C'est une affaire simple et nette et qui ne demande pas de capacité particulière. Vous pouvez acquérir un moulin à musique pour presque rien et, pour le faire marcher, vous n'avez qu'à ouvrir le mécanisme et lui donner trois ou quatre bons coups de marteau. Cela améliore le timbre de la chose pour les affaires, plus que vous ne l'imaginez. Cela fait, vous n'avez plus qu'à vous promener avec l'engin sur le dos jusqu'à ce que vous aperceviez de l'écorce à tan dans la rue et un marteau de porte enveloppé dans une peau de daim [14]. Alors vous vous arrêtez et vous jouez ; et vous faites comme si vous vous étiez arrêté là pour jouer jusqu'au Jugement dernier. Alors s'ouvre une fenêtre, et quelqu'un vous jette une pièce de six cents, en vous demandant « Faites silence et allez plus loin », etc. Je sais que certains joueurs d'orgue se permettent vraiment « d'aller plus loin » pour cette somme ; mais, pour ma part, je trouvais que la mise de fond pour me permettre « d'aller plus loin » n'était pas trop grande à moins d'un shilling [15]. Dans cette branche, je fis de bonnes affaires ; mais, d'une certaine façon, je n'étais pas entièrement satisfait, et donc, en fin de compte, je l'abandonnai. En vérité, je travaillais avec le handicap de n'avoir pas de singe ; et puis les rues américaines sont *si* boueuses, et la foule démocratique si importune et si pleine de maudits petits garçons malfaisants.

Je restai alors sans emploi pendant quelques mois, mais à la longue je parvins, grâce à mon grand crédit, à me procurer une situation dans la Fausse Poste[16]. Les devoirs ici sont simples et pas du tout sans profit. Par exemple : — très tôt le matin j'avais à faire mon paquet de fausses lettres. A l'intérieur de chacune j'avais à griffonner quelques lignes — sur n'importe quel sujet qui me paraissait assez mystérieux — signant toutes les lettres Tom Dobson, ou Bobby Tompkins, ou n'importe qui du même genre. Les ayant toutes signées et cachetées, et les ayant estampillées de faux cachets — la Nouvelle-Orléans, le Bengale, Botany Bay[17] ou tout autre lieu fort éloigné — je partais aussitôt pour mon itinéraire quotidien, en faisant mine d'être très pressé. Je m'adressais toujours aux grandes maisons pour délivrer les lettres et toucher le prix du port. Personne n'hésite à payer pour une lettre, surtout pour une lettre à double tarif[18] — les gens sont *si* bêtes — et il n'était pas difficile de tourner le coin de la rue avant qu'on ait eu le temps d'ouvrir la lettre. Le pire dans cette profession c'est que je devais marcher beaucoup et rapidement ; et changer très fréquemment d'itinéraire. De plus, j'avais de sérieux scrupules de conscience. Je ne puis supporter d'entendre insulter des innocents — et la manière dont toute la ville se mit à maudire Tom Dobson et Bobby Tompkins était vraiment affreuse à entendre. De dégoût, je me lavai les mains de cette affaire.

Ma huitième et dernière spéculation se fit dans l'Elevage des Chats[19]. Je découvris que c'était une affaire agréable et lucrative, et ne donnant vraiment aucun mal. Le pays, c'est bien connu, s'était trouvé infesté de chats ; à tel point que récemment une pétition pour les éliminer, signée par un très grand nombre de gens fort respectables, fut déposée devant l'Assemblée lors de sa dernière mémorable session. L'Assemblée, à cette époque, était, à l'encontre de ses habitudes, bien informée, et, après avoir voté maints autres actes sages et salutaires, elle couronna le tout par l'ordonnance sur les chats. Dans sa forme originale, cette loi offrait une prime par *tête de chat* (quatre cents pièce), mais le sénat parvint à en amender la clause principale de façon à remplacer le mot « tête » par « *queue* ». Cet amendement était si évidemment opportun que la chambre l'approuva à l'unanimité [20].

A peine le Gouverneur avait-il signé le décret, que j'investis toute ma fortune dans l'achat de matous et de minettes. D'abord, je pus seulement les nourrir de souris (qui sont bon marché), mais ils suivirent l'injonction des Ecritures à un rythme si merveilleux que je finis par considérer que la meilleure politique était de me montrer libéral, et je leur offris des huîtres et de la tortue [21]. Leurs queues, au prix législatif, me rapportent maintenant un bon revenu ; car j'ai découvert, grâce à l'huile de Macassar [22], un moyen de les forcer à avoir trois portées par an. Je suis ravi de voir aussi que les animaux se sont vite accoutumés à la chose, et préfèrent avoir leurs appendices coupés. Je me considère donc comme un homme arrivé et je suis en train de négocier une maison de campagne sur l'Hudson.

POURQUOI LE PETIT FRANÇAIS
PORTE LA MAIN EN ÉCHARPE

C'est sur mes cartes de visite, pour sûr (et c'est celles qu'est toutes en papier satiné rose [1]) que tout monsieur qui le veut peut voir ces mots intéressants « Sir Patrick O'Grandison, Baronnet [2], 39 Southampton Row, Russell Square, Paroisse de Bloomsbury [3] ». Et des fois que vous voudriez découvrir qui donc est la fine fleur de la politesse et le guide du bon ton dans toute la ville de Londres — eh bien, c'est tout juste moi. Et ma foi, même que c'est pas du tout du tout étonnant (vous seriez gentil d'arrêter de froncer le nez), car tout au long de ces six semaines depuis que je suis devenu un monsieur et que j'ai cessé de courir les marécages [4] pour me mettre à la Baronnerie, c'est Patrick qu'a vécu comme un saint empereur, et pris de l'éducation et des manières. Ouais ! Et ça serait-y pas une bonne chose pour votre esprit si vous pouviez jeter un coup de vos deux mirettes juste sur Sir Patrick O'Grandison, Baronnet, quand il est tout prêt, habillé pour l'opéra, ou quand il grimpe dans la calèche [5] pour son tour dans Hyde Park. — Mais c'est la grande figure élégante que j'ai, qu'est la raison pour laquelle toutes les dames tombent amoureuses de moi. C'est-y pas ma chouette petite personne qui mesure ses six pieds de haut et ses trois pouces en plus, en chaussettes, et que pour aller avec, je suis de partout excessivement bien proportionné ?

Et vraiment, c'est-y plus de trois pieds et un petit
bout qu'il mesure tant bien que mal, le petit bonhomme d'étranger de Français qui vit juste en face, et
qui bigle et rebigle toute la journée (et que ça lui porte
la poisse), sur la jolie petite veuve Mme Mélasse[6]
qu'est ma propre voisine d'à côté (Dieu la bénisse) et
une très chère amie et une relation à moi ? Vous le
voyez, le petit voyou a la bouche quelque peu tombante, et il porte la main gauche en écharpe ; et c'est de
cette chose même, si vous le permettez, que je m'en
vais vous donner la vraie raison.

La vérité sur cette affaire est toute simple ; car le
jour même que je suis arrivé du Connaught[7], et que j'ai
montré ma chouette petite personne dans la rue à la
veuve qui regardait par la fenêtre, c'en a été aussitôt
fait du cœur de la jolie Mme Mélasse. Je l'ai vu, vous
savez, tout de suite, et sans erreur, parole du Bon Dieu.
Tout d'abord, ç'a été le châssis de la fenêtre qu'a monté
en un rien de temps, et puis elle a ouvert ses mirettes
toutes grandes, et puis ç'a été une petite lorgnette d'or
qu'elle a collée sur l'une d'elles, et que le diable me
grille si elle ne m'a pas parlé, pour autant qu'une
mirette puisse parler, pour me dire, par la lorgnette
« Ah ! bien le bonjour pour vous, Sir Patrick O'Grandison, Baronnet, *mavourneen*[8] ; et c'est un bien beau
monsieur que vous êtes, ça c'est vrai, et c'est moimême et ma fortune vraiment qui sont tout à votre
service, mon cher, à tout moment de la journée, à tout
moment que vous voudrez. » Et c'est pas moi qui m'en
laisserait remontrer question politesse ; alors je lui ai
fait un salut qui vous aurait brisé le cœur si vous
l'aviez vu, et puis j'ai tiré mon chapeau avec un
moulinet, et puis je lui ai fait un rude clin d'œil des
deux yeux, comme pour lui dire : « C'est vrai, vous êtes

une douce petite créature, Madame Mélasse, ma chérie, et je veux bien être noyé à mort dans un marécage, si ce n'est pas moi, Sir Patrick O'Grandison, Baronnet, qui va faire un plein boisseau de cour à Madame, en moins de temps qu'un clin d'œil d'une patate de Londonderry[9]. »

Et c'est le lendemain matin, pour sûr, juste comme j'étais en train de me demander si ça serait pas une chose polie que d'envoyer un peu d'écriture à la petite veuve en guise de lettre d'amour, qu'arriva le valet en livreur[10] avec une carte élégante, et il me dit que le nom écrit dessus (car je n'ai jamais pu lire les lettres gravées pour la bonne raison que je suis gaucher) était tout entier celui de M. le Comte Auguste Lairaisé[11], Maître-de-Dânse, et que tout ce satané baragouin était l'interminable nom de voyou de ce petit bonhomme d'étranger de Français qui habitait en face.

Et aussitôt arriva le petit gredin lui-même, et puis il me fit la crème des saluts, et puis il me dit qu'il avait seulement pris la liberté de me faire l'honneur de me rendre visite, et puis il continua à palabrer à toute vitesse, et du diable si j'ai compris du tout du tout une miette de ce qu'il voulait me dire, excepté et sauf qu'il disait « pâlez-vous, voûlez-vous », et qu'il m'a raconté, au milieu d'un boisseau de mensonges, qu'il était fou d'amour pour ma petite veuve Mme Mélasse, et que ma petite veuve Mme Mélasse avait un penchant pour *lui*.

En entendant ça, vous vous en doutez, je devins vraiment fou comme une sauterelle, mais je me rappelai que j'étais Sir Patrick O'Grandison, Baronnet, et que c'était absolument pas distingué de laisser la colère prendre le dessus sur la politesse, aussi je pris la chose à la légère et cachai mon jeu, et je me fis tout à fait sociable avec le petit bonhomme, et au bout d'un moment, le voilà-t-y pas qui me demande d'aller avec lui chez la petite veuve, ajoutant qu'il m'introduirait selon les règles auprès de Madame.

« Tu en es déjà là ? » que je me dis alors à moi-même, « et vrai de vrai, Patrick, tu es le plus veinard mortel vivant. On va bientôt voir si c'est de ta chouette petite personne, ou bien si c'est du petit monsieur Maître-de-Dânse que Madame Mélasse est tout feu tout flamme amoureuse. »

Sur ce, nous sommes allés chez la petite veuve, la porte à côté, et on peut bien dire que c'était un endroit élégant ; ah, ça oui. Il y avait un tapis qui couvrait tout le plancher, et dans un coin, il y avait un forte-piano et une guimbarde [12] et le diable sait quoi d'autre, et dans un autre coin, il y avait un sofa, la plus belle chose de toute la nature, et assise sur le sofa, vrai de vrai, il y avait le délicieux petit ange, Mme Mélasse.

« Bien le bonjour à vous que je dis, Madame Mélasse », et alors j'ai fait un salut si élégant qu'il vous en aurait tout chaviré l'esprit.

« Voûlez-voûs, pâlez-vous, et patati et patata », a dit le petit étranger de Français, « et pour sûr, Madame Mélasse », qu'il a dit, oui il l'a dit, « est-ce que ce monsieur qu'est juste là n'est pas sa révérence Sir Patrick O'Grandison, Baronnet, et c'est-y pas tout à fait et entièrement l'ami et la relation la plus intime que j'ai au monde ? »

Et sur ce, la petite veuve, elle se lève du sofa, et fait la plus chouette des révérences qu'on ait jamais vues ; et puis elle se rassoit comme un ange ; et alors, par le Ciel ! c'est ce petit voyou de Monsieûr le Maître-de-Dânse qui s'est flanqué lui-même tout droit à sa droite à elle. Aïe ! J'ai cru que les deux yeux allaient me sortir de la tête sur-le-champ, tellement j'étais fou de rage ! Cependant, « Attendez », que je dis après un moment, « ah ! c'est là que vous vous mettez, Monsieur le Maître-de-Dânse », et illico je me suis flanqué du côté

gauche de Madame pour être à égalité avec le gredin.
Zut! Ça vous aurait fait chaud au cœur de voir quel
élégant double clin d'œil que je lui ai envoyé à elle juste
à ce moment, en pleine figure et avec les deux yeux.

Mais le petit bonhomme de Français, il n'en a jamais
eu du tout du tout l'amorce d'un soupçon, et il a fait
une cour acharnée à Madame. « Voûlez-vous », qu'il a
dit, « Pâlez-voûs », qu'il a dit, « et patati et patata »,
qu'il a dit.

« Tout ça ne vous servira à rien, Monsieur la Grenouille [13], mavourneen », que j'ai pensé ; et j'ai parlé
tout le temps aussi fort et aussi vite que je pouvais, et
c'est vrai, c'était moi seul qui divertissais complètement et entièrement Madame, en raison de l'élégante
conversation que je lui tenais sur mes chers marécages
du Connaught. Et bientôt, elle m'a fait un si doux
sourire, d'un coin de la bouche à l'autre, que cela m'a
rendu hardi comme un cochon et que j'ai pris juste le
bout de son petit doigt de la manière la plus délicate
du monde, en la regardant pendant tout ce temps du
blanc des yeux.

Et puis, mesurez donc la finesse du doux ange, à
peine a-t-elle remarqué que j'étais en train de lui serrer
la pince, qu'elle l'a retirée en moins de rien, et qu'elle
l'a mise derrière son dos, juste façon de dire : « Allons,
Sir Patrick O'Grandison, ce sera plus pratique pour
vous, mavourneen, car ce n'est pas chose très distinguée que de rester là à me serrer la pince droite juste
sous les yeux de ce petit étranger de Français, Monsieur le Maître-de-Dânse. »

Sur ce, je lui ai fait une grande œillade, histoire de
lui dire « Laissez faire Sir Patrick pour les trucs de ce
genre », et alors ç'a été facile pour moi de me mettre au
boulot, et vous seriez mort de rire de voir avec quelle
adresse j'ai glissé mon bras tout droit entre le dos du
sofa et le dos de Madame, et là, vrai de vrai, j'ai trouvé

une chouette petite pince toute dans l'attente de me dire « Bien le bonjour pour vous, Sir Patrick O'Grandison, Baronnet. » Et ce serait-y pas moi-même, pour sûr, qui lui ai donné le plus petit bout de pression au monde, tout ça en guise de début, et pour ne pas être trop brutal avec Madame ? Et quoi, zut, est-ce que ça n'a pas été la plus gentille et la plus délicate de toutes les petites pressions que j'ai reçue en retour ? « Tonnerre de Dieu, Sir Patrick, mavourneen », que je me suis dit à moi-même, « c'est ma foi vraiment le fils de votre mère et personne d'autre du tout du tout, qu'est le plus beau et le plus fortuné jeune trotte-marais qu'a jamais sorti du Connaught ! » Et là-dessus j'ai serré la pince un bon coup, et ciel, c'est d'un bon coup que Madame m'a répondu. Mais ça vous aurait fait fendre les côtes de rire de voir juste au même moment la conduite prétentieuse de Monsieur le Maître-de-Dânse. On n'a jamais vu au monde un baragouinage, une minauderie, un pâlez-vou-isme comme ceux qu'il commença à faire à Madame ; et que le diable me grille si ce n'est pas de mes propres yeux que je l'ai surpris en train de lui faire de l'œil. Aïe ! si c'est pas moi alors qui suis devenu enragé comme un chat de Kilkenny [14], je voudrais bien qu'on me dise qui donc c'était ?

« Permettez-moi de vous informer, Monsieur le Maître-de-Dânse », que je dis, poli comme vous ne l'avez jamais vu, « que ce n'est pas du tout du tout chose distinguée, et de toute façon pas dans vos manières que de bigler et rebigler de cette façon sur Madame », et sur ce, j'ai fait sur sa pince une autre pression tout comme pour lui dire « N'est-ce pas Sir Patrick maintenant, mon bijou, qui va pouvoir vous protéger, ma chérie ? » et alors arriva en retour une autre pression en guise de réponse. « Vrai, Sir Patrick », que ça disait, aussi clair que jamais pression au monde put le dire, « vrai, Sir Patrick, mavourneen, et c'est un vrai gentil-

homme que vous êtes — parole du Bon Dieu », et sur ce
elle a ouvert ses deux belles mirettes au point que j'ai
cru qu'elles allaient lui sortir tout à fait entièrement de
la tête et furibarde comme un chat enragé, elle a
regardé d'abord Monsieur la Grenouille, et puis aussi
souriante que toute expansive, elle a regardé vers moi.

« Alors », qu'il a dit le gredin, « Aïe ! et voûlez-voûs,
pâlez-voûs », et puis sur ce il a haussé ses deux épaules
jusqu'à ce qu'on ne voie plus qu'un diable de petit bout
de sa tête, et puis il a fait retomber les deux coins de
son trou à patates [15], et puis je n'ai plus pu tirer de ce
voyou un sou d'éclaircissement.

Croyez-moi, mon bijou, c'était Sir Patrick qu'était à
ce moment déraisonnablement fou, et d'autant plus
que le Français continuait ses œillades à la petite
veuve, et que la petite veuve continuait avec les
pressions sur ma pince, comme pour dire « Foncez
encore sur lui, Sir Patrick O'Grandison, mavourneen »,
alors j'ai lancé juste un gros juron, et j'ai dit

« Espèce de petit voyou de grenouille de trotte-
marais de fils de nonne sanglante [16] ! » — et à ce
moment-là que croyez-vous que Madame a fait ? Vrai,
elle a sauté du sofa comme si elle venait de se faire
mordre, et elle a gagné la porte, tandis que je tournai la
tête vers elle, complètement ahuri et vexé, et que je la
suivis de mes deux mirettes. Vous comprenez, j'avais
ma raison à moi pour savoir qu'elle ne pouvait descendre tout à fait entièrement l'escalier ; car je savais très
bien que je lui tenais la main, et que, diable, je ne
l'avais jamais lâchée le moins du monde. Alors, je
dis, —

« Y aurait-il pas le moindre petit bout d'erreur au
monde que vous auriez pu commettre, Madame ?
revenez donc, soyez gentille, et je vous rendrai votre
main. » Mais la voilà partie comme une flèche dans
l'escalier, et alors je me suis tourné vers le petit

étranger de Français. Aïe ! Si ça n'était pas sa petite
patte de voyou que je tenais dans la mienne — eh bien
alors — ça n'était rien — c'est tout.

Et peut-être bien que ce n'a pas été moi qu'est mort
de rire, à voir le petit bonhomme quand il a découvert
que ce n'était pas du tout du tout la petite veuve qu'il
avait tenue tout le temps, mais seulement Sir Patrick
O'Grandison. Le vieux diable lui-même n'a jamais vu
si longue figure que celle qu'il fit ! Quant à Sir Patrick
O'Grandison, Baronnet, ça ne s'accordait pas avec sa
distinction que de se préoccuper d'une broutille d'erreur. Il faut quand même vous dire pourtant (car c'est
la vérité du Bon Dieu) qu'avant de lâcher la pince du
voyou (ce qui ne s'est produit qu'après que les laquais
de Madame nous eurent jetés à coups de pied au bas
des marches), je lui ai donné une si excellente petite
pression que je l'ai réduite entièrement en confiture de
framboise.

« Voûlez-voûs », qu'il a dit « pâlez-voûs », qu'il a dit
— « Nom de Dieu ! »

Et c'est exactement la vérité sur la raison pour
laquelle il porte la main gauche en écharpe.

NE PARIEZ JAMAIS
VOTRE TÊTE AU DIABLE

Conte avec une morale

« *Con tal que las costumbres de un autor* », dit Don Tomas De Las Torres dans la préface à ses *Poèmes érotiques*, « *Sean puras y castas, importa muy poco que no sean igualmente severas sus obras*[1] » — ce qui veut dire, en bon français, que tant que la morale personnelle d'un auteur est pure, la morale de ses livres importe peu. On présume que, pour cette affirmation, Don Tomas est maintenant au Purgatoire. Il serait d'ailleurs assez drôle, en guise de justice poétique, de l'y garder jusqu'à ce que ses *Poèmes érotiques* soient épuisés ou définitivement abandonnés sur leur rayon par manque de lecteurs. Toute œuvre de fiction devrait avoir une morale[2] ; et, mieux encore, les critiques ont découvert que toute fiction en *avait* une. Philippe Melanchthon, il y a quelque temps, a écrit un commentaire sur la *Batrachomyomachie* et il a prouvé que le but du poète était de provoquer le dégoût de la sédition. Pierre La Seine fait un pas de plus et montre que l'intention était de prôner auprès des jeunes gens la tempérance dans le manger et le boire. Dans le même sens, Jacobus Hugo[3] s'était persuadé qu'avec Evenos[4], Homère avait voulu annoncer Jean Calvin ; avec Antinoüs, Martin Luther ; avec les Lotophages, les Protestants en général ; et avec les Harpies, les Hollan-

dais. Nos plus modernes scoliastes sont aussi perspi-
caces. Ces gens démontrent qu'il existe un sens caché
dans *Les Antédiluviens*[5], une parabole dans *Powhatan*[6],
des vues nouvelles dans « Cock Robin » et du transcendantalisme dans « le Petit Poucet[7] ». En bref, il a été
démontré qu'aucun homme ne pouvait s'asseoir pour
écrire sans un dessein très profond. On épargne ainsi
bien du tracas aux auteurs en général. Un romancier,
par exemple, n'a pas besoin de se soucier de sa morale.
Elle est là — c'est-à-dire, elle est quelque part — et la
morale comme les critiques n'ont qu'à se débrouiller.
Au moment voulu, tout ce que le monsieur voulait dire,
et tout ce qu'il ne voulait pas dire, sera révélé dans le
Cadran[8] ou dans la *Revue du Maine*[9] avec tout ce qu'il
aurait dû vouloir dire, et aussi tout ce qu'il avait
nettement l'intention de vouloir dire ; — si bien qu'en
fin de compte, tout sera dans l'ordre.

Il n'y a donc aucun fondement à l'accusation lancée
contre moi par certains ignares — selon laquelle je
n'aurais jamais écrit une histoire morale. Ce ne sont
pas des critiques propres à me faire valoir ni à
développer ma morale ; — voilà la vérité. Bientôt le
Traintrain trimestriel de l'Amérique du Nord[10] leur fera
honte pour leur bêtise. En attendant, pour suspendre
l'exécution, pour atténuer les accusations portées
contre moi, j'offre la triste histoire qui suit ; une
histoire dont la morale explicite ne peut absolument
pas être mise en doute, puisque même celui qui est
pressé peut la lire dans les grandes majuscules qui
forment le titre de l'histoire. On devrait me féliciter de
ce dispositif : bien plus pertinent que celui de La
Fontaine et des autres, qui réservent l'impression à
produire jusqu'au dernier moment, et la glissent ainsi
furtivement tout au bout de leurs fables.

Defuncti injuria ne afficiantur était une loi des douze
Tables, et *De mortuis nil nisi bonum*[11] est une excel-

lente injonction — même si les morts en question ne sont que de la petite bière. Il n'est donc pas dans mon intention de vilipender mon défunt ami Toby Dammit [12]. Il eut une vie de chien, c'est vrai, et il mourut comme un chien [13]; mais on ne pouvait lui reprocher personnellement ses vices. Ils provenaient de la propre tare de sa mère. Elle fit de son mieux pour le fouetter lorsqu'il était enfant ; car pour son esprit bien réglé, les devoirs étaient toujours des plaisirs, et les enfants, à la façon des biftecks coriaces ou des oliviers grecs modernes [14], étaient invariablement meilleurs lorsqu'on les battait — mais, pauvre femme ! elle avait le malheur d'être gauchère, et un enfant fouetté de la main gauche, mieux vaudrait ne jamais l'avoir fouetté. Le monde tourne de droite à gauche. Cela ne se fait pas de fouetter un enfant de gauche à droite. Si chaque coup dans la bonne direction chasse un mauvais penchant, il s'ensuit que chaque beigne dans une direction opposée fait pénétrer sa part de méchanceté. J'étais souvent présent aux corrections de Toby et, rien qu'à la façon dont il se débattait, je pouvais me rendre compte qu'il empirait de jour en jour. A la fin, je compris, les larmes aux yeux, qu'il n'y avait aucun espoir pour le misérable, et, un jour qu'il avait été taloché jusqu'à ce que son visage devînt tellement noir qu'on aurait pu le prendre pour un petit Africain, et que cela n'avait été suivi d'aucun autre effet que celui de lui faire piquer une crise de nerfs, je tombai aussitôt à genoux, et, élevant la voix, je prophétisai sa ruine.

Le fait est que sa précocité dans le vice fut effroyable. Agé de cinq mois, il avait l'habitude d'entrer dans des colères telles qu'il en restait incapable d'articuler un mot. A six mois, je le surpris en train de ronger un paquet de cartes. A sept mois, il avait la manie constante d'attraper et d'embrasser les bébés femelles. A huit mois, il refusa péremptoirement de signer le vœu de tempérance. Et ainsi, il empira dans le vice, de mois en mois, si bien qu'à l'issue de sa première année, non seulement il insista pour porter des *moustaches*, mais encore il contracta une tendance à blasphémer, à jurer, et à soutenir ses affirmations par des paris.

C'est par la faute de cette habitude fort peu convenable que la ruine que j'avais prédite à Toby Dammit finit par s'abattre sur lui. L'habitude « avait crû avec sa croissance et s'était renforcée avec sa force », si bien que lorsqu'il devint un homme, il pouvait à peine prononcer une phrase sans l'entrelarder d'une offre de pari. Ce n'est pas qu'il *proposât* véritablement un enjeu — non. Je rendrai à mon ami la justice de dire qu'il aurait plutôt pondu des œufs[15]. Chez lui, la chose n'était qu'une simple formule — rien de plus. Dans ce domaine ses expressions n'avaient en elles-mêmes aucun sens. C'étaient de simples sinon tout à fait innocents explétifs — des expressions imaginaires à l'aide desquelles il arrondissait sa phrase. Lorsqu'il disait « Je vous parie ceci ou cela », personne n'aurait jamais songé à le prendre au mot ; et pourtant je ne pouvais m'empêcher de penser qu'il était de mon devoir de le reprendre. L'habitude était immorale et je le lui dis. Elle était vulgaire ; cela je le priai de le croire. Elle était désapprouvée par la société ; là, je n'avais pas eu la moindre intention de dire un mensonge. Je lui fis des remontrances — mais sans résultat. Je raisonnai — en vain. Je le priai — il sourit. J'implorai — il rit. Je prêchai — il ricana. Je menaçai — il jura. Je lui donnai un coup de pied — il appela la police. Je lui tirai le nez — il se moucha, et offrit de parier sa tête au Diable que je ne m'aventurerais pas à tenter une fois de plus cette expérience.

La pauvreté était un autre vice que l'étrange tare de la mère de Dammit avait transmise à son fils. Il était affreusement pauvre ; et c'était sans doute la raison pour laquelle ses expressions explétives sur le pari prenaient rarement un tour pécuniaire. On ne me fera pas dire l'avoir jamais entendu utiliser une tournure de phrase comme « Je vous parie un dollar. » C'était d'habitude « Je vous parie ce que vous voulez », ou « Je vous parie ce que vous oserez parier » ou « Je vous parie une broutille », ou encore, plus significativement « Je parie ma tête au Diable ! »

Cette dernière formule semblait lui plaire davantage ; peut-être parce qu'elle impliquait le moindre risque ; car Dammit était devenu excessivement parcimonieux. Si quelqu'un l'avait pris au mot, sa tête était petite, et sa perte aurait donc été petite elle aussi. Mais ce sont là mes réflexions personnelles, et je ne suis pas du tout certain d'avoir raison de les lui attribuer. En tout cas, l'expression en question gagna chaque jour de la faveur, en dépit de la grave inconvenance qu'il y a pour un homme à parier son cerveau comme on parie des billets de banque ; mais c'était là un point que la perversité d'esprit de mon ami ne lui permettait pas de saisir. A la fin, il abandonna toute autre sorte de gage et s'adonna au « *Je parierais ma tête au Diable* » avec une ferveur dont l'obstination et l'exclusivité ne me contrariaient pas moins qu'elles me surprenaient. Je suis toujours contrarié par les situations que je ne peux expliquer. Les mystères forcent un homme à penser et nuisent ainsi à sa santé. La vérité est qu'il y avait quelque chose dans *l'air* avec lequel M. Dammit avait l'habitude de proférer son expression déplaisante — quelque chose dans sa *manière* de l'énoncer — qui, au début, m'intrigua et, par la suite, me mit fort mal à l'aise — quelque chose que, faute d'un terme plus précis pour le moment, on m'autorisera à appeler *bizarre*, mais que M. Coleridge aurait appelé mystique, M. Kant panthéistique, M. Carlyle spiralistique et M. Emerson hypercanularistique [16]. Je commençai à ne pas aimer du tout cela. L'âme de M. Dammit se trouvait en périlleuse situation. Je résolus de mettre toute mon éloquence en jeu pour la sauver. Je fis vœu de le servir comme il est dit dans la chronique irlandaise que saint Patrick servit le crapaud, c'est-à-dire de « l'éveiller au sentiment de sa situation ». Je me mis immédiatement à la tâche. Une fois de plus je me livrai au reproche. Une fois encore, je rassemblai toute mon énergie pour une ultime tentative de remontrance.

Quand j'eus mis un terme à mon sermon, M. Dammit se laissa aller à un comportement très équivoque. Pendant quelques instants il resta silencieux, uniquement occupé à me dévisager avec une insistante curiosité. Mais bientôt il rejeta la tête de côté et leva très haut les sourcils. Puis il étendit la paume de ses mains et haussa les épaules. Puis il cligna de l'œil droit. Puis il répéta la même opération avec l'œil gauche. Puis il ferma vivement les yeux. Puis il les ouvrit si larges que je commençai à m'inquiéter sérieusement des conséquences. Puis, appliquant le pouce contre son nez, il crut bon de faire avec les autres doigts un mouvement indescriptible. Finalement, mettant les poings sur les hanches, il condescendit à répondre.

Je ne peux me remémorer que les grands thèmes de son discours. Il me serait très obligé de bien vouloir tenir ma langue. Il ne désirait aucun conseil de moi. Il méprisait toutes mes insinuations. Il était assez grand pour s'occuper de lui-même. Le prenais-je toujours pour bébé Dammit ? Avais-je quelque chose à dire contre son caractère ? Avais-je l'intention de l'insulter ? Etais-je un sot ? En un mot, ma mère était-elle au courant de mon absence du domicile familial ? Il me posait cette dernière question comme à quelqu'un de confiance et il s'engageait à s'en tenir à ma réponse.

Une fois de plus, il me demanda explicitement si ma mère savait que j'étais sorti. Ma confusion, déclara-t-il, me trahissait et il aurait été prêt à parier sa tête au Diable qu'elle l'ignorait.

M. Dammit n'attendit pas ma réponse. Tournant les talons, il me quitta avec une précipitation sans retenue. Il valait mieux pour lui qu'il s'en aille. Il avait blessé mes sentiments. Il avait même déclenché ma colère. Pour une fois, je l'aurais pris au mot de son insultant pari. J'aurais gagné la petite tête de M. Dammit pour le compte du Grand-Ennemi — car le fait est que ma maman *était* parfaitement au courant de mon absence toute temporaire de la maison.

Mais *Khoda shefa midêhed* — que le ciel me soutienne — comme disent les Musulmans quand on leur marche sur les orteils. C'était dans l'accomplissement de mon devoir que j'avais été insulté, et je supportai l'insulte comme un homme. Il me semblait néanmoins que j'avais fait tout ce qui pouvait être exigé de moi en faveur de ce misérable individu, et je résolus de ne plus du tout l'ennuyer avec mes conseils mais de le laisser seul avec sa conscience. Cependant, tout en m'interdisant de l'importuner de mes avis, je ne pus me résoudre à renoncer entièrement à sa compagnie. J'allai même jusqu'à flatter quelques-uns de ses penchants les moins répréhensibles ; et il y avait des moments où je me surprenais en train de louer ses mauvaises plaisanteries, comme les gourmets vantent la moutarde, avec des larmes dans les yeux, tant j'étais profondément attristé d'entendre ses mauvais propos.

Un beau jour que nous étions partis ensemble nous promener bras dessus bras dessous, notre route nous mena vers une rivière. Il y avait là un pont et nous décidâmes de le traverser. Il était surmonté d'un toit destiné à le protéger contre les intempéries, et le passage couvert, n'ayant que peu de fenêtres, était donc très désagréablement sombre. Lorsque nous pénétrâmes dans le passage, le contraste entre la clarté extérieure et l'obscurité intérieure me frappa vivement l'esprit. Ce ne fut pas le cas du malheureux Dammit qui offrit de parier sa tête au Diable que j'avais le cafard. Il semblait être d'une inhabituelle bonne humeur. Il était excessivement agité — à un point tel que je conçus je ne sais quel soupçon déplaisant. Il n'est pas impossible qu'il ait été atteint de transcendantalisme. Je ne suis cependant pas assez versé dans le diagnostic de cette maladie pour me prononcer sur ce point ; et malheureusement aucun de mes amis du *Cadran* n'était présent. J'émets pourtant cette idée à cause de cette sorte de bouffonnerie qui semblait posséder mon ami et le conduire à jouer les idiots [17]. Il ne se plaisait à rien d'autre que se tortiller et sauter par-dessus ou par-dessous tout ce qui se présentait sur son chemin ; tantôt en criant et tantôt en murmurant toutes sortes de bizarres petits et grands mots, et en conservant pourtant tout le temps le visage le plus grave du monde. Je ne savais vraiment pas s'il me fallait lui donner des coups de pied ou avoir pitié de lui. Finalement, alors que nous avions presque traversé le pont, nous approchions de l'extrémité du passage lorsque notre route se trouva barrée par un tourniquet [18] d'une certaine hauteur. Je le passai tranquillement, en le faisant tourner selon l'usage. Mais ce tour-là ne s'accordait guère avec le tour d'esprit de M. Dammit. Il insista pour sauter au-dessus du tourniquet et déclara qu'il pouvait faire une aile de pigeon en l'air en le franchissant. Or de cela, pour parler en toute conscience, je ne pensais pas qu'il fût capable. Le meilleur sauteur au-dessus de toutes sortes de tours de style était mon ami M. Carlyle [19] et, comme je savais que *lui* ne le pouvait pas, je me refusais à croire que Toby Dammit pût le faire. Je lui dis donc, en termes pesés, qu'il n'était qu'un matamore et qu'il était incapable de faire ce qu'il disait. J'eus par la suite quelque raison de regretter cela ; car il proposa aussitôt de *parier sa tête au Diable* qu'il le pouvait.

J'étais sur le point de répondre, malgré mes résolutions antérieures, en lui faisant quelque remontrance sur son impiété, lorsque j'entendis, tout près de moi, une légère toux qui résonnait tout à fait comme l'exclamation « *hum !* » Je sursautai et regardai autour de moi avec étonnement. Mon regard finit par tomber sur un recoin de la charpente du pont et sur la silhouette d'un vieux petit monsieur boiteux et d'aspect vénérable. Rien n'aurait pu mieux lui donner l'air d'un révérend que son aspect ; car non seulement il avait un costume entièrement noir, mais aussi sa chemise était parfaitement immaculée et le col se rabattait très nettement sur une cravate blanche, tandis que sa chevelure se divisait sur le front comme celle d'une fille. Il avait les mains méditativement serrées sur son ventre et les yeux attentivement levés vers le haut du visage [20].

En l'observant de plus près, je découvris qu'il portait un tablier de soie noire par-dessus son pantalon ; et ce fut une chose que je trouvai très étrange. Mais avant que j'aie le temps de faire la moindre remarque à propos d'un détail aussi singulier, il m'interrompit d'un second « *hum !* »

A cette observation, je n'avais pas de réponse immédiate. Le fait est que ces remarques de nature laconique ne permettent presque aucune réponse. J'ai connu une *Revue trimestrielle* qui se trouva *embarrassée* par le mot « *Bah* [21] *!* » Je n'ai donc pas honte d'avouer que je me tournai vers M. Dammit pour lui demander assistance.

« Dammit, dis-je, à quoi pensez-vous donc ? N'entendez-vous pas ? Ce monsieur dit " *hum !* " » Je portai un regard sévère sur mon ami tout en m'adressant à lui ; car, pour tout dire, je me sentais particulièrement perplexe, et lorsqu'un homme est particulièrement perplexe, il faut qu'il fronce les sourcils et qu'il ait l'air farouche, ou alors il est à peu près certain d'avoir l'air d'un imbécile.

« Dammit », observai-je — quoique cela sonnât tout à fait comme un juron[22], alors que rien n'était plus éloigné de ma pensée — « Dammit soufflai-je, le monsieur dit " *hum !* " »

Je n'ai pas la prétention de défendre ma remarque pour sa profondeur ; moi-même je ne la trouvais pas profonde ; mais j'ai remarqué que l'effet de nos discours n'est pas toujours proportionnel à l'importance qu'ils ont à nos propres yeux ; et si j'avais transpercé M.D. avec un obus de Paixhans[23], ou si je lui avais donné un coup sur la tête avec *Poètes et poésie d'Amérique*[24], il aurait difficilement pu être plus déconfit que lorsque je lui adressai ces simples mots — « Dammit, à quoi pensez-vous donc ? — N'entendez-vous pas ? — le monsieur dit " *hum !* " »

« Pas possible ! » dit-il enfin dans un sursaut, après être passé par plus de couleurs que n'en arbore successivement un pirate lorsqu'il est pris en chasse par un vaisseau de guerre. « Etes-vous bien sûr qu'il ait dit *cela* ? Eh bien, maintenant mon affaire est faite, et autant pour moi payer d'audace. Alors, allons-y — *hum !* »

A ces mots le vieux petit monsieur eut l'air ravi — Dieu seul sait pourquoi. Il quitta sa place du coin du pont, s'avança en claudiquant d'un air gracieux, saisit la main de Dammit et la secoua cordialement tout en le regardant bien en face avec un air de la plus pure bienveillance qu'il soit possible à un esprit humain d'imaginer.

« Je suis tout à fait certain que vous gagnerez,

Dammit », dit-il avec le plus franc des sourires — « mais nous sommes obligés d'en passer par l'épreuve, savez-vous, par pure forme. »

« Hum ! » répliqua mon ami, en ôtant sa veste avec un profond soupir ; il noua un mouchoir autour de sa taille et, relevant les yeux et abaissant les coins de sa bouche, il amena un inexplicable changement de sa physionomie — « hum ! » et « hum ! » dit-il encore, après une pause ; et par la suite, je ne crois pas qu'il ait prononcé d'autre mot que « hum ! » « Ah, ah ! » pensai-je, sans m'exprimer à haute voix — « voilà un silence tout à fait remarquable de la part de Toby Dammit, et ce silence est sans doute la conséquence du verbiage affiché en une précédente occasion. Un extrême induit l'autre. Je me demande s'il a oublié les nombreuses questions insolubles qu'il m'a si facilement posées le jour où je lui ai fait mon dernier sermon ? En tout cas, il est guéri du transcendantalisme. »

« Hum ! » répliqua alors Toby, exactement comme s'il avait lu mes pensées, et il eut l'air d'un très vieux mouton perdu dans une rêverie.

Le vieux monsieur le prit alors par le bras et le conduisit plus loin dans l'ombre du pont, à quelques pas du tourniquet. « Mon bon ami, dit-il, c'est pour moi une affaire de conscience que de vous accorder ce supplément d'élan. Attendez là jusqu'à ce que j'aie pris place auprès du tourniquet, je pourrai ainsi vérifier si vous le passez élégamment et transcendantalement, et si vous n'oubliez aucune des fioritures de l'aile de pigeon. Simple question de forme, vous savez. Je dirai " un, deux, trois, partez ! " Faites attention de partir au mot " partez ". Cela dit, il prit position près du tourniquet, s'arrêta un moment comme s'il était plongé dans une profonde réflexion, puis il regarda en l'air, et, je crois, sourit très discrètement, puis il serra les cordons

de son tablier, puis il eut un long regard vers Dammit,
et enfin lança la formule convenue —

« UN — DEUX — TROIS — PARTEZ ! »

Ponctuellement, au mot « partez », mon pauvre ami
se lança au grand galop. Le style du tourniquet n'était
ni très élevé, comme celui de M. Lord[25] — ni très bas,
comme celui des critiques de M. Lord — mais à tout
prendre, je me persuadai qu'il le franchirait. Et puis,
s'il ne le franchissait pas ? — ah, c'était toute la
question — s'il ne le franchissait pas ? « Quel droit, me
dis-je, le vieux monsieur a-t-il de faire sauter un autre
monsieur ? Ce petit vieux clopinant ! Qui est-*il* ? S'il me
demande de sauter *à moi*, je ne le ferai pas, c'est sûr, et
je ne me soucie pas de *qui diable il est*. » Le pont,
comme je l'ai dit, était fermé et couvert d'une façon
très ridicule, et il y avait là en permanence un écho fort
désagréable — un écho que je n'ai jamais aussi précisément observé qu'au moment où je prononçai les quatre
derniers mots de ma remarque.
   Mais ce que je dis, ce que je pensai ou ce que
j'entendis ne prit qu'un instant. Moins de cinq
secondes après son départ, mon pauvre Toby avait
accompli son saut. Je le vis courir avec agilité, bondir
splendidement du plancher du pont, effectuant les plus
périlleuses fioritures avec ses jambes tandis qu'il
s'élevait. Je le vis haut en l'air, faisant admirablement
son aile de pigeon juste au-dessus du tourniquet ; et,
bien sûr, je trouvai étrangement bizarre qu'il ne
continuât pas à le franchir. Mais le saut tout entier fut
l'affaire d'un instant et avant que j'aie l'opportunité de
faire la moindre réflexion approfondie, M. Dammit
retombait à plat sur le dos, du côté même du tourniquet d'où il était parti. Au même moment je vis le
vieux monsieur s'enfuir en clopinant à toute vitesse,

après avoir attrapé et enveloppé dans son tablier quelque chose qui venait d'y tomber lourdement du haut des ténèbres de la voûte surplombant le tourniquet. Tout cela m'étonna fort ; mais je n'eus pas le loisir de penser, car M. Dammit gisait particulièrement immobile, et j'en conclus que ses sentiments avaient été blessés, et qu'il se trouvait avoir besoin de mon assistance. Je me précipitai vers lui et je découvris qu'il avait reçu ce qu'on pouvait appeler une sérieuse blessure. A la vérité, il avait été privé de sa tête [26] que, malgré des recherches minutieuses, je ne pus trouver nulle part ; aussi me décidai-je à le ramener chez lui et à faire appel aux homéopathes. Entretemps une idée me frappa, et j'ouvris une fenêtre du pont, à proximité ; alors la triste vérité m'illumina d'un coup. A cinq pieds juste au-dessus du sommet du tourniquet, traversant la voûte du passage afin d'en former une armature, s'étendait une tige plate de fer, posée avec son aplat horizontal, et qui faisait partie d'une série de barres qui servaient à renforcer la structure sur toute sa longueur. Il semblait évident que le cou de mon infortuné ami était précisément entré en contact avec le tranchant de cette armature.

Il ne survécut pas longtemps à sa terrible perte. Les homéopathes ne lui donnèrent pas assez peu de médicaments, et même le peu qu'ils lui donnèrent, il hésita à le prendre. Si bien qu'à la fin il empira et qu'à la longue il mourut, une leçon pour tous les turbulents viveurs. J'arrosai sa tombe de mes larmes, gravai une *barre* à senestre [27] sur son blason de famille, et, pour les dépenses générales de ses funérailles, j'envoyai ma très modeste note aux transcendantalistes. Les coquins refusèrent de la payer, alors je fis aussitôt déterrer M. Dammit, et le vendis comme viande de chien.

LA SEMAINE
DES TROIS DIMANCHES

« Espèce de vieux sauvage, sans cœur, stupide, buté, grincheux, hargneux, quinteux, vieux-jeu ! » dis-je en pensée, une après-midi, à mon grand-oncle Rhuma-gogo[1] — et, en imagination, je lui montrai le poing.

Seulement en imagination. Le fait est qu'il y avait à ce moment-là, une légère opposition entre ce que je disais et ce que je n'avais pas le courage de dire — entre ce que je faisais et ce que j'avais le désir de faire.

Lorsque j'ouvris la porte du salon, le vieux poussah était assis, les pieds contre la cheminée et, un verre de porto à la patte, il faisait d'énergiques efforts pour obéir à la chanson

> *Remplis ton verre vide !*
> *Vide ton verre plein[2] !*

« Mon *cher* oncle », dis-je en refermant doucement la porte et en m'approchant de lui avec le plus aimable des sourires, « vous êtes toujours *tellement* gentil et prévenant, et vous avez montré votre bienveillance de façon — de *tellement* de façons — que — que je pense qu'il me suffira de vous rappeler encore une fois cette petite question pour être sûr de votre total acquiescement. »

« Hum ! dit-il, bon garçon ! Vas-y ! »

« Je suis sûr, mon très cher oncle (satané vieux coquin !), que vous n'avez pas vraiment l'intention, sérieusement, de vous opposer à mon union avec Kate. Ce n'est qu'une de vos blagues, je le sais — ha ! ha ! ha ! — vous êtes *tellement* amusant parfois. »

« Ha ! ha ! ha ! dit-il, malédiction, oui ! »

« Ah ! Bénédiction[3] ! Je *savais* que vous plaisantiez. Eh bien, mon oncle, tout ce que Kate et moi-même désirons à présent, c'est que vous nous donniez votre avis au — au sujet de la *date* — *vous* savez, mon oncle — bref, quand cela vous conviendrait-il le mieux que le mariage se — se — se passe, vous comprenez ? »

« Se passe, coquin ! — que veux-tu dire par là ? Vaudrait mieux attendre d'abord qu'il se fasse[4]. »

« Ha ! ha ! ha ! — hé ! hé ! hé !! — hi ! hi ! hi ! — ho ! ho ! ho ! — hu ! hu ! hu ! — oh, que c'est bon ! — oh, que c'est admirable — *quel* esprit ! Mais tout ce que nous voulons, *pour l'instant*, vous savez, mon oncle, c'est que vous nous donniez une date précise. »

« Ah ! — précise ? »

« Oui, mon oncle — c'est-à-dire si cela vous convient tout à fait. »

« Est-ce que cela ne serait pas satisfaisant, Bobby, si je laissais cette date au hasard — n'importe quel moment d'ici un an à peu près, par exemple ? — *faut-il* la fixer précisément ? »

« *S'il* vous plaît, mon oncle — précisément. »

« Eh bien, alors, Bobby, mon garçon — tu es un bon gars, n'est-ce pas ? — alors tu *vas* avoir la date exacte, je vais — eh bien, je vais t'obliger pour une fois. »

« Cher oncle ! »

« Chut, monsieur ! » (il couvrit ma voix) — « je vais t'obliger pour une fois. Tu auras mon accord — et la *dot* il ne faut pas oublier la dot — voyons ! quand donc ? Aujourd'hui c'est dimanche — n'est-ce pas ? Eh

bien, alors, tu te marieras précisément — *précisément,*
fais attention ! — *quand il y aura trois dimanches à la
fois dans une même semaine*[5] ! M'entendez-vous, monsieur ! Qu'est-ce qui te fait ouvrir la bouche ainsi ? Je
dis que tu auras Kate et sa dot quand il y aura trois
dimanches à la fois dans une même semaine — mais
pas *avant* — jeune garnement — pas *avant*, sur ma vie.
Tu me connais — *je suis un homme de parole* — et
maintenant, va-t'en ! » Cela dit, il avala son verre de
porto tandis que je me précipitais hors de la pièce en
plein désespoir.

C'était un très « distingué vieux gentleman anglais »
que mon grand-oncle Rhumagogo, mais à la différence
de celui de la chanson, il avait ses points faibles. C'était
un personnage petit, gros, pompeux, emporté, semi-
circulaire, avec un nez rouge, un crâne épais, une
bourse bien garnie, et un sens élevé de sa propre
importance. C'était le meilleur cœur qui fût au monde,
mais il avait réussi, tant il était dominé par l'esprit de
contradiction, à se gagner auprès de ceux qui ne le
connaissaient que de façon superficielle une réputation
de grigou. Comme beaucoup d'excellentes personnes, il
semblait possédé par une manie de la *taquinerie* qui
pouvait facilement, à première vue, être prise pour de
la malveillance. A toute demande, sa réponse immédiate était un « Non ! » formel ; mais à la longue —
très, très à la longue — il y avait fort peu de demandes
qu'il refusât. En réponse à toutes les attaques contre sa
bourse, il opposait la plus vigoureuse défense : mais le
montant de ce qu'on finissait par lui extorquer était, en
général, directement proportionnel à la longueur du
siège et à la ténacité de la résistance. En matière de
charité, personne ne donnait avec plus de libéralité ni
avec plus de mauvaise grâce.

Il éprouvait un profond mépris pour les beaux-arts et
surtout pour les belles-lettres. En cela, il s'inspirait de

Casimir Perier[6] dont il avait l'habitude de citer, avec une très drôle de prononciation, et comme le *nec plus ultra* de l'esprit logique, l'outrecuidante petite question « *A quoi un poète est-il bon ?* » Ainsi ma propre inclination pour les Muses avait-elle excité son mécontentement. Un jour que je lui demandai un nouvel exemplaire d'Horace, il m'affirma que le sens de « *Poeta nascitur non fit* » était « Un vilain poète bon à rien[7] » — une remarque que je pris très mal. Sa répugnance pour les « humanités » avait aussi beaucoup augmenté ces derniers temps, en raison de son penchant fortuit pour ce qu'il imaginait être les sciences naturelles. Quelqu'un l'avait abordé dans la rue, le prenant pour rien de moins que le Docteur Diplomendroit[8], le chargé de cours de Charlatanerie[9]. Cela le fit changer brusquement d'idée ; et juste à l'époque de cette histoire — car, après tout, c'est en train de devenir une histoire — mon grand-oncle Rhumagogo n'était abordable et supportable qu'à propos de points qui se trouvaient en harmonie avec les cabrioles du dada qu'il enfourchait alors. De tout le reste, il riait de tout son corps, et ses idées politiques étaient bornées et faciles à comprendre. Il pensait, avec Horsley[10], que « le peuple n'a rien à voir avec les lois si ce n'est leur obéir ! ».

J'avais vécu toute ma vie avec le vieux monsieur. Mes parents, en mourant, m'avaient légué à lui comme un riche héritage. Je pense que le vieux coquin m'aimait comme son propre fils — presque autant sinon autant qu'il aimait Kate — mais après tout, c'était une vie de chien qu'il m'avait fait mener. De ma première à ma cinquième année, il m'avait gratifié de très régulières flagellations. De cinq à quinze ans, il m'avait menacé à chaque heure de la Maison de Correction. De quinze à vingt ans, il ne s'était pas passé un jour sans qu'il me promît de me déshériter. J'étais un triste

sujet, c'est vrai — mais c'était alors une part de ma
nature — un point de mon credo. En Kate, cependant,
j'avais une amie sûre, et je le savais. C'était une brave
fille, et elle me disait très gentiment que je pourrais
l'avoir (dot et tout le reste) dès que j'aurais pu arracher
à mon grand-oncle Rhumagogo l'accord nécessaire.
Pauvre fille ! — elle avait tout juste quinze ans, et sans
cet accord, son petit avoir en rentes n'était pas accessible avant que cinq immenses étés aient « étiré leur
lente longueur[11] ». Que faire donc ? A quinze ou même
à vingt et un ans (car j'avais maintenant passé ma
cinquième olympiade), cinq ans d'attente c'est vraiment l'équivalent de cinq cents. Nous assiégeâmes en
vain le vieux monsieur de nos sollicitations. Il y avait
là une *pièce de résistance* (comme auraient dit Messieurs Ude et Carême[12]) qui s'accordait à merveille à
son esprit de contradiction. Cela aurait soulevé l'indignation de Job lui-même que de le voir se conduire
comme un vieux chat avec nous deux, pauvres petites
souris malheureuses. Au fond de son cœur, il ne
souhaitait rien de plus chaleureusement que notre
union. Il s'y était résolu depuis longtemps. Il aurait
même donné dix mille livres de sa propre poche (la dot
de Kate était bien *à elle*) s'il avait pu inventer quelque
chose comme une excuse pour satisfaire nos désirs bien
naturels. Mais voilà, nous avions été assez imprudents
pour aborder le sujet *nous-mêmes*. Ne pas s'y opposer
dans de telles conditions, je crois sincèrement que
c'était hors de son pouvoir.

J'ai déjà dit qu'il avait ses points faibles ; mais
lorsque je parle de ceux-ci, il ne faut pas croire que je
fais allusion à son entêtement qui était l'un de ses
points forts — « *assurément ce n'était pas son faible*[13] ».
Quand je mentionne sa faiblesse, je fais allusion à une
bizarre superstition de bonne femme qui l'obsédait. Il
était grand amateur de rêves, de présages, *et id genus*

omne [14] de balivernes. Il était aussi excessivement pointilleux à propos de minuscules points d'honneur, et, à sa façon à lui, il était sans aucun doute homme de parole. C'était même une de ses manies. *L'esprit* de ses promesses, il n'avait aucun scrupule à le transgresser, mais la *lettre* était un engagement inviolable. Or c'est grâce à ce dernier trait de caractère que l'ingéniosité de Kate nous permit un beau jour, peu de temps après l'entrevue du salon, de prendre un avantage très inattendu ; et ayant ainsi, à la façon de tous les bardes et de tous les orateurs modernes, épuisé en *prolégo-mènes*, tout le temps qui m'était alloué, et presque toute la place mise à ma disposition, je vais résumer en quelques mots ce qui constitue tout le piquant de l'histoire.

Il arriva donc — ainsi l'ordonnèrent les Parques — que parmi les relations navales de ma fiancée se trouvaient deux messieurs qui venaient juste de mettre le pied sur les côtes d'Angleterre, l'un et l'autre après une année d'absence consacrée à voyager à l'étranger. En compagnie de ces messieurs, ma cousine et moi, après nous être concertés, nous allâmes rendre visite à l'oncle Rhumagogo, l'après-midi du dimanche dix octobre — juste trois semaines après la mémorable décision qui avait si cruellement contrecarré nos espoirs. Pendant une demi-heure environ, la conversation roula sur des sujets ordinaires ; mais ensuite, nous réussîmes tout à fait naturellement à lui donner le tour suivant :

Capitaine Pratt. « Eh bien, je suis resté absent juste un an — Juste un an aujourd'hui, ma foi — Voyons ! oui ! — nous sommes le 10 octobre. Vous vous souvenez M. Rhumagogo, je suis venu, il y a aujourd'hui un an, vous dire au revoir. Et, à propos, ça m'a tout l'air de quelque chose comme une coïncidence, n'est-ce pas — mais notre ami le Capitaine Smitherton, ici présent, a été absent lui aussi exactement un an — un an aujourd'hui. »

Smitherton. « Oui ! juste un an, à un poil près. Vous vous souvenez, M. Rhumagogo, je vous ai rendu visite avec le capitaine Pratt ce même jour, l'an dernier, pour vous faire mes adieux. »

L'oncle. « Oui, oui, oui — je m'en souviens très bien — très étrange, vraiment ! Vous êtes partis l'un et l'autre juste une année. Une très étrange coïncidence, vraiment ! Exactement ce que le Docteur Diplomendroit appellerait un extraordinaire concours de circonstances. Le Docteur Dipl — »

Kate (l'interrompant). « Certainement, papa, *c'est* quelque chose d'étrange ; seulement le capitaine Pratt et le capitaine Smitherton n'ont pas pris le même chemin, et cela fait toute la différence, tu sais. »

L'oncle. « Non, je n'en sais rien, petite péronnelle ! Comment le saurais-je ? Je pense que cela n'en rend la chose que plus remarquable. Le Docteur Diplo — »

Kate. « Eh, bien, papa, le Capitaine Pratt a fait le tour par le Cap Horn et le Capitaine Smitherton a doublé le Cap de Bonne-Espérance. »

L'oncle. « Précisément ! — l'un est allé par l'est et l'autre est allé par l'ouest, espèce de coquine, et ils ont tous les deux fait le tour du monde. A propos, le Docteur Diplomendroit — »

Moi (avec précipitation). « Capitaine Pratt, il faut que vous veniez passer la soirée avec nous demain — vous et Smitherton — vous pourrez nous raconter votre voyage, et on jouera au whist, et — »

Pratt. « Le whist, mon cher ami — mais vous oubliez. Demain c'est dimanche. Un autre soir — »

Kate. « Oh, non, fi ! — Robert n'est quand même pas *tout à fait* aussi bête que ça. *C'est aujourd'hui* dimanche. »

L'oncle. « Bien sûr — bien sûr ! »

Pratt. « Je vous demande pardon à tous les deux —
mais je ne pourrais commettre une telle erreur. Je sais
que demain c'est dimanche parce que — »

Smitherton (très surpris). « Mais où avez-vous donc
tous la tête ? N'était-ce pas *hier* dimanche, j'aimerais
bien le savoir ? »

Tous. « Hier, vraiment ! vous vous trompez ! »

L'oncle. « Aujourd'hui c'est dimanche, moi je le dis
— croyez-vous que *moi* je ne le sache pas ? »

Pratt. « Oh, non ! — c'est demain dimanche. »

Smitherton. « Vous êtes *tous* fous — tous autant que
vous êtes. Je suis sûr que c'était hier dimanche, aussi
sûr que je suis assis sur cette chaise. »

Kate (se levant brusquement). « Je comprends — je
comprends tout. Papa, c'est un jugement du Ciel sur
toi [15] à propos — à propos de tu sais quoi. Laisse-moi
parler et je t'aurai tout expliqué en une minute. C'est
quelque chose de vraiment très simple. Le Capitaine
Smitherton dit qu'hier c'était dimanche : ça l'était ; il
a raison. Le cousin Bobby, son oncle et moi, nous
disons que c'est aujourd'hui dimanche : ça l'est ; nous
avons raison. Le Capitaine Pratt maintient que demain
ce sera dimanche : ça le sera ; il a raison lui aussi. Le
fait est que nous avons tous raison ; et qu'ainsi *trois
dimanches ont été réunis dans une même semaine.* »

Smitherton (après une pause). « Bien sûr, Pratt, Kate
nous a pris de vitesse. Quels sots nous sommes tous les
deux ! M. Rhumagogo, voici comment se présente
l'affaire : la terre, vous le savez, a une circonférence de
vingt-quatre mille milles. Or ce globe terrestre tourne
sur son axe — fait une révolution — pivote — sur cette
longueur de vingt-quatre mille milles, en allant d'est
en ouest, précisément en vingt-quatre heures. Vous
comprenez, M. Rhumagogo ? »

L'oncle. « Bien sûr — bien sûr — Le Docteur Dipl — »

Smitherton (couvrant sa voix). « Eh bien, monsieur,

cela représente une vitesse de mille milles par heure. Supposons donc que je navigue durant un millier de milles vers l'est à partir de ce point. Bien entendu, j'avance d'exactement une heure sur le lever du soleil tel qu'on le voit ici à Londres. Je vois le soleil se lever avant vous. En avançant dans la même direction d'un autre millier de milles, j'avance de deux heures sur le lever du soleil — un autre millier et j'avance de trois heures, et ainsi de suite jusqu'à ce que j'aie entièrement parcouru le globe, et que je sois revenu à ce point ; ayant alors parcouru vingt-quatre mille milles vers l'est, j'avance sur le lever du soleil de Londres de pas moins de vingt-quatre heures ; c'est-à-dire que j'ai un jour *d'avance* sur votre calendrier. Vous comprenez, hein ? »

L'oncle. « Mais Diplomendroit — »

Smitherton (parlant très fort). « Le Capitaine Pratt, au contraire, lorsqu'il a navigué un millier de milles vers l'ouest de cette position, a retardé d'une heure, et lorsqu'il a navigué vingt-quatre mille milles vers l'ouest, il a retardé de vingt-quatre heures ou d'un jour sur le calendrier de Londres. Ainsi, pour moi, c'était hier dimanche — pour vous, c'est aujourd'hui dimanche — et pour Pratt, c'est demain dimanche. Et, qui plus est, monsieur Rhumagogo, il est parfaitement évident que nous avons *tous raison*[16] ; car il ne saurait y avoir la moindre raison philosophique pour que l'opinion de l'un soit préférée à celle des autres. »

L'oncle. « Ça alors ! — Eh bien, Kate — Eh bien, Bobby ! — *C'est* un jugement sur moi, comme vous dites. Mais je suis un homme de parole — *notez-le !* tu l'auras, mon garçon (la dot et le reste), quand tu voudras. Je n'en peux plus, par Jupiter ! Trois dimanches d'affilée ! Je vais aller demander à Diplomendroit son avis *là-dessus.* »

DE L'ESCROQUERIE
CONSIDÉRÉE COMME
UNE DES SCIENCES ÉXACTES[1]

Hey, diddle diddle,
The cat and the fiddle[2].

Depuis que le monde a commencé, il y a eu deux Jérémie. L'un a écrit une jérémiade sur l'usure et il s'appelait Jeremy Bentham[3]. Il fut fort admiré par M. John Neal[4], et ce fut un grand homme d'une petite façon. L'autre donna son nom à la plus importante des Sciences Exactes, et ce fut un grand homme d'une grande façon ; je pourrais même dire, de la plus grande des façons[5].

L'escroquerie, ou encore l'idée abstraite rendue par le verbe escroquer, est assez bien comprise. Pourtant le fait, l'action, la chose, *escroquerie*, est assez difficile à définir. On peut arriver cependant à une conception assez nette du sujet en question, en définissant — non la chose, l'escroquerie, en elle-même — mais l'homme en tant qu'animal qui escroque. Si seulement Platon avait trouvé cela, il aurait évité l'affront du poulet plumé.

Très pertinemment on demanda à Platon pourquoi un poulet plumé, qui était nettement un « bipède sans plumes », n'était pas, selon sa propre définition, un homme[6]. Mais je ne serais pas embarrassé par une telle question. L'homme est un animal qui escroque, et il n'y a *pas* d'animal qui escroque *sauf* l'homme. Il faudrait toute une cage de poulets plumés pour contourner cela. Ce qui constitue l'essence, la nature, le principe de l'escroquerie, est en fait particulier à cette classe de créatures qui portent vestes et pantalons. Un corbeau dérobe ; un renard ruse ; une belette trompe ; un homme escroque. Escroquer est son destin, « L'homme a été créé pour se lamenter », dit le poète[7]. Eh bien pas du tout : il a été créé pour escroquer. C'est son but — son objet — sa *fin*. Et pour cette raison, lorsqu'un homme a été escroqué on dit qu'il a été *refait*[8].

L'escroquerie, convenablement envisagée, est un composé dont les ingrédients sont la minutie, l'intérêt, la persévérance, l'ingéniosité, l'audace, le flegme, l'originalité, l'impertinence et le sourire.

MINUTIE : — Notre escroc est minutieux. Ses opérations sont menées sur une petite échelle. Son affaire, c'est le détail, au comptant ou en papiers à vue. Si jamais il était tenté par la spéculation magnifique, il perdrait alors ses traits distinctifs et deviendrait ce que nous appelons un « financier ». Ce dernier mot exprime l'idée d'escroquerie dans tous ses aspects sauf celui de la grandeur. Un escroc peut ainsi être regardé comme un banquier *in petto* ; une « opération financière » est une escroquerie à Brobdingnag[9]. L'un est à l'autre comme Homère à « Flaccus[10] », un mastodonte à une souris, la queue d'une comète à celle d'un cochon.

INTÉRÊT : — Notre escroc est guidé par son intérêt personnel. Il trouve indigne d'escroquer pour le simple fait de l'escroquerie. Il a un objet en vue — sa poche — et la vôtre. Il pense toujours à son propre intérêt. Il s'occupe du Numéro Un. Vous êtes le Numéro

Deux, et vous devez vous occuper de vous-même.

PERSÉVÉRANCE : — Notre escroc persévère. Il n'est pas facilement découragé. Même si les banques font faillite, il ne s'en soucie pas. Il poursuit fermement son but, et

Ut canis a corio nunquam absterrebitur uncto[11],

de même il ne lâche jamais sa proie.

INGÉNIOSITÉ : — Notre escroc est ingénieux. Il a un grand esprit créateur. Il comprend l'intrigue. Il invente et détourne. S'il n'était Alexandre, il serait Diogène. S'il n'était pas escroc, il serait fabricant de pièges à rats brevetés ou pêcheur de truites.

AUDACE : — Notre escroc est audacieux. C'est un homme hardi. Il porte la guerre en Afrique[12]. Il conquiert tout par assaut. Il ne craindrait pas les poignards des Frey Herren[13]. Dick Turpin[14], avec un peu plus de prudence, aurait fait un bon escroc ; Daniel O'Connell[15], avec un tout petit peu moins de flagornerie ; Charles XII[16], avec une livre ou deux de cervelle en plus.

FLEGME : — Notre escroc est flegmatique. Il n'est pas du tout nerveux. Il n'a jamais *eu* de nerfs. Il ne se laisse jamais entraîner dans la moindre agitation. Il n'est jamais mis hors de lui — seulement hors de chez lui. Il est de sang-froid — de sang-froid comme un concombre. Il est calme — « calme comme un sourire de Lady Bury[17] ». Il est facile — facile comme un vieux gant, ou comme les demoiselles de l'antique Baïae[18].

ORIGINALITÉ : — Notre escroc est original — il l'est consciencieusement. Ses idées sont à lui. Il s'en voudrait d'utiliser celles des autres. Un tour déjà usé, il l'a en aversion. Il rendrait une bourse, j'en suis sûr, s'il découvrait qu'il l'a obtenue par une escroquerie sans originalité.

IMPERTINENCE : — Notre escroc est impertinent.
Il crâne. Il met les poings sur les hanches. Il plonge les
mains dans les poches de son pantalon. Il vous ricane
au nez. Il marche sur vos cors. Il mange votre dîner, il
boit votre vin, il emprunte votre argent, il vous tire le
nez, il donne des coups de pied à votre caniche, et il
embrasse votre femme.

SOURIRE : — Notre *véritable* escroc termine tout
par un sourire. Mais personne d'autre que lui ne le voit.
Il sourit quand son travail quotidien est fait — quand
les labeurs qui lui étaient impartis sont achevés — la
nuit dans sa chambre, et uniquement pour son divertissement privé. Il rentre chez lui. Il verrouille sa porte.
Il retire ses vêtements. Il souffle sa chandelle. Il se met
au lit. Il pose la tête sur l'oreiller. Quand tout ceci est
fait, notre escroc *sourit*. Ce n'est pas une hypothèse.
Cela va de soi. Je raisonne *a priori*, et une escroquerie
ne serait *pas* une escroquerie sans un sourire.

L'origine de l'escroquerie remonte à l'enfance de la
race humaine. Peut-être le premier escroc fut-il Adam.
En tout cas, on peut retrouver cette science en une
période très reculée de l'Antiquité. Les modernes
cependant l'ont amenée à un degré de perfection
jamais imaginé par nos ancêtres à l'esprit obtus. Sans
m'attarder à évoquer les « vieux adages », je me
contenterai donc d'un bref compte rendu de quelques-
uns des plus « modernes exemples [19] ».

Voici une fort bonne escroquerie. On a vu, par
exemple, une ménagère ayant besoin d'un sofa entrer
dans plusieurs magasins de meubles et en ressortir. A
la fin elle arrive dans un magasin qui offre un excellent
choix. Elle est accostée et invitée à entrer par un
individu poli et volubile qui se trouvait à la porte. Elle
trouve un sofa qui correspond bien à ses désirs et,
s'informant du prix, elle est surprise et ravie d'entendre citer une somme inférieure d'au moins vingt pour

cent à ce qu'elle attendait. Elle se hâte de faire l'achat, réclame une facture et un reçu, laisse son adresse en demandant que l'article lui soit livré à domicile aussi rapidement que possible, et se retire dans une profusion de saluts de la part du vendeur. La nuit arrive et pas de sofa. Le jour suivant se passe, et toujours rien. Une servante est envoyée pour s'enquérir des raisons de ce retard. On nie toute transaction. Aucun sofa n'a été vendu — aucun argent n'a été reçu — excepté par l'escroc qui a joué le vendeur pour l'occasion.

Nos magasins de meubles sont laissés entièrement sans surveillance, et offrent ainsi toute facilité pour un coup de ce genre. Les visiteurs entrent, regardent les meubles et repartent sans qu'on les ait aidés ni vus. Si quelqu'un veut acheter ou demander le prix d'un article, une sonnette est à sa portée, et ceci est considéré comme amplement suffisant.

Voici encore une escroquerie tout à fait respectable. Un individu bien habillé entre dans une boutique ; fait un achat de la valeur d'un dollar ; s'aperçoit, à sa grande humiliation, qu'il a laissé son portefeuille dans la poche d'une autre veste ; et il dit donc au vendeur —

« Cher Monsieur, qu'à cela ne tienne ! — Voulez-vous me rendre le service de me livrer le paquet à la maison ? Mais attendez ! Je crois bien que, même là-bas, je n'ai rien d'autre qu'un billet de cinq dollars. Enfin, vous pouvez m'envoyer quatre dollars de monnaie avec le paquet, n'est-ce pas ? »

« Très bien, Monsieur », réplique le vendeur, qui aussitôt se fait une opinion élevée de la noblesse d'esprit de son client. « Je connais des types, se dit-il, qui auraient juste mis la marchandise sous leur bras et s'en seraient allés en promettant de revenir payer le dollar quand ils repasseraient dans l'après-midi. »

On envoie un garçon avec le paquet et la monnaie.

En route, tout à fait par hasard, il rencontre l'acheteur qui s'écrie :

« Ah ! c'est mon paquet, je vois — je pensais que vous étiez allé à la maison il y a longtemps. Eh bien, allez-y ! Ma femme, Mme Trotter vous donnera les cinq dollars — je lui ai laissé des instructions à cet effet. La monnaie, vous pouvez aussi bien me la donner *à moi* — j'ai besoin de quelques pièces pour le bureau de poste. Très bien ! Un, deux, est-elle bonne cette pièce ? — trois, quatre — c'est exact ! Dites à Mme Trotter que vous m'avez rencontré, allez-y maintenant et ne traînez pas en chemin. »

Le garçon ne traîne pas du tout ; mais il met très longtemps à revenir de sa course, car il ne peut découvrir aucune dame qui réponde au nom précis de Mme Trotter. Il se console cependant de n'avoir pas été assez sot pour laisser la marchandise sans en toucher l'argent et, rentrant à sa boutique avec l'air content de lui, il se sent passablement blessé et indigné lorsque son patron lui demande ce qu'est devenue la monnaie.

Voici une escroquerie vraiment très simple. Le capitaine d'un navire qui est sur le point d'appareiller se voit présenter, par une personne ayant l'air d'un officiel, une facture de taxes portuaires inhabituellement modérée. Heureux de s'en tirer si facilement, et gêné par une centaine de tâches qui le pressent toutes ensemble, il acquitte aussitôt les droits. Dans le quart d'heure qui suit, une autre facture moins raisonnable lui est présentée par quelqu'un qui lui montre vite à l'évidence que le premier encaisseur était un escroc et la première perception une escroquerie.

Et voici aussi une chose assez semblable. Un bateau à vapeur est en train d'appareiller du quai. On s'aperçoit qu'un voyageur, valise en main, court vers le quai à toute vitesse. Soudain, il s'arrête net, se baisse et ramasse quelque chose sur le sol avec force agitation.

C'est un portefeuille et il s'écrie « Un monsieur a-t-il perdu un portefeuille ? » Personne ne peut dire qu'il a précisément perdu un portefeuille ; mais il s'ensuit une grande excitation, lorsqu'on apprend que la trouvaille a de la valeur. Le bateau cependant ne peut être retenu.

« Ni le temps ni la marée n'attendent pour personne », dit le capitaine.

« Pour l'amour de Dieu, attendez seulement quelques minutes, dit le ramasseur de portefeuille, le véritable propriétaire va bientôt apparaître. »

« Impossible d'attendre », réplique l'homme qui détient l'autorité ; « larguez les amarres, vous m'entendez ? »

« Que vais-je donc faire ? » demande l'homme, en proie à une grande perplexité. « Je quitte le pays pour plusieurs années, et, en toute conscience, je ne peux garder cette grosse somme en ma possession. Je vous demande pardon, Monsieur » (ici, il s'adresse à un monsieur resté sur la rive) « mais vous avez l'air d'un honnête homme. *Voulez*-vous bien me faire la faveur de vous charger de ce portefeuille — je *sais* que je peux avoir confiance en vous — et d'annoncer sa découverte. Les billets, vous voyez, représentent une somme très importante. Le propriétaire, sans doute, insistera pour vous récompenser de votre peine — »

« Moi ! — non, *vous* ! — c'est *vous* qui avez trouvé le portefeuille. »

« Eh bien, si vous le prenez comme cela — je prendrai une petite récompense — juste pour apaiser vos scrupules. Voyons — mais tous ces billets sont des billets de cent dollars — Dieu merci ! je ne peux prendre cent dollars, c'est beaucoup trop — cinquante seraient bien assez, pour sûr — »

« Larguez les amarres », dit le capitaine.

« Mais alors, je n'ai pas la monnaie de cent, et à tout prendre, *vous* feriez mieux — »

« Larguez ! » dit le capitaine.

« Tant pis », crie le monsieur sur la rive, qui examinait depuis une ou deux minutes son propre portefeuille — « tant pis ! *Je* puis arranger cela — voilà un billet de cinquante dollars de la Banque de l'Amérique du Nord — lancez-moi le portefeuille. »

Et le ramasseur trop consciencieux prend le billet de cinquante avec une répugnance marquée et jette au monsieur le portefeuille, comme il lui a été demandé, tandis que le bateau à vapeur fume et siffle en s'éloignant. Dans la demi-heure qui suit son départ, on s'aperçoit que la « grosse somme » n'est que de l'argent de théâtre, et le tout une escroquerie de grande classe.

Voici une escroquerie audacieuse. Une réunion religieuse en rase campagne [20] ou quelque chose du même genre doit se tenir en un certain lieu accessible seulement par un pont de libre passage. Un escroc se tient sur ce pont, informe respectueusement tous les passants de la nouvelle loi du comté qui établit un péage d'un cent pour les piétons, de deux pour les chevaux et les ânes, et ainsi de suite. Quelques-uns bougonnent, mais tous s'y soumettent, et l'escroc revient chez lui plus riche de quelque cinquante ou soixante dollars bien gagnés. Ce prélèvement de péage sur une grande foule de gens est une chose excessivement fatigante.

Voici une escroquerie élégante. Un ami détient une des reconnaissances de dettes de l'escroc, remplie et signée en bonne et due forme sur les formulaires ordinaires imprimés à l'encre rouge. L'escroc achète une ou deux douzaines de ces formulaires, et chaque jour en trempe un dans sa soupe, dresse son chien à bondir dessus, et en fin de compte le lui donne en guise de *bonne bouche* [21]. La reconnaissance arrivant à l'échéance, l'escroc, avec son chien, se rend chez l'ami, et la reconnaissance de dette devient le sujet de la discussion. L'ami la sort de son *écritoire*, et il est en train de la tendre à l'escroc lorsque le chien de l'escroc bondit et la dévore aussitôt. L'escroc n'est pas seulement surpris mais également vexé et irrité par le comportement absurde de son chien, et il exprime son entière disposition à s'acquitter de sa dette au moment même où la preuve de cette dette sera produite.

Voici une très petite escroquerie. Une dame est insultée dans la rue par un complice de l'escroc. L'escroc lui-même vole à son secours et, donnant à son ami une confortable raclée, insiste pour raccompagner la dame jusqu'à sa porte. Il s'incline, la main sur le cœur, et très respectueusement lui fait ses adieux. Elle le prie, en tant que son sauveur, d'entrer et d'être présenté à son grand frère et à son papa. Avec un soupir, il décline l'invite.

« N'y a-t-il donc aucune façon, monsieur, murmure-t-elle, dont je puisse me permettre de témoigner ma gratitude ? »

« Eh bien, si, Mademoiselle, il y en a une. Voudriez-vous être assez bonne pour me prêter deux shillings ? »

Première réaction sur le moment, la dame décide de s'évanouir aussitôt. Deuxième idée, cependant, elle ouvre sa bourse et donne l'argent. Or ceci, dis-je, est une petite escroquerie — car la moitié exactement de la somme empruntée doit être payée au monsieur qui s'est donné la peine de proférer l'insulte, et qui a dû alors se tenir tranquille et se faire rosser pour cela.

Voici une escroquerie petite mais assez scientifique. L'escroc s'approche du bar d'une taverne et demande deux rouleaux de tabac. On les lui tend mais, après les avoir sommairement examinés, il dit :

« Je n'aime pas beaucoup ce tabac. Tenez, reprenez-le et donnez-moi un verre d'eau-de-vie à l'eau à la place. »

L'eau-de-vie est servie et absorbée, et l'escroc se

dirige vers la porte. Mais la voix du cabaretier l'arrête.

« Je crois, monsieur, que vous avez oublié de payer votre eau-de-vie. »

« Payer mon eau-de-vie ! — ne vous ai-je pas donné le tabac en échange de l'eau-de-vie ? Que voulez-vous de plus ? »

« Mais, monsieur, s'il vous plaît, je ne me rappelle pas que vous ayez payé le tabac. »

« Que laissez-vous entendre par là, espèce de gredin ? — Ne vous ai-je pas rendu votre tabac ? N'est-ce pas votre tabac qui est *là* ? Vous voudriez que je paie pour ce que je n'ai pas pris ? »

« Mais, monsieur », dit le cabaretier maintenant plutôt à court de paroles, « mais, monsieur — »

« Il n'y a pas de mais, monsieur », interrompt l'escroc, apparemment fort en colère, et il claque la porte derrière lui en sortant. « Il n'y a pas de mais, monsieur, et ne faites plus de tours pareils aux dépens des clients. »

Voici encore une escroquerie très futée dont la simplicité n'est pas la moindre qualité. Une bourse ou un portefeuille ayant été réellement perdu, le propriétaire insère, dans l'*un* des journaux quotidiens d'une grande ville, une annonce avec une description très détaillée.

Sur quoi, notre escroc copie les *faits* de cette annonce, tout en changeant l'en-tête, la phraséologie générale et l'*adresse*. L'original, par exemple, est long, et prolixe, il est intitulé « Un portefeuille perdu » et il demande que l'objet, s'il est trouvé, soit rapporté au n° 1 rue Tom. La copie, elle, est brève, intitulée « Perdu » seulement, et indique n° 2, rue Dick ou n° 3, rue Harry comme lieu où l'on peut trouver le propriétaire. De plus l'annonce est insérée dans au moins cinq ou six quotidiens du jour, et, quant au délai, elle paraît seulement quelques heures après l'original. Serait-elle lue par le propriétaire de la bourse, celui-ci pourrait difficilement soupçonner qu'elle ait le moindre rapport avec sa propre mésaventure. Mais, évidemment, il y a cinq ou six chances contre une pour que celui qui a trouvé la bourse se rende à l'adresse indiquée par l'escroc plutôt qu'à celle qui a été signalée par le vrai propriétaire. Le premier paie la récompense, empoche le magot et décampe.

Voici une escroquerie tout à fait semblable. Une dame de *qualité* a perdu, quelque part dans la rue, une bague de diamants d'une très grande valeur. Pour la retrouver, elle offre une récompense de quelque quarante ou cinquante dollars — donnant dans son annonce une description très minutieuse du joyau et de sa monture, et déclarant que dès sa restitution au numéro tant de telle avenue, la récompense sera payée *immédiatement* sans que la moindre question soit posée. Un ou deux jours plus tard, pendant une absence de la dame, un coup de sonnette se fait entendre au numéro tant de telle avenue ; une domestique paraît ; on lui demande la maîtresse de maison, elle déclare qu'elle est sortie, information bouleversante pour laquelle le visiteur exprime le plus poignant regret. Son affaire est d'importance et concerne la dame en personne. En fait, il a eu la bonne fortune de trouver sa bague de diamants. Mais peut-être vaudrait-il mieux qu'il revienne une autre fois. « Pas du tout ! » dit la domestique. « Pas du tout ! » disent la sœur de la dame et la belle-sœur de la dame que l'on a appelées aussitôt. La bague est identifiée à grands cris, la récompense est payée et le découvreur presque poussé dehors. La dame revient, et exprime un certain mécontentement à sa sœur et à sa belle-sœur parce qu'elles se sont trouvé payer quarante ou cinquante dollars pour une copie de sa bague de diamants — copie faite de véritable toc et d'authentique strass.

Mais de même qu'il n'y a vraiment aucune fin à l'escroquerie, de même il n'y en aurait aucune à cet essai, si je devais faire allusion à la moitié des variations, ou des modulations dont cette science est susceptible. Je dois donc amener, nécessairement, ce papier à une conclusion et cela, je ne peux le faire mieux que par le compte rendu sommaire d'une escroquerie, fort bonne mais plutôt élaborée, dont notre propre ville fut le théâtre, il n'y a pas très longtemps, et qui a ensuite été répétée avec succès dans d'autres localités de l'Union encore plus naïves. Un monsieur entre deux âges arrive en ville, en provenance d'une région inconnue. Il est remarquablement précis, prudent, posé et réfléchi dans son comportement. Ses vêtements sont scrupuleusement nets, mais simples et sans ostentation. Il porte une cravate blanche, un ample gilet coupé dans la perspective du seul confort, des souliers d'apparence commode, à semelles épaisses, et des pantalons sans sous-pieds. Il a tout à fait l'air, en fait, d'un de ces « hommes d'affaires » *par excellence*[22], à l'aise, pondéré, exact et respectable — d'une de ces sortes de personnes sévères, dures extérieurement, douces intérieurement, qu'on voit dans les comédies à la mode — de ces types dont les paroles sont autant d'engagements, et qui sont réputés pour donner d'une main, par charité, des guinées, tandis que pour les moindres affaires, ils exigent de l'autre main jusqu'à la dernière bribe d'un sou.

Il fait beaucoup de bruit avant de trouver une pension de famille qui lui convienne. Il n'aime pas les enfants. Il a été habitué au calme. Ses habitudes sont méthodiques — et puis il préférerait s'installer dans une petite famille discrète et respectable, ayant des inclinations pieuses. Le loyer, cependant, lui importe peu — il doit seulement insister pour régler sa facture le 1er de chaque mois (on est aujourd'hui le 2) et prie sa logeuse, quand il en a finalement trouvé une à son goût, de n'oublier à aucun prix ses instructions à ce sujet — mais de lui faire parvenir facture *et* reçu, à dix heures précises, le *premier* de chaque mois, et de ne reporter sous aucun prétexte cela au 2.

Ces arrangements étant faits, notre homme d'affaires loue un bureau dans un quartier de la ville plus honorable qu'à la mode. Il n'y a rien qu'il méprise plus que la prétention. « Là où il y a de l'étalage, dit-il, il y a rarement quelque chose de très solide derrière » — une observation qui impressionne si profondément l'esprit de la dame qu'elle en fait aussitôt une note au crayon, dans sa grande Bible familiale sur la large marge des Proverbes de Salomon.

L'étape suivante consiste à mettre une annonce à peu près semblable à la suivante dans les principaux bureaux à six pence [23] de la ville — les bureaux à un penny sont écartés comme non « respectables » — et parce qu'ils demandent le paiement d'avance de toutes les annonces. Notre homme d'affaires tient comme article de foi que le travail ne devrait jamais être payé avant d'être fait.

ON DEMANDE. Les annonceurs, sur le point de démarrer des opérations commerciales importantes dans cette ville, recherchent les services de trois ou quatre employés intelligents et compétents à qui un salaire généreux sera payé. Les meilleures références, non pas tant pour la capacité que pour l'intégrité, seront exigées. En fait, comme les fonctions à remplir impliquent de hautes responsabilités et que de grandes quantités d'argent doivent nécessairement passer entre les mains des personnes engagées, il semble raisonnable de demander un dépôt de cinquante dollars à chaque employé engagé. Il ne faut donc pas poser sa candidature si on n'est pas prêt à déposer cette somme entre les mains des annonceurs, et si l'on ne peut fournir les témoignages de moralité les plus satisfaisants. Les jeunes gens ayant des inclinations pieuses seront préférés. Se présenter entre dix et onze heures le matin et entre quatre et cinq l'après-midi chez MM. Bogs, Hogs, Logs, Frogs et Cie [24], 110, rue du Chien.

Au 31 du mois, cette annonce a amené au bureau de MM. Bogs, Hogs, Logs, Frogs et Compagnie, quelque quinze ou vingt jeunes messieurs aux inclinations pieuses. Mais notre homme d'affaires n'est pas pressé de conclure un contrat avec n'importe qui — nul homme d'affaires n'est *jamais* précipité — et ce n'est pas avant l'interrogatoire le plus rigoureux sur les pieuses inclinations de chaque jeune homme que ses services sont retenus et que lui est signé le reçu de ses cinquante dollars, *juste* en guise de simple précaution, de la part de la respectable maison Bogs, Hogs, Logs, Frogs et Compagnie. Le matin du premier jour du mois suivant, la logeuse ne présente pas sa facture comme elle s'y était engagée — une négligence pour laquelle le digne patron de la maison aux noms en *ogs*, l'aurait sans doute sévèrement grondée, si on avait pu le persuader de rester en ville un jour ou deux dans ce but.

Quoi qu'il en soit, les policiers ont eu un mauvais moment à passer, courant ici et là, et tout ce qu'ils ont pu faire fut de déclarer très énergiquement l'homme d'affaires un « ennemi [25] » — ce que quelques personnes imaginent signifier en fait n.e.i. — ce par quoi, encore, on suppose qu'il faut entendre la très classique expression *non est inventus* [26]. Cependant, les jeunes gens, du premier au dernier, se sentent un peu moins pieux qu'avant, tandis que la logeuse achète pour un

shilling de la meilleure gomme, et efface très soigneusement la note au crayon que quelque imbécile a faite
dans sa grande Bible familiale, sur la large marge des
Proverbes de Salomon.

MATIN SUR LE WISSAHICCON

Le décor naturel de l'Amérique a souvent été opposé, dans ses caractères généraux comme dans ses détails, au paysage de l'Ancien Monde — plus spécialement celui de l'Europe — et, chez les partisans de chaque région, l'enthousiasme n'a pas été plus profond que le désaccord n'était large. La discussion est de celles qui ne sont pas près d'être closes, car, bien qu'il se soit dit beaucoup de choses de part et d'autre, il en reste une infinité à dire.

Ceux des plus éminents touristes britanniques qui ont tenté une comparaison semblent considérer notre littoral du nord et de l'est, relativement parlant, comme la seule chose digne de considération en Amérique, ou du moins aux Etats-Unis. Ils évoquent peu, parce qu'ils l'ont moins vu, le magnifique paysage intérieur de certaines de nos régions de l'ouest et du sud — la vaste vallée de la Louisiane, par exemple — matérialisation des rêves les plus fous du paradis. La plupart de ces voyageurs se contentent d'une visite hâtive des « curiosités » naturelles du pays — l'Hudson, le Niagara, les Catskills, Harper's Ferry [1], les Grands Lacs de l'Etat de New York, l'Ohio, la Prairie et le Mississippi. Ce sont là certainement des objets fort dignes d'admiration, même pour celui qui vient de grimper le long du Rhin crénelé de châteaux, ou d'errer

Au bord du jaillissement bleu du Rhône vif comme
[flèche [2] ;

mais ce n'est pas tout ce dont nous pouvons nous vanter ; et, vraiment, j'aurai la hardiesse d'affirmer qu'il y a dans les limites des Etats-Unis d'innombrables coins tranquilles, peu connus et à peine explorés, que l'artiste véritable ou l'amateur éclairé de ce qu'il y a de grand et de beau parmi les œuvres de Dieu, préférera à l'un ou à l'ensemble des paysages classés et mieux connus auxquels j'ai fait allusion.

En fait les vrais Edens du pays se trouvent loin du chemin de nos touristes les plus décidés — combien plus loin, encore, de la portée de l'étranger qui, ayant passé chez lui des accords avec un directeur de journal pour une certaine quantité de commentaires sur l'Amérique à fournir dans un délai convenu, ne peut espérer remplir son engagement autrement qu'en parcourant à la vapeur, carnet de notes en main, les seules voies les plus battues du pays !

J'ai cité, ci-dessus, la vallée de la Louisiane. De toutes les vastes étendues de beauté naturelle, c'est peut-être la plus belle. Aucune fiction n'a pu s'en approcher. L'imagination la plus somptueuse pourrait tirer des modèles de son exubérante beauté. Et la beauté est vraiment sa caractéristique unique. Elle n'a pas grand-chose, ou même rien de sublime. De douces ondulations du sol, entrelacées de fantastiques ruisseaux cristallins, que bordent des berges fleuries, et fermées par une végétation forestière gigantesque, brillante, multicolore, chatoyante de gais oiseaux, et gorgée de parfums — voilà les traits qui font de la

vallée de la Louisiane le plus voluptueux paysage
naturel de la terre.

Mais même dans cette délicieuse région, les lieux les
plus agréables ne sont accessibles que par des sentiers.
Car en Amérique, en général, le voyageur qui veut
contempler les plus beaux paysages ne doit les chercher ni avec le chemin de fer, ni avec le bateau à
vapeur[3], ni avec la diligence, ni avec sa voiture particulière, ni même à cheval — mais bien à pied. Il doit
marcher, il doit sauter les ravins, il doit risquer de se
rompre le cou dans des précipices, ou alors il doit laisser, sans les avoir vues, les splendeurs les plus réelles,
les plus magnifiques, les plus indescriptibles du pays.

Or, dans la plus grande partie de l'Europe, une telle
contrainte n'existe guère. En Angleterre, elle n'existe
même pas du tout. Le plus élégant des touristes peut y
visiter sans dommage pour ses bas de soie chaque coin
valant la peine d'être visité, tant sont parfaitement
connus tous les lieux intéressants et si bien aménagés
les moyens d'y accéder. On n'a jamais accordé son
juste poids à ce fait lors des comparaisons entre les
décors naturels de l'Ancien et du Nouveau Monde. On
ne confronte la beauté absolue des premiers qu'aux
exemples les plus connus, et non pas les plus éminents,
de la beauté générale des seconds.

Le paysage de rivière possède sans aucun doute en
lui-même tous les éléments fondamentaux de la beauté
et, depuis les temps immémoriaux, il a été le thème
favori du poète. Mais une grande part de cette renommée peut être attribuée au fait que les voyages dans les
régions fluviales prédominent sur les voyages dans les
régions montagneuses. De même, les grands fleuves,
parce qu'ils sont habituellement de grandes voies de
communication, ont, dans tous les pays, capté une part
excessive de l'admiration. On les contemple davantage
et par conséquent on en fait davantage des sujets de

dissertation que des cours d'eau moins importants mais souvent plus intéressants.

On peut trouver une singulière illustration de mes remarques sur ce sujet avec le Wissahiccon, un ruisseau (on pourrait difficilement lui donner nom plus important) qui se jette dans le Schuylkill, à environ six milles à l'ouest de Philadelphie [4]. Or le Wissahiccon est d'un charme si remarquable que, s'il coulait en Angleterre, il serait le thème de chaque barde et le sujet courant de chaque conversation, si ses rives n'étaient en fait vendues en parcelles, à un prix exorbitant, comme terrains à bâtir pour les villas des gens riches. Pourtant, c'est seulement ces toutes dernières années que l'on a entendu parler du Wissahiccon, alors que les eaux plus larges et plus navigables dans lesquelles il se jette ont été depuis longtemps célébrées comme l'un des plus beaux types de paysage fluvial américain. Le Schuylkill, dont les beautés ont été très exagérées, et dont les rives, du moins au voisinage de Philadelphie, sont marécageuses comme celles du Delaware, n'est pas du tout comparable, comme sujet de curiosité pittoresque, à la petite rivière plus humble et moins connue dont nous parlons.

Ce ne fut pas avant que Fanny Kemble [5] dans son livre drôle sur les Etats-Unis eût signalé aux Philadelphiens le charme rare d'un ruisseau qui coulait à leur porte, que quelques aventureux piétons des environs firent plus que soupçonner ce charme. Mais le *Journal* ayant ouvert tous les yeux, le Wissahiccon, jusqu'à un certain point, accéda soudain à la notoriété.

Je dis « jusqu'à un certain point », car, en fait, la véritable beauté de ce ruisseau se situe bien au-delà de la route des chasseurs de pittoresque philadelphiens qui s'avancent rarement plus d'un mille ou deux en amont de l'embouchure de la petite rivière — pour la très excellente raison que la route carrossable s'arrête là. Je conseillerais à l'aventurier qui voudrait en apercevoir les plus beaux sites de prendre la Ridge Road[6] qui quitte la ville vers l'ouest, et, après avoir atteint le second chemin après la sixième borne milliaire, de suivre ce chemin jusqu'au bout. Il atteindra ainsi le Wissahiccon à l'un de ses plus beaux plans d'eau et, soit dans un esquif, soit en escaladant les berges, il pourra remonter ou descendre le cours d'eau, au gré de sa fantaisie, et, dans l'une ou l'autre direction, il trouvera sa récompense.

J'ai déjà dit, ou je devrais avoir dit, que le ruisseau était étroit. Ses berges sont en général, voire presque partout, escarpées et sont formées de hautes collines, couvertes d'arbustes majestueux près de l'eau, et couronnées, à une plus haute altitude, par certains des arbres forestiers les plus magnifiques d'Amérique, parmi lesquels se dresse, remarquable, le *Liriodendron tulipifera*[7]. Cependant les bordures immédiates sont de granite, tantôt abruptes, tantôt couvertes de mousse, et, dans son calme cours, l'eau limpide s'alanguit contre elles, comme les vagues bleues de la Méditerranée contre les marches de ses palais de marbre. Par endroits, devant les falaises, s'étend un petit plateau bien délimité de terre aux riches herbages et qui offre, pour un chalet et un jardin, la situation la plus pittoresque que l'imagination la plus riche puisse concevoir. Les méandres du ruisseau sont nombreux et brusques, comme c'est d'ordinaire le cas lorsque les rives sont escarpées, et ainsi l'impression produite sur l'œil du voyageur, à mesure qu'il progresse, est celle d'une succession continue de petits lacs infiniment variés, ou, pour mieux dire, de petits lacs de montagne. Il faut cependant visiter le Wissahiccon, non comme « le beau Melrose », au clair de lune[8], ni même par temps nuageux, mais dans l'éclat le plus brillant du soleil de midi ; car l'étroitesse de la gorge dans laquelle

il coule, la hauteur des collines de chaque côté et la
densité des frondaisons, concourent à produire un effet
d'assombrissement, pour ne pas dire d'absolue mélancolie, qui, si elle n'était pas contrariée par une brillante lumière d'ambiance, nuirait à la simple beauté
du paysage.

Il n'y a pas longtemps, je visitai le ruisseau par le
chemin que j'ai décrit, et je passai la meilleure partie
d'une journée étouffante à voguer sur son cours dans
un esquif. La chaleur, progressivement, m'envahit ; et,
me laissant aller à l'influence du paysage et du temps,
et du lent mouvement du courant, je sombrai dans un
demi-sommeil au cours duquel mon imagination
s'épanouit en des visions du Wissahiccon de l'ancien
temps — du « bon vieux temps » où le démon de la
Machine n'existait pas, où nul ne songeait aux pique-
niques, où l'on n'achetait ni ne vendait aucun « droit
de captage des eaux », et où le Peau-Rouge foulait seul,
avec l'élan, les crêtes qui maintenant me dominaient.
Et tandis que progressivement ces images prenaient
possession de mon esprit, le ruisseau paresseux
m'avait porté, pouce après pouce, autour d'un promon-
toire, et face à un autre qui limitait la vue à une
distance de quarante ou cinquante yards[9]. C'était une
falaise rocheuse, escarpée, qui s'avançait loin dans le
courant, et qui, bien plus encore qu'aucune des parties
de la berge déjà doublées, présentait tous les traits
d'un Salvator[10]. Ce que j'aperçus alors au sommet de
la falaise, quoique ce fût certainement un objet d'une
nature très extraordinaire, étant donné le lieu et la
saison, ne m'effraya ni ne m'étonna tout d'abord,
tant cela s'accordait entièrement et de façon si appropriée aux images de demi-somnolence qui m'envelop-
paient. Je vis, ou je rêvai que je voyais, se tenant sur
l'extrême bord du précipice, le cou tendu, les oreilles
dressées, et toute son attitude indiquant une profonde

et mélancolique curiosité, l'un des plus vieux et des plus hardis de ces mêmes élans que j'avais associés aux Peaux-Rouges de ma vision.

Je dis que pendant quelques minutes, cette apparition ne me surprit ni ne m'étonna. Durant cette parenthèse, mon âme tout entière communia exclusivement en une intense sympathie. J'imaginais l'élan mécontent pas moins qu'étonné des transformations manifestement dirigées vers le pire que la main implacable de l'utilitaire, même au cours de ces dernières années, avait apportées au ruisseau et à ses environs. Mais un léger mouvement de la tête de l'animal dissipa d'un seul coup le charme qui m'avait envahi, et m'éveilla pleinement au sentiment d'étrangeté de l'aventure. Je me dressai sur un genou dans l'esquif, et comme j'hésitais entre arrêter ma course ou me laisser glisser plus près de l'objet de ma surprise, j'entendis les mots « Psst! Psst! », prononcés rapidement, mais avec douceur, au milieu des buissons qui me surplombaient. Un instant après, un nègre surgit du fourré, écartant les branches avec soin et s'avançant à pas de loup. Il portait dans une main une certaine quantité de sel, et, la tendant vers l'élan, s'approchait doucement mais régulièrement. Le noble animal, quoiqu'un peu effrayé, n'essaya pas de s'échapper. Le nègre s'avança, offrit le sel et prononça quelques mots d'encouragement ou de conciliation. Bientôt l'élan baissa la tête et frappa du sabot, puis il se coucha calmement et se laissa passer une longe.

Ainsi finit ma vision de l'élan. C'était un animal apprivoisé, d'un grand âge et d'habitudes très domestiques, et il appartenait à une famille anglaise habitant une villa des environs.

LES LUNETTES

Il y a bien des années, il était à la mode de ridiculiser le « coup de foudre » ; mais les penseurs non moins que les sensibles ont toujours plaidé en faveur de son existence. En fait, les découvertes modernes dans le domaine de ce qu'on peut appeler le magnétisme éthique ou la magnéto-esthétique rendent vraisemblable que les affections humaines les plus naturelles, et par conséquent les plus vraies et les plus intenses, sont celles qui surgissent dans le cœur comme par sympathie électrique — en un mot, que les liens psychiques les plus éclatants et les plus durables sont ceux que soude un seul regard. La confession que je m'apprête à faire apportera un cas supplémentaire aux preuves déjà presque innombrables de la véracité de cette assertion.

Mon histoire exige que je sois quelque peu minutieux. Je suis encore un très jeune homme — j'ai à peine vingt-deux ans. Mon nom, actuellement, est un nom très courant et plutôt plébéien : Simpson. Je dis « actuellement » car je ne me nomme ainsi que depuis peu — depuis que j'ai, l'an dernier, adopté légalement ce nom de famille afin de toucher un important héritage qui m'avait été laissé par un parent éloigné, M. Adolphe Simpson. Le legs était subordonné à l'adoption du nom du testateur — le nom de famille, pas le prénom [1] ; mon prénom est Napoléon Bonaparte — ou plus exactement ce sont mes première et seconde dénominations.

J'eus quelque hésitation à prendre le nom de Simpson, car je tirais de mon véritable patronyme, Froissart, une fierté très légitime — croyant pouvoir le faire descendre de l'immortel auteur des *Chroniques*. A propos, puisque j'aborde le sujet des noms, je puis mentionner une curieuse coïncidence de son dans le nom de quelques-uns de mes ancêtres immédiats. Mon père était un M. Froissart de Paris. Sa femme — ma mère, qu'il épousa à quinze ans — était une demoiselle Croissart, la fille aînée du banquier Croissart ; dont la femme qui, à nouveau, n'avait que seize ans lorsqu'elle se maria, était la fille aînée d'un certain Victor Voissart. M. Voissart, très curieusement, avait épousé une dame d'un nom similaire — une demoiselle Moissart. Elle était elle-même encore presque une enfant quand elle s'était mariée ; et sa mère aussi, Mme Moissart, n'avait que quatorze ans quand elle avait été conduite à l'autel. Les mariages précoces sont courants en France. Mais, on a là Moissart, Voissart, Croissart et Froissart, tous en ligne directe. Mon propre nom, pourtant, comme je l'ai dit, devint Simpson, par acte légal, et avec tant de résistance de ma part qu'à une certaine époque j'hésitai vraiment à accepter le legs du fait de la clause inutile et ennuyeuse qui y était attachée.

Pour ce qu'il en est des avantages personnels, je n'en suis en aucune façon dépourvu. Au contraire, je pense que je suis bien fait et que je possède ce que les neuf dixièmes des gens appellent un beau visage. Je mesure cinq pieds onze pouces [2]. Mes cheveux sont noirs et frisés. Mon nez est assez régulier. Mes yeux sont grands et gris ; et bien qu'en fait ils soient d'une faiblesse fort gênante, on ne peut pourtant en les voyant leur soupçonner aucun défaut de cet ordre. Cette faiblesse elle-même m'a cependant toujours beaucoup ennuyé et j'ai essayé tous les remèdes — sauf le port de lunettes. Etant jeune et beau, évidemment je les déteste, et j'ai absolument refusé d'en porter. Je ne connais vraiment rien qui défigure autant le visage d'une personne jeune, ou qui marque autant chaque trait d'un air de gravité, voire de cagoterie ou de grand âge. D'un autre côté, le monocle a nettement un air de fatuité et d'affectation. Je me suis donc arrangé jusqu'à présent autant que j'ai pu pour me passer des unes et de l'autre. Mais assez de ces détails purement personnels, qui, après tout, n'ont que peu d'importance. Je me contenterai d'ajouter que je suis d'un tempérament sanguin, impétueux, ardent, enthousiaste — et que, toute ma vie, j'ai été un admirateur fervent des femmes.

Un soir, l'hiver dernier, je pénétrai dans une loge du théâtre P— en compagnie d'un ami, M. Talbot. C'était une soirée d'opéra et le programme proposait une attraction si exceptionnelle que la salle était tout à fait comble. Nous arrivâmes à temps, cependant, pour obtenir les fauteuils de devant qui nous avaient été réservés, et vers lesquels, avec quelques petites difficultés, nous nous frayâmes un chemin en jouant des coudes.

Pendant deux heures, mon compagnon, qui était un *fanatico* de musique, consacra toute son attention à la scène ; et pendant ce temps, je m'amusai à observer le public, composé pour sa plus grande partie de l'*élite*[3] même de la ville. Me sentant satisfait sur ce point, j'allais tourner mon regard vers la *prima donna*, lorsqu'il fut arrêté, et même capté, par une silhouette présente dans l'une des loges privées qui avait échappé à mon observation.

Vivrais-je mille ans que je ne pourrais jamais oublier l'émotion intense avec laquelle je découvris cette silhouette. C'était celle d'une femme, la plus exquise que j'aie jamais vue. Le visage était tourné vers la scène de façon telle que, pendant quelques minutes, je ne pus le voir — mais la forme était *divine*; nul autre mot ne peut suffire à exprimer ses magnifiques proportions — et même le mot « divine » semble ridiculement faible quand je l'écris.

La magie d'une belle forme chez la femme — la sorcellerie de la grâce féminine — a toujours eu un pouvoir auquel il m'était impossible de résister; mais là se trouvait la grâce personnifiée, incarnée, le *beau idéal* de mes visions les plus folles et les plus enthousiastes. La silhouette, que la disposition de la loge permettait de voir presque entièrement, était d'une taille un peu au-dessus de la moyenne, et approchait presque, mais pas tout à fait, du majestueux. Sa parfaite plénitude et sa *tournure* étaient délicieuses. La tête, dont la nuque seule était visible, rivalisait par son contour avec celle de la Psyché grecque, et elle était plutôt mise en valeur que cachée par une élégante coiffe de *gaze aérienne* qui me fit penser au *ventum textilem* d'Apulée[4]. Le bras droit était posé sur la balustrade de la loge, et son exquise proportion faisait tressaillir chaque nerf de mon corps. La partie supérieure était drapée dans une de ces manches amples et ouvertes à la mode actuellement. Elle descendait à peine plus bas que le coude. En dessous était portée une autre manche de quelque tissu léger, moulant, et terminé par une manchette de dentelle précieuse, qui retombait gracieusement sur le haut de la main, ne montrant que les doigts délicats, à l'un desquels brillait un anneau de diamant qui, je le vis aussitôt, était d'une valeur extraordinaire. L'admirable rondeur du poignet était fort bien soulignée par un bracelet qui l'encerclait et qui lui aussi était orné et agrafé par une magnifique *aigrette* de pierreries — révélant, sans qu'aucun doute ne soit permis, à la fois la richesse et le goût délicat de celle qui le portait.

Je contemplai cette apparition royale pendant au moins une demi-heure, comme si j'avais soudain été changé en pierre ; et pendant ce temps, je ressentis toute la force, toute la vérité de tout ce qui a été dit ou chanté sur le « coup de foudre ». Mes sentiments étaient totalement différents de tous ceux que j'avais jusqu'alors éprouvés, même en présence des plus célèbres modèles de beauté féminine. Une sympathie d'âme à âme, inexplicable et que je suis bien obligé de croire *magnétique*, semblait river non seulement mon regard, mais toutes mes capacités de pensée et de sentiment sur l'admirable objet que j'avais devant moi. Je voyais — je sentais — je savais que j'étais profondément, follement, irrévocablement amoureux — et ceci même avant d'avoir vu le visage de la personne aimée. Si intense, en vérité, était la passion qui me consumait, que je croyais vraiment qu'elle n'en aurait été que fort peu diminuée si les traits encore inconnus s'étaient révélés d'un caractère plutôt ordinaire ; tant est anormale la nature du seul véritable amour — du coup de foudre — et tant elle dépend peu des conditions extérieures qui semblent seulement le créer et le contrôler.

Tandis que j'étais ainsi plongé dans l'admiration de cette adorable vision, un désordre soudain dans l'assistance lui fit tourner la tête en partie vers moi, de telle sorte que je découvris totalement son profil. Sa beauté dépassa même mon attente — et cependant il y avait en lui quelque chose qui me déçut sans que je fusse capable de dire exactement ce que c'était. J'ai dit « déçut », mais ce n'est pas tout à fait le mot. Mes sentiments furent à la fois calmés et exaltés. Ils participaient moins du transport et bien plus du calme enthousiasme — de la quiétude enthousiaste. Cet état de mes sentiments naquit, peut-être, de l'air de madone, ou de l'air maternel du visage ; et pourtant je compris aussitôt qu'il n'avait pu naître entièrement de cela. Il y avait quelque chose d'autre — quelque mystère que je ne pouvais élucider — quelque expression dans le visage qui me perturbait légèrement tout en amplifiant grandement mon intérêt. En fait, j'étais précisément dans cet état d'esprit qui prépare un jeune homme sensible à toutes les extravagances. Si la dame avait été seule, j'aurais sans aucun doute pénétré dans sa loge et pris le risque de l'aborder ; mais, heureusement, elle était accompagnée de deux personnes — un monsieur, et une dame d'une beauté frappante, selon toutes les apparences de quelques années plus jeune qu'elle.

Je remuai dans ma tête mille plans pour parvenir, par la suite, à être présenté à l'aînée des deux dames, ou, pour le moment, à avoir en tout cas une vue plus nette de sa beauté. J'aurais voulu trouver une place plus proche de la sienne, mais la cohue du théâtre rendait cela impossible ; et les sévères décrets de la Mode avaient depuis peu impérativement banni l'usage des jumelles, dans une telle circonstance, même si j'avais eu assez de chance pour en avoir sur moi, mais je n'en avais pas — et je me trouvais ainsi au désespoir.

Je pensai enfin à m'adresser à mon compagnon.

« Talbot, dis-je, *vous* avez des jumelles. Prêtez-les-moi. »

« Des jumelles ! — non ! — que croyez-vous donc que *je* ferais avec des jumelles ? » Et il se détourna vers la scène avec impatience.

« Mais, Talbot », continuai-je, en le tirant par l'épaule, « écoutez-moi, voulez-vous ? Voyez-vous la

loge ? — là ! — non, celle d'après. — Avez-vous jamais
vu une femme aussi jolie ? »

« Elle est très belle, sans aucun doute », dit-il.

« Je me demande qui elle peut être ! »

« Mais, au nom de tout ce qui est angélique, ne *savez-
vous* pas qui elle est ? — " Ne pas la connaître prouve
que vous êtes vous-même inconnu[5]. " C'est la célèbre
Mme Lalande[6] — la beauté du jour *par excellence*[7], et
le sujet de conversation de toute la ville. Immensément
riche aussi — veuve — et un parti formidable — vient
juste d'arriver de Paris. »

« Vous la connaissez ? »

« Oui — j'ai cet honneur. »

« Voulez-vous me présenter ? »

« Assurément — avec le plus grand plaisir ; quand
donc ? »

« Demain, à une heure, je viendrai vous prendre
chez B—. »

« Très bien ; et maintenant tenez votre langue, si
vous le pouvez. »

Sur ce point, je fus forcé de suivre le conseil de
Talbot ; car il resta obstinément sourd à toute autre
question ou suggestion et se consacra exclusivement
pendant tout le reste de la soirée à ce qui se passait sur
la scène.

Pendant ce temps, je gardais les yeux fixés sur
Mme Lalande, et j'eus à la longue la chance de voir son
visage de face. Elle était d'une beauté exquise : ceci
bien sûr, mon cœur me l'avait déjà dit, même si Talbot
ne m'avait pas pleinement satisfait sur ce point — et
pourtant l'incompréhensible petit quelque chose me
troublait encore. Je finis par conclure que mes sens
étaient impressionnés par un certain air de gravité, de
tristesse, ou, encore plus précisément, de lassitude, qui
n'ôtait quelque chose à la jeunesse et à la fraîcheur du
visage que pour lui ajouter une tendresse et une

majesté séraphiques, et ainsi, bien sûr, du fait de mon
tempérament enthousiaste et romantique, un intérêt
décuplé.

Tandis que je régalais ainsi mes yeux, je perçus
enfin, à mon grand émoi, à un mouvement presque
imperceptible de la dame, qu'elle venait soudain de se
rendre compte de l'intensité de mon regard. Pourtant,
j'étais absolument fasciné et je ne pus m'en détacher,
même un instant. Elle tourna la tête et à nouveau je ne
vis plus que le contour ciselé de sa nuque. Après
quelques minutes, comme poussée par la curiosité de
voir si je regardais encore, elle fit progressivement
pivoter sa tête et à nouveau rencontra mon regard
brûlant. Ses grands yeux sombres se baissèrent aussitôt, et une vive rougeur envahit ses joues. Mais quel ne
fut pas mon étonnement de découvrir que non seulement elle ne se détournait pas pour la seconde fois,
mais qu'elle tirait même de sa ceinture un face-à-main
— qu'elle le levait — qu'elle l'ajustait — et qu'elle me
fixait, attentivement et délibérément, l'espace de plusieurs minutes.

Si la foudre était tombée à mes pieds, je n'aurais pu
être plus profondément étonné — étonné *seulement* —
pas le moins du monde choqué ni dégoûté ; bien qu'un
acte aussi osé chez toute autre femme eût probablement choqué ou dégoûté. Mais tout cela fut fait avec
tant de tranquillité — tant de *nonchalance* — tant de
sérénité — bref, avec un air si évident de la plus haute
éducation — qu'on n'en ressentait pas la moindre
effronterie, et que mes seuls sentiments furent d'admiration et de surprise.

Je remarquai que, lorsqu'elle leva pour la première
fois son face-à-main, elle sembla se contenter d'un
examen rapide de ma personne, et elle éloignait
l'instrument lorsque, comme si elle était frappée par
une autre idée, elle le reprit, et continua ainsi à me

regarder avec une attention soutenue durant plusieurs minutes — durant cinq minutes au moins, j'en suis sûr.

Ce geste, si remarquable dans un théâtre américain, attira l'attention générale et déclencha parmi l'assistance un mouvement indéfini, un murmure, qui pendant un instant m'emplit de confusion, mais ne produisit pas d'effet visible sur le visage de Mme Lalande.

Ayant satisfait sa curiosité — si c'était cela — elle lâcha son face-à-main, et reporta tranquillement son attention vers la scène ; elle me montrait maintenant son profil comme auparavant. Je continuai à la regarder avec insistance, quoique je fusse pleinement conscient de ma grossièreté en faisant cela. Je vis bientôt sa tête changer lentement et légèrement de position ; et je fus vite convaincu que la dame, tout en faisant semblant de regarder la scène, était en train de me regarder moi-même attentivement. Il est inutile de dire quel effet cette conduite, de la part d'une femme aussi fascinante, eut sur mon esprit émotif.

M'ayant ainsi examiné pendant peut-être un quart d'heure, le bel objet de ma passion s'adressa au monsieur qui l'accompagnait, et pendant qu'elle lui parlait, je vis distinctement, aux regards de l'un et de l'autre, que la conversation se rapportait à moi.

Ayant terminé, Mme Lalande se tourna de nouveau vers la scène, et, pendant quelques minutes, sembla s'absorber dans le spectacle. A la fin de ce délai, cependant, je fus plongé dans une agitation extrême en la voyant déplier, pour la seconde fois, le face-à-main qui pendait à son côté, me faire face complètement comme auparavant, et, sans souci du murmure renouvelé de l'assistance, me scruter, de la tête aux pieds, avec le même sang-froid miraculeux qui avait déjà tant ravi et confondu mon âme.

Ce comportement extraordinaire, en me jetant dans une totale excitation fébrile — dans un absolu délire

d'amour — contribua plutôt à m'enhardir qu'à me
déconcerter. Dans la folle ardeur de ma dévotion,
j'oubliai tout sauf la présence et la majestueuse beauté
de la vision qui s'offrait à mes regards. Saisissant ma
chance, alors que je pensais que l'assistance était
complètement prise par l'opéra, je finis par rencontrer
le regard de Mme Lalande, et, au même moment, je lui
fis un léger mais indiscutable salut.

Elle rougit très violemment — puis détourna les
yeux — puis lentement et précautionneusement elle
regarda autour d'elle, apparemment pour voir si on
avait remarqué mon geste téméraire — puis se pencha
vers le monsieur qui était assis à côté d'elle.

J'eus alors le sentiment cuisant de l'impolitesse que
j'avais commise, et je n'attendis rien de moins qu'un
immédiat scandale ; et à ce moment l'image de pisto-
lets pour le lendemain passa rapidement et désagréablement dans mon cerveau. Je fus cependant très
vivement soulagé lorsque je vis la dame seulement
tendre au monsieur un programme, sans rien dire ;
mais le lecteur ne pourra se former qu'une faible idée
de mon étonnement — de ma *profonde* stupéfaction —
de la délirante confusion de mon cœur et de mon âme
— quand, immédiatement après, ayant à nouveau
regardé furtivement autour d'elle, elle laissa ses yeux
brillants se poser pleinement et fermement sur les
miens, et puis, avec un léger sourire qui découvrit une
brillante rangée de ses dents de perle, elle fit de la tête
deux signes affirmatifs, distincts, marqués et sans
équivoque.

Il est inutile, bien sûr, de m'étendre sur ma joie —
sur mon transport — sur l'extase illimitée de mon
cœur. Si jamais homme devint fou par excès de
bonheur, ce fut bien moi à cet instant. J'aimais. C'était
mon *premier* amour — c'est ainsi que je le sentais.
C'était l'amour suprême — indescriptible. C'était le

« coup de foudre[8] » ; et de même sur un coup de foudre, il avait été accepté et *rendu*.

Oui, rendu. Comment et pourquoi en aurais-je douté un seul instant ? Quelle autre interprétation aurais-je pu donner à une telle conduite de la part d'une dame si belle — si riche — de toute évidence aussi accomplie — d'aussi grande éducation — d'une position aussi élevée dans la société — à tous égards aussi totalement respectable, comme je devinais qu'était Mme Lalande ? Oui, elle m'aimait — elle me renvoyait l'exaltation de mon amour, avec une exaltation aussi aveugle — aussi intransigeante — aussi désintéressée — aussi abandonnée — et aussi complètement illimitée que la mienne ! Cependant ces rêves délicieux et ces réflexions furent à ce moment-là interrompus par la chute du rideau. Les spectateurs se levèrent ; et le tumulte habituel survint immédiatement. Quittant brusquement Talbot, je fis tous mes efforts pour me frayer un chemin qui m'aurait rapproché de Mme Lalande. N'ayant pu le faire à cause de la foule, je finis par abandonner la poursuite et par prendre le chemin de mon domicile ; me consolant de la déception de n'avoir pas été même capable d'effleurer le bord de sa robe, par la réflexion que je serais présenté par Talbot, selon les formes, dès le lendemain.

Ce lendemain vint enfin ; c'est-à-dire que le jour finit par poindre après une longue et fatigante nuit d'impatience ; et puis les heures, jusqu'à « une » heure, se traînèrent comme des escargots, mornes et innombrables. Mais même Stamboul, dit-on, aura une fin, et le terme de ce long délai arriva. L'horloge sonna. Comme s'éteignait son dernier écho, j'entrai chez B— et demandai Talbot.

« Sorti ! » dit le valet de pied — le propre valet de Talbot.

« Sorti ! » répliquai-je, et je reculai d'une douzaine

de pas en chancelant — « permettez-moi de vous dire, mon beau monsieur, que cette chose est absolument impossible et infaisable ; M. Talbot n'est *pas* sorti. Que voulez-vous dire ? »

« Rien, monsieur ; seulement que M. Talbot n'est pas là. C'est tout. Il est parti à cheval pour S—, immédiatement après le petit déjeuner et m'a chargé de dire qu'il ne serait pas de retour en ville avant une semaine. »

Je restai pétrifié d'horreur et de rage. J'essayai de répondre mais ma langue refusa de fonctionner. A la fin, je tournai les talons, livide de colère, et vouant en moi-même toute la tribu des Talbot aux plus profondes régions de l'Érèbe. Il était évident que mon ami attentionné, *il fanatico*, avait complètement oublié son rendez-vous avec moi — qu'il l'avait oublié aussitôt qu'il l'avait donné. Il n'avait jamais été un homme de parole très scrupuleux. Il n'y avait aucun recours ; aussi, refrénant ma contrariété autant que je le pouvais, je remontai tristement la rue, posant de vaines questions à propos de Mme Lalande à toutes les connaissances que je rencontrais. Par ouï-dire, je découvris que tous la connaissaient — et beaucoup, de vue — mais elle n'était en ville que depuis quelques semaines et il y avait donc peu de gens qui pussent prétendre la connaître personnellement. Ces rares personnes, lui étant encore relativement étrangères, ne pouvaient, ou ne voulaient pas prendre la liberté de m'introduire selon l'usage lors d'une visite matinale. Tandis que j'étais là, en plein désespoir, conversant avec un trio d'amis sur l'objet qui obsédait mon cœur, il advint que l'objet lui-même passa.

« Sur ma vie, la voilà ! » s'écria l'un d'eux.

« Surprenante beauté ! » s'exclama un second.

« Un ange sur la terre ! » lança le troisième.

Je regardai ; et dans une voiture découverte qui s'approchait de nous en descendant lentement la rue était assise la vision enchanteresse de l'opéra, accompagnée par la dame plus jeune qui avait occupé une place de sa loge.

« Sa compagne elle aussi est bien conservée », dit celui du trio qui avait parlé le premier.

« Étonnamment, dit le second ; encore un air éclatant ; mais l'art fait des merveilles. Ma parole, elle semble encore mieux qu'à Paris il y a cinq ans. Encore une belle femme — ne pensez-vous pas, Froissart ? — Simpson, je veux dire. »

« *Encore !* dis-je, et pourquoi ne le serait-elle pas ? Mais comparée à son amie elle est une chandelle à côté d'une étoile — un ver luisant à côté d'Antarès. »

« Ha ! ha ! ha ! eh bien, Simpson, vous avez le don étonnant de faire des découvertes — des découvertes originales, je veux dire. » Et sur ces mots, nous nous séparâmes, tandis que l'un des trois commençait à chantonner un gai *vaudeville*, dont je ne saisis que ces vers —

Ninon, Ninon, Ninon à bas —
A bas Ninon De Lenclos[9] !

Pendant cette petite scène, cependant, une chose avait grandement contribué à me consoler, bien qu'elle amplifiât encore la passion qui me consumait. Comme la voiture de Mme Lalande roulait devant notre groupe, j'avais remarqué qu'elle m'avait reconnu ; et plus encore, elle m'avait béni du plus séraphique sourire qu'on puisse imaginer, signe sans équivoque qu'elle me reconnaissait.

Quant à une présentation, j'étais obligé d'en abandonner tout espoir, jusqu'au moment où Talbot jugerait bon de revenir de la campagne. Entre-temps, je fréquentai avec assiduité tous les lieux d'amusement public réputés ; et, enfin, dans le théâtre où je l'avais vue pour la première fois, j'eus le suprême bonheur de la rencontrer, et d'échanger à nouveau des regards avec elle. Cela ne se produisit cependant pas avant une quinzaine de jours. Chaque jour, dans l'intervalle, je m'étais enquis de Talbot à son hôtel, et chaque jour le sempiternel « Pas encore rentré » de son valet m'avait jeté dans une crise de colère.

Le soir en question, donc, je me trouvais dans un état tout proche de la folie. Mme Lalande, m'avait-on dit, était une Parisienne — elle était arrivée récemment de Paris — ne risquait-elle pas d'y retourner soudainement ? — d'y retourner avant que Talbot ne revienne — et ne risquait-elle donc pas d'être perdue pour moi à tout jamais ? Cette pensée était trop terrible à supporter. Puisque mon bonheur futur était en jeu, je résolus d'agir avec une détermination virile. En un mot, à la fin de la représentation, je suivis la dame jusqu'à sa résidence, notai l'adresse, et le matin suivant lui envoyai une lettre longue et circonstanciée, dans laquelle je déversais tout mon cœur.

Je parlai hardiment, librement — en un mot, je parlai avec passion. Je ne cachai rien — pas même ma faiblesse. Je fis allusion aux circonstances romanesques de notre première rencontre — et même aux regards que nous avions échangés. J'allai jusqu'à dire que je me sentais sûr de son amour, tout en présentant cette certitude et l'intensité de ma propre dévotion comme autant d'excuses à une conduite qui autrement aurait été impardonnable. En troisième lieu, je parlai de ma crainte qu'elle pût quitter la ville avant que j'eusse l'occasion de lui être présenté selon les règles. Je conclus l'épître la plus follement enthousiaste jamais écrite par un exposé sincère de ma situation matérielle — de ma richesse — et par l'offre de mon cœur et de ma main.

Dans l'angoisse, j'attendis la réponse. Après ce qui me parut l'espace d'un siècle, elle arriva.

Oui, elle *arriva vraiment*. Aussi romanesque que cela puisse paraître, je reçus vraiment une lettre de Mme Lalande — la belle, la riche, l'idolâtrée Mme Lalande. Ses yeux — ses yeux magnifiques, n'avaient pas trahi son noble cœur. En vraie Française qu'elle était, elle avait obéi aux ordres directs de sa raison — aux impulsions généreuses de sa nature — méprisant les pruderies conventionnelles du monde. Elle n'avait *pas* rejeté mes propositions. Elle ne s'était *pas* retranchée dans le silence. Elle ne m'avait *pas* retourné ma lettre sans l'ouvrir. Elle m'en avait même, en réponse, envoyé une, calligraphiée de ses doigts exquis. Elle disait ceci :

« Monsieur Simpson me pardonnera de ne pas maî- triser la belle langue de son pays aussi bien que je le voudrais. Je ne suis arrivée que de fraîche date et n'ai pas encore eu l'opportunité de l'étudier.

« Après cette excuse pour la manière, je dirais cependant hélas que ce que M. Simpson a deviné n'est que trop vrai. Est-il besoin d'en dire plus ? Hélas ! Ne suis-je pas prête à en dire trop [10] ? »

EUGENIE LALANDE

Je l'embrassai un million de fois, ce billet aux nobles sentiments, et je fis, à cause de lui, un millier d'autres extravagances qui ont maintenant échappé à ma mémoire. Et Talbot ne *voulait* toujours pas rentrer. Hélas ! s'il s'était seulement fait la plus vague idée du supplice que son absence avait causé à son ami, sa nature compatissante n'aurait-elle pas immédiate- ment volé à mon secours ? Cependant il ne revenait toujours *pas*. J'écrivis. Il répondit. Il était retenu par une affaire urgente — mais reviendrait bientôt. Il me demandait de ne pas être impatient — de modérer mes

transports — de lire des livres apaisants — de ne rien
boire de plus fort que du Hock[11] — et d'appeler à mon
aide les consolations de la philosophie. L'idiot ! s'il ne
pouvait venir lui-même, pourquoi au nom même de la
raison, ne m'avait-il pas joint une lettre de recommandation ? Je lui écrivis à nouveau, le suppliant de m'en
envoyer une aussitôt. Ma lettre me fut renvoyée par *ce*
valet, avec la note suivante au crayon. La canaille était
allée retrouver son maître à la campagne :

« A quitté S— hier pour une destination inconnue —
n'a pas dit où — ni quand il reviendrait — ai donc
pensé qu'il valait mieux vous retourner lettre, reconnaissant votre écriture, et sachant combien vous êtes
toujours plus ou moins pressé.

« Votre dévoué »
STUBBS.

Après cela, il est inutile de dire que je vouai aux
divinités infernales le maître comme le valet : — mais
la colère ne servait pas à grand-chose, et les lamenta-
tions n'apportaient aucune consolation.

Mais, du fait de ma hardiesse naturelle, j'avais
encore une ressource. Jusque-là, elle m'avait bien servi
et je décidai alors de la laisser me profiter jusqu'au
bout. D'ailleurs, après la correspondance qui avait été
échangée entre nous, quel acte de pure inconvenance
aurais-je pu commettre, dans les limites tolérées, qui
puisse être considéré comme malséant par Mme
Lalande ? Depuis l'affaire de la lettre, j'avais pris
l'habitude d'épier sa maison et j'avais ainsi découvert
que, vers le crépuscule, elle avait l'habitude de se
promener, accompagnée seulement d'un nègre en
livrée, dans un jardin public sur lequel donnaient ses
fenêtres. Là, parmi les bosquets luxuriants et ombra-
geux, dans la pénombre grise d'une douce soirée d'été,
je saisis l'occasion et je l'abordai.

Pour mieux tromper le serviteur qui l'accompagnait, je le fis avec l'air assuré d'une vieille et familière relation. Avec une présence d'esprit vraiment parisienne, elle saisit aussitôt l'occasion, et, pour me saluer, me tendit la plus ensorcelante petite main. Le valet s'effaça immédiatement et alors, le cœur débordant, nous nous parlâmes longuement et sans réserve de notre amour.

Comme Mme Lalande parlait anglais encore moins couramment qu'elle ne l'écrivait, notre conversation était nécessairement menée en français. Dans cette langue suave, tellement adaptée à la passion, je donnai libre cours à l'enthousiasme impétueux de ma nature, et, avec toute l'éloquence dont je pouvais disposer, je la suppliai de consentir à un mariage immédiat.

Devant cette impatience, elle sourit. Elle allégua la vieille histoire de la convenance — cet épouvantail qui détourne tant de gens du bonheur jusqu'à ce que l'occasion du bonheur soit à tout jamais passée. J'avais fort imprudemment fait savoir à mes amis, me fit-elle remarquer, que je désirais faire sa connaissance — donc que je ne la connaissais pas — et donc encore, il n'était pas possible de cacher la date de notre première rencontre. Et puis, elle fit allusion, en rougissant, à la date extrêmement récente de cette rencontre. Se marier immédiatement serait inconvenant — serait de mauvais goût — serait *outré* [12]. Tout cela, elle le dit avec un charmant air de *naïveté* qui me ravit et en même temps me chagrina et me convainquit. Elle alla même jusqu'à m'accuser, en riant, de témérité — d'imprudence. Elle me dit de me rappeler que je ne savais même pas vraiment qui elle était — quelles étaient ses perspectives, ses relations, sa situation sociale. Elle me pria, mais dans un soupir, de reconsidérer mon offre, et traita mon amour d'engouement —

de feu follet — de chimère ou de caprice du moment, une invention injustifiée et instable de l'imagination plutôt que du cœur. Toutes ces choses, elle les dit tandis que les ombres du doux crépuscule s'allongeaient, de plus en plus sombres, autour de nous — et puis, d'une légère pression de sa main de fée, elle détruisit en un seul délicieux instant tout cet échafaudage d'arguments qu'elle avait édifié.

Je répliquai du mieux que je pus — comme seul peut le faire un véritable amoureux. Je parlai longtemps et avec persévérance de ma dévotion, de ma passion, de son excessive beauté, et de ma propre admiration enthousiaste. En conclusion, j'insistai, avec une énergie convaincante, sur les périls qui entourent le cours de l'amour, ce cours du véritable amour qui n'est jamais sans remous — et je montrai ainsi le danger manifeste qu'il y avait à rendre ce cours plus long que nécessaire. Ce dernier argument parut finalement adoucir la rigueur de sa détermination. Elle se laissa fléchir ; mais il y avait encore un obstacle, dit-elle, auquel, elle en était sûre, je n'avais pas prêté assez d'attention. C'était un point délicat — et plus particulièrement lorsque c'était une femme qui le soulevait ; en l'abordant, elle voyait bien qu'elle devait faire le sacrifice de ses sentiments ; mais, pour *moi*, elle était prête à faire n'importe quel sacrifice. Elle faisait allusion à la question de l'*âge*. Me rendais-je compte — me rendais-je pleinement compte de l'écart entre nous deux ? Que l'âge du mari dépassât de quelques années — et même de quinze ou vingt — l'âge de la femme, le monde trouvait cela admissible, et même convenable : mais elle avait toujours eu la conviction que les années de la femme ne devaient *jamais* dépasser en nombre celles du mari. Un écart anormal de ce genre entraînait trop fréquemment, hélas ! une existence malheureuse. Or elle savait que mon âge ne dépassait pas les vingt-deux ans ; et moi, à l'inverse, je ne me rendais peut-être *pas* compte que l'âge de mon Eugénie allait bien au-delà de ce nombre.

Dans tout cela, il y avait une noblesse d'âme — une dignité dans la franchise — qui me ravit — qui m'enchanta — qui riva mes chaînes pour l'éternité. Je pouvais à peine contenir l'extrême transport qui me possédait.

« Ma délicieuse Eugénie, m'écriai-je, de quoi donc êtes-vous en train de me parler ? Votre âge dépasse quelque peu le mien. Et alors ? Les coutumes du monde sont autant de sottises conventionnelles. Pour ceux qui s'aiment comme nous, en quoi une année diffère-t-elle d'une heure ? J'ai vingt-deux ans, dites-vous ; d'accord : en vérité, vous pouvez aussi bien dire tout de suite vingt-trois. Quant à vous-même, ma très chère Eugénie, vous ne pouvez compter plus de — plus de — de — de — de — »

Là, je m'arrêtai un instant, attendant que Mme Lalande m'interrompît en me donnant son âge véritable. Mais une Française est rarement directe, et a toujours pour répondre à une question embarrassante, quelque réplique pratique de son cru. Dans le cas présent, Eugénie, qui pendant quelques instants avait semblé chercher quelque chose dans son sein, finit par faire tomber dans l'herbe une miniature que je ramassai aussitôt et que je lui tendis.

« Gardez-la ! » dit-elle, avec un de ses plus ravissants sourires. « Gardez-la pour l'amour de moi — pour l'amour de celle qu'elle représente trop flatteusement. Et puis, au dos de ce bijou, vous pourrez peut-être découvrir le renseignement même que vous semblez désirer. Bien sûr, à cette heure, il commence à faire plutôt sombre — mais vous pourrez l'examiner à loisir demain matin. En attendant, vous allez me raccompagner chez moi ce soir. Mes amis doivent donner une petite soirée musicale. Je peux vous promettre aussi du chant de qualité. Nous autres Français ne sommes pas aussi pointilleux que vous Américains, et je n'aurai aucune difficulté à vous introduire en qualité de vieil ami. »

Sur ces mots, elle prit mon bras et je l'accompagnai chez elle. La demeure était belle, et, je crois, meublée avec bon goût. Sur ce point, cependant, je peux difficilement émettre un jugement ; car il faisait tout juste nuit lorsque nous arrivâmes ; et dans les meilleures maisons américaines, pendant la chaleur de l'été, les lumières font rarement leur apparition à ce moment-là, qui est le moment le plus agréable de la journée. Une heure environ après mon arrivée, bien sûr, on alluma un unique lampadaire à abat-jour dans le salon principal ; et cette pièce, à ce que je pus voir ainsi, était arrangée avec un goût inhabituel et même avec splendeur ; mais les deux autres pièces de l'appartement, dans lesquelles la compagnie se rassembla surtout, restèrent, durant toute cette soirée, dans une fort agréable pénombre. C'est une habitude excellente, qui offre au moins aux invités le choix entre la lumière et la pénombre, une habitude que nos amis d'outre-Atlantique ne pourraient mieux faire que d'adopter immédiatement.

La soirée ainsi passée fut indiscutablement la plus délicieuse de ma vie. Mme Lalande n'avait pas surestimé les talents musicaux de ses amis ; et le chant que j'entendis là, je n'en ai jamais entendu de meilleur dans un salon privé hors de Vienne. Les instrumentistes étaient nombreux et d'un talent supérieur. Les chanteurs étaient surtout des femmes, et toutes étaient bonnes. A la fin, après un appel péremptoire réclamant « Madame Lalande », elle se leva tout de suite, sans affectation ni hésitation, de la *chaise longue* où elle s'était installée auprès de moi, et, accompagnée d'un ou deux messieurs et de son amie de l'opéra, elle gagna le piano dans le grand salon. Je l'aurais bien accompagnée moi-même, mais je pensais qu'étant donné les circonstances de mon introduction dans la maison, il valait mieux que je reste où j'étais sans me faire remarquer. Je fus ainsi privé du plaisir de la voir chanter mais non de celui de l'entendre.

L'impression qu'elle produisit sur l'assistance sembla électrique — mais l'effet sur moi-même fut bien pire encore. Je ne sais comment le décrire correctement. Il provenait en partie sans doute du sentiment d'amour dont j'étais pénétré ; mais surtout du fait que j'étais persuadé de l'extrême délicatesse de la chanteuse. Il est au-delà du pouvoir de l'art d'empreindre un air ou un récitatif d'une *expression* plus passionnée que ne l'était la sienne. Sa façon de chanter la romance d'*Otello* — le ton avec lequel elle prononça les mots « *Sul mio sasso* », dans les *Capulets*[13] — résonne encore dans ma mémoire. Ses notes basses étaient absolument miraculeuses. Sa voix portait sur trois octaves entières, s'étendant du ré du contralto au ré du soprano aigu, et, quoique assez puissante pour remplir le San Carlo[14], exécutait, avec la précision la plus minutieuse, chaque difficulté de composition vocale — gammes montantes et descendantes, cadences ou *fioriture*. Dans le finale de la *Somnambule*[15], elle produisit un effet des plus remarquables sur les mots :

Ah ! non giunge uman pensiero
Al contento ond'io son piena.

Là, à la façon de la Malibran, elle modifia la phrase originale de Bellini, afin de permettre à sa voix de descendre au sol de ténor, puis, par une rapide transition, elle lança le contre-sol, sautant un intervalle de deux octaves.

Quittant le piano après ces miracles d'exécution vocale, elle regagna son siège à mes côtés ; je lui exprimai alors, en termes du plus profond enthousiasme, la joie que j'avais ressentie devant son interprétation. De ma surprise je ne dis rien, et pourtant j'étais très franchement surpris ; car une certaine faiblesse, ou plutôt une certaine indécision tremblotante de sa voix, dans la conversation ordinaire, m'avait incité à croire que, dans le chant, elle ne ferait pas montre d'une habileté bien remarquable.

Notre conversation fut alors longue, sérieuse, ininterrompue, et totalement sans réserve. Elle me fit raconter de nombreux épisodes de ma vie passée, et elle écouta, en retenant son souffle, chaque mot de mon récit. Je ne cachai rien, — je sentais que j'avais le droit de ne rien cacher à sa confiante affection. Encouragé par sa sincérité sur la délicate question de son âge, non seulement j'entrai avec une parfaite franchise dans le détail de mes nombreux petits défauts, mais encore je fis une confession complète de ces infirmités morales et même physiques dont la révélation, qui exige un si haut degré de courage, n'est qu'une plus sûre preuve d'amour. J'évoquai mes péchés de collège — mes extravagances — mes beuveries — mes dettes — mes flirts. J'allai jusqu'à parler d'une légère toux hectique dont, à un moment, j'avais souffert — d'un rhumatisme chronique — d'une légère atteinte de goutte héréditaire — et, pour conclure, de ce défaut de ma vue, désagréable et gênant, mais jusqu'à présent soigneusement caché.

« Quant à ce dernier point, dit Mme Lalande en riant, vous avez sûrement eu tort de l'avouer ; car, sans cet aveu, je suis sûre que personne ne vous aurait accusé du crime. A propos, continua-t-elle, avez-vous le moindre souvenir » — et à ce moment j'eus l'impression qu'une rougeur, malgré la pénombre de la pièce,

apparaissait distinctement sur sa joue — « avez-vous
le moindre souvenir, *mon cher ami*[16], de cette petite
aide oculaire qui pend à mon cou ? »

Tout en parlant, elle tournait entre ses doigts le
même face-à-main qui m'avait tant rempli de confusion à l'opéra.

« Je m'en souviens fort bien — hélas ! » m'exclamai-
je en pressant passionnément la main délicate qui me
tendait les lunettes à examiner. Elles constituaient un
bibelot compliqué et magnifique, richement ciselé et
filigrané, tout scintillant de pierreries dont, malgré
cette faible lumière, je ne pouvais manquer de voir
qu'elles étaient de grande valeur.

« *Eh bien ! mon ami* », reprit-elle avec un certain
empressement dans l'attitude qui me surprit plutôt —
« *Eh bien ! mon ami*, vous m'avez ardemment priée de
vous accorder une faveur qu'il vous a plu de qualifier
d'inestimable. Vous m'avez demandé ma main pour
demain. Si je devais céder à vos prières — et, puis-je
ajouter, aux prières de mon propre cœur — n'aurais-je
pas le droit de vous demander en retour une très — très
petite faveur ? »

« Dites-la-moi ! » m'écriai-je avec une énergie qui
faillit attirer sur nous l'attention de l'assistance, dont
la seule présence m'empêchait de me jeter impétueusement à ses pieds. « Dites-la-moi, mon adorée, mon
Eugénie, mienne ! — dites-la ! — mais, hélas ! elle est
déjà accordée avant même d'être dite. »

« Alors, *mon ami*, dit-elle, pour l'amour de l'Eugénie
que vous aimez, vous vaincrez ce petit défaut que vous
avez enfin avoué — ce défaut plus moral que physique
— et qui, laissez-moi vous le dire, s'accorde si mal à la
noblesse de votre véritable nature — coïncide si peu
avec la franchise de votre caractère habituel — et qui,
si vous le laissez plus longtemps vous dominer, vous
entraînera sûrement, tôt ou tard, dans quelque très

fâcheuse mésaventure. Vous vaincrez, par amour de
moi, cette affectation qui vous pousse, comme vous le
reconnaissez vous-même, à la dénégation tacite ou
implicite de votre infirmité visuelle. Car, cette infirmité vous la niez virtuellement en refusant d'utiliser
les moyens habituels de soulagement. Vous compren-
drez donc que je veux que vous portiez des lunettes :
— ah, chut ! — vous avez déjà consenti à les porter, *pour*
l'amour de moi. Acceptez le petit objet que je tiens à la
main, et qui, quoique admirable en tant qu'accessoire
pour la vue, n'est pas vraiment de grande valeur en
tant que bijou. Vous voyez qu'en le transformant
légèrement, comme ceci ou comme cela, il peut être
adapté pour les yeux sous forme de lunettes, ou porté
dans la poche de gilet comme un monocle. C'est
cependant sous sa première forme et en permanence,
que vous avez déjà consenti à le porter *pour l'amour de*
moi. »

Cette demande — dois-je le confesser ? — me surprit
au plus haut point. Mais la condition à laquelle elle
était assujettie rendait bien entendu toute hésitation
hors de question.

« C'est chose faite ! » m'écriai-je, avec tout l'enthousiasme que je pus rassembler sur le moment. « C'est
chose faite — c'est accepté de grand cœur. Je sacrifierai toute vanité par amour de vous. Ce soir je porte ce
cher face-à-main, *comme* un monocle, et sur mon
cœur ; mais dès l'aube de ce lendemain qui m'apportera le plaisir de vous appeler ma femme, je le mettrai
sur mon — sur mon nez, et le porterai toujours ainsi
par la suite, de la manière moins romanesque, moins
élégante mais certainement plus pratique que vous
désirez. »

Notre conversation porta alors sur les détails de nos
préparatifs pour le lendemain. Talbot, je l'appris par
ma fiancée, venait de rentrer en ville. Il me fallait le

voir immédiatement, et me procurer une voiture. La *soirée* ne se terminerait guère avant deux heures ; et à ce moment le véhicule devait être à la porte ; alors, dans la confusion provoquée par le départ de l'assistance, Mme L. pourrait aisément y monter sans être vue. Nous irions ensuite au domicile d'un pasteur qui nous attendrait ; et là, nous nous marierions, abandonnerions Talbot, et partirions pour un court voyage vers l'est, laissant sur place le beau monde faire les commentaires qu'il voulait sur l'affaire.

Ayant arrangé tout cela, je pris immédiatement congé, et me mis en quête de Talbot, mais, sur mon chemin, je ne pus m'empêcher d'entrer dans un hôtel afin d'examiner la miniature ; et ceci, je le fis grâce à l'aide puissante des lunettes. Le visage était d'une beauté surprenante ! Ces grands yeux brillants ! — ce fier nez grec ! — ces boucles sombres et luxuriantes ! — « Ah ! me dis-je, exultant, c'est vraiment l'image parlante de ma bien-aimée ! » Je le retournai et découvris les mots — « Eugénie Lalande — à l'âge de vingt-sept ans et sept mois. »

Je trouvai Talbot chez lui et je me mis aussitôt à lui faire part de ma bonne fortune. Il montra un extrême étonnement, bien sûr, mais me félicita très cordialement, et m'offrit toute l'aide qui était en son pouvoir. En un mot, nous menâmes notre programme à la lettre ; et à deux heures du matin, juste dix minutes après la cérémonie, je me retrouvai dans une voiture fermée avec Mme Lalande — avec Mrs. Simpson, devrais-je dire — roulant à grande vitesse hors de la ville dans une direction nord-est-nord, ou demi-nord.

Comme nous devions rester debout toute la nuit, Talbot avait décidé pour nous que nous ferions notre première halte à C—, un village situé à environ vingt milles de la ville, et que là, nous aurions un petit déjeuner matinal et quelque repos, avant de reprendre notre route. A quatre heures précises, donc, la voiture s'arrêta devant la porte de la principale auberge. J'aidai ma femme adorée à descendre et commandai aussitôt le petit déjeuner. En attendant, on nous fit pénétrer dans un petit salon et nous nous assîmes.

Il faisait maintenant presque jour sinon tout à fait ; et, tandis que je contemplais, ravi, l'ange qui se trouvait à mes côtés, il me vint tout à coup en tête l'idée singulière que c'était vraiment la toute première fois depuis ma rencontre avec la célèbre beauté de Mme Lalande que je pouvais me réjouir de voir de près cette beauté à la lumière du jour.

« Et maintenant, *mon ami* », dit-elle en prenant ma main, et en rompant ainsi le cours de ces réflexions, « et maintenant, *mon cher ami*, puisque nous sommes indissolublement unis — puisque j'ai cédé à vos sollicitations passionnées et rempli ma part de notre arrangement — je présume que vous n'avez pas oublié que vous aussi vous avez une petite faveur à m'accorder — ma petite promesse que vous avez l'intention de tenir. Ah ! voyons ! que je me souvienne ! oui ; je me remémore tout à fait aisément les mots précis de la chère promesse que vous avez faite à Eugénie la nuit dernière. Ecoutez ! Vous avez dit ceci " c'est chose faite — c'est accepté de grand cœur. Je sacrifierai toute vanité par amour de vous. Ce soir je porte ce cher face-à-main, *comme* un monocle, et sur mon cœur ; mais dès l'aube de ce lendemain qui m'apportera le plaisir de vous appeler ma femme, je le mettrai sur mon — sur mon nez, et le porterai toujours ainsi par la suite, de la manière moins romanesque, moins élégante mais certainement plus pratique que vous désirez ". C'étaient vos paroles exactes, mon mari adoré, n'est-ce pas ? »

« En effet, dis-je, vous avez une excellente mémoire ; et assurément, ma belle Eugénie, je n'ai aucune intention de me soustraire à l'exécution de la promesse

insignifiante qu'impliquent ces paroles. Tenez ! Regardez ! Elles me vont bien — plutôt bien — n'est-ce
pas ? »

Et là, après avoir donné aux verres la forme ordinaire de lunettes, je les plaçai délicatement dans la
position appropriée ; tandis que Mme Simpson, ajustant son bonnet puis croisant les bras, s'asseyait droite
sur son fauteuil, dans une position raide, guindée et
qui, en vérité, manquait quelque peu de dignité.

« Bonté divine ! » m'écriai-je à l'instant même où la
monture de ces lunettes fut posée sur mon nez —
« Bonté divine ! — Eh bien, que peuvent bien avoir ces
verres ? » et les ôtant rapidement, je les essuyai
soigneusement avec un mouchoir de soie puis je les
ajustai à nouveau.

Mais si, au premier essai, il s'était produit quelque
chose qui m'avait causé de la surprise, au second, cette
surprise se mua en stupeur ; et cette stupeur était
profonde — était extrême — je peux même dire qu'elle
était horrifique. Au nom de tout ce qui est hideux,
qu'est-ce que cela pouvait bien signifier ? Pouvais-je en
croire mes yeux — le *pouvais-je ?* — c'était la question.
Etait-ce — était-ce du *rouge*[17] ? Et étaient-ce — et
étaient-ce — étaient-ce des *rides* sur le visage d'Eugénie Lalande ? Et oh ! Par Jupiter, et par chacun des
dieux et des déesses, petits et grands ! — que — que —
que — qu'étaient devenues ses dents ? Je jetai violemment les lunettes par terre, et me dressant d'un bond,
je me tins droit au milieu de la pièce, faisant face à
Mrs. Simpson, les poings aux hanches, et grimaçant et
écumant, mais en même temps absolument muet de
terreur et de rage.

Or j'ai déjà dit que Mme Eugénie Lalande — c'est-à-
dire Simpson — parlait la langue anglaise mais à
peine mieux qu'elle ne l'écrivait ; et pour cette raison,
comme il se doit, elle n'essayait jamais de la parler en

temps ordinaire. Mais la colère peut porter une dame à n'importe quelle extrémité ; et dans le cas présent, elle porta Mrs. Simpson à cette très extraordinaire extrémité d'essayer de tenir une conversation dans une langue qu'elle ne comprenait pas très bien.

« Eh bien, Monsieur », dit-elle, après m'avoir examiné quelques instants avec un grand étonnement apparent — « eh bien, Monsieur ! — Eh bien quoi ? — qu'est-ce qu'il y a donc maintenant ? Est-ce que vous avez la danse de Saint-Guy ? Si je ne vous plais pas, pourquoi avoir acheté chat en poche [18] ? »

« Misérable ! » dis-je, reprenant mon souffle, « sale — sale — sale vieille sorcière ! »

« Sorcière ? — Vieille ? — mais je ne suis pas si vieille, après tout ! je n'ai pas dépassé d'un jour les quatre-vingt-deux ans. »

« Quatre-vingt-deux ! » lançai-je [19], titubant vers le mur — « quatre-vingt-deux milliers de babouins ! La miniature disait vingt-sept ans et sept mois ! »

« Bien sûr ! c'est cela ! — très vrai ! mais seulement le portrait a été fait il y a cinquante-cinq ans. Lorsque j'ai épousé mon second mari, M. Lalande — à cette époque, j'ai fait faire ce portrait pour la fille que j'avais eue de mon premier mari, M. Moissart. »

« Moissart ! » dis-je.

« Oui, Moissart », dit-elle, imitant ma prononciation, qui pour dire la vérité, n'était pas des meilleures ; et alors ? que savez-vous à propos de Moissart ? »

« Rien, vieille horreur ! — Je ne sais rien du tout de lui ; seulement que j'ai eu un ancêtre de ce nom, autrefois. »

« Ce nom ! Et qu'avez-vous à dire à propos de ce nom ? c'est un nom excellent ; de même Voissart — c'est aussi un nom excellent. Ma fille, Mlle Moissart, a épousé un M. Voissart ; et ces noms sont très respectables l'un et l'autre. »

« Moissart ? m'écriai-je, et Voissart ! Eh bien, que voulez-vous dire ? »

« Ce que je veux dire ? — Je veux dire Moissart et Voissart ; et quant à cela, je veux dire Croissart et Froissart aussi, si seulement je trouve bon de le dire. La fille de ma fille, Mlle Voissart, a épousé un M. Croissart, et puis à nouveau, la petite-fille de ma fille, Mlle Croissart a épousé un M. Froissart ; et je suppose que vous allez dire que *ça*, ce n'est pas un nom *très* respectable. »

« Froissart ! dis-je, près de m'évanouir, voyons, vous ne voulez sûrement pas dire Moissart et Voissart et Croissart et Froissart ? »

« Si », répliqua-t-elle, se renversant complètement dans son fauteuil et déployant ses jambes de tout leur long ; « si, Moissart et Voissart et Croissart et Froissart. Mais M. Froissart était un grand sot, comme vous dites, — c'était un grand âne comme vous-même — car il a quitté *la belle France*[20] pour venir dans cette stupide Amérique — et lorsqu'il est arrivé ici, il a eu un fils vraiment très, très, très stupide, d'après ce que j'en ai appris, quoique je n'aie pas encore eu le plaisir de le rencontrer — ni moi ni ma compagne, Mme Stéphanie Lalande. Son nom est Napoléon Bonaparte Froissart, et je suppose que vous allez dire que *ça* non plus ce n'est pas un nom *très* respectable. »

La longueur, ou peut-être la nature de ce discours eut pour effet de déclencher chez Mrs. Simpson une crise vraiment très extraordinaire : et comme elle l'achevait, avec beaucoup de difficulté, elle sauta de son fauteuil comme une possédée, laissant choir sur le sol au moment où elle sautait tout un lot de tournures[21]. Une fois sur ses pieds, elle grinça des gencives, allongea les bras, remonta ses manches, me menaça du poing le visage, et conclut la scène en arrachant le bonnet de sa tête, et avec lui une immense perruque composée de magnifiques cheveux noirs de la plus grande valeur, jetant tout l'ensemble sur le sol en hurlant, et là, elle le piétina et dansa dessus un fandango, au paroxysme absolu du délire et de la rage.

Entre-temps je m'étais laissé tomber accablé dans le fauteuil qu'elle venait de quitter. « Moissart et Voissart ! » répétai-je pensivement tandis qu'elle effectuait une de ses ailes-de-pigeon, « et Croissart et Froissart ! » tandis qu'elle en faisait une autre — « Moissart et Voissart et Croissart et Napoléon Bonaparte Froissart ! — eh bien, ineffable vieux serpent, c'est *moi*, ça — c'est *moi* — entends-tu ? — c'est *moi* » — et là je me mis à hurler à tue-tête — « c'est *moi-oi-oi* ! Je suis Napoléon Bonaparte Froissart ! et si je n'ai pas épousé mon arrière-arrière-grand-mère, que je sois à tout jamais damné ! »

Mme Eugénie Lalande, *quasi* Simpson — anciennement Moissart — était, tout simplement, mon arrière-arrière-grand-mère [22]. Dans sa jeunesse elle avait été belle et, même à quatre-vingt-deux ans, elle gardait la taille majestueuse, le contour sculptural du visage, les beaux yeux et le nez grec de son adolescence. Grâce à cela, au fard blanc, au rouge, à la perruque, aux fausses dents, et à la fausse *tournure* [23], et tout autant grâce aux plus habiles modistes de Paris, elle parvenait à garder un rang respectable parmi les beautés *un peu passées* de la capitale française. Dans cette mesure, on pouvait en vérité la considérer à peu près comme l'égale de la célèbre Ninon de Lenclos.

Elle était immensément riche et, restée pour la seconde fois veuve sans enfant, elle s'était souvenue de mon existence en Amérique et, dans l'intention de faire de moi son héritier, était venue visiter les Etats-Unis en compagnie d'une parente éloignée de son second mari, une extrêmement jolie femme — Mme Stéphanie Lalande.

A l'opéra, l'attention de mon arrière-arrière-grand-mère fut attirée par ma curiosité ; et, en m'observant à l'aide de son face-à-main, elle avait été frappée par un certain air de famille que j'avais avec elle. Ainsi intéressée, et sachant que l'héritier qu'elle recherchait était alors en ville, elle se renseigna auprès de son compagnon à mon sujet. Le monsieur qui l'accompagnait connaissait ma personne et lui dit qui j'étais. L'information ainsi obtenue la poussa à renouveler son examen ; et ce fut cet examen qui m'enhardit au point que je me conduisis de la manière absurde que j'ai déjà décrite. Elle me rendit mon salut cependant, avec l'impression que, par quelque étrange hasard, j'avais découvert son identité. Lorsque, trompé par le défaut de ma vue, et par les artifices de la toilette à propos de l'âge et des charmes de la dame étrangère, je demandai avec tant d'enthousiasme à Talbot qui elle était, il pensa que je voulais parler de la beauté la plus jeune, de toute évidence, et m'apprit ainsi, en toute vérité, que c'était « la célèbre veuve, Mme Lalande ».

Dans la rue, le lendemain matin, mon arrière-arrière-grand-mère rencontra Talbot, une de ses vieilles relations de Paris ; et la conversation, tout naturellement, tomba sur moi. Le défaut de ma vue fut alors expliqué ; car il était notoire, encore que je fusse tout à fait ignorant de cette notoriété ; et ma bonne vieille parente découvrit, à son grand dépit, qu'elle avait fait erreur en me croyant averti de son identité, et que je m'étais tout simplement conduit comme un sot en faisant ouvertement la cour, dans un théâtre, à une vieille femme inconnue. Pour me punir de cette imprudence, elle monta un complot avec Talbot. Il resta volontairement hors de ma vue pour ne pas avoir à me donner la lettre d'introduction. Mes questions dans la rue à propos de « la jolie veuve, Mme Lalande » étaient censées se référer à la dame la plus jeune, bien sûr ; et ainsi la conversation avec les trois messieurs que je rencontrai peu après avoir quitté l'hôtel de Talbot, peut s'expliquer facilement, de même que leur allusion à Ninon de Lenclos. Je n'eus aucune occasion de voir Mme Lalande de près à la lumière du jour, et, à sa *soirée* musicale, ma ridicule faiblesse de refuser l'aide des lunettes m'empêcha tout à fait de découvrir son âge. Quand on demanda à « Mme Lalande » de chanter, c'était à la jeune qu'on s'adressait ; et ce fut elle qui se leva pour répondre à la demande ; mon arrière-arrière-grand-mère, pour pousser encore plus loin la duperie, se leva au même moment et l'accompagna jusqu'au piano dans le salon principal. Si j'avais décidé de l'escorter jusque-là, elle avait l'intention de suggérer qu'il était plus convenable pour moi de rester où j'étais ; mais ma propre prudence rendit cela inutile. Les airs que j'avais tant admirés, et qui renforcèrent tellement mon impression sur la jeunesse de ma bien-aimée, furent exécutés par Mme Stéphanie Lalande. Le face-à-main fut offert pour ajouter le blâme à la mystification — une façon d'aiguiser l'épigramme de la duperie. Ce don fournit l'occasion du sermon sur l'affectation qui m'avait si particulièrement édifié. Il est presque superflu d'ajouter que les verres de l'instrument porté par la vieille dame avaient été échangés par elle contre une paire mieux adaptée à mon âge. Ils m'allaient, en fait, à la perfection.

Le pasteur, qui fit seulement semblant de nouer le lien fatal, était un joyeux compagnon de Talbot, et non un prêtre. C'était par contre un excellent conducteur ; et après avoir ôté sa soutane pour enfiler une capote, il conduisit le fiacre qui emportait l' « heureux couple » hors de la ville. Talbot avait pris place à son côté. Les deux coquins étaient donc là pour « le bouquet final » et, par une fenêtre entrouverte du salon arrière de l'auberge, ils s'amusaient en ricanant du *dénouement* [24] du drame. Je crois que je serai forcé de les provoquer tous les deux en duel.

Néanmoins, je ne suis *pas* le mari de mon arrière-arrière-grand-mère ; et c'est une pensée qui m'apporte un soulagement infini ; — mais je *suis* le mari de Mme Lalande — de Mme Stéphanie Lalande — avec qui ma bonne vieille parente, après avoir fait de moi son seul héritier lorsqu'elle mourra — si jamais cela lui arrive — s'est donné la peine de combiner une alliance. En conclusion : j'en ai fini à jamais avec les *billets doux*, et on ne me rencontre jamais plus sans LUNETTES.

L'ENTERREMENT PRÉMATURÉ

Il y a certains thèmes dont l'intérêt est captivant, mais qui sont trop entièrement horribles pour les besoins de la fiction normale. Le simple romancier doit les éviter, s'il ne veut ni choquer ni dégoûter. Ils ne sont correctement traités que lorsque la sévérité et la majesté de la vérité les consacrent et les soutiennent. Par exemple, nous tremblons de la plus intense des « douleurs voluptueuses » aux récits du passage de la Bérésina, du tremblement de terre de Lisbonne, de la peste de Londres, du massacre de la Saint-Barthélemy, ou de l'asphyxie des cent vingt-trois prisonniers du Trou noir de Calcutta[1]. Mais dans ces récits, c'est le fait — c'est la réalité, c'est l'histoire qui émeuvent. En tant qu'inventions, nous les envisagerions tout simplement avec horreur.

J'ai mentionné quelques-unes des calamités les plus saillantes et les plus imposantes qui aient été enregistrées ; mais en elles, ce n'est pas moins l'ampleur que le caractère de la calamité qui impressionne si vivement l'imagination. Je n'ai pas besoin de rappeler au lecteur que, du long et sinistre catalogue des misères humaines, j'aurais pu extraire beaucoup d'exemples individuels bien plus empreints de souffrance essentielle qu'aucune de ces vastes accumulations de désastre. En fait, la vraie misère, — la détresse absolue, — est particulière et non générale. Que les horribles extrêmes de l'angoisse soient subis par l'homme en tant qu'unité, et jamais par l'homme en tant que masse — remercions-en un Dieu miséricordieux !

Etre enterré vivant est sans contredit le plus terrifiant de ces extrêmes qui soient jamais échus à de simples mortels. Que ce soit arrivé fréquemment, très fréquemment, ceux qui réfléchissent pourront difficilement le nier. Les frontières qui séparent la Vie de la Mort sont pour le moins ténébreuses et vagues. Qui peut dire où finit l'une et où l'autre commence ? Nous savons qu'il y a des maladies dans lesquelles se produisent des arrêts totaux de toutes les fonctions vitales apparentes, et dans lesquelles, pourtant, ces arrêts ne sont que des suspensions proprement dites. Ce ne sont que des pauses temporaires dans l'incompréhensible mécanisme. Un certain temps s'écoule, et quelque mystérieux principe invisible met à nouveau en mouvement les pignons magiques et les roues ensorcelées. Le fil d'argent n'était pas à tout jamais détaché ni la coupe d'or irréparablement brisée [2]. Mais où donc, pendant ce temps, se trouvait l'âme ?

Cependant, outre l'inévitable conclusion *a priori* que de telles causes doivent produire de tels effets, — que les occurrences bien connues de tels cas de vie suspendue peuvent naturellement donner naissance, de temps en temps, à des enterrements prématurés, — outre cette considération, nous avons le témoignage direct de l'expérience médicale et courante pour prouver qu'un grand nombre d'enterrements de ce genre ont réellement eu lieu. Je pourrais citer immédiatement, si nécessaire, une centaine d'exemples bien authentifiés. L'un d'eux, de caractère fort remarquable, et dont les circonstances doivent être encore vives dans la mémoire de certains de mes lecteurs, se produisit, il n'y a pas longtemps, dans la ville voisine de Baltimore, où il souleva une émotion pénible, intense et prolongée. La femme d'un des citoyens les plus respectables — avocat éminent et membre du Congrès — fut prise d'une soudaine et inexplicable maladie qui dérouta complètement la compétence de ses médecins. Après de grandes souffrances, elle mourut, ou on supposa qu'elle était morte. Personne ne soupçonna, ou n'eut de raison de soupçonner, qu'elle n'était pas vraiment morte. Elle présentait toutes les apparences ordinaires de la mort. Le visage avait pris les habituels traits tirés et creusés. Les lèvres avaient l'habituelle pâleur de marbre. Les yeux étaient ternes. Il n'y avait plus aucune chaleur. Le pouls avait cessé. Pendant trois jours, on conserva le corps sans l'ensevelir, et pendant ce temps il avait pris une rigidité de pierre. Bref, on hâta les funérailles en raison de la rapide progression de ce qu'on supposait être la décomposition.

La dame fut déposée dans son caveau de famille qui, au cours des trois années suivantes, ne fut pas dérangé. A l'expiration de ce terme, on dut l'ouvrir pour y placer un sarcophage ; — mais hélas ! quel choc horrible attendait le mari qui ouvrit lui-même la porte ! Comme les vantaux s'écartaient vers l'extérieur, un objet enveloppé de blanc tomba en cliquetant dans ses bras. C'était le squelette de sa femme, dans son linceul non encore décomposé.

Une enquête minutieuse mit en évidence qu'elle était revenue à la vie dans les deux jours qui avaient suivi sa mise au tombeau ; que ses efforts à l'intérieur du cercueil avaient fait tomber celui-ci d'une corniche, ou d'un rebord, sur le sol où il se brisa de façon telle que cela lui permit de s'en échapper. Une lampe que par hasard on avait laissée pleine d'huile à l'intérieur du tombeau fut retrouvée vide ; elle avait cependant pu se tarir par évaporation. Sur la plus élevée des marches qui descendaient à l'horrible chambre, il y avait un grand morceau du cercueil avec lequel, semblait-il, elle avait essayé d'attirer l'attention en frappant sur la porte de fer. Au moment où elle était ainsi occupée, elle avait probablement eu une syncope, ou bien peut-être était-elle morte de pure terreur ; et en tombant, son linceul s'accrocha à quelque ferrure qui dépassait à l'intérieur. C'est ainsi qu'elle resta, et ainsi qu'elle se putréfia, debout.

En l'année 1810, un cas d'inhumation vivante se produisit en France, dans des circonstances qui justifient pleinement l'affirmation selon laquelle la vérité est vraiment plus étrange que la fiction. L'héroïne de l'histoire était une certaine Mlle Victorine Lafourcade[3], jeune fille d'illustre famille, riche et d'une grande beauté. Parmi ses nombreux soupirants, il y avait Julien Bossuet, un pauvre *littérateur*[4] ou journaliste de Paris. Ses talents et sa gentillesse courante avaient attiré l'attention de l'héritière dont il semble qu'il était vraiment aimé ; mais son orgueil de caste la détermina en fin de compte à le repousser et à épouser un M. Rénelle, banquier et diplomate de quelque réputation. Après le mariage, cependant, ce monsieur la négligea, et peut-être même la maltraita vraiment. Après avoir passé quelques années malheureuses avec lui, elle mourut — du moins son état ressemblait si étroitement à la mort qu'il trompa tous ceux qui la virent. Elle fut enterrée — non pas dans un caveau, mais dans une tombe ordinaire de son village natal. Empli de désespoir, et encore enflammé par la mémoire de son profond attachement, l'amoureux fait le voyage depuis la capitale jusqu'à la province reculée où se trouve le village, dans l'intention romantique de déterrer le corps et de s'emparer de ses tresses luxuriantes. Il trouve la tombe. En pleine nuit, il déterre le cercueil, l'ouvre, et il est déjà en train de couper la chevelure lorsqu'il est arrêté par les yeux adorés qui s'ouvrent. En fait la dame avait été enterrée vivante. Sa vitalité ne l'avait pas complètement abandonnée et elle avait été tirée par les caresses de son amoureux de la léthargie qu'on avait prise pour la mort. Il la porta follement jusqu'à son logement au village. Il employa certains toniques puissants que lui suggéra sa science médicale assez développée. Enfin elle revécut. Elle reconnut son sauveur. Elle resta avec lui jusqu'à ce que, par degrés progressifs, elle eût pleinement recouvré sa santé d'origine. Son cœur de femme n'était pas insensible, et cette dernière preuve d'amour suffit à l'attendrir. Elle l'accorda à Bossuet. Elle ne revint pas vers son mari, mais, lui cachant sa résurrection, s'enfuit en Amérique avec son amant. Vingt ans après, ils revinrent en France tous les deux, persuadés que le temps avait si grandement changé l'apparence de la dame que ses amis ne pourraient la reconnaître. Ils se trompaient cependant car, à la première rencontre, M. Rénelle reconnut vraiment sa femme et la réclama. Elle s'opposa à cette demande, et le tribunal lui donna raison pour sa résistance, décidant que les circonstances particulières, ainsi que les nombreuses années écoulées, avaient éteint non seulement en toute équité, mais aussi légalement, l'autorité du mari.

Le *Journal de chirurgie* de Leipzig, périodique d'une grande autorité et d'un grand mérite, que des libraires américains feraient bien de traduire et d'éditer, rapporte dans un numéro récent un cas fort désolant de ce genre.

Un officier d'artillerie, homme de stature gigantesque et de santé robuste, jeté à bas d'un cheval rétif, reçut à la tête une très sévère contusion qui lui fit immédiatement perdre conscience ; le crâne avait une légère fracture, mais on ne craignait aucun danger immédiat. Une trépanation fut pratiquée avec succès. Il fut saigné, et bien d'autres moyens thérapeutiques habituels furent appliqués. Pourtant il tomba graduellement dans un état de stupeur de plus en plus désespéré, et, finalement, on le crut mort.

Le temps était chaud et il fut enterré avec une hâte excessive dans l'un des cimetières publics. Ses obsèques eurent lieu le jeudi. Le dimanche suivant, les terrains du cimetière furent comme d'habitude envahis par les visiteurs et, vers midi, une intense agitation fut provoquée par la déclaration d'un paysan selon laquelle, alors qu'il était assis sur la tombe de l'officier, il avait distinctement senti une secousse dans la terre, comme si quelqu'un se débattait au-dessous. Au début on ne prêta que peu d'attention aux affirmations de l'homme ; mais son évidente terreur, et l'obstination tenace avec laquelle il persévéra dans son récit, finirent par produire leur effet naturel sur la foule. On se procura des pelles en hâte, et la tombe, qui était scandaleusement peu profonde, fut en quelques minutes assez ouverte pour que la tête de son occupant apparût. Il semblait alors mort ; mais il était assis presque droit dans son cercueil, dont il avait soulevé le couvercle dans ses soubresauts acharnés.

Il fut aussitôt emporté jusqu'au plus proche hôpital, et là on reconnut qu'il vivait encore, bien qu'il fût en état d'asphyxie. Après quelques heures il reprit vie, reconnut des personnes de connaissance, et, en phrases hachées, parla de ses angoisses dans la tombe.

D'après ce qu'il raconta, il était clair qu'il avait dû rester conscient de son existence pendant plus d'une heure, une fois inhumé, avant de sombrer dans l'insensibilité. La tombe avait été remplie négligemment et mollement d'une terre extrêmement poreuse ; et donc de l'air avait forcément filtré. Il avait entendu les pas de la foule au-dessus de lui, et il avait à son tour tenté de se faire entendre. C'est le tumulte du cimetière, dit-il, qui semblait l'avoir éveillé d'un profond sommeil, mais à peine fut-il éveillé qu'il se rendit pleinement compte de l'horreur affreuse de sa situation.

Ce patient, rapporte-t-on, allait de mieux en mieux, et semblait en bonne voie de recouvrer toute sa santé, lorsqu'il tomba victime du charlatanisme d'une expérience médicale. On lui appliqua une batterie galvanique et il expira soudainement dans un de ces paroxysmes extatiques que cela déclenche parfois[5].

Cette mention de la batterie galvanique, cependant, me remet en mémoire un cas analogue bien connu et très extraordinaire, où son action permit de rappeler à la vie un jeune fondé de pouvoir de Londres qui avait été enterré depuis deux jours. Cette affaire se passa en 1831 et elle produisit à l'époque une émotion très profonde partout où elle devenait sujet de conversation.

Le malade, M. Edward Stapleton, était mort, apparemment, de fièvre typhoïde accompagnée de symptômes anormaux qui avaient excité la curiosité de ses médecins. Après ce qui semblait sa mort, on demanda à ses amis d'autoriser une autopsie, mais ceux-ci refusèrent. Comme il arrive souvent lorsque de tels refus se produisent, les praticiens décidèrent de déterrer le corps et de le disséquer à loisir, en privé. Des arrangements furent aisément pris avec l'une de ces nombreuses bandes de déterreurs de cadavres dont Londres abonde ; et, la troisième nuit après les funérailles, le supposé mort fut déterré d'une tombe profonde de huit pieds, et déposé dans la salle d'opération de l'un des hôpitaux privés.

Une incision d'une certaine dimension avait déjà été faite dans l'abdomen, lorsque l'aspect frais et non corrompu du sujet leur donna l'idée de lui appliquer la batterie. Une expérience succéda à l'autre, et les effets habituels survinrent sans que rien de particulier ne les distinguât sauf, à une ou deux reprises au cours du mouvement convulsif, un extraordinaire degré de simulation de la vie.

Il se faisait tard. Le jour allait poindre ; et on jugea opportun en fin de compte de procéder tout de suite à la dissection. Un étudiant cependant était particulièrement désireux de vérifier une théorie personnelle, et il insista pour appliquer la batterie à l'un des muscles pectoraux. On fit une grossière entaille et on mit hâtivement un fil en contact ; alors, le patient, dans un mouvement vif mais sans rien de convulsif, se leva de la table, marcha jusqu'au milieu de la pièce, regarda avec inquiétude autour de lui pendant quelques secondes puis parla. Ce qu'il dit était incompréhensible ; mais des mots furent proférés ; les syllabes étaient distinctes. Ayant parlé, il tomba lourdement sur le plancher.

Pendant quelques instants ils restèrent tous pétrifiés de peur — mais l'urgence de la situation leur rendit leur présence d'esprit. On vit que M. Stapleton était vivant, bien qu'en syncope. Après administration d'éther, il reprit connaissance et revint rapidement à la santé et à la société de ses amis — à qui on cacha cependant toute information sur sa résurrection jusqu'à ce que plus aucune rechute ne fût à craindre. On peut imaginer leur étonnement — leur joyeuse stupeur.

Le détail le plus saisissant de cet incident, néanmoins, se trouve dans ce que M. S. lui-même rapporte. Il déclare qu'à aucun moment il ne fut totalement insensible — que, de façon atténuée et confuse, il était resté conscient de tout ce qui lui arrivait, depuis le moment où il avait été déclaré *mort* par ses médecins jusqu'à celui où il était tombé évanoui sur le sol de l'hôpital. « Je suis vivant », tels étaient les mots incom-

pris qu'il avait essayé de dire dans sa situation déses-
pérée lorsqu'il avait reconnu dans ce lieu la salle de
dissection.

Il serait facile de multiplier les histoires comme
celles-là — mais je m'en abstiens — car, en vérité, nous
n'avons aucun besoin de cela pour établir le fait que
des enterrements prématurés se produisent. Lorsque
nous mesurons combien il est rarissime, étant donné la
nature de ces faits, que nous puissions les détecter, il
nous faut bien admettre qu'ils pourraient se produire
fréquemment sans que nous le sachions. Et en vérité
lorsque, pour quelque projet, il est nécessaire de
réduire un cimetière sur une certaine étendue, il est
difficile de le faire sans trouver des squelettes dans des
postures qui suscitent les plus terribles soupçons.

Terrible en effet le soupçon — mais plus terrible
encore le destin! On peut affirmer, sans hésitation,
qu'*aucun* événement n'est aussi terriblement propre à
inspirer le paroxysme de la détresse physique et
mentale qu'un enterrement avant la mort. L'insupportable oppression des poumons — les vapeurs suffocantes de la terre humide — les vêtements mortuaires
qui collent — l'étreinte rigide de l'étroite demeure —
l'obscurité de la Nuit absolue — le silence semblable à
une mer qui engloutit — l'invisible mais palpable
présence du Ver Conquérant[6] — toutes ces choses
jointes à la pensée de l'air et de l'herbe au-dessus, au
souvenir des amis les plus chers qui voleraient à notre
secours s'ils avaient connaissance de notre sort, et la
conscience que de ce sort ils ne pourront *jamais* avoir
connaissance — que notre lot sans espoir est celui de
ceux qui sont vraiment morts — toutes ces considérations, dis-je, apportent au cœur qui palpite encore un
degré d'horreur effroyable et intolérable face auquel
l'imagination la plus hardie ne peut que se révolter.
Nous ne connaissons rien d'aussi atroce sur terre —

nous ne pouvons rêver de rien qui atteigne la moitié d'une telle horreur dans le royaume de l'enfer le plus profond. Et ainsi tous les récits sur ce sujet ont-ils un intérêt profond ; un intérêt néanmoins, qui, par la peur sacrée du sujet lui-même, dépend très proprement et très particulièrement de la conviction que nous avons de la *vérité* des faits rapportés. Ce que j'ai à raconter maintenant relève de ma connaissance réelle — de ma seule expérience tangible et personnelle.

Depuis des années, j'étais sujet à des attaques de ce singulier désordre que les médecins sont convenus d'appeler catalepsie, à défaut d'un terme plus définitif. Quoique les causes immédiates comme les causes prédisposantes, et même le diagnostic de ce mal, soient encore mystérieux, son caractère manifeste et apparent est assez bien connu. Ses variations semblent être surtout de degré. Parfois le malade gît, pour un jour seulement, ou même pour une période plus courte, dans une espèce de léthargie exagérée. Il est privé de sensations et, extérieurement, de mouvements, mais la pulsation du cœur est encore faiblement perceptible ; quelques traces de chaleur subsistent ; une légère coloration s'attarde encore au milieu des joues ; et, en appliquant un miroir aux lèvres, nous pouvons détecter un mouvement des poumons ralenti, irrégulier et vacillant. D'autres fois, la durée de la crise se prolonge pendant des semaines — parfois des mois ; et l'observation la plus minutieuse, les examens médicaux les plus rigoureux, ne parviennent pas à établir la moindre différence concrète entre l'état du patient et ce que nous imaginons de la mort absolue. Très souvent, il est sauvé d'un enterrement prématuré seulement par la connaissance qu'ont ses amis de ce qu'il a été auparavant sujet à la catalepsie, par les soupçons consécutifs qui ont été suscités, et, par-dessus tout, par la non-apparition de la décomposition. Les progrès de la

maladie sont, heureusement, graduels. Les premières
manifestations, quoique marquées, sont sans équivoque. Les accès deviennent ensuite de plus en plus
marqués, et chacun dure plus longtemps que le précédent. C'est en cela que réside la principale assurance
contre l'inhumation. L'infortuné dont la *première* attaque aurait le caractère extrême qu'on observe parfois
serait presque inévitablement livré vivant au tombeau.

Mon propre cas ne différait par aucun détail important de ceux que citaient les traités médicaux. Parfois,
sans aucune cause apparente, je sombrais peu à peu
dans un état de semi-syncope ou de demi-évanouisse-
ment ; et je restais dans cet état, sans douleur, sans
capacité de bouger, ou, à strictement parler, de penser,
mais avec une vague conscience léthargique de la vie et
de la présence de ceux qui entouraient mon lit, jusqu'à
ce qu'une crise de cette maladie me rendît soudain à la
pleine sensation. A d'autres moments, j'étais victime
d'une attaque rapide et violente. J'étais pris de nausées, d'engourdissement, de froid, de vertiges, et je
m'effondrais donc aussitôt. Alors, pendant des
semaines, tout était vide, et noir, et silencieux, et le
Néant devenait l'univers. L'anéantissement total n'au
rait pu être pire. De ces attaques, je m'éveillais,
cependant, selon une progression d'une lenteur pro-
portionnelle à la soudaineté de l'attaque. Tout comme
le jour point pour le mendiant sans amis et sans
maison qui erre au hasard des rues dans la longue nuit
désolée d'hiver — tout aussi lentement — tout aussi
péniblement revenait pour moi la lumière de l'Ame.

A part la tendance à la catalepsie, cependant, ma
santé générale semblait bonne ; et je ne pouvais déceler
si elle était le moins du monde perturbée par cette
seule maladie dominante — à moins qu'en vérité on ne
dût considérer qu'une caractéristique de mon *sommeil*
ordinaire en découlât. Lorsque j'émergeais de mon

sommeil, je ne pouvais jamais reprendre d'un seul coup possession de mes sens, et je restais toujours pendant des minutes dans l'affolement et la perplexité — les facultés mentales en général, mais la mémoire en particulier, se trouvant alors dans une condition d'absolue suspension.

Dans tout ce que j'endurais il n'y avait pas de souffrance physique, mais une détresse morale infinie. Mon imagination devint charnier. Je parlais « de vers, de tombes, d'épitaphes[7] ». J'étais perdu dans des rêveries de mort, et l'idée d'enterrement prématuré prenait continuellement possession de mon âme. Le péril effrayant auquel j'étais exposé me hantait jour et nuit. Le jour, la torture de la méditation était excessive ; la nuit, elle était suprême. Lorsque les sinistres ténèbres se répandaient sur la Terre, alors, dans toute l'horreur de ma pensée, je tremblais — tremblais comme les plumets frissonnent au-dessus du corbillard. Lorsque la Nature ne pouvait plus supporter l'insomnie, c'était en luttant que je cédais au sommeil — car je frémissais en pensant qu'au réveil, je pourrais me retrouver l'occupant d'une tombe. Et lorsque, finalement, je sombrais dans le sommeil, ce n'était que pour me précipiter d'un seul coup dans un monde de phantasmes, au-dessus duquel, sur ses vastes ailes noires enténébrantes, planait, omniprésente, la seule Idée sépulcrale.

De ces innombrables images de ténèbres qui m'oppressaient ainsi en rêve, je ne choisis de rapporter qu'une vision isolée. Il me semblait que j'étais immergé dans une transe cataleptique d'une durée et d'une profondeur inhabituelles. Soudain une main glaciale se posa sur mon front, et une voix impatiente et stridente me souffla à l'oreille « lève-toi ».

Je m'assis tout droit. L'obscurité était totale. Je ne pouvais distinguer la forme de celui qui m'avait éveillé. Je ne pouvais me rappeler ni le moment où j'étais tombé en transe, ni le lieu où j'étais alors couché. Tandis que je restais sans mouvement, et occupé par mes efforts à rassembler mes pensées, la main froide me saisit violemment le poignet, le secouant avec vivacité, alors que la voix stridente disait une fois de plus :

« Lève-toi ! Ne t'ai-je pas ordonné de te lever ? »

« Et qui es-tu ? » demandai-je.

« Je n'ai pas de nom dans les régions que j'habite », répliqua la voix, d'un ton lugubre ; « j'étais mortel, mais je suis démon. J'étais impitoyable, mais je suis miséricordieux. Tu sens que je frissonne. Mes dents claquent quand je parle, et pourtant ce n'est pas à cause de la fraîcheur de la nuit — de la nuit sans fin. Mais cette horreur est insupportable. Comment peux-tu, *toi*, dormir tranquillement ? Je ne peux trouver le repos face au cri de ces grandes douleurs. Ces visions sont plus que je ne puis supporter. Lève-toi ! Viens avec moi dans la Nuit extérieure, et laisse-moi t'ouvrir les tombes. N'est-ce pas une vision de malheur ? — Regarde ! »

Je regardai ; et la forme invisible qui me tenait encore par le poignet, avait fait s'ouvrir les tombes de toute l'humanité ; et de chacune sortait le faible rayonnement phosphorescent de la décomposition ; je pouvais ainsi distinguer les recoins les plus profonds, et y voir les corps ensevelis dans leur triste et solennel sommeil avec les vers. Mais hélas ! les véritables dormeurs étaient de plusieurs millions moins nombreux que ceux qui ne dormaient pas du tout ; et il y avait un faible remuement ; et il y avait une triste inquiétude générale ; et des profondeurs des fosses sans nombre montait le bruissement mélancolique des vêtements des enterrés. Et parmi ceux qui semblaient reposer tranquillement, je vis qu'un vaste nombre avait changé, à un degré plus ou moins grand, la position rigide et inconfortable dans laquelle ils avaient à l'origine été enterrés. Et la voix me disait à nouveau tandis que je regardais : « N'est-ce pas — oh ! n'est-ce *pas* une vision pitoyable ? » Mais avant que j'aie pu trouver les mots pour répondre, la forme avait cessé de me serrer le poignet, les lumières phosphorescentes avaient expiré et les tombes s'étaient refermées avec une soudaine violence, pendant qu'il s'en élevait un tumulte de cris désespérés qui répétaient : « N'est-ce pas — oh Dieu ! N'est-ce *pas* une très pitoyable vision ? »

Des visions comme celles-ci qui se présentaient d'elles-mêmes la nuit prolongeaient longuement leur terrible influence au cours des heures de veille. Mes nerfs se détraquèrent complètement, et je devins la proie d'une horreur perpétuelle. J'hésitai à sortir à cheval, à marcher, ou à me livrer à tout exercice qui m'entraînait hors de chez moi. En fait, je n'osais plus avoir confiance en moi en dehors de la présence immédiate de ceux qui étaient au courant de ma propension à la catalepsie, de peur que, tombant dans une de mes crises habituelles, je sois enterré avant que mon véritable état ait pu être décelé. Je mettais en doute le soin, la fidélité de mes amis les plus chers. Je craignais qu'au cours d'une crise de durée plus longue que d'habitude, ils puissent en arriver à me juger irrécupérable. Comme je leur causais beaucoup d'ennuis, j'allai même jusqu'à craindre qu'ils puissent être heureux de considérer toute attaque véritablement prolongée comme une excuse suffisante pour se débarrasser tout à fait de moi. C'est en vain qu'ils essayèrent de me rassurer par les promesses les plus solennelles. J'exigeai les serments les plus sacrés qu'en aucune circonstance ils ne m'enterreraient avant que ma décomposition soit si concrètement avancée qu'elle

rende toute préservation ultérieure impossible. Et
même alors, mes terreurs mortelles ne voulurent
entendre nulle raison — ne voulurent admettre aucune
consolation. Je pris toute une série de précautions
minutieuses. Entre autres choses, je fis refaire mon
caveau de famille de façon qu'il puisse être rapidement
ouvert de l'intérieur. La moindre pression sur un long
levier, qui s'étendait loin dans la tombe, devait faire
s'ouvrir brusquement les vantaux de fer. Il y avait
aussi des dispositifs pour la libre admission de l'air et
de la lumière, et des récipients commodes pour la
nourriture et l'eau, à portée immédiate du cercueil
prévu pour me recevoir. Ce cercueil était chaudement
et douillettement capitonné [8] et équipé d'un couvercle
aménagé selon le principe de la porte du caveau, avec
un ajout de ressorts disposés de façon telle que le plus
faible mouvement du corps suffise à le libérer. En plus
de tout cela, on avait pendu à la voûte du tombeau une
grande cloche, dont la corde, ainsi qu'il était prévu,
devait passer à travers un trou dans le cercueil, et être
ainsi attachée à l'une des mains de l'enterré. Mais,
hélas, à quoi sert donc la vigilance contre la Destinée
de l'homme ? Ces sécurités bien organisées ne suffisaient même pas à protéger des angoisses extrêmes de
l'enterrement prématuré le misérable condamné à ces
angoisses !

Il arriva un moment — comme il en était souvent
arrivé auparavant — où je me retrouvai sortant d'une
inconscience totale pour émerger dans la première
faible et indéfinie sensation d'existence. Lentement —
avec une progression de tortue — approchait la timide
aube grisâtre du jour psychique. Un malaise léthargique. Une épreuve apathique de douleur sourde. Aucun
souci — aucun espoir — aucun effort. Puis, après un
long intervalle, un tintement dans les oreilles ; puis,
après un laps de temps encore plus long, une sensation

de picotement ou de fourmillement aux extrémités ; puis une période apparemment éternelle de repos plaisant, pendant lequel les sentiments qui se réveillent cherchent à devenir pensée ; puis une brève rechute dans le non-être ; puis un brusque retour à la conscience. Enfin, le léger tremblement d'une paupière, et tout de suite après, un choc électrique de terreur mortelle, imprécise, qui lance à flots le sang des tempes vers le cœur. Et puis le premier effort pour se souvenir. Et puis un succès partiel et évanescent. Et puis la mémoire a si bien regagné son empire que, dans une certaine mesure, je suis conscient de mon état. Je sens que je ne suis pas en train de me réveiller d'un sommeil ordinaire. Je me rappelle que j'ai été sujet à la catalepsie. Et puis, enfin, comme sous la ruée d'un océan, mon esprit frémissant est submergé par le seul Danger inexorable — par la seule Idée spectrale et toujours obsédante.

Pendant quelques minutes, après que cette idée m'eut envahi, je restai sans mouvement. Et pourquoi donc ? Je ne pouvais rassembler le courage nécessaire pour bouger. Je n'osais pas faire l'effort qui devait me rassurer sur mon destin — et pourtant il y avait en moi quelque chose qui me soufflait que *c'était sûr*. Le désespoir — tel qu'aucune autre sorte de malheur n'en fait jamais naître — le désespoir seul me força après une longue irrésolution à soulever mes paupières lourdes. Je les soulevai. Il faisait noir — tout noir. Je savais que l'accès était fini. Je savais que la crise de mon mal était depuis longtemps passée. Je savais que j'avais maintenant recouvré l'usage de mes facultés visuelles — et pourtant il faisait noir — c'était l'intense et complète absence de rayonnement de la Nuit qui dure à tout jamais.

Je tentai de crier ; et dans l'effort, mes lèvres et ma langue desséchée remuèrent convulsivement — mais aucune voix ne sortit de mes poumons caverneux qui, oppressés comme par le poids d'une lourde montagne, hoquetaient et palpitaient, avec le cœur, à chaque laborieuse et difficile inspiration.

Le mouvement des mâchoires, dans cette tentative pour crier fort, me fit comprendre qu'elles étaient liées, comme c'est l'usage avec les morts. Je sentis en outre que j'étais couché sur une matière dure; et quelque chose de semblable comprimait aussi mes flancs. Jusqu'alors je ne m'étais risqué à mouvoir aucun de mes membres — mais à ce moment je levai violemment mes bras, qui étaient allongés de toute leur longueur, les poignets croisés. Ils heurtèrent une solide paroi de bois qui s'étendait au-dessus de ma personne à une distance d'à peine six pouces de mon visage. Je ne pus douter plus longtemps que je reposais finalement dans un cercueil.

Et alors, dans l'infini de mes misères, surgit douce-ment l'ange de l'Espoir — car je pensai à mes précau-tions. Je me contorsionnai et fis des efforts spasmodi-ques pour forcer le couvercle : il ne bougea pas. Je cherchais à mes poignets la corde de la cloche; je ne pus la trouver. Alors le Consolateur s'envola à tout jamais, et un Désespoir plus sévère encore régna triomphant, car je ne pus m'empêcher de constater l'absence du capitonnage que j'avais si soigneusement préparé — et puis parvint soudain à mes narines l'odeur particulière et forte de la terre humide. La conclusion était implacable. Je n'étais *pas* dans le caveau. J'étais tombé en catalepsie alors que je me trouvais hors de chez moi — alors que j'étais parmi des étrangers — quand ou comment, je ne pouvais m'en souvenir — et c'étaient eux qui m'avaient enterré comme un chien — cloué dans quelque cercueil com-mun — et jeté profond, profond, pour toujours, dans quelque *tombe* ordinaire et anonyme.

Comme cette conviction atroce s'infiltrait ainsi dans les recoins les plus profonds de mon âme, je tentai encore une fois de pousser un cri. Et à ce second essai, je réussis. Un cri long, sauvage et continu, un hurlement d'agonie, résonna dans le royaume de la Nuit souterraine.

« Holà ! Holà, donc ! » fit en réponse une voix bourrue.

« Que diable peut-il bien vouloir ! » dit une seconde.

« Sortez de là ! » dit une troisième.

« Qu'est-ce que ça signifie de hurler ainsi, tout comme un léopard ? » dit une quatrième ; sur quoi je fus saisi et secoué sans cérémonie, pendant plusieurs minutes, par une bande d'individus d'allure fort rude. Ils ne me tirèrent pas de mon sommeil — car j'étais bien éveillé lorsque j'avais crié — mais ils me rendirent la pleine possession de ma mémoire.

Cette aventure se passait près de Richmond en Virginie. En compagnie d'un ami, j'avais parcouru sur plusieurs milles, au cours d'une expédition de chasse, les rives de la rivière James. La nuit approchait, et nous fûmes surpris par un orage. La cabine d'un petit sloop ancré dans la rivière, et chargé de terreau pour les jardins, nous offrit le seul refuge possible. Nous nous en accommodâmes et passâmes la nuit à bord. Je dormis dans une des deux seules couchettes du bateau — et les couchettes d'un sloop de soixante ou soixante-dix tonneaux n'ont guère besoin d'être décrites. Celle que j'occupais n'avait aucune sorte de litière. Sa plus grande largeur était de dix-huit pouces. La distance de son fond jusqu'au pont situé au-dessus était exactement la même. J'eus des difficultés extrêmes pour m'y glisser. Néanmoins, je dormis profondément ; et l'ensemble de ma vision — car ce n'était ni un rêve ni un cauchemar — venait naturellement des hasards de ma position — de mon habituelle tournure d'esprit —

et, j'y ai déjà fait allusion, de ma difficulté à reprendre mes esprits, et particulièrement à retrouver la mémoire pendant un long moment après être sorti du sommeil. Les hommes qui m'avaient secoué étaient l'équipage du sloop, et quelques travailleurs engagés pour le décharger. C'est de la cargaison elle-même que venait l'odeur de terre. Le bandage autour de ma mâchoire était un mouchoir de soie que j'avais noué autour de ma tête à défaut de mon bonnet de nuit habituel.

Cependant les tortures endurées avaient été indubitablement égales, sur le moment, à celles d'une réelle inhumation. Elles avaient été terrifiantes — elles avaient été incroyablement hideuses ; mais du Mal sortit le Bien ; car leur excès même opéra dans mon esprit une inévitable révolution. Mon âme acquit de la vigueur — acquit de la trempe. Je voyageai. Je pratiquai de vigoureux exercices. Je respirai l'air libre du Ciel. Je pensai à d'autres sujets qu'à la Mort. Je me débarrassai de mes livres médicaux. *Buchan*[9], je le brûlai. Je ne lus plus de *Nuits*[10] — plus de galimatias sur les cimetières — plus d'histoires d'horreur — *comme celle-ci*. Bref, je devins un nouvel homme, et vécus une vie d'homme. A partir de cette nuit mémorable, je chassai à tout jamais mes macabres appréhensions, et avec elles disparut le mal cataleptique, dont elles avaient peut-être été moins la conséquence que la cause.

Il y a des moments où, même pour l'œil calme de la Raison, le monde de notre triste Humanité peut prendre l'aspect de l'Enfer — mais l'imagination de l'homme n'est pas une Carathis[11] pour explorer sans risque chacune de ses cavernes. Hélas ! on ne peut regarder la sinistre légion des terreurs sépulcrales comme entièrement imaginaire — mais, comme les

Démons en compagnie desquels Afrasiab descendit l'Oxus [12], elles doivent sommeiller, sinon elles nous dévoreront — il faut les condamner au sommeil, sinon nous périssons.

LA CAISSE OBLONGUE

Il y a quelques années, je pris passage à Charleston, Caroline du Sud, pour la ville de New York, sur le beau paquebot *Indépendance*[1], capitaine Hardy. Nous devions appareiller le quinze du mois (en juin), si le temps le permettait ; et, le quatorze, je vins à bord pour disposer quelques affaires dans ma cabine.

Je découvris que nous devions avoir un grand nombre de passagers, dont un nombre de dames plus élevé que d'habitude. Sur la liste figuraient plusieurs de mes relations ; et entre autres noms, je me réjouis de voir celui de M. Cornelius Wyatt, un jeune artiste pour lequel je nourrissais des sentiments de vive amitié. Il avait été mon camarade d'études à l'Université de C—[2], où nous nous étions beaucoup fréquentés. Il avait le tempérament ordinaire d'un génie, et présentait un mélange de misanthropie, de sensibilité et d'enthousiasme. A ces qualités, il joignait le cœur le plus ardent et le plus fidèle qui battît jamais dans une poitrine humaine.

Je remarquai que son nom était inscrit pour *trois* cabines ; et, en consultant de nouveau la liste des passagers, je vis qu'il avait pris passage pour lui-même, sa femme, et deux sœurs — les siennes. Les cabines étaient assez spacieuses et chacune comprenait deux couchettes, l'une au-dessus de l'autre. Ces couchettes, certes, étaient si excessivement étroites qu'elles suffisaient à peine pour une personne ; pourtant, je ne pouvais comprendre pourquoi il y avait *trois* cabines pour ces quatre personnes. Juste à cette époque, je me trouvais dans une de ces dispositions d'esprit moroses qui rendent un homme anormalement curieux à propos de broutilles : et je confesse, avec honte, que je me confondis en une multitude de conjectures de mauvais goût et absurdes au sujet de cette cabine surnuméraire. Cela ne me regardait pas, c'est sûr ; mais je ne m'en obstinai pas moins à tenter de résoudre l'énigme. Finalement, je parvins à une conclusion à laquelle je m'étonnai beaucoup de ne pas avoir songé avant. « C'est une domestique, bien sûr, me dis-je ; suis-je sot de ne pas avoir pensé plus tôt à une solution aussi évidente ! » Et puis je consultai à nouveau la liste mais je vis là clairement qu'*aucune* domestique ne devait accompagner le groupe bien qu'en fait, c'eût été la première idée que d'en emmener une — car les mots « et une domestique » avaient été d'abord écrits puis raturés. « Oh, sûrement des bagages en excédent, me dis-je alors — quelque chose qu'il ne veut pas mettre dans la cale — quelque chose qu'il veut garder sous les yeux — ah, j'y suis — un tableau ou quelque chose de ce genre — et c'est cela qu'il a marchandé avec Nicolino, le juif italien. » Cette idée me satisfit et j'abandonnai pour le coup ma curiosité.

Les deux sœurs de Wyatt, je les connaissais bien, étaient des jeunes femmes très aimables et très intelligentes. Sa femme, il venait de l'épouser, je ne l'avais jamais vue. Il avait souvent parlé d'elle en ma présence, cependant, et avec son habituel style enthousiaste. Il l'avait décrite comme d'une beauté, d'un esprit et d'un talent extraordinaires. J'étais donc très impatient de faire sa connaissance.

Le jour où je visitai le navire (le quatorze), Wyatt et son groupe devaient également le visiter — comme m'en informa le capitaine — et j'attendis à bord une heure de plus que je ne l'avais prévu, dans l'espoir d'être présenté à la mariée ; mais une lettre d'excuses me parvint. « Mme W. était légèrement indisposée, et ne préférait pas venir à bord avant demain, à l'heure de l'appareillage. »

Le lendemain étant arrivé, je me rendais de mon hôtel vers le quai, lorsque le capitaine Hardy me rencontra et me dit que, « du fait des circonstances » (expression stupide mais commode), « il pensait plutôt que l'*Indépendance* n'appareillerait pas avant un jour ou deux, et que, lorsque tout serait prêt, il enverrait quelqu'un m'en avertir ». Je trouvai cela curieux, car il y avait une forte brise de sud ; mais comme « les circonstances » ne m'étaient pas révélées, malgré toute la persévérance avec laquelle je les sollicitai, je n'eus rien d'autre à faire que rentrer chez moi et ruminer tout à loisir mon impatience.

Je ne reçus pas le message attendu du capitaine avant presque une semaine. Il finit cependant par arriver et je me rendis immédiatement à bord. Le navire était encombré de passagers, et tout était dans le branle-bas qui précède l'appareillage. Le groupe de Wyatt arriva environ dix minutes après moi. Il y avait les deux sœurs, la mariée, et l'artiste — ce dernier plongé dans un de ses habituels accès de misanthropie morose. J'étais cependant trop bien habitué à ceux-ci pour leur accorder une attention particulière. Il ne me présenta même pas sa femme ; — la politesse revint par nécessité à sa sœur, Marianne — une jeune fille très douce et très intelligente, qui, en quelques mots précipités, nous fit faire connaissance.

Mme Wyatt était étroitement voilée ; et quand elle souleva sa voilette, pour répondre à mon salut, j'avoue

que je fus très profondément étonné. Je l'eusse été
bien plus encore, pourtant, si une longue expérience
ne m'avait appris à ne pas accorder une confiance
trop absolue aux descriptions enthousiastes de mon
ami l'artiste lorsqu'il se lançait dans des commentaires sur le charme féminin. Quand la beauté était
notre sujet de conversation, je savais bien avec
quelle facilité il s'envolait dans les régions du pur
idéal.

En vérité, je ne pus m'empêcher de regarder Mme
Wyatt comme une femme manquant nettement de
beauté. Si elle n'était pas positivement laide, elle n'en
était, je pense, pas très loin. Elle était cependant
habillée avec un goût exquis — et alors je ne doutai pas
qu'elle n'eût conquis le cœur de mon ami par les grâces
plus durables de l'intelligence et de l'âme. Elle ne
prononça que quelques mots, et passa aussitôt dans sa
cabine avec M.W.

Ma vieille curiosité se réveilla alors. Il n'y avait *pas*
de domestique — c'était un point acquis. Je cherchai
donc le bagage en excédent. Après un moment, une
charrette arriva sur le quai, avec une caisse oblongue
en pin, qui semblait être tout ce que l'on attendait.
Immédiatement après son arrivée nous appareillâmes,
et, en peu de temps, nous avions franchi sans problème
la barre et gagné le large.

La caisse en question était, comme je l'ai dit,
oblongue. Elle faisait environ six pieds de long sur
deux et demi de large : — je l'observai attentivement et
j'aime être précis. Or cette forme était *particulière* ; et à
peine l'eus-je vue que je me flattai de la justesse de mes
suppositions. J'étais parvenu à la conclusion, on s'en
souviendra, que le bagage en excédent de mon ami
l'artiste, se révélerait être des tableaux, ou au moins un
tableau, car je savais qu'il avait été pendant plusieurs
semaines en pourparlers avec Nicolino : — or il y avait

désormais une caisse qui, du fait de sa forme, ne *pouvait* réellement rien contenir d'autre au monde qu'une copie de « La Cène » de Léonard ; et j'avais appris quelque temps auparavant qu'une copie de cette même « Cène » effectuée par Rubini le Jeune[3], à Florence, était en la possession de Nicolino. Ce point donc, je le considérai comme suffisamment établi. Je ris énormément sous cape lorsque je songeai à ma perspicacité. C'était bien la première fois que je voyais Wyatt me cacher un de ses secrets artistiques ; il avait donc l'intention de me devancer et de faire passer un beau tableau à New York, juste sous mon nez ; et il s'attendait à ce que je ne sache rien de l'affaire. Je résolus de *pas mal* le taquiner, dès que possible.

Une chose cependant me gênait quelque peu. La caisse n'alla *pas* dans la cabine supplémentaire. Elle fut déposée dans celle de Wyatt ; et elle y resta, occupant presque la totalité du plancher — sans nul doute pour le plus grand inconfort de l'artiste et de sa femme ; — et ceci d'autant plus que le goudron ou l'enduit avec lequel elle avait été marquée en grossières lettres capitales, dégageait une odeur forte, désagréable, et, à *mon* goût, particulièrement répugnante. Sur le couvercle étaient peints les mots — « *Mme Adelaïde Curtis, Albany, New York, aux bons soins de M. Cornelius Wyatt. Haut. A manipuler avec précaution.* »

Or je savais que Mme Adelaïde Curtis, d'Albany, était la mère de la femme de l'artiste ; — mais je pris alors toute l'adresse pour une mystification qui m'était spécialement destinée. Je me persuadai, bien sûr, que la boîte et son contenu n'iraient jamais plus au nord que l'atelier de mon misanthrope ami, dans Chambers Street à New York.

Pendant les trois ou quatre premiers jours, nous eûmes beau temps, malgré un vent debout qui avait viré au nord dès que nous avions perdu de vue la côte. Les passagers étaient donc de bonne humeur et disposés à la sociabilité. Je *dois* excepter cependant Wyatt et ses sœurs qui se conduisaient avec réserve, et, je ne pouvais m'empêcher de le penser, de façon peu courtoise avec le reste de la compagnie. De la conduite de *Wyatt* je ne me souciais pas trop. Il était sombre, et même bien plus qu'à son habitude — en fait il était *morose* — mais de sa part je m'attendais à toute forme d'excentricité. Pour ses sœurs, cependant, je ne pouvais trouver la moindre excuse. Elles s'enfermèrent dans leur cabine durant la plus grande partie de la traversée, et refusèrent absolument, malgré mes prières répétées, d'établir une communication avec qui que ce fût à bord.

Mme Wyatt elle-même était beaucoup plus aimable. C'est-à-dire qu'elle était *causante*; et être causant n'est pas un mince atout en mer. Elle devint *extrêmement* intime avec la plupart des dames; et à mon profond étonnement, montra une disposition sans équivoque à faire la coquette avec les hommes. Elle nous amusait tous beaucoup. Je dis « amusait » — et je sais à peine comment me l'expliquer. En vérité, je découvris bientôt que l'on riait bien plus souvent *de* Mme **W**. qu'*avec* elle. Les messieurs n'en disaient pas grand-chose; mais les dames, au bout de peu de temps, décrétèrent qu'elle était « une brave créature, d'allure plutôt quelconque, manquant tout à fait d'éducation et franchement vulgaire ». Le grand mystère, c'était comment Wyatt avait pu donner dans un tel parti. La richesse était la réponse la plus évidente — mais je savais que ce n'était pas du tout une réponse; car Wyatt m'avait avoué qu'elle ne lui avait pas apporté un dollar et qu'elle n'avait aucun héritage à attendre d'aucune source. « Il s'était marié, m'avait-il dit, par amour, et seulement par amour; et sa femme était bien plus digne encore de son amour. » Quand je repensai à ces expressions de mon ami, j'avoue que je me sentis incroyablement perplexe. Etait-il possible qu'il fût en train de perdre la raison ? Que pouvais-je imaginer d'autre ? *Lui*, si raffiné, si intellectuel, si difficile, possédant un sens si fin de l'imperfection, et un goût si aigu de la beauté ! Bien sûr la dame semblait particulièrement éprise de *lui* — surtout en son absence — lorsqu'elle se rendait ridicule par ses fréquentes citations de ce qu'avait dit son « cher époux, M. Wyatt ». Le mot « époux » semblait toujours — pour utiliser une de ses délicates expressions personnelles — toujours « sur le bout de sa langue ». Et pendant ce temps, tout le monde à bord avait remarqué qu'il l'évitait, *elle*, de la façon la plus marquée, et, que la plupart du temps, il se cloîtrait dans sa cabine, où, en fait, on peut bien dire qu'il vivait entièrement, laissant à sa femme pleine liberté de s'amuser comme elle l'entendait dans la société des personnes du grand salon.

Ma conclusion, d'après ce que j'avais vu et entendu, fut que l'artiste, à la suite de quelque inexplicable caprice du sort, ou peut-être lors de quelque accès de passion enthousiaste et illusoire, avait été amené à s'unir avec une personne de condition bien inférieure et qu'il s'en était suivi la conséquence naturelle, un dégoût total et rapide. Je le plaignais du fond du cœur — mais je ne pus pour autant lui pardonner tout à fait sa réserve à propos de « La Cène ». Et je résolus donc de prendre ma revanche.

Un jour, il vint sur le pont et, prenant son bras comme cela avait été notre habitude, je me mis à déambuler avec lui de long en large. Cependant, sa morosité (que je trouvais tout à fait naturelle étant donné les circonstances) semblait n'avoir en rien diminué. Il parlait peu, avec mélancolie, et en faisant d'évidents efforts. Je risquai une ou deux plaisanteries,

et il fit une pitoyable tentative pour sourire. Pauvre
garçon ! — en pensant à *sa femme*, je m'étonnais qu'il
puisse avoir le cœur à faire montre même d'un semblant de gaieté. Enfin je me risquai à porter une botte
décisive. Je résolus de commencer par une série d'allusions voilées ou de sous-entendus, à propos de la caisse
oblongue — simplement pour lui faire comprendre peu
à peu que je n'étais *pas* du tout dupe, ni victime de son
espèce de plaisante petite mystification. Ma première
remarque consistait en quelque sorte à dévoiler une
batterie cachée. Je dis quelque chose à propos de « la
forme particulière de *cette* caisse » ; et au moment où je
prononçai ces mots, je souris d'un air entendu, lui fis
un clin d'œil et lui taquinai gentiment les côtes avec
mon index.

La manière dont Wyatt accueillit cette inoffensive
plaisanterie me convainquit aussitôt qu'il était fou.
D'abord, il fixa son regard sur moi comme s'il se
trouvait dans l'incapacité de comprendre le sel de ma
remarque ; mais à mesure que sa signification semblait
lentement se frayer un chemin dans son cerveau, ses
yeux, dans le même mouvement, semblèrent lui sortir
des orbites. Puis il devint très rouge — puis horriblement pâle — puis, comme s'il s'amusait énormément
de ce que j'avais insinué, il commença un rire bruyant
et sauvage, qu'à mon étonnement, il prolongea avec
une vigueur croissant graduellement, pendant au
moins dix minutes. A la fin, il tomba lourdement sur le
pont. Quand je me précipitai pour le relever, il avait
toutes les apparences de la *mort*.

J'appelai au secours, et, avec beaucoup de difficulté,
nous le fîmes revenir à lui. En reprenant vie, il parla
pendant quelque temps de façon incohérente. Enfin
nous lui fîmes une saignée et nous le mîmes au lit. Le
matin suivant, il était tout à fait remis, au moins en ce
qui concernait sa santé corporelle. De son esprit je ne

dis rien, bien sûr. Je l'évitais pendant le reste de la
traversée, sur le conseil du capitaine, qui semblait
partager tout à fait mes vues quant à sa folie, mais me
demanda de ne rien dire sur ce sujet à quiconque à
bord.

Plusieurs incidents se produisirent immédiatement
après cet accès de Wyatt, qui contribuèrent à accroître
la curiosité dont j'étais déjà possédé. Entre autres,
celui-ci : j'avais été nerveux — j'avais trop bu de thé
vert très fort et, la nuit, j'avais mal dormi — en fait,
pendant deux nuits on ne peut pas dire que j'aie dormi
du tout. Or, ma cabine, comme celles de tous les
célibataires du bord, ouvrait sur le salon principal qui
servait en même temps de salle à manger. Les trois
cabines de Wyatt donnaient sur le salon suivant, qui
était séparé du salon principal par une légère porte
coulissante, jamais verrouillée, même la nuit. Comme
nous étions à peu près constamment sous le vent, et
que la brise était plutôt forte, le navire donnait de la
gîte très sensiblement dans cette direction ; et lorsque
c'était à tribord d'être sous le vent, la porte coulissante
entre les salons s'ouvrait et restait ainsi, personne ne
prenant la peine de se lever pour la fermer. Mais ma
couchette était dans une position telle que, lorsque la
porte de ma propre cabine était ouverte, en même
temps que la porte coulissante en question (et ma porte
était *toujours* ouverte à cause de la chaleur), je pouvais
voir à l'intérieur du salon suivant, tout à fait distinctement, et précisément cette partie où étaient situées
aussi les cabines de M. Wyatt. Eh bien, pendant deux
nuits (*non* consécutives), comme j'étais allongé tout
éveillé, je vis clairement Mme W., vers les onze heures
chacune de ces nuits-là, se glisser furtivement hors de
la cabine de M. W., et pénétrer dans la cabine supplémentaire, où elle resta jusqu'à l'aube, et puis elle fut
rappelée par son mari et retourna chez lui. Qu'ils

fussent virtuellement séparés était évident. Ils faisaient chambre à part — sans doute dans l'attente d'un
divorce plus définitif ; et, après tout, je songeai donc
que c'était cela le mystère de la cabine supplémentaire.

Il y eut aussi un autre incident qui m'intéressa
beaucoup. Durant les deux nuits d'insomnie en question, et immédiatement après la disparition de Mme
Wyatt dans la cabine supplémentaire, je fus intrigué
par certains bruits singuliers, furtifs, étouffés dans la
cabine de son mari. Après y avoir prêté l'oreille
pendant quelque temps, avec une attention soutenue,
je réussis à la fin à parfaitement en traduire le sens.
C'étaient des bruits provoqués par l'artiste en ouvrant
la caisse oblongue à l'aide d'un ciseau et d'un maillet
— celui-ci ayant été apparemment enveloppé, insono-
risé par quelque substance moelleuse de laine ou de
coton dans laquelle sa tête avait été enveloppée.

De cette façon, j'imaginai que je pouvais distinguer
le moment précis où il dégageait complètement le
couvercle — et aussi, que je pouvais déterminer quand
il l'ôtait tout à fait, et quand il le déposait sur la
couchette inférieure de sa cabine ; ce dernier détail,
par exemple, je le conçus d'après certains légers coups
que fit le couvercle en cognant contre les parois de bois
de la couchette, alors qu'il s'efforçait de le déposer *très*
doucement — car il n'y avait pas de place pour lui sur
le plancher. Après cela, il y eut un silence de mort, et je
n'eus plus aucune occasion d'entendre quoi que ce soit
presque jusqu'à l'aube ; sinon, peut-être, je dois le
mentionner, un discret sanglot ou un murmure tellement étouffé qu'il en était presque inaudible — à
moins qu'en vérité ce bruit ne fût plutôt le fruit de ma
propre imagination. Je dis qu'il paraissait *ressembler* à
un sanglot ou à un soupir — mais, bien sûr, ce ne
pouvait être ni l'un ni l'autre. Je pense plutôt qu'il

s'agissait d'un bourdonnement de mes oreilles. M. Wyatt, sans doute, selon son habitude, était plutôt en train de lâcher la bride à l'une de ses manies — et se livrait à un de ses accès d'enthousiasme artistique. Il avait ouvert sa caisse oblongue afin de se repaître les yeux du trésor pictural qui s'y trouvait. Il n'y avait rien là, cependant, qui pût le faire *sangloter*. Je répète donc que cela avait dû être tout simplement une chimère de mon imagination, libérée par le thé vert du brave capitaine Hardy. Juste avant l'aube, au cours des deux nuits dont je parle, j'entendis distinctement M. Wyatt replacer le couvercle sur la caisse oblongue, et renfoncer les clous dans leurs anciens emplacements à l'aide du maillet enveloppé. Cela fait, il sortit de sa cabine, tout habillé, et alla appeler Mme W. dans la sienne.

Nous étions en mer depuis sept jours [4], et nous nous trouvions à hauteur du Cap Hatteras, lorsque survint une violente rafale du sud-ouest. Nous nous y étions préparés, dans une certaine mesure, car les conditions atmosphériques avaient été menaçantes depuis quelque temps. Tout avait été assuré de la cale à la mâture ; et comme le vent continuait à fraîchir, nous finîmes par mettre à la cape, sous la brigantine et la hune de misaine, toutes deux réduites de deux ris.

Sous cette voilure, nous fîmes route de façon assez sûre pendant quarante-huit heures — le navire à bien des égards prouva qu'il tenait la mer et n'embarqua pas beaucoup d'eau. Au bout de cette période, cependant, le coup de vent avait tourné à l'ouragan, et notre voile arrière fut mise en lambeaux, nous amenant tellement en travers de la houle que nous embarquâmes plusieurs lames prodigieuses, l'une immédiatement après l'autre. Cet accident nous fit perdre trois hommes, emportés avec la cambuse et presque tout le bastingage de bâbord. A peine avions-nous repris nos esprits que le hunier de misaine se déchirait en morceaux, nous hissâmes alors une voile d'étai de mauvais temps, et ainsi nous allâmes assez bien pendant quelques heures, le navire tenant la mer bien plus fermement qu'auparavant.

La bourrasque continuait cependant et nous n'observâmes aucun signe d'apaisement. On découvrit que le gréement était mal ajusté, et qu'il fatiguait beaucoup ; et au troisième jour de tempête, vers cinq heures de l'après-midi, notre mât d'artimon, au cours d'une lourde embardée au vent, tomba par le travers. Pendant plus d'une heure, nous essayâmes en vain de nous en débarrasser, étant donné le prodigieux roulis du navire ; et avant que nous y soyons parvenus, le charpentier vint à l'arrière annoncer quatre pieds d'eau dans la cale. Pour ajouter à notre embarras, nous trouvâmes les pompes engorgées et presque inutilisables.

Tout était maintenant confusion et désespoir — mais un effort fut fait pour alléger le navire en jetant par-dessus bord tout ce qu'on pouvait atteindre de sa cargaison et, en coupant les deux mâts qui restaient, nous y parvînmes enfin — mais nous étions encore dans l'incapacité de faire quoi que ce soit aux pompes : et, entre-temps, la voie d'eau gagnait sur nous très rapidement.

Au coucher du soleil, la tempête avait sensiblement diminué de violence et, comme du même coup la mer se calmait, nous gardâmes encore un faible espoir de nous sauver grâce aux embarcations. A huit heures du soir, les nuages se dissipèrent du côté au vent, et nous eûmes l'avantage de la pleine lune — un heureux coup de fortune qui contribua merveilleusement à rendre courage à nos esprits défaillants.

Après un incroyable labeur, nous réussîmes enfin à faire passer la chaloupe par-dessus bord sans dommage matériel, et nous y entassâmes tout l'équipage et la plupart des passagers. Ce groupe s'éloigna immésseldiatement et, après avoir enduré maintes souffrances, parvint finalement en sûreté, à l'anse d'Ocracoke[5], le troisième jour après le naufrage.

Quatorze passagers, avec le capitaine, restaient à bord résolus à confier leurs chances au canot de poupe. Nous le fîmes descendre sans difficulté, quoique ce ne fût que par miracle que nous l'empêchâmes de couler au moment où il touchait l'eau. Une fois sur l'eau, il reçut le capitaine et sa femme, M. Wyatt et son groupe, un officier mexicain, sa femme, ses quatre enfants, et moi-même avec un serviteur nègre.

Nous n'avions de place, bien entendu, pour rien d'autre que quelques instruments vraiment nécessaires, quelques provisions et les vêtements que nous avions sur le dos. Personne n'avait même songé à essayer de sauver quoi que ce fût d'autre. Quel ne fut donc pas notre étonnement lorsque, comme nous nous étions éloignés de quelques brasses du navire, M. Wyatt se dressa sur l'arrière et demanda froidement au capitaine Hardy qu'on fasse faire demi-tour au canot afin d'aller chercher sa caisse oblongue !

« Asseyez-vous, monsieur Wyatt », répliqua le capitaine assez sévèrement, « vous allez nous faire chavirer si vous ne restez pas assis tranquillement. Notre platbord est presque au ras de l'eau maintenant. »

« La caisse ! » vociféra M. Wyatt toujours debout — « la caisse, dis-je ! Capitaine Hardy, vous ne pouvez pas, vous n'*allez* pas me refuser cela. Son poids ne sera que minime — ce n'est rien — vraiment rien. Au nom de la mère qui vous a porté — pour l'amour du Ciel — au nom de votre salut, je vous *implore* de faire demi-tour pour la caisse ! »

Le capitaine sembla un instant touché par l'ardente prière de l'artiste mais il reprit son attitude sévère et dit simplement :

« Monsieur Wyatt, vous êtes *fou*. Je ne peux pas vous

écouter. Asseyez-vous, vous dis-je, ou bien vous allez faire couler le canot. Attendez — Retenez-le — Attrapez-le ! il est prêt à sauter par-dessus bord ! Ça y est — je le savais — il a sauté ! »

Comme le capitaine disait cela, M. Wyatt, en effet, sauta du canot, et, comme nous étions encore à l'abri de l'épave, il réussit par un effort presque surhumain à saisir un cordage qui pendait des porte-haubans de misaine. En un instant, il était à bord et se précipitait frénétiquement vers sa cabine.

Pendant ce temps, nous avions été emportés sur l'arrière du navire et, nous trouvant presque hors de son abri, étions à la merci de la mer terrible qui était toujours agitée. Nous fîmes un effort énergique pour revenir en arrière mais notre petit canot était comme une plume dans le souffle de la tempête. Nous vîmes d'un coup d'œil que le sort du malheureux artiste était scellé.

Comme notre distance à l'épave grandissait rapidement, on vit le fou (car nous ne pouvions le prendre pour autre chose) émerger de l'escalier des cabines, en haut duquel, déployant une force qui semblait gigantesque, il hissa à bras-le-corps la caisse oblongue. Tandis que nous regardions, au comble de l'étonnement, il passa rapidement plusieurs tours d'une corde de trois pouces d'abord autour de la caisse puis autour de son corps. Un instant plus tard, le corps et la caisse étaient à la mer — et disparaissaient soudainement, d'un seul coup et à jamais.

Pendant un moment nous nous attardâmes tristement sur nos rames, les yeux fixés sur l'endroit. A la longue, nous nous éloignâmes. Le silence ne fut pas rompu pendant une heure. Finalement, je risquai une remarque.

« Avez-vous observé, capitaine, comme ils ont coulé rapidement ? N'est-ce pas une chose excessivement

singulière ? J'avoue que je conservais un faible espoir
de le voir en réchapper lorsque je l'ai vu s'attacher à la
caisse, et se jeter à la mer. »

« Ils ont coulé en toute logique, répliqua le capitaine,
et à pic. Ils vont cependant remonter bientôt — *mais
pas avant que le sel n'ait fondu.* »

« Le sel ! » m'écriai-je.

« Chut ! » dit le capitaine, montrant la femme et les
sœurs du défunt. « Nous parlerons de ces choses à un
moment propice. »

Nous souffrîmes beaucoup, et nous en réchappâmes
de justesse ; mais la chance *nous* favorisa, comme elle
l'avait fait pour nos compagnons de la chaloupe. Nous
échouâmes en fin de compte, plus morts que vivants,
après quatre jours d'intense détresse, sur la plage qui
fait face à l'île de Roanoke.⁶ Nous y restâmes une
semaine, ne fûmes pas maltraités par les pilleurs
d'épaves, et à la longue nous trouvâmes un passage
pour New York.

Un mois environ après la perte de l'*Indépendance*, il
m'arriva de rencontrer le capitaine Hardy dans Broadway. Naturellement, notre conversation porta sur le
désastre, et particulièrement sur le triste sort du
pauvre Wyatt. J'appris ainsi les détails suivants.

L'artiste avait pris passage pour lui-même, sa
femme, ses deux sœurs et une domestique. Son épouse
était vraiment telle qu'on l'avait présentée, une femme
très belle et très accomplie. Le matin du quatorze juin
(le jour où je visitai pour la première fois le navire), la
dame tomba soudain malade et mourut. Le jeune
époux était fou de chagrin — mais les circonstances lui
interdisaient impérativement de différer son voyage à
New York. Il était nécessaire de rapporter à sa mère le

corps de sa femme adorée, et, d'un autre côté, le préjugé général qui l'aurait empêché de faire cela ouvertement était bien connu. Les neuf dixièmes des passagers auraient abandonné le navire plutôt que de voyager avec un cadavre.

Devant ce dilemme, le capitaine Hardy décida que le corps, d'abord partiellement embaumé et déposé avec une grande quantité de sel dans une caisse de dimensions appropriées, serait apporté à bord comme marchandise. On ne dirait rien du décès de la dame ; et, comme il était bien entendu que M. Wyatt avait pris passage pour sa femme, il s'avéra nécessaire que quelqu'un la personnifiât durant la traversée. Cela, on persuada facilement la femme de chambre de la défunte de le faire. La cabine supplémentaire, retenue à l'origine pour cette fille, du vivant de sa maîtresse, fut donc simplement conservée. Dans cette cabine, la pseudo-épouse dormit bien sûr chaque nuit. Au cours de la journée, elle joua, au mieux de ses capacités, le rôle de sa maîtresse — dont la personne, on s'en était soigneusement assuré, était inconnue de tous les passagers présents à bord.

Ma propre méprise vint, assez naturellement, de mon tempérament trop insouciant, trop curieux et trop impulsif. Mais depuis peu, il est rare que je dorme profondément la nuit. Il est un visage qui me hante, où que je me tourne. Il y a un rire hystérique qui résonnera toujours à mes oreilles.

« C'EST TOI L'HOMME »

Je vais maintenant jouer l'Œdipe de l'énigme de Rattlebourg[1]. Je vais vous expliquer — comme moi seul je le puis — le secret de la machinerie qui produisit le miracle de Rattlebourg — le seul, le vrai, le reconnu, l'indiscuté, l'indiscutable miracle qui mit un terme définitif à l'incroyance des Rattlebourgeois, et convertit à l'orthodoxie des vieilles dames tous les esprits charnels[2] qui avaient auparavant été sceptiques.

Cet événement — que je m'en voudrais beaucoup de traiter sur un ton de légèreté déplacée — se produisit au cours de l'été 18—. M. Barnabas Shuttleworthy — l'un des plus riches et des plus respectables citoyens du bourg — avait disparu depuis plusieurs jours dans des circonstances qui portaient à imaginer quelque mauvais coup. M. Shuttleworthy avait quitté Rattlebourg très tôt un samedi matin, à cheval, avec l'intention déclarée de se rendre à la ville de —, éloignée d'environ quinze milles, et de revenir le soir même. Deux heures après son départ, cependant, son cheval revint sans lui et sans les sacoches de selle dont il avait été harnaché au départ. De plus, l'animal était blessé et couvert de boue. Naturellement, ces circonstances provoquèrent beaucoup d'émotion parmi les amis du disparu ; et quand, le dimanche matin, on s'aperçut qu'il n'avait toujours pas reparu, tout le bourg s'apprêta à partir *en masse*[3] à la recherche de son corps.

Le tout premier et le plus énergique dans l'organisation de ces recherches ce fut le meilleur ami de M. Shuttleworthy — un certain M. Charles Goodfellow, ou plutôt, comme tout le monde l'appelait, « Charlie Goodfellow », ou « le vieux Charlie Goodfellow ». Or, qu'il s'agisse là d'une merveilleuse coïncidence ou bien que le nom lui-même ait une imperceptible influence sur le caractère, je n'ai jamais pu en décider ; mais le fait est incontestable, on n'a encore jamais vu quelqu'un prénommé Charles qui ne fût un type ouvert, humain, honnête, accommodant et franc, possédant une voix riche et claire qui vous fait du bien rien qu'à l'entendre, et des yeux qui vous regardent toujours droit en face comme pour dire « J'ai moi-même la conscience tranquille, n'ai peur de personne, et suis incapable de commettre une mauvaise action. » Et ainsi, à la scène, tous les « batteurs d'estrade[4] » cordiaux et insouciants, on peut être absolument certain qu'ils s'appellent Charles.

Donc, le « Vieux Charlie Goodfellow », quoiqu'il n'habitât à Rattlebourg que depuis environ six mois, et quoique personne ne sût rien de lui avant qu'il ne vînt s'installer dans le voisinage, n'avait pas eu la moindre difficulté à lier connaissance avec tous les gens respectables du bourg. Pas une de ces personnes qui ne lui aurait, à n'importe quel moment, avancé un millier de dollars sur sa simple parole ; et quant aux femmes, il est impossible de dire ce qu'elles n'auraient pas fait pour l'obliger. Et tout cela venait de ce qu'il avait été baptisé Charles et qu'il possédait, en conséquence, ce visage franc qui est proverbialement la « meilleure lettre de recommandation[5] ».

J'ai déjà dit que M. Shuttleworthy était un des

hommes les plus respectables de Rattlebourg, et, indiscutablement, il était le plus riche, et j'ai dit aussi que « le vieux Charlie Goodfellow » avait avec lui des relations aussi intimes que s'il eût été son propre frère. Les deux vieux messieurs étaient voisins et, bien que M. Shuttleworthy ne rendît visite que rarement, et même jamais, au « Vieux Charlie » et qu'on ne l'eût jamais vu prendre de repas chez lui, cela n'empêchait pas les deux amis d'être extrêmement intimes, comme je viens de le noter ; car le « Vieux Charlie » ne laissait jamais passer un jour sans entrer trois ou quatre fois voir comment allait son voisin, et très souvent il restait pour le petit déjeuner ou pour le thé, et presque toujours pour le dîner ; et alors, il aurait été vraiment difficile d'évaluer la quantité de vin qu'ingurgitaient en une séance les deux compères. Le cru favori du « Vieux Charlie » était le château-margaux, et M. Shuttleworthy semblait se réjouir de voir le bonhomme en avaler litre après litre ; si bien qu'un jour, alors que le vin était *entré* et que l'esprit, par une conséquence naturelle, était quelque peu *sorti*, il dit à son compère en lui donnant une claque dans le dos : « Je vais te dire quelque chose, " Vieux Charlie ", tu es, à tous égards, le meilleur type que j'aie jamais rencontré depuis ma naissance ; et puisque tu aimes tant que ça lamper du vin, je veux bien être damné si je ne te fais pas cadeau d'une grande caisse de château-margaux. Dieu me damne », — (M. Shuttleworthy avait la triste habitude de jurer, quoiqu'il n'allât que rarement au-delà de « Dieu me damne », ou « Par Dieu », ou « Nom de Dieu ») — « Dieu me damne, dit-il, si je ne passe commande en ville dès cet après-midi d'une double caisse du meilleur qu'on puisse trouver pour t'en faire cadeau, oui ! — inutile de dire un mot maintenant — je vais le faire, te dis-je, c'est une affaire réglée ; tu peux donc y compter — elle arrivera un beau jour juste au moment où tu t'y attendras le moins ! » Je mentionne ce petit bout de libéralité de la part de M. Shuttleworthy, simplement pour vous montrer quelle très grande intimité existait entre les deux amis.

Eh bien, le dimanche matin en question, lorsqu'on finit par se douter que M. Shuttleworthy avait été victime d'un guet-apens, jamais je ne vis quelqu'un d'aussi profondément affecté que le « Vieux Charlie Goodfellow ». Lorsqu'il apprit d'abord que le cheval était rentré sans son maître, et sans les sacoches de son maître, et tout ensanglanté par un coup de pistolet qui avait traversé de part en part le poitrail du pauvre animal sans le tuer tout à fait — quand il apprit tout cela, il devint pâle comme si le disparu avait été son propre frère ou son père bien-aimé, et il frissonna puis se mit à trembler comme s'il était en proie à un accès de fièvre.

Tout d'abord, il fut bien trop accablé de chagrin pour être en mesure de faire quoi que ce soit ou pour décider d'un plan d'action ; si bien que pendant un long moment, il s'efforça de dissuader les autres amis de M. Shuttleworthy de donner du retentissement à l'affaire, pensant qu'il valait mieux attendre un peu — par exemple une semaine ou deux, voire un mois ou deux — pour voir si rien de nouveau ne se produisait, ou si M. Shuttleworthy ne reviendrait pas tout naturellement expliquer quelles raisons il avait eues de renvoyer d'abord son cheval. Je suis sûr que vous avez souvent observé cette tendance à temporiser, ou à remettre à plus tard, qu'ont les gens en proie à un très poignant chagrin. Leurs facultés mentales semblent avoir été engourdies, au point qu'ils ont en horreur tout ce qui ressemble à de l'action, et n'aiment rien tant au monde que de rester tranquillement au lit pour « soigner leur peine », comme disent les vieilles dames — c'est-à-dire pour ruminer leur souci.

En fait, les gens de Rattlebourg avaient une si haute
opinion de la perspicacité et du jugement du « Vieux
Charlie » que la plupart d'entre eux se sentaient
disposés à l'approuver, et à ne pas bouger dans cette
affaire « avant que quelque chose ne se produisît »,
ainsi que le formula le brave vieux monsieur ; et je
crois qu'après tout c'eût été la détermination générale
sans l'intervention fort suspecte du neveu de M. Shuttleworthy, un jeune homme de mœurs très dissipées et
par ailleurs de réputation douteuse. Ce neveu dont le
nom était Pennifeather, ne voulut rien entendre pour
ce qui était de « rester tranquille », mais insista pour
qu'on partît immédiatement à la recherche du « corps
de l'homme assassiné ». Ce fut l'expression qu'il
employa ; et M. Goodfellow remarqua alors avec perspicacité que c'était « une *singulière* expression, pour ne
pas dire plus ». Aussi cette remarque du « Vieux
Charlie » fut-elle d'un grand effet sur la foule ; et l'on
entendit quelqu'un dans l'assemblée demander très
solennellement « comment il se faisait que le jeune
M. Pennifeather pût connaître avec tant de précision
toutes les circonstances entourant la disparition de son
riche oncle, au point de se sentir autorisé à affirmer,
distinctement et sans équivoque, que son oncle *était*
« un homme assassiné ». Là-dessus, il y eut quelques
railleries et quelques chamailleries entre diverses personnes du groupe, et en particulier entre le « Vieux
Charlie » et M. Pennifeather — mais cet incident-là ne
fut pourtant en rien une nouveauté, car la bonne
entente n'avait guère régné entre les deux parties au
cours des trois ou quatre derniers mois ; et les choses en
étaient même arrivées si loin que M. Pennifeather avait
carrément renversé d'un coup de poing l'ami de son
oncle prétextant quelque excès de liberté que celui-ci
avait pris dans la maison de l'oncle où le neveu logeait.
On disait même qu'en cette occasion le « Vieux Char-

lie » avait fait preuve d'une modération et d'une charité chrétienne exemplaires. Il se releva après le coup, rajusta ses vêtements, et ne fit aucune tentative de représailles — se bornant à murmurer quelques mots comme « aurai une vengeance sommaire à la première occasion » — une bouffée de colère naturelle et fort justifiable, qui ne voulait rien dire, cependant, et qui, sans doute, fut à peine manifestée qu'aussitôt oubliée.

Quoi qu'il en soit de ces questions (qui n'ont pas de rapport avec la présente affaire), il est bien certain que les gens de Rattlebourg, surtout persuadés par M. Pennifeather, se déterminèrent à la longue à se disperser dans la campagne environnante à la recherche de M. Shuttleworthy, le disparu. Je dis que c'est à cela d'abord qu'ils se déterminèrent. Après qu'on eut unanimement décidé qu'une recherche devait être entreprise, on considéra presque comme évident que les chercheurs se disperseraient — c'est-à-dire se diviseraient en groupes — afin d'effectuer une fouille plus complète de la région environnante. J'oublie cependant par quelle ingénieuse suite de raisonnements, le « Vieux Charlie » convainquit en fin de compte l'assemblée que c'était le plan le moins judicieux que l'on pût suivre. Toujours est-il qu'il les convainquit — tous, sauf M. Pennifeather ; et, à la fin, on décida qu'une recherche soigneuse et très méticuleuse serait faite par les villageois *en masse*, le « Vieux Charlie » lui-même en prenant la direction.

Quant à cela, on n'aurait pu trouver meilleur guide que le « Vieux Charlie » dont chacun savait qu'il avait un œil de lynx, mais quoiqu'il les conduisît dans toutes sortes de trous et de recoins écartés, par des routes dont personne n'avait jamais soupçonné l'existence dans les environs, et quoique les recherches fussent menées en permanence jour et nuit pendant près d'une semaine, nulle trace de M. Shuttleworthy ne put être découverte. Quand je dis nulle trace, on ne doit cependant pas prendre ce que je dis à la lettre ; car des traces, dans une certaine mesure, il y en avait bien. Le pauvre monsieur avait été suivi, grâce aux fers de son cheval (qui étaient caractéristiques) jusqu'en un point situé à environ trois milles à l'est du bourg, sur la grand-route menant à la ville. Là, la piste bifurquait et passait par un sentier qui traversait un bois — le sentier débouchait à nouveau sur la grand-route, et permettait ainsi un raccourci d'environ un demi-mille par rapport à la distance normale. En suivant les empreintes de sabots le long de ce sentier, le groupe arriva enfin à un étang d'eau stagnante, à demi caché par les ronces sur la droite du sentier, et, en face de cet étang, disparaissait tout vestige de la piste. Il apparut cependant qu'une sorte de lutte avait eu lieu là, et il semblait qu'un corps grand et lourd, beaucoup plus grand et beaucoup plus lourd qu'un homme, avait été traîné depuis le sentier jusqu'à l'étang. Ce dernier fut soigneusement dragué deux fois mais on ne trouva rien ; et le groupe était prêt à repartir, désespérant de parvenir à aucun résultat, lorsque la Providence souffla à M. Goodfellow qu'il serait opportun de drainer l'eau complètement. Ce projet fut accueilli par des bravos et par maints compliments sur la perspicacité et sur le sérieux du « Vieux Charlie ». Comme de nombreux citoyens avaient apporté des pelles avec eux, le drainage fut facilement et rapidement exécuté ; et le fond ne fut pas plus tôt visible qu'on découvrit au beau milieu de la vase qui restait un gilet de velours de soie noir que presque tous les gens présents reconnurent aussitôt comme appartenant à M. Pennifeather. Ce gilet était tout déchiré et maculé de sang[6], et il y eut plusieurs personnes dans le groupe pour se souvenir nettement que son propriétaire le portait le matin même du départ de M. Shuttleworthy pour la ville ; il y en eut même d'autres encore, prêtes à témoigner sous serment, si on le leur demandait, que M. P. ne portait *pas* le vêtement en question pendant tout le *reste* de cette journée mémorable ; et, en outre, il ne s'en trouva pas une pour dire qu'elle l'avait vu sur la personne de M. P. à quelque moment que ce fût depuis la disparition de M. Shuttleworthy.

Les choses avaient maintenant pris une tournure sérieuse pour M. Pennifeather, et l'on constata, comme une confirmation absolue des soupçons qui pesaient sur lui, qu'il était devenu excessivement pâle et, lorsqu'on lui demanda ce qu'il avait à dire pour sa défense, il fut absolument incapable de dire un mot. Sur quoi, les rares amis que son mode de vie dissipé lui avait laissés l'abandonnèrent aussitôt jusqu'au dernier et se firent même plus braillards encore que ses ennemis anciens et déclarés pour demander son arrestation immédiate. Mais alors, d'un autre côté, la magnanimité de M. Goodfellow, par contraste, en resplendit avec le plus grand éclat. Il se lança dans un plaidoyer chaleureux et d'une vive éloquence en faveur de M. Pennifeather, plaidoyer dans lequel il fit plus d'une fois allusion au pardon qu'il avait lui-même accordé à ce fougueux jeune homme — « l'héritier du riche M. Shuttleworthy » — pour l'insulte que lui (le jeune monsieur) avait, sans doute dans l'emportement de la passion, cru bon de lui infliger à lui (M. Goodfellow). « Il la lui avait pardonnée, dit-il, du plus profond du cœur ; et quant à lui (M. Goodfellow), bien loin de pousser jusqu'à cette extrémité les soupçons qui, il était désolé de le constater, s'étaient véritablement accumulés contre M. Pennifeather, lui (M. Goodfellow) ferait tous les efforts qu'il pourrait, emploierait toute la faible éloquence qu'il possédait, pour — pour — pour — adoucir autant qu'il pourrait en toute conscience le faire les pires aspects de cette affaire en vérité extrêmement troublante. »

M. Goodfellow continua pendant près d'une demi-heure sur ce ton, tout à l'honneur de son esprit et de son cœur ; mais les gens au grand cœur sont rarement pertinents dans leurs remarques — dans l'impétuosité de leur zèle à servir un ami, ils se précipitent dans toutes sortes de gaffes, de *contretemps* et de *mal à propos-ismes* [7] — et ainsi, souvent avec les meilleures intentions du monde, ils font infiniment plus pour nuire à sa cause que pour la faire avancer.

C'est, dans le cas présent, ce qui se produisit avec l'éloquence du « Vieux Charlie » ; car, bien qu'il fît de sérieux efforts en faveur du suspect, il se trouva pourtant que d'une façon ou d'une autre chaque syllabe qu'il prononçait, dont le but direct mais inconscient était de ne pas flatter la bonne opinion de l'auditoire vis-à-vis de l'orateur, avait pour effet d'augmenter les soupçons pesant déjà sur l'individu dont il plaidait la cause et de soulever contre lui la fureur de la foule.

L'une des erreurs les plus inexplicables que commit l'orateur fut de faire allusion au suspect en tant qu' « héritier de l'honorable vieux monsieur, M. Shuttleworthy ». Les gens n'y avaient encore jamais vraiment pensé. Ils se rappelaient seulement certaines menaces de déshéritement proférées un ou deux ans auparavant par l'oncle (qui n'avait d'autre parent vivant que son neveu), et ils avaient donc toujours considéré ce déshéritement comme une affaire conclue — c'est dire combien les Rattlebourgeois étaient une race d'êtres naïfs ; mais la remarque du « Vieux Charlie » les amena d'un coup à réviser ce point de vue et leur permit d'envisager la probabilité que les menaces n'aient été rien de *plus* que des menaces. Et alors se posa aussitôt la question fondamentale du *Cui bono* [8] ?

— une question qui, bien plus encore que le gilet, poussait à imputer le terrible crime au jeune homme.

Et ici, de crainte d'être mal compris, permettez-moi un moment de digression juste afin d'observer que la locution latine extrêmement brève et simple que je viens d'employer est invariablement mal traduite et mal comprise. « *Cui bono ?* » dans tous les romans célèbres et aussi ailleurs — par exemple dans ceux de Mme Gore[9] (l'auteur de *Cecil*), une dame qui fait des citations dans toutes les langues depuis le chaldéen jusqu'au chickasaw[10], et dont l'érudition est soutenue « à la demande », selon un plan systématique, par M. Beckford — dans tous les romans célèbres, dis-je, depuis ceux de Bulwer et de Dickens jusqu'à ceux de Tiralaligne et d'Ainsworth[11], les deux petits mots latins *cui bono* sont traduits par « dans quelle intention ? » ou encore (comme si c'était *quo bono*), « pour quel bien ? » Toutefois leur vrai sens est « à l'avantage de qui ? » *Cui*, à qui ; *bono*, le bénéfice. C'est une phrase purement légale et précisément applicable dans des cas comme celui que nous sommes en train d'examiner, là où la probabilité que quelqu'un soit l'auteur d'un acte dépend de la probabilité des bénéfices que tel ou tel individu retirera de l'accomplissement de l'acte. Or, dans le cas présent, la question *Cui bono ?* impliquait très précisément M. Pennifeather. Après avoir fait un testament en sa faveur, son oncle l'avait menacé de le déshériter. Mais la menace n'avait pas vraiment été suivie d'effet ; le testament original, ainsi qu'il apparut, n'avait pas été modifié. S'il *l'avait été*, le seul mobile de meurtre imputable au suspect eût été la banale vengeance ; et même ceci eût été contrebalancé par l'espoir d'un retour dans les bonnes grâces de l'oncle. Mais le testament n'ayant pas été modifié, alors que la menace de modification restait suspendue au-dessus de la tête du neveu, il en découlait immédiatement la présomption de crime la plus élevée possible ; ainsi conclurent, très sagement, les dignes citoyens du bourg de Rattle.

M. Pennifeather fut, en conséquence, arrêté sur-le-champ, et la foule, après quelques autres recherches, rentra en le tenant sous bonne garde. En route cependant, il se produisit un autre incident qui tendit à confirmer les soupçons déjà amorcés. On vit soudain M. Goodfellow que son zèle conduisait à être toujours un peu en avance sur le groupe, courir soudain quelques pas en avant, se baisser et puis ramasser visiblement dans l'herbe quelque petit objet. On remarqua aussi qu'après l'avoir rapidement examiné, il amorçait un geste pour le cacher dans la poche de sa veste ; mais ce geste fut remarqué, comme je le disais, et donc empêché, et l'objet recueilli s'avéra alors être un couteau espagnol qu'une douzaine de personnes reconnurent aussitôt comme appartenant à M. Pennifeather. D'ailleurs, ses initiales étaient gravées sur le manche. La lame de ce couteau était ouverte et tachée de sang.

Il ne subsistait désormais plus aucun doute quant à la culpabilité du neveu, et, dès qu'on arriva à Rattlebourg, il fut amené devant un juge pour être interrogé.

Ici encore, les choses prirent un tour très défavorable. Le prisonnier, questionné sur l'emploi de son temps le matin de la disparition de M. Shuttleworthy, eut l'extrême audace de reconnaître que ce matin-là il était sorti avec son fusil pour chasser le cerf dans les parages immédiats de l'étang où le gilet taché de sang avait été découvert grâce à la perspicacité de M. Goodfellow.

Ce dernier s'avança alors et, les larmes aux yeux, demanda à être interrogé. Il dit que le rigoureux sens du devoir qu'il observait envers son Créateur non moins qu'envers ses semblables ne lui permettait pas de rester silencieux plus longtemps. Jusque-là, sa très sincère affection pour le jeune homme (malgré les mauvais traitements qu'il en avait reçus, lui, M. Goodfellow) l'avait conduit à faire toutes les hypothèses que pouvait lui inspirer son imagination afin d'essayer d'expliquer ce qui paraissait suspect dans les faits qui parlaient si fort à l'encontre de M. Pennifeather ; mais ces faits étaient maintenant *trop* convaincants — *trop* accablants ; il n'hésiterait plus — il dirait tout ce qu'il savait, bien que son cœur (celui de M. Goodfellow) fût absolument déchiré par l'épreuve. Il poursuivit alors en déclarant que l'après-midi du jour précédant le départ de M. Shuttleworthy pour la ville, cet excellent vieux monsieur avait annoncé à son neveu, et *lui* (M. Goodfellow) l'avait entendu, que le but de son voyage en ville le lendemain était de déposer une somme d'argent exceptionnellement importante à la « Banque de l'agriculture et de l'industrie », et que, au même moment ledit M. Shuttleworthy avait nettement avoué audit neveu sa détermination irrévocable d'annuler le testament précédemment rédigé, et de le laisser sans un shilling. Lui (le témoin) en appelait donc solennellement à l'accusé pour qu'il déclarât si ce qu'il (le témoin) venait de dire était ou n'était pas la vérité dans son moindre détail. A la grande surprise de tous ceux qui étaient présents, M. Pennifeather admit franchement que *ça l'était*.

Le juge considéra alors de son devoir d'envoyer deux policiers fouiller la chambre de l'accusé dans la maison de son oncle. Ils revinrent presque aussitôt avec la sacoche bien connue, en cuir brun et à bordure de fer, que le vieux monsieur avait eu l'habitude de porter depuis des années. Cependant les valeurs qu'elle contenait avaient été soustraites, et le juge essaya vainement d'arracher au prisonnier l'usage qu'il en avait fait et l'endroit où il les avait cachées. En vérité, il nia obstinément savoir quoi que ce soit de l'affaire. Les policiers découvrirent aussi entre le lit et le matelas du malheureux jeune homme, une chemise et un mouchoir brodés tous deux à ses initiales et tous deux horriblement tachés du sang de la victime.

A ce moment, on annonça que le cheval de la victime venait d'expirer dans l'écurie des suites de la blessure qu'il avait reçue, et M. Goodfellow proposa qu'une autopsie de la bête fût immédiatement pratiquée dans la perspective, si possible, de découvrir la balle. Ce qui fut donc fait ; et, comme pour prouver au-delà de toute question la culpabilité de l'accusé, M. Goodfellow, après une longue exploration de la cavité thoracique, parvint à découvrir et à extraire une balle d'un calibre extraordinaire, qui, à l'essai, se trouva s'adapter exactement au canon du fusil de M. Pennifeather, alors qu'elle était beaucoup trop grande pour celui de toute autre personne du bourg ou des environs. En outre, pour renforcer encore la certitude en cette affaire, on découvrit que cette balle avait une paille [12] ou une fissure formant un angle droit avec la suture habituelle ; et, à l'examen, cette fissure correspondit précisément à une arête ou à un relief accidentel dans une paire de moules à balles que l'accusé reconnut comme lui appartenant personnellement. Après la découverte de cette balle, le juge d'instruction refusa d'entendre tout autre témoignage et renvoya immédiatement le prisonnier devant le tribunal — repoussant obstinément toute mise en liberté sous caution, quoique M. Goodfellow se fût très vivement élevé contre cette sévérité et eût offert de se porter garant, quelle que soit la somme qui serait réclamée. Cette générosité de la part du « Vieux Charlie » était bien en accord avec le caractère général de sa conduite aimable et chevaleresque pendant tout le temps de son séjour dans le bourg de Rattle. Dans le cas présent, l'excellent homme avait été si vivement entraîné par l'excessive chaleur de sa sympathie qu'il semblait avoir presque oublié, lorsqu'il proposa de se porter garant pour son jeune ami, que lui-même (M. Goodfellow) ne possédait pas même la valeur d'un simple dollar de bien sur toute la surface de la terre.

Le résultat de ce renvoi est facile à deviner. Au milieu des imprécations bruyantes de tout Rattlebourg, M. Pennifeather fut amené devant le tribunal à la première session des assises, et on considéra alors que l'enchaînement des présomptions (renforcé qu'il fut par quelques faits décisifs supplémentaires que la conscience chatouilleuse de M. Goodfellow lui interdisait de cacher à la Cour) était si continu et si étroitement concluant que le jury, sans même se retirer, rendit immédiatement un verdict de « culpabilité de meurtre avec préméditation [13] ». Bientôt après, le pauvre misérable entendit prononcer la sentence de mort et fut renvoyé à la prison du comté [14] pour y attendre l'inexorable vengeance de la loi.

Pendant ce temps-là, la noble conduite du « Vieux Charlie Goodfellow » l'avait rendu doublement cher aux honnêtes citoyens du bourg. Il fut dix fois plus recherché que jamais ; et, conséquence naturelle de l'hospitalité avec laquelle on le traitait, il relâcha, comme par nécessité les habitudes extrêmement parcimonieuses que sa pauvreté l'avait jusque-là contraint d'observer, et il donna très souvent chez lui de petites *réunions* où régnaient en maîtres l'esprit et la gaieté, un peu voilés, *évidemment*, par le souvenir occasionnel du fâcheux et mélancolique sort qui attendait le neveu du regretté ami intime de l'hôte généreux.

Un beau jour, ce magnanime vieux monsieur fut agréablement surpris de recevoir la lettre suivante :

A M. Charles Goodfellow, Rattlebourg,
De H. F. B. et Cie.

Chât. Mar. — A. N° 1 — 6 douz. bout. (1/2 Grosses)

« A Monsieur Charles Goodfellow

« Cher Monsieur — Conformément à la commande passée auprès de notre société il y a environ deux mois par notre estimé client M. Barnabas Shuttleworthy, nous avons l'honneur de vous faire parvenir ce jour, à votre adresse, une double caisse de château-margaux, marque antilope, cachet violet. Caisse numérotée et estampillée comme indiqué en marge.

« Nous sommes, Monsieur, vos très obéissants serviteurs.

HOGGS, FROGS, BOGS et Cie [15].
« Ville de —, 21 juin 18—.

« P.S. — La caisse vous sera livrée par voiture le lendemain de la réception de cette lettre. Nos respects à M. Shuttleworthy.

H. F. B. et Cie. »

Le fait est que M. Goodfellow avait, depuis la mort de M. Shuttleworthy, abandonné tout espoir de jamais recevoir le château-margaux promis ; et il prit donc *alors* cela comme une faveur spéciale de la Providence à son encontre. Il en fut bien sûr fort ravi et, laissant éclater sa joie, il invita pour le lendemain un important groupe d'amis à un *petit souper* [16] dans l'intention d'entamer le cadeau de ce bon vieux M. Shuttleworthy. Non qu'il *dît* quoi que ce fût du « bon vieux M. Shuttleworthy » en lançant les invitations. En fait il réfléchit beaucoup et décida de ne rien dire du tout. Il *ne* mentionna à personne — si je me souviens bien —

qu'on lui avait fait *cadeau* de château-margaux. Il demanda simplement à ses amis de venir l'aider à boire du vin d'excellente qualité et au riche bouquet qu'il avait commandé en ville deux mois auparavant et qu'il devait recevoir le lendemain. J'ai souvent essayé de m'imaginer *pourquoi* le « Vieux Charlie » en était arrivé à cacher qu'il avait reçu le vin de son vieil ami, mais je n'ai jamais pu comprendre exactement la raison de son silence et, pourtant, sans doute avait-il *une* excellente et très magnanime raison.

Le lendemain arriva enfin, et avec lui arriva chez M. Goodfellow une très nombreuse et fort respectable compagnie. En vérité la moitié du bourg était là — et moi-même je faisais partie du nombre — mais, au grand dépit de l'hôte, le château-margaux n'arriva qu'à une heure tardive, et alors que les invités avaient déjà fait ample justice du somptueux souper offert par le « Vieux Charlie ». Il finit quand même par arriver, mais c'était une caisse monstrueusement grosse, — et comme toute la compagnie était d'excessivement bonne humeur, on décida à l'unanimité [17] de la hisser sur la table et d'éventrer son contenu séance tenante.

Sitôt dit, sitôt fait. Je prêtai main-forte ; et, en un tournemain, nous eûmes placé la caisse sur la table, parmi toutes les bouteilles et tous les verres dont pas mal furent brisés au cours de l'opération. Le « Vieux Charlie », qui était plutôt ivre et qui avait le visage extrêmement rouge, s'assit alors avec un air de feinte dignité au bout de la table et frappa furieusement dessus avec une carafe, demandant à l'assemblée de rester calme « pendant la cérémonie d'exhumation du trésor ».

Après quelques vociférations, le calme revint enfin complètement, et, comme cela se produit souvent en pareil cas, un profond et remarquable silence s'ensuivit. Prié alors de forcer le couvercle, j'acceptai, bien sûr, « avec un plaisir infini ». J'insérai un ciseau, et après que je lui eus donné quelques légers coups de marteau, le couvercle de la caisse sauta soudain, et, au même moment, se dressa assis, faisant face au maître de maison, le corps meurtri, sanglant et presque putride de l'assassiné, M. Shuttleworthy lui-même. Pendant quelques instants, il contempla fixement et tristement, de ses yeux pourrissants et ternes, le visage de M. Goodfellow ; il prononça avec lenteur, mais de façon claire et solennelle, les mots — « C'est toi l'homme ! » et puis, basculant par-dessus le bord de la caisse comme s'il était entièrement satisfait, il s'étala de tous ses membres pantelants sur la table.

La scène qui suivit est au-delà de toute description. La ruée vers les portes et les fenêtres fut terrifiante, et bon nombre des hommes les plus robustes qui se trouvaient dans la pièce s'évanouirent carrément de pure terreur. Mais, passé la première explosion d'épouvante sauvage et vociférante, tous les yeux se tournèrent vers M. Goodfellow. Vivrais-je un millier d'années, je ne pourrais jamais oublier la terreur plus que mortelle qui se peignait sur son visage blême, encore à l'instant rubicond de triomphe et de vin. Pendant quelques minutes, il resta assis, rigide comme une statue de marbre ; par le vide intense de leur regard, ses yeux semblaient être tournés vers l'intérieur et absorbés dans la contemplation de sa misérable âme criminelle. A la longue leur expression sembla refaire soudain irruption dans le monde extérieur puis, en un brusque sursaut, il se décolla de sa chaise et, laissant lourdement tomber sa tête et ses épaules sur la table, au contact du cadavre, il débita avec rapidité et véhémence une confession détaillée du crime hideux pour lequel M. Pennifeather était à ce moment même emprisonné et condamné à mort.

Voici en substance ce qu'il raconta : — Il avait suivi

sa victime jusqu'au voisinage de l'étang ; là, il avait
tiré sur son cheval avec un pistolet ; avait tué son
cavalier à coups de crosse ; s'était emparé de la
sacoche ; et, supposant que le cheval était mort, l'avait
tiré à grand-peine jusqu'aux ronces près de l'étang. Sur
sa propre bête, il avait hissé le corps de M. Shuttleworthy et l'avait transporté ainsi jusqu'à une cachette
sûre, loin de là au fond des bois.

Le gilet, le couteau, la sacoche et la balle [18] avaient
été placés par lui là où on les trouva, dans l'intention
de se venger de M. Pennifeather. Il avait aussi combiné
la découverte du mouchoir et de la chemise tachés.

Vers la fin de ce récit qui glaçait le sang, les paroles
du coupable s'étaient faites hésitantes et sa voix
caverneuse. Lorsque la relation fut enfin achevée, il se
leva, s'écarta de la table en titubant, et tomba —
mort [19].

Les moyens grâce auxquels cette confession fut
extorquée au bon moment, quoique efficaces, furent en
réalité simples. L'excès de franchise de M. Goodfellow
m'avait dégoûté et avait éveillé mes soupçons dès le
début. J'étais présent lorsque M. Pennifeather l'avait
frappé, et l'expression démoniaque qui apparut alors
sur son visage, bien que fugitive, me persuada que
cette menace de vengeance serait, dès que possible,
strictement exécutée. J'étais donc enclin à envisager
les *manœuvres* du « Vieux Charlie » sous un jour très
différent de celui sous lequel les voyaient les bons
citoyens de Rattlebourg. Je me rendis compte immédiatement que toutes les découvertes accusatrices
venaient, directement ou indirectement, de lui. Mais le
fait qui m'ouvrit clairement les yeux sur ce qu'il en était
réellement, ce fut l'affaire de la balle, *trouvée* par M.G.
dans la carcasse du cheval. *Moi*, je n'avais pas oublié,

comme l'avaient fait les Rattlebourgeois, qu'il y avait un trou là où la balle avait pénétré dans le cheval et un autre là où elle *était sortie*. Je me rendis donc clairement compte que si elle avait été trouvée à l'intérieur de l'animal après qu'elle en fut sortie, c'est qu'elle avait dû être déposée par la personne qui l'avait trouvée. La chemise et le mouchoir sanglants confirmèrent l'hypothèse suggérée par la balle ; car à l'examen le sang s'avéra être de l'excellent vin, et rien de plus. Lorsque j'en vins à réfléchir à ces choses, et aussi au récent accroissement de la libéralité et des dépenses de M. Goodfellow, je me mis à nourrir des soupçons qui, bien que gardés tout entiers par-devers moi, n'en étaient pas moins vifs.

Sur ces entrefaites, je procédai en secret à de rigoureuses recherches du cadavre de M. Shuttleworthy, et, pour de bonnes raisons, je cherchai dans des coins aussi éloignés que possible de ceux vers lesquels M. Goodfellow avait entraîné son groupe. Le résultat fut qu'après quelques jours, je découvris un vieux puits à sec dont l'orifice était presque caché par les ronces ; et là, au fond, je découvris ce que je cherchais.

Or il se trouvait que j'avais entendu le dialogue entre les deux compères lorsque M. Goodfellow était parvenu à enjôler son hôte et à se faire promettre une caisse de château-margaux. C'est sur cette idée-là que je me basai pour agir. Je me procurai un morceau de fanon de baleine bien raide, l'enfonçai dans la gorge du cadavre et plaçai ce dernier dans une ancienne caisse de vin — en prenant soin de plier le corps en deux afin que la baleine soit pliée en même temps. De cette façon, je dus appuyer vigoureusement sur le couvercle pour le maintenir fermé pendant que je le fixais avec des clous ; et je prévoyais qu'aussitôt ceux-ci ôtés, le couvercle *sauterait* et que le corps *jaillirait*.

Ayant ainsi préparé la caisse, je la marquai, la numérotai et l'envoyai comme je l'ai déjà raconté ; et puis, après avoir écrit une lettre au nom des marchands de vin chez lesquels M. Shuttleworthy se fournissait, je donnai pour instruction à mon domestique de convoyer la caisse dans une brouette jusqu'à la porte de M. Goodfellow, sur un signal que je lui donnerais moi-même. Quant aux mots que je voulais faire prononcer au cadavre, je faisais confiance à mes talents de ventriloque ; pour leur efficacité, je comptais sur la conscience du misérable meurtrier.

Je crois qu'il ne reste rien à expliquer. M. Pennifeather fut relâché sur-le-champ, hérita de la fortune de son oncle, profita des leçons de l'expérience, changea de conduite et, par la suite, poursuivit toujours avec bonheur sa nouvelle vie.

LA VIE LITTÉRAIRE
DE M. MACHIN TRUC[1]

ancien rédacteur en chef du *Tad'merloie*[2]
par lui-même

Je me fais vieux, et — depuis que j'ai cru comprendre
que Shakespeare et M. Emmons[3] étaient morts — il
n'est pas impossible que moi aussi je meure. Il m'est
donc venu à l'esprit que je ferais aussi bien de me
retirer du champ des Lettres pour me reposer sur mes
lauriers. Mais j'ai l'ambition de marquer mon abdica-
tion du sceptre littéraire par quelque legs important à
la postérité ; et peut-être ne puis-je faire mieux que
rédiger pour elle le récit de mes débuts dans la
carrière. Certes, mon nom s'est trouvé si longtemps et
avec une telle constance sous les yeux du public que
non seulement j'admets l'intérêt naturel qu'il a partout suscité, mais aussi je suis prêt à satisfaire
l'extrême curiosité qu'il a inspirée. En fait c'est le
moindre devoir de celui qui atteint à la grandeur, que
de laisser derrière lui, lors de son ascension, des points
de repère tels qu'ils pourront conduire les autres à être
grands. Je propose donc, dans le présent papier (que
j'avais eu quelque idée d'appeler « Mémorandum pour
servir à l'Histoire Littéraire de l'Amérique »), de donner le détail de ces premiers pas, importants quoique
faibles et vacillants, grâce auxquels, à la longue, j'ai
atteint la grand-route menant au sommet de l'humaine
renommée.

D'ancêtres très lointains, il est superflu de dire grand-chose. Mon père, M. Thomas Truc, resta de nombreuses années à la tête de sa profession qui était celle de marchand-barbier dans la ville de Glabre[4]. Son magasin était le lieu de rendez-vous de tous les gens importants du lieu, et particulièrement des milieux journalistiques — une corporation qui inspire à tout son entourage profonde vénération et profond respect. Pour ma part, je les regardais comme des dieux, et je buvais avec avidité l'esprit et la sagesse généreux qui coulaient continuellement de leurs augustes bouches pendant l'opération qu'on appelle le « savonnage ». On peut dater mon premier moment d'inspiration concrète de cette époque à jamais mémorable où le brillant directeur du *Taon*, dans les intervalles de l'importante opération que je viens de mentionner, récita à voix haute, devant une assemblée de nos apprentis, un inimitable poème en l'honneur de la « Seule Authentique Huile Truc » (ainsi nommée d'après son inventeur de talent, mon père), récitation pour laquelle l'éditeur du *Taon* fut rémunéré avec une royale libéralité, par la firme Thomas Truc et Cie, marchands barbiers.

Le génie des stances à l' « Huile Truc » m'insuffla d'abord, dis-je, l'*afflatus* divin. Je résolus aussitôt de devenir un grand homme et de commencer par devenir un grand poète. Ce soir-là, je tombai à genoux aux pieds de mon père.

« Père, dis-je, pardonne-moi ! — mais mon âme est au-dessus de la mousse de savon. J'ai la ferme intention d'abandonner la boutique. Je voudrais être poète — je voudrais écrire des stances à l' " Huile Truc ". Pardonne-moi et aide-moi à être grand ! »

« Mon cher Machin », répliqua mon père (j'avais été baptisé Machin en l'honneur d'un riche parent nommé ainsi), « mon cher Machin », dit-il, et il me fit relever

en me tirant par les oreilles — « Machin, mon fils, tu es
un brave garçon, et tu tiens de ton père parce que tu as
une âme. Tu as aussi une tête immense, et elle doit
contenir une grande quantité de cervelle. Cela fait
longtemps que j'ai vu cela, et j'avais donc pensé faire
de toi un avocat. La profession, cependant, est devenue
moins convenable, et celle de politicien ne paie pas.
Dans l'ensemble, tu juges sagement ; — le métier de
rédacteur en chef est meilleur : — et si tu peux être
poète en même temps — comme le sont la plupart des
rédacteurs en chef, soit dit en passant, — eh bien, tu
feras d'une pierre deux coups. Pour encourager tes
débuts, je t'offrirai une mansarde ; plume, encre et
papier ; un dictionnaire de rimes ; et un exemplaire du
Taon. Je suppose que tu aurais du mal à m'en demander davantage. »

« Je serais un misérable ingrat si je le faisais »,
répliquai-je avec enthousiasme. « Ta générosité est
sans bornes. Je te revaudrai cela en faisant de toi le
père d'un génie. » Ainsi prit fin ma conférence avec le
meilleur des hommes et, aussitôt qu'elle fut terminée,
je me mis avec zèle à mes travaux poétiques ; car c'est
sur eux, principalement, que je fondais mes espoirs
pour m'élever, à la fin, au fauteuil de rédacteur.

Lors de mes premières tentatives de composition, je
trouvai que les stances à « L'Huile Truc » étaient
plutôt une gêne qu'autre chose. Leur splendeur
m'éblouissait plus qu'elle ne m'éclairait. La contemplation de leur excellence avait naturellement tendance à me décourager lorsque je la comparais à mes
propres ratages ; si bien que, pendant longtemps, je
peinai en vain. A la longue, il me vint en tête une de ces
idées exquisément originales qui, de temps en temps,
filtrent à travers le cerveau d'un homme de génie. Ce
fut celle-ci : — ou plutôt ainsi fut-elle mise à exécution.
Du rebut d'un vieux bouquiniste, dans un coin très

éloigné de la ville, je tirai quelques volumes anciens et tout à fait inconnus ou oubliés. Le bouquiniste me les vendit pour une bouchée de pain. De l'un d'eux, qui se donnait pour une traduction de l'*Enfer* d'un certain Dante, je recopiai avec un soin remarquable un long passage au sujet d'un homme nommé Ugolin[5], qui avait toute une bande de mioches. D'un autre volume qui contenait une bonne quantité de vieilles pièces par quelqu'un dont j'ai oublié le nom, je tirai de la même manière, et avec le même soin, un grand nombre de vers à propos d'« anges » et de « ministres de la grâce », et de « gobelins damnés[6] », et d'autres choses de cette sorte. D'un troisième volume, qui était la composition de quelque aveugle, un Grec ou un Choctaw — je ne peux pas me donner la peine de me rappeler exactement chaque détail — je pris une cinquantaine de vers commençant par la « colère d'Achille » et la « graisse », et quelque chose d'autre[7]. D'un quatrième, qui, je m'en souviens, était aussi l'œuvre d'un aveugle, je choisis une page ou deux à propos du « salut » et de la « sainte lumière[8] » ; et quoique ce ne soit pas la tâche d'un aveugle que d'écrire sur la lumière, les vers étaient pourtant assez bons à leur façon.

Ayant fait de fidèles copies de ces poèmes, je signai chacune d'elles « Oppodeldoc[9] » (un beau nom sonore) et, après les avoir mises soigneusement dans des enveloppes séparées, j'en envoyai une à chacune des quatre revues principales, avec une demande d'insertion rapide et de prompt paiement. Le résultat de ce plan bien conçu cependant (dont le succès m'eût épargné mainte difficulté dans la suite de ma vie) servit à me convaincre que certains rédacteurs en chef ne se laissent pas prendre, et donna le *coup de grâce*[10] (comme on dit en France) à mes espoirs naissants (comme on dit dans la ville des transcendantalistes).

Le fait est que, sans exception, chacune des revues en
question infligea à M. « Oppodeldoc » un éreintement
complet dans les « Notes Mensuelles aux Correspondants ». Le *Train-Train*[11] l'accommoda de la façon
suivante :

« " Oppodeldoc " (quel qu'il soit) nous a envoyé une
longue tirade à propos d'un échappé de l'asile qu'il
nomme " Ugolino " et qui a une grande quantité
d'enfants qui auraient dû tous être fouettés et envoyés
au lit sans souper. Toute la chose est excessivement
fade — pour ne pas dire *plate*. " Oppodeldoc " (quel
qu'il soit) est totalement dépourvu d'imagination — et
l'imagination, à notre humble avis, n'est pas seulement l'âme de la POÉSIE, mais aussi son cœur même.
" Oppodeldoc " (quel qu'il soit) a l'audace de nous
demander, pour ses balivernes, une " insertion rapide
et un prompt paiement ". Nous ne publions ni n'ache-
tons aucune bêtise de ce genre. Il ne fait cependant
aucun doute qu'il trouverait à caser facilement toutes
les fadaises qu'il peut écrire aux bureaux du *Tapageur*,
du *Sucre d'orge*[12] ou du *Tad'merloie*. »

Tout ceci, il faut le reconnaître, était très dur pour
« Oppodeldoc » — mais le coup le plus méchant avait
été de mettre le mot POÉSIE en petites capitales. Dans
ces six lettres éminentes, quel monde d'amertume
n'était-il pas renfermé !

Mais « Oppodeldoc » fut traité avec une égale sévérité dans le *Tapageur*, qui s'exprima ainsi :

« Nous avons reçu une très singulière et très inso-
lente communication d'une personne (quelle qu'elle
soit) qui signe " Oppodeldoc " — portant ainsi atteinte
à la grandeur de l'illustre empereur romain ainsi
nommé. Joint à la lettre d' " Oppodeldoc " (quel qu'il
soit), nous trouvons un choix de vers d'un charabia des

plus répugnants et des plus dénués de sens à propos d'"anges et ministres de grâce" — un charabia tel qu'aucun cinglé à part un Nat Lee [13], ou un "Oppodeldoc", n'aurait pu en commettre de semblable. Et pour cette camelote, nous sommes en toute modestie sommés de "payer promptement". Non Monsieur — non ! Nous ne payons rien de *cette* sorte. Adressez-vous au *Train-Train*, au *Sucre d'orge* ou au *Tad'merloie*. Ces *périodiques* accepteront indubitablement tout détritus littéraire que vous pourrez leur envoyer — et indubitablement *promettront* de payer tout cela. »

C'était vraiment amer pour ce pauvre « Oppodeldoc » ; mais, en cette occurrence, le poids de la satire tombait sur le *Train-Train*, le *Sucre d'orge* et le *Tad'merloie*, qui étaient appelés de façon piquante des « *périodiques* » — et en italiques — chose qui devait les avoir touchés au cœur.

Le *Sucre d'orge* était à peine moins féroce, qui discourait ainsi :

« Un *individu*, qui s'honore du nom d'"Oppodeldoc" (à quel bas usage sont trop souvent appliqués les noms des morts illustres !), nous a adressé quelque cinquante ou soixante *vers* qui commencent de cette façon :

La colère d'Achille, pour la Grèce source désastreuse
De maux innombrables, etc., etc., etc., etc.

« "Oppodeldoc" (quel qu'il soit) est respectueusement informé qu'il n'y a pas un apprenti imprimeur dans nos bureaux qui n'ait l'habitude quotidienne de composer de meilleurs *vers* [14]. Ceux d'"Oppodeldoc" ne peuvent se *scander*. "Oppodeldoc" devrait apprendre à *compter*. Mais qu'il se soit mis dans l'idée que *nous* (parmi tous les autres, *nous* !) enlaidirions nos

pages avec son ineffable non-sens, est tout à fait hors
de notre compréhension. Eh bien, ces absurdes balivernes sont tout juste assez bonnes pour le *Train-Train*,
pour le *Tapageur* ou pour le *Tad'merloie* — des choses
qui ont l'habitude de publier des berceuses pour
enfants comme d'authentiques poésies lyriques. Et
" Oppodeldoc " (quel qu'il soit) a même l'audace de
nous demander le *paiement* de ce radotage. " Oppodeldoc " (quel qu'il soit) sait-il — est-il informé que même
si l'on nous payait, nous ne les publierions pas ? »

A mesure que je lisais cela, je me sentis devenir de
plus en plus petit et, quand j'en arrivai à l'endroit où le
journaliste se moquait du poème en tant que *vers*, il ne
restait de moi guère plus d'une once. Quant à « Oppodeldoc », je commençais à éprouver de la *compassion*
pour le pauvre garçon. Mais le *Tad'merloie* fit montre,
si c'était possible, de moins de miséricorde encore que
le *Sucre d'orge*. Ce fut le *Tad'merloie* qui dit :

« Un misérable poétaillon, qui signe " Oppodeldoc ",
est assez sot pour s'imaginer que *nous* allons imprimer
et *payer* un mélange de pathos incohérent et contraire à
la grammaire qu'il nous a envoyé et qui commence par
le vers suivant, le plus *intelligible* :

Grêle, sainte lumière ! Rejeton du ciel, première née.

Nous disons " le plus *intelligible* ". " Oppodeldoc "
(quel qu'il soit) voudra bien être assez aimable, peut-
être, pour nous dire comment " grêle " peut être
" sainte lumière [15] ". Nous avons toujours pris cela
pour de la pluie gelée. Peut-il nous apprendre, aussi,
comment la pluie gelée peut être à la fois une " sainte
lumière " (quoi que cela soit) et un " rejeton " ? — ce
dernier terme (si nous comprenons quelque chose à
l'anglais) n'est employé de façon appropriée qu'en

référence aux petits bébés âgés d'environ six semaines. Mais il est ridicule de s'étendre sur pareille absurdité — quoique " Oppodeldoc " (quel qu'il soit) ait l'effronterie sans précédent de supposer que non seulement nous allons insérer ces divagations ignares mais (authentique) que *nous les lui paierions*!

« Or c'est trop beau — c'est impayable! — et nous aurions bien envie de punir ce jeune écrivassier pour son égotisme, en publiant effectivement son effusion, *verbatim et litteratim*, telle qu'il l'a écrite. Nous ne saurions infliger punition plus sévère, et nous *l'infligerions* bien, n'était l'ennui que nous causerions à nos lecteurs, en agissant ainsi.

« Qu' " Oppodeldoc " (quel qu'il soit) envoie toute future *composition* de même caractère au *Train-Train*, au *Sucre d'orge* ou au *Tapageur*. *Ils* l' " inséreront ". *Ils* " insèrent " chaque mois exactement la même camelote. Envoyez-la-leur. NOUS, on ne nous insulte pas impunément. »

Cela m'acheva ; et quant au *Train-Train*, au *Tapageur* et au *Sucre d'orge*, je n'ai jamais pu comprendre comment ils y survécurent. *Les* mettre dans le plus petit caractère « *mignonne* » possible (c'était le bouquet — ils étalaient ainsi leur petitesse — leur bassesse) pendant que le NOUS se dressait et les regardait de haut en capitales géantes! — oh, c'était *trop* amer! — ce n'était qu'amertume et dégoût. Si j'avais été un de ces périodiques, je n'aurais épargné aucune peine pour faire poursuivre le *Tad'merloie*. Cela aurait pu se faire grâce à la loi sur la « Prévention de la cruauté envers les Animaux ». Quant à « Oppodeldoc » (quel qu'il fût), j'avais à ce moment perdu toute patience avec ce garçon, et je ne sympathisai plus avec lui. C'était un idiot, sans aucun doute (quel qu'il fût), et il n'avait pas eu un coup de pied de plus que ceux qu'il méritait.

Le résultat de mon expérience avec les vieux livres me convainquit, en premier lieu, que « l'honnêteté est la meilleure politique [16] », et, en second lieu, que si je ne pouvais pas écrire mieux que M. Dante et les deux aveugles, et le reste de la vieille bande, ce serait du moins difficile d'écrire plus mal. Je repris donc courage et décidai de m'attaquer à l' « entièrement inédit » (comme on dit sur les couvertures des revues) quel qu'en soit le coût en application et en peine. De nouveau, je plaçai devant mes yeux, comme modèle, les brillantes stances sur « L'Huile Truc », par le rédacteur en chef du *Taon*, et je résolus de bâtir une Ode sur le même thème sublime pour rivaliser avec celle qui avait déjà été composée.

Pour mon premier vers je n'eus pas de difficulté matérielle. Il disait cela :

> *Pour écrire une Ode sur « L'Huile Truc ».*

Ayant cependant soigneusement cherché toutes les rimes légitimes à Truc, je trouvai qu'il était impossible de continuer. Dans ce dilemme, j'eus recours à l'aide paternelle ; et après quelques heures de mûre réflexion, mon père et moi élaborâmes ainsi le poème :

> *Pour écrire une Ode sur « L'Huile Truc »*
> *Il faut savoir en tirer tout son suc* [17].
>
> signé : SNOB [18]

Bien sûr, cette composition n'était pas d'une très grande longueur — mais il me « restait encore à apprendre », comme on dit dans la *Revue d'Édimbourg* [19], que la simple étendue d'une œuvre littéraire n'a rien à voir avec son mérite. Quant au baragouin de ce trimestriel, à propos de « l'effort soutenu », il est impossible d'en saisir le sens. Dans l'ensemble donc, je fus satisfait du succès de mon premier essai et alors la seule question ne fut plus que de savoir quel usage j'allais en faire. Mon père suggéra que je l'envoie au *Taon* — mais deux raisons m'empêchèrent de le faire. Je craignais la jalousie du rédacteur en chef — et je m'étais assuré qu'il ne payait pas les contributions originales. Après mûre délibération, je confiai donc l'article aux pages plus dignes du *Sucre d'orge*, et attendis l'événement avec anxiété mais résignation.

Dès le numéro suivant j'eus la fière satisfaction de voir mon poème imprimé en entier, comme article d'ouverture, précédé, en italiques et entre crochets des mots importants que voici :

[« Nous appelons l'attention de nos lecteurs sur les admirables stances ci-jointes consacrées à " L'Huile Truc ". Nous n'avons nul besoin de dire quoi que ce soit de leur sublimité ou de leur gravité : — il est impossible de les lire sans verser des larmes. Tous ceux qui ont été écœurés par une triste tartine sur le même auguste sujet de la plume du rédacteur en chef du *Taon* feront bien de comparer les deux pièces.

« P.S. Nous sommes dévorés d'impatience de pénétrer le mystère qui enveloppe le pseudonyme manifeste de " Snob ". Pouvons-nous espérer une entrevue personnelle ? »]

Tout ceci était à peine plus que justice, mais c'était, je le confesse, plutôt plus que ce que j'avais espéré : — cela je le reconnais, notez-le, pour la honte éternelle de mon pays et de l'humanité. Je ne perdis pas de temps cependant pour rendre visite au rédacteur en chef du *Sucre d'orge* et j'eus la bonne fortune de trouver ce monsieur chez lui. Il me salua avec un air de profond respect, légèrement mêlé d'une admiration paternelle et protectrice, suscitée en lui, sans doute, par mon extrême jeunesse et mon inexpérience apparentes. Me priant de m'asseoir il aborda aussitôt le sujet de mon poème ; — mais la modestie m'interdira à jamais de répéter les milliers de compliments qu'il me prodigua. Les éloges de M. Crab (tel était le nom du rédacteur en chef) n'étaient cependant pas du tout d'aveugles flatteries. Il analysa ma composition avec beaucoup de liberté et une grande compétence — n'hésitant pas à me montrer quelques légers défauts — circonstance qui le fit monter encore plus haut dans mon estime. Le *Taon* fut bien sûr amené sur le *tapis*, et j'espère n'être jamais soumis à une critique aussi minutieuse, ou à des reproches aussi méprisants que ceux qui furent octroyés par M. Crab à cette malheureuse effusion poétique. Je m'étais habitué à regarder le rédacteur en chef du *Taon* comme quelque chose de surhumain ; mais M. Crab me débarrassa vite de cette idée. Il plaça sous leur vrai jour le caractère littéraire aussi bien que le caractère personnel de la Mouche [20] (ainsi M. C. appelait-il par dérision le rédacteur en chef rival). Lui, la Mouche, valait encore moins que ce qu'on en aurait attendu. Il avait écrit des choses infâmes. Il tirait à la ligne, et c'était un bouffon. C'était une canaille. Il avait composé une tragédie qui avait fait pouffer de rire tout le pays et une farce qui avait fait verser un déluge de larmes à tout l'univers. En plus de tout cela, il avait eu l'impudence d'écrire ce qu'il prétendait être une satire sur lui (M. Crab) et la témérité de le traiter d' « âne ». Si je désirais, à tout moment, exprimer mon opinion sur M. Mouche, les pages du *Sucre d'orge*, m'assura M. Crab, étaient à ma disposition illimitée. En attendant, comme il était certain que je serais attaqué dans *Le Taon* pour ma tentative de composer un poème rival sur « L'Huile Truc », lui (M. Crab) prendrait sur lui de s'occuper ouvertement de mes intérêts privés et personnels. Si je ne devenais pas tout de suite quelqu'un, ce ne serait pas sa faute à lui (M. Crab).

M. Crab s'étant alors interrompu dans son discours (dont je trouvai la dernière partie impossible à comprendre), je me risquai à faire allusion à la rémunération que j'avais été amené à espérer pour mon poème, me fiant à une annonce sur la couverture du *Sucre d'orge* déclarant qu'il (le *Sucre d'orge*) « insistait pour qu'il lui fût permis de payer des sommes exorbitantes pour toutes les contributions acceptées ; — l'argent dépensé pour un simple poème bref constituant souvent une dépense plus importante que l'ensemble de celles effectuées en une année par le *Train-Train*, le *Tapageur* ou le *Tad'merloie* réunis ».

Comme je mentionnais le mot « rémunération », M. Crab ouvrit d'abord les yeux, et puis la bouche, sur une fort remarquable largeur ; sa silhouette se mit à ressembler à celle de ces vieux canards surexcités en train de cancaner ; — et il resta dans cette position (de temps en temps, il serrait fortement ses mains contre son front comme s'il se trouvait dans un état d'égarement désespéré) jusqu'à ce que j'aie presque terminé ce que j'avais à dire.

Quand j'eus fini, il s'enfonça dans son siège, comme s'il était complètement accablé, laissant ses bras retomber inertes sur les côtés, mais gardant la bouche toujours rigoureusement ouverte, à la façon du canard. Comme je demeurais dans un muet étonnement, il bondit soudain sur ses pieds et se précipita vers le cordon de sonnette ; mais au moment où il l'atteignait, il sembla avoir changé d'idée, quelle qu'elle fût, car il plongea sous la table et réapparut immédiatement avec un gourdin. Il était sur le point de le lever (dans quel but, je n'arrive pas à l'imaginer) lorsque, tout à coup, un calme sourire réapparut sur ses traits, et il revint s'asseoir placidement dans son fauteuil.

« Monsieur Truc », dit-il (car je lui avais fait monter ma carte avant de monter moi-même), « Monsieur Truc, vous êtes un jeune homme, je présume — *très jeune* ? »

J'acquiesçai, ajoutant que je n'avais pas encore achevé mon troisième lustre.

« Ah! répondit-il, très bien! Je vois ce que c'est — n'en dites pas plus! Pour cette affaire de rétribution, ce que vous faites remarquer est très juste : en fait c'est même extrêmement juste. Mais — ah — ah — la *première* rétribution — la *première*, dis-je — ce n'est jamais l'usage de la revue de la payer — vous comprenez, hein? En vérité, c'est habituellement nous les *receveurs* en pareils cas. » (M. Crab sourit doucement en insistant sur le mot « receveurs ».) « Dans la plupart des cas, on nous *paie* pour l'insertion d'un premier essai — surtout en vers. En second lieu, Monsieur Truc, la loi de la revue est de ne jamais débourser ce qu'on appelle en France de l'*argent comptant* [21] : — je suis sûr que vous comprenez. Un trimestre ou deux après la publication de l'article — ou un an ou deux après — nous ne faisons aucune objection pour vous donner un billet à neuf mois : — pourvu toujours que nous puissions arranger nos affaires de façon à être certains d'une " faillite " au bout de six mois. J'espère vraiment, Monsieur Truc, que vous considérerez cette explication comme satisfaisante. » M. Crab s'arrêta là et des larmes apparurent dans ses yeux.

Chagriné jusqu'au tréfonds de mon âme d'avoir été, même innocemment, cause de la peine d'un homme aussi éminent et aussi sensible, je me hâtai de m'excuser et de le rassurer en lui exprimant la parfaite concordance de nos vues comme ma pleine compréhension de la délicatesse de sa position. M'étant acquitté de cela en un discours bien tourné, je pris congé.

Un beau matin, très peu de temps après, « je me réveillai et me retrouvai célèbre[22] ». On estimera mieux l'étendue de ma renommée si l'on se réfère aux opinions journalistiques du moment. Ces opinions, on va le voir, étaient incluses dans les notes critiques du numéro du *Sucre d'orge* contenant mon poème, et elles sont parfaitement satisfaisantes, concluantes et claires à l'exception, toutefois, des signes hiéroglyphiques « *15 sept. — 1ʳᵉ f.*[23] » ajoutée à chacune des critiques.

Le *Hibou*, journal d'une profonde sagesse et bien connu pour la gravité délibérée de ses jugements littéraires — le *Hibou*, dis-je, s'exprimait ainsi :

« *Le Sucre d'orge*! Le numéro d'octobre de cette délicieuse revue surpasse ses précédents et défie toute concurrence. Par la beauté de sa typographie et de son papier — par le nombre et l'excellence de ses gravures — autant que par le mérite littéraire de ses articles — le *Sucre d'orge* est à ses rivaux lambins ce qu'Hypérion est à un satyre. Le *Train-Train*, le *Tapageur* et le *Tad'merloie* l'emportent, il est vrai, en vantardise, mais, pour tout le reste, qu'on nous donne le *Sucre d'orge*! Comment ce célèbre journal peut-il soutenir ses frais évidemment énormes, cela dépasse notre compréhension. Bien sûr il tire à 100 000 exemplaires et sa liste d'abonnements s'est accrue d'un quart le mois dernier : mais, par ailleurs, les sommes qu'il débourse constamment pour les articles sont inconcevables. On rapporte que M. Anerusé[24] n'a pas reçu moins de trente-sept cents et demi pour son inimitable papier sur les " Cochons ". Avec M. CRAB comme rédacteur en chef, et avec, sur la liste des collaborateurs, des noms tels que SNOB et Anerusé, il ne saurait exister un mot comme " échec " pour le *Sucre d'orge*. Abonnez-vous . *15 sept. — 1ʳᵉ f.* »

Je dois dire que je fus heureux de cette notice d'un
ton élevé de la part d'un journal aussi respectable que
le *Hibou*. Placer mon *nom de guerre*[25] — devant celui
du grand Anerusé était un compliment aussi heureux
que je le sentais mérité.

Mon attention fut ensuite attirée par cet entrefilet du
Crapaud — un imprimé très réputé pour sa droiture et
son indépendance — pour sa totale absence de flagornerie et sa liberté vis-à-vis des donneurs de dîners :

« *Le Sucre d'orge* d'octobre est paru en avance sur
tous ses confrères, et les surpasse infiniment, bien sûr,
par la splendeur de sa présentation aussi bien que par
la richesse de son contenu littéraire. Le *Train-Train*, le
Tapageur et le *Tad'merloie* l'emportent, nous l'admettons, en vantardise mais, pour tout le reste, qu'on nous
donne le *Sucre d'orge*. Comment cette célèbre revue
peut-elle soutenir ses frais évidemment énormes, cela
dépasse notre compréhension. Bien sûr il tire à 200 000
exemplaires et sa liste d'abonnements a augmenté
d'un tiers au cours des derniers quinze jours, mais, par
ailleurs, les sommes qu'il débourse chaque mois pour
les articles sont terriblement élevées. Nous apprenons
que M. Sucepouce[26] n'a pas reçu moins de cinquante
cents pour sa récente " Monodie sur une flaque de
boue ".

« Parmi les collaborateurs originaux du présent
numéro, nous remarquons (outre l'éminent rédacteur
en chef, M. CRAB), des hommes tels que SNOB, Anerusé
et Sucepouce. En dehors de l'article éditorial, le texte
le meilleur néanmoins est, pensons-nous, un joyau
poétique signé Snob sur " L'Huile Truc " — mais nos
lecteurs ne doivent pas imaginer, d'après le titre de cet
incomparable *bijou*, qu'il ait la moindre ressemblance
avec certaine baliverne sur le même sujet publiée par

un méprisable individu dont nous ne pouvons pas prononcer le nom devant des oreilles honnêtes. Le *présent* poème " Sur l'huile Truc ", a suscité une impatience et une curiosité universelles à l'égard du propriétaire de ce pseudonyme évident de " Snob " — curiosité qu'heureusement, nous sommes en mesure de satisfaire. " Snob " est le *nom de plume* de M. Machin Truc, de cette ville même — un parent du grand M. Machin (dont il porte le nom) et par ailleurs lié aux plus illustres familles de l'Etat. Son père, Monsieur Thomas Truc est un opulent négociant de Glabre. *15 sept. — 1re f.*

Cette généreuse appréciation me toucha le cœur — et cela d'autant plus qu'elle émanait d'une source aussi ouvertement — aussi proverbialement pure que le *Crapaud*. Le mot « baliverne » tel qu'il était appliqué à « L'Huile Truc » de la Mouche, je le trouvai singulièrement mordant et approprié. Les mots « *joyau* » et « *bijou* », cependant, utilisés en référence à ma composition, me frappèrent comme étant, dans une certaine mesure, faibles. Ils me semblaient manquer de force. Ils n'étaient pas suffisamment *prononcés* (comme on dit en France).

J'avais à peine fini de lire le *Crapaud* qu'un ami plaça entre mes mains un numéro de la *Taupe*, un quotidien jouissant d'une haute réputation pour la finesse de ses aperçus sur les affaires en général, et pour le style ouvert, honnête, élevé de ses éditoriaux. La *Taupe* parlait ainsi du *Sucre d'orge* :

« Nous venons de recevoir le *Sucre d'orge* d'octobre, et il *faut* dire que jamais auparavant nous n'avons lu le moindre numéro du moindre périodique qui nous procurât une félicité aussi suprême. Et nous parlons en toute connaissance de cause. Le *Train-Train*, le *Tapa-*

geur et le *Tad'merloie* doivent bien faire attention à leurs lauriers. Ces imprimés, sans doute, surpassent tout en prétention tapageuse, mais sur tous les autres points, qu'on nous donne le *Sucre d'orge!* Comment cette célèbre revue peut-elle soutenir ses frais évidemment énormes, cela dépasse notre compréhension. Bien sûr, elle tire à 300 000 exemplaires; et la liste d'abonnements s'est accrue de la moitié au cours de la dernière semaine, mais, par ailleurs, les sommes qu'elle débourse chaque mois pour les articles sont épouvantablement élevées. Nous tenons de bonne source que M. Grocouac [27] n'a pas reçu moins de soixante-deux cents et demi pour sa récente nouvelle domestique " *La Lavette* [28] ".

« Les collaborateurs du numéro qui se trouve devant nous sont MM. CRAB (l'éminent rédacteur en chef), SNOB, Sucepouce, Grocouac et d'autres ; mais, après les inimitables compositions du rédacteur en chef lui-même, nous préférons une tirade belle comme un diamant et de la plume d'un nouveau poète qui écrit sous la signature de " Snob ", — un *nom de guerre* dont nous prédisons qu'il éteindra un jour l'éclat de " BOZ [29] ". " SNOB ", apprenons-nous, est un certain M. MACHIN TRUC, unique héritier d'un riche négociant de cette ville, M. Thomas Truc et proche parent du distingué M. Machin. Le titre de l'admirable poème de M.B. est l' " Huile Truc " — un titre assez malheureux, à propos, car un méprisable vaurien lié à la presse à deux sous a déjà dégoûté la ville avec une grande quantité de radotages sur le même sujet. Il n'y a cependant aucun danger de confondre les deux compositions. *15 sept.* — *1re f.* »

La généreuse appréciation d'un journal aussi clairvoyant que la *Taupe* pénétra mon âme de délices. La seule objection qui me vînt fut que les termes « mépri-

sable vaurien » auraient pu être mieux formulés ainsi :
« *odieux* et méprisable, *scélérat, gredin* et vaurien ».
Cela eût été d'un effet plus gracieux, je pense. « Belle
comme un diamant » était aussi, on l'admettra, d'une
intensité à peine suffisante pour exprimer ce que la
Taupe, de toute évidence, *pensait* de l'éclat de « L'Huile
Truc ».

L'après-midi même où je vis ces notes dans le *Hibou*,
le *Crapaud* et la *Taupe*, je tombai sur une copie du
Faucheux[30], périodique proverbial pour l'extrême
étendue de son intelligence. Et voilà ce que le *Faucheux* disait :

« *Le Sucre d'orge!* cette fastueuse revue est déjà
offerte au public pour octobre. Toute question de
prééminence est à jamais réglée, et il serait à l'avenir
extrêmement déraisonnable pour le *Train-Train*, le
Tapageur ou le *Tad'merloie* de tenter tout autre effort
spasmodique pour rivaliser avec lui. Ces journaux
peuvent surpasser le *Sucre d'orge* en clameurs, mais,
sur tous les autres points, qu'on nous donne le *Sucre
d'orge!* Comment cette célèbre revue peut-elle soutenir
ses frais évidemment énormes, cela dépasse notre
compréhension. Bien sûr, elle a un tirage précisément
d'un demi-million d'exemplaires, et sa liste d'abonnements s'est accrue de soixante-quinze pour cent au
cours des deux derniers jours ; mais par ailleurs, les
sommes qu'elle débourse, chaque mois, pour les articles, sont à peine croyables ; nous avons eu connaissance du fait que Mlle Plagiette[31] n'a pas reçu moins
de quatre-vingt-sept cents et demi pour sa récente et
précieuse Histoire Révolutionnaire, intitulée " La
Cathy-va de York-Town et la Cathy-n'va-pas de Bunker-Hill[32] ".

« Les textes les plus talentueux dans le présent
numéro, sont, bien entendu, ceux qu'a produits le

rédacteur en chef (l'éminent M. CRAB) mais il y a de nombreuses contributions magnifiques signées de noms comme SNOB, Mlle Plagiette, Anerusé, Mme Blaguette, Sucepouce, Mme Moquette [33], et enfin, mais ce n'est pas le moindre, Grocouac. On peut bien défier le monde de produire une telle constellation de génies.

« Le poème signé " SNOB ", nous le constatons, attire des éloges universels, et, nous sommes forcés de le dire, mérite, si possible, encore plus d'applaudissements qu'il n'en a reçu. L' " *Huile Truc* " est le titre de ce chef-d'œuvre d'éloquence et d'art. Un ou deux de nos lecteurs auront *peut-être* un souvenir *très* vague quoique assez répugnant, d'un poème (?) au titre semblable, perpétré par un misérable tire-à-la-ligne, un mendiant, un coupe-jarret, qui relevait, en qualité de laveur de vaisselle, croyons-nous, d'un de ces indécents journaux des bas quartiers de la ville ; nous les prions, pour l'amour de Dieu, de ne pas confondre ces deux compositions. L'auteur de l' " *Huile Truc* " est, nous dit-on, M. MACHIN TRUC, gentilhomme d'un puissant génie et d'une grande culture. " SNOB " n'est qu'un *nom de guerre. 15 sept. — 1ʳᵉ f.* »

Je pus à peine contenir mon indignation lorsque je lus la partie finale de cette diatribe. Il m'apparaissait clairement que la façon mi-figue mi-raisin — pour ne pas dire la douceur — la patience évidente avec laquelle le *Faucheux* parlait de ce porc, le rédacteur en chef du *Taon* — il m'apparaissait comme évident, dis-je, que cette douceur de ton n'avait d'autre cause qu'un parti pris envers le *Taon* — et que l'intention du *Faucheux* était évidemment d'augmenter à mes dépens la réputation de ce dernier. N'importe qui, vraiment, aurait pu percevoir, au premier coup d'œil, que, si le vrai propos du *Faucheux* avait été celui qu'il voulait faire croire, lui (le *Faucheux*) se serait exprimé en termes plus directs, plus acérés, et dans l'ensemble plus appropriés. Les mots « tire-à-la-ligne », « mendiant », « laveur de vaisselle » et « coupe-jarret » étaient des qualificatifs si délibérément inexpressifs et équivoques qu'ils étaient pires que tout lorsqu'on les appliquait à l'auteur des plus mauvaises stances jamais écrites par quelqu'un appartenant à la race humaine. Nous savons tous ce que veut dire « condamner à force de tièdes éloges [34] », et, d'autre part, qui aurait pu manquer de découvrir le projet secret du *Faucheux* — celui de glorifier à l'aide de faibles reproches ?

Ce que le *Faucheux* avait choisi de dire au *Taon* n'était cependant pas mon affaire. Après la façon noble avec laquelle le *Hibou*, le *Crapaud*, la *Taupe* s'étaient exprimés à l'égard de mon talent, c'en était un peu trop d'être traité froidement de « gentilhomme d'un puissant génie et d'une grande culture ». Gentilhomme vraiment ! Je m'y résolus aussitôt : ou bien j'aurai une excuse écrite du *Faucheux*, ou bien je le provoquerai en duel.

Tout à ce projet, je cherchai autour de moi pour trouver un ami à qui je puisse confier un message pour Sa Faucherie, et, comme le rédacteur en chef du *Sucre d'orge* m'avait donné des preuves marquées de considération, je me résolus en fin de compte à lui demander assistance en la présente occasion.

Je n'ai jamais été capable de m'expliquer, d'une façon qui satisfasse ma curiosité, l'expression et l'attitude *très* particulières avec lesquelles M. CRAB m'écouta lorsque je lui dévoilai mon projet. De nouveau, il rejoua la scène de la sonnette et du gourdin, et n'omit pas le canard. A un moment, je crus qu'il allait vraiment faire couin-couin. Sa crise, néanmoins, finit par se calmer comme auparavant et il recommença à agir et à parler d'une façon rationnelle. Il refusa cependant de porter le défi et, en fait, me dissuada tout à fait de l'adresser ; mais il fut assez franc pour admettre que le *Faucheux* s'était honteusement mis en tort — plus particulièrement en ce qui concernait les qualifications de « gentilhomme » et de « grande culture ».

Vers la fin de cet entretien avec M. Crab qui semblait vraiment prendre un intérêt paternel à ma prospérité, il me dit que je pourrais gagner honnêtement deux sous, et en même temps *accroître* ma réputation, en jouant de temps à autre du Thomas Hawk pour le *Sucre d'orge*.

Je priai M. Crab de me dire qui était M. Thomas Hawk et comment je devais le jouer.

Là-dessus, M. Crab, à nouveau, « ouvrit de grands yeux » (comme on dit en Allemagne) mais à la longue, se ressaisissant d'un profond accès d'étonnement, il m'assura qu'il avait employé les mots « Thomas Hawk » pour éviter l'expression familière « Tommy » qui était vulgaire — mais que le véritable sens était Tommy Hawk — ou tomahawk — et que par jouer du tomahawk, il voulait dire scalper, rudoyer et harceler de toutes façons le troupeau de ces pauvres diables d'auteurs[35].

J'assurai mon patron que, si ce n'était que cela, j'étais parfaitement désigné pour le travail consistant à jouer du Thomas Hawk. Sur ce, M. Crab me demanda d'éreinter aussitôt le rédacteur en chef du *Taon* dans le style le plus féroce dont je serais capable et pour donner un exemple de mes capacités. Je le fis sur-le-champ, dans un compte rendu du poème original sur l' « Huile Truc » qui occupa trente-six pages du *Sucre d'orge*. Je découvris que jouer du Thomas Hawk était en vérité une occupation bien moins contraignante que faire de la poésie ; car je m'appuyai entièrement sur un *système*, et il me fut ainsi facile de mener l'affaire bien à fond. Voici comment je pratiquai. J'achetai aux enchères des copies (bon marché) des *Discours de Lord Brougham*[36], des *Œuvres complètes de Cobbett*[37], du *Nouveau Dictionnaire d'argot*, de *L'Art complet de faire des affronts*, de *L'Apprentie poissonnière* (édition in-folio) et de *L'Essai sur le langage* de Lewis G. CLARKE[38]. Ces ouvrages, je les découpai complètement avec une étrille, et puis, jetant les morceaux dans une passoire, je tamisai soigneusement tout ce qui pouvait être considéré comme décent (une broutille) : je mis de côté les phrases dures, que je jetai dans une grande poivrière d'étain à trous longitudinaux de façon à ce qu'une phrase entière puisse passer au travers sans dommage matériel. La mixture était alors prête à l'emploi. Quand j'étais appelé à jouer du Thomas Hawk, j'enduisais une feuille de papier d'écolier avec le blanc d'un œuf d'oie ; puis, après avoir déchiqueté la chose dont je devais rendre compte, comme j'avais auparavant déchiqueté les livres — avec seulement plus de soin afin d'obtenir que chaque mot soit séparé — je jetais ces morceaux avec les premiers, revissais le couvercle du moulin, le secouais et saupoudrais ainsi la mixture sur le papier enduit d'œuf, où elle se collait. L'effet était magnifique à voir. C'était captivant. En vérité, les comptes rendus que je produisis par ce simple expédient n'ont jamais été égalés, et ils firent l'étonnement du monde. D'abord, par timidité — résultat de mon inexpérience — je fus un peu déconcerté par une certaine incohérence — un certain air de *bizarre* (comme on dit en France) que revêtait dans son ensemble la composition. Toutes les expressions ne *cadraient* pas (comme on dit chez les Anglo-Saxons). Beaucoup étaient de travers. Quelques-unes étaient même tête en bas ; et il n'y en avait aucune dont l'effet ne fût, dans une certaine mesure, endommagé par ce genre d'accident lorsqu'il se produisait : — à l'exception des paragraphes de M. Lewis Clarke, qui étaient si vigoureux, et si parfaitement solides, qu'ils ne semblaient pas particulièrement perturbés quelle que fût leur position extrême mais avaient au contraire un air aussi heureux et satisfait, qu'ils fussent sur la tête ou sur les pieds.

Ce qu'il advint du rédacteur en chef du *Taon* après la publication de ma critique de son « *Huile Truc* », il est assez difficile de le savoir. La conclusion la plus raisonnable est qu'il pleura à en mourir. En tout cas, il disparut de la surface de la terre et personne, depuis, n'en a jamais revu même le fantôme.

Cette tâche ayant été proprement accomplie, et les Furies apaisées, je montai aussitôt très haut dans la considération de M. Crab. Il m'accorda sa confiance, me donna une situation permanente comme Thomas Hawk du *Sucre d'orge* et puisque, pour l'instant, il ne pouvait m'offrir de salaire, me permit de profiter à discrétion de ses conseils.

« Mon cher Machin », me dit-il un jour après dîner, « j'ai du respect pour votre talent et je vous aime comme un fils. Vous serez mon héritier. Quand je mourrai je vous léguerai le *Sucre d'orge*. En attendant je ferai de vous un homme — je le *ferai* — pourvu que vous suiviez toujours mon conseil. La première chose à faire est de vous débarrasser du vieux pécore. »

« Porc[39] ? » dis-je, interrogatif — « cochon, hein ? — *aper ?* (comme on dit en latin) — qui ? — où ? »

« Votre père », dit-il.

« Précisément, répondis-je — un cochon. »

« Vous avez votre fortune à faire, Machin, reprit M. Crab, et votre paternel, c'est une pierre au cou. Il nous faut couper court[40]. » (A ce moment je sortis mon couteau.) « Il nous faut couper court avec lui, résolument et définitivement. Il ne fait plus du tout l'affaire — plus du tout. A la réflexion, vous feriez mieux de lui donner des coups de pied, des coups de canne ou quelque chose de ce genre. »

« Que diriez-vous », suggérai-je modestement — « si je lui donnais d'abord des coups de pied, ensuite des coups de canne et si je terminais en lui tordant le nez ? »

M. Crab me regarda pensivement pendant quelques instants, et puis il répondit :

« Je pense, M. Truc, que ce que vous proposez ferait assez bien l'affaire — et même tout à fait bien — c'est-à-dire jusqu'à un certain point — mais il est excessivement difficile de couper court avec un barbier, et je pense, en somme, qu'après avoir accompli sur Thomas Truc les opérations que vous suggérez, il serait convenable de lui pocher les yeux à coups de poing, très soigneusement et très complètement, afin de l'empêcher de vous apercevoir à nouveau dans les promenades à la mode. Après avoir fait cela je ne crois vraiment pas que vous puissiez faire plus. Cependant — il serait tout aussi bien de le faire rouler une ou deux fois dans le ruisseau, et puis de le remettre à la police. A n'importe quel moment, le jour suivant, vous pourrez vous rendre au poste de police et jurer qu'il a été attaqué. »

Je fus très touché par la délicatesse de sentiments envers ma propre personne, ainsi que cela ressortait de cet excellent conseil de M. Crab, et je ne manquai pas d'en profiter aussitôt. Le résultat fut que je me débarrassai du vieux porc et que je commençai à me sentir un peu indépendant et distingué. Le manque d'argent, cependant, fut, pendant quelques semaines, source d'un certain inconfort ; mais à la longue, en me servant soigneusement de mes deux yeux, et en observant comment se déroulaient les affaires juste sous mon nez, je compris comment la chose devait être menée. Je dis « chose » — observez-le — car on m'a dit que le

latin est *rem* [41]. A propos de latin, quelqu'un peut-il me
dire le sens de *quocumque* — ou encore, quel est le sens
de *modo* ?

Mon plan était excessivement simple. J'achetai, pour
presque rien, un seizième de la *Tortue hargneuse* [42] : —
ce fut tout. La chose était *faite*, et l'argent tomba dans
mon escarcelle. Il y eut, bien sûr, quelques arrangements triviaux par la suite ; mais ils ne faisaient pas
partie du plan. Ils en étaient une conséquence — un
résultat. Par exemple, j'achetai plume, encre et papier,
et je les mis furieusement en mouvement. Ayant
achevé ainsi un article de revue, je lui donnai pour titre
« FALBALAS [43] » *par l'auteur de* L'Huile Truc et l'envoyai
au *Tad'merloie*. Ce journal, cependant, ayant déclaré
que c'était des « balivernes » dans la « Note mensuelle
aux correspondants », je rebaptisai l'article « Ding-
ding-don [44] » par M. MACHIN TRUC, auteur de l'ode
sur « L'Huile Truc » *et* rédacteur en chef de la *Tortue
hargneuse*. Avec cette amélioration, je le renvoyai au
Tad'merloie, et pendant que j'attendais une réponse, je
publiai chaque jour dans la *Tortue* six colonnes de ce
qu'on peut appeler une investigation philosophique et
analytique sur les mérites littéraires du *Tad'merloie*,
ainsi que sur le caractère personnel du rédacteur en
chef du *Tad'merloie*. Au bout d'une semaine, le *Tad'merloie* découvrit qu'il avait, par quelque étrange méprise,
« confondu un article stupide, intitulé " Ding-Ding-
Don " et composé par quelque ignorant inconnu, avec
un bijou d'un lustre éclatant portant le même titre,
œuvre de M. Machin Truc, le fameux auteur de *L'Huile
Truc* ». Le *Tad'merloie* « regrettait profondément ce
très banal accident » et promettait de plus une insertion de l'authentique « Ding-Ding-Don » dans le prochain numéro de la revue.

Le fait est que je *pensais* — je pensais *vraiment* — je
pensais à l'époque — je pensais *alors* — et n'ai aucune

raison de penser autrement *maintenant* — que le *Tad'merloie* avait fait une erreur. Je n'ai jamais rien connu d'autre qui, malgré la meilleure volonté du monde, fît d'aussi singulières erreurs que le *Tad'merloie*. De ce jour je pris goût au *Tad'merloie* et le résultat fut que je décelai bientôt les vraies profondeurs de ses mérites littéraires, et que je ne manquai pas de m'étendre sur eux dans la *Tortue* dès que se présentait une opportunité convenable. Et on doit considérer cela comme une coïncidence très particulière — une de ces coïncidences positivement *remarquables* qui plongent un homme dans de sérieuses réflexions — qu'une révolution aussi complète de l'opinion — un si profond *bouleversement* (comme on dit en français) — un si total *retournement* (si on m'autorise à employer un terme plutôt énergique des Choctaws) comme cela s'était produit, *pro* et *con*, entre moi-même d'une part et le *Tad'merloie* d'autre part, se produisit vraiment, très peu de temps après et dans des circonstances tout à fait similaires, dans le différend entre moi-même et le *Tapageur*, et entre moi-même et le *Train-Train*.

C'est ainsi que, par un maître-coup de génie, je parachevai enfin mon triomphe en « mettant de l'argent dans mon escarcelle [45] », et c'est ainsi qu'on peut dire vraiment en toute impartialité qu'a commencé cette carrière brillante et fertile en événements qui m'a rendu illustre, et qui me permet de dire maintenant, avec Chateaubriand, « j'ai fait l'histoire [46] ».

J'ai véritablement « fait l'histoire ». Depuis l'époque brillante que je raconte maintenant, mes actions — mes œuvres — sont la propriété de l'humanité. Elles sont familières au public. Il est donc inutile pour moi de raconter en détail comment, dans ma rapide ascension, je devins l'héritier du *Sucre d'orge* — comment je fis fusionner ce journal avec le *Train-Train* — comment à nouveau je fis l'achat du *Tapageur*, combinant ainsi les trois périodiques — comment, enfin, je conclus un marché avec le seul rival restant, et rassemblai toute la littérature du pays en une seule magnifique revue, connue partout comme

Le Tapageur, Sucre d'orge, Train-Train

et

TAD'MERLOIE

Oui, j'ai fait l'histoire. Ma renommée est universelle. Elle s'étend jusqu'aux confins de la terre. On ne peut ramasser un journal ordinaire sans y rencontrer quelque allusion à l'immortel MACHIN TRUC. C'est « M. Machin Truc a dit ceci », « M. Machin Truc a écrit cela », « M. Machin Truc a fait cela ». Mais je suis humble et j'expirerai avec un cœur simple. Après tout, qu'est-ce donc ? — ce quelque chose d'indescriptible que les hommes persistent à appeler « génie » ? Je suis d'accord avec Buffon — avec Hogarth — ce n'est après tout que de *l'application*[47].

Regardez-*moi* ! — comme j'ai travaillé — comme j'ai peiné — comme j'ai écrit ! Oh ! dieux, n'ai-je *pas* écrit ? Je n'ai pas connu le mot « repos ». Le jour, j'étais collé à mon bureau, et la nuit, pâle étudiant, je brûlais l'huile nocturne. Vous auriez dû me voir — vous auriez vraiment dû. Je penchais à droite. Je penchais à gauche. Je me penchais en avant. Je me penchais en arrière. Je me tenais tout droit. Je me tenais *tête baissée* (comme on dit en kickapou), approchant ma tête tout près de la page d'albâtre. Et, malgré tout, j'*écrivais*. Dans la faim et dans la soif — j'*écrivais*. Dans la bonne réputation et dans la mauvaise — j'*écrivais*. A la lumière du soleil ou à celle de la lune — j'*écrivais*. *Ce*

que j'écrivais, il n'est pas nécessaire de le dire. Le *style* !
— voilà la chose. Je l'ai appris de Grocouac — Pfuitt !
— Pschitt ! — et je suis en ce moment en train de vous
en donner un spécimen.

LE MILLE DEUXIÈME CONTE
DE SCHÉHÉRAZADE

« *La vérité est plus étrange que la fiction.* »
Ancien dicton.

Ayant eu récemment l'occasion, au cours de certaines recherches orientalistes, de consulter le *Dismoidonc Estceounonainsi*[1], un ouvrage qui (comme le *Zohar*[2] de Siméon Jochaides) est à peine connu, même en Europe, et qu'à ma connaissance nul Américain n'a jamais cité — si l'on excepte, sans doute, l'auteur des *Curiosités de la littérature américaine*[3] ; — ayant eu cette occasion, dis-je, de feuilleter quelques pages du très remarquable ouvrage que j'ai cité en premier, je ne fus pas peu étonné de découvrir que le monde littéraire avait jusqu'ici fait étrangement erreur à propos du sort de la fille du vizir, Schéhérazade, tel que ce sort est rapporté dans les *Mille et Une Nuits*[4], et que le *dénouement*[5] qui y est donné, s'il n'est pas tout à fait inexact, est, sur ce point au moins, à critiquer pour ne pas avoir été poussé bien au-delà.

Pour tout renseignement sur cet intéressant sujet, je dois renvoyer le lecteur curieux au *Estceounonainsi* lui-même : mais, en attendant, on me pardonnera de donner un résumé de ce que j'y ai découvert.

On se souvient que, dans la version habituelle des contes, un certain monarque, ayant de bonnes raisons d'être jaloux de sa reine, non seulement la met à mort, mais fait vœu, par sa barbe et par le prophète, d'épouser chaque nuit la plus belle vierge de ses domaines, et de la livrer au bourreau le lendemain matin.

Ayant appliqué son vœu à la lettre pendant des années, avec une ponctualité religieuse et une méthode qui lui conféraient une grande réputation d'homme de piété et de bon sens, il fut interrompu une après-midi (sans aucun doute pendant ses prières) par une visite de son grand vizir, dont la fille, paraît-il, avait conçu un projet.

Son nom était Schéhérazade, et son idée était de sauver le pays de cet impôt sur la beauté qui le dépeuplait, ou alors de périr dans la tentative, selon l'exemple classique de toutes les héroïnes.

Par conséquent, et bien qu'on ne puisse constater que ce fût une année bissextile[6] (ce qui rend le sacrifice plus méritoire), elle envoie son père, le grand vizir, pour offrir au roi sa main. Cette main le roi l'accepte ardemment — (il avait déjà l'intention de la prendre de toute façon, et avait remis l'affaire de jour en jour, par seule crainte du vizir) — mais, en l'acceptant alors, il donne clairement à entendre à tous les intéressés que, grand vizir ou pas, il n'a pas la moindre intention de changer un iota à son vœu ou à ses privilèges. Or donc, lorsque la belle Schéhérazade insista pour épouser le roi, et l'épousa vraiment en dépit de l'excellent conseil de son père de ne rien faire de la sorte — quand elle voulut l'épouser et l'épousa, dis-je, bon gré mal gré, ce fut avec ses beaux yeux noirs aussi grands ouverts que le permettait la nature de la situation.

Il semble cependant que cette demoiselle politique (qui, sans aucun doute, avait lu Machiavel) ait eu en tête un petit plan très ingénieux. La nuit de noces, elle s'arrangea, j'ai oublié sous quel prétexte spécieux, pour que sa sœur occupât une couche suffisamment rapprochée de celle du couple royal de façon à permettre une conversation aisée de lit à lit ; et, peu avant le chant du coq, elle prit soin de réveiller le bon monarque, son mari (qui ne lui en voulait pas du tout, même s'il avait l'intention de lui faire tordre le cou le lendemain) ; — elle s'arrangea pour le réveiller, dis-je (quoique, d'une conscience tranquille et d'une digestion facile, il dormît bien), grâce au profond intérêt d'une histoire (au sujet d'un rat et d'un chat noir[7], je crois) qu'elle racontait (le tout à voix basse, bien sûr) à sa sœur. Quand le jour pointa, il arriva que cette histoire n'était pas tout à fait terminée, et que Schéhérazade, en l'occurrence, ne pouvait la terminer sur l'instant puisqu'il était grandement temps pour elle de se lever afin d'être étranglée — chose à peine plus plaisante que la pendaison, juste un tout petit peu plus distinguée.

La curiosité du roi cependant l'emportant, je regrette de le dire, même sur ses fermes principes religieux, le poussa pour cette fois à remettre l'exécution de son vœu au matin suivant, dans l'intention et l'espoir d'entendre cette nuit-là ce qui s'était en fin de compte passé avec le chat noir (je crois bien que c'était un chat noir) et le rat.

La nuit venue, cependant, Mme Schéhérazade non seulement mit un point final au chat noir et au rat (le rat était bleu) mais avant qu'elle ne se rende compte de ce qu'elle faisait, se retrouva profondément empêtrée dans les intrications d'un récit qui se rapportait (si je ne me trompe pas trop) à un cheval rose (avec des ailes vertes) qui marchait à vive allure, selon un mécanisme d'horlogerie, et qui était remonté par une clé indigo[8]. Le roi fut encore plus profondément captivé par cette histoire que par l'autre, et comme le jour pointait avant son achèvement (malgré tous les efforts de la reine pour arriver à la conclusion à temps pour le lacet), il n'y eut encore d'autre ressource que de retarder la cérémonie de vingt-quatre heures comme auparavant. La nuit suivante se produisit un incident similaire — avec une conséquence similaire ; et puis la suivante — et puis la suivante ; si bien qu'à la fin, le bon monarque, ayant été inéluctablement privé de toute possibilité d'observer son vœu durant une période de pas moins de mille et une nuits, soit l'oublie totalement à l'expiration de ce délai, soit s'en fait relever de façon réglementaire, soit enfin (ce qui est plus probable) le rompt carrément en même temps que la tête de son confesseur. En tout cas Schéhérazade, qui, descendant en ligne directe d'Ève, avait peut-être reçu les sept paniers de paroles que cette dame [9], nous le savons tous, ramassa sous les arbres du jardin d'Eden — Schéhérazade, dis-je, triompha finalement, et l'impôt sur la beauté fut abrogé.

Or, cette conclusion (qui est celle de l'histoire telle qu'elle est rapportée) est, sans doute, extrêmement convenable et plaisante — mais, hélas ! comme bon nombre de choses plaisantes, elle est plus plaisante que vraie ; et je suis entièrement redevable à l'*Estceou-nonainsi* des possibilités de corriger l'erreur. « *Le mieux* », dit un proverbe français, « *est l'ennemi du bien* [10] », et, en mentionnant que Schéhérazade avait hérité des sept paniers de paroles, j'aurais dû ajouter qu'elle les avait placés à intérêts composés jusqu'à ce qu'ils aient atteint les soixante-dix-sept paniers.

« Ma chère sœur », dit-elle, la mille deuxième nuit (sur ce point, je cite mot à mot le *Estceounonainsi*), « ma chère sœur, dit-elle, maintenant que cette petite contrariété du lacet a disparu, et que cet odieux impôt a été si heureusement abrogé, je sens que je me suis rendue coupable d'une grande indélicatesse en vous cachant à toi et au roi (qui, je suis désolée de le dire, ronfle — chose qu'aucun homme distingué ne ferait) l'entière conclusion de l'histoire de Sinbad le marin. Cette personne a traversé de nombreuses autres aventures et bien plus intéressantes que celles que j'ai racontées ; mais la vérité c'est que j'avais sommeil la nuit même de leur récit, et j'ai été ainsi amenée à les raccourcir — exemple de grave inconduite pour laquelle je ne peux qu'espérer le pardon d'Allah. Mais il n'est pas trop tard pour remédier à ma grande négligence et, dès que j'aurai pincé le roi une ou deux fois afin de l'éveiller suffisamment pour qu'il cesse de faire cet horrible bruit, je te raconterai séance tenante (et à lui aussi si cela lui plaît) la suite de cette très remarquable histoire. »

Là-dessus, la sœur de Schéhérazade, selon ce que je trouve dans le *Estceounonainsi*, ne montra pas une joie particulièrement intense ; mais le roi, ayant été suffisamment pincé, cessa enfin de ronfler, et finalement dit « hum ! » et puis « hou ! » et la reine ayant compris que ces mots (qui sont sans aucun doute arabes) signifiaient qu'il était toute attention, et qu'il ferait de son mieux pour ne plus ronfler — la reine, dis-je, ayant arrangé l'affaire à sa convenance, reprit ainsi aussitôt l'histoire de Sinbad le marin :

« " Enfin dans ma vieillesse " » (ce sont les mots de Sinbad lui-même tels que les rapporta Schéhérazade) — « " enfin dans ma vieillesse, et après avoir goûté maintes années de tranquillité chez moi, je fus repris par le désir de visiter des pays étrangers ; et un jour, sans informer de mon projet qui que ce soit de ma famille, j'assemblai quelques ballots des marchandises les plus précieuses et les moins encombrantes et, après avoir engagé un portefaix pour les acheminer, je descendis avec lui au rivage pour attendre l'arrivée d'un vaisseau qui pourrait m'emporter hors du royaume vers quelque région que je n'avais pas encore explorée.

« " Ayant déposé les bagages sur le sable, nous nous assîmes au pied d'un bouquet d'arbres et nous observâmes l'océan dans l'espoir d'apercevoir un bateau, mais pendant plusieurs heures nous n'en vîmes aucun. A la longue je crus entendre un singulier bourdonnement, une sorte de vrombissement et le portefaix, après avoir écouté un moment, déclara qu'il le percevait lui aussi. Bientôt ce bruit se fit plus fort, et puis encore plus fort, si bien que nous ne pûmes plus douter que l'objet qui le provoquait s'approchait de nous. Enfin, au ras de l'horizon, nous découvrîmes un point noir qui augmenta rapidement de taille jusqu'à ce que nous pussions nous rendre compte qu'il s'agissait d'un monstre immense qui nageait, une grande partie de son corps au-dessus de la surface de la mer. Il venait sur nous avec une incroyable célérité, rejetant d'énormes vagues d'écume de part et d'autre de sa poitrine, et illuminant toute cette partie de la mer qu'il traversait d'une longue ligne de feu qui s'étendait loin derrière lui sur une grande distance.

« " Comme la chose approchait nous la vîmes très distinctement. Sa longueur était égale à celle d'au moins trois arbres parmi les plus grands, et elle était aussi large que la grande salle d'audience de ton palais, ô toi le plus sublime et le plus magnifique des Califes. Son corps qui ne ressemblait pas à celui des poissons ordinaires était aussi solide qu'un roc et d'un noir de jais pour toute cette partie qui flottait au-dessus de l'eau, à l'exception d'une étroite bande rouge sang qui en faisait complètement le tour. Le ventre qui flottait sous la surface, et que nous ne pouvions apercevoir que de temps en temps lorsque le monstre s'élevait et retombait dans les vagues, était entière-

ment couvert d'écailles métalliques de couleur semblable à celle de la lune par temps brumeux. Le dos était
plat et presque blanc et de là se dressaient vers le haut
six épines d'une longueur à peu près égale à la moitié
du corps entier.

« " Cette horrible créature n'avait pas de bouche
perceptible ; mais, comme pour compenser cette déficience, elle était pourvue d'au moins quatre-vingts
yeux, qui sortaient de leurs orbites comme ceux de la
libellule verte et étaient disposés tout autour du corps
sur deux rangées superposées, parallèles à la bande
rouge sang qui semblait faire office de sourcil. Deux ou
trois de ces terribles yeux étaient beaucoup plus
grands que les autres et ressemblaient à de l'or massif.

« " Quoique cette bête s'approchât de nous, comme
je l'ai dit précédemment, avec la plus grande rapidité,
elle devait être mue entièrement par nécromancie —
car elle n'avait ni nageoires comme un poisson, ni
pattes palmées comme un canard, ni ailes comme ce
coquillage qui est poussé par le vent à la façon d'un
vaisseau [11] ; et elle n'avançait pas non plus en se
tortillant comme les anguilles. Sa tête et sa queue
avaient exactement la même forme, mais pas loin de la
seconde, il y avait deux petits trous qui servaient de
narines et à travers lesquels le monstre soufflait son
haleine épaisse avec une prodigieuse violence, et un
bruit sifflant désagréable.

« " Notre terreur à la vue de cette chose hideuse fut
très grande ; mais elle fut pourtant dépassée par notre
étonnement lorsque, en y regardant de plus près, nous
découvrîmes sur le dos de la créature un grand nombre
d'animaux ayant à peu près la taille et la forme
d'hommes, et somme toute leur ressemblant beaucoup, sauf qu'ils ne portaient pas de vêtements
(comme le font les hommes) pourvus qu'ils étaient (par
la nature sans doute) d'une enveloppe laide et incon-

fortable, assez semblable à du drap mais qui collait de si près à la peau qu'elle conférait à ces pauvres malheureux une maladresse comique et leur faisait apparemment endurer de vives douleurs. Sur le sommet de leur tête, il y avait des sortes de boîtes carrées dont, à première vue, je pensai qu'elles devaient être destinées à servir de turbans, mais je découvris vite qu'elles étaient extrêmement lourdes et solides, et j'en conclus donc que c'étaient des appareillages destinés, par leur grand poids, à maintenir la tête des animaux ferme et solide sur leurs épaules. Autour du cou des créatures étaient attachés des colliers noirs (des insignes de servitude, sans doute) comme nous en mettons à nos chiens, seulement beaucoup plus larges et infiniment plus rigides, de sorte qu'il était tout à fait impossible à ces pauvres victimes de tourner la tête dans une direction sans tourner le corps en même temps ; et ainsi étaient-elles condamnées à la contemplation perpétuelle de leur nez — un objet épaté et camus à un degré étonnant pour ne pas dire positivement affreux.

« " Lorsque le monstre eut presque atteint le rivage où nous nous tenions, il sortit soudain en grande partie un de ses yeux et en fit jaillir un terrible trait de feu, accompagné d'un nuage de fumée dense et d'un bruit que je ne peux comparer à rien d'autre qu'au tonnerre. Comme la fumée se dissipait, nous vîmes l'un des étranges hommes-animaux qui se tenait près de la tête de la grosse bête avec à la main une trompette à travers laquelle (après l'avoir portée à sa bouche) il s'adressa alors à nous avec des accents violents, rauques et désagréables, que, peut-être, nous aurions pris pour un langage s'ils n'étaient venus entièrement du nez [12].

« " Comme j'étais donc ainsi interpellé, je fus bien embarrassé pour répondre car je ne pouvais en aucune

façon comprendre ce qui était dit ; et dans cet embarras, je me tournai vers le portefaix, qui était prêt à
s'évanouir de peur, et lui demandai de quelle espèce, à
son avis, était ce monstre, ce qu'il voulait et quelle
sorte de créatures étaient celles qui grouillaient ainsi
sur son dos. Le portefaix répondit, autant qu'il le
pouvait malgré ses tremblements, qu'il avait déjà
entendu parler une fois de cette bête marine ; que
c'était un cruel démon aux entrailles de soufre et au
sang de feu, créé par de mauvais génies afin de faire
souffrir l'humanité ; que les choses sur son dos étaient
de la vermine comme celle qui infeste parfois chats et
chiens, juste un peu plus grande et plus sauvage ; et
que cette vermine, quoique néfaste, avait son utilité —
car, par la torture qu'elle infligeait à la bête avec ses
morsures et ses piqûres, celle-ci était poussée au degré
de fureur nécessaire pour la faire rugir et lui faire
perpétrer le mal, et remplir ainsi les desseins vengeurs
et malveillants des mauvais génies.

« " Cette explication me détermina à prendre mes
jambes à mon cou, et, sans même regarder une fois
derrière moi, je m'enfuis à toute vitesse dans les
collines, tandis que le porteur courait aussi vite,
quoique dans une direction presque opposée, de telle
sorte qu'il finit par s'échapper avec mes ballots, dont je
ne doute pas qu'il prît grand soin — encore que ce soit
là un point que je ne peux trancher, étant donné que je
ne me souviens pas les avoir jamais revus.

« " Quant à moi, j'étais si vivement poursuivi par un
essaim d'hommes-vermine (qui étaient venus à terre
sur des bateaux) que je fus très vite rattrapé, et pieds et
poings liés, transporté jusqu'à la bête qui se remit
immédiatement à nager vers la pleine mer.

« " Alors je me repentis amèrement de la folie d'avoir
quitté une demeure confortable pour risquer ma vie
dans des aventures comme celle-ci ; mais les regrets

étant inutiles, je fis de mon mieux pour m'accommo-
der de ma condition et m'appliquai à gagner la
bienveillance de l'homme-animal qui possédait la
trompette et qui semblait exercer l'autorité sur ses
compagnons. Je réussis si bien dans cette tentative
qu'en quelques jours, la créature me témoigna plusieurs signes de faveur, et, à la fin, prit même la peine
de m'apprendre des rudiments de ce qu'il était assez
vain d'appeler son langage ; si bien qu'à la longue, je
fus capable de converser aisément avec elle, et je
parvins à lui faire comprendre l'ardent désir que
j'avais de voir le monde.

« " ' *Ouashish squouashish scouic, Sinbad, hé ding-
ding-don, grogne et gronde, hiss, fiss, ouiss* ', me dit-il,
un jour après dîner — mais je vous demande pardon,
j'avais oublié que Votre Majesté n'est pas versée dans
le dialecte des coq-nez [13] (ainsi appelait-on les
hommes-animaux ; je présume que c'était parce que
leur langue formait le trait d'union entre celle du
poney et celle du coq). Avec votre permission, je vais
traduire. ' *Ouashish squouashish* ' et ainsi de suite : —
c'est-à-dire, ' je suis heureux de voir, mon cher Sinbad,
que tu es vraiment un excellent garçon ; nous nous
apprêtons à faire une chose qui s'appelle naviguer
autour du globe ; et puisque tu es si désireux de voir le
monde, je vais faire une exception et t'offrir une place
gratuite sur le dos de la bête '. " »

Quand la dame Schéhérazade eut avancé jusque-là,
rapporte le *Estceounonainsi*, le roi qui était sur le côté
gauche se retourna sur le côté droit, et dit —

« Il est, en fait, *très* surprenant, ma chère reine, que
vous ayez jusqu'à présent omis ces dernières aventures
de Sinbad. Savez-vous que je les trouve extrêmement
captivantes et étranges ? »

Le roi s'étant ainsi exprimé, nous dit-on, la belle Schéhérazade reprit son histoire dans les termes suivants :

« Sinbad continua de cette manière son récit au Calife — " Je remerciai l'homme-animal pour sa bonté, et je me sentis bientôt moi-même tout à fait à l'aise sur la bête qui nageait à une vitesse prodigieuse dans l'océan ; quoique la surface de celui-ci ne soit, dans cette partie du monde, en aucune façon plate, mais ronde comme une grenade, si bien qu'elle allait — pour ainsi dire — soit en montant soit en descendant tout le temps. " »

« C'est, je pense, quelque chose de très singulier », interrompit le roi.

« Néanmoins, c'est tout à fait vrai », répondit Schéhérazade.

« J'ai des doutes, reprit le roi, mais, je vous en prie, soyez assez bonne pour continuer votre histoire. »

« Voilà, dit la reine — " La bête ", continua Sinbad à l'adresse du Calife, " nagea, comme je l'ai rapporté, montant et descendant jusqu'à ce qu'enfin nous arrivions à une île de plusieurs centaines de milles de circonférence, mais qui cependant avait été construite au milieu de la mer par une colonie de petites choses ressemblant à des chenilles *. »

« Hum ! » fit le roi.

« " Après avoir quitté cette île ", dit Sinbad » — (car Schéhérazade, on le comprendra, ne fit guère attention à l'exclamation impolie de son mari) « " après avoir quitté cette île, nous arrivâmes à une autre où les forêts étaient de pierre solide, et si dures qu'elles faisaient voler en éclats les haches les mieux trempées avec lesquelles nous tentions de les abattre **. " »

---

* Les corallites.
** « L'une des plus remarquables curiosités du Texas est une forêt pétrifiée, près de la source de la rivière Pasigno. Elle consiste en plusieurs centaines d'arbres, en position verticale, tous transformés en pierre. Certains arbres, qui poussent maintenant, sont en partie

« Hum ! » fit à nouveau le roi ; mais Schéhérazade, ne lui accordant aucune attention, continua dans le langage de Sinbad.

« " Ayant passé au-delà de cette dernière île, nous atteignîmes un pays où il y avait une grotte qui

---

pétrifiés. C'est un fait surprenant pour les naturalistes et qui peut les induire à modifier la théorie actuelle de la pétrification » — Kennedy (*Le Texas*, I, p. 120).

Ce compte rendu, d'abord mis en doute, a depuis été corroboré par la découverte d'une forêt pétrifiée complète près des sources de la rivière Chayenne, ou Chienne, qui prend naissance dans les Montagnes noires de la chaîne des Rocheuses.

Il n'y a peut-être pas un spectacle sur la surface du globe plus remarquable, tant au point de vue géologique que pittoresque, que celui que présente la forêt pétrifiée près du Caire. Le voyageur qui, après être passé par les tombeaux des Califes, juste au-delà des portes de la cité, poursuit vers le sud, à peu près à angle droit avec la route qui traverse le désert vers Suez, et après avoir parcouru quelque dix milles le long d'une vallée basse et stérile, couverte de sable, de gravier, et de coquillages marins aussi frais que si la marée ne s'était retirée que depuis hier, traverse une rangée basse de dunes, qui sur quelque distance court parallèlement au sentier. La scène qui se présente maintenant à lui est étrange et désolée au-delà de tout ce qu'on peut concevoir. Il voit s'étaler sur des milles et des milles autour de lui, sous la forme d'une forêt délabrée et abattue, une masse de fragments d'arbres, tous changés en pierre, et qui lorsqu'ils sont frappés par les fers du cheval résonnent comme de la fonte. Le bois est d'un ton brun foncé, mais garde sa forme à la perfection, les morceaux ayant de un à quinze pieds d'épaisseur, serrés si étroitement les uns contre les autres, à perte de vue, qu'un âne égyptien peut difficilement se frayer un passage au travers, et si naturels que, en Écosse ou en Irlande, cela pourrait passer sans discussion pour quelque énorme marais asséché dans lequel les arbres exhumés resteraient à pourrir au soleil. Les racines et les rudiments de branches sont, dans de nombreux cas, presque parfaits et sur certains, on reconnaît facilement les trous de vers creusés sous l'écorce. Les plus délicats vaisseaux de la sève et toutes les parties les plus fines du centre du bois, sont parfaitement conservés et peuvent être examinés avec les plus forts microscopes. Ils sont tous si totalement silicifiés qu'ils rayent le verre et peuvent recevoir le poli le plus fin. — (*Magazine asiatique* vol. III p. 359 ; 3ᵉ série).

s'enfonçait sur une distance de trente ou quarante milles dans les entrailles de la terre, et qui contenait une grande quantité de palais bien plus spacieux et bien plus magnifiques que ceux qu'on trouve dans tout Damas et dans tout Bagdad. Du toit de ces palais pendaient des myriades de pierres précieuses, semblables à des diamants, mais plus grandes que des hommes; et parmi les allées de pyramides et de temples couraient d'immenses rivières aussi noires que l'ébène et grouillant de poissons qui n'avaient pas d'yeux *. " »

« Hum ! » dit le roi.

« " Nous naviguâmes alors dans une région de la mer où nous découvrîmes une montagne élevée, sur les flancs de laquelle jaillissaient des torrents de métal fondu, dont certains avaient douze milles de large et soixante milles de long ** ; tandis que d'un abîme au sommet sortaient des quantités de cendres si énormes que le soleil se trouva entièrement effacé des cieux et qu'il fit plus sombre que dans la nuit la plus sombre ; à tel point que même lorsque nous nous trouvâmes à une distance de quelque cent cinquante milles de la montagne, il nous était encore impossible de voir les objets les plus blancs, même en les tenant tout près de nos yeux ***. " »

« Hum ! » dit le roi.

« " Après avoir quitté cette côte, la bête continua son voyage jusqu'à ce que nous rencontrions une terre dans

---

* La grotte du Mammouth dans le Kentucky.

** En Islande en 1783.

*** « Durant l'éruption de l'Hecla, en 1766, des nuages de cette sorte produisirent un tel degré d'obscurité qu'à Glaumba, qui est à plus de cinquante lieues de la montagne, les gens ne pouvaient trouver leur chemin qu'à tâtons. Lors de l'éruption du Vésuve de 1794, à Caserta, distant de quatre lieues, les gens ne pouvaient circuler qu'à la lueur des torches. Le 1er mai 1812 un nuage de cendres et de sables volcaniques, provenant d'un volcan de l'île de Saint-Vincent, recouvrit

laquelle la nature des choses semblait inversée — car
nous vîmes là un grand lac, au fond duquel, à plus de
cent pieds sous la surface des eaux, prospérait, tout
feuillage épanoui, une forêt d'arbres immenses et
luxuriants *. " »

« Hou ! » dit le roi.

« " Quelque cent milles de plus nous amenèrent à
une région où l'atmosphère était si dense qu'elle
soutenait le fer ou l'acier, tout comme la nôtre fait
pour les plumes **. " »

« Ta-ta-ta ! » dit le roi.

« " Avançant toujours dans la même direction, nous
arrivâmes bientôt à la plus magnifique région du
monde entier. Au travers de celle-ci serpentait sur
plusieurs milliers de milles un fleuve magnifique. Ce
fleuve était d'une indicible profondeur, et d'une trans-
parence plus riche que celle de l'ambre. Il avait de
trois à six milles de large ; et ses rives, qui de chaque
côté s'élevaient à pic sur douze cents pieds, étaient
couronnées d'arbres toujours en train de fleurir et
ces fleurs perpétuelles aux douces senteurs transfor-
maient tout le territoire en un jardin somptueux ; mais
le nom de cette terre luxuriante était le royaume de

---

l'ensemble des Barbades, y répandant une obscurité si intense qu'à
midi, en plein air, on ne pouvait distinguer les arbres ou les autres
objets proches, ni même un mouchoir blanc, placé à une distance de
six pouces de l'œil » — Murray, p. 215, Phil. édit. I. *Encyclopédie de
géographie.*
* « En l'année 1790, dans le Caraccas, au cours d'un tremblement
de terre, une portion du sol granitique s'effondra et laissa place à un
lac de huit cents yards de diamètre et de quatre-vingts à cent pieds de
profondeur. C'était une partie de la forêt d'Aripao qui s'était enfoncée
et les arbres restèrent verts plusieurs mois sous l'eau » Murray, p. 221,
Encycl. de géog.
** L'acier le plus dur jamais fabriqué, peut, sous l'action d'un
chalumeau, être réduit en une poudre impalpable qui flotterait
facilement dans l'air atmosphérique.

l'Horreur, et y pénétrer c'était la mort inévitable *. " »
« Humph ! » dit le roi.

« " Nous quittâmes ce royaume en toute hâte, et
après quelques jours, nous arrivâmes à un autre où
nous fûmes étonnés de découvrir des myriades d'animaux monstrueux qui avaient sur la tête des cornes
ressemblant à des faux. Ces bêtes hideuses se creusent
dans le sol de vastes cavernes en forme de tunnel, et en
garnissent les parois avec des rochers, disposés l'un au-
dessus de l'autre de façon telle qu'ils s'effondrent
instantanément dès qu'ils sont piétinés par d'autres
animaux, les précipitant ainsi dans l'antre des monstres, où leur sang est immédiatement sucé et leurs
carcasses ensuite lancées dédaigneusement au loin, à
une immense distance des cavernes de mort **. " »
« Bah ! » dit le roi.

« " Continuant notre course, nous aperçûmes une
région abondante en végétaux qui ne poussaient sur
aucun sol mais dans l'air ***. Il y en avait d'autres qui
jaillissaient de la substance d'autres végétaux ****;
d'autres qui tiraient leur substance du corps des
animaux vivants *****; et puis, il y en avait encore

---

* La région du Niger. Voyez le *Magazine colonial de Simmond*.
** Le *Myrméléon* — fourmilion. Le terme « monstre » est autant
applicable aux petites choses anormales qu'aux grandes, tandis que les
épithètes comme « vaste » sont simplement comparatives. La caverne
du Myrméléon est *vaste* en comparaison du trou de la fourmi rouge
commune. Un grain de silex est aussi un « rocher ».
*** L'*Epidendron Flos Aeris* [14], de la famille des *Orchidées*, pousse
avec simplement la surface de ses racines accrochées à un arbre ou à
un autre objet dont elle ne tire aucune nourriture — ne subsistant
seulement qu'à partir de l'air.
**** Les Parasites, tel le merveilleux *Rafflesia Arnoldi*.
***** *Schouw* soutient qu'il y a une classe de plantes qui croît sur
les animaux vivants — les *Plantae Epizoae*. A cette classe appartien-
nent les *Fuci* et les *Algae*.
   M. J. B. Williams, de Salem, Massachusetts, a présenté à l' « Institut
national » un insecte de Nouvelle-Zélande, avec la description sui-

d'autres qui brillaient entièrement d'un feu intense* ; d'autres qui se déplaçaient d'un endroit à l'autre selon leur plaisir**, et, ce qui est plus merveilleux encore, nous découvrîmes des fleurs qui vivaient et respiraient et remuaient leurs membres à volonté, et avaient, en outre, cette détestable passion de l'humanité de réduire en esclavage les autres créatures, et de les confiner dans des prisons horribles et solitaires jusqu'à l'accomplissement de tâches précises***. " »

---

vante : « " *La Hotte* ", qui est nettement une chenille ou un ver, vit au pied de l'arbre *Rata*, avec une plante qui lui pousse hors de la tête. Cet insecte des plus étranges et des plus extraordinaires grimpe sur les arbres *Rata* et *Puriri* et, après avoir pénétré dans la cime, il grignote son chemin, perforant le tronc de l'arbre jusqu'à ce qu'il atteigne la racine ; il sort alors de la racine et meurt ou reste dormant et la plante se propage à partir de sa tête ; le corps reste parfait et entier, d'une substance plus dure que lorsqu'il était vivant. De cet insecte les indigènes tirent un colorant pour le tatouage. »

* Dans les mines et les cavernes naturelles, on trouve une espèce de *fungus* cryptogamique qui émet une phosphorescence intense.

** L'orchis, la scabieuse et la vallisnérie.

*** « La corolle de cette fleur (*Aristolochia Clematitis*), qui est tubulaire mais qui vers le haut se termine par un membre ligulé, s'élargit à la base en forme de globe. La partie tubulaire est garnie à l'intérieur de poils raides pointant vers le bas. La partie globulaire contient le pistil, qui consiste simplement en un germe et un stigmate réunis aux étamines environnantes. Mais les étamines plus courtes même que le germe ne peuvent se débarrasser du pollen pour le jeter sur le stigmate, car la fleur se tient toujours droite jusqu'après la fécondation. Et ainsi, sans une aide supplémentaire et particulière, le pollen devrait nécessairement tomber au fond de la fleur.

« Or, l'aide que la Nature a fournie dans ce cas est celle de la *Tipula pennicornis*, un petit insecte qui, pénétrant dans le tube de la corolle à la recherche de miel, descend au fond et y farfouille jusqu'à ce qu'il soit enduit de pollen ; mais incapable de se frayer un chemin vers l'extérieur, du fait de l'orientation descendante des poils qui convergent vers un point comme les fils de fer d'une souricière, et, s'impatientant quelque peu de son emprisonnement, il se frotte en arrière et en avant, essayant le moindre recoin, jusqu'à ce qu'après avoir traversé à plusieurs reprises le stigmate, il le couvre de pollen en quantité

« Peuh ! » dit le roi.

« " Quittant cette terre, nous arrivâmes bientôt à une autre où les abeilles et les oiseaux sont mathématiciens d'un tel génie et d'une telle érudition qu'ils donnent chaque jour aux sages de l'Empire des leçons dans la science de la géométrie. Le roi de l'endroit ayant offert une récompense pour la solution de deux problèmes fort difficiles, ils furent résolus sur-le-champ, l'un par les abeilles, et l'autre par les oiseaux ; mais le roi ayant gardé secrètes leurs solutions, ce ne fut qu'après les recherches et les travaux les plus approfondis, et la rédaction d'une infinité de gros livres pendant une longue série d'années, que les mathématiciens-hommes parvinrent à la longue aux solutions mêmes qui avaient été données sur-le-champ par les abeilles et les oiseaux *. " »

---

suffisante pour sa fécondation, en conséquence de quoi la fleur commence bientôt à se flétrir et les poils à se resserrer le long du tube, offrant un passage commode à la fuite de l'insecte. » Rév. P. Keithe, *Méthode de physiologie botanique.*

* Les abeilles — depuis qu'il y a des abeilles — construisent leurs cellules avec des côtés en un nombre donné et selon une inclinaison qui sont, comme cela a été démontré (dans un problème impliquant les principes mathématiques les plus profonds), les côtés mêmes, le nombre même et les angles mêmes qui offriront aux animaux le plus grand espace compatible avec la plus grande stabilité de structure.

Au cours de la seconde moitié du siècle dernier, s'est posée la question parmi les mathématiciens — « de déterminer la meilleure forme à donner aux ailes d'un moulin à vent, en fonction de la distance variable des bras rotatifs et aussi des centres de révolution ». C'est là un problème excessivement complexe ; car il s'agit, en d'autres termes, de trouver la meilleure position possible à une infinité de distances variées et à une infinité de points sur le bras. Il y eut pour répondre à la question un millier de vaines tentatives de la part des mathématiciens les plus illustres ; et lorsque, à la fin, une indiscutable solution fut trouvée, les hommes découvrirent que les ailes de l'oiseau l'avaient donnée avec une précision absolue depuis que le premier oiseau avait traversé l'air.

« Oh ! là ! » dit le roi.

« " Nous avions à peine perdu de vue cet Empire que nous nous trouvâmes tout près d'un autre, et de son rivage s'envola au-dessus de nos têtes un vol d'oiseaux large d'un mille et long de deux cent cinquante milles ; de telle sorte que, bien qu'ils franchissent un mille par minute, il ne fallut pas moins de quatre heures pour que passe au-dessus de nous tout le vol — dans lequel il y avait plusieurs millions de millions d'oiseaux *. " »

« Oh ! lala ! » dit le roi.

« " Nous étions à peine débarrassés de ces oiseaux, qui nous causèrent beaucoup d'ennuis, que nous fûmes terrifiés par l'apparition d'un oiseau d'un autre genre, et infiniment plus grand même que les rochers que j'avais rencontrés au cours de mes anciens voyages ; car il était plus gros que le plus gros des dômes qui se trouvent au-dessus de votre sérail, ô le plus munificent des Califes. Ce terrible oiseau n'avait pas de tête qu'on puisse discerner, mais était entièrement composé d'un ventre d'une grosseur et d'une rondeur prodigieuses, d'une substance d'apparence molle, lisse, brillante et bariolée de couleurs variées. Dans ses serres, le monstre emportait vers son aire dans les cieux une maison dont il avait arraché le toit et à l'intérieur de laquelle nous vîmes distinctement des êtres humains qui, sans aucun doute, étaient dans une situation d'affreux désespoir face à l'horrible destin qui les attendait. Nous criâmes de toutes nos forces, dans l'espoir d'effrayer l'oiseau et de lui faire lâcher sa proie ; mais il ne fit qu'émettre un ronflement ou une bouffée, comme de

* « Il observa entre Francfort et le territoire de l'Indiana un vol de pigeons large d'au moins un mille ; il mit quatre heures à passer ; ce qui, à la vitesse d'un mille par minute, donne une longueur de 240 milles ; et, en supposant trois pigeons par yard carré, cela donne 2 230 272 000 pigeons. » *Voyages au Canada et aux Etats-Unis*, par le Lieutenant F. Hall.

rage, et puis il laissa tomber sur nos têtes un sac pesant qui s'avéra rempli de sable. " »

« Balivernes ! » dit le roi.

« " Ce fut juste après cette aventure que nous rencontrâmes un continent d'une immense étendue et d'une prodigieuse solidité, mais qui, cependant, était entièrement supporté par le dos d'une vache bleu ciel qui n'avait pas moins de quatre cents cornes *. " »

« Eh bien, ça, je le crois, dit le roi, parce que j'ai déjà lu quelque chose de ce genre dans un livre. »

« " Nous passâmes aussitôt sous ce continent (en voguant entre les pattes de la vache) et, après quelques heures, nous nous retrouvâmes dans un pays vraiment merveilleux qui, ainsi que me l'apprit l'homme-animal, était sa propre terre natale, habité par des êtres de sa propre espèce. Cela fit beaucoup monter l'homme-animal dans mon estime ; et, en fait, je commençai alors à avoir honte de la familiarité méprisante avec laquelle je l'avais traité ; car je découvris que les hommes-animaux en général étaient une nation de magiciens très puissants vivant avec des vers dans le cerveau **, qui servaient sans doute, par leurs contorsions et leurs tortillements pénibles, à stimuler en eux les efforts d'imagination les plus miraculeux. " »

« Sornettes ! » dit le roi.

« " Chez les magiciens, on domestiquait plusieurs animaux de genres très singuliers ; par exemple il y avait un cheval géant dont les os étaient d'acier et le sang d'eau bouillante. En guise de grain, il avait pour habituelle nourriture des pierres noires ; et pourtant, en dépit d'un régime si dur, il était si fort et si rapide

---

* « La terre est soutenue par une vache de couleur bleue, qui a des cornes au nombre de quatre cents. » Le Coran, édition Sale.
** Les Entozoa, ou vers intestinaux, ont été observés à différentes reprises dans les muscles, et dans la substance cérébrale des hommes. Voyez la Physiologie de Wyatt, p. 143.

qu'il pouvait tirer une charge plus lourde que le plus grand temple de cette ville, à une vitesse dépassant celle du vol de la plupart des oiseaux *. " »

« Balivernes ! » dit le roi.

« " Je vis aussi chez ces gens une poule sans plumes, mais plus grosse qu'un chameau ; au lieu de chair et d'os, elle était faite de fer et de brique ; son sang, comme celui du cheval (dont en fait elle était très proche), était de l'eau bouillante ; et comme lui elle ne mangeait rien d'autre que du bois ou des pierres noires. Cette poule pondait très souvent, une centaine de poussins par jour ; et, après leur naissance, ils restaient pendant plusieurs semaines dans le ventre de leur mère **. " »

« Balivernes ! » dit le roi.

« " Un des citoyens de cette nation de puissants magiciens avait créé un homme de cuivre, de bois, et de cuir, et l'avait doté d'une telle ingéniosité qu'il aurait pu battre aux échecs toute la race humaine à l'exception du grand Calife Haroun El Raschid ***. Un autre de ces mages construisit (à partir des mêmes matériaux) une créature qui faisait honte même au génie de celui qui l'avait fabriquée ; car si grande était sa puissance de raisonnement qu'en une seconde, il effectuait des calculs d'une si vaste étendue qu'ils auraient requis le travail conjoint de cinquante mille hommes de chair durant une année ****. Mais un sorcier encore plus merveilleux se fabriqua une chose puissante qui n'était ni homme ni bête, mais qui avait une cervelle de plomb mêlée à une matière noire

---

. * Sur le Great Western Railway, entre Londres et Exeter, on a atteint une vitesse de 71 milles à l'heure. Un train pesant 90 tonnes a filé de Paddington à Didcot (53 milles) en 51 minutes.

** *L'Eccaleobion* [15].

*** L'automate joueur d'échecs de Maelzel [16].

**** La machine à calculer de Babbage [17].

comme de la poix, et des doigts qu'elle utilisait à une vitesse et avec une dextérité si incroyables qu'elle n'aurait eu aucun mal à écrire vingt mille copies du Coran en une heure; et ceci avec une précision si minutieuse qu'on n'aurait pu dans toutes ces copies en trouver une qui différât d'une autre de la largeur du cheveu le plus fin. Cette chose était d'une force prodigieuse, si bien qu'elle érigeait ou renversait les Empires les plus puissants d'un seul souffle; mais son pouvoir s'exerçait aussi bien pour le mal que pour le bien. " »

« Ridicule ! » dit le roi.

« " Parmi cette nation de nécromants il y en avait aussi un qui avait dans les veines du sang de salamandre; car il n'hésitait pas à s'asseoir pour fumer sa chibouque dans un four chauffé au rouge jusqu'à ce que son dîner ait complètement cuit sur sa plaque chauffante *. Un autre avait le pouvoir de convertir les métaux communs en or, sans même les regarder pendant l'opération **. Un autre avait une telle délicatesse de toucher qu'il fabriquait un fil si fin qu'il en était invisible ***. Un autre avait une telle rapidité de perception qu'il comptait tous les mouvements séparés d'un corps élastique pendant que celui-ci sautait en arrière et en avant à une cadence de neuf cents millions de fois par seconde ****. " »

« Absurde ! » dit le roi.

« " Un autre de ces magiciens, grâce à un fluide que personne n'a encore jamais vu, pouvait pousser les

---

* *Chabert* [18] et après lui, une centaine d'autres.

** L'électrotypie (galvanoplastie).

*** A partir de platine, *Wollaston* fit pour la visée d'un télescope un fil d'un dix-huit millième de pouce d'épaisseur. On ne pouvait le voir qu'au moyen d'un microscope.

**** Newton a démontré que sous l'influence de la raie violette du spectre la rétine vibrait 900 000 000 de fois en une seconde.

cadavres de ses amis à lever le bras, à donner des ruades, à se battre, ou même à se lever et à danser à sa guise *. Un autre avait cultivé sa voix à tel point qu'il aurait pu se faire entendre d'un bout à l'autre de la terre **. Un autre avait le bras si long qu'il pouvait rester assis à Damas et écrire une lettre à Bagdad — ou même à n'importe quelle distance ***. Un autre commandait à l'éclair de descendre du ciel vers lui, et celui-ci accourait à son appel, et lui servait de jouet quand il venait. Un autre prenait deux sons puissants et en faisait un silence. Un autre fabriquait une profonde obscurité à partir de deux brillantes lumières ****. Un autre faisait de la glace dans un fourneau chauffé au rouge *****. Un autre commandait au soleil de peindre son portrait, et le soleil le

---

* La pile voltaïque [19].

** Le télégraphe électrique transmet les nouvelles instantanément — du moins en ce qui concerne toute distance sur la terre.

*** La machine à imprimer par télégraphe électrique.

**** Expériences communes en physique. Si deux rayons rouges provenant de deux points lumineux sont introduits dans une chambre noire de façon à tomber sur une surface blanche, et qu'ils diffèrent en longueur de 0,000 025 8 pouce, leur intensité est doublée. De même si la différence de longueur est un multiple entier de cette fraction. Un multiple de 2 1/4, 3 1/4, etc., donne une intensité égale à un rayon seulement ; mais un multiple de 2 1/2, 3 1/2, etc., a pour résultat une obscurité totale. Pour les rayons violets des effets similaires se produisent quand la différence de longueur est de 0,000 157 pouce ; et avec tous les rayons les résultats sont les mêmes — la différence variant selon un accroissement uniforme du violet au rouge.

Des expériences analogues sur le son donnent des résultats analogues.

***** Placez un creuset de platine sur une lampe à alcool, et maintenez-le au rouge ; versez-y de l'acide sulfurique, et, bien qu'il soit le plus volatil des corps aux températures ordinaires, celui-ci se trouvera tout à fait immobilisé dans le creuset chaud, sans qu'une goutte ne s'évapore — il est entouré par une atmosphère qui lui est propre, et en fait il ne touche pas les bords. On introduit alors quelques gouttes d'eau, et l'acide, venant immédiatement en contact avec les

faisait *. Un autre prenait cet astre avec la lune et les
planètes et, les ayant tout d'abord pesés avec une
scrupuleuse exactitude, en sondait les profondeurs et
découvrait la consistance de la matière dont elles
étaient faites. Mais toute cette nation est, vraiment,
d'une habileté nécromancienne si surprenante que pas
même leurs enfants ni leurs chats et chiens les plus
communs n'ont la moindre difficulté à voir des objets
qui n'existent pas du tout, ou ceux qui, vingt mille ans
avant la naissance de cette nation elle-même, ont été
effacés de la face de la création **. " »

« Délirant ! » dit le roi.

« " Les femmes et les filles de ces mages incompara-
blement grands et sages " », poursuivit Schéhérazade,
sans se laisser le moins du monde perturber par les
interruptions fréquentes et dénuées de savoir-vivre de
son mari — « " les femmes et les filles de ces éminents

---

bords chauffés du creuset, s'évapore en vapeur d'acide sulfureux ; le
processus est si rapide que la chaleur de l'eau s'en va avec lui, et que
celle-ci tombe sous forme de glaçon au fond ; en s'y prenant juste
l'instant d'avant que l'eau ne se remette à fondre, on peut faire sortir
un glaçon d'un récipient chauffé au rouge[20].

* Le daguerréotype[21].

** Bien que la lumière parcoure 200 000 milles à la seconde, la
distance de ce que nous supposons être l'étoile fixe la plus proche
(Sirius) est si inconcevablement grande que ses rayons demanderaient
au moins trois ans pour atteindre la terre. Pour des étoiles situées au-
delà, 20 — ou même 1 000 ans — seraient une estimation modérée.
Donc, si elles avaient été anéanties, il y a 20 ou 1 000 ans, nous
pourrions encore les voir aujourd'hui, grâce à la lumière qui est *partie*
de leur surface il y a 20 ou 1 000 ans dans le passé. Qu'un grand nombre
de celles que nous voyons chaque jour soient réellement éteintes, ce
n'est pas impossible, ni même improbable (note du *Broadway Journal*).
Herschel l'aîné soutient que la lumière des plus faibles nébuleuses
vues à travers son grand télescope, doit avoir mis 3 000 000 d'années à
atteindre la terre. Certaines, rendues visibles par l'instrument de Lord
Ross, doivent donc alors avoir demandé au moins 20 000 000 d'années
(note de l'édition Griswold).

magiciens sont tout ce qu'il y a de plus accompli et de plus raffiné ; et pourraient être tout ce qu'il y a de plus intéressant et beau, sans une malheureuse fatalité qui les accable, et dont même le miraculeux pouvoir de leurs maris et de leurs pères n'a pu jusqu'à présent les sauver. Certaines fatalités viennent sous certaines formes, et certaines sous d'autres formes — mais celle dont je parle est venue sous forme d'une lubie. " »

« Une quoi ? » dit le roi.

« " Une lubie, dit Schéhérazade. Un de ces mauvais génies qui sont perpétuellement à l'affût pour faire le mal a mis dans la tête de ces dames accomplies que ce que nous appelons la beauté personnelle réside entièrement dans la protubérance de la région qui ne se trouve pas très loin au-dessous du creux des reins. — La perfection de la beauté, disent-ils, est en proportion directe de l'étendue de cette bosse. Cette idée les ayant longtemps possédées, et les coussins étant bon marché dans ce pays, il y a belle lurette qu'il n'est plus possible de distinguer une femme d'un dromadaire [22] — " »

« Arrêtez ! » dit le roi, — « je ne peux supporter cela, et je ne le supporterai pas. Vous m'avez déjà donné un terrible mal de tête avec vos mensonges. De plus, le jour, à ce que je vois, commence à poindre. Depuis combien de temps sommes-nous mariés ? — ma conscience recommence à se troubler. Et puis ce coup du dromadaire — me prenez-vous pour un imbécile ? Après tout vous feriez aussi bien de vous lever et d'aller vous faire étrangler. »

Ces mots, tels que je les recueille dans le *Estceounonainsi*, peinèrent Schéhérazade autant qu'ils l'étonnèrent ; mais comme elle savait que le roi était un homme d'une scrupuleuse intégrité, et qu'il était peu probable qu'il manquât à sa parole, elle se soumit de bonne grâce à son destin. Elle tira cependant grande consolation (pendant le serrage du lacet) de la pensée qu'une bonne partie de l'histoire restait encore à raconter et que la susceptibilité de sa brute de mari lui avait valu la plus juste des punitions en le privant de maintes aventures inconcevables.

LE SPHINX

Durant le terrible règne du Choléra sur New York [1], j'avais accepté l'invitation d'un parent à passer une quinzaine de jours avec lui dans la retraite de son *cottage orné* [2] des bords de l'Hudson. Nous avions là à notre portée tous les moyens ordinaires de distraction estivale ; et, avec les promenades dans les bois, le dessin, le canotage, la pêche, la baignade, la musique et les livres, nous aurions passé le temps fort agréablement sans les effrayantes nouvelles qui nous parvenaient chaque matin de la populeuse cité. Pas un jour qui ne s'écoulât sans nous apprendre le décès de quelque relation. Et, à mesure que s'amplifiait le fléau, nous nous habituâmes à attendre chaque jour la perte de quelque ami. A la longue, nous en arrivâmes à trembler à l'approche de tout messager. Même la brise venant du sud nous semblait exhaler la mort. Cette idée paralysante prit en vérité entière possession de mon âme. Je ne pouvais parler, penser, ni rêver de rien d'autre. Mon hôte était d'un tempérament moins émotif et, quoique lui-même fort déprimé, il s'efforçait de me soutenir. Son intelligence profondément philosophique n'était à aucun moment affectée par les chimères. S'il était suffisamment sensible aux réalités de la terreur, de ses ombres il n'avait nulle crainte.

Ses efforts pour me tirer de l'état d'anormale tristesse dans lequel j'avais sombré furent en grande
partie contrariés par certains volumes que j'avais
trouvés dans sa bibliothèque[3]. Ceux-ci étaient de
nature à forcer la germination des semences de superstition héréditaire qui gisaient latentes en moi. J'avais
lu ces livres sans qu'il le sache et il avait donc souvent
du mal à se rendre compte des violentes impressions
qui s'étaient imposées à mon imagination.

Un de mes sujets favoris était la croyance populaire
dans les présages — une croyance qu'à cette époque
précise de ma vie, j'étais presque sérieusement disposé
à défendre. Sur ce sujet nous avions des discussions
longues et animées — lui soutenant le manque total de
fondement des croyances en de telles matières — et
moi affirmant qu'un sentiment populaire surgissant
avec une spontanéité absolue — c'est-à-dire sans traces
apparentes de suggestion — avait en lui-même d'indis-
cutables éléments de vérité et avait droit à beaucoup
de respect.

Le fait est que peu après mon arrivée au cottage, il
m'arriva un incident si totalement inexplicable et qui
avait en lui-même un si funeste caractère, que j'aurais
été bien excusable de le prendre pour un présage. Il
m'épouvanta et, en même temps, me troubla et me
désorienta à tel point que plusieurs jours s'écoulèrent
avant que je pusse me décider à en communiquer le
détail à mon ami.

Vers la fin d'une journée excessivement chaude,
j'étais assis, un livre à la main, devant une fenêtre
ouverte qui commandait, au-delà de la longue perspective des rives du fleuve, la vue d'une colline éloignée
dont le versant qui me faisait face avait été dépouillé,
par ce qu'on appelle un glissement de terrain, de la
majeure partie de ses arbres. Mes pensées avaient

longuement erré du volume ouvert devant moi à la tristesse, la désolation de la cité voisine. Quittant la page, mon regard tomba sur le versant dénudé de la colline et sur un objet — quelque monstre vivant d'apparence hideuse, qui chemina très rapidement du sommet jusqu'au pied pour finalement disparaître dans la dense forêt du bas. Lorsque cet animal se présenta d'abord à ma vue, je doutai de ma propre santé mentale — ou du moins du témoignage de mes propres yeux ; et plusieurs minutes passèrent avant que je ne réussisse à me convaincre que je n'étais ni fou ni en train de rêver. Pourtant quand je décrirai le monstre (que je vis distinctement et que j'observai calmement pendant toute la durée de sa progression), mes lecteurs, j'en ai peur, auront beaucoup plus de mal à se laisser convaincre par ces détails que je n'en eus moi-même.

Evaluant la taille de la créature par rapport au diamètre des grands arbres près desquels elle passait — les rares géants de la forêt qui avaient échappé à la fureur du glissement de terrain — je conclus qu'elle était beaucoup plus grande que n'importe quel navire de ligne connu. Je dis navire de ligne parce que la forme du monstre en suggérait l'idée — la coque de l'un de nos vaisseaux de soixante-quatorze[4] pourrait donner une idée très acceptable de son profil général. La gueule de l'animal était située à l'extrémité d'une trompe de quelque soixante ou soixante-dix pieds[5] de long, et à peu près aussi épaisse que *le corps* d'un éléphant ordinaire. Près de la base de ce tronc, il y avait une énorme quantité de poils noirs hirsutes — plus que n'en auraient pu fournir les fourrures d'une vingtaine de bisons ; et de ces poils jaillissaient, vers le bas et latéralement, deux défenses brillantes guère différentes de celles d'un sanglier, mais d'une taille infiniment plus grande. S'étendant vers l'avant, parallèlement à la trompe, et de chaque côté de celle-ci, il y avait un gigantesque pieu, de trente ou quarante pieds de long, qui semblait fait de pur cristal et avait la forme d'un prisme parfait : — il reflétait de la plus splendide façon les rayons du soleil couchant. Le tronc avait une forme triangulaire, la pointe tournée vers le sol. Accrochées à lui, se déployaient deux paires d'ailes — chaque aile faisant près de cent yards de long — une paire étant placée au-dessus de l'autre, chacune étant recouverte d'une épaisse couche d'écailles métalliques, et chaque écaille faisant apparemment quelque dix ou douze pieds de diamètre. Je remarquai que les ailes supérieures et les ailes inférieures étaient reliées par une forte chaîne. Mais la principale particularité de cette horrible chose, c'était l'image d'une *Tête de Mort* qui recouvrait presque toute la surface de son poitrail, et qui se détachait d'un blanc éclatant sur le fond sombre du corps aussi nettement que si elle avait été dessinée avec soin par un artiste. Tandis que je regardais ce terrifiant animal, et plus particulièrement la marque de son poitrail, avec un sentiment d'horreur et de crainte — avec un sentiment de désastre imminent qu'aucun effort de la raison ne me paraissait capable de réprimer, je vis les énormes mâchoires situées à l'extrémité de la trompe s'écarter soudain, et il en sortit un son si puissant et exprimant tellement le malheur, qu'il me frappa les nerfs comme un glas, et, comme le monstre disparaissait au pied de la colline, je tombai soudain évanoui sur le sol.

En revenant à moi, ma première impulsion évidemment fut d'informer mon ami de ce que j'avais vu et entendu — et je peux à peine expliquer quel sentiment de répugnance, à la fin, m'empêcha de le faire.

Enfin, un soir, trois ou quatre jours après l'événement, nous étions assis tous les deux dans la pièce d'où j'avais vu l'apparition — moi occupant le même siège à

la même fenêtre, et lui étendu sur un sofa tout proche.
L'association du lieu et du moment m'incita à lui faire
un compte rendu du phénomène. Il m'écouta jusqu'au
bout — d'abord il rit de tout cœur — et puis il prit une
attitude excessivement grave, comme si ma folie ne
faisait plus aucun doute. A cet instant, j'aperçus de
nouveau distinctement le monstre — vers lequel, avec
un cri d'épouvante absolue, j'attirai aussitôt son attention. Il regarda intensément — mais affirma qu'il ne
voyait rien — quoique je lui indiquasse minutieusement le parcours de la créature tandis qu'elle descendait le versant dénudé de la colline.

J'étais maintenant alarmé au-delà de toute mesure
car j'interprétais la vision soit comme un présage de
ma mort, soit, pire encore, comme le signe avant-
coureur d'une attaque de folie. Je me rejetai furieusement dans mon fauteuil et pendant quelques instants
j'enfouis mon visage dans mes mains. Quand je découvris mes yeux, l'apparition n'était plus visible.

Mon hôte, cependant, avait dans une certaine
mesure retrouvé le calme de son maintien, et il me
questionna très minutieusement sur la conformation
de la bête qui m'était apparue. Quand je l'eus pleinement satisfait sur ce point, il soupira profondément,
comme s'il avait été soulagé de quelque fardeau
intolérable, et il continua à parler, avec ce que je pris
pour un calme cruel, de divers points de philosophie
spéculative qui avaient été jusqu'ici l'objet de discussions entre nous. Je me souviens qu'il insista tout
particulièrement (entre autres choses) sur l'idée que la
principale source d'erreur dans toutes les investiga-
tions humaines, résidait dans la disposition de l'entendement à sous-évaluer ou surévaluer l'importance
d'un objet par suite d'une mauvaise appréciation de sa
distance. « Pour estimer correctement, par exemple,
dit-il, l'influence qui sera exercée sur toute l'humanité

par la complète diffusion de la Démocratie, la distance de l'époque à laquelle une telle diffusion pourra effectivement être accomplie ne devrait pas manquer d'apparaître comme une des données de l'estimation. Et pourtant, pouvez-vous me citer un seul auteur qui, écrivant sur le thème du gouvernement, ait jamais pensé que cette branche particulière du thème méritât la moindre discussion ? »

Il se tut alors un moment, marcha vers un rayon de la bibliothèque et en tira un des manuels courants d'Histoire Naturelle. Me demandant alors de changer de siège avec lui afin qu'il pût mieux distinguer la fine impression du volume, il prit mon fauteuil près de la fenêtre et, ouvrant le livre, reprit son discours sur un ton très semblable au précédent.

« Sans votre extrême minutie, dit-il, dans la description du monstre, j'aurais pu n'avoir jamais la possibilité de vous démontrer ce que c'était. Tout d'abord laissez-moi vous lire une description scolaire du genre *Sphinx*, de la famille des *Crepuscularia*, de l'ordre des *Lepidoptera*, de la classe des *Insecta* — ou insectes. La description dit ceci :

« Quatre ailes membranées couvertes de petites écailles colorées d'aspect métallique ; bouche en forme de trompe roulée, produite par un allongement des mâchoires sur les côtés desquelles on voit des rudiments de mandibules et de palpes duveteuses ; les ailes inférieures attachées aux supérieures par un crin raide ; antennes en forme de massues allongées, prismatiques ; abdomen en pointe. Le Sphinx Tête de Mort a parfois provoqué une grande terreur chez les gens du peuple, à cause de l'espèce de cri mélancolique qu'il émet et de l'emblème de mort qu'il porte sur son corselet. »

Il ferma alors le livre et se pencha en avant dans le fauteuil, se plaçant exactement dans la position que j'occupais au moment où j'avais aperçu « le monstre ».

« Ah, le voilà ! » s'exclama-t-il bientôt « — il remonte le versant de la colline, et c'est une créature d'aspect très remarquable, je l'admets. Cependant il n'est en aucune manière aussi grand ni aussi éloigné que vous l'aviez imaginé ; car le fait est que maintenant qu'il chemine en se tortillant sur ce fil qu'une araignée a tissé le long du châssis de la fenêtre, je constate qu'il mesure environ un seizième de pouce dans sa longueur totale, et qu'il est également à une distance d'environ un seizième de pouce de la pupille de mon œil[6]. »

MELLONTA TAUTA[1]

Au rédacteur en chef du *Lady's Book*[2] :

J'ai l'honneur de vous adresser, pour votre revue, un article que, je l'espère, vous serez capable de comprendre plus clairement que je ne le fais moi-même. C'est une traduction qu'a faite mon ami Martin Van Buren Mavis[3] (parfois surnommé le « voyant de Poughkeepsie ») d'un manuscrit d'aspect bizarre que j'ai trouvé, il y a environ un an, hermétiquement scellé dans un flacon flottant sur la *Mare Tenebrarum* — une mer fort bien décrite par le géographe nubien[4], mais rarement visitée de nos jours, sauf par les transcendantalistes et les pêcheurs de lubies.

Très sincèrement vôtre

Edgar A. Poe.

A bord du ballon Alouette[5],

le 1er avril 2848.

Maintenant, ma chère amie[6] — maintenant, pour vos péchés, vous allez subir la peine d'une longue lettre bavarde. Je vous annonce nettement que je vais vous punir de toutes vos impertinences en me faisant aussi ennuyeuse, aussi décousue, aussi incohérente et aussi peu convaincante que possible. De plus, me voici enfermée dans un sale ballon, avec quelque cent ou deux cents membres de la *canaille*[7], tous réunis pour une croisière de *plaisir* (quelle drôle d'idée certaines gens se font du plaisir !) ; et je ne compte guère toucher la *terra firma* avant au moins un mois. Personne à qui parler. Rien à faire. Quand on n'a rien à faire, c'est le moment de correspondre avec ses amis. Vous devinez donc pourquoi je vous écris cette lettre — c'est à cause de mon *ennui* et en raison de vos péchés.

Préparez vos lunettes et faites-vous à l'idée d'être ennuyée. Je me propose de vous écrire chaque jour pendant cet odieux voyage.

Holà ! quand une *Invention* visitera-t-elle le péricrâne humain ? Sommes-nous à jamais condamnés aux mille inconvénients du ballon[8] ? *Personne* n'inventera donc un mode de voyage plus expéditif ? Cette allure de petit trot, à mon avis, n'est rien moins qu'une véritable torture. Ma parole, nous n'avons guère fait plus d'une centaine de milles à l'heure depuis notre départ ! Les oiseaux eux-mêmes nous battent — du moins certains d'entre eux. Je vous assure que je n'exagère pas du tout. Notre marche, sans aucun doute, semble plus lente qu'elle n'est en réalité — cela parce que nous n'avons autour de nous nul objet qui nous permettrait d'estimer notre vitesse, et aussi parce que nous marchons *avec* le vent. Bien sûr, chaque fois que nous croisons un ballon, nous avons l'occasion de percevoir notre vitesse, et alors, je l'admets, les choses n'apparaissent plus aussi noires. Tout habituée que je sois à ce mode de voyage, je ne parviens pas à surmonter une sorte de vertige chaque fois qu'un ballon nous croise selon une route qui passe juste au-dessus de nous. Il me fait toujours penser à un immense oiseau de proie prêt à fondre sur nous et nous emporter dans ses serres.

L'un d'eux est passé au-dessus de nous ce matin vers le lever du jour, et si près au-dessus de nous que sa guiderope balaya effectivement le filet soutenant notre nacelle et nous causa une très sérieuse inquiétude. Notre capitaine a déclaré que si le matériau de l'enveloppe avait été cette « soie » vernie de pacotille d'il y a cinq cents ou mille ans, nous aurions inévitablement subi des dommages. Cette soie, ainsi qu'il me l'a expliqué, était un produit fabriqué à partir des entrailles d'une espèce de ver de terre. On nourrissait soigneusement le ver de mûres — un genre de fruit ressemblant au melon d'eau — et lorsqu'il était assez gras, on l'écrasait dans un moulin. La pâte ainsi produite était appelée *papyrus* dans son premier état, et passait par une série d'opérations avant de devenir enfin « soie ». Curiosité à rapporter, elle fut à une époque très appréciée en tant qu'article de *toilette féminine*! Les ballons aussi étaient très généralement fabriqués avec de la soie. Une meilleure sorte de matériau, semble-t-il, fut par la suite trouvée grâce au duvet entourant le péricarpe d'une plante vulgairement nommée *euphorbium*, et désignée à cette époque sous le nom botanique d'apocyn[9]. Cette dernière espèce de soie fut surnommée soie-buckingham[10], du fait de sa plus grande durabilité, et pour son usage on la préparait ordinairement en la vernissant avec une solution de caoutchouc gomme — une substance qui par certains côtés devait ressembler à la *gutta percha* d'un usage commun aujourd'hui. Ce caoutchouc était parfois appelé gomme des Indes ou gamme de *whist*[11], et c'était sans doute l'un des nombreux *champignons*. Et ne me dites jamais plus que je ne suis pas archéologue dans l'âme !

A propos de guiderope — la nôtre, semble-t-il, vient juste de renverser par-dessus bord un homme d'un de ces petits propulseurs magnétiques qui grouillent sur l'océan au-dessous de nous — un navire d'environ six mille tonnes, et, d'après toutes les informations, honteusement bondé. Ces bateaux minuscules ne devraient pas avoir le droit de transporter plus d'un nombre limité de passagers. On n'a pas permis à l'homme de remonter à bord, et il a été bientôt hors de vue, lui et son appareil de sauvetage. Je me réjouis, ma chère amie, de vivre à une époque suffisamment éclairée pour qu'une chose comme un individu ne soit pas même censée exister. C'est de la masse dont la vraie Humanité doit se soucier. Et à propos, en parlant d'Humanité, savez-vous que notre immortel Wiggins [12] n'est pas si original dans ses vues sur la Condition Sociale et cœtera que ses contemporains ont tendance à le croire ? Pandit [13] m'assure que les mêmes idées ont été exposées, à peu près de la même façon, il y a environ mille ans, par un philosophe irlandais appelé Fourier [14] parce qu'il tenait une boutique de détail pour peaux de chats et autres fourrures. Pandit *sait*, voyez-vous ; il ne peut y avoir d'erreur à ce sujet. Comme nous la voyons chaque jour splendidement vérifiée, la profonde observation de l'Hindou Aries Tote [15] (citée ainsi par Pandit) — « Ainsi devons-nous dire que ce n'est pas une fois, ni deux, ni quelques fois, mais bien selon des répétitions presque infinies, que les mêmes opinions reviennent de façon cyclique parmi les hommes. »

2 avril — Parlé aujourd'hui avec le cotre magnétique en charge de la section médiane des câbles télégraphiques flottants. J'apprends que lorsque cette sorte de télégraphe fut d'abord mis en service par Horse [16], on considérait comme tout à fait impossible de faire franchir les mers aux câbles ; mais, maintenant, on a du mal à comprendre où résidait la difficulté ! Ainsi va le monde. *Tempora mutantur* [17] — excusez-moi de citer de l'étrusque. Que *ferions*-nous sans le télégraphe

Atalantique ? (Pandit dit que l'ancien adjectif était atlantique). Nous avons stoppé quelques minutes pour poser au cotre quelques questions et avons appris, entre autres glorieuses nouvelles, que la guerre civile fait rage en Afrique, tandis que la peste fait un travail magnifiquement beau aussi bien en Yeurope qu'en Aysie. N'est-il pas vraiment extraordinaire qu'avant la magnifique lumière répandue sur la philosophie par l'Humanité, le monde avait l'habitude de considérer la Guerre et la Peste comme des calamités ? Savez-vous que dans les temples anciens on offrait effectivement des prières à seule fin que ces *maux* (!) ne visitent plus l'humanité ? N'est-il pas vraiment difficile de comprendre d'après quel principe d'intérêt agissaient nos ancêtres ? Etaient-ils donc si aveugles pour ne pas sentir que la destruction d'une myriade d'individus n'est rien moins qu'un avantage positif pour la masse !

3 avril — C'est vraiment un divertissement fort agréable que de grimper à l'échelle de corde qui mène au sommet du ballon et, de là, observer le monde environnant. De la nacelle inférieure, vous comprenez, la perspective n'est pas si vaste — on ne voit verticalement que très peu de chose. Mais assis là-haut (où j'écris ceci) dans la véranda ouverte du sommet, luxueusement capitonnée, on peut voir tout ce qui se passe dans toutes les directions. A cet instant même, il y a toute une foule de ballons en vue, et ils offrent un spectacle très animé, tandis que l'air résonne du murmure de tant de millions de voix humaines. J'ai entendu dire que lorsque Jaune [18] ou (comme Pandit le prétend) Violet, qui est censé avoir été le premier aéronaute, affirma qu'il était possible de traverser l'atmosphère dans toutes les directions, que ce soit en montant ou en descendant, jusqu'à ce qu'on rencontre un courant favorable, il fut à peine écouté par ses contemporains, qui le prirent simplement pour une espèce de fou ingénieux, parce que les philosophes (?) de l'époque avaient déclaré la chose impossible. Il me paraît aujourd'hui vraiment *tout à fait* incompréhensible que quelque chose d'aussi évidemment accessible ait pu échapper à la sagacité des anciens *savans* [19]. Mais à toutes les époques ce sont les soi-disant hommes de science qui ont opposé les résistances les plus grandes à l'avancement de l'Art. Bien sûr, *nos* hommes de science ne sont pas aussi dogmatiques que ceux du passé : — oh, j'ai quelque chose de si bizarre à vous raconter à ce sujet. Savez-vous qu'il n'y a pas plus d'un millier d'années que les métaphysiciens ont consenti à libérer les gens de cette singulière illusion qu'il n'existait que *deux voies possibles pour atteindre la Vérité* ! Croyez-le si vous le pouvez ! Il paraît qu'il y a longtemps, longtemps, dans la nuit des temps, vivait un philosophe turc (ou hindou peut-être) du nom d'Aries Tote. Cette personne a introduit, ou du moins a propagé ce qu'on a appelé le mode d'investigation déductif ou *a priori*. Il partait de ce qu'il prétendait être des *axiomes* ou des « vérités évidentes en soi », et ensuite poursuivait « logiquement » jusqu'à des résultats. Ses plus grands disciples furent un certain Neuclid et un certain Cant [20]. Or Aries Tote fut suprêmement florissant jusqu'à l'avènement d'un certain Hog [21], surnommé le « berger d'Ettrick », qui prêcha un système entièrement différent qu'il appela le système a *posteriori* ou *in*ductif. Son projet se basait entièrement sur la sensation. Il procédait en observant, analysant et classifiant les faits — *instantiae naturae* [22], comme on les appelait avec affectation — en lois générales. La méthode d'Aries Tote était, en un mot, basée sur les *noumènes*; celle de Hog sur les *phénomènes*. Eh bien, si grand fut l'enthousiasme soulevé par ce dernier système que, dès sa première introduction, Aries Tote tomba en disgrâce ; mais en fin de compte il regagna du terrain, et fut admis à partager le royaume de la Vérité avec son rival plus moderne. Les *savans* soutinrent alors que les voies aristotéliciennes et *baconiennes* étaient les seules avenues possibles vers le savoir. « Baconien », il faut que vous le sachiez, était un adjectif inventé comme équivalent de « hogien », et il était plus euphonique et plus convenable.

Enfin, ma chère amie, je vous assure, de la façon la plus nette, que je présente cette affaire loyalement, selon l'autorité la plus indiscutable ; et vous pouvez facilement comprendre comment une notion aussi intrinsèquement absurde a dû contribuer à retarder le progrès de tout vrai savoir — qui doit presque invariablement ses avancées à des bonds intuitifs. L'ancienne pensée forçait l'investigation à ramper ; et pendant des centaines d'années, si grand fut l'engouement pour Hog en particulier, que ce fut la fin virtuelle de toute pensée proprement dite. Nul n'osait proférer une vérité qu'il sentait devoir seulement à son *Ame*. Il importait peu que la vérité fût même une vérité *démontrable,* car les *savans* entêtés de cette époque ne tenaient compte que du *chemin* par lequel elle avait été atteinte. Ils ne voulaient même pas *envisager* la fin. « Voyons les moyens, proclamaient-ils, les moyens ! » Si, en étudiant les moyens, on découvrait qu'ils n'entraient ni dans la catégorie Aries (c'est-à-dire le Bélier) ni dans la catégorie Hog, eh bien alors, les savans n'allaient pas plus loin, mais déclaraient que le « théoricien » était un sot et ne voulaient plus rien avoir à faire avec lui ou avec sa vérité.

Or, on ne peut soutenir que même en rampant, on puisse atteindre, quel que soit le long cycle de temps qu'on y consacre, une plus grande quantité de vérité, car dans les anciens modes d'investigation la répression de *l'imagination* était un mal qui ne pouvait être compensé par aucune *certitude* supérieure. L'erreur de ces Jermains, de ces Franzais, de ces Onglais et de ces Amrikains (ces derniers, à propos, étaient nos ancêtres directs) était une erreur tout analogue à celle du benêt qui s'imagine qu'il verra nécessairement un objet d'autant mieux qu'il le tiendra plus près de ses yeux. Ces gens s'aveuglaient de détails. Lorsqu'ils procédaient selon Hog, leurs « faits » n'étaient nullement toujours des faits — chose de peu de conséquences si ce n'est qu'ils prétendaient que *c'étaient* des faits et que ce devaient être des faits parce qu'ils leur apparaissaient comme tels. Lorsqu'ils procédaient selon la voie du Bélier, leur course était à peine plus droite qu'une corne de bélier, car ils n'*eurent jamais* un axiome qui fût le moins du monde un axiome. Ils doivent avoir été très aveugles pour ne pas avoir vu cela, même à leur époque ; car même à leur époque, bien des axiomes « établis » depuis longtemps avaient été rejetés. Par exemple — « *Ex nihilo nihil fit*[23] » ; « un corps ne peut agir là où il n'est pas » ; « il ne peut pas exister d'antipodes » ; « l'ombre ne peut naître de la lumière » — toutes ces propositions et une douzaine d'autres similaires, auparavant admises sans hésitation comme axiomes, étaient, même à l'époque dont je parle, considérées comme insoutenables. Quelle absurdité chez ces gens donc, de persister à avoir foi en des « axiomes » comme bases immuables de la Vérité ! Mais même dans la bouche de leurs raisonneurs les plus fins il est facile de montrer la futilité, l'impalpabilité de leurs axiomes en général. Quel *était* le plus fort de leurs logiciens ? Attendez ! Je vais aller demander à Pandit et serai de retour dans une minute... Ah, nous y voici ! Voici un livre écrit il y a près de mille ans et récemment traduit de l'Onglais — qui, à propos, semble avoir été le rudiment de l'Amrikain. Pandit dit que c'est assurément l'ouvrage ancien le plus intelligent sur son sujet, la Logique. L'auteur (qui était très considéré en son temps) était un certain Miller, ou Mill[24] ; et on trouve à son propos cette information, considérée comme ayant une certaine importance, qu'il avait attelé à son moulin un cheval nommé Bentham ! Mais jetons un coup d'œil à son traité !

Ah ! « La capacité ou l'incapacité de concevoir », dit M. Mill, fort justement, « ne peut en aucun cas être reçue comme critère de la vérité axiomatique. » Quel *moderne* sain d'esprit songerait jamais à discuter ce truisme ? La seule source d'étonnement pour nous, c'est que M. Mill ait cru même nécessaire de faire allusion à quelque chose d'aussi évident. Jusque-là, très bien — mais passons à une autre page. Que trouvons-nous là ? — « Des propositions contradictoires ne peuvent être vraies toutes les deux — c'est-à-dire, ne peuvent coexister dans la nature. » En cela, M. Mill veut dire, par exemple, qu'un arbre doit être un arbre ou n'être pas un arbre — qu'il ne peut en même temps être un arbre et ne pas être un arbre. Très bien ; mais je lui demande *pourquoi*. Sa réponse est ceci — et ne prétend à aucun moment être autre chose que ceci — « Parce qu'il est impossible de concevoir que des propositions contradictoires puissent être toutes deux vraies. » Mais ceci n'est pas du tout une réponse, selon son propre raisonnement car ne vient-il pas justement d'admettre comme un truisme que « la capacité ou l'incapacité de concevoir ne peut en aucun cas être reçue comme critère de la vérité axiomatique » ?

En fait, je ne me plains pas tant de ces anciens parce que leur logique est, selon leur propre démonstration, sans aucun fondement, sans valeur et entièrement fantaisiste, qu'à cause de leur proscription pompeuse et imbécile de toutes les *autres* voies de la Vérité, de tous les *autres* moyens pour l'atteindre que ces deux voies absurdes — celle où l'on se traîne et celle où l'on rampe — auxquelles ils ont osé confiner l'Ame qui n'aime rien tant que *planer*.

A propos, ma chère amie, ne pensez-vous pas que cela aurait embarrassé ces anciens dogmatiques de déter miner par *laquelle* de leurs deux voies avait été effecti vement atteinte la plus importante et la plus sublime de *toutes* leurs vérités ? Je veux dire la vérité de la Gravitation. Newton la devait à Kepler[25]. Kepler admettait que ses trois lois avaient été *devinées* — ces trois lois qui parmi toutes les lois ont mené le grand mathématicien onglais à son principe, base de tout principe physique — et que l'on ne peut approfondir qu'en pénétrant dans le Royaume de la Métaphysique. Kepler devinait — c'est-à-dire *imaginait*. C'était sur-tout un « théoricien » — un mot aujourd'hui tellement sacré, jadis épithète de mépris. Ces vieilles taupes[26] n'auraient-elles pas été aussi embarrassées, pour expli-quer par laquelle des deux « voies » un cryptographe déchiffre un cryptogramme exceptionnellement secret, ou par laquelle des deux voies Champollion[27] a amené l'humanité à ces vérités durables et presque innombra-bles qui ont découlé de son déchiffrement des hiéro-glyphes ?

Encore un mot sur ce sujet et j'aurai fini de vous ennuyer. N'est-il pas *très* étrange qu'avec leur éternel bavardage sur les *voies* de la Vérité, ces fanatiques aient manqué ce que nous considérons si évidemment aujourd'hui comme une grande voie — celle de la consistance[28] ? Ne semble-t-elle pas singulière la manière dont ils ont failli à déduire des œuvres de Dieu le fait vital qu'une consistance parfaite *doive être* une vérité absolue ! Que nos progrès ont été évidents depuis la récente annonce de cette proposition ! L'investiga-tion a été ôtée des mains des taupes[29] et donnée en tâche aux vrais, aux seuls vrais penseurs, les hommes à l'imagination ardente. Ceux-ci *théorisent* ; et leurs

théories sont simplement corrigées, réduites, systéma-
tisées — nettoyées peu à peu de leurs scories d'incon-
sistance — jusqu'à ce qu'émerge enfin une parfaite
consistance que même les plus obtus, parce que *c'est*
une consistance, admettront comme une *vérité* absolue
et indiscutable.

4 avril — Le nouveau gaz fait des merveilles, joint au
récent perfectionnement de la gutta-percha. Comme
nos ballons modernes sont donc sûrs, spacieux, mania-
bles, et à tous égards pratiques ! En voici un immense
qui s'approche de nous à la vitesse d'au moins cent
cinquante milles à l'heure. Il semble bondé de gens —
peut-être y a-t-il trois ou quatre cents passagers — et
cependant, il plane à une altitude de près d'un mille,
nous surplombant, pauvres de nous, avec un mépris
souverain. Mais cent ou même deux cents milles à
l'heure — *ça* c'était voyager. Et pourtant, rien à voir —
rappelez-vous notre course en train à travers le continent du Kanada [30] ? — facilement trois cents milles à
l'heure — *ça* c'était voyager. Et pourtant, rien à voir. —
rien à faire que flirter, festoyer et danser dans les
salons magnifiques. Vous rappelez-vous quelle étrange
sensation nous éprouvions lorsque, par hasard, nous
apercevions les objets extérieurs quand les wagons
étaient en pleine vitesse ? Tout semblait unique — fait
d'une seule masse. Pour ma part, je me demande si je
ne préférais pas voyager par le train lent, à cent milles
à l'heure. Là, il était possible d'avoir des fenêtres de
verre — et même de les ouvrir — et on pouvait voir ce
qui s'appelle une vue claire du paysage... Pandit dit
que *la route* du grand chemin de fer du Kanada doit
avoir été en quelque sorte tracée il y a environ neuf
cents ans [31] ! En fait il va jusqu'à prétendre que de
vraies traces de route sont encore discernables — traces
qu'on peut rattacher à une époque aussi éloignée que
celle que j'ai citée. La piste, paraît-il, était seulement

double; la nôtre, vous le savez, a douze voies; et trois ou quatre nouvelles sont en préparation. Les anciens rails étaient très légers et placés si près l'un de l'autre qu'ils étaient, selon les notions modernes, tout à fait instables, sinon dangereux à l'extrême. L'actuelle largeur de voie — cinquante pieds — est considérée en fait comme à peine assez sûre. Pour ma part, je ne doute pas qu'un certain type de voie doive avoir existé dans des temps très reculés, comme l'affirme Pandit; car rien ne saurait être plus clair à mon esprit qu'à une certaine époque — pas moins de sept siècles certainement — les continents du Kanada du Nord et du Sud étaient *unis*; les Kanadiens auraient donc été conduits, par nécessité, à construire une grande voie ferrée à travers le continent.

5 avril — Je suis presque dévorée d'ennui. Pandit est la seule personne à bord avec qui converser; et lui, pauvre âme! ne peut parler de rien d'autre que d'antiquités. Toute la journée il s'est consacré à essayer de me convaincre que les anciens Amrikains *se gouvernaient eux-mêmes*! a-t-on jamais entendu une telle absurdité? — qu'ils vivaient dans une sorte de confédération de chacun-pour-soi, à la façon des « chiens de prairie[32] » dont on lit l'histoire dans la fable. Il dit qu'ils étaient partis de la plus étrange idée concevable, c'est-à-dire : que tous les hommes sont nés libres et égaux, cela en dépit des lois de *gradation*[33] si visiblement imprimées sur toutes choses dans l'univers moral comme dans le physique. Chacun « votait », comme ils appelaient cela — c'est-à-dire se mêlait des affaires publiques — jusqu'à ce qu'à la longue, on découvrît que ce qui est l'affaire de tout le monde n'est l'affaire de personne, et que la « République » (ainsi nommait-on l'absurde chose) était sans gouvernement du tout. On rapporte cependant que la première chose qui perturba tout particulièrement la fatuité des philosophes qui avaient fondé cette « République », fut la saisissante découverte que le suffrage universel permettait des combinaisons frauduleuses au moyen desquelles, à n'importe quel moment, n'importe quel nombre de voix pouvait être recueilli, sans possibilité de prévention ni même de détection, par tout parti assez scélérat pour n'avoir pas honte de la fraude [34]. Un peu de réflexion sur cette découverte suffit à mettre en évidence les conséquences qui étaient que la scélératesse *devait* l'emporter — en un mot, qu'un gouvernement républicain ne *pouvait* jamais être autre chose que scélérat. Cependant, tandis que les philosophes étaient occupés à rougir de la stupidité de n'avoir pas prévu ces maux inévitables, et qu'ils réfléchissaient afin d'inventer de nouvelles théories, l'affaire connut une issue abrupte grâce à un certain *Populo* [35], qui prit tout en main et établit un despotisme en comparaison duquel ceux des fabuleux Zéros et Hellofagabales [36] étaient respectables et délicieux. Ce Populo (un étranger, à propos) a la réputation d'avoir été le plus odieux des hommes qui encombrèrent jamais la terre. Il était géant de stature — insolent, rapace, crapuleux ; il avait le fiel d'un bœuf, le cœur d'une hyène et la cervelle d'un paon. Il finit par mourir de sa propre énergie, qui l'épuisa. Il eut néanmoins son utilité, comme toute chose a la sienne, quelque vil qu'il fût, et il donna à l'humanité une leçon que, de nos jours encore, elle n'est pas près d'oublier — ne jamais aller directement à l'encontre des analogies naturelles. Pour ce qui est du Républicanisme, on ne pouvait lui trouver aucune analogie sur la surface de la terre — sauf à prendre en considération le cas des « chiens de prairie », une exception qui semble démontrer, si elle démontre quoi que ce soit, que la démocratie est une très admirable forme de gouvernement — pour les chiens.

6 avril — Eu la nuit dernière une belle vue d'Alpha

Lyrae[37], dont le disque, à travers la longue vue de notre capitaine, sous-tend un angle d'un demi-degré, et ressemble beaucoup à notre soleil vu à l'œil nu un jour de brouillard. Soit dit en passant, Alpha Lyrae, bien que *beaucoup* plus grande que notre soleil, lui ressemble étroitement par ses taches, son atmosphère et de nombreux autres caractères. C'est seulement au cours du siècle dernier, me dit Pandit, que la relation binaire qui existe entre ces deux astres a commencé à être à peine soupçonnée. Le mouvement évident de notre système dans les cieux était (chose étrange à dire !) attribué à une orbite autour d'une étoile prodigieuse située dans le centre de la galaxie. C'est autour de cette étoile, ou tout au moins autour d'un centre de gravité commun à tous les astres de la Voie lactée et supposé se situer près d'Alcyon dans les Pléiades, qu'on disait que chacun de ces astres gravitait, le nôtre accomplissant le cycle en une période de 117 000 000 d'années ! *Nous*, avec nos lumières actuelles, les vastes progrès de nos télescopes, etc., nous trouvons bien sûr qu'il est difficile de comprendre le *fondement* d'une idée comme celle-là. Le premier à la propager fut un certain Mudler[38]. Il fut conduit à cette folle hypothèse, devons-nous présumer, tout d'abord par la simple analogie ; mais dans ce cas, il aurait dû au moins persévérer dans l'analogie lors de son développement. En fait un grand astre central était suggéré ; jusque-là Mudler était conséquent. Cet astre central, cependant, de par la dynamique, aurait dû être plus grand que tous les astres voisins réunis. On aurait pu alors poser la question — « Pourquoi ne le voyons-nous pas ? » — *nous* spécialement qui occupons la région centrale du groupe — la zone même *près* de laquelle au moins doit être situé cet inconcevable soleil central. Peut-être, arrivé à ce point, l'astronome trouva-t-il refuge dans l'idée d'une non-luminosité ; et là, il abandonna soudain l'analogie. Mais même en admettant cet astre central non lumineux, comment s'arrangeait-il pour expliquer son échec à le rendre perceptible par l'incalculable foule de radieux soleils brillant dans toutes les directions autour de lui ? Sans aucun doute, ce qu'il finit par soutenir, c'était tout simplement qu'il y avait un centre de gravité commun à tous les astres en rotation — mais ici, il avait de nouveau dû laisser l'analogie. Notre système tourne, c'est vrai, autour d'un centre de gravité commun, mais il le fait en relation avec et sous l'influence d'un soleil matériel dont la masse fait plus que contrebalancer le reste du système. Le cercle mathématique est une courbe composée d'une infinité de lignes droites ; mais cette idée du cercle — cette idée de lui que, par rapport à toute la géométrie terrestre, nous considérons comme l'idée purement mathématique, en opposition à l'idée pratique — est, en réalité, la conception *pratique* que seule nous avons le droit d'admettre à propos de ces cercles titanesques auxquels nous sommes confrontés, au moins en imagination, quand nous supposons notre système, avec ses semblables, gravitant autour d'un point situé au centre de la galaxie. Que la plus hardie des imaginations humaines essaie donc de faire un simple pas vers la perception d'un parcours aussi indescriptible ! Il serait à peine paradoxal de dire qu'un éclat de lumière lui-même, voyageant *perpétuellement* sur la circonférence de cet inconcevable cercle, voyagerait cependant *perpétuellement* en ligne droite. Que le chemin de notre soleil sur une telle circonférence — que la direction de notre système sur une telle orbite — puisse, pour toute perception humaine, dévier du moindre degré de la ligne droite même en un million d'années est une proposition inadmissible ; et pourtant ces anciens astronomes étaient absolument persuadés, semble-t-il, qu'une courbure décisive était devenue perceptible durant la brève période de leur histoire astronomique — durant ce simple point — durant ce pur néant de deux ou trois mille ans! Qu'il est bizarre que des considérations comme celle-ci ne leur aient pas immédiatement montré le véritable état des choses — celui d'une révolution binaire de notre soleil et d'Alpha Lyrae autour d'un centre de gravité commun!

7 avril — Poursuivi la nuit dernière nos amusements astronomiques. Avons eu une belle vue des cinq asté-roïdes de Neptune, et observé avec beaucoup d'intérêt la mise en place d'une énorme imposte sur un couple de linteaux dans le nouveau temple de Daphnis sur la Lune[39]. Il était amusant de penser que des créatures aussi minuscules que les lunaires, et ayant si peu de ressemblance avec l'humanité, montraient cependant une ingéniosité mécanique tellement supérieure à la nôtre. De même, on a du mal à concevoir que les vastes masses que ces gens manipulent si aisément, soient réellement aussi légères que nous le dit notre raison.

8 avril — Euréka[40]! Pandit est aux anges. Un ballon venant du Kanada nous a hélés et a jeté à bord plusieurs journaux récents : ils contiennent quelques informations excessivement curieuses sur les anti-quités kanadiennes ou plutôt Amrikaines. Vous savez, je pense, que des ouvriers sont employés depuis plu-sieurs mois à préparer le terrain d'une nouvelle fon-taine à Paradis[41], le principal jardin d'agrément de l'Empereur. Paradis, à ce qu'il paraît, a été, *littérale-ment* parlant, une île dans les temps immémoriaux — c'est-à-dire que sa rive nord a toujours été (aussi loin que remontent les moindres chroniques) un petit cours d'eau, ou plutôt un bras de mer très étroit. Ce bras a été progressivement élargi jusqu'à ce qu'il atteigne sa largeur actuelle — un mille. La longueur entière de l'île est de neuf milles; la largeur varie sensiblement.

La surface totale (selon ce que dit Pandit) était, il y a environ huit cents ans, bourrée d'une grande densité de maisons, dont certaines hautes de vingt étages ; le sol (pour quelque raison des plus inconcevables) étant considéré comme particulièrement précieux juste dans cette région. Le désastreux séisme de l'an 2050 a cependant si totalement détruit et enseveli la ville (car elle était presque trop grande pour être appelée un village) que les plus infatigables de nos archéologues ne sont encore jamais parvenus à tirer du site suffisamment d'informations (sous forme de monnaies, de médailles ou d'inscriptions) à partir desquelles on pourrait élaborer même l'ébauche d'une théorie concernant les mœurs, les coutumes, etc., etc., etc., des habitants aborigènes. Tout ce que nous avons appris d'eux jusqu'ici, c'est qu'ils appartenaient à la tribu Knickerbocker[42], des sauvages infestant le continent lors de sa première découverte par Recorder Riker, un chevalier de la Toison d'Or[43]. Ils n'étaient en aucune façon sauvages, cependant, mais cultivaient divers arts et même les sciences à leur façon particulière. On rapporte d'eux qu'ils étaient malins à bien des égards, mais qu'ils étaient bizarrement affligés de la manie de bâtir ce qui, en ancien Amrikain, était nommé « église » — une sorte de pagode érigée pour le culte de deux idoles connues sous les noms de Richesse et de Mode[44]. Il est dit qu'à la fin, l'île devint église aux neuf dixièmes. Les femmes aussi, paraît-il, étaient bizarrement déformées par une protubérance naturelle de la région située juste sous la chute des reins — encore que, de façon inexplicable, cette difformité fût considérée comme une beauté. Une ou deux images de ces femmes singulières ont en fait été miraculeusement préservées. Elles ont un air *très* très bizarre — quelque chose entre le dindon et le dromadaire.

Eh bien, ces quelques détails sont à peu près tout ce

qui nous est parvenu des anciens Knickerbockers. Il semble cependant qu'en creusant au centre du jardin de l'Empereur (qui, comme vous le savez, recouvre l'île tout entière), certains des ouvriers ont déterré un bloc de granit cubique et de toute évidence taillé, pesant plusieurs centaines de livres. Il était en bon état de conservation, n'ayant, apparemment, subi que peu de dégâts lors de la catastrophe qui l'avait enseveli. Sur l'une de ses faces, il y avait une plaque de marbre avec (pensez donc !) *une inscription — une inscription lisible.* Pandit est en extase. Lorsqu'on détacha la plaque, une cavité apparut qui contenait un coffret de plomb rempli de diverses pièces de monnaie, d'une longue liste de noms, de plusieurs documents qui paraissaient ressembler à des journaux, et d'autres matériaux d'un intérêt intense pour l'archéologue ! Il ne peut y avoir aucun doute, tous ces objets sont d'authentiques reliques amrikaines appartenant à la tribu appelée Knickerbocker. Les journaux lancés à bord de notre ballon sont pleins de fac-similés des pièces de monnaies, des manuscrits, des typographies etc., etc. Je recopie pour votre distraction l'inscription knickerbocker de la plaque de marbre :

> CETTE PIERRE ANGULAIRE D'UN MONUMENT À LA
> MÉMOIRE DE
> **GEORGE WASHINGTON,**
> A ÉTÉ POSÉE AVEC LES CÉRÉMONIES D'USAGE
> LE 19e JOUR D'OCTOBRE 1847,
> ANNIVERSAIRE DE LA REDDITION DE
> LORD CORNWALLIS
> AU GÉNÉRAL WASHINGTON À YORKTOWN,
> A.D. 1781
> SOUS LES AUSPICES DE
> L'ASSOCIATION POUR LE MONUMENT À WASHINGTON
> DE LA VILLE DE NEW YORK [45].

Ceci, tel que je le donne, est une traduction littérale effectuée par Pandit lui-même, il ne *peut* donc y avoir aucune erreur. Des quelques mots ainsi conservés, nous glanons plusieurs importants éléments d'information, dont le moins intéressant n'est pas le fait qu'il y a mille ans, les monuments *réels* étaient tombés en désuétude — comme c'était tout à fait inévitable — les gens se contentant, comme nous le faisons aujourd'hui, d'une simple mention du dessein d'ériger un monument à une époque ultérieure ; une pierre angulaire étant soigneusement déposée « solitaire et seule » (excusez-moi de citer le grand poète amrikain Benton)[46] en témoignage de la magnanime *intention*. Nous découvrons également, et très précisément, grâce à cette admirable inscription, le comment, aussi bien que le où et le quoi, de la grande reddition en question. Le *où*, c'était Yorktown (où que cela fût), et le *quoi*, c'était le général Cornwallis (sans doute quelque riche marchand de cornes)[47]. *Il* fut rendu. L'inscription commémore la reddition de — de quoi ? — eh bien, « de Lord Cornwallis ». Seule question, pourquoi les sauvages pouvaient-ils bien vouloir qu'il leur fût rendu ? Mais si nous nous souvenons que ces sauvages étaient sans aucun doute cannibales, nous sommes amenés à la conclusion qu'ils voulaient en faire de la saucisse. Quant au *comment* de la reddition, aucun langage ne peut être plus explicite. Lord Cornwallis fut rendu (pour la saucisse) « sous les auspices de l'association pour le monument de Washington » — sans doute une institution charitable pour le dépôt des pierres angulaires. — Mais, Dieu me bénisse ! que se passe-t-il ? ah ! Je vois — le ballon s'est dégonflé, et nous allons chuter dans la mer. Je n'ai donc que juste le temps d'ajouter que, d'après un examen hâtif des fac-similés des journaux, etc., je crois que *les* grands hommes de cette époque chez les Amrikains, étaient un certain John, un forgeron, et un certain Zacharie, un tailleur[48].

Adieu, jusqu'à ce que nous nous revoyions. Que vous receviez cette lettre ou non, c'est un point de peu d'importance, car j'écris entièrement pour ma propre distraction. Je vais cependant sceller ce manuscrit dans une bouteille et le jeter à la mer.

Éternellement vôtre, PANDITA.

VON KEMPELEN
ET SA DÉCOUVERTE

Après l'article très minutieux et très élaboré d'Arago, sans oublier le résumé du « Journal de Silliman », ni le compte rendu détaillé récemment publié par le lieutenant Maury [1], on ne supposera pas, bien sûr, qu'en offrant au lecteur quelques remarques hâtives à propos de la découverte de Von Kempelen [2], j'aie la moindre prétention de traiter le sujet d'un point de vue scientifique. Mon propos est simplement d'abord de dire quelques mots sur Von Kempelen lui-même (avec qui, il y a quelques années, j'ai eu l'honneur de nouer de brèves relations personnelles), puisque tout ce qui le concerne doit, en ce moment, présenter de l'intérêt ; et, ensuite, d'envisager de façon générale et spéculative les *conséquences* de la découverte.

Il sera bon, cependant, d'entamer les remarques sommaires que j'ai à présenter, en m'inscrivant en faux, de façon très nette, contre ce qui semble être une impression générale (glanée dans les journaux, comme c'est l'ordinaire dans ce genre d'affaires), c'est-à-dire que cette découverte, aussi étonnante qu'elle soit indiscutablement, soit *inattendue*.

Si l'on se réfère au « Journal de Sir Humphry Davy [3] » (Cottle and Munroe, Londres, 150 p.), on verra, aux pages 53 et 82, que cet illustre chimiste n'avait pas seulement conçu l'idée dont il est ici question, mais qu'il avait effectivement accompli *des progrès non négligeables, expérimentalement*, précisément dans l'*analyse même* qui vient d'être menée triomphalement à son terme par Von Kempelen, lequel, bien qu'il n'y fasse pas la moindre allusion, est, *sans aucun doute* (je le dis sans hésiter et pourrais le prouver, si nécessaire), redevable au « Journal » au moins de l'idée première de sa propre expérimentation. Quoique ce soit un peu technique, je ne peux m'empêcher d'annexer ici deux passages du « Journal », avec l'une des équations de Sir Humphry. (Comme nous manquons des signes algébriques nécessaires et que l'on peut trouver le Journal à la bibliothèque de l'Athenaeum[4], nous omettons ici une petite partie du manuscrit de M. Poe — ED[5].)

L'entrefilet du « Courier and Enquirer » qui fait en ce moment le tour de la presse et qui prétend attribuer l'invention à un certain M. Kissam de Brunswick, dans le Maine[6], me semble, je dois l'avouer, quelque peu apocryphe, pour plusieurs raisons, quoiqu'il n'y ait rien d'impossible ni de très improbable dans l'exposé qui y est fait. Je n'ai pas besoin d'entrer dans les détails. Mon opinion sur l'entrefilet est basée principalement sur son allure. Cela n'a pas l'air vrai. Les gens qui racontent des faits sont rarement aussi pointilleux que M. Kissam semble l'être, quant aux jour, date et lieu précis. De plus, si M. Kissam a vraiment fait la découverte qu'il dit avoir faite, à l'époque indiquée — il y a près de huit ans — comment se fait-il qu'il n'ait pris aucune disposition, *au moment même*, pour récolter les immenses profits qui, le pire des lourdauds l'aurait compris, devaient résulter de la découverte pour lui personnellement, sinon pour le monde entier ? Il me semble tout à fait incroyable qu'un homme d'entendement normal ait pu découvrir ce que M. Kissam déclare avoir découvert, et ait ensuite agi de façon aussi enfantine, aussi bête, que M. Kissam *admet* avoir agi. A propos, qui est M. Kissam ? Et tout l'entrefilet du « Courier and Enquirer » n'est-il pas une supercherie montée pour « faire jaser » ? Je dois reconnaître qu'il a un air étonnamment luno-canardesque[7]. A mon humble avis, on ne saurait y accorder que très peu de crédit ; et si je ne savais bien, par expérience, comme les hommes de science sont facilement *mystifiés* sur des sujets qui sortent de leur habituel domaine de recherche, j'aurais été profondément étonné de voir un chimiste aussi éminent que le Professeur Draper[8] discuter sur un ton aussi sérieux des prétentions de M. Kissam (ou bien est-ce M. Quizzem ?) à cette découverte.

Mais revenons au « Journal » de Sir Humphry Davy. Cette brochure n'était pas destinée à la publication, même après le décès de son auteur, ainsi que toute personne un tant soit peu familière de la profession littéraire pourra s'en rendre compte immédiatement au simple examen de son style. Page 13, par exemple, vers le milieu, nous lisons, à propos de ses recherches sur le protoxyde d'azote[9] : « En moins d'une demi-minute la respiration ayant continué, diminuèrent graduellement et *furent* suivies par analogue à une douce pression sur tous les muscles[10]. » Que la *respiration* n'ait pas « diminué », ce n'est pas seulement rendu évident par le texte qui suit, mais aussi par l'emploi du pluriel « furent » — la phrase, sans doute, était ainsi conçue : « En moins d'une demi-minute, la respiration ayant continué, ces perceptions diminuèrent graduellement, et furent suivies par une sensation analogue à une douce pression sur tous les muscles. » Une centaine d'exemples semblables tendent à prouver que le manuscrit publié avec tant de légèreté n'était

qu'un *carnet de brouillon*, n'ayant de sens qu'aux yeux
de son auteur lui-même ; mais un examen de la
brochure convaincra à peu près toute personne réflé-
chie de la pertinence de ma suggestion. Le fait est que
Sir Humphry Davy était peut-être bien le dernier
homme au monde à *accepter un compromis* dans le
domaine scientifique. Non seulement il avait un
dégoût plus qu'ordinaire pour le charlatanisme, mais
il avait une crainte morbide de *paraître* empirique ; à
tel point que, même s'il avait été pleinement assuré
d'être sur la bonne piste dans le domaine dont il est
actuellement question, il n'en aurait jamais parlé
ouvertement avant d'avoir tout préparé en vue de la
démonstration la plus efficace. Je crois vraiment qu'on
aurait assombri ses derniers instants s'il avait soupçonné qu'on ne respecterait pas ses volontés relatives à
la crémation de son « Journal » (rempli de spéculations brutes) ; comme, semble-t-il, ce fut le cas. Je dis
« ses volontés », car je pense qu'il n'y a pas le moindre
doute qu'il ait voulu inclure ce carnet de notes dans les
divers papiers destinés « à être brûlés ». Reste à savoir
si c'est par bonne ou par mauvaise fortune que ce
carnet a échappé aux flammes. Que les passages cités
plus haut, ainsi que d'autres similaires qui s'y rapportent, aient donné à Von Kempelen l'inspiration ini-
tiale, je ne le mets pas le moins du monde en question ;
mais, je le répète, il reste encore à voir si cette
découverte elle-même *importante* (et *importante*
quelles qu'en soient les suites), servira ou desservira
l'humanité en général. Que Von Kempelen et ses
proches amis en récoltent une riche moisson, ce serait
folie d'en douter un seul instant. Ils n'auront guère la
faiblesse de ne pas « *réaliser* » à temps, par de vastes
achats d'immeubles et de terrains, ainsi que d'autres
biens de valeur *intrinsèque*.

Dans le compte rendu sommaire sur Von Kempelen

qui est paru dans le *Home Journal*[11] et qui, depuis, a
été abondamment reproduit, plusieurs mauvaises
interprétations de l'original allemand semblent avoir
été faites par le traducteur qui déclare avoir emprunté
le passage à un numéro récent du « Schnellpost » de
Presbourg[12] — « *Viele* » a de toute évidence été mal
compris (comme c'est souvent le cas) et ce que le
traducteur rend par « chagrins » est probablement
« *Leiden* » qui, dans sa véritable acception de « souffrances », donnerait une tonalité totalement différente
à l'ensemble du compte rendu ; mais bien entendu, une
bonne partie de tout ceci n'est qu'hypothèse de ma
part.

Von Kempelen, en tout cas, n'est en rien un « misanthrope », du moins en apparence, quoi qu'il puisse être
par ailleurs. Ma rencontre avec lui fut tout à fait
fortuite ; et je me sens à peine autorisé à dire que je le
connais vraiment ; mais avoir rencontré un homme
d'une notoriété aussi *prodigieuse* que celle qu'il a
atteinte, ou qu'il va atteindre d'ici quelques jours, et
avoir parlé avec lui, n'est pas une mince affaire étant
donné les circonstances.

Le « Literary World[13] » parle de lui avec assurance
comme *originaire* de Presbourg (induit en erreur, peut-
être, par le compte rendu du « Home Journal ») mais je
suis heureux de pouvoir déclarer *positivement*, puisque
je le tiens de sa propre bouche, qu'il est né à Utica,
dans l'Etat de New York, quoique ses parents, je crois,
descendent de gens de Presbourg. La famille est vaguement liée à Maelzel, fameux pour son automate joueur
d'échecs[14]. (Si nous ne nous trompons pas, le nom de
l'inventeur du joueur d'échecs était Kempelen, Von
Kempelen, ou quelque chose comme cela — ED.) De sa
personne, il est petit et trapu, avec de grands yeux
bleus, *luisants*, des cheveux et des favoris blond-roux,
une bouche large mais agréable, de belles dents, et, je

crois, un nez aquilin. L'un de ses pieds présente quelque infirmité [15]. Son abord est franc et tout son comportement respire la *bonhomie* [16]. Dans l'ensemble il paraît, parle et agit aussi peu en « misanthrope » que n'importe quel autre homme que j'aie rencontré. Nous avons été compagnons de villégiature durant une semaine, il y a six ans environ, à l'Earl's Hotel de Providence, Rhode Island [17]; et j'ai dû m'entretenir avec lui, à diverses reprises, quelque trois ou quatre heures en tout. Ses principaux sujets de conversation étaient ceux de l'actualité; et rien de ce qu'il me dit ne me permit de deviner ses connaissances scientifiques. Il quitta l'hôtel avant moi avec l'intention d'aller à New York puis de là à Brême; c'est dans cette dernière ville que sa grande découverte fut tout d'abord rendue publique, ou plutôt, c'est là qu'en premier lieu on le soupçonna de l'avoir faite. Voilà à peu près tout ce que personnellement je sais du désormais immortel Von Kempelen; mais j'ai pensé que même ces quelques détails pouvaient avoir de l'intérêt pour le public.

On ne peut guère douter que la plupart des rumeurs étonnantes lancées autour de cette affaire ne soient de pures inventions, dignes d'à peu près autant de crédit que l'histoire de la lampe d'Aladin [18]; et pourtant, dans un cas de ce genre, comme dans le cas des découvertes de Californie [19], il est clair que la vérité peut être plus étrange encore que la fiction. L'anecdote suivante, au moins, est si bien authentifiée que nous pouvons l'accepter sans réserve.

Von Kempelen n'avait jamais joui d'une véritable aisance durant son séjour à Brême; et souvent, c'était bien connu, il en avait été réduit aux derniers expédients pour se procurer de menues sommes. Lorsque se produisit cette grande agitation à propos de la fausse traite sur la maison Gutsmuth et Cie, les soupçons se portèrent sur Von Kempelen, parce qu'il venait d'acquérir une importante propriété rue Gasperitch[20] et qu'il refusait quand on l'interrogeait d'expliquer comment il s'était procuré l'argent de cet achat. On finit par l'arrêter, mais rien de décisif ne pouvant être retenu contre lui, il fut en fin de compte remis en liberté. La police, cependant, continua à surveiller scrupuleusement ses mouvements, et découvrit ainsi qu'il quittait fréquemment son domicile, prenant toujours le même chemin, et semant invariablement ses suiveurs au voisinage de ce labyrinthe de ruelles étroites et tortueuses connu sous le nom populaire de « Dondergat[21] ». Finalement, au prix d'une grande persévérance, ils le pistèrent jusqu'à la mansarde d'un vieil immeuble de sept étages, dans un passage appelé Flatzplatz ; et, faisant brusquement irruption chez lui, ils le trouvèrent, comme ils le crurent, au beau milieu de ses opérations de faux-monnayage. Son trouble fut si intense, dit-on, que les policiers n'eurent pas le moindre doute quant à sa culpabilité. Après lui avoir passé les menottes, ils fouillèrent la pièce, ou plutôt les pièces ; car il paraît qu'il occupait toute la *mansarde*[22].

Donnant sur la soupente où ils le prirent, il y avait un réduit de dix pieds sur huit, garni d'appareils de chimie, dont l'objet n'a pas encore été établi. Dans un coin du réduit, il y avait un très petit four, avec à l'intérieur un feu rougeoyant, et sur le feu une espèce de double creuset — deux creusets réunis par un tube. L'un de ces creusets était presque plein de plomb en fusion, mais n'atteignant pas l'embouchure du tube qui s'ouvrait tout près du bord. Dans l'autre creuset, il y avait un liquide qui, au moment où les policiers entrèrent, semblait se dissiper vivement en vapeur. Ils rapportent que, se voyant pris, Von Kempelen saisit les creusets des deux mains (couvertes de gants dont on sut plus tard qu'ils étaient d'amiante), et en jeta le contenu sur le sol carrelé. C'est alors qu'ils lui passèrent les menottes ; et, avant de procéder à la perquisition des lieux, ils fouillèrent sa personne, mais on ne trouva sur lui rien d'insolite, sauf, dans la poche de sa veste, un paquet enveloppé dans du papier et contenant ce qui fut par la suite défini comme un mélange d'antimoine et de quelque *substance inconnue*, dans des proportions presque mais pas tout à fait égales. Toutes les tentatives d'analyse de la substance inconnue ont jusqu'à présent échoué, mais on ne peut douter qu'on finira bien par l'analyser.

Sortant du réduit avec leur prisonnier, les policiers traversèrent une sorte d'antichambre dans laquelle ils ne trouvèrent rien d'important et passèrent dans la chambre du chimiste. Là, ils vidèrent des tiroirs et des coffres, mais ne découvrirent que quelques papiers sans grande importance, et quelques pièces de monnaie d'argent et d'or. Enfin, regardant sous le lit, ils virent *une grande malle ordinaire de cuir brut, sans charnières, fermoir ni serrure*, et dont le couvercle était négligemment posé *de travers* sur la partie inférieure. En essayant de tirer cette malle de sous le lit, ils découvrirent que même en unissant leurs forces (ils étaient trois, tous des hommes vigoureux), ils ne « pouvaient la faire bouger d'un pouce ». Fort étonné, l'un d'eux rampa sous le lit, et, regardant à l'intérieur de la malle, déclara :

« Pas étonnant qu'on ne puisse la bouger — eh bien, elle est pleine à ras bord de vieux morceaux de cuivre ! »

Il s'arc-bouta alors des pieds contre le mur, afin d'avoir un bon appui, et poussa de toutes ses forces, tandis que ses compagnons tiraient de toutes les leurs, et ainsi la malle fut-elle extraite avec beaucoup de difficulté de sous le lit et son contenu examiné. Le supposé cuivre dont elle était remplie se présentait entièrement sous l'aspect de petits morceaux lisses, variant de la taille d'un pois à celle d'une pièce d'un dollar ; mais les morceaux étaient de forme irrégulière, quoique tous plus ou moins plats — ressemblant, dans l'ensemble, « beaucoup au plomb quand on l'a versé par terre à l'état fondu, et qu'on l'y a laissé refroidir ». Or pas un de ces policiers ne pensa un moment que ce métal pouvait être autre chose *que* du cuivre. Bien sûr, l'idée que ce pouvait être de l'*or* ne leur effleura jamais l'esprit : comment une idée aussi fantastique *aurait*-elle pu le faire ? Et on peut fort bien imaginer quel fut leur étonnement lorsque, le jour suivant, on apprit dans tout Brême, que le « tas de cuivre » qu'ils avaient charrié avec tant de mépris jusqu'au bureau de police, sans même prendre la peine d'en empocher la moindre parcelle, était non seulement de l'or — de l'or véritable — mais même de l'or bien plus fin que tout l'or utilisé pour la frappe de monnaie — de l'or, en fait, absolument pur, vierge, sans la moindre trace d'alliage !

Je n'ai pas besoin d'entrer dans les détails de la confession de Von Kempelen (pour autant qu'il y en eût) et de sa remise en liberté, car ces faits sont bien connus du public. Qu'il ait vraiment réalisé, en théorie et en pratique, sinon à la lettre, la vieille chimère de la pierre philosophale, aucune personne sensée n'a désormais la liberté d'en douter. Les opinions d'Arago méritent, bien entendu, la plus grande considération ; mais il n'a rien d'infaillible ; et ce qu'il dit du *bismuth*, dans son rapport à l'académie, doit être pris *cum grano salis*[23]. La simple vérité c'est que jusqu'à présent, *toutes* les analyses ont échoué ; et jusqu'à ce que Von Kempelen décide de nous donner la clé de l'énigme qui vient d'être rendue publique, il est plus que probable que le sujet restera pour des années *in statu quo*. Tout ce qu'on peut cependant dire de certain, c'est que « *de l'or pur peut être produit à volonté, et très facilement, à partir du plomb, en contact avec certaines autres substances, de nature et de proportions inconnues* ».

La spéculation est évidemment vive quant aux résultats immédiats et ultérieurs de cette découverte — une découverte que peu de personnes réfléchies hésiteront à lier à ce regain d'intérêt pour la question générale de l'or qu'ont suscité les derniers développements de Californie ; et cette réflexion nous amène inévitablement à une autre — l'extrême *inopportunité* de l'expérience de Von Kempelen. Si déjà beaucoup ont hésité à s'aventurer en Californie par la seule crainte que l'or diminue si concrètement de valeur en raison de son abondance dans les mines de cette région au point que cela rende hasardeuse la décision d'aller le chercher si loin — quel va donc être l'effet produit sur les esprits de ceux qui sont prêts à émigrer, et encore plus sur l'esprit de ceux qui se trouvent à l'heure actuelle dans la région minière, après l'annonce de cette stupéfiante découverte de Von Kempelen ? Une découverte qui annonce à proprement parler qu'en dehors de sa valeur intrinsèque pour les besoins industriels (quelle que puisse être cette valeur), l'or est désormais ou du moins sera bientôt (car on ne peut imaginer que Von Kempelen puisse garder *longtemps* son secret) d'une *valeur* pas plus élevée que celle du plomb, et d'une valeur bien inférieure à celle de l'argent. Il est, certes, excessivement difficile de spéculer sur l'avenir quant aux conséquences de la découverte ; mais une chose peut positivement être soutenue — c'est que si l'annonce de la découverte avait été faite il y a six mois, elle aurait eu une influence décisive sur l'immigration en Californie.

En Europe, jusqu'à présent, les résultats les plus notables ont été une hausse de deux cents pour cent sur le prix du plomb, et de près de vingt-cinq pour cent sur celui de l'argent.

IXAGE D'UN PARAGRAB [1]

Il est bien connu que les « mages [2] » sont venus « d'Orient », et comme M. Risque-tout L'Entêté [3] venait de l'Est [4], il s'ensuit que M. L'Entêté était un sage ; et si une preuve supplémentaire est nécessaire, la voici — M. L. était rédacteur en chef [5]. L'irascibilité était son seul point faible ; car, en fait, l'obstination dont les gens l'accusaient était tout sauf son *faible*, puisque justement il la considérait lui comme son *fort*. C'était son point fort — sa vertu ; et il aurait fallu toute la logique d'un Brownson pour le convaincre que c'était « quoi que ce soit d'autre [6] ».

J'ai montré que Risque-tout l'Entêté était un sage ; et la seule occasion où il ne se montra pas infaillible, ce fut lorsque, abandonnant cette légitime demeure de tous les sages, l'Orient, il migra vers la cité d'Alexandre-le-Grand-o-Nopolis, ou quelque lieu au nom similaire, dans l'Ouest.

Je dois lui rendre cette justice de dire, cependant, que lorsqu'il décida finalement de s'installer dans cette ville, c'était avec l'impression qu'aucun journal, et par conséquent aucun rédacteur en chef, n'existait dans cette région particulière du pays. En fondant, « La Théière », il s'attendait à avoir le champ entièrement libre. Je suis persuadé qu'il n'aurait jamais eu l'idée d'établir sa résidence à Alexandre-le-Grand-o-Nopolis, s'il avait eu conscience de ce qu'à Alexandre-le-Grand-o-Nopolis vivait un monsieur nommé John Smith (si je me rappelle bien), qui, depuis des années, s'y était paisiblement enrichi grâce à la rédaction et à la publication de la « Gazette d'Alexandre-le-Grand-o-Nopolis ». C'était donc seulement parce qu'il avait été mal informé que M. L'Entêté s'était retrouvé à Alex — si nous l'appelions Nopolis[7] pour abréger — mais puisqu'il s'y trouvait, il décida de tenir sa réputation d'obst —, de fermeté, et de rester. Aussi resta-t-il ; et il fit mieux ; il déballa sa presse, ses caractères, etc., etc., loua un bureau exactement en face de celui de la « Gazette », et, le troisième matin après son arrivée, sortit le premier numéro de « La Théière d'Alexan... » c'est-à-dire de « La Théière de Nopolis » — aussi précisément que je puisse m'en souvenir, c'était le nom du nouveau journal.

L'éditorial, je dois l'admettre, était brillant — pour ne pas dire sévère. Il était plutôt amer sur les choses en général — quant au directeur de la Gazette, lui en particulier, il était mis en pièces. Certaines des remarques de l'Entêté étaient vraiment si brûlantes que j'ai toujours été obligé depuis cette époque de considérer John Smith, qui vit encore, comme une sorte de salamandre. Je ne puis prétendre citer mot à mot *tous* les paragraphes de la Théière, mais l'un d'eux donnait ceci :

« Oh, oui ! Oh, nous voyons ! Oh, sans doute ! Le rédacteur en chef de l'autre côté de la rue est un génie — oh, mon ! Oh, bon Dieu, miséricorde ! Où va donc ce monde ? *Oh tempora ! Oh, Moïse*[8] ! »

Une philippique si caustique et en même temps si classique éclata comme une bombe parmi les citoyens jusque-là paisibles de Nopolis. Des groupes d'individus excités se réunirent aux coins des rues. Chacun attendait avec une franche inquiétude la réponse du digne Smith. Elle parut le lendemain matin sous la forme suivante :

« De " La Théière " d'hier, nous citons le paragraphe suivant : " *Oh*, oui ! *Oh*, nous voyons ! *Oh*, sans doute ! *Oh*, mon ! *Oh*, bon Dieu ! *Oh*, tempora ! *Oh*, Moïse ! " Mais quoi, ce type est tout O ! Ça explique son raisonnement en rond, et pourquoi il n'y a ni commencement ni fin pour lui, ni pour rien de ce qu'il dit. Nous ne croyons vraiment pas que ce vaurien puisse écrire un mot qui ne contienne un O. On se demande si cet O-sage est une de ses manies ? A propos, il est venu du fin fond de l'Est en grande hâte. On se demande s'il *O*-se autant là-bas qu'ici ? *O* ! C'est lamentable ! »

L'indignation de M. L'Entêté à ces insinuations scandaleuses, je ne tenterai pas de la décrire. Et pourtant, en vertu du principe de l'écorchement des anguilles, il ne sembla pas autant affecté qu'on eût pu le croire par l'attaque contre son intégrité. Ce fut le sarcasme contre son *style* qui le poussa à bout. Quoi ! lui, Risque-tout l'Entêté ! — pas capable d'écrire un mot sans O ! Il aurait vite fait de montrer à l'impertinent qu'il se trompait. Oui ! Il allait lui faire voir *combien* il se trompait, le freluquet ! Lui, Risque-tout l'Entêté, de La Grenouillère [9], allait montrer à M. John Smith que lui, l'Entêté, pouvait rédiger, si cela lui plaisait, tout un paragraphe — ah ! un article entier — dans lequel cette méprisable voyelle n'apparaîtrait pas une fois — pas même *une seule fois*. Mais non ; ce serait céder un point au dit John Smith. *Lui*, L'Entêté, ne ferait *aucune* modification à son style pour céder aux caprices de n'importe quel M. Smith de toute la Chrétienté. Périsse une si vile pensée ! L'O pour toujours ! Il persisterait dans l'O. Il serait aussi O-seux qu'on peut être O-seux !

Tout brûlant du chevaleresque de cette résolution, le

grand Risque-tout dans la « Théière » suivante publia tout bonnement ce paragraphe simple mais résolu sur cette malheureuse affaire :

« Le rédacteur en chef de la " Théière " a l'*honneur* d'aviser le rédacteur en chef de " La Gazette " que lui (la " Théière ") aura l'occasion dans le journal du lendemain matin, de le convaincre (la " Gazette "), que lui (la " Théière ") peut rester et d'ailleurs restera son propre maître, en ce qui concerne le style ; — il (la Théière ") se propose de lui montrer (à la " Gazette ") le mépris suprême et vraiment écrasant que sa critique à lui (la " Gazette ") inspire à son cœur indépendant à lui (la " Théière "), en composant pour sa satisfaction personnelle (?) à lui (la " Gazette "), un éditorial de quelque longueur, dans lequel la belle voyelle — l'emblème de l'Eternité — pourtant bien inoffensive envers sa délicatesse hypersensible à lui (la " Gazette "), ne sera certainement *pas évitée* par son (de la " Gazette ") très obéissant et très humble serviteur, la " Théière ". " Et voilà pour Buckingham [10] ! »

Pour mettre à exécution la terrible menace bien plus obscurément notifiée ainsi que clairement énoncée, le grand L'Entêté, faisant la sourde oreille à toutes les demandes de « copie » et invitant simplement son prote à « aller au diable » quand il (le prote) l'assura lui (La " Théière ") qu'il était grand temps de « mettre sous presse » ; faisant la sourde oreille à tout, dis-je, le grand L'Entêté resta assis jusqu'au lever du jour, brûlant l'huile nocturne, et absorbé dans la composition du paragraphe vraiment incomparable qui suit :

« Sot, John ! Alors quoi ? Nous vous informons, vous voyez. Non, ne croassez pas encore une fois avant de pousser hors des bois ! Votre moman se doute donc que vous êtes dehors ? Oh, non, non ! — Alors retournez tout de go chez vous, illico, John, à vos odieux bois vieillots de Concord [11] ! Retournez à vos bois, gros hibou — hop! Vous ne voulez point? Oh, pouah, pouah, John, comme vous voudrez! Vous pouvez vous en retourner, voyez-vous! Donc sortez d'un coup, et presto; or personne ne voudra donc de vous ici, vous voyez. Oh, John, John, si vous ne vous envolez pas vous n'êtes pas un *homo* — non! Vous n'êtes qu'un fou, un hibou; un bouchon, un cochon; un poupon, un pompon; un pov' viot d'bon à rien pour personne de billot, de cabot, de pourceau ou de crapouillot, tout droit sorti de son trou d'égout de Concord. Tout doux, alors — tout doux! Sois tout doux, gros fou! Foin de ton cocorico, gros coq! Ne ronchonnons point comme ça — non! Non! Ne hurlons, ne grondons, ne grognons, n'aboyons point, wouah, wouah! Bon Diou, John, voyons votre portrait! Nous vous informons, vous voyez — alors ne roulons plus notre bosse de pov' rosse, et, tout de go, courons noyer nos sanglots dans un bol[12]. »

Epuisé, bien naturellement, par un effort aussi considérable, le grand Risque-tout ne put se consacrer à rien d'autre ce soir-là. Fermement, calmement, et cependant avec un air de puissance consciente, il tendit son manuscrit à l'apprenti typographe[13] qui attendait, puis, rentrant chez lui en se promenant paisiblement, il alla, avec une ineffable dignité, se coucher.

Pendant ce temps, l'apprenti à qui avait été confiée la copie grimpait jusqu'à sa « casse », avec une hâte sans égale, et commençait aussitôt à « composer » le manuscrit.

En premier lieu, bien sûr, — puisque le premier mot était « Sot » —, il plongea dans la case des S majuscules et en sortit triomphalement un S majuscule. Stimulé par ce succès, il se jeta aussitôt sur la case des o minuscules avec une aveugle impétuosité — mais qui décrira son horreur lorsque ses doigts remontèrent sans avoir accroché la lettre attendue? Qui dépeindra son étonnement et sa rage lorsqu'il s'aperçut en se frottant les articulations qu'il n'avait fait que les cogner pour rien contre le fond d'une case *vide*? Il n'y avait pas le moindre o minuscule dans la case des o minuscules; et, jetant un coup d'œil craintif au compartiment des O majuscules, il découvrit alors, à son extrême terreur, que *celui-ci* se trouvait dans une situation exactement semblable. Frappé d'épouvante, sa première impulsion fut de se précipiter chez le prote.

« M'sieur! » dit-il, haletant, « j'peux rien composer sans o. »

« *Qu'est-ce* que tu veux dire par là? » grommela le prote qui était de fort mauvaise humeur d'avoir été retenu si tard.

« Eh ben, M'Sieur, y a pas un seul o dans l'atelier, ni un grand ni un p'tit! »

« Quoi — que diable sont devenus tous ceux qui étaient dans la casse? »

« J'sais pas, M'sieur », dit le garçon, « mais un d'ces apprentis d'la Gazette est v'nu rôder par là tout'la soirée et j'pense qu'y s'en est allé en les chouravant tous jusqu'au dernier! »

« Que le diable l'emporte! Ça ne fait aucun doute! » répliqua le prote en devenant pourpre de rage — « mais je vais te dire ce qu'il faudra faire, Bob, si tu es un bon gars — tu saisiras la première occasion pour aller leur piquer, jusqu'au dernier, tous leurs i et (le diable les emporte) tous leurs sacrés z. »

« Pour sûr », répondit Bob avec un clin d'œil et un froncement de sourcil — « j'irai chez eux, j'leur dirai une chose ou deux, mais en attendant, pour c'te paragrab? Faut qu'y passe c'te nuit, vous savez — sinon va y avoir une sacrée note à payer au diable et — »

« Et même pas une *goutte* de tord-boyaux », l'interrompit le prote, avec un profond soupir et en mettant l'accent sur « goutte ». « Est-ce un *très* long paragraphe, Bob ? »

« On n'peut pas dire qu'ce soye un *tlès* long paragrab », dit Bob.

« Ah, bien alors, fais de ton mieux ! Nous *devons* mettre sous presse », dit le prote qui était débordé de travail, « colle n'importe quelle autre lettre à la place du *o*, personne ne va lire la camelote du type, de toute façon. »

« Tlès bien, répondit Bob, ça va ! » et il se précipita vers sa casse en murmurant — « Distingué parler, toutes ces expressions, surtout pour un homme qui ne jure pas. Alors, c'est moi que j'dois leur arracher tous leurs yeux, hein ?, et massacrer tous leurs z'aides [14] ! Vouais ! V'là l'gars qu'est juste c'lui qu'y faut *pour* ça. » Le fait est que Bob, quoiqu'il n'eût que douze ans et quatre pieds de haut, était à la hauteur de n'importe quelle lutte, à son petit niveau.

La nécessité ici décrite n'est nullement d'une occurrence rare dans les imprimeries ; et je ne saurais comment l'expliquer, mais le fait est indiscutable, lorsque ce cas se produit, il arrive presque toujours que l'on prenne l'*x* pour remplacer la lettre manquante. La vraie raison, peut-être, c'est que l'*x* est la lettre la plus abondante dans les casses, ou du moins, le fut autrefois assez longtemps pour faire de la substitution en question une habitude chez les imprimeurs. Quant à Bob, il eût considéré comme hérétique d'employer tout autre caractère, dans un cas de ce genre, que l'*x* auquel il avait été accoutumé.

« Va falloir qu'j'ixe c'te paragrab », se dit-il tout en le lisant avec étonnement, « mais c'est justement l'paragrab l'plus horriblement *o*-seux qu'j'aye jamais vu. » Il l'ixa donc sans hésiter et, à la presse l'article parvint ixé.

Le lendemain matin, la population de Nopolis fut
toute surprise de lire dans « La Théière » l'extraordinaire éditorial qui suit :

« Sxt, Jxhn ! Alxrs quxi ? Nxus vxus infxrmxns, vxus
vxyez. Nxn, ne crxassez pas encxre une fxis avant de
pxusser hxrs des bxis ! Vxtre mxman se dxute dxnc que
vxus êtes dehxrs ? Xh, nxn, nxn ! — Alxrs retxurnez
txut de gx chez vxus, illicx, Jxhn, à vxs xdieux bxis
vieillxts de Cxncxrd ! Retxurnez à vxs bxis, grxs hibxu
— hxp ! Vxus ne vxulez pxnt ? Xh, pxuah, pxuah, Jxhn,
cxmme vxus vxudrez ! Vxus pxuvez vxus en retxurner,
vxyez-vxus ! Dxnc sxrtez d'un cxup, et prestx ; xr
persxnne ne vxudra dxnc de vxus ici, vxus vxyez. Xh,
Jxhn, Jxhn, si vxus ne vxus envxlez pas, vxus n'êtes pas
un *hxmx* — nxn ! Vxus n'êtes qu'un fxu, un hibxu ; un
bxuchxn, un cxchxn ; un pxupxn, un pxmpxn ; un
pxv'vixt d'bxn à rien pxur persxnne de billxt, de cabxt,
de pxurceau xu de crapxuillxt, txut drxit sxrti de sxn
trxu d'égxut de Cxncxrd. Txut dxux, alxrs — txut
dxux ! Sxis txut dxux, grxs fxu ! Fxin de txn cxcxricx,
grxs cxq ! Ne rxnchxnnxns pxint cxmme ça — nxn !
Nxn ! Ne hurlxns, ne grxndxns, ne grxgnxns, n'abxyxns
pxint, wxuah, wxuah ! Bxn Dixu, Jxhn, vxyxns vxtre
pxrtrait ! Nxus vxus infxrmxns, vxus vxyez — alxrs ne
rxulxns plus nxtre bxsse de pxv'rxsse, et, txut de gx,
cxurxns nxyer nxs sanglxts dans un bxl. »

Le tumulte provoqué par cet article mystique et
cabalistique est inconcevable. La première idée précise
qui se présenta à la populace fut que quelque trahison
diabolique se cachait dans les hiéroglyphes ; et ce fut
une ruée générale vers la résidence de l'Entêté, avec le
dessein de l'attacher au poteau ; mais on put trouver
ce monsieur nulle part. Il avait disparu, personne ne

put dire comment ; et pas même son fantôme n'a été revu depuis.

Incapable de découvrir son légitime objet, la fureur populaire s'apaisa à la longue, laissant derrière elle, comme une sorte de sédiment, tout un méli-mélo d'opinions sur cette malheureuse affaire.

Un monsieur trouva que tout cela était une eXcellente plaisanterie.

Un autre déclara que L'Entêté avait certes fait preuve de beaucoup d'eXubérance dans l'imagination.

Un troisième admit qu'il était eXcentrique, mais sans plus.

Un quatrième se borna à supposer que le Yankee avait eu pour dessein d'eXprimer, d'une façon générale, son eXaspération.

« Disons plutôt de donner un eXemple à la postérité », suggéra un cinquième.

Que L'Entêté avait été conduit à quelque extrémité, ce fut clair pour tout le monde ; et en fait puisque *ce* rédacteur en chef-là restait introuvable, on parla un peu de lyncher l'autre.

La conclusion la plus générale, cependant, fut que l'affaire était tout simplement eXtraordinaire et ineXplicable. Même le mathématicien de la ville confessa qu'il ne pouvait rien tirer d'un problème aussi obscur. X, comme chacun le savait, était une quantité inconnue ; mais dans ce cas (comme il le remarqua subtilement), il y avait une quantité inconnue d'X.

L'opinion de Bob, l'apprenti (qui garda le silence « sur son ixage du paragrab ») ne rencontra pas toute l'attention qu'à mon avis elle méritait, bien qu'il l'eût exprimée fort ouvertement et fort courageusement. Il déclara que, pour sa part, il n'avait pas le moindre doute à ce sujet, que c'était une affaire claire, que jamais on n'avait *pu* persuader M. L'Entêté « de boire comme tout l'monde, mais qu'y s'a-sifflait[15] constamment de c'te sacrée bière XXX[16], et qu'la conséquence naturelle, c'est qu'ça l'avait gonflé de colère, et qu'ça l'avait eXcédé à l'eXtrême ».

LE PHARE

1ᵉʳ janvier 1796 [1]. Ce jour — mon premier au phare —
j'inaugure mon Journal, comme convenu avec De Grät.
Aussi régulièrement que je *pourrai* tenir ce journal, je
le ferai — mais on ne voit pas ce qui peut arriver à un
homme isolé comme je le suis — Je pourrais tomber
malade ou pire... [2] Jusqu'ici, ça va! Le cotre l'a
échappé belle — mais pourquoi s'attarder là-dessus,
puisque je suis *ici*, sain et sauf? Mes esprits commencent déjà à renaître à la pleine pensée de l'existence —
pour une fois dans ma vie au moins — parfaitement
seul; car, bien entendu, Neptune [3], aussi gros soit-il, je
ne peux pas le considérer comme une « société ». Fasse
le Ciel que j'aie jamais trouvé dans la « société » la
moitié seulement de la *fidélité* de ce pauvre chien : —
dans ce cas moi et la « société » nous ne nous serions
jamais séparés — même pour un an... Ce qui me
surprend le plus, c'est la difficulté qu'a eue De Grät à
obtenir ma nomination — moi, un noble du royaume !
Ce ne pouvait venir de ce que le Consistoire eût la
moindre réserve sur ma capacité à manœuvrer le
phare. *Un* seul homme l'a entretenu auparavant — et
s'en est tiré à peu près aussi bien que trois qui y sont
habituellement placés. Le service ne représente à peu
près rien; et les instructions imprimées sont aussi

claires que possible. Cela n'aurait jamais marché si j'avais laissé Orndorff m'accompagner. Je n'aurais jamais avancé dans mon livre tant qu'il était dans mon voisinage, avec son insupportable bavardage — pour ne rien dire de cette éternelle pipe d'écume. Et puis, je veux être seul... Il est étrange que je n'aie jamais remarqué, jusqu'à cet instant, combien ce mot avait une résonance lugubre — « seul » ! J'inclinerais presque à penser qu'il y a quelque bizarrerie dans l'écho de ces murs cylindriques — mais oh, non ! — tout ceci est absurde. Je crois que je commence à devenir nerveux par suite de mon isolement. *Cela* n'arrivera pas. Je n'ai pas oublié la prophétie de De Grät. Allons, une ascension jusqu'à la lanterne et un bon coup d'œil aux alentours pour « voir ce que je peux voir »... Voir ce que je peux voir, vraiment ! — pas grand-chose. La houle persiste un peu, je pense — mais le cotre aura un rude voyage de retour, malgré tout. Il arrivera difficilement en vue de la Nordland[4] avant demain midi — et actuellement il peut difficilement être à plus de 190 ou 200 milles.

2 janvier. J'ai passé cette journée dans une espèce d'extase que j'estime impossible à décrire. Ma passion de la solitude aurait difficilement pu être plus pleinement gratifiée. Je ne dis pas *satisfaite ;* car je crois que je ne serai jamais rassasié de ce délice dont j'ai fait aujourd'hui l'expérience... Le vent s'est calmé vers le lever du jour, et dans l'après-midi la mer est tombée sensiblement... Rien à voir, même avec le télescope, sauf l'océan et le ciel, avec de temps en temps une mouette.

3 janvier. Calme plat toute la journée. Vers le soir, la mer ressemblait tout à fait à du verre. Quelques algues en vue ; mais à part cela absolument *rien* de toute la journée — pas même le plus léger brin de nuage... Me suis consacré à explorer le phare... C'en est un très haut

— comme je le découvre à mes dépens lorsque j'ai à gravir ses interminables escaliers — pas tout à fait 160 pieds[5], dirais-je, depuis la marque des basses eaux jusqu'au sommet de la lanterne. Du fond *intérieur* de la bâtisse, cependant, la distance au sommet est d'au moins 180 pieds : — ainsi le sol est à 20 pieds sous la surface de la mer, même à marée basse... Il me semble que l'intérieur creux du bas du phare aurait dû être empli de maçonnerie solide. Indubitablement, on aurait dû rendre ainsi l'ensemble plus solide : — mais à quoi suis-je en train de songer ? Une construction telle que celle-là est assez solide en toutes circonstances. Je devrais m'y sentir en sécurité pendant le plus violent ouragan qui puisse jamais se déchaîner — et pourtant j'ai entendu des marins dire que, parfois, par vent au sud-ouest, on a vu la mer déferler plus haut en cet endroit que nulle part ailleurs à la seule exception de la passe orientale du détroit de Magellan. Aucune mer, pourtant, ne pourrait faire quoi que ce soit contre ce mur solide et ancré par des ferrures — qui, à 50 pieds au-dessus de la ligne des hautes eaux, a quatre pieds d'épaisseur, à un pouce près... Le soubassement sur lequel repose la construction me paraît être du calcaire...

4 janvier. [La suite manque...][6]

DOSSIER

CHRONOLOGIE

1796. Elizabeth Arnold, âgée de neuf ans, émigre aux Etats-Unis avec sa mère, une actrice britannique.

1797. Dès l'âge de dix ans, Elizabeth suit sa mère sur la scène.

1802. Elizabeth Arnold, âgée de quinze ans, épouse un comédien du nom de Hopkins.

1805. Elizabeth Arnold est veuve à dix-huit ans.

1806. Elizabeth se remarie avec David Poe, acteur d'origine irlandaise.

1807. Naissance de William Henry Poe, frère aîné d'Edgar.

1808. La *Boston Gazette* organise des spectacles au bénéfice d'Elizabeth.

1809. 19 janvier, naissance d'Edgar Poe à Boston.

1810. Naissance de Rosalie Poe, sœur ou demi-sœur d'Edgar. David Poe, alcoolique et tuberculeux, disparaît, laissant sa femme et ses trois enfants.

1811. Elizabeth Arnold meurt de tuberculose à Richmond. Elle a vingt-quatre ans. En quinze ans, elle a joué deux cents rôles différents, dont quatorze personnages de Shakespeare.

1812. Edgar est adopté par John Allan et sa femme Frances, bourgeois aisés de Richmond. La firme Ellis et Allan vend des denrées coloniales, du tabac, des instruments agricoles, des liqueurs.

1814. Edgar mène à Richmond la vie d'un enfant choyé et gâté.

1815. John Allan a décidé d'ouvrir une succursale à Londres. La famille débarque à Liverpool en juillet. Séjour en Ecosse, puis installation à Londres.

1816. Edgar est pensionnaire dans une école tenue par une Française, Mme Dubourg (le nom servira pour *Double assassinat dans la rue*

Morgue), puis à Manor House, chez le révérend Bransby, à Stoke Newington, où il restera jusqu'en 1820 (le lieu est décrit dans *William Wilson*).

1817. La santé de Frances Allan se détériore.

1818. Aggravation de la santé de Frances. Les affaires de John Allan vont de plus en plus mal.

1819. L'effondrement de la bourse du tabac précipite l'endettement de John Allan.

1820. Escroqué par un de ses employés, très lourdement endetté, John Allan décide de rentrer aux Etats-Unis. Edgar a onze ans. Il a passé cinq ans en Grande-Bretagne.

1821. Les affaires de John Allan continuent à très mal marcher.

1822. Poe est élève de l'école Clarke à Richmond. Il étudie la littérature anglaise et le latin. John Allan dépose son bilan mais est sauvé de la faillite par un oncle.

1823. Edgar est amoureux de Jane Stanard, la mère d'un de ses condisciples. John Allan hérite de son oncle et redevient un homme riche.

1824. Edgar remonte la James à la nage sur une grande distance. Mort de Jane Stanard (elle sera l' « Helen » des poèmes). Poe lit Byron.

1826. Edgar Allan Poe entre à l'Université de Virginie à Charlottes-ville, fondée par Thomas Jefferson en 1817. Il y restera jusqu'en décembre.

1827. Brouille avec John Allan. Départ de Richmond. Edite à Boston *Tamerlane and other poems*. Engagement pour cinq ans dans l'armée.

1828. Edgar Allan Poe séjourne avec son régiment à Fort Moultrie sur l'île Sullivan au large de Charleston : ce sera le décor du *Scarabée d'or*.

1829. Mort de Frances Allan, mère adoptive d'Edgar. *Al Aaraaf*, poème publié à Baltimore.

1830. Edgar entre à West Point, l'école militaire américaine, près de New York, comme élève officier. Jeu et beuveries. *Sonnet à la science*.

1831. L'hiver est particulièrement rigoureux à New York. West Point est sous la neige. Nouvelles beuveries. Le 28 janvier, Poe comparaît devant la Cour martiale pour absences aux parades ou aux appels et désobéissance aux ordres. Exclu de l'armée, il s'installe à New York puis chez sa tante Maria Clemm à Baltimore. Publie un recueil : *Poems*. Envoie cinq contes au *Philadelphia Saturday Courier* qui a organisé un prix littéraire. Il ne gagne pas mais les membres du jury décident de les publier (ce qui sera fait à partir de janvier 1832). Le frère de Poe, William Henry, meurt à vingt-quatre ans, alcoolique et tuberculeux.

1832. Premiers contes dans *The Courier* : *Metzengerstein, Le Duc de l'Omelette, Un événement à Jérusalem, Perte de souffle, Bon-Bon.* Poe courtise Mary Devereaux.

1833. Poe envoie cinq contes (« Club de l'In-Folio ») au *Baltimore Visiter* et gagne le prix de cent dollars pour le *Manuscrit trouvé dans une bouteille.*

1834. *Le Rendez-vous.*

1835. Poe rédacteur au *Southern Literary Messenger* (Richmond). *Morella, Bérénice, Lionnerie, Le Roi Peste.* Enorme succès de l'*Aventure sans pareille d'un certain Hans Pfaall.*

1836. Edgar Poe épouse sa cousine Virginia Clemm qui n'a pas encore quatorze ans (16 mai). Il tente de faire publier ses *Contes du Club de l'In-Folio,* mais sans succès.

1837. Poe quitte le *Messenger,* s'installe à Philadelphie non loin de Fairmount Park (qui inspirera *Matin sur le Wissahiccon). Mystification. Arthur Gordon Pym* est publié en feuilleton puis en livre l'année suivante.

1838. *Ligeia, Comment écrire un article à la Blackwood, Une situation difficile.*

1839. Edgar Allan Poe est engagé par William Burton comme rédacteur au *Gentleman's Magazine* (Philadelphie). *L'Homme qui était usé, La Chute de la maison Usher, William Wilson.*

1840. *Tales of the Grotesque and Arabesque* paraît chez Lea et Blanchard : vingt-cinq contes. Après plusieurs querelles avec Burton, Poe quitte le *Gentleman's Magazine* où viennent de paraître *L'Homme d'affaires, Le Journal de Julius Rodman, L'Homme des foules.* Projet d'une revue littéraire, le *Penn.*

1841. Rédacteur au *Graham's Magazine. Double assassinat dans la rue Morgue, Une descente dans le Maelstrom, Ne pariez jamais votre tête au diable* et *La Semaine des trois dimanches.* Frederik W. Thomas tente de trouver un poste dans l'administration pour Poe. Rencontre de Rufus Wilmot Griswold, ancien pasteur qui prépare une anthologie : *Poètes et poésie d'Amérique.*

1842. Edgar Allan Poe rencontre Charles Dickens avec qui il rédige un projet de loi sur le droit d'auteur. Virginia a ses premières hémorragies. *Éléonora, Le Portrait ovale, Le Masque de la mort rouge, Le Mystère de Marie Roget, Le Puits et le pendule.* Premières fugues d'Edgar.

1843. *Le Scarabée d'or*, grand succès. *De l'escroquerie considérée comme une des sciences exactes*. Edgar Allan Poe reprend le projet d'un journal nommé cette fois *The Stylus*. *Le Chat noir*, *Le Cœur révélateur*.

1844. Après six années à Philadelphie, Edgar emmène sa famille avec lui et s'installe à New York, à Bloomingdale Road. Le *New York Sun* publie *Le Canard au ballon* : événement. *Les Lunettes*, *L'Enterrement prématuré*, *La Caisse oblongue*, *C'est toi l'homme*, *La Vie littéraire de M. Machin Truc*, *Matin sur le Wissahiccon*, *L'Ange du bizarre*, *La Lettre volée*. Nathaniel Parker Willis engage Poe au *New York Mirror*. Installation à Greenwich Village, 15 Amity Street. Poe écrit *Le Corbeau*.

1845. *Le Corbeau*. Célébrité. Edgar Allan Poe devient propriétaire du *Broadway Journal*, puis le perd. Dettes. *Le Mille Deuxième Conte de Schéhérazade*, *Le Démon de la perversité*, *La Vérité sur le cas de M. Valdemar*.

1846. *Le Sphinx*, *La Barrique d'Amontillado*.

1847. Mort de Virginia à Fordham dans la banlieue de New York. *Le Domaine d'Arnheim*. Affaire de plagiat à propos d'un traité sur les mollusques que Poe avait compilé en 1839. A Paris, Baudelaire découvre Poe.

1848. Conférence : *Le Principe poétique*. *Eureka*. Fiançailles avec Sarah Helen Whitman, aussitôt rompues.

1849. Poèmes : *Eldorado, Pour Annie, Annabel Lee*. Contes : *Mellonta tauta, Hop-Frog, Von Kempelen, Ixage d'un paragrab, Le Cottage Landor*. Le 3 octobre : trouvé inanimé dans un café de Baltimore, Edgar Allan Poe est transféré au Washington College Hospital où il meurt le 7 octobre. Le 9 octobre : nécrologie signée Rufus Griswold.

1850. *The Works of the late Edgar Allan Poe*, publié par Griswold.

1852. Baudelaire : « Edgar Allan Poe, sa vie et ses ouvrages », puis, 1856 : *Histoires extraordinaires*; 1857 : *Nouvelles histoires extraordinaires*; 1858 : *Aventures d'Arthur Gordon Pym*; 1863 : *Eureka*; 1865 : *Histoires grotesques et sérieuses*. Et en 1888 : *Les Poèmes d'Edgar Poe*, traduction de Stéphane Mallarmé (portrait de Manet).

NOTES

PRÉFACE AUX CONTES DU GROTESQUE
ET DE L'ARABESQUE

Première publication : *Tales of the Grotesque and Arabesque*, Philadelphie, 1840. Non repris par Griswold en 1850 dans *The Works of the late Edgar Allan Poe*. Repris par James A. Harrison en 1902 dans *The Complete Works of Edgar Allan Poe* (New York), l'œuvre complète plus connue sous la désignation de « Virginia edition ».

Page 71.

1. Les deux volumes contenaient les nouvelles suivantes :

I. *Morella, Lionnerie, William Wilson, L'Homme qui était usé, La Chute de la maison Usher, Le Duc de l'Omelette, Manuscrit trouvé dans une bouteille, Bon-Bon, Ombre, Le Diable dans le beffroi, Ligeia, Le Roi Peste, La Signora Zénobie* (devenu par la suite *Comment écrire un article à la Blackwood*), *La Faux du temps* (par la suite *Une situation difficile*).

II. *Epimanes (Quatre bêtes en une), Siope (Silence), Hans Phaall (sic) (Aventure sans pareille d'un certain Hans Pfaall), Un événement à Jérusalem, Von Jung (Mystification), Perte de souffle, Metzengerstein, Bérénice, Pourquoi le petit Français porte la main en écharpe, Le Visionnaire (Le Rendez-vous), Conversation entre Eiros et Charmion.* Et en appendice une note de Poe sur *Hans Pfaall* et le « *Moon Hoax* » (*Le Canard à la lune*) de Richard Adams Locke.

LE CLUB DE L'IN-FOLIO

Rédigé par Poe en 1833 afin de servir d'introduction à un recueil, « *The Tales of the Folio Club* », qui ne vit jamais le jour, ce texte n'a été publié pour la première fois qu'en 1902 par Harrison dans les *Complete Works of Edgar Allan Poe*. Nous donnons en note quelques-uns des indices qui permettent éventuellement d'attribuer à chaque personnage une histoire particulière. Voir aussi préface, p. 15.

Page 73.

1. On peut traduire aussi bien « Le Club de l'In-Folio » que « Le Folio-Club ».

2. Samuel *Butler* (1612-1680). L'épigraphe tirée d'*Hudibras* place directement le recueil sous l'invocation du maître incontesté du burlesque.

Page 74.

3. *Morceau :* en français dans le texte, de même que, plus loin, *exposé* et *début*.

Page 75.

4. *Auguste Griffouillis :* « Augustus Scratchaway » en anglais.

5. *Rouge-et-Noir :* au moment où Poe écrit ce texte, 1833, *Le Rouge et le Noir* de Stendhal est paru depuis trois ans, mais il s'agit plutôt ici de jeu de cartes. M. Rouge-et-Noir, qui admire Lady Morgan, lira peut-être *Pourquoi le petit Français porte la main en écharpe*.

6. *Lady Morgan :* poétesse et romancière irlandaise (1786-1859) dont se moque souvent Poe (voir *Pourquoi le petit Français porte la main en écharpe*, note 1).

7. *Crac :* « Snap » en anglais. Mais le mot a une multitude de sens.

8. *La Revue du Maine : Down-East Review*. Poe avec ce surnom évoque peut-être la *North American Review* éditée à Boston depuis 1815 et qui publiait Emerson et Longfellow. Le Down-East, dans l'argot de l'époque, c'est la province du Maine.

9. *Convolvulus Gondola :* renvoie sans doute au personnage vénitien du *Rendez-vous*. *Convolvulus* est le nom latin du liseron.

10. Le personnage qui porte des lunettes vertes et s'appelle *De Rerum Natura* évoque Lucrèce et le diable de *Bon-Bon*, parodie du *Melmoth* (1820) de Maturin.

11. Le petit homme en noir évoque aussi le diable et pourrait lire *Ne pariez jamais votre tête au diable*.

12. *Salomon Aladérive :* « Solomon Seadrift ». L'histoire qui lui correspond est peut-être *Le Roi Peste*, parodie du *Vivian Grey* (1826) de Disraeli, ou bien le *Manuscrit trouvé dans une bouteille*. « Seadrift » rappelle deux sources de Poe pour le *Manuscrit :* le capitaine Adam Seaborn, pseudonyme de l'Américain John Cleve Symmes, auteur de *Symzonia, A voyage of discovery* (1802), et *Sir Edward Seaward's Narrative of his Shipwreck*, un roman de l'écrivain britannique Jane Porter (1831).

13. *Horribile Dictu*, qui a étudié à Göttingen, renvoie vraisemblablement à *Mystification* ou à *Metzengerstein*.

14. *Blackwood Blackwood* renvoie à *Perte de souffle*.

Page 76.

15. Le monsieur corpulent qui admire Walter Scott est peut-être venu lire *Bérénice*.

16. *Chronologos Chronologie* admire Horace Smith, l'auteur de *Zillah, a tale of Jerusalem* (1828), qui est parodié dans *Lionnerie* ou *Quatre bêtes en une*. Poe y fait allusion dans *Perte de souffle* (voir note 20).

17. M. Crac repousse la bouteille et lit vraisemblablement le *Manuscrit trouvé dans une bouteille*.

LE DUC DE L'OMELETTE

« *The Duc de l'Omelette.* » Première publication : *Saturday Courier*, Philadelphie, 3 mars 1832. Puis : *Southern Literary Messenger*, février 1836 ; *Tales of the Grotesque and Arabesque*, 1840 ; *Broadway Journal*, 11 octobre 1845.

Page 77.

1. Le poète britannique William *Cowper* (1731-1800), auteur de *The Winter Evening*, que Poe cite aussi dans *L'Ange du bizarre*.

2. John *Keats* (1795-1821). La légende voulait que les violentes critiques parues dans la presse britannique contre divers poèmes de Keats aient hâté sa fin. En fait les attaques datent de 1818 et le poète est mort en 1821 d'une banale tuberculose. Mais on retrouve là l'écho d'un vers fameux de Byron : « Who killed John Keats ? » Détail intéressant : les premières et les plus méchantes critiques parurent au cours de l'été 1818 dans le *Blackwood's Magazine*, la revue que Poe ne cessera de couvrir de sarcasmes. — Montfleury créa le rôle d'Oreste dans la pièce de Racine. Il mourut effectivement un mois après la création. La note sur Montfleury est de Poe lui-même : elle apparaît dans la version de 1836. Tout ce passage figure aussi dans les *Marginalia*.

3. A l'exception de la phrase de Cowper citée en épigraphe, toutes les phrases en italiques sont en français dans la version originale de Poe. Nous en avons conservé la syntaxe parfois discutable, parce qu'il semble bien que Poe qui maîtrisait le français a voulu se moquer des fautes de celui qu'il voulait parodier. En effet, pour son personnage snob du Duc de l'Omelette, Poe se serait inspiré de Nathaniel Parker Willis (1806-1867), le dandy journaliste américain dont on retrouve aussi la trace dans *Lionnerie*. L'histoire elle-même est une parodie d'un roman de Disraeli, *The Young Duke* (1831).

4. *Apicius :* Marcus Gavius Apicius (né vers 25 av. J.-C.), célèbre gastronome romain, auteur des *Dix livres de cuisine*.

Page 78.

5. *Baal-Zebub* (Belzébuth) et *Belial* sont aussi invoqués dans *Un événement à Jérusalem*.

Page 79.

6. La ville de Boston s'était beaucoup transformée à la fin du XVIIIᵉ siècle et continuait à bouger, partant même à l'assaut du ciel en colonisant Beacon Hill sur le sommet de laquelle on avait construit, en 1798, la fameuse State House au dôme doré, dessinée par l'architecte Charles Bulfinch. Sur les rapports de Poe et de Boston, voir la note 9 d'*Ixage d'un paragrab*. Poe fait peut-être allusion ici à un poème de Longfellow. Dans la première version de ce conte, il avait écrit *comme Col...e*, c'est-à-dire « comme Coleridge ». Coleridge le poète, comme Boston la transcendantaliste, se perdent trop parmi les nues, au goût de Poe.

Page 80.

7. La statue est voilée comme la marquise Aphrodite dans *Le Rendez-vous*, comme la « figure » finale de Gordon Pym, et comme tant d'images de femmes chez Poe. On remarquera d'ailleurs les nombreuses ressemblances avec le décor de l'appartement du *Rendez-vous* : statues, éclairage, ottomane...

8. *Le — :* il s'agit bien entendu du diable.

Page 81.

9. *L'abbé Gaultier* (1746-1818), l'auteur du *Cours complet de jeux instructifs*.

10. *Le Père Le Brun :* dans la première version, Poe a écrit « n'a-t-il pas parcouru le Père Lachaise ? ». Le Père Lachaise était le jésuite confesseur de Louis XIV. Il est plus difficile d'identifier Le Brun.

11. Vraisemblablement François Iᵉʳ et Charles Quint.

PERTE DE SOUFFLE

« *Loss of breath.* » Première publication sous le titre « *A decided loss* » (Une perte sensible), *Saturday Courier*, 10 novembre 1832. Puis : *Southern Literary Messenger*, septembre 1835 ; *Tales of the Grotesque and Arabesque*, 1840 ; *Broadway Journal*, 3 janvier 1846. Nous utilisons la dernière version corrigée, celle de 1846, bien plus courte que celle de 1832. Voir préface, p. 58.

Page 82.

1. « Breath » signifie « haleine » ou « souffle ». L'ensemble des allusions ou des jeux de mots du texte fonctionne mieux en français avec le second sens.

2. *Blackwood* : le *Blackwood's Edinburgh Magazine*, fondé en 1817, très populaire en Amérique, publiait beaucoup de contes « gothiques » : Poe s'en est constamment moqué (voir le texte *Comment écrire un article à la Blackwood* et ses notes).

3. Il s'agit des premiers mots du premier vers des *Irish Melodies* du poète britannique Thomas Moore (1779-1852).

4. *Salmanasar V* régna de 727 à 722 av. J.-C., soumit Tyr, déposa Osée et assiégea Samarie. Sardanapale, d'après les légendes grecques, aurait été le dernier roi d'Assyrie. Azoth, ville de Syrie que Psammétique Ier (663-609 av. J.-C.), pharaon égyptien, assiégea vingt-neuf ans. Aristée est un historien grec du Ve siècle av. J.-C.

Page 83.

5. *Julie* : il s'agit de *Julie ou La Nouvelle Héloïse*, le roman de Jean-Jacques Rousseau. La citation (II, 3) est en français. Dans la première version de cette nouvelle, Poe écrit « comme dit Rousseau ». Édouard, la figure idéale de l'ami selon Rousseau, est en effet un lord anglais.

Page 85.

6. *William Godwin* (1756-1836), pasteur britannique qui fut romancier et théoricien politique. Son roman *Mandeville* date de 1817.

7. *Anaxagore* (Ve siècle av. J.-C.), philosophe matérialiste, disait plus exactement qu'il devait y avoir de la « noirceur » dans la neige puisqu'elle se change en eau plus sombre que la neige. C'est Bayle qui, dans son *Dictionnaire* (1696), l'a accusé de dire que la neige était noire. L'accusation est restée.

8. *Billets-doux* : en français dans le texte.

9. *Ventassez* : « Windenough ». *Manque-de-souffle* : « Lackobreath » (« Lack of breath »).

Page 86.

10. *L'Huile des Archanges de Grandjean* : lotion capillaire lancée à l'époque par un médecin new-yorkais du nom de Grandjean.

11. *Metamora*, tragédie de John Augustus Stone, fut jouée à New York en 1829, puis à Philadelphie en 1830.

Page 87.

12. *Phalaris* : tyran d'Agrigente (vers le vi^e siècle av. J.-C.) ; il avait fait édifier un taureau d'airain creux dans lequel il faisait brûler ses victimes. Le mugissement du taureau était dû aux cris des suppliciés.

Page 88.

13. *Corbeau :* c'est le titre du poème qui avait rendu Poe célèbre. Malgré son burlesque et ses clins d'œil, la scène n'échappe pas à un certain symbolisme : Poe jeté en pâture à la populace.

Page 89.

14. L'épisode est manifestement inspiré d'une séquence identique du *Candide* de Voltaire (chap. xxviii) : Pangloss après avoir été pendu tombe aux mains d'un chirurgien qui commence à le disséquer. La batterie galvanique, qu'on retrouve dans tant de nouvelles de Poe (par exemple dans *L'Enterrement prématuré*, p. 294), est une des machines « à la mode » en ce premier tiers du xixe siècle.

15. *Omniprésence de la Divinité*, de Robert Montgomery, publié à Londres en 1828.

Page 90.

16. *A la Catalani :* Angélique Catalani (1782-1849), célèbre cantatrice italienne de l'époque. Poe la cite plusieurs fois. L'humour vient de ce que *cat* veut dire chat.

17. Selon Hérodote (III, 69), le Mage Smerdis avait eu les oreilles coupées sous Cyrus. Il usurpa plus tard le pouvoir en se faisant passer pour Smerdis, fils de Cyrus. Cette mutilation, découverte par l'une de ses femmes, est à l'origine du « complot des sept » et de la prise du pouvoir par Darius. Toujours selon Hérodote (III, 153), Zopyre, lieutenant de Darius, se coupe le nez et les oreilles afin de s'introduire dans Babylone comme s'il était un transfuge. Passé au service des Assyriens, il gagne quelques batailles arrangées au préalable avec Darius puis finit par livrer la ville.

Page 91.

18. Poe joue sur l'étymologie : *cynique* vient du mot grec qui signifie *chien*. Les philosophes cyniques étaient surnommés ainsi en raison de leur agressivité.

19. *Nécessaire d'avoir été pendu :* Poe répond ici au programme fixé par M. Blackwood dans *Comment écrire un article à la Blackwood*.

20. *Marc Antoine :* allusion au roman *Zillah, a tale of Jerusalem* d'Horace Smith (1828) : Marc Antoine, ivre, déclare qu'il a « écrit un traité sur l'ivrognerie ». Voir note 16 du *Club de l'In-Folio*.

Page 92.

21. *Pinxit :* le mot latin qui figurait après le nom du peintre et qui signifie « a peint ». Poe fait mine de le prendre pour un nom propre. Marsyas écorché est un thème répandu dans la peinture classique. Selon la légende grecque, le Phrygien Marsyas avait été pendu puis écorché vif par Apollon parce qu'il avait défié la lyre du dieu avec sa flûte de Pan.

22. Le vers provient en fait de la pièce *Antonio and Mellida* de John Marston (1575-1634).

23. *Ennui :* en français dans le texte. Comme un peu plus loin *pirouette* et *pas de papillon.*

Page 93.

24. George *Crabbe* (1754-1832), poète britannique de tradition ruraliste. Sans doute mentionné ici parce que les « crabes » se déplacent sur le côté.

25. *Du Pélion entassé sur l'Ossa :* les géants empilent les montagnes de Grèce pour atteindre le sommet de l'Olympe (*Odyssée*, XI, 315).

26. *Du Pont :* peut-être une allusion à Éleuthère-Irénée Du Pont de Nemours (1771-1834), qui travailla avec Lavoisier, puis émigra aux Etats-Unis et y fonda une poudrerie, origine de la célèbre firme américaine du même nom.

Page 94.

27. *Des os :* dans le texte « South on the Bones », titre de l'édition américaine de l'ouvrage du médecin britannique John Flint South, *Description of the bones* (1825).

28. *Capitaine Barclay :* peut-être Robert Barclay (1785-1837), un officier de marine britannique qui participa à la bataille de Trafalgar. Défait à la bataille du lac Érié (septembre 1813), il fut déféré en cour martiale mais acquitté.

29. *Ventoux et Tousouffle :* dans le texte anglais, « Windham » and « Allbreath ».

30. *Phiz :* « fizz », pétillement, effervescence. C'est le pseudonyme de H. K. Browne (1815-1882), un des principaux illustrateurs de Dickens, qui commença à se faire connaître très jeune. La référence ne figurait pas dans la première édition.

31. *Saint Jérôme.* La phrase peut se traduire ainsi : « *et se décompose au vent le plus léger,* comme la *réputation de pudeur* de saint Jérôme ». La phrase latine mise en note par Poe dit exactement : « C'est une chose délicate chez les femmes que la réputation de pudeur : elle est comme une fleur exquise qui se fane au souffle le plus léger, et se décompose au vent le plus léger... » La citation est extraite d'une des épîtres de saint Jérôme, écrite en 400 ou 401 : il console la jeune veuve

Salvina de la mort de son époux Nébridius et l'exhorte à ne pas se
remarier.

Page 98.

32. Diogène *Laërce* dans ses *Vies des philosophes illustres* rapporte en
effet ce mot.

33. *Lyttleton Barry :* le pseudonyme ne figure pas dans la version
originale mais seulement dans les éditions suivantes. Poe s'en est servi
aussi pour *Le Duc de l'Omelette, Le Roi Peste, Mystification* et *Pourquoi
le petit Français porte la main en écharpe.*

BON-BON

« *Bon-Bon.* » Première version : « *The Bargain Lost* » (Le Marché
manqué). L'intrigue est la même mais le personnage se nomme Pedro
Garcia, la scène se passe à Venise et l'épigraphe est tirée de *Comme il
vous plaira (Saturday Courier,* 1er décembre 1832). Puis : « *Bon-Bon, A
Tale* », *Southern Literary Messenger,* août 1835 ; *Tales of the Grotesque
and Arabesque,* 1840 ; *Broadway Journal,* 19 avril 1845. Le conte est une
parodie du *Melmoth* (1820) de Maturin.

Page 99.

1. Ce poème est cité en français. La plupart des mots mis en
italiques par Poe dans cette nouvelle sont en français.

2. Poe a écrit « *patés à la fois* » !

3. Voir la note 10 du *Club de l'In-Folio.*

Page 100.

4. *Facili gradu :* « transition facile ».

5. *Georges de Trébizonde* (1396-1486) : humaniste byzantin qui ensei-
gna le grec à Venise. Jean *Bessarion* (1403-1472) : cardinal et théolo
gien byzantin qui fut le défenseur de l'hellénisme en Italie.

Page 101.

6. *Alto relievo :* « haut relief » en italien (passé dans la langue
anglaise).

Page 104.

7. *Tout ensemble :* ainsi écrit en français dans le texte original. Poe
aime cette formule qu'il utilise souvent (voir *Le Duc de l'Omelette,*
p. 80).

Page 113.

8. « L'esprit est souffle » (ou « flûte » : l' « aulos » est la flûte de Pan).

9. « L'esprit est lumière. » Il peut s'agir d'une blague classique d'étudiants en grec, comme il en existe de nombreux autres exemples.

Page 116.

10. *Naevius, Andronicus, Plaute, Térence :* dramaturges latins. *Nason :* Ovide dont le nom était Publius Ovidius Naso. *Quintus Flaccus :* Horace, dont le nom était Quintus Horatius Flaccus. A la phrase suivante il est fait allusion à un *seculare.* Horace composa un *chant séculaire* pour les jeux de 17 av. J.-C.

11. *Quirite :* le citoyen romain.

12. *Nil admirari :* ne rien admirer (l'expression est d'Horace, *Épîtres,* I,6).

Page 117.

13. *Assa foetida :* résine d'odeur très désagréable utilisée en médecine comme antispasmodique.

Page 118.

14. *Vivente corpore :* « le corps vivant » ou « du vivant du corps ».

15. *Machi — Maza — Robesp — :* on reconnaît Machiavel, Mazarin et Robespierre.

16. La note qui désigne Voltaire est de Poe.

LE RENDEZ-VOUS

« *The Assignation.* » Premières publications sous le titre « *The Visionary* » (Le Visionnaire) : *Godey's Lady's Book,* janvier 1834 ; *Southern Literary Messenger,* juillet 1835 ; *Tales of the Grotesque and Arabesque,* 1840. Avec le titre définitif : *Broadway Journal,* 7 juin 1845.

Page 121.

1. *Henry King* (1592-1669), homme d'Eglise et poète métaphysicien britannique.

Page 122.

2. L'usage que fait Poe de la topographie vénitienne est quelque peu fantaisiste. S'il existe bien au Palais des Doges, cinq portes d'eau donnant sur le rio di Palazzo, il n'y a dans cette aile, en dehors des appartements monumentaux du Doge, aucun « boudoir ».

Page 123.

3. *Mentoni :* Poe s'inspire ici des amours entre Byron et la comtesse Guiccioli.

4. On retrouve là les images exactes du poème *A Hélène* (« hyacinth hair », « classic face », « statue-like »). Hélène n'est autre que Jane Stanard, la mère d'un des camarades de Poe à Richmond et « le premier amour idéal et pur de mon âme passionnée d'adolescent » (correspondance). C'est à l'époque de cet amour que Poe accomplit ses exploits de nageur.

5. *Niobé :* la légendaire reine de Phrygie dont tous les enfants furent tués par Apollon et Artémis. Poe évoque sans doute le marbre de Florence dont il a pu voir une gravure.

Page 124.

6. Autre invraisemblance. L'étroitesse des corniches et l'épaisseur des grilles de fer empêcheraient quiconque de se tenir au bord de ces fenêtres, en admettant même qu'on puisse parvenir à y grimper.

7. Cette gloire européenne est évidemment celle de Byron. Byron était un excellent nageur et il avait accompli quelques exploits comme la traversée de l'Hellespont. Poe prétendait qu'il était prêt, lui-même, à traverser la Manche à Douvres.

Page 127.

8. Le portrait est bien entendu celui de Byron jeune mais on y retrouve certains traits d'Edgar Poe : le front très large, le teint pâle et les cheveux noirs. L'image de l'empereur Commode, comme plus haut celle de la Niobé, est particulièrement bien venue : Commode (161-192), fils de Marc-Aurèle, sombra peu à peu dans la folie mystique et ses prodigalités devinrent légendaires. Il mourut jeune, étranglé dans son bain. Le buste de marbre du musée du Capitole le représente barbu, très frisé, la bouche molle et les paupières un peu tombantes.

Page 128.

9. L'ameublement luxueux contraste avec l'élégance assez pauvre dans laquelle vécut en réalité Byron à Venise dans un des palais Mocenigo (situé en effet sur le Grand Canal, non loin du Rialto). On peut comparer le décor ici décrit avec celui du diable dans *Le Duc de l'Omelette* et se reporter à la *Philosophie de l'ameublement* où Poe évoque la décoration intérieure. Les mêmes éléments se retrouvent dans *Ligeia* et dans *Le Masque de la mort rouge.*

Page 129.

10. *Thomas More* (1478-1535), humaniste catholique, auteur de *L'Utopie.* Il fut ambassadeur et chancelier du royaume. Il s'opposa à Henri VIII qui le fit décapiter. Inutile de préciser qu'il n'est pas mort

en riant. Il est cité ici par jeu parce que tous les renseignements que Poe utilise dans cette nouvelle proviennent de l'édition des journaux et correspondances de Byron par son ami et confident le poète *Thomas Moore*, dont Poe appréciait les *Irish Melodies* (qu'il cite en particulier dans *Perte de souffle*, cf. ci-dessus, p. 82 et n. 3) et surtout les contes orientaux (*Lallah Rookh*, 1817) qui eurent une énorme influence sur lui. En fait Moore brûla une bonne partie du journal intime et ne publia qu'un mélange *Letters and Journals of Lord Byron* (1830) dont, évidemment, Poe se reput.

11. *Ravisius Textor* : nom latinisé de Jean Tixier de Ravisi (1480-1524), érudit et compilateur de la Renaissance.

12. ΓΕΛΑΣΜΑ : « au rire » ou « le rire ». Poe a pu s'inspirer de la célèbre formule d'Eschyle : « Et le rire innombrable des vagues de la mer » (*Prométhée enchaîné*, 89).

Page 131.

13. Tout le passage est très directement inspiré d'une lettre de Byron publiée dans le recueil de Moore (voir note 10). Datée de Foligno le 26 avril 1817, c'est la description de la visite que fait Byron à Florence. Thomas Moore dans ses souvenirs sur Byron compare lui-même le visage du poète anglais à celui de l'Apollon du Belvédère.

14. « Le meilleur artiste ne peut rien concevoir que le marbre lui-même ne porte déjà inscrit. » L'idée est en effet déjà chez Platon.

Page 132.

15. *Politien* : Angelo Poliziano (1454-1494) raconte dans sa *Favola d'Orfeo* (Fable d'Orphée) la descente aux enfers et la mort d'Orphée. Comme le troisième acte ne contient que quelques vers, cette mention d'un passage « situé vers la fin » et « teinté d'impureté » est encore une farce de l'auteur. Poe a laissé inachevée une pièce de théâtre dont le titre est *Politien* et qui s'inspirait d'un fait divers criminel contemporain, et c'est peut-être à sa propre pièce qu'il fait allusion.

16. Ce passage est inspiré par un épisode bien antérieur de la vie de Byron rapporté par Moore (voir préface, p. 28).

Page 133

17. Le poème est repris par Poe, sous le titre *To one of paradise* dans son recueil de poésies *The Raven and other poems* (1845). Mais entre 1834 et 1845, il le publie à plusieurs reprises dans divers journaux. Dans la version indépendante, la dernière strophe, qui faisait trop directement allusion à l'intrigue de ce conte, a été supprimée ; et les « italian streams » de l'avant-dernière strophe — devenue donc la dernière — ont été transformés en « eternal streams »

Page 134.

18. George *Chapman* (1559-1634) : dramaturge britannique ami de Marlowe et rival de Shakespeare.

Page 135.

19. Encore une allusion à la vie de Byron (voir préface).

Page 136.

20. Les deux verbes qu'emploie Poe pour décrire le dernier instant de vie de son personnage sont « erect » et « ejaculate » (voir préface, p. 58).

21. Aucun poison, bien sûr, n'a le pouvoir de craqueler ni de noircir un gobelet de verre !

MYSTIFICATION

« *Mystification.* » Première publication : *American Monthly Magazine*, IX, juin 1837, sous le titre « *Von Jung, the Mystific* ». Puis : *Tales of the Grotesque and Arabesque*, 1840, sous le titre « *Von Jung* ». Avec le titre définitif : *Broadway Journal*, 27 décembre 1845. Nous nous basons sur la version de 1845, allégée par Poe (qui supprime l'énumération des événements burlesques survenus à G—n, une bonne partie du portrait de Ritzner et une longue description du personnage d'Hermann) Voir préface, p. 23 et 46.

Page 137.

1. *Ned Knowles* pourrait être le dramaturge irlandais James Sheridan Knowles, auteur de *The Hunchback* (« Le Bossu », 1832) que Poe cite plusieurs fois. Mais la phrase est aussi une réplique de *Chacun dans son caractère* de Ben Jonson (1572-1637) et le personnage qui la prononce se nomme Edward Knowell (acte IV, scène 5).

2. *Grotesquerie :* en français dans le texte. Poe a peut-être forgé ce néologisme, à moins qu'il ne l'ait trouvé chez quelque auteur français du XVIIIe siècle. De même, dans *Double assassinat dans la rue Morgue*, on trouve « d'une *grotesquerie* dans l'horrible absolument étrangère à l'humanité ».

3 *Tieck :* l'auteur romantique allemand Ludwig Tieck (1773-1853), une des sources de Poe en matière de fantastique et de burlesque. Tieck est cité dans *La Chute de la maison Usher.*

4. *G—n :* il s'agit bien entendu de l'université de Göttingen qui jouissait d'une grande réputation auprès des élites américaines à l'époque. Plusieurs transcendantalistes y avaient séjourné. L'université était autant fameuse pour sa tradition de duels entre étudiants

(qui devaient y arborer maintes cicatrices) que pour ses enseignements de haut niveau en philosophie et en sciences. Georg-Christoph Lichtenberg y avait enseigné de 1763 à sa mort en 1799. A l'époque de Poe, Karl-Friedrich Gauss, calculateur prodige puis savant de renom mondial, y enseignait, et ses exploits n'avaient pu échapper à Poe. Pedro, le personnage du *Marché manqué*, première version de *Bon-Bon*, a fait une partie de ses études à Göttingen. Il est par ailleurs évident que l'université peinte ici par Poe est inspirée par l'Académie de West Point où il fut cadet et où il mena une vie dissipée.

Page 138.

5 On retrouve une fois encore le front haut d'Edgar Poe lui-même, forme qu'il admirait aussi chez Byron (voir *Le Rendez-vous*, note 8).

Page 139.

6. *Art mystifique :* en français dans le texte. L'édition Harrison donne « art mystique » mais le titre original de ce conte était « *Von Jung, the Mystific* ». Le néologisme « mystific », qui a peut-être été forgé par Edgar Poe lui-même, n'a survécu ni en anglais ni en français.

Page 141.

7. *Fanfaronnade :* en français dans le texte.

8. Ce passage traduit bien le rapport ambigu de Poe à Coleridge, à la fois grand inspirateur et repoussoir.

Page 142.

9. *Tapis :* en français dans le texte.

Page 144.

10. Tous ces auteurs cités par Poe sont authentiques. André Favyn écrivain héraldiste, est l'auteur du *Théâtre de l'honneur et de la chevalerie* (1620). Vital d'Audiguier (1569-1624), traducteur de Cervantès, est l'auteur du traité *Le Vray et Ancien Usage des duels confirmé par l'exemple des illustres combats et deffys qui se soient faits en la chrétienté* (Paris, 1617). Brantôme (1540-1614), outre ses fameuses *Dames galantes*, est l'auteur, parmi beaucoup d'autres ouvrages ou libelles, d'un *Discours sur les duels*. Quant à François Hédelin, il s'agit de l'abbé d'Aubignac (1604-1676), critique et auteur dramatique ; il est l'auteur d'un discours sur l'éloquence et de divers essais sur Corneille et Richelieu ; Poe l'évoque par ailleurs dans ses *Pinakidia* (*Œuvres complètes*, XIV, 44) comme un de ceux qui mettaient en doute l'existence d'Homère, prétendant que l'*Iliade* était composée de bribes de tragédies, de chansons populaires et de tirades de bateleurs de provenances variées, « à la manière des chansons du Pont-Neuf » (voir aussi la note 3 de *Ne pariez jamais votre tête au diable*).

11. « Dans le choix de mes livres, écrit Poe dans l'introduction à ses *Marginalia*, j'ai toujours recherché de grandes marges... » On sait qu'il a élevé la note en marge à la hauteur d'un genre littéraire à part entière. *Derôme :* famille de relieurs français du XVIIIᵉ siècle.

12. Loi écrite et non écrite sur le duel et autres.

Page 145.

13. Offenses par application, par construction et en elles-mêmes.

Page 147.

14. Guillaume de Salluste *Du Bartas* (1544-1590) : ce huguenot ami d'Henri IV fut un poète fécond, le plus célèbre de son temps avec Ronsard. Le divertissement linguistique ne fut pas à proprement parler la principale activité de Du Bartas, mais les poètes de son entourage se livrèrent à toutes sortes de jeux poétiques et rhétoriques : vers amphigouriques, macaroniques ou onomatopéïques, rébus, devises, lipogrammes (disparition d'une ou plusieurs lettres), vers rapportés (qui se lisent aussi bien horizontalement que verticalement), poèmes en forme d'objets, calligrammes, etc. Poe le cite plusieurs fois dans ses essais et critiques.

COMMENT ÉCRIRE UN ARTICLE A LA BLACKWOOD

« *How to write a Blackwood article.* » Première publication : *The American Museum*, novembre 1838, sous le titre « *The Psyche Zenobia* ». Puis : *Tales of the Grotesque and Arabesque*, 1840, sous le titre « *The Signora Zenobia* ». Avec le titre définitif : *Broadway Journal*, 12 juillet 1845.

Page 149.

1. Emprunté aux *Rejected Addresses* (1812) des frères James et Horace Smith : c'est le fantôme du Dr Johnson qui est supposé parler là.

2. *Suky* rappelle « sucky » : bonbon, suçon ou sucer ; et aussi « suck-in » : duperie, farce.

3. La psyché est une espèce courante de papillons.

4. *Agraffas* et *auriculas :* peut-être des pièces de vêtements. Nous n'en avons trouvé nulle trace dans les textes de l'époque.

5. *Navet :* « Turnip ». Il est fait allusion au dicton « There is no getting blood of a turnip » (« on ne peut tirer de sang d'un navet »).

Page 150.

6. *Zénobie* : la reine de Palmyre à la beauté légendaire (IIIe siècle ap. J.-C.).

7. *Moneypenny* : littéralement « argentsous » mais le nom est répandu en tant que tel.

8. *Un Grec* : allusion au mot de Shelley : on se demandait devant lui comment Keats, qui ne connaissait pas le grec, avait pu écrire *Hyperion* ; Shelley, qui n'était pas de tempérament jaloux, répondit : « Because he was a Greek » (« Parce que c'était un Grec »). Sur Keats, voir la note 2 du *Duc de l'Omelette*.

9. *Philadelphien*, etc. : le texte anglais donne : « Philadelphia, Regular, Exchange, Tea, Total, Young, Belles, Lettres, Universal, Experimental, Bibliographical, Association, To, Civilize Humanity » (Philadelphie, Régulier, Echange, Thé, Total, Jeune, Belles, Lettres, Universelles, Expérimentales, Bibliographiques, Association, Pour, Civiliser, l'Humanité) dont les initiales donnent PRETTY BLUE BATCH (« joli ruban bleu »). Nous avons tenté de conserver le plus possible de mots et d'initiales dans la traduction.

10. En fait la « R.S.A. » : « Royal Society of Arts ».

11. En fait la « S.D.U.K. » « Society for the Diffusion of Useful Knowledge » (société pour la diffusion du savoir utile) qui peut se lire en effet « S. Duck » (S. Canard).

12. *Lord Brougham* : Lord Henry Peter Brougham and Vaux (1778-1868), avocat, devint Lord-chancelier en 1830. C'est lui qui fonda la S.D.U.K. (voir note 36 de *La Vie littéraire de M. Machin Truc*).

Page 151.

13. Poe emploie « whipped syllabub », une sorte de crème fouettée.

14. Jeu de mots intraduisible sur « cant » (jargon) et Kant, le philosophe. Poe y revient souvent (voir *Mellonta tauta* notamment, p. 409 et note 20).

15. Le *Blackwood's Magazine* fondé en 1817 à Édimbourg par William Blackwood (1776-1834), l'éditeur de Walter Scott. Il publia Hogg, Scott, et De Quincey. Poe prend pour cible le magazine mais il est évident qu'il le lisait à fond.

Page 152.

16. Le *Times* et l'*Examiner*, deux des grands journaux londoniens à l'époque.

17. *Bizarreries* : en français dans le texte.

Page 153.

18. Poe évoque ici *The Buried alive* (L'Enterré vivant) publié dans le *Blackwood* (octobre 1821) et dont il s'inspirera pour son *Enterrement prématuré*.

19. L'ouvrage de Thomas De Quincey parut dans le *London Magazine* en 1821, puis sous forme de livre l'année suivante.

20. L'article a bien paru dans le *Blackwood* (octobre 1837).

Page 154.

21. Série d'articles du *Blackwood* en 1830.

22. *The Man in the bell* (*Blackwood*, 1821) a sans doute inspiré *Le Diable dans le beffroi*.

23. Cette situation évoque celle des cadavres dans *Double assassinat dans la rue Morgue*.

Page 155.

24. *Pilules Brandreth* : des pilules laxatives répandues à l'époque et commercialisées par un certain Joseph Brandreth. Poe le cite dans *Petite discussion avec une momie*.

Page 156.

25. *Critique de la raison pure* (1781) et *Fondements métaphysiques de la science naturelle* (1786) de Kant.

26. Le *Cadran* (*Dial*), le journal des transcendantalistes fondé en 1840 et que dirigea Emerson. Dans la première version du conte, Poe avait écrit là « *Les Souffrances du jeune Werther* ».

27. Le poète américain William Ellery *Channing* dont les *Poems* paraîtront à sa mort en 1842 et dont Poe fera un compte rendu l'année suivante.

Page 157.

28. *Bel-esprit-isme* : Poe l'écrit en l'anglicisant, si l'on peut dire, « bel-esprit-ism ».

Page 158.

29. Poe appliquera lui-même les conseils de M. Blackwood dans *Le Mille Deuxième Conte de Schéhérazade* où il cite l'Epidendron (voir p. 386 et note 14).

30. Une traduction de ce roman chinois avait paru à Londres en 1827.

31. Les *Chickasaw* sont une tribu indienne américaine.

32. La tragédie de Voltaire (1732) qui met en scène la chrétienne Zaïre esclave d'Orosmane sultan de Jérusalem et amoureuse de lui. La citation est en français dans le texte.

Page 159.

33. Ces vers, qui sont en effet cités dans *Don Quichotte* (II, 38), sont sans doute un emprunt de Cervantès.

34. Ces deux vers ne sont pas de Schiller mais de Goethe (« Das Veilchen »).

Page 160.

35. *En mosaïques :* en français dans le texte.

36. Ici Poe attribue à « Lucan », c'est-à-dire Lucain, Marcus Annaeus Lucanus, le poète latin ami de Néron, ce qui appartient à « Lucian », c'est-à-dire Lucien, l'auteur grec des *Lexiphanes* (d'où provient l'expression « anemonaï logon » : des paroles venteuses).

37. La phrase n'est pas de Démosthène : c'est une citation de Ménandre par Aulu-Gelle, que Francis Bacon attribua à Démosthène, que Samuel Butler intégra joliment dans son *Hudibras* (« For he that flies may fight again/Which he can never do that's slain ») et qui est le thème central de l'*Horace* de Corneille !

Page 161.

38. *Cinquante guinées :* plus de cinquante-deux livres sterling, c'est-à-dire une somme très importante et hors de proportion avec ce qui était réellement payé à l'époque pour une page.

UNE SITUATION DIFFICILE

« *A Predicament.* » Première publication : *The American Museum,* novembre 1838, sous le titre « *The Scythe of Time* » (La Faux du Temps). Puis : *Tales of the Grotesque and Arabesque,* 1840 (titre inchangé). Avec le titre définitif : *Broadway Journal,* 12 juillet 1845

Page 163.

1. Citation du *Comus* de Milton (1634).
2. *Edina :* le nom latin d'Édimbourg.

Page 164.

3. *Jo-Ki-Va :* le titre détourné du roman chinois (en anglais *Jo-Go-Slow*) cité par M. Blackwood dans la nouvelle précédente. Tous les exemples vont ainsi être déformés de façon burlesque : les trois muses, le fleuve Alphée, l'Iris, l'Epidendron, la tendre Zaïre, l'*ignoratio elenchi,* l'*insomnia Jovis,* la citation de Cervantès, celle de l'Arioste, celle attribuée à Démosthène et enfin celle attribuée à Schiller.

Page 167.

4. *Faux pas :* « false steps ». Le mot « step » veut dire aussi bien « pas » que « marche ».

Page 168.

5. Littéralement « happydandy Flos Aeris » (le joyeux dandy Flos Aeris).

6. Le « diamètre » d'un carré traduit la bêtise du personnage.

7. L'orthographe aussi est déformée par Psyché Zénobie.

Page 170.

8. Transcriptions approximatives en français. L'héroïne écrit « ignoramus e-clench-eye » (littéralement : un ignorant aux yeux crispés), « insommary Bovis » et « an enemy werrybor'en » (littéralement « un ennemi très ennuyeux »).

Page 171.

9. *Dr Ollapod :* Poe changea ce nom en Dr Morphine dans ses *Tales* de 1840, puis le rétablit dans le *Broadway Journal* de 1845. Ollapod était un personnage de la pièce à succès *The Poor Gentleman* du britannique George Colman. Le rôle fut interprété à partir de 1834 par William Burton, le propriétaire du magazine qui portait son nom et qui employa Poe. Par ailleurs Lewis Gaylord Clark avec qui Poe eut une querelle fameuse signait du pseudonyme d'Ollapod ses articles du *Knickerbocker Magazine.* Le personnage de la pièce égrène des phrases longues et ennuyeuses sur des choses inconsistantes. Le nom est manifestement dérivé de « ollapodrida », sorte de ragoût espagnol.

Page 172.

10. *Vanny Buren* est une claire allusion à Martin Van Buren (1782-1862), successeur de Jackson à la présidence des Etats-Unis (1837-1841).

Page 174.

11. Transcription de « Andrew O'Phlegethon, you really make haste to fly. »

L'HOMME QUI ÉTAIT USÉ

« *The Man that was used up.* » Première publication : *Burton's Gentleman's Magazine,* août 1839. Puis : *Tales of the Grotesque and Arabesque,* 1840 ; *The Prose Romances of Edgar Allan Poe,* 1843 ; *New Mirror,* 9 septembre 1843 ; *Broadway Journal,* 9 août 1845. Voir préface, p. 37, 46 et 52.

Page 176.

1. Le titre *The Man that was used up* peut signifier à la fois
« L'Homme qui était usé », « L'Homme qui était fini », « L'Homme
qui était épuisé, exténué, à bout », « L'Homme dont il ne restait rien ».
Le contexte ferait plutôt pencher vers ce dernier sens, mais l'ambiguïté
n'est levée qu'à la fin de l'histoire. C'est pourquoi nous conservons ce
titre assez neutre.

2. *Les Kickapous* sont une tribu indienne qui vivait près des marais
de Floride. Il reste aujourd'hui quelques Kickapous dans les bidonvil-
les de la frontière du Texas, près du Rio Grande. Poe cite ces Indiens
dans la *Philosophie de l'ameublement* et dans ses *Marginalia*, notamment. Comme on le comprendra par la suite, les Kickapous scalpaient
leurs prisonniers. *Bugaboo* est une déformation de « Bagaboo »,
croque-mitaine.

3. *John A. B. C. Smith :* le personnage peut avoir été inspiré par deux
généraux contemporains de Poe : le général Winfield Scott qui com-
battit les Winnebagos, les Sioux, les Séminoles et plus tard les
Mexicains, et qui devait se présenter en vain à la présidence des Etats-
Unis en 1852 ; et le général William Henry Harrison, vainqueur du chef
indien Tecumseh à Tippecanoe (1811). Harrison se présenta à l'élection présidentielle de 1840 pour le parti whig contre John Tyler avec le
slogan « Tippecanoe and Tyler too! » (« Tippecanoe et Tyler aussi! »)
dont le sous-titre de la nouvelle est peut-être une parodie. Harrison fut
bien élu neuvième président des Etats-Unis. Mais il devait mourir à
peine un mois plus tard et Tyler, qui était vice-président, le remplaça
donc.

Page 177.

4. *Air distingué :* en français dans le texte, de même que plus loin : *je
ne sais quoi, hauteur, tête-à-tête, soirée, vis-à-vis, par excellence, pas de
zéphyr, la même chose.*

Page 178.

5. *Raisons ou mûres :* allusion à une phrase du dialogue entre
Falstaff et le prince Henry dans *Henry IV* de Shakespeare (II, IV) :
« Give you a reason on compulsion! If reasons were as plentiful as
blackberries, I would give no man a reason upon compulsion, I! »
(« Vous donner une raison par contrainte! Quand bien même les
raisons seraient aussi abondantes que les mûres, je n'en donnerais à
personne par contrainte, moi! ») L'effet comique est renforcé par le
fait que « reasons » et « raisins » (raisins) se prononcent de façon très
proche.

Page 179.

6. Le Général égrène mécaniquement quatre formules de politesse
équivalentes.

Page 180.

7. *Utile :* le Général emploie le mot « useful » (utile) qui a la même racine que le mot « used » (usé) du titre.

Page 181.

8. *Quorum pars magna fuit :* que pour une grande part il a vécu. La phrase provient de l'*Énéide* (II, 6) où elle est dite à la première personne.

9. *Horresco referens :* « Je tremble en le racontant », la fameuse phrase de Virgile (*Énéide*, II, 204) où elle est dite à la première personne.

10. *Drummummupp :* « to drum up », racoler, battre le tambour. Le mot est écrit comme une onomatopée évoquant un roulement de tambour. *Tabitha T. :* peut-être Tabitha Turnip (« navet ») : voir la note 5 de *Comment écrire un article à la Blackwood*.

Page 182.

11. En anglais « Man that is born of a woman... » On reconnaît la fameuse invocation du livre de Job, mais telle qu'elle a été réutilisée et arrangée dans le rituel funéraire du *Book of common prayer* anglican.

12. *Cognoscenti :* nom d'inspiration latine (« connaissant »). *Culminant :* en anglais « climax ».

Page 183.

13. Le jeu de mots est ici intraduisible. On vient de dire « he's the man » — et l'acteur enchaîne — « mandragora ». Chaque fois que le narrateur pose une question à propos du Général, on lui répond « he's the man » (« c'est l'homme ») et quelqu'un interrompt en reprenant le mot « man » (homme) au vol et en se servant de cette syllabe comme « embrayeur » d'un autre mot, d'une locution ou d'un nom propre. Il en a déjà été ainsi avec les paroles du Général lui-même (« ... man — man alive » : l'homme en personne, mais l'expression est une formule de politesse qui signifie « Ça, par exemple ! »). Puis il y a eu « man that is born of woman, mandragora ». Et il va y avoir « Captain Mann, Man-Fred, Man-Friday ». Les dialogues se terminent avec « man in the mask » et « man in the moon » jusqu'à ce que le narrateur aille voir de lui-même « the man — that was used up ».

14. Shakespeare, *Othello*, III, III.

15. *Mme Latout :* Mrs. O'Trump (« trump » : atout aux cartes mais aussi trompe). *M. Cancan :* Mr. Tattle. *Capitaine Lhomme :* Captain Mann.

Page 185.

16. Le jeu de mots ici, à la différence des autres variations sur *man* est rigoureusement intraduisible. Mme Pirouette a dit « man », Mlle Bas-Bleu reprend « Manfred », nom du personnage de Byron, et

dit qu'il ne faut pas le confondre avec « Man-Friday », c'est-à-dire Vendredi, le personnage du *Robinson Crusoe* de Defoe. Excédé le narrateur finira par attribuer « Man-Friday » à Byron.

17. *Sinivate* : prononciation cockney de « insinuate », « insinuer ».

Page 186.

18. *L'homme au masque de fer* : « the man in the mask ». L'énigme historique du masque de fer était aussi populaire dans les pays anglo-saxons qu'en France.

19. *L'homme dans la lune* : allusion à un dicton « I know no more than the man in the moon about it » : je n'en sais pas plus que l'homme dans la lune. Peut-être aussi une allusion à *The Man in the moon*, récit utopique de Francis Godwin (1638).

20. Echo du proverbe : « Promises and pie-crusts are made to be broken » (les promesses et les croûtes de pâté sont faites pour être brisées).

Page 187.

21. Thomas, Bishop et Pettitt étaient de véritables artisans américains de l'époque qui fabriquaient des membres artificiels.

Page 188.

22. *Perruque* : wig. Allusion au parti whig.

L'HOMME D'AFFAIRES

« *The Business Man.* » Première publication sous le titre « *Peter Pendulum, The Business Man* », *Burton's Gentleman's Magazine*, février 1840. Avec le titre définitif : *Broadway Journal*, 2 août 1845.

Page 190.

1. *Outré* : en français dans le texte.

Page 191.

2. *Organe d'ordre* : Poe se moque ici de la phrénologie, encore très à la mode à cette époque.

Page 193.

3. *Par le tailleur* : la phrase anglaise — « all of him that was not made by the tailor » — contient en écho le proverbe « Le tailleur fait l'homme » (« Tailor makes the man »). Chacun des huit épisodes de l'histoire est une sorte d'illustration d'un proverbe.

Page 194.

4. *Coupez et Revenez :* « Cut and Comeagain. » *Pierre Profit :* « Peter Proffit. » Dans la première version le héros se nommait « Peter Pendulum », nom que Poe a peut-être emprunté à un personnage des scènes de Joseph Dennie publiées dans le *Farmer's Museum* vers 1795. Profit est une parodie du « héros yankee » à la mode dans la littérature américaine populaire de l'époque.

5. *106 à l'ombre :* un peu plus de 41° centigrades.

Page 195.

6. *Les agressions oculaires :* « Eye-Sore. »

Page 196.

7. *L'affaire des Coups et Blessures :* « Assault and Battery business. » L'affaire est basée sur le dicton que Poe cite plus loin : « L'argent n'est rien comparé à la santé. »

Page 197.

8. *Crac, Bourru, Sac :* « Snap », « Gruff », « Bag ».

Page 198.

9. *L'Eclaboussure de boue :* « Mud-Dabbling ».

Page 199.

10. La forme proverbiale détournée dans cet épisode est « The first blow is half the battle » : « Le premier coup en vaut deux » ou « ... est bataille à moitié gagnée ».

11. *Les fraudes des banques :* les faillites bancaires étaient fréquentes à l'époque. Poe en fut victime en 1840 juste au moment où il établissait son projet de *Penn Magazine.* Le conte date de cette même année.

12. *Les Eclaboussures de chien :* « Cur-Spattering. »

Page 200.

13. Allusion aux phrases que prononce Shylock dans *Le Marchand de Venise :* « Est-ce qu'un chien a de l'argent ? Est-il possible qu'un limier puisse prêter trois mille ducats ? » (I, III). « Hath a dog money ? » est devenu proverbial.

14. L'écorce à tan et le marteau de porte enveloppé dans une peau de daim sont les signes indiquant que quelqu'un est malade dans la maison. Le tanin, outre ses propriétés utilisées pour la tannerie ou la vinification, est un astringent anti-diarrhéique et un excellent anti-poison.

15. Evidemment, cet épisode illustre le proverbe : « Le silence est d'or. »

Page count:512

Page 201.

16. *La Fausse Poste :* « Sham-Post . » Un épisode vrai rapporté par le *Saturday Evening Post* (12 novembre 1842) a sans doute inspiré Poe qui a ainsi amplifié la première version de son conte. Ce genre de fraude était facilité par le fait que le port des lettres était acquitté par le destinataire.

17. *Botany Bay :* le lieu en Australie où les Anglais installèrent leur colonie de déportation.

18. Les lettres urgentes étaient payées au tarif double.

19. *L'élevage de chats :* « Cat-Growing. »

Page 202.

20. La phrase originale dit « nem. con. » abréviation de l'expression latine *nemine contradicente :* personne ne portant la contradiction.

21. *Les huîtres et la soupe de tortue* figuraient parmi les mets raffinés à l'époque.

22. *L'huile de Macassar* était une sorte de brillantine très populaire.

POURQUOI LE PETIT FRANÇAIS
PORTE LA MAIN EN ÉCHARPE

« *Why the little Frenchman wears his hand in a sling.* » La première publication a vraisemblablement eu lieu entre 1837 et 1839 dans un périodique qui n'a pas été retrouvé. Repris ensuite dans : *Tales of the Grotesque and Arabesque* 1840 ; *Broadway Journal*, 6 septembre 1845.

Page 203.

1. Tout ce conte est écrit dans une orthographe particulière qui caricature l'accent irlandais et le mélange de paysannerie et de préciosité du personnage : on ne peut évidemment en donner aucun équivalent satisfaisant en français pas plus qu'on ne peut rendre tous les mots approximatifs ou les mots improprement employés. Par contre la syntaxe lourde et pompeuse peut en partie être respectée ainsi qu'un bon nombre de pataquès. D'ailleurs tout le conte semble écrit pour illustrer le thème de l' « Irish bull » (coq-à-l'âne, pataquès, niaiserie) : « clin d'œil des deux yeux », « noyé à mort », « le plus veinard mortel vivant », « déraisonnablement fou », etc. Ecrit au moment où la question irlandaise était à l'ordre du jour (élection triomphale de Daniel O'Connell en mai 1828, Acte d'Emancipation des catholiques en avril 1829, émeutes contre la dîme en 1831, O'Connell

lord-maire en 1841), ce conte est aussi une parodie des romans populaires irlandais de Lady Morgan (voir notes 5 et 6 du *Club de l'In-Folio*).

2. *Baronnet :* titre de chevalerie britannique décerné directement par le roi.

3. L'adresse du personnage à Londres est justement celle d'une des demeures où John Allan, le père adoptif d'Edgar Poe, vécut un temps avec sa famille. Le propriétaire en était un Français.

4. Les marécages ou les tourbières de l'Irlande, bien entendu. « Bog-trotter », le « trotte-marais » dont le texte parle à plusieurs reprises, est le surnom traditionnel de l'Irlandais.

5. « Brisky », c'est-à-dire briska. Le mot n'étant plus beaucoup usité, nous utilisons calèche. Brisky veut dire aussi « fringant ».

Page 204.

6. « Mrs. Tracle », ou « treacle », mélasse.

7. *Connaught :* l'un des cinq royaumes de l'ancienne Irlande. C'est aujourd'hui une province, la plus sauvage, inondée de lacs et de tourbières. Les bannis de Cromwell étaient envoyés « en Connaught ou en enfer ».

8. *Mavourneen :* mon chéri, en irlandais.

Page 205.

9. *Londonderry :* ville de l'Ulster. La pomme de terre était la seule nourriture du paysan irlandais. La Grande Famine de 1845-1849 sera en partie provoquée par la maladie de la pomme de terre.

10. Pataquès entre : « delivery servant », littéralement « valet livreur » et « livery servant », « valet en livrée ».

11. *Lairaisé :* en anglais « Look-aisy », donc aussi Lucchesi. Allusion vraisemblable à un personnage de Baltimore, le maître de musique Frederick Lucchesi. On se souvient qu'il y a un Lucchesi dans *La Barrique d'Amontillado :* c'est le rival de Fortunato.

Page 206.

12. Poe stigmatise ici l'ameublement du salon bourgeois du début du XIXe siècle. Le personnage voit vraisemblablement un piano et une harpe (« harp ») mais il désigne ce dernier instrument par « jews-harp » (guimbarde).

Page 207.

13. « Mounseer Frog » : le surnom des Français mangeurs de gre-nouilles est très ancien.

Page 208.

14. *Un chat de Kilkenny :* une légende irlandaise raconte que deux

chats de Kilkenny se battirent à mort jusqu'à ce qu'il ne restât sur le sol que leurs deux queues. La métaphore, on le voit, s'applique parfaitement à ce récit burlesque et ambigu.

Page 209.

15. « Purraty-trap », ou « praties-trap » : trou à patates, c'est-à-dire la bouche.

16. « Ye little spalpeeny frog of a bog-throtting son of a bloody-noun ! » Désireux de condenser en une seule formule le plus grand nombre d'insultes, l'Irlandais traite la grenouille française de « trotte-marais », c'est-à-dire, paradoxalement, d'Irlandais. Et en essayant de composer un juron avec « bloody » (c'est-à-dire « sanglant » mais par métaphore « sacré », « foutu », « bougre de... »), il ne lui vient que le mot nonne, allusion au fameux fantôme allemand censé hanter les ruines du château de Lauestein en Thuringe et dont la légende servit de base à Matthew G. Lewis pour son roman *Le Moine* (1795). Le succès du plus célèbre des romans noirs fut tel à l'époque romantique qu'il connut les adaptations les plus diverses, le plus souvent sous le titre de *La Nonne sanglante* (parodies, chansons, nouvelle de Charles Nodier en 1822, drame en cinq actes d'Anicet Bourgeois en 1835, opéra de Gounod en 1854, etc.).

NE PARIEZ JAMAIS VOTRE TÊTE AU DIABLE

« *Never bet the Devil your nead. A tale with a moral.* » Première publication sous le titre « *Never bet the Devil your head. A moral tale* », *Graham's Magazine*, septembre 1841. Puis : *Broadway Journal*, 16 août 1845 (la seconde partie du titre prend sa forme définitive).

Page 211.

1. La citation provient des *Cuentos en verso castellano* de Tomas de Las Torres (1828).

2. Les transcendantalistes affirmaient que toute œuvre d'art devrait avoir une morale. C'est une opinion que Poe attaquera dans son *Principe poétique*. Il le fait ici sous une forme burlesque.

3. *Melanchthon :* nom grécisé de l'humaniste allemand Philipp Schwarzerd (1497-1560), élève d'Erasme et ami de Luther. Il a effectivement commenté la *Batrachomyomachia*, poème pseudo-homérique parodique relatant la bataille entre les grenouilles et les souris (Paris, 1542). Pierre La Seine, auteur de *Homeri Nepenthes seu de abolendo lucu* (Lyon, 1624). Jacobus Hugo (XVIIᵉ siècle) de même soutenait qu'Homère avait composé ses poèmes sous influence divine

et prophétisait ainsi l'avenir de la chrétienté. Tous ces exemples, véridiques et correctement rapportés, ont été empruntés par Poe à l'ouvrage scolaire d'Henry Nelson Coleridge, *Introduction to the study of the greek classic poets* (Londres, 1830, Philadelphie, 1831). Poe les avait d'abord utilisés dans ses *Pinakidia* publiés dans le *Southern Literary Messenger* entre avril 1835 et août 1836.

4. *Evenos* : Henry Nelson Coleridge avait écrit *Euenus* et Poe de son côté écrit *Euenis*. L'*Iliade* évoque une « fille d'Evenos » (IX, 557). Peut-être le porcher Eumée dans l'*Odyssée*.

Page 212.

5. *Les Antédiluviens* : The Antediluvians or the world destroyed (1839), un poème narratif en dix livres de James McHenry.

6. *Powhatan* : ouvrage de Seba Smith dont Poe avait fait un compte rendu dans le *Graham's Magazine* deux mois avant d'y publier cette nouvelle.

7. « Cock Robin » : le rouge-gorge, chanson d'enfant. *Le Petit Poucet* : en anglais *Hop O'My Thumb*.

8. Le *Cadran (Dial)*, fondé un an avant la première publication de cette nouvelle, était le journal des transcendantalistes (voir n. 26 de *Comment écrire un article à la Blackwood*).

9. *La Revue du Maine* : littéralement, la *Down-Eastern*, peut-être la *North American Review* (voir n. 8 du *Club de l'In-Folio*).

10. *Traintrain trimestriel de l'Amérique du Nord* : North American Quarterly Humdrum. Sans doute encore la *North American Review* que Poe attaque à plusieurs reprises ailleurs.

11. « Les morts ne doivent souffrir aucune insulte » et « Des morts il ne faut dire que du bien. »

Page 213.

12. *Toby Dammit* : « dammit » est l'équivalent de « sacrebleu ». Toby est aussi un nom de chien. Voir la préface, p. 39-40.

13. Littéralement « He was a sad dog... and a dog's death it was that he died » (« c'était un triste chien... et c'est d'une mort de chien qu'il mourut »).

14. *Les oliviers grecs modernes* : vraisemblablement une allusion à Olivier Twist, abondamment fouetté dans son jeune âge.

Page 214.

15. *Pondu des œufs*. Jeu de mots entre « laid wagers » (proposer un enjeu) et « laid eggs » (pondre des œufs).

Page 215.

16. Samuel *Coleridge, Kant, Carlyle, Emerson* sont pour Poe les étapes progressives vers l'absurde.

Page 218.

17. *Bouffonnerie :* « Merry-Andrewism ». *Idiot :* « Tom-Fool. » Merry Andrew et Tom Fool sont des figures de bouffons.

18. *Tourniquet :* « turnstile ».

19. Thomas *Carlyle* (1795-1881), l'écrivain prophétique auteur du *Sartor Resartus* (*Le Tailleur retaillé*, 1833), s'était converti « par haine du Diable, non par amour de Dieu ». C'est sans doute ce qui lui vaut de figurer à côté des transcendantalistes, dont il partageait d'ailleurs certaines vues. Poe l'attaque violemment dans ses *Marginalia*.

Page 219.

20. Ce diable a la silhouette d'un ecclésiastique comme celui de *Bon-Bon*, mais il est plus soigné.

21. *Bah!* « Fudge ! » Mais dans l'argot du journaliste « fudge » désigne aussi « les dernières nouvelles ».

Page 220.

22. *Quoique cela sonnât tout à fait comme un juron :* il s'agit du nom propre Dammit (voir note 12).

23. *Obus de Paixhans :* obus tiré par l'obusier mis au point par un général de Napoléon, Henri-Joseph Paixhans.

24. *Poètes et poésie d'Amérique :* Poets and poetry of America, l'énorme in-octavo publié en 1842 par Rufus W. Griswold qui sera pour Poe l'exécuteur littéraire félon que l'on sait. Dans la première édition de ce conte paru avant l'ouvrage de Griswold, on lisait : « Les poésies épiques du Dr McHenry. »

Page 222.

25. Il s'agit de William W. *Lord* dont Poe critique les poèmes dans le *Broadway Journal* du 24 mai 1845.

Page 223.

26. *Privé de sa tête :* Dammit le transcendantaliste perd la tête en essayant de transcender la réalité matérielle du tourniquet.

27. *Barre à senestre :* « bar sinister ». Formule d'héraldique, témoignant d'une sorte de bâtardise dans la famille. Mais la formule peut aussi se lire littéralement « barre sinistre ».

LA SEMAINE DES TROIS DIMANCHES

« *Three sundays in a week.* » Première publication : *Saturday Evening Post*, 27 novembre 1841, sous le titre « *A succession of sundays.* » Avec le titre définitif : *Broadway Journal*, 10 mai 1845 ; *The Spirit of the Times*, XV, 14 mai 1845 ; *The Star of Bethleem*, 7 juin 1845.

Page 224.

1. *Rhumagogo :* en anglais « Rumgudgeon ».
2. En français dans le texte.

Page 225.

3. L'oncle dit « Curse you ! » (« Va au diable ! ») et le neveu comprend « of course » (« bien entendu »). Nous traduisons ce quiproquo comique par « Malédiction ! » et « Bénédiction ! ».
4. *Se passe... se fasse :* le jeu de mots a lieu en fait autour de « to come » (venir) et « to go » (aller) : « The wedding shall come off... better wait till it goes on. »

Page 226.

5. *Trois dimanches à la fois dans une même semaine :* l'expression anglaise pour notre « semaine des quatre jeudis » est « two sundays in a week », c'est-à-dire « semaine des deux dimanches ». L'oncle (et Edgar Poe par la même occasion) fait de la surenchère...

Page 227.

6. *Casimir Perier* (1777-1832) : banquier, député, il fut président du Conseil puis ministre de l'Intérieur après la révolution de 1830. Il était réputé pour son « bon sens » bourgeois.
7. *Poeta nascitur non fit :* on naît poète, on ne le devient pas. L'oncle prononce la phrase en l'arrangeant : « a nasty poet for nothing fit ». La phrase est proverbiale et latine mais elle n'est pas d'Horace.
8. *Docteur Diplomendroit :* dans le texte anglais « Doctor Dubble L. Dee », c'est-à-dire « Double L D ». Le L.L.D., c'est le « Doctor of Laws ».
9. *Charlatanerie :* « quack physics ».
10. *Samuel Horsley* (1733-1806) : homme d'église et prédicateur britannique.

Page 228.

11. *Etire leur lente longueur.* La belle allitération anglaise qu'on peut retrouver heureusement en français vient d'un vers fameux des *Essays on criticism* où Alexander Pope évoque un alexandrin inutile « That, like a wounded snake, drags its slow length along » (« qui, tel un serpent blessé, étire sa lente longueur »).
12. *Messieurs Ude et Carême :* les cuisiniers français très célèbres à l'époque. La *pièce de résistance* (en français dans le texte) en prend un ton burlesque.
13. *Assurément ce n'était pas son faible :* en français dans le texte.

Page 229.

14. *Et id genus omne :* « et toutes sortes ».

Page 231.

15. *C'est un jugement du ciel sur toi... :* « This is a judgement upon you. » C'est la phrase solennelle des puritains : « nous disons couramment qu'un jugement tombe sur un homme pour quelque chose en lui que nous ne pouvons soumettre » (John Selden, 1584-1654).

Page 232.

16. *Nous avons tous raison :* de ce raisonnement impeccable, Jules Verne tirera (en 1873) la chute surprenante du *Tour du monde en 80 jours :* malgré son apparent retard Phileas Fogg gagne son pari parce qu'il a oublié qu'il se décalait d'un jour en partant vers l'est.

DE L'ESCROQUERIE CONSIDÉRÉE
COMME UNE DES SCIENCES EXACTES

« *Diddling considered as one of the exact sciences.* » Première publication sous le titre « *Raising the wind ; or Diddling considered as one of the exact sciences* » (Battre monnaie, ou de l'escroquerie...) *Philadelphia Saturday Courier,* 14 octobre 1843. Puis : *Lloyd's Entertaining Journal,* 4 janvier 1845. Avec le titre définitif : *Broadway Journal,* 13 septembre 1845.

Page 233.

1. Le titre est inspiré de celui de De Quincey *De l'assassinat considéré comme un des beaux-arts* (1827).

2. Comptine fameuse de langue anglaise qui peut se traduire approximativement : « Hé, ding ding don / Le chat et le violon. » Mais « to diddle » veut aussi dire escroquer, duper.

3. *Jeremy Bentham* (1748-1832), le moraliste britannique inventeur du Panoptique, prison modèle, et théoricien du principe d'utilité. Autour de sa revue, la *Westminster Review,* se regroupent les utilitaristes. Poe se moque souvent de lui (voir *Mellonta tauta,* note 24).

4. *John Neal* (1793-1876). L'écrivain américain a collaboré au *Blackwood's Magazine.* Il avait fait connaissance de Bentham au cours d'un séjour en Angleterre.

5. La première version évoquait un personnage, Jeremy Diddler, emprunté à l'Américain James Kenney, auteur de la pièce comique *Raising the wind* (1803).

Page 234.

6. L'épisode du poulet déplumé se trouve dans le *Gorgias* de Platon.

7. « L'homme a été créé pour se lamenter. » La phrase est tirée du poème du même titre de Robert Burns (1759-1796).

8. Le double sens est le même en anglais.

9. *Brobdingnag :* le pays des géants dans les *Voyages de Gulliver* de Jonathan Swift.

10. *Flaccus :* pseudonyme d'un écrivain contemporain de Poe, Thomas Ward (1807-1873).

Page 235.

11. *Ut canis a corio nunquam absterrebitur uncto :* « De même on n'écarte jamais un chien d'un cuir graisseux. » Citation des *Satires* d'Horace.

12. « Il porte la guerre en Afrique. » La formule avait été appliquée par Tite-Live à Scipion qui en 202 avait vaincu Hannibal en Afrique même.

13. *Frey Herren :* « les hommes libres » ? Peut-être s'agit-il d'une allusion aux Francs-juges, les exécuteurs de la Sainte Vehme, le tribunal secret de l'Allemagne médiévale.

14. *Dick Turpin* (1706-1739) : bandit de grand chemin devenu légendaire en Grande-Bretagne. Il est le héros de *Rookwood* (1834), premier grand succès de W. H. Ainsworth (voir note 11 de *C'est toi l'homme*).

15. *Daniel O'Connell* (1775-1847) : le dirigeant irlandais est au sommet de sa popularité lorsque Poe publie sa nouvelle. Voir aussi note 1 de *Pourquoi le petit Français porte sa main en écharpe.*

16. *Charles XII* (1682-1718), le roi de Suède, qui fut un guerrier acharné. Poe le connaît sans doute par la célèbre *Histoire de Charles XII* de Voltaire (1731).

17. *Lady Charlotte Bury* (1775-1861) était une romancière anglaise.

18. *Baïae :* la ville d'eau proche de Naples était réputée pour l'immoralité de ses filles.

Page 236.

19. Les *vieux adages* et les *modernes exemples* viennent d'une phrase de *As you like it* (II, VII) de Shakespeare : « Full of wise saws and modern instances » (Plein de sages dictons et d'exemples familiers). Le mot « modern » dans la langue de Shakespeare signifie banal. Mais Poe le prend dans son sens de « récent », « moderne ».

Page 240.

20. *Réunion religieuse en rase campagne :* les « camp meetings » convoqués par des prédicateurs pouvaient drainer des foules importantes.

21. *Bonne bouche* : en français dans le texte, ainsi qu'*écritoire*.

Page 244.

22. *Par excellence* : en français dans le texte.

Page 245.

23. *Bureaux à six pence* : bureaux diffusant des annonces qu'il faut payer six pence.

Page 246.

24. *Bogs, Hogs, Logs, Frogs et C*^{ie} : Marais, Cochons, Bûches, Grenouilles et Cie. Une série comme Chou, Genou, Hibou... Voir *Ixage d'un paragrab*, note 12, et *C'est toi l'homme*, note 15.

25. *Un « ennemi »*. Le jeu de mots est intraduisible. L'homme est déclaré N.E.I., ce qui se prononce « hen knee high », formule qui peut se traduire par « poule genou haut ».

26. *Non est inventus* : il n'a pas été trouvé.

MATIN SUR LE WISSAHICCON

« *Morning on the Wissahiccon.* » Première publication : *The Opal*, 1844. Non repris par Griswold en 1850 dans *The Works of the late Edgar Allan Poe*. Figure sous le titre *The Elk* (L'Élan) dans l'édition Harrison et dans la plupart des éditions courantes.

Page 248.

1. Les *Catskills* sont une chaîne de montagnes de l'Etat de New York ; Harper's Ferry est situé au confluent du Potomac et du Shenandoah.

Page 249.

2. « By the blue rushing of the arrowy Rhone » : vers tiré du *Childe Harold's Pilgrimage* de Byron (III, 71). L'image du « castellated Rhine » vient du même passage.

Page 250.

`3. Au moment où Poe écrit ce récit, le chemin de fer s'étend rapidement sur les Etats-Unis depuis 1831 (la première voie ferrée est posée justement à Philadelphie) ; et les vapeurs assurent le service de certains fleuves depuis les expériences de Fulton entre 1807 et 1815.

Page 251.

4. Philadelphie est née au confluent du Delaware et du Schuylkill. Le Wissahiccon qui se jetait dans le Schuylkill très loin en dehors de Philadelphie marque maintenant la frontière nord-ouest de la ville. A l'époque de Poe, le ruisseau coulait dans une région sauvage qui n'avait jamais été touchée par la main de l'homme. Cette zone, maintenant Fairmount Park, a été le siège de l'exposition universelle de 1876. On y retrouve quelques fragments bien jardinés du paysage décrit par Poe. L'orthographe moderne du ruisseau est « Wissahickon ».

5. Frances Anne Kemble, dite *Fanny Kemble* (1809-1893) appartenait à une famille d'acteurs britanniques réputés. Elle fit sa première apparition sur la scène de Covent Garden en 1829 dans le rôle de Juliette et devint une grande tragédienne romantique. Elle suivit son père aux Etats-Unis en 1832, y épousa un planteur du Sud, Pierre Butler, dont elle divorça en 1848, pour revenir à la scène. Le livre auquel Poe fait allusion est son *Journal* qu'elle publia en 1835.

Page 252.

6. *Ridge Road*, aujourd'hui Ridge Avenue, est située en plein cœur de Philadelphie et a été prolongée même au-delà de la région décrite par Poe : c'est la grande avenue qui, partant du centre, coupe toute la ville en diagonale et en sort vers le nord-ouest en traversant Fairmount Park.

7. *Liriodendron tulipifera* : le bel arbre que nous appelons en Europe « tulipier de Virginie ». C'est l'arbre fétiche de Poe. Il en fait une description dithyrambique dans *Le Cottage Landor*. Et le lecteur du *Scarabée d'or* se souviendra que c'est sur la septième branche d'un immense tulipier que le pirate Kidd avait cloué son signal, un crâne humain.

8. Allusion au poème de Walter Scott, *The Lay of the last minstrel* :

> *If thou would'st view fair Melrose aright*
> *Go visit it by the pale moonlight* (II,1).
>
> (Si tu veux bien voir le beau Melrose
> Va le visiter sous le pâle clair de lune.)

Melrose est une petite ville d'Ecosse, située sur les boucles de la Tweed, à quelques milles à l'est d'Abbotsford, le lieu où vécut jusqu'à sa mort Walter Scott, et à 37 milles au sud-est d'Édimbourg. Melrose est surtout fameux pour les ruines de son abbaye cistercienne.

Page 253.

9. On remarquera les nombreuses analogies du paysage réel ici décrit avec les paysages fantastiques d'*Éléonora* et de *L'Île de la fée*.

10. *Salvator Rosa :* peintre baroque italien (1615-1673). Poe fait surtout allusion à ses paysages sombres et quelque peu « caravagesques ». En reprenant, cinq ans plus tard, beaucoup d'éléments descriptifs de ce texte pour composer *Le Cottage Landor*, il fait à nouveau allusion à Salvator.

LES LUNETTES

« *The Spectacles.* » Première publication : *Dollar Newspaper*, 27 mars 1844. Puis : *Broadway Journal*, 22 novembre 1845.

Page 256.

1. Cette pratique n'était pas rare en Amérique. D'ailleurs Poe lui-même portait comme second prénom le nom de son père adoptif. Quant à Napoléon Bonaparte, c'est évidemment comique mais, à l'époque, ces prénoms étaient répandus.
2. *Cinq pieds onze pouces :* 1 m 80.

Page 257.

3. *Élite :* en français dans le texte, de même que, dans les passages suivants, *beau idéal, tournure, gaze aérienne, aigrette.*

Page 258.

4. *Ventum textilem :* « vent tissé ». Mais l'expression n'est pas d'Apulée : elle est de Pétrone.

Page 261.

5. *Ne pas la connaître... :* c'est, légèrement détournée, une phrase de Milton (*Paradise lost*, IV, 830, « not to know me argues yourself unknown »).
6. *Lalande :* le nom a sans doute été emprunté à une cantatrice célèbre de l'époque, Henriette Clémentine Lalande (1797-1867).
7. *Par excellence :* en français dans le texte.

Page 265.

8. *Coup de foudre :* l'expression anglaise — « love at first sight » (littéralement « l'amour au premier regard ») — est plus appropriée à l'histoire où tout repose sur ce que *voient* les yeux du narrateur.

Page 267.

9. Sur *Ninon de Lenclos*, voir la note 22.

Page 269.

10. La lettre de Mme Lalande est en fait écrite dans un jargon

comique qui mélange les mots français et des approximations de mots anglais : « Monsieur Simpson vill pardonne me for not compose de butefulle tong of his contrée so vell as might. It is only de late dat I am arrive, and not yet ave de opportunité for to — l'étudier. Vid dis apologie for de manière, I vill now say dat, hélas ! — Monsieur Simpson ave guess but de too true. Need I say de more ? Hélas ! am I not ready speak de too moshe ? »

Page 270.

11. *Hock :* vin du Rhin.

Page 271.

12. *Outré ;* en français dans le texte. De même que *naïveté.* Et plus loin *chaise longue.*

Page 275.

13. *Otello :* il s'agit de l'opéra de Rossini (1816). *Les Capulets : Les Capulets et les Montaigus* de Bellini (1830) où la Malibran travestie triompha dans le rôle de Roméo.
14. *San Carlo* (que Poe écrit San Carlos) : l'opéra de Naples. Les descriptions précises sur l'art lyrique font illusion : elles sont directement inspirées par les *Memoirs and letters of Madame Malibran* de la comtesse Merlin, parus à Philadelphie en 1840, et dont Poe avait rendu compte dans le *Burton's Gentleman's Magazine.*
15. *La Somnambule :* l'opéra de Bellini (1831) dans lequel avait aussi brillé la Malibran. Les deux vers que prononce Amina à la fin de l'opéra peuvent se traduire par :

> *Ah ! La pensée humaine ne peut concevoir*
> *Le bonheur dont je suis remplie.*

Page 277.

16. *Mon cher ami :* en français dans le texte, comme plus loin *Eh bien ! mon ami, empressement, mon ami* et *soirée.*

Page 281.

17. *Rouge :* en français dans le texte.

Page 282.

18. Mme Lalande se met à jargonner dans sa langue composite : « Vell, Monsieur ! — and vat den ? — vat de matter now ? Is it de dance of de Saint Vitusse dat you ave ? If not like me, vat for vy buy de pig in de poke ? » etc.
19. Poe emploie là le verbe « to ejaculate » (« Eighty-two ! I ejaculated ») exactement comme à l'aube de cette autre nuit de noces de *Perte de souffle* (p. 83). L'instant d'avant il a employé le verbe « to erect »

(« je me tiens droit au milieu de la pièce »...). Les deux verbes se suivent comme dans la scène finale du *Rendez-vous* (p. 136). Voir préface.

Page 283.

20. *La belle France* : en français dans le texte.

21. *Tournures* : « bustle ». Il s'agit du terme de couture désignant les coussins ou rembourrages que les dames mettaient sous leurs robes afin d'arrondir telle ou telle partie de leur corps. Sur les « tournures » voir aussi *Mellonta tauta*, p. 420, et *Le Mille Deuxième Conte de Schéhérazade*, p. 395 et note 22.

Page 284.

22. *Arrière-arrière-grand-mère* : cette nouvelle a été en partie inspirée par un récit anonyme paru dans la *New Monthly Belle Assemblée* de Londres en 1836, et par l'histoire de Ninon de Lenclos (voir préface, p. 26).

23. *Tournure* : cette fois en français dans le texte. De même que *modistes, un peu passées* et *soirée.*

Page 286.

24. *Dénouement* : en français dans le texte, ainsi que *billet doux.*

L'ENTERREMENT PRÉMATURÉ

« *The Premature Burial.* » Première publication : *Dollar Newspaper,* 31 juillet 1844. Puis : *The Rover,* 17 août 1844 ; *Broadway Journal,* 14 juin 1845. Poe s'inspire d'un conte publié dans le *Blackwood* en octobre 1821, *The Buried alive* (L'Enterré vivant). Voir préface, p. 27 et 49.

Page 288.

1. *Trou noir de Calcutta* : en 1756, à Calcutta, un très grand nombre d'Européens furent jetés dans un minuscule cachot pendant une nuit. Au matin, quelques-uns seulement étaient encore vivants.

Page 289.

2. *Le fil d'argent... la coupe d'or* : les deux images viennent de la Bible : « avant que ne se détache le fil argenté et que la coupe d'or ne se brise... » (Ecclésiaste, 12, 6).

Page 291.

3. *Victorine Lafourcade* : l'histoire vraie que reprend Poe avait été racontée par le *Philadelphia Casket* de septembre 1827.

4. *Littérateur* : en français dans le texte.

Page 294.

5. La batterie galvanique est un instrument qu'affectionne Poe : voir *Perte de souffle* (p. 89 et note 14) et aussi *Petite discussion avec une momie*.

Page 296.

6. *Ver Conquérant :* l'image a été empruntée à la *Proud Ladye* de Spencer Wallace Cone (1840). Poe s'en empara et en fit le titre d'un poème publié en 1843 qu'il inséra ensuite dans sa nouvelle *Ligeia*.

Page 299.

7. *De vers, de tombes, d'épitaphes :* écho d'un fameux vers du *Richard II* (III, ii) de Shakespeare, « Let's talk of graves, of worms, and epitaphs » (« parlons de tombes, de vers et d'épitaphes »). Mais Poe alterne les mots et emploie « tombs » au lieu de « graves ».

Page 302.

8. *Chaudement et douillettement capitonné :* à l'époque où Poe écrivait cette nouvelle, les revues et journaux américains venaient de donner quelque publicité à diverses sortes de « cercueils préservant la vie », en particulier celui d'un certain M. Eisenbraut de Baltimore.

Page 306.

9. *Buchan :* l'ouvrage de William Buchan (1729-1805), *Domestic Medicine, or The Family Physician* (1769), était une sorte de dictionnaire médical très populaire.

10. *Nuits :* il s'agit des « Nuits » d'Edward Young (1683-1765) (*The Complaint or Night Thoughts on Death, Time and Immortality*, 1742), série de poèmes mélancoliques qui eurent une énorme influence sur la mentalité romantique.

11. *Carathis :* la mère du sultan Vathek dans le *Vathek* de Beckford. Elle accompagne son fils aux enfers.

Page 307.

12. *Afrasiab :* roi légendaire des Touraniens. *Oxus :* nom antique du fleuve Amou-Daria.

LA CAISSE OBLONGUE

« *The Oblong Box.* » Première publication : *Godey's Lady's Book*, septembre 1844. Puis : *Broadway Journal*, 13 décembre 1845. Voir préface, p. 27.

Page 308.

1. *Indépendance* : il existait bien lorsque Poe écrivait sa nouvelle un paquebot de ce nom. Mais lancé en 1834, il assurait depuis cette époque la ligne New York-Liverpool en quatorze jours, record qui ne fut battu qu'en 1854.

2. *Université de C— :* Poe avait été étudiant à l'université de Virginie, située à Charlottesville.

Page 312.

3. *Rubini le Jeune :* plusieurs peintres italiens ont porté ce nom. Mais Poe a pu s'inspirer aussi du célèbre ténor Giambattista Rubini (1794-1854).

Page 318.

4. *Nous étions en mer depuis sept jours :* il peut paraître étrange au lecteur moderne qu'après sept jours de mer, le paquebot ne soit parvenu qu'au Cap Hatteras. Mais il ne faut pas oublier que les navires à voile étaient très lents : il fallait cinq mois pour aller de New York à la Californie par le Cap Horn, et près de trois semaines dans les conditions normales pour rallier l'Europe. Pour le reste, les informations que donne Edgar Poe sont cohérentes : tant les vents dominants dans cette région que les manœuvres effectuées correspondent à des scénarios plausibles.

Page 320.

5. *L'anse d'Ocracoke :* au nord du Cap Hatteras.

Page 322.

6. *L'île de Roanoke :* à l'intérieur du Pamlico Sound, derrière les îles Hatteras, sur la côte de Caroline du Nord.

« C'EST TOI L'HOMME »

« *Thou art the man.* » Première publication : *Godey's Lady's Book*, novembre 1844. Voir préface, p. 45.

Page 324.

1. *Rattlebourg :* littéralement « Rattleborough ». Les noms de Rattlebourg, Shuttleworthy, Goodfellow, Pennifeather qui ont au moins en commun une caractéristique — un redoublement de consonne — sont fantaisistes. « Rattleborough » pourrait se traduire par « Cancan-

ville », « Shuttleworthy » par « Va-et-vient », « Goodfellow » par « Bongarçon » et « Pennifeather » par « Plume-à-deux-sous ». Mais Goodfellow et Pennifeather sont aussi des noms propres qui se rencontrent fréquemment dans les pays anglo-saxons.

2. *Esprits charnels :* « carnal-minded ». L'expression vient de la version anglaise du Nouveau Testament. Dans un passage de l'Epître aux Romains on peut lire : « Car la pensée de la chair est la mort » (Romains, 8, 6).

Page 325.

3. *En masse :* en français dans le texte. L'expression est reprise en français sept paragraphes plus loin.

4. *Batteurs d'estrade :* « walking gentlemen ». Poe, dont les parents étaient tous deux acteurs, a toujours une attitude ambiguë envers le théâtre.

5. *La meilleure lettre de recommandation :* allusion au proverbe anglais « A good face is a letter of recommendation » (xviie siècle).

Page 330.

6. *Ce gilet était très déchiré et maculé de sang :* il semble douteux qu'un gilet ayant séjourné au fond d'un étang puisse être encore « maculé de sang ».

Page 332.

7. *Contretemps* et *mal à propos-ismes :* en français dans le texte. Poe forge le second mot mais l'écrit « mal à propos-isms ».

8. *Cui bono ?* La question de Cicéron dans sa plaidoirie *Pro Roscio Amerino*, 30, 84. L'analyse qu'en fait Poe est exacte.

Page 333.

9. *Catherine Gore* (1799-1861) avait publié *Cecil* en 1841. Les allu- sions de Poe rappellent que cette romancière britannique avait été accusée d'avoir plagié le *Vathek* de William Beckford.

10. *Chickasaw :* une tribu indienne des Etats-Unis (voir *Comment écrire un article à la Blackwood*, note 31).

11. *Bulwer, Dickens, Tiralaligne et Ainsworth.* « Tiralaligne » : « Tur- napenny ». Les autres sont d'authentiques écrivains de l'époque. Edward George Bulwer-Lytton (1803-1873), l'auteur des *Derniers Jours de Pompéi*, est un écrivain que Poe a cité maintes fois et qu'il a imité dans plusieurs de ses nouvelles. Poe avait rencontré Dickens, que *Pickwick* et *Oliver Twist* avaient rendu célèbre très jeune, lors du voyage de l'écrivain aux Etats-Unis (1842). Quant à William Harrison Ainsworth (1805-1882), c'est un auteur de romans noirs dans la lignée gothique de Matthew G. Lewis et Ann Radcliffe. Poe en fait même un des personnages de *Hans Pfaall*.

Page 336.

12. *Cette balle avait une paille :* c'est la première utilisation d'indices balistiques dans une histoire policière.

Page 337.

13. *Culpabilité de meurtre avec préméditation,* en anglais : « guilty of murder in the first degree ». C'est le « meurtre au premier degré » américain, bien connu des lecteurs de romans policiers modernes.

14. *La prison du comté :* aux Etats-Unis, le comté est une subdivision de l'Etat.

Page 338

15. *Hoggs, Frogs, Bogs et Cie :* littéralement, cochons, grenouilles, marais... début d'une série identique à chou, pou, caillou, genou... Voir *De l'escroquerie considérée comme une des sciences exactes,* note 24, *Ixage d'un paragrab,* note 12, et aussi *L'Homme d'affaires* où une autre série est utilisée.

16. *Petit souper :* en français dans le texte.

Page 339.

17. *On décida à l'unanimité... :* dans le texte original, « it was decided, *nem. con.* », abréviation de l'expression latine *nemine contradicente,* sans contradiction (voir note 20 de *L'Homme d'affaires*).

Page 341.

18. *Le gilet, le couteau, la sacoche et la balle :* peut-être la première utilisation de faux indices dans une histoire policière.

19. *Et tomba — mort.* La mise en scène peut avoir été inspirée à Poe par les superstitions relatives à la peste : le premier mort de la peste s'asseyait dans son cercueil et grignotait son linceul. Avant la fin de ce repas, d'autres devaient mourir.

LA VIE LITTÉRAIRE DE M. MACHIN TRUC

« *The Literary Life of Thingum Bob, esq.* » Première publication : *Southern Literary Messenger,* décembre 1844. Puis : *Broadway Journal,* 26 juillet 1845.

Page 344.

1. *Machin Truc :* Thingum Bob.

2. *Tad'merloie :* le nom inventé par Poe est « Goosetherumfooddle ». C'est un long mot valise dont on ne peut rendre en français les

multiples sens. *Goosether* peut se lire comme une contraction de
« mother goose » (« Ma mère l'Oie ») et ce sens s'explique en effet par
le contexte. « Rum », c'est le « rhum », mais aussi « bizarre ». « Food-
dle », c'est à la fois « feudal » (« féodal ») et « fiddle » (« violon »,
« crincrin »). Et aussi « food », nourriture, « oodle », tas, etc.

3. *M. Emmons* : il s'agit de Richard Emmons, poète épique pompier
auteur de *The Defence of Baltimore and death of general Ross* (1831) et
surtout de *The Battle of Bunker-Hill or the Temple of Liberty* (1841),
poème auquel semble-t-il Poe fait allusion dans le cours de cette
nouvelle.

Page 345.

4. *Glabre* : en anglais « smug ».

Page 347.

5. *Ugolin* : le comte guelfe Ugolin della Gherardesca, fait prisonnier
par les Gibelins en 1288 et qui périt avec deux de ses fils et deux de ses
petits-fils l'année suivante. Dante le rencontre dans la seconde région
du neuvième cercle de l'enfer où il est condamné à ronger éternellement le crâne de l'archevêque Ruggieri (*Inferno*, XXXII et XXXIII).

6. « Anges » et « ministres de la grâce » vient d'un vers de *Hamlet* (I,
iv) : « Angels and ministers of grace defend us ! » (« anges et ministres
de la grâce, défendez-nous ! ») Les « gobelins damnés » figurent dans la
suite de cette tirade très célèbre où Hamlet apostrophe le spectre de
son père.

7. Le narrateur évoque la colère d'Achille dans l'*Iliade* et la
« graisse », c'est évidemment la Grèce. Poe cite un peu plus loin la
belle traduction d'Alexander Pope (I, 1).

8. L'invocation à la lumière de Milton, « Hail, holy light, offspring
of heav'n first-born » (*Paradis perdu*, III, 1) : « Salut, sainte lumière,
rejeton premier né du paradis. »

9. *Oppodeldoc* : l'opodeldoch était un liniment camphré très
répandu dans les pays anglo-saxons. Le mot évoque aussi le « docteur
Ollapod » d'*Une situation difficile* (voir note 9). Ollapod était le
pseudonyme de Lewis Gaylord Clark dans le *Knickerbocker Magazine*.
Tout le texte est d'ailleurs une satire de cet auteur et de ce magazine.

10. *Coup de grâce* : en français dans le texte.

Page 348.

11. *Train-Train* : « Hum-Drum ».
12. *Tapageur* : « Rowdy-Dow ». *Sucre d'orge* : « Lollipop ».

Page 349.

13. *Nat Lee* : Nathaniel Lee (1653-1692), médiocre dramaturge
britannique.

14. Jeu de mots sur « lines » qui en anglais veut dire « vers » aussi bien que « lignes ».

Page 350.

15. En anglais, « hail » veut dire aussi bien « salut ! » que « grêle ». D'où le pataquès du journal.

Page 352.

16. « Honesty is the best policy » : un proverbe anglais du XVIe siècle.

17. Le texte en anglais dit :

> To pen an Ode upon the « Oil-of-Bob »
> Is all sorts of a job.

18. Le mot *snob* appartenait encore à l'argot de Cambridge pour désigner ceux qui ne faisaient pas partie de l'université (du latin *sine nobilitate :* sans noblesse, *s.nob* sur les registres). Ce n'est qu'à partir de 1848 que Thackeray dans son *Livre des snobs* lui donnera définitivement son sens moderne. Le sens classique est « cordonnier ».

19. *Revue d'Édimbourg : Edinburgh Review*, revue de tendance whig, assez antiromantique. Carlyle y collabora.

Page 354.

20. *Le Taon*, en anglais « Gad-Fly », littéralement « mouche à dard » ; M. Crab l'appelle tout simplement « fly » (mouche).

Page 356.

21. *L'argent comptant :* en français dans le texte. Comme plus haut *tapis* et plus bas *bijou.*

Page 357.

22. *Je me réveillai et me retrouvai célèbre.* Phrase de Byron dans un mémorandum sur son *Childe Harold :* « I awoke one morning and found myself famous. »

23. Il faut lire « 15 septembre, — 1re fois. » On doit comprendre par là qu'il s'agit d'annonces publicitaires payées. De telles publicités rédactionnelles qui se succédaient étaient suivies de la date de la première insertion dans le journal.

24. *Anerusé :* « Slyass ».

Page 358.

25. *Nom de guerre :* en français dans le texte.

26. *Sucepouce :* « Mumblethumb. »

Page 360.

27. *Grocouac :* « Fatquack ». C'est ainsi que Poe surnommait le romancier Fenimore Cooper.

28. En donnant des titres comme « Les Cochons », « Monodie sur une flaque de boue » ou « La Lavette », à ces articles imaginaires, Poe charge à peine. Le *Knickerbocker* recevait (et publiait souvent) des poèmes comme « Ode à une puce », « A une paire de boucles d'oreilles », « Ode à une vieille paire de caoutchoucs ».

29. *L'éclat de Boz :* Dickens, à ses débuts, signait ses chroniques de ce nom. L'allusion vise Lewis Clark qui dans le *Knickerbocker* avait comparé son frère Willis, décédé en 1841, au Martin Chuzzlewit de Dickens.

Page 361.

30. *Faucheux :* en anglais « Daddy-Long-Legs » (« Papa-longues-jambes »).

31. *Plagiette :* « Cribalittle », littéralement « copie un peu ».

32. Jeu de mots sur « Katy-Did », nom d'une sauterelle mais aussi « Katy-l'a-fait » et « Katy-Did'nt », « Katy-l'a-pas fait ». Yorktown et Bunker-Hill sont deux batailles décisives de la guerre d'Indépendance (voir ci-dessus note 3).

Page 362.

33. *Blaguette :* « Fibalittle ». *Moquette :* Squibalittle.

Page 363.

34. *Condamner à force de tièdes éloges.* « damn with faint praise ». C'est une expression d'Alexander Pope (prologue des *Satires*).

Page 364.

35. Le jeu de mots sur le tomahawk, la hache de guerre des Indiens, est le même en français.

Page 365.

36. *Lord Brougham* se fit connaître par ses articles dans l'*Edinburgh Review.* Il fut réformiste et anti-esclavagiste. Poe l'évoque aussi dans *Comment écrire un article à la Blackwood* (voir p. 150 et note 12).

37. *William Cobbett* (1762-1835), publiciste fameux de l'époque ; il avait créé aux Etats-Unis la *Gazette du Porc-Epic*, et en Angleterre *La Feuille à deux pence.*

38. Cette fois, après toutes sortes d'allusions voilées, Poe s'attaque à Lewis G. Clark directement.

Page 366.

39. Crab dit « old bore » (le vieux raseur) et Machin comprend « old boar » (le vieux porc).

40. Crab dit « cut him », ce qui peut signifier aussi « le couper ».

Page 368.

41. Allusion au vers d'Horace (*Épîtres*, I, I, 66), « Rem facias rem/Si possis recte, si non, quocumque modo rem » : « Fais de l'argent/Si tu peux honnêtement, sinon, par n'importe quel moyen, fais de l'argent. »

42. *Tortue hargneuse :* « Snapping-Turtle ».

43. « Falbalas » : « *Fol-lol* » (c'est-à-dire « fal-lal »).

44. *Ding-ding-don :* « Hey-Diddle-Diddle ». Le début de la comptine mise en épigraphe de *De l'escroquerie considérée comme une des sciences exactes.*

Page 369.

45. *Mettant de l'argent dans mon escarcelle :* « Putting money in my purse ». Echo du « Put money in thy purse » de l'*Othello* de Shakespeare (I, III).

46. *J'ai fait l'histoire :* en français dans le texte. Chateaubriand écrit en fait à l'avant-dernier chapitre des *Mémoires d'Outre-tombe :* « J'ai fait de l'histoire, et je le pouvais écrire. »

Page 370.

47. Hérault de Séchelles dans son *Voyage à Montbard* (1803) fait dire à Buffon : « Le génie n'est qu'une plus grande aptitude à la patience. » Le peintre britannique William Hogarth avait publié ses préceptes sur la peinture dans *The Analysis of Beauty* (1753).

LE MILLE DEUXIÈME CONTE DE SCHÉHÉRAZADE

« *The Thousand-and-Second Tale of Scheherazade.* » Première publication : *Godey's Lady's Book,* février 1845. Puis : *Broadway Journal,* 25 octobre 1845.

Page 372.

1. *Dismoidonc Estceounonainsi :* traduction à peu près littérale de « Tellmenow Isitsoörnot », c'est-à-dire « Tell me now, is it so or not ? »

2. *Le Zohar :* un des livres de la Kabale, série de commentaires du *Pentateuque* et de divers autres livres bibliques qu'on attribue au Rabi

Siméon Ben Yohaï (IIe siècle) mais qui a paru en fait pour la première fois vers 1275 et qui pourrait être en partie l'œuvre de Moïse de Léon.

3. *Curiosités de la littérature américaine* : supplément composé par Rufus Griswold aux *Curiosities of literature* d'Isaac Disraeli.

4. *Mille et Une Nuits* : ce titre sous lequel on connaît en français le célèbre recueil de contes arabes médiévaux correspond au titre anglais *Arabian Nights*. Poe avait vraisemblablement lu la version française de Galland (début du XVIIIe siècle) et sa traduction anglaise, publiée en Grande-Bretagne en partie dès 1706 et dans sa totalité en 1811. Des versions traduites directement des manuscrits arabes et persans commençaient à paraître depuis 1838. Et T. H. Chivers rapporte qu'en 1845, au cours d'une conversation, Poe lui montra les *Arabian Nights*, qui étaient posées sur son bureau, comme exemple de la typographie qu'il fallait employer pour son projet de magazine, le *Stylus*.

5. *Dénouement :* en français dans le texte.

Page 373.

6. *Année bissextile :* « leap-year ». « To leap » veut dire « sauter ».

Page 374.

7. La première histoire du cycle est celle du marchand et du génie. Le chat noir et le rat appartiendraient plutôt au cycle des histoires d'Edgar Allan Poe !

8. La deuxième nuit est consacrée à la suite des aventures du marchand. Si celui-ci va bien à cheval, il n'y est pas question de cheval rose aux ailes vertes. Par contre toutes les premières histoires tournent autour d'animaux magiques, biche, cheval, veau, chiens noirs. On trouve des chevaux volants bien plus loin dans le texte.

Page 375.

9. *Les paniers d'Ève :* une allusion comique au poème de Shelley *The Sensitive Plant* (*La Sensitive*, 1818). Au paradis, Ève se sert d'un panier pour ramasser les insectes nuisibles et les emporter loin des fleurs.

10. *Le mieux... :* en français dans le texte.

Page 378.

11. On se souvient que Poe avait compilé pour les éditeurs Haswell, Barrington et Haswell un traité sur les mollusques, *The Conchologist's First book ; or A system of Testaceous Malacology* (Philadelphie, 1839). Les ouvrages que cite Poe sont authentiques.

Page 379.

12. Pour l'Arabe, comme pour les Américains de l'époque, les Britanniques semblaient parler du nez.

Page 381.

13. *Coq-nez* : dans le texte « cock-neighs », pour *cockneys*, nom du parler des quartiers populaires de Londres et par extension de ceux qui les habitent. « Cock » signifie coq et « neigh », hennir ou hennissement. Dans la suite de la phrase Sinbad explique que leur langue formait le trait d'union entre celle du « horse » (cheval) et celle du « cock » (coq). Pour conserver une part de calembour nous remplaçons cheval par poney.

Page 386.

14. On retrouve là une citation de l'Epidendron conseillée par M. Blackwood dans son programme littéraire (voir *Comment écrire un article à la Blackwood*, p. 158 et note 29).

Page 391.

15. *Eccaleobion* : le mot, forgé à partir du grec (« Ekaleo biôn » : J'invoque la vie), désignait une couveuse artificielle chauffée à la vapeur.

16. Sur *Maelzel*, voir note 14 de *Von Kempelen et sa découverte*.

17. La célèbre machine à calculer du mathématicien britannique Charles *Babbage* (1792-1871), ancêtre des ordinateurs modernes.

Page 392.

18. J. Xavier *Chabert* : un des phénomènes de foire de l'époque. Il se produisait en Grande-Bretagne et aux Etats-Unis et entrait dans un four brûlant.

Page 393.

19. La pile de Volta inventée en 1800 est depuis les années 1820 l'instrument principal d'importants développements : électrolyse (1805), effets magnétiques (Oersted, 1819), induction électromagnétique (Faraday et Henry, 1829), lois de Faraday (1834), télégraphe électrique (Wheatstone et Cooke, 1837), télégraphe de Morse (1844), etc.

Page 394.

20. Poe prend ces exemples dans les *Letters on Natural Magic* (1824) de Sir David Brewster, comme il y a pris le premier matériel du *Joueur d'échecs de Maelzel* (mais dans ce texte il cite Brewster).

21. *Le daguerréotype* vient d'être lancé en France par Arago (1839) et connaît aux Etats-Unis un succès foudroyant. Edgar Poe lui-même se soumettra à la mode : son portrait par S. W. Hortstorn (novembre 1848) est impressionnant.

Page 395.

22. L'image du *dromadaire* est aussi utilisée à la fin de *Mellonta tauta,* p. 420. Poe fait ici allusion aux « tournures », ces coussinets que les femmes accrochaient sous leurs jupes et dont la mode dura jusqu'à la fin du siècle. Voir aussi la scène finale des *Lunettes,* p. 283 et note 21.

LE SPHINX

« *The Sphinx.* » Première publication : *Arthur's Ladies' Magazine,* janvier 1846.

Page 397.

1. L'épidémie de choléra à laquelle Poe fait allusion est celle qui sévit à New York et à Baltimore en 1831.

2. *Cottage orné :* en français dans le texte.

Page 398.

3. On retrouve là l'écho des « Curious volumes of forgotten lore » (« bizarres volumes de savoirs oubliés ») du *Corbeau,* le poème qui avait rendu célèbre Edgar Poe.

Page 399.

4. *Vaisseau de soixante-quatorze :* vaisseau armé de soixante-quatorze canons, c'est-à-dire un gros navire de guerre, et, par extension, les grands navires marchands qui restèrent longtemps armés eux aussi. Ces derniers étaient le plus souvent à trois ponts et avaient une forme très ventrue. Au moment où Poe publie sa nouvelle (1846), les navires métalliques et à vapeur traversent depuis huit ans l'Atlantique sans le secours de leurs voiles.

5. *Pied :* 30,48 centimètres ; *yard :* 0,914 mètre ; *pouce :* 2,54 centimètres.

Page 403.

6. L'aberration optique décrite ici, et qui abolit la sensation de perspective et de distance, n'est pas rare chez ceux qui sont sous l'influence de fortes fièvres ou de drogues hallucinogènes. Poe revient plusieurs fois sur les problèmes de perspective et de perception de l'espace et du temps, et en particulier dans un texte des *Marginalia.* On doit cependant constater que les dimensions qu'il donne ici sont fantaisistes. Le seizième de pouce représenterait donc un millimètre et demi ! Or le sphinx tête-de-mort est un très grand papillon qui peut

atteindre 13 à 14 cm d'envergure mais dont la taille moyenne varie en général entre 4 et 12 cm. Il aurait donc fallu écrire un seizième de yard (soit environ 5,7 cm), ce qui aurait donné une dimension satisfaisante tant pour la taille d'un papillon de cette espèce que pour la position qu'on suppose être celle de l'observateur contre la vitre. En fait si l'on se reporte à ce texte des *Marginalia*, on s'aperçoit que Poe cite la fraction de pouce comme un des critères naturels de mesure. Tout à sa démonstration, il utilise la plus petite unité de mesure courante (comme nous évoquerions chez nous le « millimètre »), sans s'apercevoir que le papillon qu'il a, pour des raisons littéraires évidentes, choisi, n'est pas un moucheron mais bien le plus gros insecte de l'Amérique du Nord.

MELLONTA TAUTA

« *Mellonta tauta*. » Première publication : *Godey's Lady's Book*, février 1849. Voir préface, p. 61.

Page 404.

1. *Mellonta tauta* : « choses futures ». Cette citation de l'*Antigone* de Sophocle est utilisée par Poe dans le texte d'*Eureka* et aussi, comme épigraphe, dans *Colloque entre Monos et Una*. Il évoque la pièce dans un passage des *Marginalia* (« *L'Antigone*, comme presque toutes les pièces antiques, semble avoir une certaine *nudité*... », *Graham's Magazine*, décembre 1846).

2. La lettre qui suit figurait en tête de l'article du *Godey's Ladys' Book*.

3. *Martin Van Buren Mavis* : sans doute une allusion à Andrew Jackson Davis, auteur de *The Principles of Nature, Her Divine Revelations, and a Voice to Mankind* (1847). Poe remplace « Jackson », nom d'un président des Etats-Unis, par « Van Buren », nom d'un autre (cf. *Une situation difficile*, p. 172 et note 10). Peut-être aussi allusion au Français Févret de Saint-Mesmin, fondateur d'un phalanstère fouriériste à Poughkeepsie, petite ville des bords de l'Hudson, au nord de New York et aujourd'hui siège d'une des plus fameuses institutions américaines, Vassar College.

4. Le *géographe nubien* que Poe évoque si souvent (*Une descente dans le Maelstrom, Éléonora, Eureka, Marginalia*), et qu'il appelle par jeu dans *Eureka* « Ptolémée Hephestion » (d'après les noms de deux généraux et amis d'enfance d'Alexandre), est en fait l'Arabe Al Idrisi, auteur du *Kitab Rujjar* et cartographe de la « Mer des Ténèbres » (milieu du XIIe siècle de notre ère).

5. *Alouette* (« skylark ») : sans doute une forme d'hommage à Shelley dont le poème *To a skylark* (1820) est fort connu. Mais l'alouette (littéralement « farce du ciel »), dans la culture populaire anglo-saxonne, c'est aussi l'oiseau du 1ᵉʳ avril, jour des fous et des farces, dont est précisément datée la première page de cette lettre-journal de bord. Il y a d'ailleurs un autre sens courant de skylark : farce, rigolade.

6. *Ma chère amie* ou *mon cher ami*. Rien dans le contexte ne permet de déterminer le sexe du correspondant. Connaissant la tournure d'esprit d'Edgar Poe, on peut imaginer qu'il s'agit d'une sorte de bavardage épistolaire entre deux amies.

Page 405.

7. *Canaille :* en français dans le texte (voir aussi note 35). Et aussi quelques lignes plus bas, *ennui.*

8. Depuis l'expérience des frères Montgolfier (1783), la fièvre de l'aérostation n'a pas quitté les inventeurs et, dans le sillage des travaux de Sir George Cayley, de Henson et Stringfellow, on cherche même déjà à fabriquer planeur, aéroplane et hélicoptère. Les démonstrations de Jean-Pierre Blanchard (voir note 18) devant George Washington, à Philadelphie en 1793, avaient vivement impressionné les Américains.

Page 406.

9. En 2848, on le voit, la nomenclature est inversée ! De nos jours, c'est encore le nom latin qui est le nom botanique scientifique et le nom en langage vernaculaire, le nom vulgaire.

10. Poe se moque de James Silk (« soie ») Buckingham, voyageur, égyptologue et écrivain prolixe, qui explora le Nil et la Nubie en 1813, et survécut à diverses aventures exotiques et rocambolesques. Il est aussi l'un des personnages ridicules de *Petite discussion avec une momie.*

11. Une confusion sémantique chez les hommes du XXIXᵉ siècle : « India rubber », c'est la gomme des Indes, le caoutchouc, et « rubber of whist », c'est un rob (ou robre) au jeu de whist, c'est-à-dire une manche jouée avec le même partenaire. Nous rendons un peu la teneur de ce jeu de mots intraduisible en passant de *gomme* à *gamme.*

Page 407.

12. *Wiggins :* quelque penseur de tendance « whig ».

13. *Pandit :* en anglais « Pundit », c'est-à-dire un « pandit » ou un « pontife » des lettres et de la philosophie, tels ceux qui trônent à Boston ou à Concord (voir *Ixage d'un paragrab*, note 11), fiefs des transcendantalistes (et qui sont « pundits » parce qu'ils habitent dans le « frogpondium », la mare aux grenouilles, selon une lettre de Poe à

George W. Eveleth, 4 janvier 1848). Mais le mot contient aussi « pun », calembour, jeu de mots !

14. *Fourier.* Les jeux sur fourrure et Fourier sont presque les mêmes en anglais. Il s'agit de l'utopiste français Charles Fourier (1772-1837) chez qui les transcendantalistes avaient pris l'idée de leurs phalanstères. Ils publiaient d'ailleurs juste à l'époque où a été rédigée cette nouvelle un hebdomadaire « fouriériste », *The Harbinger.*

15. *Aries Tote* : Aristote (dans le texte original « Aries Tottle » : en anglais Aristotle). Une blague classique de collégien qui consiste à couper ou à déformer les grands noms (on dit aussi Harry Ztottle, etc.). Mais dans ce cas le jeu peut aussi avoir été suggéré par un texte de Charles Dickens, *A passage in the life of Mr. Watkins Tottle,* dont Poe avait rendu compte en juin 1836. *Aries,* c'est le Bélier, premier signe du Zodiaque. Il y est d'ailleurs fait allusion plus loin.

16. *Horse* (« cheval »), c'est, bien entendu, Samuel Morse (1791-1872), l'inventeur américain du télégraphe électrique. Inventé en 1837, le télégraphe fonctionna pour la première fois entre Washington et Baltimore en 1845.

17. *Tempora mutantur* : « les temps changent. »

Page 408.

18. *Jaune ou Violet* : allusion à Jean-Pierre Blanchard (1753-1809), inventeur du parachute et premier aéronaute à avoir traversé la Manche en 1785 (en compagnie du Docteur John Jeffries de Boston). De même dans *Aventure sans pareille d'un certain Hans Pfaall,* Poe cite un aéronaute britannique de l'époque qui se nomme Charles Green (« vert »).

Page 409.

19. Poe cite le mot *savans* en français ancien, sans doute inspiré par le *Journal des Savans* de réputation mondiale.

20. *Neuclid et Cant* : Euclide et Kant, bien sûr. Mais cant, c'est aussi l'argot, le jargon, et Poe, qui n'évite jamais un jeu de mots, écrit qu'il abhorre chez Kant cette « très détestable espèce de jargon — le jargon de la généralité » (*Graham's Magazine,* 1842). On retrouve très souvent chez Poe ce genre de jeu de mots sur Kant (voir *Comment écrire un article à la Blackwood,* p. 151 et note 14).

21. *Hog* : « cochon ». Allusion au poète écossais James Hogg (1770-1835), connu surtout chez nous par son étonnante *Confession du pécheur justifié,* préfacée par André Gide. Hogg a été en effet surnommé « le berger d'Ettrick ». Mais, dans l'esprit de ces personnages du futur, le cochon et son jambon (« bacon ») sont confondus comme sont confondus des personnages appartenant à des pays et des siècles différents, et c'est évidemment le philosophe Francis Bacon (1561-1626) qui est ici évoqué.

22. *Instantiae naturae :* les sollicitations, les instances de la nature, selon la terminologie de Bacon.

Page 411.

23. *Ex nihilo nihil fit :* « rien ne s'est fait de rien. »

Page 412.

24. Poe continue son jeu de massacre. *Mill* (« moulin »), c'est John Stuart Mill (1806-1873), auteur de *A system of Logic* (1843). *Miller* (« meunier »), c'est peut-être le révérend William Miller, fondateur de l'Eglise Adventiste et dont les prédictions sur la fin du monde avaient soulevé quelque émotion dans les années 1830 et 1840, et surtout au moment du passage de la comète de Halley en août 1835 (Poe évoque toute cette agitation dans *Conversation d'Eiros avec Charmion*). Quant à Jeremy *Bentham,* ce n'est pas la première fois que Poe l'attaque (voir note 3, *De l'escroquerie considérée comme une des sciences exactes*).

Page 413.

25. *Newton* et *Kepler :* sur l'interprétation des lois de Newton par Poe, voir la préface, p. 61-62.

26. *Vieilles taupes :* « old moles ». Le mot a séduit bien des auteurs depuis Shakespeare (« Bien dit, vieille taupe ! », *Hamlet,* I, 5). A l'époque de Poe, une autre « vieille taupe », celle de l'Histoire, fait son chemin, via Hegel (*Leçons sur l'histoire de la philosophie,* 1833-1836) et Marx-Engels (le *Manifeste* a été écrit un an avant *Mellonta tauta*).

27. Jean-François *Champollion* (1790-1832) avait déchiffré les hiéroglyphes égyptiens grâce à la pierre de Rosette découverte lors de l'expédition de Bonaparte.

28. *Consistance :* le mot est emprunté au vocabulaire du *Novum organum* de Francis Bacon : c'est l'une des vertus cardinales de la matière dont les formes sont les lois.

29. C'est l'expression même de Poe : « the hands of the ground-moles » !

Page 414.

30. Sur la vitesse des trains à l'époque, voir la note de Poe lui-même dans *Le Mille Deuxième Conte de Schéhérazade,* p. 391.

31. Poe, dans son anticipation, ne se trompe que de soixante-trois ans : le Canadian Pacific Railway fut achevé en 1885.

Page 415.

32. On désigne ainsi plusieurs espèces de petits rongeurs du genre *Cynomys* assez proches des écureuils mais dont le cri ressemble fort à un aboiement de chien. Les chiens de prairie sont exclusivement américains. Ils nichent dans des terriers ramifiés, fortifiés et très étendus (« villes ») où cohabitent souvent des milliers d'animaux dirigés par un groupe de mâles. Plusieurs de ces espèces, exterminées par les agriculteurs, sont en voie de disparition.

33. *Lois de gradation.* On trouve dans *Colloque entre Monos et Una* ce passage : « Entre autres idées bizarres, celle de l'égalité universelle avait gagné du terrain ; et, à la face de l'Analogie et de Dieu, — en dépit de la voix haute et salutaire des lois de *gradation* qui pénètrent si vivement toutes choses sur la Terre et dans le Ciel, — des efforts insensés furent faits pour établir une Démocratie universelle » (traduction Baudelaire).

Page 416.

34. Sur la fraude électorale, voir la préface, p. 47-48.

35. Le mot original est « Mob ». « Mob » pour Poe, c'est l'homme de la masse, le peuple (mais dans un autre texte, il précise « mob is not people »). Dans *Petite discussion avec une momie*, on trouve déjà : « Je demandai quel était le nom du tyran usurpateur. Autant que le comte pouvait se le rappeler, ce tyran se nommait : la Canaille. » Baudelaire en traduisant Mob par canaille avait cru nécessaire de tempérer par cette précision en note : « C'est un Américain qui parle. » Mais si l'étymologie du mot canaille (horde de chiens) s'accorde avec le contexte puisque Poe évoque les chiens de prairie, le terme — du moins de nos jours — est beaucoup trop excessif. D'ailleurs Poe, on l'a vu plus haut, emploie le terme *canaille* directement en français dans un sens beaucoup plus figuré (pour accentuer le snobisme méprisant de Pandita). Sur la bêtise et les réactions de la foule, voir *Quatre bêtes en une.*

36. *Zéros :* comme en français populaire, les Héros ou les « Zéros », avec aussi une allusion à Néron (*Nero* en anglais). Néron et Héliogabale passaient pour homosexuels. Et il faut lire dans « Hellofagabalus » — qui est peut-être une blague estudiantine — un mot valise, « hell of a fag », littéralement « enfer de pédé ». « Fag » ou « faggott » désigne depuis longtemps, dans le parler argotique anglais, l'homosexuel masculin. Poe évoque aussi Héliogabale dans *Quatre bêtes en une.*

Page 417.

37. Alpha de la Lyre, c'est l'étoile Véga. Il n'existe évidemment pas de relation, binaire ou autre, entre notre soleil et Véga. Et l'astronomie moderne n'a pas encore réussi à observer Véga autrement que comme une source de lumière quasi ponctuelle, c'est-à-dire qu'il est impossible d'affirmer si elle ressemble à notre soleil par ses taches ou par d'autres caractères.

38. *Mudler* : il s'agit de l'astronome allemand Johann Heinrich von Mädler (1794-1874) dont Poe commente les théories dans *Eureka*. En fait l'hypothèse de Mädler, gratuite à son époque, pourrait un jour connaître un regain d'actualité : des astronomes ont suggéré en 1985 qu'il pourrait y avoir un *trou noir* au centre de notre galaxie.

Page 419.

39. Allusion au fameux « canard lunaire » de Richard Adams Locke (voire note 7 dans *Von Kempelen et sa découverte*). Dans son article à sensation de 1835, Locke prétendait que Sir John Herschell avait observé sur la lune des structures ressemblant à un temple.

40. Poe lie encore une fois *Mellonta tauta* à son essai *Eureka*.

41. *Paradis*, c'est Manhattan, le cœur de New York, une île bordée de fleuves comme le jardin d'Eden. Et la fontaine est une allusion à Xanadu, le domaine de l'empereur Kubla Khan, personnage mythique du fameux poème de Coleridge. Au temps de Poe, New York était encore une petite ville. En imaginant que la surface de l'île de Manhattan serait entièrement couverte d'immeubles huit cents ans avant l'époque où se passe son histoire, soit en 2848, Poe sous-estime grandement la vitesse d'urbanisation des Etats-Unis !

Page 420.

42. D'après le pseudonyme à consonance hollandaise qu'avait imaginé Washington Irving pour sa populaire et comique *Histoire de New York* (1809) : Diedrich Knickerbocker. Le nom est resté fameux : adjectif appliqué aux descendants des colons hollandais et même aux New-Yorkais en général, groupe·littéraire, revue... Plus tard dans le siècle le mot désignera une sorte de pantalon de golf. Poe s'est beaucoup moqué des écrivains « knickerbocker » dans ses essais littéraires (voir notes 9 d'*Une situation difficile* et de *La Vie littéraire de M. Machin Truc*).

43. *Recorder Riker* : encore un jeu de mots à multiples sens. « Recorder », c'est le « greffier » mais le mot évoque aussi « record-holder », le « champion ». « Riker », c'est « richer », « le plus riche », mais aussi « striker », celui qui a fait un coup, éventuellement chanceux (« lucky strike »), et enfin, pour conserver la langue de l'an 2848, un Rican ou un Amrikain (nous disons facilement aujourd'hui « un Ricain »). Le personnage évoqué, c'est évidemment Peter Minuit, cet employé de la Compagnie hollandaise des Indes Occidentales qui, en 1624, échangea aux Indiens l'île de Manhattan contre vingt-quatre dollars de pacotille. Il était donc « a knight of the Golden Fleece », un « chevalier de la Toison d'Or », ou plutôt, parce qu'il avait tondu, grugé (« fleece ») les Indiens, « un champion de l'escroquerie en or ».

44. Les grands magasins avaient commencé à se développer en

Europe et on en parlait beaucoup dans les journaux, mais le Harper's building de New York n'ouvrira qu'en 1854.

Page 421.

45. Avec force fanfares, la pierre fut effectivement déposée par l'Association pour le monument à Washington dans Hamilton Square, aujourd'hui disparu. Mais personne ne s'entendit sur le monument final. Poe a raison de se moquer, deux ans après l'inauguration seulement, de ce cas typique de désordre bureaucratique puisque le monument à Washington, après bien des tribulations, ne sera définitivement achevé qu'en 1892 ! C'est un arc de triomphe de marbre blanc, de style néo-classique et assez laid. L'une des statues de Washington est signée A. Sterling Calder, père d'Alexandre Calder, le célèbre sculpteur des mobiles.

Page 422.

46. Allusion à Thomas Hart *Benton*, sénateur du Missouri, partisan de la politique monétaire de Jackson. Pendant un discours solennel, en 1837, il avait commis ce pléonasme « solitary and alone ». La rumeur publique s'en empara et cela devint rapidement une sorte de calembour national.

47. *Cornwallis* : en fait, en anglais, « corn », c'est le blé. Le jeu de mots original est : « No doubt some wealthy dealer in corn » (« sans doute quelque riche marchand de blé »). Le général Charles Cornwallis était le commandant en second de l'armée britannique lors de la guerre d'Indépendance américaine. Bloqué à Yorktown par les Français et les Américains, il dut capituler (1781).

Page 423.

48. « One John, a smith, and one Zacchary, a tailor. » Smith (forgeron en anglais), le nom américain le plus répandu (l'équivalent de notre Dupont) et peut-être une allusion à John Smith (1580-1631), un des premiers explorateurs britanniques de l'Amérique, ou encore à Joseph Smith, le fondateur des Mormons, assassiné en 1844. Tailor (tailleur en anglais), allusion à Zachary Taylor, le douzième président des Etats-Unis, en fonction en 1849 lorsque paraît *Mellonta tauta*.

VON KEMPELEN ET SA DÉCOUVERTE

« *Von Kempelen and his discovery.* » Première publication : *The Flag of our Union*, 14 avril 1849. Voir préface, p. 21.

Page 424.

1. François *Arago* (1786-1853), le célèbre astronome, directeur de l'Observatoire de Paris, secrétaire perpétuel de l'Académie des sciences et l'un des savants les plus renommés de l'époque. Le « Journal de Silliman », c'est l'*American Journal of science and arts*, fondé par Benjamin Silliman (1779-1864), professeur de chimie et d'histoire naturelle. Dans le contexte de cette nouvelle, il y a là un premier clin d'œil de Poe car en anglais, « silly » signifie « sot », « niais ». Matthew-Fontaine Maury (1806-1873) : chef du Registre des Cartes et Instruments à Washington depuis 1842. En 1836, Poe avait rendu compte de son traité de navigation dans le *Southern Literary Messenger*. Dans le cadre de cette nouvelle son nom a un double sens : il est celui qui enregistre les brevets et résume les articles scientifiques étrangers ; mais aussi en cette année 1849, année de la ruée vers l'or, son nom est sur toutes les lèvres car c'est grâce à ses cartes marines que le voyage de New York-San Francisco par le Cap Horn (la percée à travers le continent n'a pas encore eu lieu) est réduit de 150 à 133 jours.

2. Comme on le verra plus loin, le nom de Von Kempelen, qui devrait être familier au lecteur de Poe, est un vrai nom historique : c'est celui de l'inventeur de l' « automate » joueur d'échecs. La machine, une fraude fameuse, a été décrite et disséquée par Poe dans *Le Joueur d'échecs de Maelzel*, traduit par Baudelaire mais pas toujours joint aux recueils de contes (voir note 14).

3. *Sir Humphry Davy* (1778-1829) : le plus célèbre savant britannique du début du XIXe siècle. Chimiste, membre de la Royal Society, Sir Humphry Davy avait découvert le protoxyde d'azote, et, entre autres inventions, mis au point l'électrolyse et la familière « lampe Davy » qui équipe les mineurs. Le livre cité par Poe n'existe pas réellement mais on connaît par contre les *Memoirs of the life of Sir Humphry Davy* (1836), publiés par son frère John Davy.

Page 425.

4. Il s'agit de la bibliothèque de l'Athenaeum de Baltimore.

5. *ED.* signifie bien entendu « note de l'*éd*iteur » mais aussi — et c'est un jeu auquel Poe se livrait souvent —, une note d'*Ed*gar.

6. *M. Kissam de Brunswick, dans le Maine*, est sans doute une allusion à George Eveleth, un jeune étudiant en médecine qui avait écrit à Poe après la publication d'*Eureka* pour discuter de ses théories. Une correspondance animée s'ensuivit. La suite du paragraphe conteste symboliquement les théories d'Eveleth. Et, autre clin d'œil de Poe, ce « Kissam » est peut-être bien « Quizzem », et « Quiz » signifie « mystification, plaisanterie ».

Page 426.

7. « Moon hoaxy » : à la suite de Baudelaire, nous traduisons hoax par « canard » qui désigne, dans l'argot journalistique, le canular, la fausse nouvelle (et aussi, par extension, le journal lui-même). Allusion à la série d'articles *Discoveries in the Moon* (Découvertes sur la Lune) publiée par Richard Adams Locke dans le *Sun* en 1835 (voir préface).

8. John William *Draper* (1811-1882). Chimiste britannique qui émigra aux Etats-Unis en 1833. Spécialiste de la photochimie, Draper fit progresser la photographie en Amérique. En 1840, il réussit à prendre les premières photographies de la lune. Professeur à l'université de New York, il avait été défendu par Poe en 1845 contre des attaques journalistiques. Mais Poe, dans une lettre à Eveleth, deux mois après la publication de cette nouvelle, dénonce Draper comme « le chef de la vraie secte des hogistes que je tiens pour la plus intolérante et intolérable secte de fanatiques et de tyrans qui vécut jamais sur la face de la terre » (26 juin 1849). Sur « Hog », voir *Mellonta tauta*, note 21.

9. *Le protoxyde d'azote* qui, on s'en doute, n'a rien à voir avec la « découverte » de Von Kempelen, est plus connu sous le nom vulgaire de « gaz hilarant ». Encore un clin d'œil de Poe. Il faut signaler que Davy lui-même pensait que le fondement de l'alchimie, l'obtention de l'or, n'était pas en soi une chose tout à fait impossible.

10. La citation ne provient pas de la page 13 d'un hypothétique « Journal », mais de la page 272 du tome 3 des *Collected Works*. Elle est extraite des *Recherches chimiques et philosophiques concernant principalement l'oxyde nitreux et son inhalation* (1799) et le passage n'y figure évidemment pas sous cette forme abrégée mais sous la forme complète que rétablit plus loin Poe ! Il s'agit de la description des effets du gaz hilarant. Les muscles en question sont ceux de la poitrine et la suite du texte décrit la sensation de chatouillement « éminemment agréable » suivie de la quinte de rire.

Page 428.

11. Le *Home Journal* avait lancé en 1846 un appel public pour aider Poe dont la femme Virginia était mourante. Poe reprend, presque mot à mot, la phrase finale d'une note sur *Werther* publiée trois ans auparavant (*Democratic Review*, juillet 1846). Voir préface.

12. Il y avait à New York depuis 1843 un *Deutsche Schnellpost* (« Courrier allemand ») destiné aux émigrés d'Europe. Presbourg est le nom allemand de Bratislava, l'ancienne capitale de la Hongrie. La ville avait la réputation d'être un centre de sciences occultes. Plusieurs personnages des contes de Poe en viennent et c'est là, on s'en souvient, que Morella a fait ses études.

13. *The Literary World*. Poe avait d'abord proposé ce texte au rédacteur en chef de ce magazine, Evert A. Duyckinck.

ᶜ

14. La « machine » joueuse d'échecs inventée par Wolfgang Von Kempelen en 1769, avait fait le tour de l'Europe. S'y étaient mesurés aussi bien Napoléon que Catherine II. Elle fut introduite aux Etats-Unis par Johann Nepomuk Maelzel, lui-même inventeur de machines musicales comme le Panharmonicon ou l'Orchestrion. Dans son étude Poe démontre, par la logique et en se basant sur une observation minutieuse, que les pièces de l'échiquier étaient en fait déplacées par un être humain dissimulé dans l'un des compartiments de la table. D'ailleurs la machine avait permis à Von Kempelen de faire évader de Russie le proscrit polonais Wronski. Après diverses tribulations américaines, le pseudo-automate disparut dans l'incendie du musée chinois de Philadelphie en 1854.

Page 429.

15. Boiteux, les yeux « luisants », les cheveux roux : ne seraient-ce pas là quelques signes distinctifs du diable lui-même ?

16. *Bonhomie :* en français dans le texte.

17. L'année précédente Poe avait séjourné à l'Earl's Hotel de Providence. C'est à cet hôtel aussi qu'il fit une lecture publique de son *Principe poétique* qui fut un échec (20 décembre 1848).

18. *La lampe d'Aladin :* sur les rapports de Poe avec les *Mille et Une Nuits,* voir la note 4 du *Mille Deuxième Conte de Schéhérazade.*

19. *Les découvertes de Californie :* la première « ruée vers l'or » de Californie qui bat son plein au moment où Poe rédige son « article » sur Von Kempelen. Le 24 janvier 1848, on découvrit de l'or dans la rivière Sacramento. La nouvelle se répandit rapidement dans le monde entier. En deux ans la Californie passa de 15 000 à 92 000 habitants. En 1856, les 500 000 habitants seront dépassés et de 1848 à 1856, 752 tonnes d'or auront été produites. Il y a comme une intuition prophétique dans l'article de Poe car c'est la ruée vers l'or californien qui déclencha la fin du système bimétalliste et l'avènement du seul étalon or.

Page 430.

20. *Gutsmuth et Cⁱᵉ, Gasperitch :* encore un jeu : espèces de « Malet-Isaac » de l'époque, les Allemands Johann Cristoph Gutsmuths et Adam Christian Gaspari étaient les auteurs très célèbres de livres de classe de géographie dont Poe avait d'ailleurs rendu compte quatre ans plus tôt.

21. *Dondergat :* le mot est forgé par Poe à partir de racines nordiques évoquant le tonnerre. La topographie de la ville hanséatique vue par Poe est aussi fantaisiste que celle du Paris de *Double assassinat dans la rue Morgue,* ou de la Venise du *Rendez-vous.*

22. *Mansarde :* en français dans le texte.

Page 432.

23. *Cum grano salis*, expression latine médiévale qui peut se traduire : « avec des pincettes » ou « avec circonspection ».

IXAGE D'UN PARAGRAB

« *Ixing a paragrab* ». Première publication : *The Flag of our Union*,
12 mai 1849. Voir préface, p. 44.

Page 434.

1. *Paragrab* : dans le contexte de cette histoire, le mot paragraphe
(« paragraph ») se traduirait plutôt par « entrefilet ». Mais nous avons
conservé le mot sous cette forme afin de mieux respecter la prononciation du jeune Bob.

2. Les « wise men », ce sont les « hommes sages », c'est-à-dire ceux
que nous nommons en français les Rois mages. Nous avons joué sur le
passage de « mage » à « sage » pour renforcer encore un texte basé
entièrement sur des substitutions de lettres.

3. Littéralement « Touch-and-go Bullet-head ». Touchandgo est un
personnage du *Crotchet Castle* de l'écrivain britannique Thomas Love
Peacock (1831).

4. L'Est ou l'Orient signifient évidemment aussi la Nouvelle Angleterre et on verra qu'il y a plus loin plusieurs allusions à Boston et à
Concord.

5. « Editor », c'est-à-dire le rédacteur en chef. Mais dans le cas de
petits journaux de ce genre, en même temps le directeur et le
journaliste principal.

6. Allusion à une nouvelle de l'écrivain américain Orestes A. Brownson, *Charles Elwood, or the Infidel converted* (1840).

Page 435.

7. *Nopolis* : l'équivalent de « non-ville ».

8. En anglais Moïse se dit « Moses ». C'est donc la fameuse invocation de la *Première Catilinaire* de Cicéron, « *O tempora o mores!* » (Ô
temps, ô mœurs!) qui est ici défigurée par une coquille substituant un
s au *r*, et perpétuée par la bêtise des deux journalistes. Rappelons qu'il
existe un poème de Poe qui porte justement pour titre *O tempora o
mores*.

Page 436.

9. *La Grenouillère* : un équivalent de *Frogpondium*. C'est le surnom
que Poe avait donné à la ville de Boston et qui lui est resté. Aujourd'hui

encore on dit de Boston que c'est « The frog pond », la mare aux grenouilles (voir *Mellonta tauta*, note 13).

Page 437.

10. Rappel d'une cinglante réplique « Off with his head. So much for Buckingham » (Qu'on lui coupe la tête. Voilà pour Buckingham), extraite du *Richard III* de Shakespeare (IV, IV), mais aujourd'hui disparue : elle était de la plume du poète et auteur dramatique Colley Cibber (1671-1757) qui récrivit plusieurs tragédies de Shakespeare. Jusqu'à leur restauration par Henry Irving en 1871, les œuvres arrangées de Shakespeare furent la base de la culture classique britannique. Les textes authentiques les ont remplacés mais les bons mots sont restés.

11. *Concord* (Massachusetts) : petite ville proche de Boston. C'est là qu'habitaient Emerson et d'autres transcendantalistes. Poe ne manque jamais une occasion de les attaquer.

Page 438.

12. Tout en serrant au plus près le sens général du texte, nous avons surtout tenté d'en donner un équivalent musical avec des mots riches en *o*. Et d'ailleurs les variations du type « pou, hibou », etc. sont souvent aussi très proches en anglais.

13. Dans l'argot du métier, *l'apprenti typographe*, c'est le « devil », c'est-à-dire le « diable ». Il y a dans la suite du texte plusieurs allusions à l'Enfer et au Diable.

Page 440.

14. Le prote dit à l'apprenti : « You get and hook every one of their i's » (qui se prononce comme « eyes ») and (da—n them !) their izzards. » L'apprenti comprend « eyes » (yeux) et « gizzards » (gésiers). La traduction ne peut rendre que la tonalité du pataquès.

Page 443.

15. Le texte dit « a-svigging », contraction entre « swigging » et « asphyxiating », c'est-à-dire « lamper » et « s'asphyxier ».

16. Les bières marquées de trois croix (ou de trois étoiles) correspondaient à la qualité supérieure.

LE PHARE

« *The Light-house* », fragment d'une histoire inachevée. Publié par Thomas Ollive Mabbott, *Notes and Queries*, vol. 182, 25 avril 1942. Ce texte est vraisemblablement l'un des tout derniers qu'ait écrits Poe.

Page 444.

1. C'est la première fois que dans une de ses nouvelles Poe date aussi précisément les événements. 1796 est l'année où la future mère de l'écrivain, Elizabeth Arnold, âgée de neuf ans, émigre aux Etats-Unis. C'est aussi la date de construction du phare de South Rock en Irlande dont la description dans l'*Edinburgh Encyclopedia* (Philadelphie, 1832) a pu inspirer Poe.

2. Les trois points de suspension, assez inhabituels chez Poe, ont sans doute été placés par lui pour indiquer des interruptions dans le journal du personnage.

3. *Neptune* a déjà été utilisé par Poe comme nom de chien dans son roman inachevé *The Journal of Julius Rodman* (*Burton's Gentleman's Magazine*, 1840).

Page 445.

4. *Nordland :* littéralement Terre du Nord. Pour Poe, c'est peut-être une sorte de mélange entre Norvège (Norway) et Hollande (Holland), comme en témoignent d'ailleurs les deux noms propres cités. Mais le Nordland est aussi un département du Nord de la Norvège.

Page 446.

5. Le pied : 30,48 cm. 160 pieds représentent donc près de cinquante mètres, ce qui en fait un phare assez imposant.

6. Le manuscrit s'arrête là. T. O. Mabbott commente : « Poe disait que chaque mot devait contribuer à l'effet d'une histoire, et sa théorie résumait sa propre pratique. Personne ne peut lire ce fragment sans deviner que le phare va être détruit et que le journal devra subsister. L'incertitude vient de ce qu'on ne sait pas si le héros s'en tirera ou non ; et comme il est un artiste habile, Poe fait en sorte que le début ne révèle pas cela clairement. Mais il y a une bribe d'évidence externe — Poe a déjà écrit le *Manuscrit trouvé dans une bouteille ;* et le simple sauvetage du journal aurait été plutôt une répétition manifeste, même pour Poe. Or le facteur déterminant, c'est le chien. Il est introduit immédiatement, et on nous renseigne aussitôt sur sa taille. Cela suffit pour l'imposer comme un personnage important. Mais nous avons aussi un commentaire sur sa fidélité. Je pense que c'est pour nous préparer à sa participation héroïque dans l'histoire ; et je crois que son maître devrait s'en tirer, aidé par son robuste chien ; et que l'histoire, comme plusieurs des contes de terreur de Poe, devait avoir une fin heureuse. »

Impression CPI Bussière
à Saint-Amand (Cher), le 16 août 2010.
Dépôt légal : août 2010.
1ᵉʳ dépôt légal dans la collection : mai 1989.
Numéro d'imprimeur : 102261/1.
ISBN 978-2-07-038194-4./Imprimé en France.

178537